SUZANNE FRANK

Die Seherin von Knossos

Buch

Statt wohlbehalten von ihrer Zeitreise aus dem alten Ägypten wieder in ihrer eigenen Zeit zu landen, wird die junge Amerikanerin Chloe Kingsley in die Inselwelt der Ägäis, in die sagenumwobene minoische Kultur, katapultiert. Gefangen im Körper der Seherin Sibylla, muss Chloe feststellen, dass sie nicht nur in gefährlichste Intrigen verstrickt ist, sondern auch noch als Auserwählte des charismatischen Prinzen Phoebus Apollo gilt. Darüber hinaus stellt ihre Umgebung auch noch misstrauisch gewisse Veränderungen an der Prophetin Sibylla fest. Zum Glück ist es Cheftu, ihrer unsterblichen Liebe, gelungen, ihr durch die Zeit zu folgen und sie nun zu beschützen. Gemeinsam erleben sie mit allen Sinnen die freizügige minoische Kultur mit ihrem Prunk, ihren unbekannten Liebespraktiken, Kräften und Religionen – nur ab und zu gestört von Chloes Sehnsucht nach einer Zigarette, einem Stück Schokolade oder einer Diät-Cola. Doch als Chloe immer häufiger Visionen kommender Katastrophen heimsuchen, setzen sie und Cheftu alles aufs Spiel, um die Menschen von Atlantis zu retten …

Autorin

Suzanne Frank arbeitete als Journalistin für Tageszeitungen und Zeitschriften und in der Modebranche, bis sie auf ihren zahlreichen Reisen durch Europa und Ägypten die Inspiration für ihr großes Zeitreisen-Quartett bekam, das auf Anhieb zu einem großen internationalen Erfolg wurde. Seitdem widmet sie sich ganz dem Schreiben und veröffentlicht unter ihrem Pseudonym Chloe Green auch romantische Kriminalromane.

Susanne Frank ist gebürtige Texanerin und lebt heute in Ellensburg, Washington.

Von Suzanne Frank ist bereits erschienen

Die Prophetin von Luxor (Bd. 1, 35511)

Die Hüterin von Jericho (Bd. 3, 35611)

Im November 2002 erscheint:

Die Händlerin von Babylon (Bd. 4, 35656)

Unter dem Namen Chloe Green ist erschienen:

Mein mörderischer Freund. Roman (35598)

SUZANNE FRANK

DIE SEHERIN VON KNOSSOS

Roman

Aus dem Amerikanischen
von Christoph Göhler

BLANVALET

Die Originalausgabe erschien 1998
unter dem Titel »Shadows on the Aegean«
bei Warner Books, Inc., New York.

Umwelthinweis:
Alle bedruckten Materialien dieses Taschenbuches
sind chlorfrei und umweltschonend.

Blanvalet Taschenbücher erscheinen im Goldmann Verlag,
einem Unternehmen der Verlagsgruppe Random House.

Sonderausgabe September 2002

Umschlaggestaltung: Design Team München
Umschlagfoto: Artothek/Willi
Druck: Elsnerdruck, Berlin
Made in Germany · Titelnummer: 35840
ISBN 3-442-35840-X
www.blanvalet-verlag.de

1 3 5 7 9 10 8 6 4 2

Im Gedenken an meine Großmütter:
Katrina Hawthorn Roy, 1907–1996,
die mich die Liebe zur Schönheit und Güte lehrte,
und Irene Mings Green, 1911–1998,
die mich die Liebe zu Gott und die Freude am Leben lehrte.

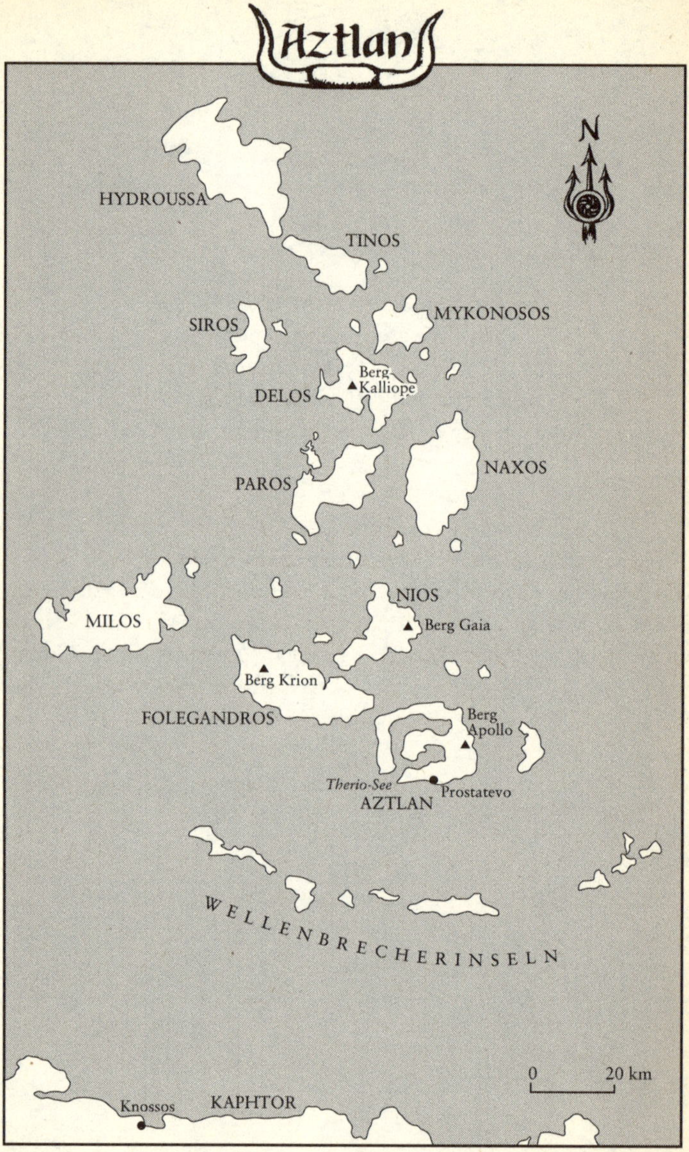
Aztlan
N
HYDROUSSA
TINOS
SIROS
MYKONOSOS
Berg Kalliope
DELOS
PAROS
NAXOS
NIOS
Berg Gaia
MILOS
Berg Krion
FOLEGANDROS
Berg Apollo
Therio-See
Prostatevo
AZTLAN
WELLENBRECHERINSELN
0
20 km
Knossos
KAPHTOR

Vorwort

Das Lebenselixier. Der Jungbrunnen. Der Stein der Weisen. Seit Anbeginn der Zeit haben wir unter den verschiedensten Namen und Begriffen nach Unsterblichkeit gestrebt. Mit den Mitteln der Religion, Wissenschaft und Mythen haben wir die Ewigkeit gesucht. Doch sind diese Dinge nicht eins: Morgen, Tag und Abend eines einzigen Tages? Sind es verschiedene Facetten derselben Wahrheit? Was macht einen Mythos aus, was definiert eine Tatsache? Liegt in den Schatten der Fabeln die Wahrheit verborgen? Verborgen, weil wir letzten Endes nur glauben, was wir sehen?

Prolog

Die Welt explodierte in Licht, und ich fühlte mich plötzlich befreit. Losgelöst aus der Enge meiner Haut, meines Blutes und meiner Knochen, begriff ich, dass mein innerstes Wesen, mein *Ka,* seine altägyptische Hülle verlassen hatte.

Ich teilte nicht länger das Fleisch, den Geist, die Persönlichkeit der Priesterin RaEmhetepet. Zum ersten Mal seit über einem Jahr war ich nur noch Chloe – ein Diplomatenkind aus dem zwanzigsten Jahrhundert; eine Künstlerin, ein Lieutenant der US Air Force in Reserve; eine Levi's tragende, Kaffee trinkende Amerikanerin. Ich war weder antik noch ägyptisch. Kein einziger Gedanke, keine einzige Wahrnehmung RaEms trübte meinen Geist.

Es interessierte mich nicht im Geringsten, was aus RaEms vermisstem Liebhaber Phaemon geworden war. Stattdessen sorgte ich mich um meine Schwester Camille, die Ägyptologin. Ich dachte vorrangig auf Englisch, und erst dann auf Ägyptisch; die Reihenfolge hatte sich umgekehrt. Ich konnte mich plastisch an Autobahnfahrten, an Transatlantikflüge, an Schokolade, Kaffee und Zigaretten erinnern. Und an Diät-Cola.

Ich war wieder ich selbst.

Doch noch bevor dieser Eindruck sich festigen konnte, folgte mir durch einen Feuertunnel ein grauenhaft qualvoller Schrei. Er zerrte an mir und riss mein nur im metaphysischen Sinne schlagendes Herz in Fetzen.

Das Feuer verbrannte mich, es verschlang mich, doch es zerstörte mich nicht. Meine Sinne waren so konfus, dass ich die Flammen hörte und schmeckte, statt sie zu sehen und zu riechen. Und durch alles hallte kreisend ein Schrei, ein aus tiefster Seele aufsteigendes Flehen.

»Chloe!«

Ich erkannte die Stimme. Mein Ehemann, Cheftu – mein Geliebter –, den mir das Schicksal oder die Umstände oder die Götter entrissen hatten. Selbst durch die absolute Leere hindurch spürte ich seine Trauer. Sein Schmerz war so durchdringend, dass er mir tief ins Mark schnitt. Ich wollte in sein Rufen einstimmen, ihm Hoffnung geben… aber welche Hoffnung konnte es geben? War dies der Tod? War dies das Ende? Hatte ich all meine Schlachten geschlagen? Bestand der Tod tatsächlich lediglich darin, nicht mehr da zu sein?

Aber ich *war* da!

Plötzlich spürte ich inmitten dieser trostlosen, drückenden Einsamkeit Trost. Ein mit Händen zu greifendes Gefühl von Liebe, Anerkennung und Gewissheit umfloss mich, zog mich hinauf, umbettete mich. Es verlieh mir Leichtigkeit. Eine Zeit lang – denn die Zeit war bedeutungslos – ruhte ich.

Der mit einer Zeitreise einhergehende physische Schmerz traf mich mit einem Schlag. Ich wurde aus der kühlen Ruhe ins Feuer geschleudert. Blitzartig ging mir auf, wie Gold sich fühlen musste. Erhitzt, abgekühlt, geschmiedet, geformt… zur Perfektion gebracht.

Um mich herum wuchs die Spannung, sie strahlte von mir aus und durch mich hindurch. In qualvoller Verlorenheit wurde ich eingestampft und wieder aufgeblasen. Mein geistiges Selbst ging in Deckung, spannte die Muskeln an, hielt sich zum Abrollen bereit.

Auf einmal erschien ein Gesicht vor mir, eine Frau mit blinden blauen Augen und schwarzen Locken, eine Frau von atemberaubender Schönheit. Ein Körper ohne Anschluss, erkannte ich. Es war niemand zu Hause. Noch bevor ich zu einer Entscheidung gelangt war, schwebte ich durch ihre weiten, blicklosen Augen. Ich begann zu schreien, und als ihr Fleisch zu meinem wurde, bekam meine Angst eine Stimme. Ihre Haut stülpte sich über mich, dehnte sich auf meine Größe, passte sich meinem Blut, meiner DNA an. Wie ein Neopren-Anzug umschloss der neue Körper meinen Geist und kleidete ihn ein. Hundert Millionen Nadeln durchbohrten mich, als die fleischliche Hülle enger wurde, sich über mir zusammenzog, bis meine Atome sich neu positionierten und meine Zellen mit der leeren Hülle verschmolzen.

Die Qualen sogen mich aus, sie waren nicht mehr zu ertragen. Noch während ich in friedvolle Dunkelheit abdriftete, spürte ich die Wut, die hasserfüllte Raserei eines zweiten Geistes außerhalb meiner selbst.

Er kreischte zornig, mit tödlichem Hass … und ohne jede Hoffnung: »Das ist *mein* Körper!«

Erster Teil

1. Kapitel

»Sibylla?«

Sie standen um sie herum, Nymphen und Matronen, die Köpfe dicht an dicht, sodass Sibylla kaum die Stalaktiten sehen konnte, die wie Tropfen von der Höhlendecke hingen – oder den roten Türsturz, der einen schwachen Schatten über ihr Gesicht legte. Ihr war auffallend kühl, darum ließ sie zu, dass zwei der Kela-Tenata Heilpriesterinnen ihr auf die Füße halfen. Fürsorglich wurde sie aus der Höhle und in die frische Luft geleitet.

Die Schönheit Kaphtors! Es war die Zeit der Schlange, in der sich die Erde erneuerte wie ein Reptil, das seine alte Haut abstreift. Regen war gefallen, der das ganze Tal in leichten Dunst hüllte. In der Ferne glitzerte die Sonne auf den dunklen Wassern der Ägäis. Die blassen Schatten des Winters lagen unter den noch schlafenden Oliven- und Traubenhainen, die diesen heiligen Berg, den Wohnort des Orakels, umgaben.

Die Heimstatt der Sibylla.

Es ist *meine* Winterwohnung, dachte sie. Sie atmete tief durch, um ihren Leib nach den Ekstasen der Hellseherei zu reinigen, spürte im selben Moment, wie etwas in ihre Rippen schnitt, und senkte den Blick. Ein ebenso gewöhnliches wie fremdartiges Gewand kleidete sie. Sie trug einen bunt gemusterten Glockenrock und eine eng anliegende, kurzärmlige, taillenlange Jacke mit immensem Dekolleté. Ein bestickter Bauchgurt drückte ihren vollen Busen nach vorne und oben, als wollte Sibylla ihn marktschreierisch durch die dünne Winterbluse hindurch anpreisen.

Eine Locke dunklen Haares lag wie ein Komma auf ihrer gebräunten Brust… und doch sah das ungewohnt aus. Was war ein *Komma?* Sibylla schüttelte den Kopf und verscheuchte die eigenwilligen Bilder. Sie fühlte sich noch nicht wieder völlig normal. War ein wichtiger Teil ihrer *Psyche* immer noch für die Göttin Kela unterwegs?

Dann hob Sibylla den Blick und erstarrte. Statt der Felder, wo Oliven und Obst schlafend auf den Frühling warteten, erblickte sie Zerstörung. Für einen Atemzug senkte sich ein Schleier über die Wirklichkeit, und sie wurde erneut zum Orakel.

Das kleine Dorf am Fuß des Berges war nur noch eine Ansammlung qualmender Ruinen. Weiße und graue Staubflöckchen fielen vom Himmel, bedeckten den Boden, erstickten alle Pflanzen, lagen schließlich kindshoch. Sie blickte in die Gesichter der Frauen in ihrer Nähe und sah sie entstellt; von Blasen bedeckt, blutig, mit kohlschwarzen Zungen, die aus lippenlosen Mündern hingen. Sie sah auf eine Nymphe, eine zukünftige Braut, und kreischte erschrocken auf. Den Bauch von einem Kind gerundet, stürzte das Mädchen ins Feuer und übertönte mit seinen Schreien für einen Moment das Tosen der Flammen.

»Herrin?« Eine der verkohlten Leichen rührte sich. Sibylla blieb wie angewurzelt stehen. »Herrin, ist Kela noch in dir?«

»Flieht!«, rief sie mit einer kräftigeren, tieferen Stimme als sonst. »Die Tage des Friedens und der Freude in diesem Tal sind gezählt! Hütet euch vor der Zeit des Löwen! Wenn seine Zeit gekommen ist, wird alles sterben, die Erde selbst wird seinen Zorn zu spüren bekommen!« Sie schaute hinaus aufs Meer, wo sie eine Wasserwand aufs Ufer krachen und ganze *Hentis* von Land wegreißen sah. »Tage der Dunkelheit, Nächte des Feuers! Die Erde wird euch ausspeien, das Meer wird euch verschlingen! Schützt euch und alle, die ihr liebt. Ihr müsst fliehen, ihr müsst fliehen!«

Schlotternd und weinend brach Sibylla zusammen. Die anderen scharten sich um sie, nun nicht mehr als Leichen, sondern als zutiefst verängstigte Frauen. Ehrfürchtig trugen sie die Seherin in die Höhle und auf ihre schlichte Liege. Sibylla spürte eine bösartige Regung im Schatten. Dort hauste ein *Skia,* ein zorniger Geist ohne Körper. Sibylla weinte mit geschlossenen Augen. Sie wollte die Frauen bitten zu bleiben, sie nicht mit dem *Skia* allein zu lassen, doch ihre Lippen waren vor Erschöpfung versiegelt.

»Kela ist immer noch bei ihr«, hörte sie eine Frau flüstern. »Ihre Augen sind immer noch grün.«

Grün? Sibylla wusste, dass die Auskunft, ihre Augen hätten die falsche Farbe, eigentlich beängstigend war, doch so leicht ließ sie sich nicht einschüchtern. Meine Augen sind blau, protestierte sie. *Nicht mehr,* sagte eine fremde Stimme in ihrem Inneren.

Flinke Schritte eilten vom Berg weg in Richtung Knossos. Sie wusste, dass andere Kela-Tenata eintreffen und sie in die Stille des Daedaledions entführen würden. Nein! Sie durfte noch nicht schweigen, sie musste noch von den Bergen sprechen, die Blut und Mörtel husteten, von den Himmeln, an denen kein Stern zu sehen war, von den Sonnenaufgängen voll geronnenem Blut, doch sie war zu müde, zu erschöpft. Eure Tage sind gezählt, wollte Sibylla den Dorfbewohnern sagen. Bitte, bitte, ihr müsst fliehen. Der Löwe kommt, er wird wüten. Ihr könnt zurückkehren, doch erst müsst ihr fort. Flieht noch vor dem Löwen.

Flieht!

Sie erwachte in der Dunkelheit, mit klopfendem Herzen, als wäre sie bis nach Knossos gerannt. Sibylla stolperte zum Höhleneingang. Ausgelaugt wie fast jedes Mal nach einer Phase des Weissagens, nahm sie von einigen Frauen aus dem Dorf Wein und Dörrobst entgegen. Man verehrte sie als Erscheinung der Großen Göttin. Darum verbrachte Sibylla die Zeit der Schlange, zu der sie nicht so viele Verpflichtungen als Sippenoberhaupt hatte, meist in dieser abgelegenen Höhle, versorgt von den Frauen des Dorfes. Hier ließ sie ihre Weisheit sprechen und handelte als Stimme der Kela.

Die Große Göttin gab *und* nahm alles Leben. Mit einer Hand erschuf sie, mit der anderen zerstörte sie. Sie war eine pentadische Gottheit, dargestellt als Jungfrau, Braut, Matrone, Frau in mittleren Jahren und als altes Weib. Sie war die Ahne des Stiergottes Apis, sie war seine Verführerin, seine Braut, seine Gemahlin und zu guter Letzt seine Schlächterin. Sie war der Mond, er war die Sonne; sie war die ungeraden Zahlen, er war die geraden; sie war Schlange, Schwalbe und Axt, er war Löwe, Stier und Stiefel. Die Leben der Götter verliefen übereinstimmend mit dem Leben des Landes; bald würde das Land von neuem erwachen, und Sibylla würde gemeinsam mit den anderen Priesterinnen Kela willkommen heißen.

Schon bald würde Sibylla nach Kallistae und in den Palast zurückkehren. Die Jahreszeiten des Keimens und Erntens würden über das Aztlantische Imperium kommen, und sie würde erneut ihre Position und ihren Rang einnehmen. Der Trubel auf der Insel Aztlan würde die Erinnerung an diese kühlen, stillen Felder, an die schneebedeckten Berge in der Ferne fast vollständig auslöschen. Dies war der neunzehnte Sommer, der Sommer der großen Veränderungen im Imperium.

Das Aztlantische Imperium? wiederholte die Stimme in ihrem Inneren. *Wo bin ich hier? Ist das ein mexikanischer Ferienclub? Bitte, bitte, lass mich keine Aztekin sein.*

Sibylla schauderte, als sie die Stimme hörte, deshalb richtete sie ihre Gedanken mit aller Kraft auf den Sommer. Ihr Cousin Phoebus würde *Hreesos*, Goldener Stier, werden, während sein Vater Zelos *athanati*, also unsterblich, würde. Phoebus war neunzehn; in diesem Sommer würden Sonne und Mond im Einklang stehen. In diesem Sommer würde der neue Thronerbe gezeugt werden. Dieser Sommer bezeichnete das Ende von Zelos' Herrschaft und den Beginn von Phoebus' neunzehn Sommern auf dem Thron. Das jährliche Sonnwendfest würde vierzehn Tage dauern, nicht sieben wie sonst.

Was redest du da? Wo bin ich? Wo hast du diese Namen her? flehte die Stimme mit spürbarer Angst.

Sibylla ignorierte sie. Kela-Ileana hatte dieselben neunzehn Sommer als Zelos' Gemahlin und als Verkörperung der Großen Göttin geherrscht. In diesem Sommer würden die Nymphen Aztlans ihre Stellung als Himmelskönigin anfechten. Bei einer Reihe von Wettläufen und Prüfungen im Labyrinth würden die Königin und ausgewählte Läuferinnen ihre Stärke und Ausdauer messen. Falls Kela-Ileana die Kämpfe gewann, würde sie Phoebus heiraten. Sollte sie innerhalb von dreißig Tagen schwanger werden, würde das ihre Position als Große Göttin und Phoebus' Gemahlin untermauern und ihr weitere neunzehn Sommer auf dem Thron sichern. Falls sich herausstellte, dass sie kein Kind von Phoebus bekommen konnte, würde ihr Amt der Zweitplatzierten zufallen.

Der Zweitplatzierten zufallen? Heißt das, sie selbst wird in die Wüste geschickt? Die Stimme schwankte zwischen Angst und Häme. *Wer will schon zweitplatzierte Gemahlin sein? Mein Gott! Wo bin ich hier gelandet?*

Schweig! zischte Sibylla. Als Mitglied der olimpischen Sippe würde sie um die Stellung der Großen Göttin und der Gemahlin kämpfen. Zwar gebot die Überlieferung, dass *Hreesos* goldenes Haar haben musste, doch seine Gemahlin brauchte lediglich der Sippe der Olimpier anzugehören, eine religiöse Ausbildung zu haben und fruchtbar zu sein. Die Fruchtbarkeit des Landes stand in direkter Beziehung zur Gebärfreudigkeit der Großen Göttin. Die Königin musste innerhalb von dreißig Nächten nach der heiligen Hochzeit ein Kind empfangen. Sibylla seufzte; es war noch zu früh im Jahr, sich darüber den Kopf zu zerbrechen; das Rennen würde erst in einigen Monden stattfinden.

Das Rennen? Monde? Ich habe da kein gutes Gefühl.

Den Rücken durchgestreckt, um die trägen Muskeln zu strecken und zu dehnen, gab sich Sibylla alle Mühe, die Friedseligkeit Kaphtors zu genießen und die eigenartige Stimme zu überhören, die in einer ihr nur halb verständlichen Sprache zu ihr redete. Auf Kallistae würde jetzt der Wind um den Palast peitschen, und die Sonne würde Ileanas Gemach, das *Megaron,* erst lange nach dem Zenit erreichen. Kalt, regnerisch und laut war es auf der Insel, über die der Winterwind kreischte.

Sibylla bedauerte die Seesoldaten, die aztlantische Marine. Der

Winter, die Zeit der Schlange, war schon zu Lande unwirtlich. Wie schrecklich musste es da auf einem Schiff sein? Die Seefahrer segelten von einem Hafen zum nächsten, überprüften die Außenposten des Imperiums und tauschten Nahrung gegen Steine – wobei sie nach ganz bestimmten Steinen suchten. Sibylla zuckte mit den Achseln. Sie konnte sich ihr Mitleid sparen; jede Sippe hatte ihre eigenen Verpflichtungen.

Instinktiv berührte sie das um ihren Hals hängende Siegel ihrer Sippe.

Nette Kette, sagte die Stimme.

Das goldene Siegel zeigte eine Schlange, die ihren Schwanz verschluckt, um Sibyllas Namenstag zu kennzeichnen, und hatte als Zeichen ihrer Sippe Stierhörner eingraviert. Seit Sibylla erwachsen geworden war, hing es um ihren Hals. Jedes Sippenoberhaupt trug ein ähnliches goldenes Siegel. Abgelegt wurden sie ausschließlich während der Ratssitzungen, wenn die Oberhäupter, da sie für den einfachen Mann und die einfache Frau sprachen, ohne Schmuck und Rangzeichen beieinander saßen. Der Rat trat alle neun Jahre sowie im neunzehnten Jahr zusammen, immer während der Zeit des Stieres.

Die Zeit des Stieres? Heißt das im Sommer? Bitte sagt mir doch, wo ich bin … Die Stimme verstummte verzagt.

»Hilf mir, Kela«, betete Sibylla lautlos. Gewiss hörte sie *Skia* miteinander sprechen.

So wie Kela die Göttin der Frauen war, so wurde Apis, der Stier und Erdrüttler, nur von den Männern verehrt. Seine Priester besaßen Pyramiden auf der Insel Aztlan und auf den vier weiteren, über das Imperium verstreuten »Nüstern des Stieres«. Die hoch aufragenden Nüstern schleuderten Apis' heißen, bisweilen fauligen Atem in die Luft. Die Priesterschaft kam ihren religiösen Aufgaben pflichtbewusst nach, denn war der Groll des Stieres einmal geweckt, verwandelte er sich in einen Zerstörer. Dann atmete er Feuer, brachte Gold zum Schmelzen, Quellen und Flüsse zum Brodeln und ließ die Berge flüssiges Gestein bluten.

Die Frische der regendurchtränkten Felder rief Sibylla in die Gegenwart zurück, und sie lächelte voller Vorfreude auf das Jahr: das neunzehnte, das *Megaloshana'a*. Die Schreckensvisionen von vorhin waren verblasst. Sibylla wollte nicht glauben, dass Kela und Apis ihr eigenes Volk auslöschen würden! Bestimmt verlangte die Große Göttin nicht wirklich von ihnen, ihre Heimat zu verlassen. Gab es vielleicht eine zweite Bedeutung? Die sich durch diese Träume eröffnete?

Inzwischen konnte sie wieder klarer denken, und ihre Haut fühlte sich vertrauter an. Solange sie als Orakel diente, hauste Kelas Geist in ihrem Körper, weissagend und Fragen beantwortend. Sibyllas Verstand blieb dann nur zu einem kleinen Teil als Anker für ihre herumirrende *Psyche* zurück. In langen Jahren hatte sie gelernt, niemals die silberne Öse auszulassen, die ihren reisenden Geist mit dem von Kela verband, niemals allzu weit fortzuwandern. Andernfalls könnte sie sich endgültig verirren und dazu verdammt sein, als *Skia* durch die Welt zu ziehen.

Doch Sibylla merkte nur zu gut, dass ein Teil ihres Selbsts fehlte. Die silberne Öse hatte sich gelöst, und sie fürchtete, dass ein Teil ihrer *Psyche* noch auf der Wanderung war. Statt ihrer selbst war etwas anderes zurückgekehrt. *Jemand* anderes.

Ich! sagte die Stimme.

»Herrin?«, rief jemand, und Sibylla sah dankbar auf. Die junge zukünftige Braut kam auf sie zu. Sibylla nahm das angebotene Korn aus der ausgestreckten Hand der Nymphe.

»Du hast gestern von Zerstörung gesprochen«, sagte das Mädchen.

Sibylla drehte den Kopf zur Seite.

»Wird mein Gemahl überleben?«

Die Frage war so bescheiden, dass Tränen in Sibyllas Augen traten. Die Nymphe fragte nicht nach ihrem eigenen Schicksal, sondern nach dem ihres Geliebten. *Deine Visionen nehmen sich aus wie Bilder in einer Sonderausgabe von* National Geographic, sagte eine Stimme in ihr. Sibylla wurde steif, denn die Stimme ließ sie frösteln. Der Eindringling sprach zu ihr. Nein, es musste Kela sein.

»Ich habe ihn in meiner Vision nicht gesehen«, antwortete Sibylla. Der nachtschwarze Blick des Mädchens versuchte ihren aufzufangen und fiel dann zu Boden. Sibylla wusste, dass sie gelogen hatte, doch welchen Sinn sollte es haben, einer Braut zu erzählen, dass sie niemals ihr erstgeborenes Kind sehen würde?

Dann rate ihr eben, auf die andere Seite der Insel zu gehen, sagte die Stimme. *Sie hat doch bestimmt Verwandte dort. Es kann nicht schaden, eine Zeit lang fortzugehen. Vielleicht rettest du ihr damit das Leben.*

Bitte, lass das Kela sein, die zu ihr sprach, wie sie es nie zuvor getan hatte, betete Sibylla.

Wohl kaum, widersprach die Stimme schroff. *Mach schon, gib der Kleinen eine Chance.*

Wenn ich ihr diesen Rat gebe, wenn ich sie fortschicke, entgegnete Sibylla, greife ich dann nicht in das ein, was uns vorbestimmt ist? Wenn sie ihr Heim und ihre Felder verliert, was nützt es ihr dann, am Leben zu sein?

In ihrem Inneren spürte Sibylla ein schweres, mutloses Seufzen. *Wir können nur unser Bestes versuchen. Was sich nicht ändern lässt, lässt sich eben nicht ändern …* Sibylla spürte, wie sich die Stimme, verletzt und verletzend, zurückzog.

»Du hast Verwandte in Phaistos, Nymphe?«

»Ja, Herrin.«

»Geht nach eurer Hochzeit zu ihnen.«

Die Nymphe sah sie mit großen Augen an. »Nach Phaistos?«

»Es ist der Wunsch der Kela.«

Sibylla ließ den Kopf auf den Stein sinken und lauschte den Schritten der Nymphe, die den Felsenpfad hinunter- und zum Dorf zurückrannte. Das Wesen in ihrem Inneren lächelte.

Der Anfang ist gemacht, Sibylla.

Niemand hatte zugesehen.

Sie waren aus den dunklen Tiefen des Ozeans aufgestiegen, Gipfel, vom Zorn der Erde selbst aufgeworfen. In weitem Bogen zogen sich die Inseln durch das weindunkle Meer, Höhen des Todes, durchsetzt von Wiegen wilder und sanfter Schönheit: Milos, Hydroussa, Tinos, Siros, Myknossos, Delos, Naxos, Paros, Nios, Folegandros und die miteinander verbundenen Inseln Kallistae und Aztlan. Bei einigen war der Zorn bereits verraucht, bevor die

Menschheit sich auf ihren Hängen ansiedelte; andere würden noch jahrhundertelang schweigen.

Weil die tektonischen Platten Afrikas und Eurasiens langsamer aufeinander zutrieben, pflanzten sich wie in einem Schaudern Aufwerfungen und Klüfte durch die Erde fort, die Felsen zusammenpressten, Feuer entfachten und auf jenem Teil der Erde, der später einmal als ägäische Mikroplatte bezeichnet werden sollte, eine Unzahl von vulkanischen Insel entstehen ließen.

Unmerklich war das glühende Mark nach oben gestiegen. Was einst eine Tagesreise mit dem Schiff tief unter der Erdkruste gelegen hatte, war in vier Kanäle gedrückt worden, die sich wie Adern durch die wunderschönen Berge des Aztlantischen Imperiums zogen: die Gipfel des Apollo, des Krion, der Gaia und der Kalliope.

Der schwächste Kanal befand sich auf Delos, einer Insel von Künstlern. Hoch über ihnen thronte der Berg der Kalliope, eine Inspiration für Gemälde, Gedichte, die Seele. Die Künstler spürten nichts von der zunehmenden Hitze unter ihren Sandalen. Noch waren keine Tiere den giftigen Gasen zum Opfer gefallen. Tausende lebten in Kalliopes Schatten, feierten ihre Feste in den schattigen Hainen, liebten sich in den Spalten des Berges, der dem Fremden stets Orientierung bot. Sie ahnten nicht, dass im Inneren des Berges der flüssige Tod lauerte. Heiß, mit grollendem, brodelndem Gestein, durch die schmalen Kanäle kriechend, die bis zur Kehle des Kraters reichten.

Seit dem letzten Ausbruch waren Tausende von Jahren verstrichen. Seither ruhten große Teile der Insel auf dem Boden des Ozeans, ein Zeugnis des Zorns, der die Erde einst heimgesucht hatte. Damals hatte der Berg tagelang schiffsgroße Felsen ausgespien und glühende Asche auf die runde Insel regnen lassen. Das Feuer hatte den Himmel entzündet, und die Erzählungen von jenen Zerstörungen waren zu Mythen und Legenden geworden.

Dann war der Berg wieder eingeschlafen. Unendlich langsam war der Krater aus den Tiefen des Meeres aufgestiegen. Grünes Gras hatte ihn überzogen, Vögel hatten darauf genistet, und mit jedem Jahr war er größer und höher, der Boden fruchtbarer geworden. Ein Menschenstamm hatte sich darauf angesiedelt, der blaue Trauben anbaute, kräftige Kräuter und Feigenbäume, der Getreide erntete und Kinder großzog, ohne das Geringste zu ahnen.

Auf dem Gipfel ließ sich niemand nieder, denn die Höhen des Berges waren von der Gottheit, die der Stamm verehrte, für tabu erklärt worden. Jawan, der uralte Patriarch des Stammes, erzählte oft, wie die Gottheit seine Familie nur dank der Frömmigkeit seines Großvaters Noah errettet hatte. Seine Familie war, wie auch die Tiere, die sie zusammengesammelt hatten, von den Wassern verschont geblieben, die damals die ganze Erde überschwemmt hatten. Weil die namenlose Gottheit sie damals gerettet hatte, war der Stamm, der Noahs Lenden entsprungen war, ihr stets treu geblieben.

Doch je höher der Gipfel in den Himmel wuchs und je mehr Zeit verging, desto spärlicher wurden erst die Dienste an Gott und dann die Erinnerung an ihn. Aus demselben Stamm entsprossen andere, die Erde, Himmel und Meer verehrten. Sie sahen in den Gipfeln der Inseln die Nüstern des Stieres, der mit seinem Gebrüll von Zeit zu Zeit die Erde zum Beben brachte. In großer Frömmigkeit und Eitelkeit krönten sie die Gipfel der Insel mit Pyramiden, deren Seiten mit Edelsteinen verziert waren und in denen sich große Räume befanden, wo die Priester lebten.

Doch unter den mit goldenen Kreisen, schwarzen Streifen, roten Spiralen und Quadraten gefliesten Böden wuchs der Vulkan weiter. Wie der Stiergott, der ihn beherrschte, war der Berg in seinem Zorn allumfassend und ohne Ziel. Er wartete ab, während die Hitze, die einen Menschen verdampfen lassen konnte, immer weiter anwuchs, bis sie die einer Metallschmiede übertraf, dank der aus dem Boden unter dem Ozean gezogenen Kraft, wo tief im heißen Mutterleib der Erde Kataklysmen geboren wurden.

Er wartete.

Aztlan

Ileana zog ihre Lippen sorgfältig mit der scharfen Kante des Ockersteines nach, dann setzte sie den Farbstift an ihre Brustwarzen, gab einen Tropfen Wasser hinzu und färbte sie ebenfalls. Ein paarmal herzhaft hineingekniffen, und die Warzen stellten sich auf. Sie lächelte wohlgefällig.

Ihre vielen Sommer waren gnädig zu ihr gewesen. Sie hatte immer noch die Figur einer Nymphe, und ihre Schönheit war so legendär, dass aus dem ganzen Reich und von noch weiter her Seeleute und Geschenke angereist kamen. Zelos gehörte ihr noch für kurze Zeit. Ileana schluckte, und ein ängstliches Zittern spielte in ihrer Braue. Während der Sonnwendfeier würde ihr Sohn zum Herrscher gekrönt werden, und sie würde zur Witwe. Phoebus hatte sie schon als Kind gehasst. Jetzt, mit neunzehn, hasste er sie noch mehr. Ileana war noch nicht so alt und verlebt, dass ihr nicht klar gewesen wäre, wann Gefahr drohte. Phoebus würde sie liebend gern tot sehen, doch Ileana hatte keineswegs die Absicht, den Thron der Himmelskönigin freizumachen.

Es bestand kein Zweifel daran, dass sie den Wettlauf gewinnen würde. Dennoch würde Phoebus triumphieren, falls es ihr nicht gelingen sollte, innerhalb der vorgesehenen Zeit schwanger zu werden. Sie weigerte sich, an die Strafe zu denken, falls sie verlor: das Labyrinth.

Vom Gang her war ein durchdringender Schrei zu hören, doch Ileana schminkte sich ungerührt zu Ende. Ein Pfau kam hereinspaziert, schreiend und mit geschlossenem Schwanz. Ileana drehte sich auf ihrem Hocker um und schnippte einem Leibeigenen, ihr ein paar Körner zu reichen. »Komm her, mein Schöner«, sagte sie und warf die Körner auf den bemalten Boden. »Zeig mir, wie schön du bist.« Der Pfau pickte die Körner auf und schrie nach mehr. »Nicht, bevor du deine Farben gezeigt hast«, ermahnte Ileana das Tier.

Gehorsam stolzierte der Pfau vor und plusterte sich auf, das herrlich farbenprächtige Schwanzgefieder weit geöffnet. »Die zwei und die da«, wies Ileana den Leibeigenen an. Der Pfau schrie erneut und klappte den Fächer seines Schwanzes wieder zu, doch der Leibeigene war schneller und hielt bereits drei lange Federn, jede mit großem Auge, in der Hand. Drei, die Ehrenzahl der Großen Göttin. Mit einem triumphierenden Lachen wandte sich Ileana wieder ihrem Wasserspiegel zu. Geschickt schob der Junge die Federn in die Krone ihres korngoldenen Haares.

»Unter den Federn wirken deine Augen so tief wie die Therossee«, sagte der Junge.

Ihr Spiegelbild bewundernd, lehnte sich Ileana zurück, bis ihr Kopf an seiner Brust lag. Sie labte sich an dem begehrlichen Blick, der sich im Wasser spiegelte, dann winkte sie ihn fort.

Gehorsam verbeugte er sich und trat zurück. Sie schnippte mit den Fingern, und zwei gut aussehende Männer, langgliedrig und mit schmaler Taille, rissen die Türen ihres Gemaches auf. Mit einem letzten prüfenden Ruck an dem siebenlagigen Rock, der ihr als Verkörperung der Muttergöttin zustand, näherte Ileana sich ihrem Tragsessel und ließ sich hoheitsvoll darin nieder. Unaufgefordert wurde ihr ein Rhyton gereicht – ein schlanker Kelch aus Perlmutt und Gold, der unten zugespitzt war, sodass er in einem eleganten Metallgestell abgestellt oder aufrecht in den Boden gesteckt werden konnte. Sie schnippte erneut mit den Fingern, und die Männer gingen vorsichtig los, darauf bedacht, nicht auf einen umherstreifenden Pfau zu treten.

Die Mauern des Palastes mit ihren lebensgroßen Gemälden von Priesterinnen und Prinzen beim Gebet und während der Prozession zogen in einem Schleier von Gold, Purpur, Schwarz und Weiß vorbei. Der Lärm der Feier – Musik, das Klappern von Tongeschirr und Alabaster und tiefes, trällerndes Gelächter – umschmeichelte Ileanas Ohr, sobald sie die breite Treppe zum *Megaron* der Königin hinabgetragen wurde.

Behutsam stellten die Leibwächter den Tragsessel ab und halfen ihr heraus. Die Pfaue wurden in den weiten Saal gescheucht, Ileana setzte ein Lächeln auf, und alles verstummte. Unter den Klängen einer einsamen Flöte schritt sie in den Saal. Die Gäste, ihre Untertanen, erwarteten sie stehend mit gesenktem Kopf, die Arme devot erhoben.

»Kela-Ileana, Himmelskönigin, Muttergöttin der Ernte, Herrin Atzlans«, sang eine hohe Stimme.

Sie nahm ihren Platz auf dem Podest am Rande der Festgesellschaft ein; mit einem Fingerschnippen erweckte sie das Fest zu neuem Leben. Ihr Rhyton wurde neu gefüllt, doch bevor sie ihn in den Boden stecken konnte, sprach eine Männerstimme sie an: »Schönster Himmel, darf ich?«

Langsam hob sie den Blick. Bei Apis' Stärke, dieser Mann war wunderschön! Sein Lächeln ließ erkennen, dass ihm das wohl bewusst war. Vergrätzt durch seine Arroganz, rammte Ileana das Ende des Rhytons in den Boden. Sein Erschrecken war ihm anzusehen. War sie die erste, die ihn abblitzen ließ?

Ohne ihn auch nur anzusehen, rief sie nach ihrem Stiefsohn: »Arus! Sag, wer ist der Mann, der glaubt, er könne sich allein kraft seines Lächelns dem Himmel nähern?« Aus dem Augenwinkel sah sie die Wangen des Jungen rot werden.

Arus, mit altmodisch kurzem Haar, dafür aber einer *höchst* eindrucksvollen Nase im Gesicht, beugte sich vor. »Es ist der jüngste troizenische Prinz. Nicht Manns genug für eine Aztlantin.« Er lächelte und wandte sich wieder seiner Begleiterin zu.

Ileana schnippte nach etwas zu essen und beobachtete, während sie schweigend darauf wartete, die atzlantischen Höflinge. Es war eine fröhliche Schar, da *Hreesos'* Grauköpfe wie jedes Jahr zu einer symbolischen Seeschlacht entschwunden waren.

Ihr Blick huschte über die anwesenden Frauen. Bald musste sie sich und ihren von der Göttin verliehenen Thron gegen die Nymphen verteidigen, die sich in den Kopf gesetzt hatten, sie herauszufordern. Die Tempeltänzerinnen waren zwar Priesterinnen, aber keine Olimpierinnen. Damit schieden sie aus. Die Liebestricks hatte Ileana ihnen längst abgeschaut und perfektioniert.

Hie und da sah sie eine frischgesichtige Nymphe; doch waren sie keine Priesterinnen und damit keine Gefahr für die Himmelskönigin. Eine oder zwei Frauen aus ihrer Sippe, denen die Jahre am Handrücken abzulesen waren, streiften durch den Raum. Schon ihr Alter würde verhindern, dass sie Ileana beim Wettlauf einholten.

Nur drei Frauen waren echte Rivalinnen: Vena, Selena, Sibylla. Ileana lächelte einen Höfling an, der sich redlich abmühte, sie mit seinen Geschenken für sich einzunehmen. Selbst falls eine ihrer Sippengefährtinnen das Rennen für sich entscheiden sollte, würde die Gewinnerin immer noch einen Mond abwarten müssen, um festzustellen, ob sie schwanger geworden war. Danach hätte Ileana mehrere Monde, in denen sie eine Schwangerschaft vortäuschen konnte, ehe man ihr auf die Schliche kam. Diese Monde wären das Aus für jede mögliche Nachfolgerin, denn damit bliebe Ileana genug Zeit, ein Kind zu empfangen.

Ileana wusste, dass sie fruchtbar war, sie war die Göttin auf Erden. Doch würde sie möglicherweise erst den geeigneten Partner finden müssen. Auf den richtigen Zeitpunkt kam es an. Wettläufe brachten stets ihre Mondzyklen durcheinander, und gleich danach schwanger zu werden… sie brauchte Kelas Hilfe. Der Höfling errötete, als Ileana ihm ihr charmantestes, dankbarstes Lächeln schenkte. Das Geschenk war ohne Wert, doch er war blond – er könnte sich als nützlich erweisen.

Der junge Prinz aus Troi hatte keinen Ton mehr herausgebracht und nicht einmal mehr in ihre Richtung gesehen. Faszinierend, dachte Ileana. Er weigert sich, vor meiner Schönheit in Deckung zu gehen oder meinem berüchtigten Zorn zu fliehen.

Demonstrativ wandte sie sich ihm zu. Er schaute weiterhin stur geradeaus. Ileana kniff die Augen zusammen. Er war nicht so groß wie die aztlantischen Männer, dafür war er breitschultriger und wirkte sehniger. Sein schlanker, glatter Leib war geölt, und unter seiner festen jungen Haut spielten bei jeder Bewegung die Muskeln.

Er war blond.

Nach aztlantischem Brauch trug er einen glockenförmigen, gemusterten Rock, doch eigenartigerweise ohne einen Bundhalter. Eine flache Gliederkette um den Hals war sein einziger Schmuck. Keine Schminke tönte seine Lippen oder umringte seine Augen. Er sah sie an, herausfordernd und mit penibel unterdrückter Lust in den tiefgrünen Augen. »Gefällt dir, was du siehst… Herrin?«

In seine Arroganz mischte sich ein Hauch von Charme. Er hatte keine Angst vor ihr, das war ungewohnt und prickelnd. Mit ihm zu spielen, könnte recht unterhaltsam werden. »Bis jetzt«, erwiderte sie mit rauchiger Stimme. Sie rollte eine Dattel über ihre Lippen, schob sie dann in den Mund und leckte sich danach die klebrigen Reste vom Finger. »Doch *allein* nach dem, was mein Auge erblickt, vermag ich keine Entscheidung zu fällen.«

Seine Brauen waren weder gezupft noch nachgezogen, sondern so dicht, dass nur noch eine schmale Lücke über der Nase frei blieb. Ileana merkte, wie ihr die Kehle eng wurde. Seine Nase war edel, groß und kühn, sein Mund breit.

»Nicht einmal deine Schönheit kann dir diese Ehre verschaffen«, sagte er und erhob sich. Ileana lächelte dem Davongehenden kühl nach; ein troizenischer Prinz, *iii*? Der Mann war ein Pfau; sie bewunderte seine Kühnheit. Sie hatte ihn beleidigt, daraufhin hatte er ihr in gleicher Münze herausgegeben. Ein würdiger Liebhaber, der Gleiches mit Gleichem vergalt.

Ileana war noch nicht fertig mit ihm.

Sie sah, wie er eine Tempeltänzerin umarmte; die nackten Brüste des Mädchens mit beiden Händen umfassend, küsste er sie mit der Glut der Jugend auf den Mund. Ileana spürte, wie Begierde in ihr aufwallte. Zwei blonde Männer; wer würde etwas ahnen, falls Phoebus nicht der Vater war?

»Ein echter Hengst, findest du nicht?«, zischelte Vena.

Zu verträumt, um daran zu denken, dass sie Vena hasste, stimmte Ileana ihr zu.

»Er ist als Pflegesohn hier. Er heißt Priamos und ist der jüngste Sohn aus Troi.«

»Es will mir nicht in den Kopf, wozu wir die Brut unserer Feinde großziehen«, sinnierte Ileana.

»Nun, wenn eine Herrin von deinem Stand und deinen Sommern das nicht weiß, wird wohl nur wenigen von uns diese Weisheit zuteil werden«, feixte Vena.

Schlagartig fiel Ileana wieder ein, dass diese anmaßende Muschelsucherin aus Milos zu ihren Rivalinnen zählte. Sie lächelte zuckersüß. »Meine arme Kleine, zügle deine Gelüste nach einem jüngeren Sohn, dadurch bereitest du deiner Sippe Schande. Ich weiß, dass du gegenwärtig an dir zweifelst – an deinen Reizen, deinen Fähigkeiten –, es ist bestimmt nicht leicht mit anzusehen, wie der Geliebte die Flucht ergreift.« Ileana ließ sich von Venas wütendem Gestammel nicht aus dem Konzept bringen. »Doch ich trete dir zu nahe. Ich weiß es nicht. Mich hat noch nie ein Mann sitzen gelassen.«

Venas rosiges Gesicht war zornfleckig. »Ich könnte Nestor zurückbekommen!«

»Er ist bis nach Kemt geflohen, um dir zu entkommen! *Och!*« Ileana legte in gespieltem Kummer die Finger an die Lippen. »Es tut mir Leid. Welche Mär streust du allenthalben? Er hätte sich für den guten Phoebus freiwillig auf eine diplomatische Mission begeben, ist das richtig?«

»Ich könnte jeden Mann an jedem Gestade des gesamten Imperiums bekommen!«

Ileana setzte ihren Rhyton an die Lippen. »So wie die Männer beschaffen sind, ist es keine große Kunst, einen zu *bekommen.*« Sie nahm einen Schluck Wein und genoss den pfeffrigen Biss des hineingerührten Oreganos und Thymians. »Sie zu *halten* hingegen schon.«

»Ich kann verstehen, dass du das nach neunzehn Sommern der Ehe mit *Hreesos* so siehst. Sag, Kela-Ileana, hat er mehr als ein einziges Mal auf deiner Liege geschlafen?« Vena drückte bei ihrer Antwort den Rücken durch und stellte ihren Körper in einer Pose zur Schau, die noch zwei Tische weiter jedes Gespräch verstummen ließ.

Ileana lächelte kühl und bedacht, keinerlei Gefühl in ihrer Miene zu verraten. »*Hreesos*, der Goldene Stier und mein Gemahl, mag eine Reihe –«

»Eine lange Reihe –«

»– von Kühen bestiegen und begattet haben ... doch er ist jedes Mal zur heimatlichen Krippe zurückgekehrt.«

Vena, deren dunkelblaue Augen sich vor Zorn schwarz färbten, ballte die Fäuste. Sie würde keine leichte Gegnerin abgeben, erkannte Ileana. Sie war schön, gesund, Olimpierin und hatte als Muschelsucherin die richtige Vergangenheit. Wie konnte Ileana ihr Einhalt gebieten?

»Herrinnen, ihr bringt mit euren Worten die Luft zum Knistern.« Ungerührt und graziös wie eine schwarze Katze ließ sich der Sprecher zwischen den beiden Frauen nieder.

»Du stinkst bereits nach Traube«, bemerkte Vena scharf, wobei sie die kastanienbraunen Locken über die Schulter zurückwarf.

Er grinste. »Schließlich stamme ich von der Traube *ab.*« Er senkte die Stimme und bellte: »Dion Bacchi, Erbe der Sippe des Rebstocks!« Er beugte sich vor und setzte einen Knutschfleck auf Venas Busen. »Außerdem hast du, als du während der letzten Zeit des Löwen unter mir gelegen und mit mir Trauben gepresst hast, immer wieder gejubelt: ›Ach, Dion!‹«, trillerte er im Falsett. Nachdem er das Gelächter der Höflinge mit einem schelmischen Lächeln quittiert hatte, nahm er einen Schluck aus Ileanas Rhyton und drehte ihn dann, damit sie von derselben Stelle trank. »Wenn wir uns allerdings über den Geruch unterhalten wollen, den ich mit diesem Erlebnis in Verbindung bringe, würde ich meinen, er war eher fisch-« Vena versetzte ihm eine Ohrfeige und marschierte zu Arus zurück. Die Höflinge nahmen ihre Unterhaltung wieder auf, und Dion streckte sich zu Ileanas Füßen aus.

»Wo ist Sibylla?«, fragte sie. Es war immer gut zu wissen, was die Rivalinnen trieben.

Dion langte nach oben und schnappte sich eine auf einen Rosmarinzweig gespießte Garnele von ihrem glasierten Teller. »Du weißt genau, dass sie euch beide verabscheut.«

»So wie du?«

Sein Lächeln war betörend und brachte die strengen Linien in seinem Gesicht zum Schmelzen. Schnurrend wie eine Katze antwortete er: »So wie ich, Ileana. Aus tiefstem Herzen.«

Dion entsprach dem aztlantischen Ideal – groß, breitschultrig, mit Wespentaille und schwarzem Haar, das ihm bis auf den Rücken reichte. Seine großen, dunklen Augen waren tief wie ein Orakelteich. Angeblich trieb sein bloßer Anblick die Frauen in seiner Sippe zum Wahnsinn – ein jaulendes Rudel von Hündinnen in Hitze, die im weißen Mondschein über die Hügel rasten. Trotz seiner Jugend schien er gealtert durch das Wissen, dass keine ihm widerstehen konnte. Ileana war wütend auf sich selbst, weil sie so empfänglich war für die physische Anziehungskraft eines Mannes, den sie verabscheute.

»Eine eigenartige Weise, mir das zu zeigen, indem du mir Wein zu trinken gibst…« Ileana hielt inne und starrte *Hreesos* Welpen an. Behutsam wischte sie den Mund am Saum ihres Gewandes trocken, dann hob sie den leeren Rhyton hoch. Das Zittern in ihren Fingern mühsam unterdrückend, tastete sie den Boden des Gefäßes nach irgendwelchen Resten ab. Schließlich hob sie die Finger hoch und sah glitzernde Körner auf der Spitze kleben. »Hast du mich vergiftet?«, keuchte sie. Wo war ihr Vorkoster geblieben?

Dion lächelte.

»Sag schon!«, zischte Ileana.

Er grinste breit und antwortete nur, damit sie nicht nach den Wachen rief: »Ich würde dich bestimmt nicht vergiften, Ileana.« Er schnalzte mit der Zunge, ein Laut der Bestürzung. »Nein, dein Tod will ausgekostet sein.« Er leckte sich die Finger, liebkoste mit der Zunge die Handballen. »Voller Vorfreude.« Seine Augen wurden dunkler, eindringlicher, und Ileana spürte, wie sich ihr Körper reflexartig anspannte. Er nahm ihre Hand und leckte die Handfläche ab. »Ich finde, dein Tod sollte mindestens so viel Freude bringen, wie dein Leben Leid gebracht hat.«

»Du bist entlassen«, erwiderte Ileana gepresst.

»Und von allen geteilt werden«, fuhr Dion fort, wobei seine Finger mit so winzigen Bewegungen seine Brust streichelten, dass es sie in den Händen juckte, es ihm gleichzutun, »und von allen geteilt werden, die unter dem Fluch deines Lebens leiden mussten. Wie viele haben wohl ihr Leben vor deiner Tür ablegen müssen? Brauchst du Zählschnüre, um die Übersicht zu behalten?«

»Du gehst zu weit mit deinen Beschuldigungen und Lästerungen«, fauchte Ileana.

Er sprach weiter, als hätte sie nichts gesagt. »Doch deine Tage sind gezählt. Du bist zu alt, um den nächsten Goldenen auszutragen.«

Sie erhob sich abrupt, und die Gästeschar verstummte. Dion blieb zu ihren Füßen liegen. Ileana schnippte mit den Fingern und augenblicklich wurde ihr Tragsessel gebracht. Als sie sich darin niederließ, wälzte sich Dion herum, sodass sein Gesicht auf einer Höhe mit ihren Füßen war. Er fand mit den Lippen die empfindsame Haut zwischen den Riemen ihrer Sandalen und küsste zärtlich die Innensohle ihres Fußes.

»Du stellst meine Geduld auf die Probe, Welpe.«

»Ich werde einen Schreiber bitten, dich aufzusuchen; wahrscheinlich hat dein Alter nicht nur deinem Körper, sondern auch deinem Geist zugesetzt«, meinte er traurig. »Wie ist deine Schönheit doch verblichen, wohl noch stärker als dein Verstand. Vielleicht kann der Schreiber dir bei der Liste helfen. Am einfachsten beginnen wir mit deiner Mutter, meiner Mutter, Phoebus' Mutter, Nestors Mutter …«

Ileana schnippte mit den Fingern, und sie wurde hinausgetragen, doch Dions Aufzählung wollte ihr nicht aus dem Kopf gehen. Wie hatte sie um ihren Thron kämpfen müssen! Von frühester Kindheit an hatte sie gewusst, dass sie einmal Himmelskönigin würde. Sie hatte es gewollt, sie hatte es verdient. Durch einen einzigen Akt der Kühnheit hatte sie den Thron an sich gerissen. Niemand konnte ihr etwas nachweisen, auch wenn man sie im Verdacht hatte. Seither schützte sie sich durch Leibwächter, Vorkoster und strenge körperliche Zucht. Ihr ganzes Leben hatte sie ihre Stellung verteidigt. Falls die regierende Himmelskönigin während ihrer Amtszeit starb, stand es *Hreesos* nämlich frei, sich irgendeine unter den vielen Huren zu wählen, die er geschwängert hatte.

Er hatte keine Wahl; sie würde sich nicht umbringen lassen.

Darum hatte sie die vielen Frauen beseitigen müssen, die ihrem Gemahl Söhne geschenkt hatten.

Sie hatten ihm makellose Kinder geschenkt – Phoebus, Dion, Nestor … dagegen hatte Ileanas exquisiter, goldener Leib Mädchen hervorgebracht. Doch auch von ihren eigenen Töchtern würde sie sich nicht vom Thron drängen lassen, so hässlich die beiden auch sein mochten. Weder von Atenis, ihrer eigenartig schweigsamen, häuslichen Erstgeborenen, noch von Irmentis, dem Kind der Nacht. Bei ihrer Geburt war die Göttin Kela in der Zeit des Blutes gewesen, und Ileanas jüngste Tochter trug das Zeichen ihres Zorns.

Als Verkörperung Kelas war Ileana Schöpferin und Zerstörerin zugleich. Sie hatte sichergestellt, dass keines von beiden Mädchen in Zelos' Armen Erfüllung suchte. Sie war Kela, sie besaß Kelas Autorität, Macht und Position. Was sie wünschte, wurde von der Göttin gutgeheißen, da sie es wünschte. Ileana hatte in beiden Töchtern den Wunsch zu regieren und zu heiraten ausgemerzt; sie würde keinem Muttermord zum Opfer fallen.

Man half Ileana aus ihrem Sessel, und sie trat in ihre Räume. Lichter brannten in Alabasterschalen, Leia spielte leise auf der Lyra, während Ileanas jüngster Leibeigener nackt und diensteifrig ihre Befehle erwartete.

Er löste ihren Bauchgurt, nahm ihr dann den Rock ab und führte sie zum Läuterungsbad. Zu müde, um Widerstand zu leisten, stieg sie mit einem leisen Schaudern in das warme Wasser. Die Erinnerungen ließen sie niemals los; stattdessen wurden sie ständig stärker. Der Leibeigene bot ihr *Kreenos* an, das Ileana, wenn auch nach kurzem Zögern, nahm. Doch die Droge brachte ihr keinen Frieden. Die Bilder aus der Vergangenheit stiegen trotzdem vor ihr auf.

Sie war wieder dreizehn Jahre alt und schlich sich in die Gemächer ihrer Mutter Rhea. Zelos, Ileanas älterer Bruder und Rheas Sohn, hatte eben die Wohnung verlassen, und Rhea lag nackt und schutzlos auf ihrer Liege.

Ileana, groß und schlaksig für ihr Alter, hatte in den Falten ihrer Tunika eine Obsidianklinge verborgen. Als einfache Muschelsucherin trug sie nicht den mehrlagigen Rock, mit dem die Große Göttin geehrt wurde. Leise trat Ileana zu der Schlafenden, bis Rheas leises Schnarchen im Kopf des Mädchens zu dröhnen begann. Blondes Haar, beinahe wie Ileanas, floss über die marmorweißen Schultern. Kela-Rhea alterte nicht; sie würde den Wettlauf auf keinen Fall verlieren, sie würde den Thron der Himmelskönigin bestimmt nicht freimachen.

Ileana hob die Klinge mit beiden Händen hoch über den Kopf und stieß sie mit aller Kraft in den Rücken ihrer Mutter. Wie die Tiere, an denen Ileana geübt hatte, wehrte sich Rhea schreiend und versuchte, sich dem Messer zu entwinden. Doch das Kegelschneckengift wirkte schnell – einen Atemzug später konnte Rhea sich nicht mehr rühren. »Mein Bad«, keuchte sie. »Baa-a-ad…« Unter dem Einfluss des Giftes bäumte sich ihr Leib noch einmal gewaltsam auf. Schließlich blieb sie reglos liegen.

Ileana rannte auf den Balkon und zog eine zweite Muschelsucherin herein. Der erste Kelch mit Wein, den das Mädchen je gekostet hatte, hatte sie benommen gemacht, und der von Ileana hineingemischte Mohn hatte ihr jeden Willen geraubt. Sie tauschten ihre Tunikas, sodass Ileanas blutbespritztes Gewand nun das verwirrte Mädchen kleidete. »Halt das fest«, flüsterte Ileana ihrer ehemaligen Freundin zu, wobei sie ihre Finger um das Messerheft bog.

Ileana hörte Schritte im Gang. »Lass es auf gar keinen Fall los«, zischte sie.

Aus den Schatten heraus beobachtete Ileana, wie die Doppeltüren aufflogen und zwei Wachsoldaten hereingerannt kamen. Die beiden sahen das Mädchen in unmissverständlicher Haltung stehen, ehe sie erkannten, dass Rhea nicht einmal in ihrem Bad gestorben war. Sie würde niemals auf den Inseln der Gesegneten tanzen.

Ohne die innere Reinigung durch das Läuterungsbad blieb sie für alle Zeiten tot. Soldaten badeten, bevor sie in den Krieg zogen, die Kranken wurden gebadet, wenn ihre Krankheit tödlich enden konnte. Neugeborene wurden in einem flachen Becken zur Welt gebracht, für den Fall, dass sie die Geburt nicht überlebten. Rhea war für immer verloren.

Hinter den Wachen kam Zelos ins Zimmer gelaufen, der sich weinend über Rheas Körper warf. Mit derselben Klinge, mit der Ileana ihrer Mutter das Leben genommen hatte, nahm Zelos nun das Leben des Mädchens. Der Weg zum Thron der Himmelskönigin war frei.

Blinzelnd kehrte Ileana zurück in ihr sicheres Bad, so viele Sommer von jener Nacht entfernt, und zwang ihren Geist zur Ruhe. Niemand hatte sie im Verdacht gehabt, niemand hatte auch nur geahnt, dass sie mit im Zimmer gewesen war. Durch ihre vorgetäuschte Trauer über den Tod ihrer Mutter hatte sie Zelos' Herz gewonnen, und durch Liebeskünste, die ihrem Alter weit voraus waren, einen Platz in seinem Bett. Mit Leichtigkeit hatte sie die Rolle als Himmelskönigin übernommen.

Niemand wusste etwas. Sie war sicher.

Aber bis wann? Und vor wem? Sicherheit war eine Illusion; jederzeit drohte Gefahr. Freunde waren Feinde, die nur auf die richtige Gelegenheit warteten, Kinder waren die Samen für die eigene Vernichtung, und selbst die Göttin war launisch in ihrer Gunst. Alle akuten Gefahren hatte Kela-Ileana ausgeräumt. Und doch lebte und atmete die Gefahr weiter – in Vena, Sibylla, Selena …

Doch nicht mehr lange.

Kaphtor

Sie erwachte in der Dunkelheit der Höhle, doch die Umgebung kam ihr nicht vertraut vor, sondern ungewohnt. Wieder beschlich Sibylla Unbehagen. Sie rieb sich die Augen und streckte die Hand nach der Alabasterlampe neben ihrem Lager aus.

Eine eisige Bö fuhr durch die Halle. »Das ist mein Leib!«, schien sie von überall zu hören. »Gib ihn mir zurück!« Die Stimme klang wie ihre eigene, verängstigt und wütend. Wieso hörte sie ihre Stimme von außen? Es ist der Teil meiner *Psyche*, der nicht zurückgekehrt ist, dachte sie. Dafür hasst er mich. Die Stimme verwehte mit dem Wind, und Sibylla zündete mit zitternden Fingern die Öllampe an.

Sie lebte in einem schmucklosen Raum mit weiß gekalkten Wänden; auf einem Gestell lag eine Matratze aus getrockneten Blättern und Kräutern. Ihre wenigen Habseligkeiten aus Kallistae standen beisammen auf einem kleinen Koffer. An Wandhaken waren zwei weitere Röcke und Jacken aufgehängt.

Der Kontrast ist wirklich sehenswert, hörte sie die Stimme in ihrem Inneren sagen, *aber was hat es zu bedeuten, und wo bin ich?* Sibylla blickte auf den safrangelben und purpurroten Rock vor der weiß-schwarz-umrahmten Wand und musste zugeben, dass es ein schönes Bild war, wenngleich es so alltäglich war, dass ihr nicht in den Sinn wollte, wieso es ihr plötzlich auffiel. Sie ignorierte die Frage in ihrem Kopf, wo sie hier war. Sie war in Kaphtor, in der Höhle, wo der Geist Kelas hauste. Jenseits des Meeres lagen die übrigen Inseln des Aztlantischen Imperiums – ihre Heimat. Sie wusste, wo sie war. Sibylla stand auf und begann, das ohnehin ordentliche Zimmer aufzuräumen.

Etwas Unaussprechliches war geschehen und geschah immer noch mit ihr.

Sie fühlte sich… einsam. Es war ein komisches Gefühl, eines, das Sibylla, so weit sie sich erinnern konnte, nie zuvor gehabt hatte. In ihrem Kopf blitzten Bilder von einem Mann auf, ähnlich den Männern in ihrer Umgebung und doch anders. In ihrer Wahrnehmung schien er zu leuchten, und sie sah Dinge in ihm, die den meisten anderen Augen verborgen blieben. Aufrichtigkeit, Geschicklichkeit, Ehrlichkeit, Witz, Sinnlichkeit… all das strömte in farbigen Lichtstrahlen von ihm aus. Sie hatte ihn noch nie gesehen, und doch kannte sie ihn. Etwas in ihrem Geist trauerte um ihn. Das war nicht ihre eigene Erinnerung, ihre eigene Vision.

War es eine Botschaft von Kela?

Die Stimme in ihr schrie frustriert auf, und Sibylla musste gegen den Drang kämpfen, einfach loszurennen, nötigenfalls bis nach Knossos. Diese Kammer mit dem heulenden *Skia*, ihr Geist mit der weinenden, unbekannten *Psyche* waren ihr einfach zu viel.

Sie warf einen Umhang über die Schultern und trat ins Freie. Hinter ihr flackerte schwächlich die Lampe. Weißer Kalkstaub hing an ihren Röcken und Füßen. Sie atmete tief die Nachtluft ein, bis sie die Kälte in der Brust brennen spürte. Hoch über ihr hingen die Sterne wie Trauben am Rebstock des Himmels, und Sibylla spürte Tränen in ihren Augen.

Warum in Kelas Namen musste sie weinen? Das Gefühl von Einsamkeit und Verzweiflung war so stark, so überwältigend, dass sie die Schluchzer nicht länger zurückhalten konnte. Laut und schroff hallte ihr Heulen durch die stille Nacht. Sibylla hatte keine Ahnung, wie lange sie weinte, wie oft sie ihr Gesicht abwischte und die Arme um ihren Leib schlang, aus Sehnsucht, das Mitleid eines anderen Menschen zu spüren. Eines unbekannten, namenlosen Menschen.

Schließlich stolperte sie erschöpft zurück in den Höhleneingang. Missgunst schlug ihr entgegen wie beissender Gestank. In sich zusammengesunken blickte Sibylla in die Schatten. Dort warteten *Skia* auf sie. Nachdem sie einmal tief durchgeatmet hatte, wagte sie sich tiefer in die Höhle vor. Die *Skia* umzingelten sie und trommelten voller Zorn, Enttäuschung, Schmerz, Wut auf ihren Verstand ein, bis ihre Gefühle nur noch eine breiige Masse waren.

Sibylla legte die letzten Schritte zu ihrem Bettgestell im Laufen zurück und rollte sich hastig unter ihrem Umhang zusammen. Die Nacht selbst schien zu ihr zu flüstern. Noch nie hatte sie sich so danach gesehnt, die Morgendämmerung zu sehen. Die blakende Lampe erlosch, und Sibylla kreischte bibbernd auf.

Skelettartige Finger tasteten nach ihr und bohrten in ihr, bis Sibylla sich voller Angst in einen Winkel ihres Geistes zurückzog. Ein anderer Teil ihrer selbst, eine kräftigere, anpassungsfähigere *Psyche* trat vor.

Chloe zog sich den Umhang vom Kopf und starrte in die Dunkelheit.

Heilige Scheiße! Schon wieder steckte sie im Körper einer anderen Frau. War sie sich dessen sicher? Wer bin ich?, fragte sie sich hastig. Chloe Bennett Kingsley, Zweiter Lieutenant, Dienstnummer 044-65-2089. Geboren am 23. Dezember 1970. Zweites von drei Kindern eines amerikanischen Diplomaten und einer englischen Archäologin. Eine ältere Schwester namens Camille, eine Ägyptologin. Ein jüngerer Bruder namens Caius, das schwarze Schaf der Familie. Großmutter Mimi, verstorben. Abschluss in Kommunikationswissenschaften. Wohnhaft 767 Amber Lane, Dallas, Texas 75007.

Chloe schluckte. Das waren ihre Lebensdaten. So weit, so gut.

Wo war sie also? Sie steckte nicht in ihrer eigenen Haut – ihr eigenes Haar war nicht schwarz. Wer also war ihr Gastkörper? Sie hatte den Eindruck, ihre Umgebung wie durch welliges Wasser wahrzunehmen. Nichts war klar. Nichts war erkennbar. Die andere *Psyche* in diesem Körper, Sibylla, tat die meiste Zeit so, als wäre Chloe gar nicht vorhanden. Auf gar keinen Fall war sie willkommen, erkannte Chloe. Das war einer der wenigen klaren Gedanken, die sie zu Stande gebracht hatte während der vergangenen – wie lange war sie schon hier? *Wie soll ich irgendwas begreifen, wenn ich nicht mal »lenken« kann? Wir müssen einen Body-Leasing-Vertrag ausarbeiten. Ich lebe in diesem Körper, als würde ich mit einer Marionette hantieren; ich bin ein lebendiges Kasperltheater. O Gott.*

Wo war Cheftu? Der Schmerz über seinen Verlust war so bedrückend, dass sie im Dunkel zu wimmern begann. Ihnen war so wenig Zeit miteinander vergönnt gewesen. Wenn sie nicht in die Moderne zurückgekehrt war, und das war sie vermutlich nicht – Höhlen waren als Unterkünfte eher antiquiert –, wo war sie dann gelandet? Wo war er? War er im Alten Ägypten geblieben? War er in die Zukunft gereist? Hatte er wirklich verstanden, dass sie ihn nicht verlassen wollte? Hatte er, o Gott, war er noch am Leben? Chloe kniff die Augen zusammen, um die Tränen zurückzuhalten. Wusste er, dass sie noch am Leben war? Wusste er, wo sie war? Wusste *sie*, wo sie war? Wo war sie hier?

Die Vision, Sibyllas Zerstörungsvision, stieg hinter Chloes Lidern auf. Weil sie die Vision nicht »selbst« gesehen hatte, waren die Ränder ausgefranst, und das Bild blieb blass: wie auf einer geistigen Daguerreotypie. Wellen, Feuer, Erdbeben… war sie auf Grund ihrer Ausbildung als Katastrophenhelferin hier? Ganz zu schweigen von ihren *Erfahrungen* im Katastropheneinsatz. Wenn es wirklich hart auf hart kam, aßen die Harten auch Heuschrecken.

O Cheftu, o lieber Gott, wie ich dich vermisse…

Chloe schüttelte den Kopf, allerdings brauchte sie ein paar Sekunden, um die Absicht in die Tat umzusetzen. Sie fühlte sich in diesem Körper nicht recht zu Hause. *Ich klinge wie ein Gast in einer Primitiv-Talk-Show: »Moderne Frauen und die vorzeitlichen Körper, die sie bewohnen.«*

»Jetzt geht's aber los.« Selbst ihre Stimme klang ein wenig anders – von der Sprache ganz zu schweigen!

Wenn ich hier bin, in Sibyllas Körper, wo ist dann der Körper von RaEm geblieben – meiner früheren Gastgeberin –, wo ist mein Körper, und wo ist RaEm? RaEm und ich haben schon früher Plätze getauscht, ist RaEm also immer noch in meinem Körper im Ägypten der Neuzeit? Hat Cammy gemerkt, dass ich nicht ich bin?

Wo war Cheftu? Ich brauche dich, dachte sie. Zu dumm, dass ich mir das nicht früher eingestanden habe. Gott. Cheftu, ich brauche dich! Nur er würde die Ironie in all dem sehen, nur er würde verstehen, warum sie am liebsten über die Idiotie dieser Geschichte gelacht hätte, während sie in Wirklichkeit weinte.

Chloe schlang die Arme um ihren Leib. Feuer, Riesenwellen und Erdbeben. Willkommen in Sibyllas Welt. Es gab noch etwas, nach dem sie sich verzehrte, fast so sehr wie nach Cheftus Berührung, wie nach einem Blick aus seinen goldenen Augen. Sie hätte auf ihren Nerven Geige spielen könne. Wenn sie einen Geigenbogen gehabt hätte …

Sie fuhr sich mit der Zunge über die Lippen. *Mann, was würde ich jetzt für eine Zigarette geben.*

Die Morgendämmerung kam, und mit ihr kamen die Frauen aus dem Dorf. Sibylla, aus dem Schlaf gerissen und im ersten Moment vollkommen verwirrt, verstand kein Wort von dem, was sie sagten. Sie blinzelte und heftete die Augen auf die plappernden Lippen einer Frau, bis sie spürte, wie sich mit einem Gefühl der Erleichterung Wissen in ihr ausbreitete. Die Stimme in ihrem Inneren wandte sich mit einem verärgerten Stöhnen ab, wodurch Sibylla endlich wieder die Kontrolle über ihren eigenen Geist bekam.

Lächelnd und mit sanften Befehlen zogen ihr die Frauen einen fünflagigen roten und safrangelben Rock mit Jacke an, schnürten ihr Korsett und kämmten ihr Haar, bis es in Wellen auf ihre Taille fiel. Kühler Bleiglanz umringte ihre Augen und färbte ihre Lider. Niemand verlor auch nur ein Wort darüber, dass ihre Augen immer noch grün waren.

Diese andere *Psyche* ist nach wie vor in mir, dachte Sibylla. Sie nahm sich ein Stück Brot, dann zogen sie gemeinsam durch den Nieselregen zur Haupthöhle. Heute würde nicht geweissagt, stattdessen würden Alt und Jung beisammen sitzen und den Geschichten aus dem Dorf lauschen, von alltäglichen Prüfungen durch qualmende Feuer, mürrische Männer, schreiende Kleinkinder und hitzköpfige Esel. Die Zeit des Regens diente der Ruhe. So wie Erde und Sonne und Meer ruhten, so ruhte auch das Dorf.

Die Frauen hatten Wolle zum Krempeln mitgebracht. Um das Feuer sitzend, teilten sie die Arbeitsgeräte und die zu krempelnden Vliese aus. Sibylla nahm zwei der gezackten Platten entgegen und legte ein Wollbüschel dazwischen. Im Takt mit den anderen verschob sie die Platten gegeneinander, wodurch die Wolle geradegezogen und gestreckt wurde. Es war eine laute Arbeit, vor allem, da alle zwanzig Frauen schwatzten und fast schreien mussten, um sich über das Klatschen und Kratzen hinweg verständlich zu machen.

Als die Sonne im Zenit stand, machten sie Pause und gingen nach draußen. Das Licht war fahl und der Felsvorsprung vor der Höhle glitschig vom Regen. Die jüngeren Frauen spielten mit einem Ball, den sie lachend und kichernd durch die Luft kickten, während die Älteren Gurken aufschnitten und Fladenbrote mit Ziegenkäse belegten.

Einige Nymphen forderten die übrigen in einer Nachahmung der Sonnwendfeiern zum Wettlauf heraus. Nachdem die Mädchen ihre Bauchgurte gelöst hatten, zogen sie die Röcke aus und rannten barfuß hin und her, einander ziehend und sich gegenseitig anfeuernd, wobei sie einen solchen Aufruhr verursachten, dass eine der Mütter sie allesamt auf einen anderen Felssims verbannte. »Dort könnt ihr laufen, und wir können euch allen zuschauen«, meinte sie lächelnd.

»Nera, das hast du nur gemacht, um sie loszuwerden!«, flüsterte eine alte Frau, deren Stimme im Lärmen der auf den unteren Sims umziehende Mädchen fast unterging.

»Lillina übt schon seit Monden Wettrennen! Die schlammigen Pfade rauf und runter, durch die Felder, hin und her! Bei Kelas Rock, wenn das Mädchen nicht bald ruhiger wird, dann lasse ich sie Holz schmecken!«

Sibylla lachte, denn sie wusste, dass diese Frau eher das Orakel schlagen würde als ihr Kind. Die Frauen aus dem Dorf lachten ebenfalls, hackten Zwiebeln, bröckelten Käse auf die festen Winterkräuter. Während sie Wein aus den Weingütern der Matriarchin tranken, besprachen sie, wie sie am besten Kelas Wünschen entsprechen konnten. Sollten sie vor der Zeit des Löwen fliehen? Mitten in der Ernte?

Doch wenn Kela ihnen befahl, fortzuziehen, dann würden sie ihre Webstühle schultern, ihre Esel und weiß gekleideten Kinder packen und fortziehen. Sie glaubten fest daran, dass die Göttin sie liebte und beschützte. Sie verstanden sie nicht, aber sie glaubten an sie. Wenn Aztlans Glaube nur ebenso stark wäre, dachte Sibylla. Sie bezweifelte, dass die Aztlantu ihr glauben würden, selbst wenn die Nüstern des Stieres schon Blut spuckten. Nach Hunderten von Jahren ohne jeden Konflikt mit der Erde oder anderen Sterblichen waren sie überheblich geworden. Sie kannten weder Angst noch Achtung. Würden sie ihre Landhäuser mit den üppigen Gärten zurücklassen, die Kopfsteinstraßen und Läden, wo man jede Ware kaufen konnte, die in der Ägäis zu haben war? Würden sie ihre Weingüter aufgeben, die über die glitzernde Weite der Therossee blickten?

Und falls sie weggingen, wohin würden sie fliehen?

Nach dem Mittagessen zogen sich die Frauen in den Schatten des Hügels zurück, *nebeneinander sitzend wie Vögel auf der Telefonleitung*, hörte Sibylla in ihrem Geist. Dösend spürte sie die Sonne auf ihren Brüsten, ihrem Gesicht, auf Händen und Füßen. Ihr Geist schien zur Ruhe gekommen zu sein und vollauf damit zufrieden, zu dieser Frauengemeinschaft zu gehören. Nach dem Aufwachen tranken sie noch mehr Wein. Heute war ein besonderer Tag, denn das süße Mädchen, das in Sibyllas Vision aufgetaucht war, würde nach dem Vollmond heiraten. Ob die Herrin Sibylla die Vermählung mit ihrer Anwesenheit beglücken würde? Die Vision war verblasst und leicht zu vergessen. Eine Hochzeitsfeier würde ihnen allen Mut machen. Lächelnd sagte Sibylla zu.

Die Braut war beinahe vierzehn Sommer alt. Ihr Leib hatte sich ein wenig früher entwickelt als ihr Geist. Umringt von Tanten, Cousinen, Schwestern und ihrer Mutter lauschte sie mit großen Augen ihrer Großmutter, die ihre Hände nahm und ihr von den

Mysterien der Hochzeitsnacht erzählte. Unter lautem Gekicher und den Kommentaren der Matronen wurden alle Fragen des Mädchens beantwortet, bis ihre blitzenden braunen Augen keine Angst mehr zeigten.

Zurückgelehnt sann Sibylla darüber nach, wie sehr sich die ländliche Vasalleninsel Kaphtor von den kosmopolitischen Inseln Aztlans unterschied. War es auf Aztlan ähnlich gewesen, als es noch keine Sippen gab und die Familien nur durch Blutsbande verbunden waren? In Kaphtor tat jeder von allem etwas; jeder besaß einen eigenen Garten, eine eigene Ziege, jeder krempelte seine eigene Wolle, webte sein eigenes Gewand. Daheim in Aztlan hatte jede Sippe eine ihr zugewiesene Aufgabe im Imperium. Die Seesoldaten befuhren die Meere, die Künstler auf Delos verschönerten das Imperium, ihre eigene Sippe fütterte und versorgte das Vieh.

Gemeinsam betraten sie die heilige Höhle und badeten die Braut im eisigen Wasser der heiligen Quelle. Sie rieben ihre Haut mit frischen Kräutern und Blumen trocken und führten sie dann nach draußen. Eine ältere Tante mischte Henna an und begann mit eleganten Strichen die Hand der Braut zu bemalen.

Sibyllas Blick fiel auf ihre eigene langfingrige, elegante Hand. Sie trug keine Ehezeichen. Um ihr Handgelenk und über ihre Finger wand sich keine Tätowierung, an der sich erkennen ließ, dass sie verheiratet war. Würde sie jemals solche Liebe empfinden? *Das habe ich schon*, hörte sie eine ungeduldige Stimme sagen. *Ich habe ihn verloren, was zum Teufel habe ich hier also zu suchen?*

Verwirrt versuchte Sibylla die Stimme in ihrem Kopf zu überhören und konzentrierte sich auf die Feier. Dies sei ihre jüngste Enkelin, hatte die verwirrte Alte, die sie anführte, stolz verkündet. Möge es Kelas Wunsch sein, dass ihr bis zur nächsten Ernte eine Urenkelin geschenkt würde. Die Braut errötete, und die Frauen lachten. Sibylla schüttelte ihre Beklommenheit ab – bestimmt war sie von ihrer Vision irregeführt worden.

Kela würde sie doch nicht zu Schaden kommen lassen, oder?

Die Frauen des Dorfes kämmten der Braut das Haar, flochten es in mehreren Abschnitten und webten zu Ehren der Göttin als

Braut eine ungerade Anzahl von Verzierungen hinein. In Aztlan würde die Braut Gold, Silber oder Edelsteine tragen, doch die Kaphtori waren arm und reich nur an Kräutern, Blumen, Bändern. Die politische Lage kam vor allem Aztlan zugute.

Schließlich waren die Hände der Braut fertig geschmückt: Gemalte Girlanden und Blumen wanden sich über ihre Handflächen und die inneren Handgelenke, und in der Mitte ihrer linken Handfläche prangte der Schmetterling Kelas.

Bitte lass all dies nicht vergebens sein, flehte Sibylla die Göttin an. Sie ist so jung, so voller Leben. Bitte verschone diese Menschen.

Doch Sibylla meinte bereits verbranntes Fleisch zu riechen.

2. Kapitel

Januar 1996, Ägypten

Über Tausende von Jahren war das Geheimnis gehütet worden. Gut verborgen unter und in tonnenschwerem Gestein, hatte es auf jene gewartet, die ausersehen waren.

Als lebender Wachposten saß der letzte Löwe auf einem der raren Schattenflecken in der östlichen Wüste Ägyptens, den braunäugigen Blick in die Ferne gerichtet, wo Menschenwesen arbeiteten, die Erde beiseite schafften und sich in den Boden wühlten wie Schakale. Sie arbeiteten in der Grube, wo seine Ahnen gestorben waren. Sie hatten ihr Leben gegeben, Wache haltend, wartend, schützend.

Nun war die Reihe an ihm.

Nur das instinktive Bedürfnis, zu dieser Grube zurückzukehren, trieb ihn an. Er leckte sich die Pfoten sauber, ohne den Blick von den Menschenwesen zu nehmen. Alle waren nun in der Grube verschwunden.

Der alte Löwe beugte sich dem Ruf, den er fühlte, und machte sich humpelnd auf den Weg über den Sand, um sein Leben dort zu beenden, wo es begonnen hatte. Um die Mission seiner Ahnen zu erfüllen. Das Geheimnis zu enthüllen.

Schweiß rann zwischen ihren Brüsten hinab, doch Dr. Camille Kingsley nahm das gar nicht wahr, so wie sie nichts wahrnahm, was sie von ihren Ausgrabungen ablenken könnte.

In ihren Adern kochte Spannung. Eine Vorfreude, der sie keinen Ausdruck zu verleihen wagte. Sie waren so dicht dran. Sie konnte es riechen; alle ihre Sinne waren in Alarmbereitschaft. So dicht dran, so dicht dran! Das leise Fächeln der Bürsten über dem Stein war in seinem Rhythmus wie Musik. Bitte lass es hier sein, flehte sie blindlings.

Seit man auf dem Felsen über ihren Köpfen eine eingemeißelte Kartusche gefunden hatte, waren die Mittel für dieses Projekt in Strömen geflossen. Die Ausgrabung war ins Scheinwerferlicht gerückt, weshalb Cammy sich glücklich schätzen konnte, dass sie noch daran teilnehmen durfte. Sie war zwar eine Expertin auf dem Gebiet der frühen achtzehnten Dynastie, doch immer noch eine schlichte Postgraduierte. Zum Glück hatten ihr Aufenthaltsort (sie war bereits in Ägypten) und ihre Rolle bei den ersten Funden (sie war bei den Ausgrabungen dabei gewesen) für sie gesprochen.

Die gefundene Kartusche war das Zeichen Hatschepsuts, der Pharaonin aus der achtzehnten Dynastie und, wenn man so wollte, einer der mächtigsten Herrscherinnen der Geschichte. Etwas aus ihrer Herrschaftszeit zu finden, war fast ein Wunder und zudem verdächtig. Wieso hatte sie wohl so weit draußen in der östlichen Wüste ihren Namen einmeißeln lassen? Auf diese Frage vermochte niemand eine Antwort zu geben, wenigstens keine, die Sinn ergab.

Bitte, lass das den Fund meines Lebens sein, dachte Cammy wieder.

Sie hörte einen der anderen unter dem jahrhundertealten Staub husten, den sie aufgewirbelt hatten. Cammy war vollauf damit beschäftigt, den Staub Schicht um dünne Schicht von der Wand zu fegen und nach dem glatten Verputz zu suchen, den die alten Ägypter hier vor beinahe 3500 Jahren bemalt hatten. Falls dieser Raum nicht nur als Vorratsraum gedient hatte, hatten die Ägypter die Wände bemalt. Das war damals so üblich gewesen.

Es war eine gespenstische Höhle. Allem Anschein nach hatte das unterirdische Gewölbe als Löwenfriedhof gedient. Ganze Berge von Knochen waren gefunden und beiseite geräumt worden. In der Kammer selbst war ihre Ägyptologenmannschaft dann auf einige der erstaunlichsten Papyri gestoßen, die je in Ägypten entdeckt worden waren.

Die riesigen, detaillierten Zeichnungen waren in einem Stil gehalten, der für die alten Ägypter vollkommen untypisch war. Tinte und Papyrus ließen keinen Zweifel zu, dass die Bilder aus der frühen achtzehnten Dynastie stammten. Ganz eindeutig ein Rätsel, das von einem Mysterium umgeben ist, dachte sie. Die Zeichnungen waren derart eigentümlich, derart abwegig, dass die Ausgrabungsleiter geradezu erleichtert waren, als die Gräber des Sohnes von Ramses dem Großen entdeckt wurden und ihre Entdeckung in den Hintergrund rückte. Es bestand immer noch die Möglichkeit, dass es sich bei den Darstellungen um einen ausgefeilten Lausbubenstreich handelte.

Doch bei der Kartusche nicht.

Pharao Hatschepsut.

Während ihrer achtundzwanzigjährigen Regentschaft hatte sie ihrem Volk Frieden, Wohlstand und Handel mit anderen Ländern gebracht. Dann war sie vom Thron gedrängt und, wie man annahm, ermordet worden, doch von wem, blieb Spekulation. Danach hatte ihr Neffe Thutmosis III. den Thron bestiegen. Seine lange, blutige Herrschaft hatte ihn zu einem der größten Eroberer der Menschheitsgeschichte gemacht: dem Napoleon Altägyptens.

Cammy schob sich die Brille auf dem Nasenrücken nach oben und blinzelte, dann blinzelte sie noch mal.

Tinte!

Mit bebenden Händen fegte sie ganz behutsam den Staub beiseite. Darunter kam die hauchdünne Spur einer Linie zum Vorschein. Sie zog die Stirn in Falten. Die Farbe war ungewöhnlich; viel zu dick und ungleichmäßig. Schwer schluckend, fegte sie weiter. Ein dünner Querstrich. Eine zweite Linie, parallel der ersten. Ein paar Tintenpartikel flockten ab, und Cammy musste sich auf die Zunge beißen, um nicht laut zu fluchen. Sie wischte sich das schweißgetränkte Gesicht am staubigen Hemd trocken, dann fegte sie das nächste Stück Wand frei.

Eine Leiter – im Allgemeinen ein Symbol für den Aufstieg zu Osiris. Das Mittel, mit dem man in den Himmel, in die Nachwelt gelangte … und das bedeutete, dass die Kammer … Es war ein Grab!

»Jon«, sagte sie ganz ruhig, um den Ausgrabungsleiter herzuholen.

Ein Grab? Mit Hatschepsuts Kartusche darüber? War es möglich, dass dies Hatschepsuts Grab war? Das Grab, das man ihr im Tal der Könige erbaut hatte, war nie genutzt worden. War es möglich, dass ein Pharao sein Grab auf dem Ostufer des Nils bauen ließ? Mitten in der Wüste? So etwas wäre einmalig, doch das war eine Pharaonin ebenso.

»Jon«, wiederholte sie etwas lauter.

Oben hörte sie erstickte Schreie, doch sie nahm keine Notiz davon. Hatschepsuts Grab? Allein die Vorstellung war abwegig!

»Was zum –«, sagte Brian, der Australier.

Endlich riss Cammy den Blick von der gezeichneten Leiter los, die an der Wand nach oben zeigte, und schaute über ihre Schulter.

Ein goldener, brüllender Fleck schoss durch die Öffnung in der Decke herein. Camille hörte, wie sich ihre Schreie unter die der anderen mischten. Eine Raubkatze! Ein Löwe? In ihren Ohren dröhnte das Blut so laut, dass sie nichts mehr hörte. Der Löwe kam auf sie zu, den massigen Leib blutbesudelt, das Fell an den verschiedensten Stellen ausgerissen. In Cammys Kopf blitzte aus dem Dunkel schlagartig die Angst vor Tollwut, einem Angriff auf … Er kam näher, und sie wich langsam zurück, bis sie gegen die zwei Meter hohe Holzleiter prallte, die an der Wand lehnte.

Was für eine Ironie, dass sie genau neben ihrer neuesten Entdeckung lehnte, dachte Cammy flüchtig. Sie konnte ihren Blick nicht von dem Löwen reißen. Unbeholfen schob sie ihren Körper eine Sprosse höher, dann noch eine und noch eine, immer hoffend, dass die Leiter nicht plötzlich abrutschte.

Der Löwe knurrte kehlig und holte mit einer massigen Pranke nach ihr aus. Cammy kreischte auf und kletterte eine weitere Sprosse nach oben, wo sie sich mit zitternden Armen an der Decke abstützte, um das Gleichgewicht nicht zu verlieren. Der Löwe setzte sich, den struppigen Kopf mit dem riesigen Maul Zentimeter von ihren Sandalen und ihren Füßen entfernt.

Wimmernd kauerte Cammy sich auf der obersten Sprosse ineinander, die Schultern gegen die Decke gedrückt, die Beine angezogen. Der Löwe brüllte, woraufhin Cammy sich noch mehr zusammenkrümmte und den Rücken fester gegen die Decke presste. Sie spürte, wie ihre Hände, die sie gegen die Kante zwischen Decke und Wand gestemmt hatten, plötzlich nach oben verschwanden …

In den Fels hinein.

»Camille! Ich hab ihn im Visier! Duck dich!« Gerade als der Löwe zum Sprung ansetzte, hallte Jons Stimme durch die Kammer.

Ein Knall zerfetzte das Gewölbe, und Cammy krallte sich in den Stein über ihrem Kopf, um sich mit aller Kraft festzuhalten und nach oben in Sicherheit zu ziehen, während der Löwe unten gegen die Leiter flog und sie in den schmutzbedeckten Boden schleuderte.

Cammy schaute nach oben und in einen Gang, der von mattem Goldglanz erhellt wurde. Sie hatte es *gefunden*!

Dann gab die Decke nach.

Gold. Staub. Dunkelheit.

Camille schlug die Augen auf. Der Schock, in einem Krankenhausbett aufzuwachen, war in den vergangenen zwei Wochen nur unwesentlich abgeebbt. Immer noch hingen ihr unverarbeitete Eindrücke nach. Sie rieb sich mit dem Gesicht über ihre Schulter. Wenigstens fühlte sie sich hier einigermaßen sicher. Gold, Staub, Dunkelheit … woher kamen diese Bilder? Ihr Blick wanderte über die Körbe und Blumensträuße am Bett von Camille Kingsley, Doktor der Ägyptologie. Sie kam sich eher vor wie ein Kind als eine ausgebildete Forscherin.

Sie hatte keine Erinnerung mehr an die Ausgrabung oder ihren Sturz … ihr ganzes Leben hatte sie sich mit Archäologie beschäftigt, doch nichts davon war ihr im Gedächtnis geblieben. Gold, Staub und Dunkelheit. Sie wünschte, sie könnte in ihr Gehirn greifen und hervorholen, was sie gesehen hatte. Falls sie irgendetwas gesehen hatte.

Was für eine kümmerliche Weise, den Winter zu verbringen.

Das Atmen schmerzte noch, wenn auch weniger als anfangs, daher wusste sie, dass ihre Rippen allmählich heilten. Fatima, ihre Krankenschwester, lächelte, als sie den Deckel von Camilles Frühstück hob. Krankenhausessen blieb Krankenhausessen, selbst in Ägypten. Camille blickte aus dem Fenster auf das aufstrebende Hurghada am Roten Meer. Nicht genug, dass sie in dieser trendigen Touristenfalle ausharren musste, sie durfte nicht einmal am Strand liegen!

Geduldig klappte sie den Mund auf; es widerstrebte ihr, sich füttern zu lassen, doch mit gebrochenem linken Arm und der gerissenen Sehne im rechten Handgelenk konnte sie im wahrsten Sinne des Wortes nicht die Hand zum Munde führen. Fatima erklärte ihr, dass sie Besuch bekommen hätte. Cammy ließ sich von ihr das lange braune Haar kämmen und flechten.

Nach einem Klogang mit Fatimas Hilfe und einer Mundspülung kroch Cammy dankbar zurück ins Bett und pappte sich ein Lächeln an. Sie wünschte, man würde sie nicht besuchen. Sie hatte ein entsetzlich schlechtes Gewissen: Schon beim Anblick der aufgesetzten Tapferkeit in den Gesichtern ihrer Besucher zog sich alles in ihr zusammen. Sie war daran Schuld, dass sie nicht weiterarbeiten konnten.

Nach dem Vorfall mit dem Löwen hatte die ägyptische Denkmalschutzbehörde die Ausgrabungsstätte aus Sicherheitsgründen geschlossen. Wenn sich Camille nicht am Dach festgehalten hätte, wäre es vielleicht nicht eingestürzt, und sie alle könnten noch arbeiten. Doch auch noch so große Wenns änderten nichts an der momentanen Situation.

Zwar gab es Verhandlungen, die Ausgrabungsstätte wieder zu öffnen, doch man war hier im Nahen Osten. Zeit war ohne Bedeutung. Heute, morgen, nächste Woche, nächstes Jahr … wer wusste das schon? Ein Dutzend Menschen wollten bestochen werden, damit sie ihrerseits ein Dutzend Menschen bestachen. Die Mühlen der Bürokratie mahlten nicht nur langsam, sie waren auch noch frisch installiert. Bis zu jenem fernen Tage, an dem sie eine neue Genehmigung erhielten, blieb die Ausgrabungsstätte in der östlichen

Wüste versiegelt, über dem Brunnen lag ein Eisengitter, und drei Wachposten patrouillierten dort rund um die Uhr. Aus Angst vor einer Klage hatte die Universität alle Mittel zurückgezogen.

Jon war der Ausgrabungsleiter, dazu seit neuestem Löwentöter und Lebensretter. Wenn sie sich vorstellte, was dieser Löwe ihr hätte antun können, bekam sie eine Gänsehaut. Doch selbst als er nach ihr geschlagen hatte, hatte er seine Krallen nicht ausgefahren. Es war ein merkwürdiges Detail, das ihr erst im Nachhinein aufgefallen war. Wenn sie sich nur an andere Details erinnern könnte.

Brian, der Australier, trug immer noch einen weißen Verband um den Kopf, was seinem verwegenen Erscheinungsbild einen Stich ins Piratenhafte verlieh.

Clyde, ein begnadeter Fotograf und Zeichner, dessen Fähigkeiten an jene von Camilles Schwester Chloe heranreichten, stammte aus Carolina, Nord oder Süd. Blond und schlank, hatte er mit seinem sanften, freundlichen Akzent schon eine Hand voll Herzen gebrochen. Alle jungen Krankenschwestern wollten ihn heiraten, ihn aufpäppeln und ihm goldenhaarige Kinder schenken.

Lisa war außer ihr die einzige Frau im Team. Sie hatte sich auf Grabbeigaben der mittleren achtzehnten Dynastie spezialisiert, allerdings war sie auch in vielen anderen Kunstgegenständen aus der achtzehnten Dynastie bewandert. Nachdem sich abgezeichnet hatte, dass das Gewölbe aus der achtzehnten Dynastie stammte, war sie aus Kairo zu ihnen gestoßen.

»Wir haben dir was mitgebracht.« Lisa legte ein Sensationsblatt auf Cammys Decke. »Wenn Lachen wirklich die beste Medizin ist, dann wird dich dieser Artikel bestimmt heilen.«

»Verblüffend, was die Leute alles glauben, wenn es um Archäologie geht«, ergänzte Brian. »So ein Quatsch. Ein neuer ›Fluch des Tutenchamun‹.«

Clyde schlug die Zeitung für sie auf, und Cammy überflog, neugierig geworden durch das gepresste Schnauben und Kichern ihrer sonst so reservierten Gefährten, die Schlagzeilen, die von Elvis Presleys zweitem Leben und von sensationellen Liebestechniken der Außerirdischen berichteten. »Gestattet ihr mir die Frage, woher ihr das hier habt? Wer von euch liest so was?«, fragte sie.

Jon wurde knallrot. »Meine Schwester schickt mir jeden Mist, solange nur das Wort Ägypten darin vorkommt. Mach schon, lies.«

Clyde schlug die nächste Seite auf, und Cammy starrte mit offenem Mund auf das Blatt.

ARCHÄOLOGE SPRICHT DURCH MAGISCHE STEINE ZU GOTT!, verkündete die Schlagzeile in riesigen Lettern. Es war nie ein gutes Zeichen, wenn in der Schlagzeile ein Ausrufezeichen stand. Der Artikel darunter klang nicht weniger aufgeblasen. »Renfrock Holmes, der echte ›Indiana Jones‹, entdeckt die telekinetischen Geräte, mit denen auch *Menschen* Gottes Frequenz empfangen können!«, lautete der Untertitel.

»O nein, bitte nicht Renfrock«, flehte Cammy. »Wie der Typ jemals ein Diplom kriegen konnte, ist mir schleierhaft.«

»Lies weiter«, drängte Lisa. »Es kommt noch besser.«

»*Unter den Wassern des Kinneret-Sees in Israel hat Renfrock Holmes die Schlüssel zu einem direkten Gespräch mit Gott zu Tage gefördert.*

›Gott selbst hat mir gesagt, wo ich graben soll‹, erklärt der bekannte Archäologe und weist dabei auf eine in den See führende sandige Landzunge, wo schon Jesus gelehrt hat und wo die Rabbis, die den Talmud geschrieben hatten, ihre Operationsbasis hatten.«

Cammy überflog die Absätze, in denen sich der Autor über Renfrocks Brillanz und sein *tête-à-tête* mit Gott ausließ, »*Genau wie damals Moses befahl mir Gott, die Schuhe auszuziehen!*, bis sie schließlich zu der Beschreibung der eigentlichen Fundstücke gelangte.

Sie las den Absatz zweimal durch und sah dann auf. »Unmöglich. Vollkommen unglaubwürdig.«

Jon schnaubte. »Man sollte meinen, selbst Renfrock würde merken, dass ihm kein Mensch so eine Geschichte abkauft.«

»*Ein ägyptischer Lederbeutel mit zwei Steinen, die laut Holmes ›eine Art Funkverbindung zu Gott‹ darstellen –*«

Cammy weigerte sich zu lachen – es tat zu weh.

»›*Der Beutel stammt etwa aus dem Jahr neunhundertsechzig*

vor Christus‹«, erklärt Renfrock. »Möglicherweise ist es derselbe Beutel, in dem die Priester diese Steine trugen, während sie vor den angreifenden Ägyptern flohen.«

»Sind die Ägypter tatsächlich neunhundertsechzig vor Christus in Israel eingefallen?«, fragte Cammy.

»Lies weiter.«

Sie ackerte sich durch einen armselig verfassten Absatz, in dem Renfrock behauptete, dass die Ägypter *»durch elektromagnetische Impulse«* die Steine dazu verwendet hätten, die Pyramiden zu bauen. Cammy konnte nicht mehr, sie brüllte trotz der Schmerzen vor Lachen.

Der Artikel schloss mit Renfrocks Aufruf an seine etablierten Kollegen, *»im Glauben fest zu sein«* und *»an die Wahrheit von Legenden zu glauben«*.

»Gibt es da nicht eine Legende über irgendwelche Steine, die die Hebräer hatten?«, fragte sie, nachdem sie glucksend in die Kissen zurückgesunken war.

»Ja. Man nannte sie die Urim und Thummim«, antwortete Clyde. Anders als die Übrigen im Team mit ihrer strikt ägyptologischen Ausbildung kannte er sich im gesamten Nahen Osten aus.

»Komische Namen«, meinte Lisa.

»Im Hebräischen steht ›im‹ für den Plural. Sie bedeuten Gerechtigkeit und Gnade. Oder Licht und Vervollkommnung, je nach Übersetzung«, erklärte Clyde. »Der Legende zufolge hat Davids Hohepriester sie eingesetzt, um zu erfahren, welche Schlachten sie gewinnen würden.«

»David?«, fragte Brian.

»König David? Der Typ, der Goliath gefällt hat? War eigentlich jemals einer von euch in der Kirche?«, fragte Clyde lächelnd.

»Du meinst, er konnte mit Gott sprechen?«, hakte Jon nach. »Was für ein Riesenquatsch.«

»Wie haben die Steine funktioniert?«, erkundigte sich Cammy.

»Also«, erwiderte Clyde, allerdings bedeutend langsamer, »niemand weiß genau, wie sie eingesetzt wurden, doch der Hohepriester trug sie in seinem Ephod herum, seiner juwelenbesetzten Brustplatte, und er hat damit Israel eine Menge Ärger erspart.«

»Was ist aus ihnen geworden? Da sie meines Wissens in keinem Museum und keiner Sammlung liegen, nehme ich an, dass sie irgendwann verloren gegangen sind«, sagte Lisa.

»In der Bibel werden sie nur bis zur Teilung der Monarchie erwähnt, das heißt bis zu Salomons Tod neunhundertdreißig vor Christus.«

»Also hat Renfrock sich im Datum geirrt.« Jon schüttelte abfällig den Kopf.

»Wann sind sie das erste Mal aufgetaucht?«, fragte Brian.

»Sie werden in der Bibel bei Moses und Aaron erwähnt, obwohl diese Stellen möglicherweise erst später eingefügt wurden. Man berichtet, dass Saul und David *jeweils* ein Paar besaßen. Herrgott, es gibt Legenden, in denen Noah sie auf der Arche dabei hatte und einer seiner Söhne sie an sich genommen hat«, sagte Clyde.

»Noah? Seine Söhne?«, hakte Jon nach.

»Da kenne sogar ich mich aus«, mischte sich Brian ein. »Noah hatte drei Söhne: Ham, Sem und Japheth. Alle Menschen auf der Welt.«

»Der Welt aus Sicht der Hebräer«, warf Lisa ein. »Ich glaube nicht, dass Asien und Australien mit eingeschlossen waren.«

»Nein, das wohl kaum«, bestätigte Brian. »Also, Sem wurde Urvater der semitischen Völker. Araber, Juden und so weiter. Ham wurde Urvater der Ägypter, Kanaaniter, Libyer und Äthiopier.«

»Also von halb Afrika«, sagte Cammy.

»Japheth werden die nördlichen Völker zugeschrieben: Seine Nachkommen bevölkerten das Land vom Kaspischen Meer bis zu den Griechischen Inseln.«

»Griechenland wurde genau genommen von Japheths Sohn, Noahs Enkel Jawan bevölkert«, sagte Clyde. »Auf Hebräisch heißt ›Griechenland‹ tatsächlich ›Jawan‹.«

»Also hat einer von Noahs Söhnen die Steine gestohlen?« Clyde zuckte mit den Achseln. »Es ist nur eine Legende. Es gibt keinerlei Belege dafür.«

»Und Noah soll damals mit diesen Steinen den göttlichen Wetterbericht abgefragt haben?« Cammy lachte vorsichtig.

»Man sollte meinen, dass diese Wetterberichte genauer waren als die von heute«, meinte Jon.

»›Die weiteren Aussichten: Regen‹«, griente Brian. »›Jede Menge Regen.‹«

Lisa lachte. »›Und zwar wochenlang. Lassen Sie Ihren Rasenmäher im Schuppen, der Boden ist total aufgeweicht.‹«

Cammy zweifelte. War es möglich, dass Renfrock tatsächlich diese Urim und Thummim gefunden hatte? »Ist es –?«

»Nein. Es waren religiöse Glücksbringer, wahrscheinlich nur ein paar besonders hübsche Steine, und David hatte unschlagbares Glück, darum hat sich die Legende gehalten«, fiel ihr Clyde ins Wort. »Wenn Renfrock überhaupt was gefunden hat, dann nur –«

»– ein paar Kiesel«, schlug Brian vor.

Die Unterhaltung bewegte sich von dem Zeitungsartikel fort, und die Gruppe diskutierte, welche Möglichkeiten sich ihnen boten, solange die Ausgrabungsstätte geschlossen blieb. Da kein Ende der Schließung abzusehen und es mitten in der Ausgrabungssaison war, würde sich das Team aufsplitten. Camille und ihre Schwester Chloe würden am Monatsende aus Kairo in Richtung Santorin abfliegen, um sich auf der griechischen Insel in der Villa der Kingsleys mit ihren Eltern zu treffen. Cammys Mom würde ebenfalls hinkommen, direkt von ihrer neuen Ausgrabungsstätte in der Ägäis. Cammys Dad war noch in Verhandlungen, niemand wusste genau wo. Brian würde nach Melbourne zurückkehren, Lisa nach Chicago, und Jon setzte sich in die Türkei ab. Clyde hatte in letzter Minute bei einem Team in Israel einsteigen können.

Wenn sie sich nur nicht an der Decke festgehalten hätte, wenn die Höhle nur nicht eingebrochen wäre – Camille kämpfte erneut gegen ihr schlechtes Gewissen an. Sie gab sich alle Mühe, ein fröhliches Gesicht aufzusetzen, und wünschte allen viel Glück. Alle gingen, bis auf Clyde. In letzter Zeit hatten sie angefangen, miteinander Karten zu spielen. Cammy konnte die Karten in ihren Gips stecken und mit den noch beweglichen Fingern der rechten Hand eine Karte auswählen und abwerfen. Clyde war ein guter Unterhalter, und sie gab ihm während des Spiels Arabisch-Nachhilfe. Fatima war während seiner Besuche ständig in Chloes Zimmer, schüttelte Kissen auf, brachte ihnen Tee oder servierte ihnen mit schüchternem Lächeln Gebäck.

Cammy hatte schon zwei Spiele verloren, als Chloe hereinkam.

Clyde war bis über den Blondschopf in Cammys Schwester verliebt. Unter normalen Umständen wäre Cammy ganz aus dem Häuschen gewesen. Doch im vergangenen Jahr hatte Cammy ihre Schwester nicht besonders gut leiden können. Von der Nähe, die sie einst geteilt hatten, war nichts mehr zu spüren, ausgerechnet jetzt, wo Cammy ihre Schwester besonders nötig gehabt hätte.

»Wie geht es dir?« Chloe hauchte einen Kuss auf Cammys Wange. Sie trug einen knappen Rock, hochhackige Schuhe und ein hautenges Top. Selbst in den Vereinigten Staaten hätte man ihren Aufzug für freizügig und gewagt gehalten, hier im Nahen Osten war er ein absoluter Skandal. Chloes kulturelles Fingerspitzengefühl war ihr gemeinsam mit ihren künstlerischen Fähigkeiten, ihrer Gutmütigkeit und der sardonischen Zunge abhanden gekommen. Das lange rote Haar fiel ihr über die Schultern, und Lippenstift wie Eye-Liner unterstrichen eine Sinnlichkeit, die Cammy bis vor kurzem nie an ihrer Schwester wahrgenommen hatte.

Clyde verstummte. In Chloes Gegenwart verschlug es ihm regelmäßig die Sprache. Sein Hals lief rot an, und auf seiner Oberlippe perlte Schweiß. Eine weiche Hand auf seiner Schulter, eine zweite auf dem Knie, und er ließ wie elektrisiert die Karten fallen. Seit Wochen verfolgte Cammy dieses Drama schon. Hatte Chloe schon immer diese Wirkung auf Männer gehabt? Eigenartig, doch manchmal hatte Cammy das Gefühl, als würde eine Fremde hinter Chloes Augen hervor die Welt beobachten.

Von allem, was sich im letzten Jahr verändert hatte, waren die Veränderungen in Chloe am merkwürdigsten. Etwa vor einem Jahr hatte die Familie Kingsley schreckliche Ängste ausgestanden. An ihrem Geburtstag war Chloe verschwunden. Anton Zeeman, ein holländischer Arzt, war der Letzte, der sie gesehen hatte. Nachdem man im Tempel von Luxor eine mit Blut besudelte Kammer entdeckt hatte, wurde er wegen Mordes festgenommen.

Tests hatten gezeigt, dass von den beiden festgestellten Blutgruppen keine Chloes ungewöhnlichem AB-negativ entsprach. Cammy hatte sich vor Schuldgefühlen fast zerfleischt. Ungeachtet der Tatsache, dass Chloe eine erwachsene Frau, ehemalige Soldatin und freischaffende Grafikerin war, blieb sie immer noch Cammys kleine Schwester. Cammy fühlte sich für sie verantwortlich. Nachdem die Blutanalyse abgeschlossen war, hatte man Anton wieder auf freien Fuß gesetzt.

Cammy schauderte, als sie an die Nacht zurückdachte, in der er vor ihrer Tür gestanden und sie angefleht hatte, ihm zu glauben, seine Hilfe anzunehmen. Er habe niemanden umgebracht. Sie hatte ihm nicht nur vergeben, sondern war irgendwie mit ihm im Bett gelandet, wo sie sich so stürmisch geliebt hatten, wie es Cammy nie zuvor erlebt hatte.

Lass das ruhen, ermahnte sie sich. Anton hatte erkannt, dass es ein Fehler gewesen war; er hatte sie nicht einmal mehr angerufen. Krank vor Schuldgefühlen und Sorge, war Cammy zu ihren Ausgrabungen zurückgekehrt und hatte sich in die Arbeit gestürzt. Anfang März hatte man Chloe schließlich gefunden. Nie würde Cammy die Erleichterung vergessen, die sie damals empfunden hatte.

Genauso wenig wie die gespenstische Erfahrung der hysterischen Blindheit, unter der ihre Schwester litt, oder die Tatsache, dass Chloes einst palmengrüne Augen nun braun waren. Gehirnerschütterung, meinten die Ärzte. Ein schweres Trauma in Verbindung mit einer Gehirnerschütterung. Eigenartig, aber nicht vollkommen unbekannt.

Die Augenfarbe war noch die geringste Veränderung. Chloe, einst Künstlerin mit Leib und Seele, hatte das ganze Jahr über keinen Stift oder Pinsel in die Hand genommen. Mehr noch, sie weigerte sich, Ägypten zu verlassen, und hatte stattdessen ihre Konten in Dallas geplündert. Sie war mit einem jungen Ägypter namens Phaemon zusammengezogen, einem Mann, den Cammy kein einziges Mal zu Gesicht bekommen hatte. Den Gefühlen ihrer Eltern und dem Ruf ihres Vaters gegenüber legte Chloe eine verblüffende Gleichgültigkeit an den Tag.

Im Nahen Osten symbolisierten Töchter für einen Mann die

Ehre seines Haushalts. Chloe war dabei, ihrem Vater allmählich die Luft abzudrehen, was seine Rolle als Unterhändler im verwickelten Friedensprozess des Nahen Ostens anging. Chloe wusste, dass Araber, Palästinenser und sogar die Israelis allmählich jede Achtung vor ihrem Vater verloren, doch das schien sie nicht zu kümmern. Wenn er sie besuchen kam, behandelte sie ihn wie einen Fremden. Die Beziehung zwischen beiden war nie ganz spannungsfrei gewesen, doch das hier war selbst für Chloes Verhältnisse extrem. Sie hatte sich strikt geweigert, in psychologische Behandlung zu gehen oder sich jemandem anzuvertrauen, und sei es einem Familienmitglied. Sie behauptete, sie könne sich an nichts erinnern und wolle einfach nur in Frieden gelassen werden.

Abgesehen von ihrer Größe und ihrem roten Haar war Chloe nicht wiederzuerkennen.

Camille fühlte sich *trotzdem* für sie verantwortlich. Dabei vermochte sie nicht einmal zu sagen, ob sie ihre Schwester überhaupt noch leiden konnte.

»Wer gewinnt?«, fragte Chloe und legte ihre langfingrige Hand auf Clydes Schulter. Cammy bemitleidete ihn. Ganz offensichtlich rang er um Haltung, und als Chloe seine Schulter zu kneten begann, weil er angeblich so verspannt war, hätte Cammy am liebsten aufgeschrien. Sie verlor absichtlich ihr Spiel und gähnte.

Clyde mit seiner Südstaaten-Erziehung erhob sich augenblicklich. Die Jeansjacke vor sich haltend, wünschte er ihnen einen guten Tag. Chloe hauchte einen Kuss auf seine Wange, dann stolperte er aus dem Zimmer, wobei er mit Fatima zusammenstieß, was seine Verwirrung nur noch steigerte. Die Tür krachte hinter ihm ins Schloss, und Cammy lauschte seinen leiser werdenden Schritten auf dem Gang nach.

»Was für ein Weichei!« Chloe ließ sich in den Sessel neben dem Bett fallen.

»Wenn er dir nicht gefällt, wieso machst du ihn dann an?«

Sie zuckte mit den Achseln. »Weil es mir beliebt.«

»Er ist mein Kollege, aber was noch wichtiger ist, er ist ein netter, lieber Kerl und besser als die meisten anderen. Lass ihn in Frieden, Chloe.«

»Er ist kein kleiner Junge mehr. Wenn er nicht spielen will, wird er mir das sagen.«

Gegen dich hat er nicht die geringste Chance, dachte Cammy. Du hast dich in ein männerfressendes Monster verwandelt! »Hast du mit Phaemon schon was für die Feiertage geplant?«

Chloe zog kurz die Stirn in Falten, als hätte sie Camille nicht verstanden.

»Kommt er mit uns nach Santorin?«, fragte Cammy.

Die helle Haut ihrer Schwester rötete sich kaum sichtbar. »Phaemon gehört einer anderen Religion an, für ihn sind das keine Feiertage, deshalb werde ich bei ihm bleiben.«

»Welcher Religion denn? Ist dir klar, dass du schon fast ein Jahr mit ihm zusammen bist, ohne dass du uns miteinander bekannt gemacht hättest?« *Abgesehen von damals, als ich euch in meinem Schlafzimmer beim Sex erwischt habe und du mich eingeladen hast, mitzumachen.* Cammy spürte, wie ihre Wangen heiß wurden. Was war mit Chloe geschehen? Vielleicht war ja doch etwas an diesen Entführungen durch Außerirdische, dachte sie mit einem Blick auf das Sensationsblatt.

Chloe versenkte sich in einen Stapel Modemagazine, die sie mitgebracht hatte. »Er ist ziemlich, äh, menschenscheu.«

»Was arbeitet er? Wo kommt er her? Phaemon ist ein interessanter Name, fast antik…«

»Du bist heute Morgen sehr wissbegierig, Cammy. Endlich geht es dir besser, und so dankst du mir für meine Bereitschaft, durch dieses öde Land zu fahren, um dich zu besuchen?« Chloe hatte die Stimme erhoben, doch in ihren braunen Augen war nichts zu lesen.

Chloe blätterte in ihren Zeitschriften, und Cammy überdachte ihre Worte, ohne dass sich die Spannung gelöst hätte. So grob war sie doch nicht gewesen, oder? Erschöpft vor Anspannung schloss sie die Augen und drehte das Gesicht zum Fenster. Was würde sie nicht dafür geben, wieder bei ihren Ausgrabungen zu sein.

Gold, Staub, Dunkelheit… Was hatte sie gesehen?

Zweiter Teil

3. Kapitel

Das alte Ägypten

User-Amun seufzte und kratzte sich am Kopf. Seine Kopfhaut juckte. Die Tinktur, die sich so erfrischend anfühlte, wenn sein Kopf frisch rasiert war, kribbelte scheußlich, sobald sie erst einmal getrocknet war. Er rieb sich mit drahtigen Fingern den Nacken und hinter den Ohren. Ein lautes Miau ließ ihn die Augen aufschlagen. Seine Katze Ner saß vor ihm. »Du meinst, ich sollte lieber dich kraulen, statt mich selbst zu kratzen?«, fragte er und fuhr dabei mit den Fingern über ihre spitzen Ohren, bis ihr tiefes Schnurren durch den ganzen Raum vibrierte.

Jemand klopfte an die Tür; User bat ihn herein. Der Priester war jung, noch keine fünfzehn Überschwemmungen alt, und seine hellbraunen Augen waren weit aufgerissen. »Leben, Gesundheit und Wohlergehen, edler User-Amun, *Neter* im Haus des Lebens. Ich soll dich bitten, mit zum Tempel zu kommen. Es hat einen Unfall gegeben.«

User setzte Ner auf dem Boden ab, stand auf und schnürte die Schärpe. »Was für einen Unfall?«, fragte er, während er von verschiedenen Regalen Fläschchen und Heilsalben einsammelte.

»Ein Mann wurde von einem Apis-Stier niedergetrampelt«, antwortete der Junge. »Es gab noch ein zweites Opfer, aber sie ist tot.«

Der Arzt drehte sich um und hielt einen Augenblick inne. »Der Mann ist noch am Leben?«

»Er wurde in den Dung und Schlamm gedrückt«, erklärte der Junge. »Er hat sein Gesicht abschirmen können und seinen Leib dem Schlamm anvertraut. Dennoch hat er auf dem Weg in die Nachwelt bereits ein gutes Stück zurückgelegt.« Der Junge senkte den Blick. »Vielleicht steht er eben jetzt vor Anubis' Tor.«

User reichte dem Burschen die schweren Pakete und zog die Tür von außen zu. »Welcher Priester ist es, Sohn?«

Der Junge zog die Achseln hoch. »Das weiß ich nicht, Herr.«

Nach den gebührenden Begrüßungen führte man User zu dem Verletzten. Ein Blick auf den Leib des Mannes genügte, um den Arzt wissen zu lassen, dass hier jede Hilfe vergebens war. In dem Körper loderte das Fieber, der Mann lag im Sterben. Der Puls ging sprunghaft, der ganze Leib stank nach Dung. Prellungen überzogen Brust, Beine, Arme. Er würde nicht überleben; jede Pflege wäre verschwendete Zeit und Energie. In dieser Hungersnot wurde die wenige verfügbare Nahrung für die Lebenden gebraucht. Es war besser, wenn Anubis ihn in die Arme schloss. »Wo habt ihr ihn gefunden?«, fragte User.

»Er lag auf dem Bauch im Schlamm, das Gesicht unter der Schulter versteckt, die Hand um das Geschlecht gelegt«, antwortete der Priester.

User nahm die langfingrige Hand des Opfers und bemerkte den schweren Skarabäusring aus Tigerauge und Gold. War der Mann ein königlicher Schreiber, dass er so feinen Schmuck trug? Sein Kopf war nicht geschoren, also war er eindeutig kein Priester. Zwei seiner vier Finger waren gebrochen; wenigstens die konnte User-Amun wieder zusammenfügen. Als er die Faust des Mannes aufzwang, fiel ein verschnürtes Papyruspaket aus der offenen Hand.

Mit Leinenverbänden, Salben und schweren Binsenstängeln brachte User die Hand des Mannes in eine halbwegs menschliche Form. Es wäre nicht gut, wenn er ohne brauchbare linke Hand in die Unterwelt eintrat. Mit tragender Stimme sprach er das Gebet aus dem Buch der Toten: *»Füge die Knochen in meinem Hals und Rücken fest zusammen. Lass mich von Leinen umarmen.«*

Users empfindsame Hände strichen über den Körper. Die Lunge war zwar nicht punktiert, doch eine oder zwei Rippen waren gebrochen. Das Fußgelenk war ebenfalls geschwollen, weshalb User kühlendes Wasser und Verbände auflegte. »Übergebt ihn dem Haus der Ewigkeit«, befahl er. »Er schläft zu tief, seine Verletzungen sind zu schwer. Er wird bald sterben. *›Zusammengefügt sind Arm, Handgelenk und Ellenbogen‹*«, sang er.

Die Priester deckten den Leib zu und machten ihn zum Abtransport bereit. »Herr«, meldete sich der *Sem*-Priester zu Wort, »da wäre noch eine Frau, die wir ins Haus der Ewigkeit bringen müssen.«

»Eine Frau?« User sah den Mann fragend an. Wie kam eine Frau auf die Rennbahn des Heiligen Stieres in den Tiefen eines nur von Männern bewohnten Tempels? Mit einem Kopfnicken ging der Mann nach nebenan. Auch hier stank es nach Dung.

Sie war so zerschunden, dass ihr Leib auch im Nachleben nicht mehr zu gebrauchen war. Die Hufe hatten ihren Körper zu Brei zerstampft und derart entstellt, dass er nicht mehr zu erkennen war. »Keine Ringe, keine Hinweise darauf, wer sie war?«, fragte User.

»Nein, Herr. Alle Priester im Dienst sind befragt worden.«

»Ihr Leinen ist fein gewebt.« User betastete die einst bunte Schärpe, die um ihre Taille geschlungen war. Sandalen aus Leder erster Qualität kleideten ihre Füße, und ihr Haar war echt, keine Perücke. User besah sich den Körper genauer.

Eigenartigerweise wies keines der beiden Opfer Anzeichen der Hungersnot auf. Beide waren fest gebaut, zeigten unter dem Schlamm reine Haut, und das glänzende Haar saß fest in der Kopfhaut. User holte ein Instrument aus seinem Korb und öffnete der Frau den Mund.

Der Priester zischte erschrocken. Noch nie hatte einer von ihnen so gesunde Zähne gesehen! Kräftig, weiß und vollständig an der Zahl! Angst prickelte in User-Amuns Rücken, und er wehrte mit einer Geste den Bösen Blick ab. Ihr Gesicht war blau geschlagen, ihre Augen ebenso. Aus einem Impuls heraus zog er ein Lid nach oben.

In den dreißig Überschwemmungen, die er nun im Haus des Lebens diente, hatte User noch nie solche Angst gehabt. »Isis! Beschützerin!«, flehte er.

Die Augen der Frau waren leer. Nicht eingesunken oder nach oben verdreht. Sie hatte *keine* Iris … nur weiße Augäpfel.

Der Priester war zurückgewichen und befingerte ängstlich sein Amulett mit dem *Udjet*-Auge. User betrachtete erneut den Leib der Frau. Hier spielte sich etwas Unirdisches ab.

»Wann hat man sie gefunden?«

»Am dreiundzwanzigsten Phamenoth.«

Dem bedrohlichsten Tag im ägyptischen Kalender. *Khaibits*, Schatten mit Fangzähnen, und *Khefts*, lachende Dämonen, machten dann die Nacht unsicher. Unerklärliche Dinge geschahen. Wer klug war, verriegelte die Tür und betete um Res Licht. Wieso hatten die Priester so lange gewartet, ehe sie ihn gerufen hatten? Der Tod war in Ägypten mittlerweile so alltäglich, dass selbst die Priesterschaft ihren Pflichten nicht mehr rechtzeitig nachkommen konnte. »Vernichtet sie«, befahl er leise.

»Herr?«

»Ihr *Ka* ist schon vor ihrem Tod aus ihrem Körper geflohen. Ihre Augen, die Fenster ihrer Seele, sind leer. Sie ist nur noch eine leere Hülle. Ihr Körper ist zermalmt und kann ihr im Nachleben nicht mehr von Nutzen sein. Hier ist etwas vorgefallen, das sich unserem Verständnis entzieht.« Er sah den verängstigten Priester an. »Wir müssen uns selbst schützen und darum ihren Leichnam vernichten!«

»Hier ist das unmöglich, Herr. Wir sind in einem Tempel! Vielleicht könnte das Haus der Ewigkeit …«

»Nein, du Tor! Dort wird man versuchen, ihren Körper zu erhalten. Das darf keinesfalls geschehen. Komm mit. Sofort. Wir werden sie dem Nil übergeben.«

Der Priester nickte widerstrebend, ohne die Hand auch nur ein einziges Mal von seinem Amulett zu nehmen.

»Nein, warte«, sagte User-Amun. »Heute Nacht. Wir tun es heute Nacht.«

»Wo soll sie bis dahin bleiben?« Furchtsam wich der Priester vor dem Leichnam zurück.

»Ich bin schon für den Mann verantwortlich, darum bleibt die Frau bis Mitternacht in deiner Obhut.«

»Wieso ist das nötig?«, flüsterte der Priester.

User-Amun drehte sich in der Tür um. »Ihr *Ka* wird nicht in diesen Körper zurückkehren. Sollten stattdessen *Khaibits* oder *Khefts* von ihr Besitz ergreifen, könnten sie ihrem Leib *Ukhedu*-Leben einhauchen.«

Der Priester erbleichte. *Ukhedu* war ein bösartiges Gift. Es erfüllte den Körper, wenn jemand krank war. Medikamente und Gebete rangen mit dem *Ukhedu* um die Gewalt über den Körper. Alles Böse im Menschen ging von *Ukhedu* aus. Es brachte Wahnsinn, Zerstörung, einen grausamen Tod. Ein Körper unter der Herrschaft des *Ukhedu* würde die Ma'at, die universelle Balance, aus dem Gleichgewicht bringen.

Sobald der *Sem*-Priester auf der anderen Seite der Tür war, verbarrikadierte er sie. Mit zitternden Fingern drückte er sein Siegel ins Wachs, damit niemand den Raum betreten konnte. Zwei *W'rer*-Priester wurden abkommandiert, User-Amun mit den Überresten des Mannes zu helfen. Gemeinsam schlugen sie den Weg zum Haus der Ewigkeit ein.

»Herr! Herr!«

User blieb stehen. Sie hatten eben die Lehmziegelmauern des Tempel-*Tenemos* hinter sich gelassen, den eingewickelten Körper des Opfers zwischen zwei kahl geschorenen Priestern schaukelnd. Ein *W'eb*-Priester kam angelaufen. Kuhdung und Schlamm bedeckten seine Füße und Hände, und hastig kreuzte er zum Zeichen der Ehrerbietung einen Arm vor der Brust.

»Ja?«, knurrte User.

»Dies hier habe ich gefunden, Herr. Es hat unter dem Mann gelegen, zwischen ihm und der Frau.« Widerwillig nahm User das schlammige Etwas entgegen. Mit zur Schau gestelltem Ekel wischte er es trocken, dann wurden seine Augen groß.

Ein Ring. Weißes und gelbes Gold waren miteinander verwoben, und in jeder Schleife war ein kleiner Bernstein oder Zitrin eingearbeitet. »Zu klein für einen Mann«, stellte User fest. Der Priester zog die Schultern hoch, bekreuzte sich erneut und lief zum Tempel zurück.

Nachdenklich schob User den Ring in seine Schärpe und ließ die Priester dann weitergehen.

Noph war unter der Hungersnot kaum wiederzuerkennen. Zwar stand die Zeit des Keimens unmittelbar bevor, doch kein *Rekkit* konnte auf sein Ackerland gelangen. Der Nil war noch einmal über die Ufer getreten, und auf den Feldern stand das Wasser, sodass es unmöglich war, etwas auszusäen. Früher im Jahr hatten Ratten die Stadt heimgesucht. All die dünnen Katzen, die jede von Re vergönnte Stunde auf die Jagd gegangen waren, hatten das Ungeziefer nicht ausrotten können. Dutzende Menschen waren gestorben; noch mehr lagen krank darnieder.

Dann waren die Insekten gekommen. Sie schwärmten über den stehenden Gewässern aus und griffen schließlich die Menschen an. Kein Haus, kein Mensch war sicher vor ihnen. Fast jeder litt auf Grund der von den Mücken übertragenen Krankheiten unter eiternden Schwären. Wieder waren die Menschen zu Dutzenden gestorben.

User war froh, dass er so alt war. Die beißenden Insekten interessierten sich nicht für seine ledrige Haut und sein saures Blut. Auch wenn seine Knochen ächzten und seine Zähne abgefault waren, konnte er sich immer noch bewegen; und so arbeitete er, brachte Hilfe, wo er konnte, und mischte Kräuter für jene, die kräftigere Heilmittel brauchten.

Sie überquerten den Markt. Während früherer Überschwemmungen war dies immer ein Vergnügen gewesen: Kinder und Tiere, dicke und dünne *Rekkit*, Mütter mit Babys, Väter mit ihren Waren. User schüttelte den Kopf. Ägypten lebte noch, doch sein *Ka* war geschwächt, weil frisches Obst und frisches Gemüse fehlten. Leben erzeugte Leben.

Osiris sei Dank für Pharaos, ewig möge er leben! Weisheit und Eingebung, denn Pharao hatte während der fruchtbaren Überschwemmungen den gesamten Überschuss eingelagert, um ihn nun während dieser Überschwemmungen des Hungers mit den *Rekkit* zu teilen.

Der eindrucksvolle Bau des Hauses der Ewigkeit nahm eine ganze Straßenseite ein. Die weiß gekalkten Wände und Säulen mit ihren Papyrus-Kapitellen in Rot, Blau und Grün zeigten die beabsichtigte tröstende Wirkung. User winkte den Priestern, die ihm daraufhin zum Anlieferungs-Eingang auf der Rückseite des Baus folgten. Weiß gekalkte Steinplatten lagen für Gelegenheiten wie diese aufgereiht im Hof. Die Priester legten den halb Toten ab, und User schickte sie fort, ehe er an die Tür klopfte.

Ein Schreiber, dessen massiger Leib die ganze Tür ausfüllte, öffnete ihm. User war ihm schon früher begegnet; er war ein Idiot. Wie war es möglich, dass dieser Schreiber auch nach drei Jahren der Hungersnot noch so aussah, als speiste er jeden Abend am Tische Pharaos, ewig möge er leben?

»Ich muss einen Körper vorbereiten lassen«, kündigte User mit einem verbindlichen Lächeln an.

»Ist er tot?«

»*Haii*, nun, er liegt im Sterben.«

Der Schreiber blickte auf. »Nein, Herr. Wir nehmen nur die Toten.«

»Er stirbt bereits. Schnell.«

»Noch nicht tot? Kein Einlass.«

»Ich bin der oberste Arzt im Haus des Lebens! Ich versichere dir, morgen beim *Atmu* ist dieser Mann tot!«

»Es tut mir Leid, Herr, aber nur die Toten dürfen hier eintreten.«

User-Amun seufzte. Wie unflexibel dieser Idiot doch war. »Sieh ihn dir an! Er liegt im Todesschlaf, seine Glieder sind zerschmettert, seine Knochen wahrscheinlich zersplittert. Er blutet innerlich, siehst du die Flecken? Man kann nichts mehr für ihn tun. Ich verspreche dir, er wird noch heute Nacht sterben!«

»Nur die Toten, Herr!« Der Priester trat zurück, als wollte er die Tür zuschlagen, doch User schob geschwind den Fuß in den Türspalt.

»Hör zu, mein Bruder in Amun, ich habe zu tun. Ich habe weder Zeit noch Lust, ihn in meine Praxis bringen zu lassen, ihn *dort* sterben zu lassen und seine leblose Hülle dann wieder *hierher* zu schleifen! Hast du mich verstanden?«

»Ich befolge nur meine Befehle, Herr. Ich kann dir nicht helfen. Nur die Toten.«

User-Amun biss die Zähne zusammen. Er spürte die starke Versuchung, dem komatösen Patienten eines überzuziehen und die Angelegenheit damit endgültig zu klären. Nur das Bekenntnis im Gebet der Toten: *»Ich habe keinem Menschen das Leben oder das Ziel seines Lebens genommen«*, hielt ihn davon ab. »Bei der Feder der Ma'at«, fluchte er. »Er wird *sterben*! Ich will ihn hier lassen!«

Ausgerechnet in diesem Augenblick begann das Opfer zu murmeln und wild um sich zu schlagen.

»Wer wird sterben?«, fragte eine wohlklingende, kultivierte Stimme hinter User. Er sah, wie dieser verblödete Schreiber die Augen aufriss und zu einer schlampigen Verbeugung ansetzte. Als User sich umdrehte, sackte ihm das Herz in die Hose. Plötzlich wurde ihm klar, dass er an diesem Morgen besser zu Hause geblieben wäre. Die Götter waren ihm nicht gewogen.

Imhotep. Leibarzt des Pharao und Nachkomme des brillanten Architekten der Pyramiden. Edelsteine groß wie Vogeleier funkelten an der Kehle des Mannes, an seinen Handgelenken, seinen Fingern. Er war groß und unaussprechlich hässlich, mit der Art verzerrten Gesichtszügen, dass sie wie eine Maske wirkten. Seine Zähne waren nur noch verfaulte Stümpfe, die in seinem Mund herumrasselten und ihm den Atem eines Krokodils verliehen, doch seine grauen Augen lächelten. Sein Blick schweifte von Users hastiger Verbeugung ab zu dem halb verhüllten Körper des unbekannten Opfers. »Ist das der Mann, der deiner Überzeugung nach sterben wird?« Er wies mit der Hand darauf.

Bei Sobeks Schwanz, dachte User, meine Tage als Arzt sind gezählt. »Jawohl, Herr. In Zeiten wie diesen müssen wir uns auf den Willen der Götter verlassen, einige unter uns zu sich zu nehmen.«

Imhotep hob ein Lid des Mannes an und prüfte dann den Schlag seines Herzens. »Geschickte Arbeit an seiner Hand«, befand Imhotep. »Es ist gut, wenn ein Mann mit zwei brauchbaren Händen in die Nachwelt eintritt.«

»Jawohl, Herr.« User atmete heimlich auf. Über Imhoteps Rücken hinweg warf er dem inkompetenten Schreiber in der Tür einen zornigen Blick zu. Vielleicht würde der Mann jetzt endlich einlenken? »Seine Verletzungen sind größtenteils innerlich und außerordentlich schwer.« User schüttelte mitleidig den Kopf. »Er sieht kräftig aus, doch vielleicht wollte Isis ihn unbedingt bei sich haben.«

Imhotep betrachtete den Ring des Mannes. »Hast du so etwas schon einmal gesehen?«, fragte er. »Ist der Mann ein Schreiber?«

»Ich weiß es nicht, Herr.« User deutete auf das schwarze Haar, das am Schädel des zukünftigen Leichnams klebte. »Man hat ihn in Apis' Arena gefunden, doch mit diesem Haar ist er bestimmt kein Priester.«

Imhoteps Blick tastete Beine und Brust des Mannes ab, die beide mit dichtem Haar besprenkelt waren. »Sehr eigenartig«, urteilte er. »Zu schade, dass wir ihn nicht befragen können.«

User sah, wie sich die Augen des großen Arztes zusammenzogen.

»Wie lange, sagst du, hat dieser Mann noch zu leben?«

Halb zu dem lauschenden Idioten hingewandt, antwortete User: »Einen Tag, höchstens zwei.«

»Hast du als *Neter* im Haus des Lebens nicht gelobt, dich dieses Mannes anzunehmen, bis er Osiris gegenübertritt?«

User spürte, wie sein Gesicht heiß wurde. »Herr, dieser Mann ist nicht zu retten. Ich würde Getreide für einen ganzen Monat darauf wetten, dass er nicht mehr aufwacht.« Ein Glitzern zuckte in den Augen des Großen auf. War also doch etwas Wahres an dem Geflüster? Dass Imhotep keiner Wette widerstehen konnte? Möglicherweise würde dieses unglückselige Opfer doch nicht unbetrauert und auf Staatskosten bestattet werden.

»Wenn es dir beliebt, dein Getreide derart zu verschleudern, dann lass mich die Wette noch etwas versüßen. Ich werde diesen Mann drei Wochen lang behandeln. Falls er in dieser Zeit stirbt, dann werde ich für sein Begräbnis und für sein Grab aufkommen.«

»Und wenn der unwahrscheinliche Fall eintritt, dass er überlebt, Herr?«

»Dann gehört er mir, und du wirst mir all meine Kosten erstatten: Behandlung, Zeit, Fähigkeiten.«

Schweiß rann über Users Rücken. Ehrlich gesagt, konnte dieser Mann gut noch drei Tage überdauern. Wenn er jetzt sein Wort zurücknahm, würde er damit eingestehen, dass er übertrieben hatte. Aber drei Wochen? Dreißig Tage? Unmöglich. »Wie es meinem Herrn beliebt«, schlug er scheinbar gleichmütig ein.

Auf ein knappes Nicken hin lud Imhoteps Leibwächter den Verletzten auf einen Karren und marschierte davon. »Ich bin hier in einer Angelegenheit Pharaos, ewig möge er leben!«, sagte Imhotep. »Falls der Mann überleben sollte, werde ich einen Boten schicken und deine unverzügliche Entlohnung erwarten.«

User nickte und kreuzte ebenso erleichtert wie respektvoll den Arm vor der Brust.

»Sag mir noch mal, wo hat man ihn gefunden?«

»In Apis' Kammer.«

»Er ist nur niedergetrampelt worden?«

»Ja Herr, doch er hat auch einige Schnittwunden. Es sind keine von Hörnern gerissene Wunden, und sie sehen auch nicht so aus, als würden sie von Hufen stammen. Vielleicht hat er sie sich zugezogen, bevor der Stier ihn erfasst hat?«

Der Große erbleichte und wehrte mit einer Geste den Bösen Blick ab. »Könnten sie von Zähnen stammen?«

User zog die Stirn in Falten und sah die Wunden noch einmal vor sich. »Ja«, antwortete er gedehnt. »Aber dann von einem großen Tier. Möglicherweise vom Stier selbst.«

Imhotep klapperte mit seinen losen Zähnen. »Mögen die Götter dir das Beste vergönnen«, sagte er. »Leben, Gesundheit, Wohlergehen!«

User verharrte in tiefer Verbeugung, bis die Schritte der davoneilenden Sklaven verhallt waren. Der Schreiber warf einen letzten Blick auf sein Gesicht, worauf er sofort die Tür schloss und den Riegel vorschob. Fluchend kehrte User heim.

Ich bin doch eben erst auf dieser Straße hergekommen, dachte User. Doch jetzt war es dunkel. Keine so schreckliche Dunkelheit wie die am 23. Phamenoth, doch er spürte den Atem der *Khefts* im Nacken. Eilig durchschritt er das Tempeltor. Der *Sem*-Priester wartete, seine mit Bleiglanz ummalten Augen glitzerten im Fackelschein. Aus dem düsteren Hintergrund des Tempels konnte User hören, wie die anderen Priester singend den Gott Ptah auf sein Nachtlager brachten.

Schweigend traten beide Männer in den Raum. Der Leichnam der Frau lag immer noch dort, nun nicht mehr steif, das Fleisch warm nach der Hitze des Tages. Der Verfall setzte bereits ein, und User spürte Magensäure aufsteigen. Um sich vor umherschweifenden *Khefts* und *Khaibits* zu schützen, hatte er sich ein Amulett um den Hals und jeweils eines um die Handgelenke gebunden. Betend deckte er ein Tuch über den Leichnam.

Leise singend legte der *Sem*-Priester eine schwarze Kordel um ihre Taille und verknotete sie. Hätte er ihr *Ka*, ihren Geist vernichten wollen, hätte er ihren Namen auf eine Papyrusrolle geschrieben und sie an die Kordel gebunden. Da sie nur ihren Körper vernichten wollten, war es nicht nötig, ihren Namen auszumerzen. Ein Glück, denn schließlich kannte niemand ihren Namen oder ihren Herkunftsort.

Stattdessen beteten beide um Schutz für ihr *Ka*, das bereits über das Antlitz der Erde irrte. Sobald der Leichnam eingewickelt und verschnürt war, nahm der Priester eine Wachspuppe der Frau in die Hand. Dies war die heiligste Zeremonie, das übelste unter allen ägyptischen Ritualen. Doch es war ein unverzichtbarer Schutz. Ägypten war bereits geschwächt, vom Hunger ebenso wie von den im Sand kriechenden Asiaten, die von jenseits der Wüste vordrangen. Das Rote und Schwarze Land konnte keinen *Khaibit* mehr gebrauchen, der über die Marschen wanderte.

Mit einer scharfen Bronzeklinge schnitt der Priester der Wachspuppe die Füße ab. Bildete User sich das nur ein, oder zuckte der Leichnam tatsächlich, als hätte er das Messer gespürt? In einer Umkehrung der Totengebete, der Gebete der Verstorbenen auf ihrer Reise durch die Nachwelt, sang der Priester: »*Wenn Res*

Licht auf diese Felder scheint, sollst du dich nicht erheben, um dort zu wandeln.« Er schnitt der Puppe die Hände ab. *»Deinen Händen sei alle Schöpferkraft genommen. Du kannst dich nicht neu erschaffen.«* Die Stimme des Priesters begann zu zittern, als er das Heft des Messers anhob und das Gesicht der Puppe zertrümmerte. *»Du seist geblendet, du mögest den Fluss, das Land nicht finden. Du kannst keine Rache nehmen und keine Zerstörung bringen und nicht rauben, was dir nicht gehört.«* Er schnitt den Kopf ab. *»Unter Osiris' Schutz schneide ich meiner Schwester den Kopf ab. Ich bitte um den Beistand Osiris', damit dieses* Ka *in die Nachwelt Eingang findet. Du kannst keine Rache nehmen.«*

Er legte das Messer nieder, sammelte die abgetrennten Glieder der Puppe auf und wickelte sie in den Saum des Leinens. Nachdem sie durch eine Seitentür ins Freie getreten waren, schleppten User und der Priester den Leichnam in die sternenübersäte Nacht hinein, Gebete rezitierend, die ihnen so selbstverständlich von den Lippen kamen wie ihr eigener Name.

»Heil, langbeiniges Untier, das aus dem Kornfeld heranmarschiert, du Geschöpf aus dem Haus des Lichtes. Ich habe nichts in dieser Welt gesehen als Schönheit. Mögen wir ewig leben!

Heil, Priester des Räucherwerks, des Rauches und der Flamme, frisch aus der tagtäglichen Schlacht der Seele. Ich habe nichts aus diesem Leben gewonnen als Kraft! Mögen wir ewig leben!

Heil, Wind in meinem Gesicht, aus den Mündern der Götter wehend. Ich habe die jungen Gänse ins Nest zurückgesetzt. Die Falken schweben frei über den Felsen. Mögen wir ewig leben!

Heil, Verspeiser der Schatten, Schrecken aus den Tiefen der Berge. Ich habe keinem Menschen das Lebenslicht gelöscht. Ich habe weder sein Leben, noch seine Träume genommen. Mögen wir ewig leben!«

Sie standen an der Stelle, wo vor der Überschwemmung das Ufer des Nils gewesen war, den Leichnam zwischen ihnen, bis zum Bauch im Wasser watend. Unbeholfen stopften sie Steine in die Leinenhülle. Jetzt, wo sie das letzte Gebet sprachen, weinte der Priester hemmungslos.

»Möge das Licht durch uns und auf uns und in uns scheinen.

Mögen wir jede Nacht sterben und jeden Morgen wiedergeboren werden, auf dass die Wunder des Lebens uns nicht entfliehen. Mögen wir lieben und lachen und frei in die Herzen der anderen treten. Mögen wir ewig leben!«

Das Klatschen kam ihnen unnatürlich laut vor, dann war sie verschwunden. Wo immer ihr *Ka* auch hingeflogen war, nun war es dort gefangen. Die beiden Männer fassten sich an den Armen und blickten hinaus auf den dunklen Fluss. »Mögen wir ewig leben«, flüsterte User.

Ipiankhu, wörtlich: »Dessen Name ist ›Ich lebe‹«, fuhr aus dem Schlaf hoch. Im Aufsitzen tastete sein Blick den Raum ab. Er war nicht in der düsteren Enge seiner Gefängniszelle, wo der Nacht die Verzweiflung anhaftete wie ein Gestank, wo die furchterfüllten, an steinerne Götzen gerichteten Schreie der Menschen in seinen Ohren gellten.

Er atmete tief durch.

Stattdessen überschwemmte das Glühen der Morgendämmerung sein großes, vornehmes Gemach. Die weißen Leinen auf seiner Bettstatt waren rosa und orange getönt. Der zugedeckte Leib seiner Frau bewegte sich langsam unter ihren Atemzügen. Er war zu Hause. Er war in Sicherheit. Frei. Der mächtigste Mann Ägyptens nach Pharao, ewig möge er leben!

Was hatte ihn also aus dem Schlaf gerissen? Steif stand er auf, ging an den Alkoven und wusch Gesicht und Hände. Kurz starrte er in den Bronzespiegel. Bei Sonnenaufgang zeigte sich sein fremdländisches Aussehen am deutlichsten. Das Licht schien in den roten Stoppeln auf seinem Kinn und seinem Kopf Feuer zu fangen. Seine Haut war von Sommersprossen übersät, die von der Sonne zu einer kupferfarbenen Masse zusammengeschmiedet worden waren. Seine Augen, braungrün wie der Nil, zeichneten sich deutlich gegen die bronzefarbenen Brauen und Wimpern ab. Er wandte den Blick ab. Ein Dekan mit der Bürste und dem Farbe auftragenden Diener, und Ipiankhu wäre ein Ägypter wie jeder andere.

Er löste sich vom Spiegel und trat an die Tür, von wo aus er auf den Hof seines Hauses blicken konnte. Alles, was ihn einst schön gemacht hatte, war von der Hungersnot ausgemerzt. In den stehenden Pfützen faulten die Pflanzen. Doch die Hungersnot würde nur noch vier weitere Überschwemmungen andauern. Das wusste er genau; das war ihm versichert worden.

Ipiankhu hob sein Gesicht der Sonne entgegen. *Geh zu Pharao!* hörte er einen machtvollen Befehl durch seinen suchenden Geist flüstern. Er wurde von Senwosret gebraucht. Das Wissen erfasste ihn, darum klatschte er in die Hände, um seinen Diener zu wecken, der ihn für die Audienz vorbereiten würde. Als keinen Dekan später die Sklaven kamen, um ihn abzuholen, waren sie sprachlos. Ipiankhu war eindeutig ein Ehrfurcht gebietender Magier!

Pharao Senwosret saß auf seiner Bettstatt. Er hatte den kahlen Kopf bedeckt, und das ungeschminkte Gesicht darunter war von Linien gekerbt, die von kummervollen Überschwemmungen gegraben worden waren. Der Film, der seine Augen überzog und ihm die Sicht raubte, schien noch dicker geworden zu sein. Wie der Nil waren seine Augen trübe und mit Gift gefüllt. Ipiankhu warf sich vor ihm zu Boden.

»Erhebe dich, mein Weiser«, befahl Pharao. »Ich habe geträumt!«

Wie jedes Mal, wenn er einen Traum deuten sollte, blitzten in Ipiankhus Kopf Bilder auf: Seine Kindheit und der arrogante Traum, in dem Sonne, Mond und neun Sterne sich vor ihm verneigten. Der schöne Umhang, der ihn als Erben der väterlichen Herden auswies, derselbe Mantel, der ihm von seinen Halbbrüdern vom Leib gezerrt worden war. Die klamme, von Ungeziefer wimmelnde Kälte des Brunnens, wo er zahllose Tage und Nächte in Todesangst zugebracht hatte. Das schöne Gesicht seiner Brotgeberin, das von Lust zu Hass wechselte, als würde ein Bildhauer vor Ipiankhus Augen ihr ein neues Antlitz meißeln. Die herablassende Art des Bäckers, der später sterben musste. Er spürte Kälte im Blut und bat in seinem Herzen um Beistand. »Meine Majestät, wenn es der Wille des Unbekannten ist, so will ich dir deuten.«

»Ich war in einer Wüste. Es war kalt, nicht heiß, obwohl Re vom Himmel brannte.« Senwosret fuhr sich mit der Zunge über die Lippen. »Vor mir verloren Dünen und Sand jede Farbe. Grauer Nebel, dicht wie Qualm von Räucherwerk, umgab mich. Dann wurde alles dunkel. Aus der Dunkelheit hörte ich ein wütendes Knurren wie von einer großen, verletzten Katze. Lodernde Flammen schlossen mich ein, und ich sah die Welt in strahlendem Licht und einen Berglöwen mit Augen wie geschmolzenes Gold vor mir stehen. Er hielt ein Messer in seinem Maul.« Senwosret wandte die Augen ab. »Dann bin ich erwacht.« Der Pharao kaute kurz auf seiner Lippe. »Könnte das ein Zeichen sein, in Bastets Tempel zu gehen?«

Ipiankhu seufzte. Der Unbekannte würde wohl kaum wünschen, dass Pharao ein Götzenbild anbetete. Wann würde der Mann unter Ägyptens Doppelkrone endlich begreifen, dass seine Götter bedeutungslos waren? Natürlich konnte Senwosret nicht Ipiankhus Gott huldigen, schließlich gehörte er nicht Ipiankhus Stamm an. Seinem Stamm... Ipiankhu schob seine Gedanken beiseite und konzentrierte sich auf Pharao. »Ich muss um die Weisheit des Unbekannten beten«, sagte er. »Nur durch seine –«

»Ja, ja, ich weiß«, unterbrach ihn Pharao. »Nur er kann sehen und zu dir sprechen. Du bist nur sein Gefäß.« Er seufzte. »Zu schade, dass dein Gott dir nicht die Ehre gewährt, deine Gaben anzunehmen und sie als deine eigenen zu betrachten.«

»Es sind nicht meine«, setzte Ipiankhu zu ihrer gewohnten Auseinandersetzung an.

Pharao winkte ab. »Ich habe heute kein Herz für deine Worte. Geh und tu, was du musst, um zu deuten. Ich will dein Gesicht nicht am Hofe sehen, ehe du weißt, was dieser Traum mir sagen soll.«

»Aber der Gesandte aus Aztlan, Meine Majestät –«

»Wozu hast du Gehilfen? Du hast doch gewiss wenigstens einen Ägypter darin unterwiesen, Aztlans Drohungen zu parieren und mit zusammengebissenen Zähnen zu lächeln?«

Ipiankhu verbeugte sich und entfernte sich rückwärts aus dem Blickfeld Pharaos – darauf erübrigte sich jede Antwort. Sobald er wieder hinter der Doppeltür stand, fluchte er. Die Verantwortung lastete schwer auf seinen Schultern; Aztlan setzte sie gefährlich unter Druck, und er und Imhotep mussten Ägypten verteidigen … wie auch immer.

Ipiankhus Zorn wurde von einer größeren Macht weggespült. Ein tieferer, drängenderer Ruf als Begierde oder eheliche Hingabe, tägliche Pflichten oder eine flüchtige Machtstellung. *Vergiss deine erste Liebe nicht.* Das unmissverständliche Flüstern erfüllte seinen Geist. Mit ein paar knappen Befehlen delegierte er seine täglichen Pflichten, dann machte sich Ipiankhu bereit, vor seinen Unbekannten Gott zu treten.

Aztlan

Phoebus wich in einer Finte nach rechts aus und erwischte seinen Gegner mit einem Zacken seines Dreizacks in der Brust. Der Seesoldat fiel zu Boden, und Phoebus zog die Waffe zurück. »Das reicht«, erklärte er und übergab den großen Metallstab mit den gepolsterten Zinken an einen Leibeigenen. »Ein guter Kampf.«

»Meine Dankbarkeit, Goldener«, erwiderte der Seesoldat mit einer Verbeugung.

Phoebus, Aufsteigender Goldener Stier des Aztlantischen Imperiums, blickte zum Balkon auf, wo Niko, sein bester Freund, über einer Schriftrolle hockte. Obwohl die Übung gut gelaufen und Phoebus überzeugt war, auf die Zeremonie vorbereitet zu sein, enttäuschte es ihn, dass Irmentis nicht hereingekommen war. War sie nicht hier gewesen, verborgen im Schatten der sicheren, von Fackeln erhellten Kammer? Er hatte gemeint, ihren Blick zu spüren, fast so deutlich wie die Berührung einer Hand.

Er kämmte sich das lange blonde Haar aus dem Gesicht, ließ sich von einem Leibeigenen ein feuchtes Tuch reichen und wischte den Schweiß von dem Übungskampf ab. Die Zeit der Schlange war warm gewesen in diesem Jahr, ein merkwürdiges Omen, das niemand zu deuten wusste – oder wagte. Mühsam schluckend dachte Phoebus an die bevorstehenden Rituale. Er war neunzehn; sein ganzes Leben hatte er sich hierauf vorbereitet, auf das *Megaloshana'a,* das Große Jahr.

»Pateras, Pateeeras!«

Phoebus hörte seinen Erstgeborenen rufen und drehte sich um. »Eumelos!« Der Junge warf sich in Phoebus' Arme und umarmte ihn mit der klebrigen Hitze eines Kindes. Ein paar Atemzüge lang drohte der Stolz darüber, dieses zappelnde Bündel an Klugheit und Ungestüm sein Kind zu nennen, Phoebus vor Dankbarkeit in die Knie zu zwingen.

Eumelos gehörte Phoebus, er war das Einzige, was seine Stiefmutter Ileana nicht an sich reißen konnte. Er war Phoebus' Augenweide. Auch wenn er nie den Thron besteigen würde, da er nicht von der Muttergöttin geboren worden war, würde er eines Tages im Rat sitzen. Durch unversehens aufsteigende Tränen lächelnd, sah Phoebus seinen Sohn an. Sein Haar war so blond wie das seines Vaters, seine Augen waren genauso himmelblau. Im Alter von fünf Sommern war Eumelos' Gesicht immer noch kindlich weich, doch bald würde er die scharfen Züge und die kühne Nase seiner Sippe tragen. Er wäre Phoebus' lebendes Abbild.

Spiralenmeister meinte sogar, der Junge könnte Potenzial als Orakel haben, einen Zug, den er von seiner Tante Sibylla geerbt hatte, vermutete Phoebus.

Der Junge riss sich los. »Der letzte Streich ist wirklich blitzschnell gekommen, *Pateeeras*«, verkündete er und imitierte dabei Phoebus' Finte und Stoß. »Ich schaue schon seit Monden zu, aber so was habe ich noch nie gesehen! Damit müsstest du ihn kriegen.« Eumelos tanzte herum und kämpfte mit seinem dürren, biegsamen Leib in Finten und Hieben unsichtbare Gegner nieder. »Bist du bereit für den Kampf mit dem Stier?«

»Ich *tanze* mit dem Apis-Stier, Eumelos. Kämpfen tut man nur Mann gegen Mann.«

»Ich wünschte, ich könnte auch mal gegen den Stier kämpfen«, meinte Eumelos sehnsüchtig.

Mit einem Fingerschnippen schickte Phoebus die Leibeigenen fort. »Du bist zu Großem bestimmt. Mit dem Stier zu tanzen ...« Er verstummte. Alle Worte würden nicht daran rütteln; der Junge würde nie herrschen. Er konnte nichts daran ändern. Phoebus riss seinen Blick von Eumelos' fragenden Augen los und fragte ihn, wie er seinen Tag verbracht hatte.

»Die Skolomantie war vielleicht langweilig! Ich wäre viel lieber mit dir zusammen! Und würde kämpfen lernen!«

»Ein Mann aus der Sippe der Olimpier muss geistig ebenso gewitzt und behände sein wie körperlich«, zitierte Phoebus die Worte, die er sooft gehört hatte. »Ein Konflikt bringt selten Nutzen. Es ist besser, Kompromisse zu schließen und Tribute zu fordern.«

»Tribute, wie Kaphtor sie zahlt?«

»Ganz recht, so wie Kaphtor.«

Gemeinsam stiegen sie die geschwungene Treppe hinauf, dabei verbeugten sich beide kurz zu Ehren Kelas vor der Nische mit dem Hörner-Altar. Weil es Glück brachte, nahmen sie die zweischneidige Axt aus ihrer Halterung und drehten sie. Die Doppelklinge stand für die beiden Seiten Kelas, der Gebenden und Nehmenden, denn die Göttin war zweischneidig. Wenn einem das Glück nicht gewogen war, drehte man die Axt, um es hold zu stimmen. Und wenn einem das Glück gewogen war, drehte man die Axt ebenfalls, um auf diese Weise dem Pech zuvorzukommen und es zu verringern. Es war immer besser, man drehte die Axt selbst, als dass ein Feind es tat.

Geometrische Muster in Rot, Gold und Schwarz krochen über Decke, Wände, Böden. Die bunten Bodenfliesen wurden von einer riesigen Feuerstelle in der Mitte jedes Raumes erwärmt und die ausladenden Dächer von roten Säulen gestützt, die sich zum Boden hin verjüngten. In diesem Raum, einem der tausend im Palast von Aztlantu, mischten sich die Adligen unter die Gemeinen, alle auf der Suche nach Sippen-Angehörigen in diesen letzten Tagen vor der Zeit des Stieres, dieser Zeit des Keimens und des Ratstreffens.

Einen Moment lang wurde Phoebus von Angst gepackt. Nach diesem Ratstreffen würde er mit dem Apis-Stier tanzen. Wie er sich dabei hielt, würde darüber entscheiden, ob er würdig war, die Pyramide der Tage zu betreten und sich den Prüfungen des Aufsteigenden Goldenen zu stellen. Er schüttelte die Angst ab, denn Eumelos redete immer noch ohne Atempause auf ihn ein. »Niko!«, rief Phoebus.

Der Mann mit den dunkelblauen Augen sah auf, abrupt aus seiner Welt der Worte und Formeln gerissen in den geschwätzigen Lärm des Palastes. Niko blinzelte zweimal, ehe sein Blick endlich klar wurde. Trotz seiner einzigartigen Intelligenz bereitete es ihm oft Schwierigkeiten, sich an die alltäglichsten Dinge zu erinnern – Essen, Frauen, Baden.

»Ist die Übung schon vorbei?«, fragte sein Freund, wobei er sich mit der Hand über das zerzauste, rückenlange weißblonde Haar fuhr.

»Ja. Die Sonne ist dreimal im Himmel höher gestiegen.« Phoebus senkte die Stimme zu einem Flüstern. »Ist Irmentis gekommen?«, fragte er und verachtete sich im selben Augenblick für seine Schwäche.

Niko schüttelte den Kopf. »Ja. Ich habe mit ihr gesprochen, so wie du gewünscht hast.« Nervös suchte er seine Rollen zusammen. »Ich glaube, sie liebt dich, Phoebus. Doch ihre Liebe ist kein *Eros.*«

Phoebus' Wangen brannten, denn nun wusste sein bester Freund, dass die Frau, die er begehrte, ihn verschmähte. Wenn ihre Liebe doch wenigstens *Pothos* wäre, wenn sie ihn auf ehrgeizige Weise begehrte, als Mittel zum Ziel! Doch reine *Agape,* die pure Herzensliebe… Phoebus stellte sich dem Blick seines Freundes. »Hat sie noch etwas gesagt?«

»Nur dass sie Ileana verabscheut und sie nicht herausfordern will. Sie sucht eine andere Gerechtigkeit.«

»Das Einzige, was dieser *Skeela* gerecht würde, wäre, ihr ein Messer ins Herz zu stoßen«, flüsterte Phoebus.

»Verrat, mein Freund.« Niko erhob sich von der Steinbank mit der wellenförmigen Rückenlehne. »Irmentis hat außerdem um mehr von ihrem Getränk gebeten.« Die Missbilligung in seiner Stimme war nicht zu überhören.

Phoebus ging nicht weiter darauf ein.

Niko wandte sich an den Jungen. »Nun, Eumelos, welche Weisheiten hat der Spiralenmeister euch heute zuteil werden lassen?«

»Er hat gesagt, wir seien alle stumm und blind, und wir würden die Hand der Götter nicht einmal spüren, wenn sie uns den Hintern versohlen.«

»*Och*, tatsächlich?« Nikos hob Eumelos auf seine Schultern. »Du musst mit Spiralenmeister sprechen«, meinte er mit einem ernsten Blick zu Phoebus hin. »Ich habe den Eindruck, er wird mit jedem Tag respektloser und verwirrter.«

Phoebus schaute zu, wie Niko Eumelos' drahtigen Körper hoch in die Luft hob und so tat, als würde er ihn quer durch den bunt bemalten Raum fliegen lassen. In jedem türkisfarbenen Pinselstrich sah Phoebus den grimmigen Blick seiner Stiefmutter Ileana.

Wie gern würde er eine Klinge in ihren Leib senken.

»Hat man schon etwas vom Ausgang der Seeschlacht gehört?«, erkundigte sich Phoebus. Niko ließ Eumelos von seinen Schultern gleiten, und der Junge raste davon.

»Alle schauen von Myknossos aus zu«, sagte er.

»Wie stehen diesmal die Chancen?«

»Aztlan wird den Sieg davontragen, so wie immer.«

Phoebus sparte sich die Frage, woher Niko das wusste. Auch wenn er scheinbar die Welt um ihn herum kaum zur Kenntnis nahm, wusste Niko einfach alles; er war ein nie versiegender Quell an Informationen. »Ich habe nach den Chancen gefragt.«

»So groß, wie die Chance, dass du *Hreesos* wirst«, antwortete sein Freund mit einem seltsamen Lächeln.

Sie schoben sich durch das Gedränge. Frauen in bunten Röcken, mit dunklem, lockigem Haar und blitzenden, von Bleiglanz umringten Augen standen Blumensträußen gleich in engen Gruppen beisammen. Männer in kurzen Schurzen oder langen Glockenröcken mischten sich mit Seesoldaten, die Schild oder Köcher trugen. *Hreesos'* Leibwächter mit ihrem kurz geschnittenen Haar bewachten die Tür am anderen Ende. In einer Ecke hockte eine Schulklasse von Schreibern. Vor ihnen lagen feuchte Lehmtafeln, über die rasend schnell die Finger huschten; an den Fingerspitzen und -knöcheln waren geprägte Kacheln befestigt, mit denen sie die aztlantischen Texte als Piktogramme von Männern, Muscheln, Waffen und anderen Zeichen in den Lehm drückten.

Als sie draußen angekommen waren, sah Niko ihn an. »Wohin gehen wir?«

Phoebus lächelte und blinzelte gegen das Sonnenlicht an, das sich in der Pyramide des Tages brach. »Dion hat uns zu seinem neuesten Experiment eingeladen.«

Niko sah ihn streng an. »Eigentlich sollte ich in der Bibliothek sein und für Spiralenmeister Nachforschungen treiben, Phoebus.«

»Ich weiß, aber es wird nur einen Nachmittag dauern. Du kannst nötigenfalls die ganze Nacht in der Bibliothek verbringen.« Sie gingen ein kurzes Stück in Richtung der Landbrücke, welche die Insel Aztlan mit der sichelförmigen Außeninsel Kallistae verband. Schroff und abweisend im Winterlicht, mit nackten, braunen Hängen, erhob sich vor ihnen der Gipfel des Apollo. Zwei weitere Brücken, entworfen von den besten *Mnasonen* in der Priesterschaft, verbanden Aztlan im Norden und Süden mit Kallistae.

»Was sollst du denn für Spiralenmeister herausfinden?«, fragte Phoebus, während sie zur Nordbrücke abbogen.

»Kannst du dich noch an sein Elixier erinnern?«

»Ach ja, sein Ewiges Projekt.« Phoebus lächelte über den Skolomantiker-Spitznamen für Spiralenmeisters Passion.

»Sein Ewigkeitsprojekt«, verbesserte Niko. »Nun, er ist überzeugt, dass es eine geheime Zutat geben muss.«

»Die sich in der Bibliothek finden lässt? Was denn, Staub?«

Niko sah ihn todernst an. »Nein. Etwas, das unsere Ahnen noch wussten und das wir vergessen haben. Ich bin auf der Suche danach.«

»Das heißt, du musst jede Rolle, jede Tafel lesen?«

»Ganz genau. Jede einzelne.«

Phoebus gab ihm einen Schlag auf den Rücken. »Du bist und bleibst ein Streber, mein Freund.« Er blieb stehen. Vor ihnen erhob sich die Brücke, kunstvoll aus geschmiedetem Metall, Seilen und riesigen *Ari-kat*-Steinpfeilern zusammengefügt. Mit zusammengekniffenen Augen drehte sich Phoebus nach links, der Klippe zu, die etwa achthundert Ellen hoch aus der Therossee aufstieg.

Was für einen Unfug hatte sich Dion diesmal einfallen lassen?

Dann sahen sie es, ein weißes Viereck, das zwischen der Küste von Kallistae und Aztlan in der Luft schwebte. »Bei den Steinen Apis'«, hauchte Niko. Die Männer liefen los, hin zu ein paar Skolomantikern und ihrem Lehrer Daedalus.

Zwischen Himmel und Erde segelte, in einer Wiege zwischen zwei Flügeln aus Flachs und Knochen liegend, Dion durch die Lüfte. Niko und Phoebus verfolgten, wie ihn die durch den Kanal wehenden Böen immer höher trugen. »Wie kommt er wieder runter?«, fragte Niko. Daedalus lachte und tat so, als hätte er ihn nicht gehört, oder er schenkte Niko einfach keine Beachtung, während der Erbe der Rebstock-Sippe in seinem Flugsegel weiter aufstieg.

»Was sagen wir nur Sibylla, wenn er sich was tut?«, flüsterte Niko.

Phoebus erbleichte. Sibylla war zwar ein bezauberndes Wesen und von Kela gesegnet, doch in ihrem Zorn kaum weniger schrecklich als Ileana. Sibylla hatte Dion aus einer Wolfshöhle gerettet, wo *Hreesos* ihn versteckt hatte, nachdem Ileana seine Mutter ermordet hatte. Die beiden war gleich alt und praktisch unzertrennlich, wenn auch nicht durch *Eros* verbunden. Sibylla würde sie alle Holz kosten lassen, wenn Dion sich verletzte.

»Beten wir, dass die Winde es gut mit ihm meinen«, beantwortete Niko seine Frage selbst.

»Wir haben die Omen der Windpriesterin geprüft.« Daedalus drehte unruhig seinen Anhänger in Form des Labyrinthschlüssels. »Sie fürchtet sich nicht um ihn.«

Phoebus und Niko tauschten einen zweifelnden Blick.

Inzwischen hatten sich immer mehr Menschen an der Klippe eingefunden. Die Kunde von Dions Luftsegel hatte die Runde gemacht, und Frauen von beiden Inseln standen dicht gedrängt beisammen, um ihm zuzuschauen.

»Phoebus, Herr!«

Der Aufsteigende Goldene drehte sich auf den Ruf hin um und sah einen Leibeigenen aus dem Palast heraneilen. Vor Erschöpfung keuchend, überreichte der Leibeigene Phoebus eine winzige Papierrolle. Niko sah ihn fragend an. »Nestor. Er ist in Ägypten«, erklärte ihm Phoebus. Vorsichtig rollte er die Nachricht aus.

»Ägypten feilscht. Wir werden gewinnen. N.«

»Wie geht es voran?«, fragte Niko leise.

»Ägypten will immer noch verhandeln, doch Nestor sieht den Sieg zum Greifen nahe.«

»Ist es wirklich notwendig, auch über Ägypten zu herrschen?«, fragte Niko. Seine Frage war nicht persönlich oder als Provokation gemeint, das wusste Phoebus. Niko war Skolomantiker: Er betrachtete einfach alles aus jedem nur erdenklichen Blickwinkel und dann noch aus zwei weiteren.

»Ägypten regiert den Nil. Sie haben sich an ihre Zusage gehalten und sich nicht aufs Meer gewagt, doch wir brauchen ägyptisches Getreide. Die Sippen können uns nicht länger allein versorgen. Der Boden verliert an Kraft. Wenn wir nicht aufpassen, werden wir ihn auslaugen.«

»Und Kaphtor liefert nicht genug.«

»Nicht, wenn es zugleich seine eigene Bevölkerung ernähren muss, nein.«

»Was ist also geplant?«

Phoebus seufzte, kniff die Augen zusammen, um Dions winzige Gestalt auszumachen, die immer noch ihre langsamen Kreise durch die Luft zog. Ihm wurde schon vom Zuschauen übel. Phoebus war froh, dass nicht *er* dort oben schwebte, allein auf Flachs und das Wort einer Priesterin vertrauend. »Nestor hat mit einer Invasion gedroht, sollten sie keinen Tribut von fünfzig Prozent auf Gemüse und Obst, Getreide und Vieh entrichten.«

»Leidet Ägypten nicht unter einer Hungersnot?«

Phoebus zog die Achseln hoch. »So heißt es, aber Ägypten bleibt dennoch Ägypten! Es gibt dort Platz genug –«

»Aber nicht genug Wasser, Phoebus.«

»Um genau zu sein, viel zu viel Wasser, wie ich gehört habe. Jedenfalls sind das Nestors Forderungen.«

»Und womit wird er sich zufrieden geben?«

Phoebus sah seinen Freund an. »Mit Stieren.«

»Ach ja, eure Rituale.« Niko hatte begriffen.

Plötzlich erstarb der Wind, und das Luftsegel sackte ab. Die Menge hielt wie ein Mann den Atem an und verfolgte, wie Dion mit seiner Apparatur unter die Klippenkante absank. Einen Augenblick, ehe er auf dem Wasser aufschlug, riss ihn eine Windbö wieder nach oben. Während die Zuschauer über den Klippenrand schielten, ließ Daedalus von den Skolomantikern ein Boot bereit machen, das Dion auffischen sollte, falls er in der Therossee landete. Der Wind zog Dion wieder nach oben, und Niko sprach weiter, als wäre gar nichts geschehen.

»Haben wir schon immer unsere Apis-Stiere aus Ägypten bekommen?«

»Ja.«

Schweigend sahen sie Dion auf der Höhe der Klippenkante schweben, nur zehn Ellen von ihnen entfernt. »Wie ist es?«, rief Phoebus hinüber. Dion bewegte den Mund, doch seine Worte wurden vom Wind verweht. Sie waren nahe genug, um einander ins Gesicht zu sehen, und Phoebus sah lächelnd zu, wie Dion lautlos eine Antwort brüllte, ehe er plötzlich von den sicheren Inseln fort aufs offene Meer hinausgetragen wurde.

»Aber wir haben früher immer dafür bezahlt?«

»Was?«, fragte Phoebus. Die Silhouette seines Sippenbruders wurde immer kleiner.

»Die Stiere, wir haben früher immer dafür bezahlt?«

»Ja. Und zwar gut: mit Gold, Tieren, Tempeltänzerinnen, Steinen. Diesmal bieten wir Garantien.« Phoebus fuhr sich mit unsicherer Hand durch das blonde Haar. »Dion scheint einen ungünstigen Wind erwischt zu haben.«

»Du glaubst doch nicht, dass die Windpriesterin sich geirrt hat, oder?« Niko richtete den Blick in die Ferne, wo über dem blauen Meer ein kleiner weißer Fleck dahintrieb. »Falls Sibylla tatsächlich mit Kela Verbindung aufnehmen kann, können wir nur hoffen, dass sie es gerade tut.« Zwei Boote, winzig vor dem riesigen blauen Meer, segelten eilig dem davongewehten Dion hinterher. »Hast du die Gerüchte von den gesegneten Steinen gehört?«

Mit schweißnasser Stirn sah Phoebus den Booten nach, denn er fragte sich, wie sie Dion zurückholen sollten. Bisweilen war Nikos Hang, unvermittelt das Thema zu wechseln, befremdlich. »Inwiefern gesegnet?«

»Direkte Verbindung zu einem mächtigen Gott.«

Er sah seinen Freund an. »Wie bitte?«

Niko zuckte mit den Achseln. »Ich habe in manchen der älteren Schriften verdeckte Hinweise auf derartige Steine gefunden.«

»Danach suchst du also in der Bücherei? Wozu sollen sie gut sein?«

Niko zuckte mit den Achseln. »Man stellt ihnen Fragen, und sie sprechen.«

»Sprechende Steine? Niko, du machst Witze. Eine Kinderlegende –«

»Nein. Durch diese Steine kann man direkt zu einem mächtigen Gott sprechen. Stell dir vor, du könntest ihm jede Frage stellen und die Wahrheit erfahren. Du würdest wissen, wann du gefahrlos in die Schlacht ziehen kannst oder wann sich ein Sturm zusammenbraut, welche Felder man brachliegen lassen sollte, wer dich hintergeht... Du könntest dir alles Raten ersparen.«

Phoebus runzelte die Stirn. »Wir wären wie Kinder, die ständig ihre Eltern um Erlaubnis fragen.«

»Phoebus, Spiralenmeister könnte diese Gottheit fragen, was zu diesem Elixier noch fehlt.«

Womit sie wieder beim Elixier waren. Spiralenmeister war alt; möglicherweise trat sein Geist allmählich die letzte Reise ohne ihn an, dachte Phoebus.

»Sieh!«, rief Niko.

Dion hatte einen Aufwind erwischt und flog nun hoch über die Klippe hinweg. Die Menge lief auseinander, denn sein Flugapparat verdrehte sich plötzlich, als würde er von einem Riesen gepackt. Mit einem lauten, über die ganze Klippe hallenden Ratschen stürzte Dion, in seine Flachsflügel verheddert, zu Boden.

Er kam mit einem dumpfen Schlag auf, und die wartenden Zuschauer rannten zu ihm hin. Skolomantiker zerrten den Stoff beiseite und halfen ihm aufzustehen. Er humpelte auf einem Fuß und wurde sofort von einer jungen Frau gestützt, deren bemalte Brüste sich aufgeregt hoben und senkten. »Es hat funktioniert!«, rief er, und die Skolomantiker jubelten.

Phoebus und Niko drängten durch die Menge. Dions Gesicht

war hellwach, in den dunklen Augen war nicht der geringste Überdruss zu erkennen. »Wie hast du es wieder auf den Boden gebracht?«, fragte Niko mit einem Blick auf das verhedderte Segel am Boden.

»Ich habe an einer Schnur gezogen, mit der ich das Segel so weit aufgerissen haben, dass ich kontrolliert landen konnte.« Dion trat auf seinen linken Fuß und verzog das Gesicht. »Wenigstens einigermaßen.« Die Nymphe tastete mit ihren Händen seinen Leib ab, wobei sie auch Stellen, die unmöglich etwas abbekommen haben konnten, nach Verletzungen absuchte. Daedalus wurde vorgelassen, und Dion schob die Nymphe von sich, um seinen Partner zu umarmen. Niko kniete nieder, um den Unterbau des Flugapparates zu inspizieren, einen geschickt geknüpften Korb aus Vogelknochen, die zur Gewichtsersparnis zurechtgehauen und mit Wachs verkittet worden waren.

Die Gruppe machte sich auf den Weg zum Palast, Dion in einem Tragsessel, getragen von den Skolomantikern, Daedalus einer Gruppe von Studenten dozierend, die an seinen geometrisch in Safran und Blau gemusterten Rockschößen wie auch an seinen Lippen hingen.

Niko und Phoebus folgten weiter hinten, wo die Nymphen und jungen Männer miteinander scherzten. Der Augenblick war fast vollkommen, fand Phoebus, eine Synthese all dessen, was Aztlan sein konnte und sollte.

Wenn nur Irmentis bei ihm gewesen wäre. Im Sonnenschein – hier – in Fleisch und Geist. Er stellte sich vor, wie sie in ihren dunklen Katakomben schlief. Heute Abend würde er sie nicht sehen. Es war Vollmond, da tanzte sie mit den Frauen – und Dion – auf den Hügeln. Er war der einzige Mann, der es wagte, die Mysterien der Frauen zu erlernen.

Phoebus machte sich insgeheim einen Vermerk, Irmentis noch etwas von dem Trunk bringen zu lassen, den er für sie angerührt hatte. Er hatte ihn sogar nach ihrem geheiligten Thronnamen benannt. Wenigstens vermochte sie mit der grünen, milchigen Flüssigkeit die Schmerzen zu lindern, die sie sooft quälten. Gefühllos und gepeinigt zugleich starrte sie dann in die Ferne, reglos wie ein

Reh. Reiste dann ihr Geist? Das glaubte er nicht; ihm erschien es wahrscheinlicher, dass ein brutaler *Skia* sie in seinen Klauen hielt.

Phoebus biss die Zähne zusammen. Wenn er ihr nur nah sein könnte, wirklich nah. Sie sollte seine Gefährtin, *sie* sollte Himmelskönigin sein. Begierde strömte durch seine Adern; mühsam richtete er seine Gedanken auf etwas anderes. Sich nach Irmentis zu verzehren, war ebenso ein Grundzug seiner Existenz, wie Eumelos sein Sohn war. Sie allein kannte ihn wirklich. Sie durchschaute den »Goldenen« und wusste um die Schatten, die in ihm hausten. Sie wusste von seinen Ängsten um Aztlan, von seiner Befürchtung, das Imperium könnte über sich selbst hinauswachsen.

Sie teilte seine Beklemmung über die längst nicht mehr so ruhmreiche Sippe der Olimpier. Nur ihr konnte er von den Omen erzählen, die er gesehen und gehört hatte. Dann sah sie ihn mit dunklen, wissenden Augen an, die in ihm den Wunsch weckten, in ihren Körper und ihre Seele zu fliehen und jenen Bereich ihres Wesens zu erforschen, den sie allein dem Mond vorbehielt. Er wollte sie als Königin. Sie würde Ileana mit Leichtigkeit besiegen, wieso versuchte sie es nicht wenigstens?

Seine *Eros*-Liebe war zugleich *Pothos* – Irmentis war für Phoebus der kostbarste aller Preise. Er musste sie erobern; er wollte sie mehr als alles andere, mehr sogar noch als den Thron.

Als sie zum Palast zurückkehrten, wanderte Niko zur Bibliothek davon. Er verabschiedete sich nicht, und Phoebus war klar, dass er in Gedanken schon wieder bei den staubigen zusammengeklappten Tafeln aus Leder und Gold und bei seinen Schriftrollen war. Auf seinem Weg zur Skolomantie Verwandte und Bürger grüßend, beschloss Phoebus, Spiralenmeister einen Besuch abzustatten.

Die Stätten der Skolomantie waren im rechten Winkel zum Palast hin gebaut. Die Räume für die sechstausend Studenten und Lehrer reihten sich an den schmalen, dunklen Korridoren, die an Treppenhäusern endeten, von wo gleichzeitig Licht einfiel. An den Außenseiten zogen sich riesige Säulengänge mit roten Säulen und Wandmalereien in dem für Aztlan typischen schwungvollen Stil hin. Der größte überdachte Balkon beherbergte die Unterrichtsräume für die Lehrer, die auf diese Weise von allen Seiten Licht bekamen. Die Lehrer lehrten von ihren bequemen Liegen oder Sesseln aus, umringt von ihren Studenten, bis sie sich alles angeeignet hatten.

Die Skolomantie war Aztlans klügsten Sippenangehörigen vorbehalten. Ihrer Bestimmung getreu, jeden Lebensaspekt in Geist und Körper zu erforschen, hatte die Skolomantie die astronomischen Grundlagen für das Daedaledion in Knossos geschaffen und auf der Insel Aztlan eine umfangreiche Menagerie zusammengetragen. Innerhalb der Skolomantie waren alle Sippen-Unterschiede aufgehoben; alle Lernenden gehörten der Sippe der Spirale an.

Wie die meisten Dinge auf Aztlan war auch die Erziehung ein Tanz. Dieser Tanz führte durch das Labyrinth des Geistes. Eine auf Routine und Ritual gründende Schrittfolge wurde durch eine zweite aus Phantasie und Forschergeist ergänzt. Die gleiche Schrittfolge, aus zwei verschiedenen Winkeln ausgeführt, ergab zwei vollkommen unterschiedliche Tänze. Für beide brauchte es Gewandtheit, Geschmeidigkeit und körperliche wie geistige Stärke. Diese geistige Beweglichkeit und Eleganz kennzeichneten die Gedanken eines Skolomantikers.

Phoebus und Niko hatten sich in der Skolomantie kennen gelernt, als beide fünf Jahre alt gewesen waren. Vom ersten Augenblick an waren sie einander nah gewesen. Phoebus, der schon damals um seine Bestimmung wusste, hatte unter dem Verlust – dem gewaltsamen Tod – seiner Mutter und der Trennung von seiner Sippenschwester Irmentis gelitten. Niko war schrecklich schüchtern gewesen. Doch schließlich hatte seine natürliche Neugier die Oberhand über den Schutzschild gewonnen, den er seit frühester Kindheit an gegen die instinktive Erkenntnis eingesetzt hatte, dass er anders war als die anderen Sippenkinder.

Der Aufsteigende Goldene drückte sich an die Wand, weil eine Horde von Kindern schreiend und schubsend vorbeigerannt kam. Die Säulengänge waren schmal und ungeschützt. Ein Sturz konnte tödlich enden, dennoch rannten die Jungen in Eumelos' Alter ohne die geringste Angst herum. An der Mauer saßen ältere Schüler, Wein trinkend und diskutierend. Ein Skolomantiker konnte jederzeit über jedes Thema debattieren; auf diese Weise sollte geübt werden, wie man ein Problem drehen und wenden musste, um schließlich die darin versteckte Lösung ans Licht zu bringen.

Phoebus betrat den abgedunkelten Raum seines Mentors. Der Alte war nirgendwo zu sehen, also trat Phoebus an eine aufgemalte Tür, drückte in der korrekten Abfolge die hinter einem Paneel verborgenen Riegel und wartete, bis sie aufschwang. Spiralenmeister war in seinem Laboratorium.

Dämpfe von *Al-chem* wehten die Stufen herauf und brannten sich in Phoebus' Augen und Kehle. Behutsam setzte er in der fast vollkommenen Dunkelheit einen Fuß vor den anderen. Die Stufen waren glatt getreten, und er war schon öfter gestürzt, weil seine Ledersandalen unter ihm weggerutscht waren. In einem würdelosen Haufen vor Imhoteps Tür zu landen, war kein besonders erbaulicher Tagesbeginn gewesen. Phoebus hielt sich am Geländer fest.

Im Gegensatz zu den geräumigen, rechteckigen Treppenhäusern draußen war dies hier eine Wendeltreppe. Seinem Titel entsprechend war Spiralenmeister ein Meister jedes Werkzeugs, in jeder Technik, Fertigkeit und Disziplin, die je an der Skolomantie ausgeübt wurde. Seine Künste waren verwunden, komplex und abgründig wie das Innere eines Schneckenhauses.

Phoebus blieb vor der Tür stehen und rückte sein Gewand zurecht. Noch dazu war Spiralenmeister ausgesprochen pingelig.

»Tritt ein, Aufsteigender!«, rief Spiralenmeister. »Wie ich es verabscheue, wenn du so unentschlossen bist! Wir haben zu tun!«

Phoebus stieß die Tür auf, und der Spiralenmeister drehte sich zu ihm um. Obwohl er in *Hreesos'* und Aztlans Diensten stand, stammte der Spiralenmeister aus Ägypten. Der Legende zufolge war sein Urahn, der erste große Imhotep, in einer turbulenten Zeit für Aztlan geboren worden. Er hatte Aztlans *Al-chem*-Geheimnisse gestohlen und sich damit am Hofe Pharao Khufus eingeschmeichelt.

Seither wurden die Pyramiden Imhoteps I. als Ägyptische Pyramiden bezeichnet. Imhotep war in Ägypten geblieben und hatte dort eine Familie mit vielen weiteren Imhoteps gegründet. Über Generationen hinweg hatten diese Magier wechselweise am ägyptischen und am aztlantischen Hof gedient. Der jetzige Spiralenmeister lebte hier, sein ältester Sohn in Ägypten und ein weiterer in Hattai. Der aztlantische Imhotep und sein ältester Sohn hassten einander.

Spiralenmeister war vom Alter gebeugt, doch immer noch sehr, sehr groß. Obwohl er inzwischen seit so vielen Jahren in diesem Laboratorium tief unter der Skolomantie arbeitete, war seine Haut rötlich und dunkel geblieben. Kunstvolle Tätowierungen zogen sich über seinen kahl geschorenen Schädel bis in den Nacken hinab. Seine enormen Ohrläppchen waren mit Ohrringen beschwert, aus denen unbekannte, ungeschliffene Steine weißes und blaues Feuer schießen ließen. Lange, grellbunt gemusterte Stoffbahnen wanden sich über seine schmalen Schultern, dann um seine Taille und schleiften mit den fransigen Enden über die Sandalen.

In letzter Zeit sah er noch hagerer als sonst aus, fand Phoebus.

Das Siegel der Sippe der Spirale, deren Oberhaupt er war, baumelte über seiner runzligen Brust. Weitere Siegel schaukelten neben Phiolen und Papyrusrollen an einer Kordel um seine dürre Taille.

Phoebus grüßte ihn ergeben. Niemand wusste, wie alt der Spiralenmeister war, doch das Feuer in seinen Augen verriet ihn als Geistesverwandten jedes jungen Träumers, der durch die Tür hereinspaziert kam. Imhotep strauchelte im Umdrehen, und Phoebus sah eine Phiole zu Boden fallen und zerplatzen. Der Spiralenmeister ignorierte den Vorfall.

Hoheitsvoll lehnte sich der Spiralenmeister gegen den breiten Tisch, mit offenbar gezerrter Schulter, die Füße von Glasscherben umgeben. Phoebus war bemüht, sich seine Gefühle nicht anmerken zu lassen.

»Hast du genug geübt?«

»Ja, Meister.«

»Du weißt, dass ich dich nichts mehr lehren kann. Von nun an musst du dich auf dein angeborenes Wissen verlassen, andernfalls bist du wahrhaftig nicht zum Herrschen geschaffen.«

Phoebus spürte, wie ihm das Blut in die Wangen schoss. »Ich bin bereit.«

»Kennst du die Formeln?«

Phoebus senkte kurz den Blick. Ein falscher Schritt, und er würde sterben. »Ich bin bereit«, wiederholte er.

Spiralenmeister blickte in Phoebus' Augen. Der Ältere wandte sich ab. »Dann lass uns darüber sprechen, was nach dem Ritual geschehen wird.«

»Sehr wohl«, sagte Phoebus und bezog neben einem der langen Tische Position. »Sag mir, was wird geschehen?«

Spiralenmeister wandte sich ab und konnte sich eben noch zurückhalten, bevor er auf der zerplatzten Phiole ausrutschte. Seine Augen glänzten. »Du hast Pläne für eine neue Stadt?«

Es war eine zentrale Frage, und der Rat würde sie mit Sicherheit stellen. Phoebus spürte einen Kitzel der Vorfreude. Diese Stadt bot ihm die Möglichkeit, etwas von Dauer auf Aztlan zu hinterlassen. »Ja. Zwischen dem Berg Apollo und Echo. Es ist ein idealer Naturhafen. Für die Fremden ist es leichter, dort anzulegen, als in die Lagune zu segeln.«

Spiralenmeister schüttelte zustimmend mit dem Kopf.

»Atenis wird sich um die Verschönerung der Stadt kümmern«, fuhr Phoebus fort. »Ich habe mit Talos gesprochen, und er hat mir versichert, dass das neue Metall, an dem er arbeitet, jedem Rost widerstehen wird.«

Spiralenmeister bedeutete ihm, fortzufahren.

»Nun, es fehlt nur noch die Zustimmung des Rates, Familien aus den verschiedenen Sippen dorthin umzusiedeln, ansonsten ist alles bereit.«

Spiralenmeister ließ die Knöchel knacken, ein sicheres Zeichen dafür, dass er nachdachte. »Mein altes Gehirn ist müde, Junge. Sag noch mal, wozu brauchst du diese Stadt?«

Phoebus verkniff sich ein Lächeln. Spiralenmeisters Gehirn war schärfer als das von mehreren Dutzend jungen Skolomantikern, doch auf diese Weise konnte Phoebus einüben, was er dem Rat vortragen würde. »Indem wir Prostatevo erbauen, bringen wir das Beste, was unser Imperium zu bieten hat, an einem Ort zusammen. Die Oberhäupter werden nicht länger von einer Sippe zur anderen reisen müssen; stattdessen können sie alles, was sie benötigen, an einem einzigen Ort eintauschen.«

Phoebus ging auf und ab. »Jedes Stadtviertel wird einer Sippe vorbehalten sein. Innerhalb dieses Viertels werden Mitglieder dieser Sippe leben und arbeiten, in ständiger Verbindung mit dem Sitz ihrer Sippe, um die Handelsrouten auszuarbeiten.«

»Das ist ein radikaler Gedanke. Seit Generationen von Sommern haben die Menschen nicht mehr von ihren Sippen getrennt gelebt.« Mit seinem Einwand wollte Spiralenmeister ganz offenkundig das Oberhaupt Nekros imitieren.

»Besucher unseres Imperiums werden erkennen, wie effektiv wir Aztlantu arbeiten: an der harmonisch erbauten Stadt, den Künsten unserer Handwerker und Arbeiter, dem modernen Hafen und einem erhabenen Tempel zu Ehren Kelas. All dies wird Aztlans Macht verdeutlichen und geballt vor Augen führen.«

»Was ist mit Apis?«

Phoebus machte kehrt. »Es gibt keine Nüstern des Stieres, auf denen wir bauen können. Wer Apis Ehrerbietung erweisen will, kann problemlos mit dem Schiff zur Pyramide der Tage auf dem Berg Stronghyle segeln oder über Land zum Berg Apollo pilgern.«

Spiralenmeister saß schweigend da, und Phoebus wartete ab. »Du hast die Frage mit dem radikalen Gedanken noch nicht –«

»Gut.« Phoebus seufzte tief. »Es bricht eine neue Zeit an, Ratsmitglieder. Ich bin *Hreesos*. Prostatevo wird unserem Imperium Wohlstand bringen. Es soll vollbracht werden.«

Spiralenmeister lachte leise. »Das wird Nekros gar nicht gefallen – immerhin verliert er dadurch einen Bruder –, aber er wird dir folgen.«

Phoebus näherte sich dem Tisch, an dem Spiralenmeister gearbeitet hatte. »Was tust du da?«

»Es ist das Elixier.«

»Nur –«

»Bevor du etwas sagst, Junge, sollst du wissen, wie dicht vor dem Ziel wir sind.«

Phoebus blickte auf die Phiolen und Flaschen mit getrockneten tierischen und pflanzlichen Substanzen. »Es ist nicht möglich«, sagte er.

Spiralenmeister knurrte leise auf Ägyptisch vor sich hin, dann zerrte er Phoebus hinter sich her. In der dunkelsten Ecke des Raumes zog Spiralenmeister schließlich voller Stolz einen Vorhang zur Seite.

Ein Schwein lag flach atmend auf seiner Seite. Die Augen waren glasig, doch es lebte.

Phoebus spürte, wie seine Adern vereisten. »Du hast es getan?«

»Genau. In dem Leib des Schweines schlägt das Blut des gestürzten Kindes.«

Im vorgestrigen Sonnenuntergang war ein Kind von der Klippe gestürzt. Beim Aufprall hatte es sich das Genick gebrochen, doch ein Sims hatte verhindert, dass der kleine Leib auf den Felsen zerschmettert wurde. Noch ehe das Blut ins Stocken gekommen war, hatte Spiralenmeister versucht, es in den Leib eines Schweines zu leiten. Die beiden Stoffe waren seiner Überzeugung nach einander äußerst ähnlich. Das Elixier würde durch *Al-chem* beides miteinander verbinden, das Schwein mit dem Blut eines Menschen.

Es war obszön. Und faszinierend.

»Hat es sich bewegt? Kann es sich bewegen?«, fragte Phoebus.

»Jetzt, wo wir wissen, dass wir das Blut eines Kindes einem Schwein übertragen können, möchte ich wissen, ob der umgekehrte Vorgang auch möglich ist«, sagte Spiralenmeister.

»Wird das Schwein überleben, wird es tatsächlich wieder fressen und zu seiner Herde zurückkehren können?«

Spiralenmeister piekte das Schwein mit einem langen, zittrigen Finger. Das Schwein grunzte, rührte sich aber nicht. »Wenn das Blut von einem Wesen in ein anderes übertragen werden kann, dann können wir das Leben unbegrenzt lange erhalten. Denn im Blut liegt das Leben.«

»Meister«, sagte Phoebus, »soll das heißen, dass du Blut von einem Menschen in einen anderen übertragen könntest?«

Spiralenmeister heftete seinen dunklen Blick auf Phoebus. »Wenn wir einem sterbenden, nein, sogar einem toten Wesen lebendes Blut spenden können, können wir es damit wieder zum Leben erwecken.«

»Ihr wollt die Toten mit dem Blut der Lebenden wiedererwecken?« Spiralenmeister antwortete ihm nicht, und Phoebus schickte schaudernd ein Schutzgebet an Kela.

»Spiralenmeister! Spiralenmeister!« Der Ruf klang angstvoll und ungeduldig. Phoebus führte den Alten nach nebenan. Ein Schreiber entbot ihnen mit großen Augen und schweißnassen Wangen einen hastigen Gruß. »Meister, ihr müsst mitkommen. Eine große Krankheit hat meinen Blutvater überkommen!«

Mühsam kletterten sie in die Tragsessel; Phoebus wagte nicht, Spiralenmeister allein zu lassen – bisweilen konnte sich der Zauberer kaum mehr auf den Beinen halten. Sie wurden erst durch das Labyrinth von Räumen im Palast getragen, dann hügelabwärts und über die Brücke in die Stadt Daphne. Der Schreiber, ein junger Skolomantiker, war Sohn eines aztlantischen Kaufmanns. Die Villa war riesig und von einem Weingarten umgeben, der sich in Terrassen über den ganzen Hang bis zum Meer hinab erstreckte.

Frauen kauerten rund um die Feuerstelle in der Mitte des Raumes, die Blicke auf den Mann gerichtet, der in tief gefärbten Leinen ruhte. Keine wagte sich an das Krankenbett heran. »Wann ist das passiert?«, fragte Spiralenmeister.

»Er ist seit einigen Tagen nicht mehr er selbst«, sagte eine ältere Frau, die Phoebus für die Gemahlin des Kaufmanns hielt. »Er kann nicht essen, kann nicht schlafen. Er wollte unbedingt an den Hafen gehen, und dort ist er gestern auf dem Pier zusammengebrochen. Seither liegt er so da.«

Phoebus kniete nieder und tastete die Stirn des Mannes ab. Kein Fieber, kein Schweiß. »Irgendwelche Wunden oder Bisse?«, fragte Spiralenmeister.

»Nichts, Meister«, antwortete die Frau. »Wir haben ihn gebadet und geölt.«

Sie rechnen damit, dass er stirbt, dachte Phoebus.

Die Frau sprach weiter. »Er spricht kein Wort, sondern lacht nur und starrt in die Luft.« Der Patient lag reglos da, den Blick blind gegen die bemalte Decke gerichtet. Noch während sie ihn betrachteten, begann seine Kehle krampfhaft zu zucken, so als bekäme er keine Luft mehr.

»Prüf seinen Ösophagus«, befahl Spiralenmeister.

Phoebus kniete nieder, zwang den Mund des Mannes auf und wandte den Kopf ab, so fauliger Atem wehte ihm entgegen. In einem plötzlichen Anfall begann der Patient zu schlottern, wild um sich zu treten, Phoebus fortzustoßen und zu lachen ... ein hysterisches, gespenstisches Geräusch. Spiralenmeister zog Phoebus zurück.

»Was hat die Kela-Tenata gesagt?«, fragte Phoebus.

»Sie hat ihm einen Mondstein-Tee eingeflößt und uns dieselben Fragen gestellt wie ihr. Ihr Herren, was ist mit ihm?«

»Wieso ist sie nicht hier?«, fragte Phoebus' Spiralenmeister leise. Dieser Mann lag ganz offensichtlich im Sterben, er hatte sein Läuterungsbad bekommen, damit er Einlass auf den Inseln der Gesegneten fand, doch seine Heilerin war verschwunden, bevor sie alles nur Erdenkliche versucht hatte.

»Sie hat gesagt, es gebe heute zu viele Kranke in der Stadt. Noch während sie hier war, hat man dreimal nach ihr gefragt«, erklärte die Frau des Kaufmanns.

Phoebus und der Spiralenmeister baten die Übrigen hinaus. »Hast du so etwas schon einmal gesehen, Meister?«, fragte Phoebus und erwartete ein Nein als Antwort.

»Ja.«

»Was? Wann denn?«

Spiralenmeister schleppte sich zu einem behauenen Steinsessel und lehnte sich dagegen, als könnte er seinen Körper nicht weit genug abknicken, um darin zu sitzen. »Etwas Ähnliches befällt *Hreesos'* Kabinettsmitglieder.«

Phoebus' Haut prickelte.

»Sie welken dahin wie die Blumen. An einem Tag strotzen sie noch vor Gesundheit, am nächsten liegen sie darnieder. Und am dritten sind sie tot.« Spiralenmeister wies auf die ausgestreckt daliegende Gestalt. »Die meisten von ihnen verenden genauso, sie ertrinken in ihren eigenen Lungen oder verhungern, weil sie nicht schlucken können.«

Als wäre das sein Stichwort, begann der Mann zu würgen, das Gesicht lief bläulich an, seine Augen quollen heraus. Noch bevor sie seine Familie hereinbitten oder ihm irgendeine Medizin verabreichen konnten, war er von ihnen gegangen. *»Kalo taxidi«*, sagte Spiralenmeister und schloss dem Mann die weit aufgerissenen Augen. »Ruf seine Frauen herein, damit sie die *Kollyva* bereiten.«

Erschüttert durch das plötzliche Ableben des Mannes trat Phoebus nach nebenan. »Eurer Herr braucht sein Mahl, er hat seine letzte Reise angetreten«, sagte er leise.

Die Frauen begannen zu weinen. Die nächsten neun Nächte würden sie seine Leibspeisen zubereiten, damit er keinen Hunger zu leiden brauchte, so lange er in die nächste Welt reiste. Es war die letzte Ehre, die ihm seine Familie erweisen konnte.

Phoebus stellte sich ans Fenster, wo mattes Sonnenlicht auf die Straße draußen fiel und zwei Kinder lärmend auf dem Pflaster spielten. Die Sippe der Olimpier erwies ihren Toten auf ganz andere, weitaus deutlichere Weise die letzte Ehre.

Der Aufsteigende Goldene schauderte.

4. Kapitel

Kaphtor

Der abnehmende Mond hauchte seinen silbrigen Atem über die Landschaft. Das Licht der Flammen züngelte über die versammelten Frauen und den nackten Leib der jungen Braut. Mittlerweile bedeckten die aufgemalten Hochzeitszeichen fast ihren ganzen Körper und verwandelten ihr festes junges Fleisch in etwas Mysteriöses, Göttliches. Mystische Mondsichel-, Hörner-, Knoten- und Vogelsymbole wurden mit labyrinthischen Mustern ineinander verwoben.

Sibylla spürte die Nachtluft auf ihrer nackten Brust und das Haar auf ihrem freien Rücken. Mit einem Gebet an Kela warf sie die Kräuter ins Feuer, damit ihre Süße und Schärfe auf den Funken in den Himmel hinaufgetragen werde. Heute war Kelas Blutnacht. Die Nacht der Reinigung. Der nächste Morgen würde einen neuen Anfang bringen.

Für die Braut, indem sie sich in das Bett ihres Gemahls legte, für andere, indem die letzte Woche vor der Begrüßung Kelas anbrach. Die Jahreszeiten wechselten. Schon war der Wind wärmer, schien die Sonne länger. Überall zeigten sich Zeichen des Neubeginns.

Sie spürte die Wärme des Feuers auf ihrer Haut, das ihren Bauch aufheizte und ihren Rücken noch kälter wirken ließ. Aus einem unerfindlichen Grund war sie heute Nacht nicht mit sich im Einklang. Ihr Körper kam ihr auf geradezu peinigende Weise empfindlich vor – sie spürte jedes noch so dünne Haar auf ihrem Leib, sie nahm jeden Fleck ihrer Haut wahr. Sie verzehrte sich nach etwas, in einer undefinierbaren Lust. Sibylla fuhr sich mit der Hand über das Gesicht. Die heutige Nacht war eigentlich der Freude und Ekstase geweiht, nicht dem Nachdenken und Sinnieren.

Bedächtig kaute sie ein Lorbeerblatt und warf den Kopf zurück, als sie spürte, wie die Nacht sie umarmte. Sie drehte dem Feuer den Rücken zu, wissend, dass ihr Körper nun von den Flammen umrahmt wurde. Mit erhobener Stimme begann sie zu singen, ihren Leib langsam wiegend und Kelas Weisheit preisend, in der sie die Frauen erschaffen hatte. Die Schritte, die sie sonst ohne einen einzigen Gedanken ausgeführt hatte, kamen ihr heute Nacht abgehackt und schwerfällig vor, und ihr Geist fühlte sich zwiegespalten an. *Bei nächster Gelegenheit muss ich unbedingt Tanzstunden nehmen,* hörte sie eine Stimme in ihrem Kopf.

Die anderen begannen ebenfalls zu tanzen. Nackte Frauen: alte, junge, schwangere, hinfällige. Mit Wein in den Adern und Freude in der Seele suchten sie im Tanz spirituelle Freiheit. Immer mehr Frauen tauchten aus den Schatten auf, immer mehr Stimmen waren zu hören, jede mit einem eigenen Lied, bis die daraus entstehende Dissonanz eine selbstverständliche, von allen hingenommene Dimension der Schönheit erreichte.

Langsam tanzten sie um das Feuer herum, reichten den Weinschlauch weiter, gaben sich ihren Gefühlen hin. Der Tanz wurde schneller, enger, bis all die flüssigen Bewegungen zu einer einzigen verschmolzen. Sibylla spürte einen Arm um ihre Taille und packte die Schultern der Frau neben ihr, bis sie sich in einem Taumel aus Schweiß und Düften drehten und ihr eigenes Mysterium feierten.

Ganz dicht am Feuer tanzte für sich allein die junge Braut, damit beschäftigt, ihren Körper kennen zu lernen und sich zu lehren, ihre eigene Sinnlichkeit zu erkennen. Die Älteren schauten zu, wie sie die Verführung ihres neuen Ehemanns einübte. Unter lautem Gelächter und zweideutigen Kommentaren führten ihr die Matronen verführerische Blicke und sinnliche Gesten vor. Sibylla lachte, ganz in ihrem Gemeinschafts- und Zugehörigkeitsgefühl aufgehend. Zugleich aber empfand sie Befremden. Beinahe jeden Mond ihres Lebens hatte sie so getanzt. Wieso kam ihr der Tanz heute Nacht so heilig vor? Und so außergewöhnlich?

Der Kreis zog sich enger um die immer wilder tanzende Braut. Als das Mädchen kurz vor der Erfüllung stand, traten seine Mutter und Großmutter vor, um es zu beschwichtigen und besänftigen. Jetzt brauchte sie keine Angst mehr vor der Ehe zu haben, nun graute ihr nicht mehr vor dem, was die Nacht bringen würde. Im Gegenteil, es wäre kein Leichtes, sie davon abzuhalten, dass sie den jungen Bräutigem bedrängte! Sie hatte sich eine geheiligte Gabe angeeignet – nämlich wie man Leidenschaft heraufbeschwört.

Dunkles Grau lag über den Hügeln, und der Mond war klein, als die Gruppe auf dem Boden einschlief. Sibylla kauerte vor dem niedergebrannten Feuer und starrte sehnsüchtig zu den zahllosen Sternen hinauf. Sie vermisste etwas ganz Elementares, etwas in ihrem Innern. Sie schlang im Dunklen die Arme um ihren Leib und fragte sich, um was sie wohl trauerte.

»Herrin?«

Eine alte Frau stand über ihr. Das Alter hatte es nicht gut gemeint mit ihrem Leib und ihrem Gesicht, doch ihre Augen leuchteten gütig im matten Dunkel der Vordämmerung. »Du hast dich verirrt«, sagte die Frau und ließ sich schwerfällig neben Sibylla nieder. Ihre Worte trafen das Orakel, und Sibylla begann zu weinen. Alte Arme legten ihr einen Umhang über und zogen sie näher, dann wurde sie sacht gewiegt, und unverständliche Worte des Trostes drangen an ihr Ohr. Sibylla weinte noch mehr. So lange hatte sie die stärkende Liebe einer anderen Frau nicht mehr gespürt. *Fast als wäre Mimi noch da,* sagte ihr Geist. Bevor Sibylla fragen konnte, wer Mimi war, ertrank sie in einem Meer von Kummer, bis sie heulend in den Armen einer Großmutter lag.

Dion blinzelte und richtete den Blick auf den Kreis von Frauen. Es war inzwischen stockfinster; bald würde die Sonne aufgehen. Immer noch tanzten und lachten sie, die Adern gefüllt mit Wein und Kräutern. Sie waren seine Cousinen, seine Schwestern, seine Geliebten, die Mütter seiner Kinder und die Mütter, die man ihm geraubt hatte.

Alle tollten nackt durch die Dunkelheit. Alle außer Irmentis, die niemals ihre Tunika abnahm, egal bei welchem Wetter oder welchem Tanz. Selbst inmitten dieser mehreren hundert Frauen war sie allein. Eine junge Nymphe war die ganze Nacht über an ihrer Seite geblieben, und Dion hatte die beiden mehr als nur einen keuschen Kuss tauschen sehen. Lächelnd malte er sich aus, er würde Ileana erzählen, dass ihre dunkle Tochter die Lippen anderer Frauen liebte… doch er würde Irmentis Ileanas Zorn ersparen. Wer sie mit Phoebus zusammen sah, musste erkennen, dass sie auch Männer liebte.

Dion lehnte sich gegen einen Baum. Der Nebel der Drogen lichtete sich, je kühler die Nacht wurde, und Dion begriff, dass es allmählich an der Zeit war, alle heimzuschicken. Hinter ihm knackte irgendwo ein Zweig. Ein kaum hörbares, verstohlenes Geräusch.

Er sah, wie Irmentis den Kopf hob. Ihre Augen waren wie dunkle Löcher in ihrem bleichen Gesicht, doch unfehlbar wandte sie den Kopf in Richtung des Knackens. Ganz langsam stand sie auf, strich über die Wangen der Nymphe und löste sich von ihr. Sie entkorkte die Wasseramphore an ihrem Gürtel, leerte sie und steckte sie zurück unter die Kordel.

Dion sah ihrer schlanken Gestalt nach, die ganz allein auf die Baumreihe zuging. Wollte sie dem Eindringling eine Falle stellen? Ein paar Ellen von ihm entfernt taumelte ein junges Mädchen zu dicht am Feuer. Mit einem Aufschrei rannte Dion zu ihr hin, einen Moment von Irmentis abgelenkt, bis er das berauschte Kind in Sicherheit gebracht hatte. Noch während er die Kleine an seine Brust drückte, drehte er sich nach Irmentis um. Sie war verschwunden.

Er übergab das Kind einer jungen Nymphe, die ihn vor Dankbarkeit leidenschaftlich zu küssen begann. Nachdem er sich ihrer Umarmung entzogen hatte, kehrte er dorthin zurück, wo er Irmentis zuletzt gesehen hatte. Er erstarrte, als er in der Ferne Hundegebell hörte. Irmentis' Hunde durchstreiften diese Hügel und Wälder. Er lauschte angestrengt, den Kopf auf die Seite gelegt.

Ein Ruf, Geraschel … ein entsetzter Aufschrei.

Dion sah sich nach den Frauen um. Ein paar hockten nach wie vor am Feuer, doch die meisten schliefen bereits auf einem Teppich aus Blättern und Tannennadeln. Noch ein Schrei … ein menschlich klingender Todesschrei. Dion schlug sich ins Unterholz und ließ sich von seinen an die Dunkelheit gewöhnten Augen durch das unwegsame Gelände leiten, über das Gestrüpp von herabgefallenen Ästen und großen Steinen hinweg.

Noch bevor er etwas sehen konnte, roch er Blut.

In einem kleinen Dickicht lagen Leichen auf dem Boden. Irmentis' sehnige, langnasige Hunde schnüffelten an den Überresten: vier Hirsche und ein Mensch, aus dessen Leib schwarzes Blut in den silbrigen Boden sickerte. Dion drehte sich um, um nach seiner Sippenschwester Ausschau zu halten. Als er sie entdeckte, zuckte er entsetzt zurück.

Über einem toten Hirschen kauernd, den Körper angespannt wie den einer fressenden Löwin, leckte sich Irmentis die Finger. Sie waren dunkel vor Blut. Also stimmten die Gerüchte: Irmentis trank frisches Blut … doch einzig der Mensch blutete.

Dion kniete neben ihm nieder und begriff, dass der Mann seine letzte Reise angetreten hatte. »Wie heißt du?«, fragte er. »Aus welcher Sippe kommst du?«

Es war ein junger Mann, und was von seiner Kehle noch übrig war, blubberte blutig. »Acteon«, hauchte der Mann. »Die Hirsche … sie sterben übera –« Blut wallte über seine Lippen, und Dion wünschte ihm Lebewohl.

Argwöhnisch näherte Dion sich seiner Sippenschwester. In dieser Nacht war sie nicht nur Jägerin; sie war ein Raubtier. »Was ist passiert?«

»Meine Hunde haben die Hirsche gewittert, er wollte dazwischengehen«, sagte sie. Dion brauchte eine Weile, ehe er begriff, dass sie weinte, dass ihre Tränen auf den Kopf des Tieres fielen. »Die ganze Herde ist verendet. Warum, Dion?«

Sein Blick wanderte über die vier gestürzten Hirsche. Keiner zeigte irgendwelche sichtbaren Wunden, und alle lagen auf der Seite, so als wären sie im Schlaf gestorben. Sie konnten noch nicht lange tot sein, denn die Verwesung hatte noch nicht eingesetzt. Etwas in ihrem Innern hatte sie getötet.

»Hast du so etwas schon mal gesehen?«, fragte er Irmentis und legte einen Finger auf das Gesicht des Hirsches. Keine Wundmale, nichts.

»Vor kurzem. Die Hirsche sterben zu Dutzenden. Sieh dir das hier an.« Irmentis trat an die übrigen drei und untersuchte sie alle an derselben Stelle.

Dion blickte auf eine Reihe von Flecken, an denen das Fell abgewetzt war, so als hätte sich das Tier immer wieder gekratzt oder wäre immer wieder gekratzt worden. »Das ist kaum tödlich«, meinte er. »Vom Kratzen stirbt man nicht.«

»Alle haben die gleichen Spuren.«

»Die anderen auch?«, fragte er, während er neben Acteon niederkniete. Der Himmel hellte sich allmählich auf. »Der Morgen bricht an«, sagte er leise.

»Ich weiß nicht.« Sie erhob sich geschmeidig. Er vermied es, ihre blutverschmierten Hände und den blutigen Mund anzusehen. »Ich werde die Felle untersuchen.« Eilig kehrten sie an die Feuerstelle zurück. Irmentis fürchtete die Sonne; sie verursachte grauenhafte Verbrennungen auf ihrer bleichen Haut. Dion weckte all jene, die mit ihnen über das Wasser reisen würden, und führte wenig später eine benommene, taumelnde Gesellschaft zum Strand hinab. Die Sonne schielte eben über den Horizont, als sich die Erde unter ihren Füßen in einer Woge aufbäumte.

Ein reißendes Seufzen dröhnte in Dions Ohren, das sogar die Schreie der Frauen übertönte. Er ließ sich auf die Knie fallen, weil der Boden zu beben begann wie ein Tier in Todesangst. Dann schoss sein Kopf herum, in Richtung des Berges Krion, wo der Kult des Stieres siedelte. Kein Feuer; es drohte keine Gefahr.

»Das Meer!«, rief er den nackten Frauen zu. Sie stolperten den Hügel hinab, während der Boden immer noch unter den Nachbeben zuckte. Der erschrockene Aufschrei einer Frau wich einem lauten, ersterbenden Kreischen. Dion blieb abrupt stehen, dann rannte er zurück zu dem dunklen Riss in der Erde.

Die Frau war verschwunden.

Die Spalte in der Erde zog sich bis zum Wasser hinab. Dion folgte Irmentis' weißer Gestalt, die die benommenen Frauen vorwärts scheuchte. Mit einem Blick in Richtung Kallistae fragte er sich, ob man dort das Erdbeben ebenfalls gespürt hatte. Die entsetzten, bibbernden Frauen drängten ins Boot. Irmentis hatte sich bereits zusammengerollt und ihren Leib mit einem dicht gewebten Umhang zugedeckt.

Seit er mit angesehen hatte, wie sein Onkel Nektros litt, wusste Dion, dass die Sonne sie trotzdem verbrennen würde, auch durch den Stoff hindurch. Er schob das Schiff in das raue Wasser und ruderte mit aller Kraft, bis sich Schweißrinnsale durch den Staub auf seinem Körper zogen. Die abgeflachte Spitze der aztlantischen Pyramide leuchtete bereits in der aufgehenden Sonne.

Sein Kopf dröhnte, als er das Boot durch die tosende See ruderte, in Gedanken bei der vergangenen Nacht, den an Kratzwunden gestorbenen Hirschen. Wodurch war dieses Erdbeben ausgelöst worden? Hatte Irmentis neue Lebenskraft aus dem Sterbenden gezogen? Schließlich glitt das Boot in den Tunnel unter der Insel Aztlan, unterhalb des Labyrinths – dessen Name nicht ausgesprochen werden durfte –, in dem die wenigen Verbrecher gefangen gehalten wurden, die von den Sippen ausgebrütet wurden.

Die Frauen wurden von den wartenden Leibeigenen in Empfang genommen, und Dion ruderte zu seiner kleiner Bucht, wo er das Boot festband und die glitschige Treppe zu seinen Gemächern hinaufstieg. Nackt und schmutzig, wie er war, dankte er im Stillen wieder einmal für seinen geheimen Zugang, durch den er unbeobachtet kommen und gehen konnte. Erschöpft ließ er sich gegen die Tür sinken.

Die dunkelhaarige Nymphe, die seine Kammerdienerin, seine Leibeigene und in fast alle seine Geheimnisse eingeweiht war, erwartete ihn mit ausgestreckten Armen. In ihr begrub er seine Ängste und Zweifel ebenso wie das nicht abzuschüttelnde Gefühl von Verlust, das seine ganze Welt durchdrang. Er fuhr mit den Fingern durch ihre Locken und nahm sie in die Arme.

Auf diese Weise konnte er vergessen.

Ägypten

Imhotep beobachtete seinen Patienten. Fieber hatte den Mann gepackt, er warf sich herum und murmelte im Schlaf. Das Hanfseil, das ihn davor bewahrte, sich selbst zu verletzen, schnitt in seine Arm- und Fußgelenke. Ohne die Fesseln, so fürchtete Imhotep, würde der Patient die Umschläge losstrampeln und sich womöglich noch mehr Schaden zufügen. Imhotep hatte sich in den Kopf gesetzt, dass dieser Mann nicht sterben durfte.

Imhotep hatte eine Wette zu gewinnen.

Der Patient brüllte etwas Unverständliches, in wilder Verzweiflung, dann sank er in ruhelosen Schlaf. Wenigstens war das Koma, der gefürchtete Todesschlaf, gebrochen. In seinem Patienten brannte nach wie vor das Fieber, und trotz aller Besserungsanzeichen hatte Imhotep immer deutlicher das Gefühl zu versagen, wenn er den heißer und heißer werdenden Leib betrachtete. Nur das nach altem Brauch bandagierte Gesicht des Opfers und sein Geschlecht waren unversehrt.

Falls der Mann überlebte, würde er Ptah, dem Gott des Schlammes, der den Dung ausbreitete, eine Menge Bier und Brot schulden. Der Dung hatte das Gewicht des Rindes, das über ihn getrampelt war, abgefedert. Trotzdem, drei gebrochene Rippen, zwei gebrochene Finger, ein gebrochenes Fußgelenk und innere Blutungen waren schwere Verletzungen.

Die größten Sorgen macht sich Imhotep über das *Ka* des Mannes. Der Magus spürte, dass der Mann sterben wollte; sein *Ka* umarmte bereits den *Ukhedu*. Sein Körper war ständig heißer geworden, so heiß sogar, dass Imhotep ihn rasiert und den Nicht-Priester von seinem schweren schwarzen Haar wie auch von der Matte auf Brust und Beinen befreit hatte. Trotzdem war das Fieber weiter angestiegen.

Sie hatten seinen Leib gewaschen und mit Brechmitteln durchgespült; erfolglos – immer noch stieg das Fieber an.

Imhotep ging im Zimmer umher und versuchte, den wabernden Weihrauchqualm mit Blicken zu durchdringen. Er löschte die dröhnenden Priestergesänge um Heilung oder Tod aus seinen Gedanken. Aus Gründen, die ihm selbst nicht ganz begreiflich waren, wollte Imhotep unbedingt wissen, wer dieser Mann war und wie er unentdeckt in die Tiefen des Tempels gelangen konnte.

Er wollte Antworten. Der Mann musste zur Besinnung kommen. Imhotep drehte sich zu den Sklaven, Priestern und Frauen um. »Hinfort!« Augenblicklich ergriffen sie vor seinem abstoßenden Gesicht und seinen rasselnden Zähnen die Flucht.

Mit einer behänden Geste zog Imhotep das Päckchen hervor, das er stets dicht am Körper trug. Eines der Mysterien von Aztlan. Die Macht seiner Ahnen. Mit einer schnellen Bewegung schöpfte er Asche aus der Kohlenpfanne und bereitete sie auf dem Boden aus, bis sie einen Kreis bildete, der genauso groß war wie die Bettstatt des *W'rer*-Priesters, auf die sie den Mann gelegt hatten.

Mit seinem Zeigefinger schrieb er die Symbole für Feuer, Wasser, Erde, Wind hinein. Dann folgten die Zeichen, die Buchstabenzahlen, auf denen Aztlans Macht gründete. Seine Hand als Lineal einsetzend, zog er einander schneidende Winkel, so wie es ihm der Spiralenmeister in der Skolomantie persönlich beigebracht hatte.

Noch ein hastiger Blick über die Schulter, dann zog Imhotep das Erbstück seines Großvaters, eines früheren Imhotep, heraus. Eine goldene Pyramide lag in seiner Handfläche, gekrönt von einem winzigen Juwel, dem *Samen der Schöpfung*, der das schwache Licht in alle Ecken des Raumes lenkte. Imhotep setzte die Pyramide auf der Asche ab, sodass sie mit ihren magischen Dimensionen die Kreise füllte, dann holte er eine Spiegelscherbe hervor.

Gleich darauf war das durchdringende Licht aus dem Stein zwischen die Augen des Verletzten gerichtet, direkt auf das unsichtbare dritte Auge des Verstandes. Mit unendlich winzigen Bewegungen weckte Imhotep den Geist des Mannes. »Wieso bist du hier?«

»Ich bin ein Werkzeug«, antwortete der Geist des Bewusstlosen.

»Wessen Werkzeug?«

»Des höchsten Gottes.«

Einen Moment wurde Imhotep unsicher. »Kämpfe gegen diesen Tod um dich herum an«, befahl er.

»Wozu?«, fragte der Mann.

»Was ist dein größter Wunsch?«, fragte Imhotep.

»Sie für alle Zeit zu lieben.«

»Wen?«

Keine Antwort.

»Wen?« Doch die Frist war um; die Reinheit der Gefühle und Gedanken war befleckt worden. Wenigstens wusste er jetzt, wo er ansetzen musste, dachte Imhotep. Sorgsam sammelte er seine Geräteschaften wieder ein und trat die Asche auseinander. Der Mann würde überleben. Imhotep würde ihn hintergehen müssen, doch er würde ihn zwingen zu leben.

Er legte den Mund an das Ohr des Mannes. »Sie ist in Gefahr«, flüsterte er. »Größter Gefahr. Vielleicht ist es schon zu spät. Sie hat niemanden außer dir. Kannst du ihr helfen?«

Leidenschaftslos beobachtete er, wie der Mann bekümmert die Lippen zusammenpresste. Der Patient war todkrank; ihn zu beeinflussen, würde einige Zeit in Anspruch nehmen. Imhotep zog einen Hocker an die Bettkante. »Sie ist in Gefahr«, wiederholte er. »Größter Gefahr …«

Kaphtor

Sie lief Gefahr, sich den Knöchel zu brechen, begriff Chloe. Wie konnten diese Frauen auf einem derart unebenen Boden rennen? Im Unterschied zu den Aschenbahnen ihrer Zeit war diese Rennbahn lediglich ein ausgetretener Ziegenpfad, voller Steine und Schlaglöcher. Was würde sie nicht für ein Paar Adidas geben, dachte Chloe.

Ich sollte mich glücklich schätzen, dass ich seit mehr als einem Jahr nicht mehr geraucht habe, sonst würde ich überhaupt nicht rennen. Punktum. Obwohl sie äußerlich Sibylla war – sie war in ihre Haut geschlüpft und hatte sie übergestreift wie Elastan –, wusste Chloe, dass sie in ihrem eigenen Körper steckte. Ihre eigenen Lungen, Muskeln, Kräfte und Schwächen mussten gestählt werden, wenn sie dieses Rennen bestehen wollte.

Die Augen mit der Hand abschirmend, beobachtete sie, wie ihre Mannschaftskameradin um die Kurve kam. Die junge Frau, eine Muschelsucherin, rannte aus Leibeskräften, mit pumpenden Armen und Beinen, hüpfenden Brüsten und in der Luft flatternden, mit Bändern geschmückten Zöpfen.

Chloe spannte ihren Körper an und streckte die Hand nach dem Abschlag ihrer Kameradin aus. Der kam so kräftig, dass Chloe das Handgelenk wehtat, dann war sie losgelaufen, barfuß und vollauf damit beschäftigt, einerseits mit einem Arm ihre nackten Brüste festzuhalten und andererseits nicht in ein Loch oder über einen Stein zu stolpern. Die fernen Anfeuerungsrufe verhallten, sobald sie in ein schmales Tor bog, wo ein Bach neben ihr her plätscherte. Chloes Atem hallte in ihren Ohren, und sie merkte, wie ihre Lungen zu brennen begannen.

Ein kurzer Moment des Zögerns, dann war sie über den Bach hinweg, schlug sich durch das kleine Gehölz … *autsch, autsch, Kiefernnadeln autsch!* Sie hüpfte auf einem Fuß und war gleich darauf wieder auf dem Ziegenpfad. Schweiß tropfte ihr über den Rücken, dann sah sie wieder die wartenden Frauen. Ich hasse Wettläufe, dachte Chloe und raste los.

Sie hasste Wettläufe, aber Verlieren hasste sie noch mehr.

Mit schmerzverzerrtem Gesicht, des steinigen Pfades wegen, vollkommen außer Atem und ganz auf ihre wartende Mannschaftskameradin konzentriert, zwang sie ihre Beine, schneller zu laufen. Sie klatschte die Hand des Mädchens ab, dann lief sie zur Seite hinaus, beugte sich vor und atmete tief durch. Ihre Muskeln zitterten, und ihr war schwindlig.

»Sibylla, in dieser Form brauchst du gar nicht anzutreten«, schalt eine wohlmeinende Stimme. »Bei allen anderen Kämpfen bist du die stärkste Herausforderin, doch alles nützt dir überhaupt nichts, wenn du Kela-Ileana nicht einholst.«

Völlig außer Atem, fragte Chloe: »Ist meine Zeit besser geworden?«

»Gegenüber der letzten Zeit des Stieres schon.« Die Frau lachte und schnalzte mit der Zunge. Chloe hob den Kopf und sah sie an. Trotz ihrer kurzen Haare, der Tunika und ihrer Bleiglanz-Schminke war sie von Kopf bis Fuß eine Trainerin. Visionen eines Feldhockeyspieles tanzten durch Chloes Kopf. Offenbar war auch Sibylla keine gute Läuferin.

»Was für eine Zeit läuft Kela-Ileana?«

»Ungefähr dreimal so schnell wie du.«

Chloe fragte nicht, wie diese Frau das messen wollte, so ganz ohne Stoppuhr oder auch nur einer Vorstellung davon, wie lange eine Sekunde war. Dreimal schneller war unschlagbar. Dann würde sie eben nicht antreten. Na und? Sie war wegen der Katastrophen hier, nicht wegen eines Wettrennens.

Richtig?

Im Geist warf sie einen Blick auf Sibylla. Die Frau weigerte sich zu glauben, dass Chloe da war, so als würde es etwas nützen, sie zu ignorieren. »Ich muss Ileana schlagen«, heulte ihr Gastkörper auf. »Das ist meine einzige Chance. Wenn nicht, werden wir alle noch länger von ihr regiert! Jeden Sommer wird sie schlimmer, achtet sie ihre Mitmenschen weniger, verletzt und verwüstet sie hemmungsloser!«

»Ich dachte, der Goldene regiert«, wandte Chloe ein.

»Richtig. Doch sie regiert durch ihn«, erwidert Sibylla. »Nein! Ich kann doch nicht mit mir selbst sprechen! Ich verfalle langsam dem Wahnsinn!«

»›Hinter jedem großen Mann steht eine noch größere Frau?‹«, fragte Chloe.

Sibylla ignorierte sie. »Es ist nicht so, dass sie nur selbstsüchtig wäre. Sie ist eine Mörderin. Wir sind alle in Gefahr.«

»Was kann sie denn anstellen?«, fragte Chloe schroff.

»Sie ist Kela-Ileana, sie kann Aztlan zerstören, wenn es ihr beliebt.«

»Wenn ihr diese Visionen nicht zuvorkommen«, ermahnte Chloe Sibylla.

Die Trainerin war davon spaziert, und Chloe sah die anderen Läuferinnen in Gruppen von zweien oder dreien auseinandergehen. Der Januarwind schnitt durch ihre leichte Tunika, und sie fröstelte. Wieder senkte sich ein Gefühl von Einsamkeit über sie, und langsam kehrte sie zurück zum Palastbau. Wenn nur Cheftu hier gewesen wäre.

Nun, dieses Rennen war nicht Chloes Problem. In ihrem Geist wiederholte Sibylla immerzu: »Ich muss gewinnen, ich muss gewinnen. Wir sind alle in Gefahr. Ich muss gewinnen. Wir sind in Gefahr ...«

Ägypten

Die Worte donnerten durch sein Gehirn. »Sie ist in Gefahr, sie ist in Gefahr, sie ist in Gefahr, Sieistingefahrsieistingefahr«, zusammengefügt zu einer Litanei der Angst, die sich durch seinen gepeinigten, müden Geist wühlte und an jeder Stelle bohrte, wo der wahre Mensch schlief, in Kummer und Trauer gehüllt und nicht willens, zu erwachen. Scharf und dünn wie die Klinge eines Degens drang sie – »Sieistingefahrsieistingefahrsieistingefahr« – in den Menschen darunter und zwang, allein durch die abwegige Möglichkeit, dass »sie« *seine* Sie war, seinen Geist aus der Deckung.

Nach oben, durch den Tunnel gnädigen Vergessens hindurch und hinein in die Schmerzen seines Körpers: angeschwollene Beine, einen stechenden Brustkorb und Atemzüge, die bei jedem Ausatmen stockten und brannten. »Sie ist in Gefahr, sie ist in Gefahr ...« Die Worte wurden klarer, als sein Geist in den Harnisch des Bewusstseins stieg. Helligkeit glomm um ihn herum auf, und er öffnete die Augen. Seine Wimpern raschelten leise, als er zu blinzeln begann, dann begriff er, dass seine Augen verbunden waren.

Ein tiefer Atemzug fing sich in seiner Brust, und er krümmte sich hustend zusammen. Schnell entfernten fremde Hände das Leinen von seinen Augen, eine Stimme schrie auf, und er blinzelte, um die plötzlichen Tränen aus den Augen zu vertreiben. Weihrauch stach ihm in die Nase und im Hals. Durch den gräulichen Rauch hindurch sah er knallbunte Bilder an den Wänden; Osiris und Thoth und Ma'at… Die Tür flog auf, und ein kahlköpfiger Mann kam in den Raum gelaufen.

Sein geschorener Kopf wies ihn als Priester aus. Er war mittelgroß, und seine Schultern waren gebeugt wie die eines Schreibers. Gold hing an seinen Ohren und war um seine dürren Oberarme gewunden. Als er an die Liege trat, zuckte der Patient zusammen und zog sich zurück. »Bist du jetzt stärker?«, fragte der Priester.

Der Mann blinzelte. Die Sprache fühlte sich… eigentümlich an. Er fuhr sich mit der Zunge über die trockenen Lippen und nickte. »Ja, Herr.« Seine Stimme klang rau, als wären seine Stimmbänder während der langen Untätigkeit eingerostet. Der Priester klatschte in die Hände, und der Junge, der dem Mann den Verband abgenommen hatte, verschwand, um gleich darauf mit einem Tablett zurückzukehren. Der Junge war dürr wie ein Skelett: Der Mann konnte seine Rippen zählen.

»Du bist in Noph«, sagte der Priester. »Nimm das und iss…«

»Nimm und iss, nimm und iss…« Eine weitere Litanei, doch diese hier vermittelte ihm das Gefühl, willkommen zu sein, gerettet zu sein, Erfüllung gefunden zu haben. Der Mann nahm die Schale und stopfte die Mischung aus Getreide und Fisch in seinen Mund. Das Fleisch war sehnig und trocken. Wäre der Mann nicht halb verhungert gewesen, hätte er den Fraß weggeworfen. Wusste Pharao, ewig möge er leben!, was seine Priester aßen? Oder nicht aßen, dachte der Mann, als er merkte, wie die Augen des Jungen jeder seiner Bewegungen folgten. Er setzte die Schale ab und tastete nach einer Fingerschale. Wie unzivilisiert dieser Tempel war! »Welchen Tag haben wir, Herr?«, fragte der Mann.

Der Priester sah ihn erst überrascht, dann erfreut an. »Den zweiten Monat des *Per-t,* im dritten Sommer der Vielbeweinten Überschwemmung.«

Aus irgendeinem Grund bekam der Mann panische Angst. »Der Vielbeweinten Überschwemmung?«

»Ja, Herr«, erwiderte der Priester mit leichtem Stirnrunzeln. »Doch die Hungersnot ist eingedämmt, dank der Maßnahmen, die der Wesir Ipiankhu persönlich für Pharao, ewig möge er leben!, getroffen hat.«

Der Mann spürte, wie sein Herz zu rasen begann. Schweiß brach auf seiner Stirn und seinem Rücken aus. Plötzlich wurde ihm eiskalt, er begann zu zittern. Der Priester trat näher und stopfte ein Leintuch unter den Körper des Mannes. Geübt prüfte der Priester die Temperatur und die Schwellungen. Der Mann entspannte sich, da der Druck auf seiner Brust nachließ.

»Du heilst gut, Herr, ich werde den *Hemu neter* rufen«, sagte der Priester, dessen Augen vom langen Wachehalten blutunterlaufen waren. »Doch darf ich erst noch einige Fragen stellen, ähm… Herr?«

»Ja?«

»Wer bist du?«

Der Mann öffnete den Mund, doch es kam keine Antwort.

Visionen schossen durch seinen Kopf, chaotische Schlaglichter auf ein Leben, das er als sein eigenes erkannte. Frauen und Männer in schwarzen Perücken und kostbaren Schurzen, die ausgefeilt schöne und komplizierte Kragen um ihre Hälse trugen. Er sah unzählige *Rekkit,* einfache Menschen, vor einem geteilten Meer stehen. Das Gesicht einer Frau, mit Augen grün wie Gras, tauchte vor ihm auf. Ihre Lippen formten ein Wort, einen Namen, doch er konnte es nicht verstehen. Dann sah er sie wieder, abgerissen und weinend. Kniend, eine Hand über der Brust, die andere ausgestreckt. Ein gleißendes Licht nahm ihm die Sicht… dann lag der Mann wieder ausgestreckt auf seiner Liege.

»Herr? Wer bist du?«

Der Mann blinzelte gegen die aufsteigenden Tränen an. *»Je ne sais pas.«*

Der Mann begriff, dass er Worte ausgesprochen hatte, die er niemals hätte sagen dürfen, dass er ein großes Geheimnis hütete, das er auf gar keinen Fall verraten durfte. Er fuhr sich mit der Zunge über die Lippen und konzentrierte sich mit aller Macht darauf, jene Sprache zu sprechen, die auch der Priester sprach.

»Wer bist du?«

»Das weiß ich nicht, Herr.«

Der Priester kniff die Lippen zusammen und nickte schließlich. »Ruhe dich aus, es wird dir schon wieder einfallen.«

Er verschwand, und der Mann lehnte sich zurück, keuchend, als wäre er eben ein langes Rennen gelaufen. Am kleinen Finger seiner rechten Hand prangte ein Ring. Da seine Linke immer noch verbunden war, steckte er den Finger in den Mund, zog den Ring mit den Zähnen ab und hielt ihn in seiner Rechten. Als er ihn betrachtete, krampfte sich sein Magen zusammen.

Er war klein und für einen eleganten Finger geschaffen. Noch während seine Augen auf dem Silber und Gold des Ringes mit den Bernsteinsplittern lagen, hörte er Worte in einer anderen Sprache als jener, die er eben verwendet hatte, Worte, von ihm selbst gesprochen, mit eigener, tränenrauer Stimme.

»So unendlich wie dieser Kreis ist meine Liebe zu dir, Chloe. So rein wie das Metall ist die Reinheit meiner Liebe. Wie das Silber und das Gold sind auch unsere Leben miteinander verwoben und werden für alle Zeiten miteinander verbunden sein, selbst wenn wir fortan getrennte Wege gehen müssen.« Getrennte Wege ... Er spürte unerträglichen Schmerz, eine unerträgliche Leere. Seine Brust hob sich, doch jeder Atemzug brachte nur neue Qualen. Der Priester kehrte zurück, ermahnte ihn, aus einem Alabasterkelch zu trinken und sich wieder auszuruhen.

In einem Meer zusammenhangloser Erinnerungen treibend, spürte der Mann, wie seine Augen wieder verbunden wurden. Auf diese Weise wurde sein *Ka* daran gehindert, vor den giftigen *Ukhedu* zu fliehen, die immer noch in seinem Körper hausen mussten. Beschütze mich, dachte er, bevor der Schlaftrunk ihn in die Dunkelheit entführte.

Noch leicht unterkühlt nach seinem Bad wurde Imhotep in die Dunkelheit des Schlafgemachs geführt. Senwosret ruhte auf seinem Bett, den geschorenen Kopf abgedeckt, die großen Hände in die Leinendecke gekrampft. Ipiankhu wachte in vollem Hofstaat an seiner Seite, eine Phalanx von Priestern zu seiner Rechten.

Imhotep sah den Wesir an, der kaum merklich nickte. Senwosrets Zustand hatte sich nicht gebessert. Pharao, ewig möge er leben!, verlor allmählich sein Augenlicht. Nach den gebührenden Begrüßungen nahm Imhotep die allmorgendliche Untersuchung vor.

Jeder Tag war trüber für Pharao und trüber für Ägypten.

»Kannst du meine Finger zählen, Meine Majestät?« Imhotep hielt zwei Finger vor Senwosrets Gesicht. Im Raum wurde es still. »Meine Majestät?«

»Halt sie mir hin, dann werde ich sie schon zählen!«

Langsam senkte Imhotep die Hand. Pharao war blind. Ein blinder Horus. Das war kein gutes Omen.

Imhotep wandte sich an Ipiankhu, wobei er sehr darauf bedacht war, sich die Angst nicht anmerken zu lassen. Eilig meldete sich der Wesir zu Wort: »Nein, Meine Majestät, diese Prüfung ist heute nicht nötig. Wir werden sie morgen vornehmen.« Er deutete sinnloserweise auf Imhotep. »*Hemu neter* Imhotep ist aus Avaris zurückgekehrt. Vielleicht hat er ja von einem Medikament gehört, das Meiner Majestät das Augenlicht zurückbringt?«

Die Hauptsache war, dass Pharao nicht die Hoffnung verlor. Währenddessen ließen er und Ipiankhu alle Höfe Ägyptens und der umgebenden Länder erkunden, ob man dort nicht von einem Heilmittel wusste – egal welchem. Pharao durfte auf gar keinen Fall den Mut verlieren. Wenn die *Rekkit* erfuhren, was hier vor sich ging, dann würde es zusätzlich zu der Hungersnot eine Massenhysterie geben. Ein hungriges Volk war ein leicht entflammbares Volk. Dazu die aufmerksamen Beobachtungen des hier weilenden Abgesandten und der Soldaten aus Aztlan, und Ägypten würde begreifen, dass die Götter dem Land nicht wohlgesonnen waren.

»Wie war die Reise nach Noph?«, fragte Senwosret. »Hast du ein Heilmittel gefunden?«

Imhotep fuhr sich mit der Zunge über die Zähne, wodurch er die loseren darunter zum Klappern brachte. »Ich hätte einen Breiumschlag, den Meine Majestät ausprobieren kann«, sagte er. »Damit er wirklich wirksam ist, müsste er jedoch bei Vollmond aufgetragen werden.«

»Wie du weißt, hatten wir erst vor kurzem Vollmond, Meine Majestät. Bis zum nächsten ist es über eine Woche hin«, erläuterte Ipiankhu, noch bevor Pharao nachfragen konnte.

»Was ist mit dem Mann, den du ins Leben zurückgebracht hast?«, fragte Senwosret.

Ipiankhu sah Imhotep neugierig an. »Es ist nur ein Patient, Meine Majestät«, antwortete Imhotep ausweichend. »Man hat ihn niedergetrampelt in der Kammer Apis' gefunden. Ich versuche, ihn wieder gesund zu pflegen, obwohl es ihm gleichgültig scheint, ob er lebt oder stirbt.«

»Wer ist er?«

»*Aii*... das weiß ich nicht. Seine Verletzungen sind von so schwerer Art, Meine Majestät, dass er erst ein einziges Mal erwacht ist, als meine Leute ihn gepflegt haben. Er fiel beinahe augenblicklich in einen tiefen Schlaf zurück, aus dem er sich nicht wecken lässt. Bei Isis, ich habe kaum Hoffnung, dass er überlebt.«

»Welche Farbe haben seine Augen?«

»Seine Augen?«, wiederholte Imhotep überrascht und sah zu Ipiankhu hin.

»Pharao, ewig möge er leben!, hat geträumt, dass ihm ein Mann mit goldenen Augen das Augenlicht zurückgeben wird«, sagte der Wesir. »Meine Majestät kennt niemanden mit solch eigenartig goldenen Augen.«

»Seine Augen sind verbunden, Meine Majestät«, antwortete Imhotep.

»Er kann ebenfalls nicht sehen?«

»Doch, Meine Majestät, aber du weißt gut, dass die Augen das Fenster zum *Ka* sind. Also sind wir stets darauf bedacht, die Augen des Patienten geschlossen zu halten. Wenn er so weit gesundet ist, dass wir den Verband fortlassen können, werde ich ihre Farbe prüfen.

Pharao winkte den Schreiber herbei. »Ich werde für ihn zu Thoth und Hathor beten.«

Imhotep marschierte ungeduldig auf und ab. Der Mann war weder tot noch lebendig. Vielleicht würde er die Wette gegen diesen uralten Arzt aus Noph doch noch verlieren! Der Patient lag da wie ein Leichnam, und Imhotep hatte immer noch nicht in seine Augen sehen können, um die Farbe festzustellen. Würde der Geist des Patienten ausfliegen, wenn Imhotep ihm die Augen aufzwang? Das war im Haus des Lebens verboten. Selbst wenn seine Augen die richtige Farbe hatten, wäre der Mann ohne sein *Ka* tot und damit ohne jeden Nutzen für Pharao.

Ein Klopfen kündigte den Wesir an, und Imhotep verbeugte sich automatisch. »Leben, Gesundheit und Wohlergehen.«

»Danke, mögen deine Götter dir gewogen sein.« Die Worte kamen hastig, weshalb Imhotep unverzüglich die Sklaven fortscheuchte. Ipiankhu trat an die Liege und blickte auf den bandagierten Mann hinab. »Wie geht es ihm?«

»Er ist taub für alles, was wir sagen«, antwortete Imhotep. »Was hat der Gesandte gesagt?«

Ipiankhu seufzte und kippte seinen Becher Bier auf einen Satz hinunter. Er hatte heute auf die Perücke verzichtet und stattdessen ein gefälteltes Kopftuch angelegt. Müde kniff er sich die Nasenwurzel und seufzte nochmals. »Der Gesandte Nestor scheint Verständnis dafür zu haben, dass wir keinen Tribut von fünfzig Prozent entrichten können. Nach langem Feilschen war er bereit, sich mit weniger Getreide zufrieden zu geben, doch verlangen die Aztlantu zum Ausgleich Geiseln und doppelt so viele Apis-Stiere.«

»Geiseln?«

»Ganz recht, obwohl er natürlich von ›Gäste des Guten Willens unserer beiden Reiche‹ gesprochen hat«, zitierte Ipiankhu verbittert.«

»Rekkit?«

Der Wesir schnaubte. »Nein. Unsere Besten. Magier und Adlige.«

»Und wie viele *Kur* Getreide ist ein Adliger wert?«

Er lächelte, ein unerwartetes, seltenes Verziehen seiner dicken Lippen. »Sieben.«

»Sieben *Kur?*«

»Nein, sieben Geiseln. Drei davon möglichst Kinder.«

Imhotep erhob sich und stapfte auf den Balkon, von dem aus man die riesige Karkasse des aztlantischen Schiffes dümpeln sah.

»Wenn wir nun das Schiff und den Gesandten beseitigen könnten, vielleicht würde dann –«

»Mach dir nichts vor. Sie würden ein Dutzend weitere senden. Nestor schickt jeden Tag seine Vögel los.« Ipiankhu zuckte mit den Achseln. »Wahrscheinlich berichten sie, was er jeden Tag erreicht hat.«

»Stimmt.« Imhotep seufzte. »Die Aztlantu richten Vögel als Boten ab. Aus allen Ländern erstatten die Spione des Imperiums den Oberhäuptern der Sippen Bericht. In Aztlan kennt man die Gedanken eines Spions bereits wenige Tage, nachdem er sie gefasst hat.«

»Das grenzt schon an Zauberei«, murmelte Ipiankhu.

»Also geben wir ihnen die Stiere, das Getreide und die Geiseln?«, fragte Imhotep.

»Was bleibt uns anderes übrig?«, fragte Ipiankhu zurück. »Obwohl die Stiere recht kränklich sind, fürchte ich.«

»Wenn die Apis-Stiere Ägyptens Ufer erst verlassen haben, wird man uns ihren Hungertod nicht vorwerfen können«, wandte Imhotep ein.

»Wenn sie doppelt so viele Stiere verlangen, müssen sie auch ein paar kranke nehmen«, pflichtete Ipiankhu ihm bei. »Die Herden leiden genauso unter der Hungersnot wie die *Rekkit.*«

»Wann will der Gesandte wieder abreisen?«, erkundigte sich Imhotep.

»Er braucht die Stiere möglichst bald in Aztlan. Wenn er gegen Ende der Woche Segel setzt, würde er rechtzeitig heimkommen.«

Imhotep setzte sich. »Wer geht als Geisel mit?«

Ipiankhu gesellte sich zu ihm. »Ich werde den Unbekannten bitten, sie mir zu zeigen.«

Imhotep seufzte müde. »Ich bin in Aztlan geboren«, sann er nach. »Ein schöneres Land und ein fleißigeres Volk kann man sich nicht vorstellen. Gerechtigkeit, Ehre, Disziplin, darauf wurde jeden Tag geachtet.« Er schüttelte den Kopf. »*Haii,* offenbar hat sich das geändert.«

»Wirst du deinem Vater Grüße überbringen lassen?«

Imhotep versteifte sich. Ipiankhu wusste, dass Imhoteps Vater der Große Spiralenmeister Aztlans war, auch wenn der Arzt nie von ihm sprach. Imhoteps Augen wurden schmal. »Ich habe keinen Vater. Nur Söhne.«

Es war dunkel und spät; der Wein und die Neugier peitschten Imhotep an. Mit einer entschiedenen Bewegung riss er den Verband von den Augen des Opfers. Falls der Mann sterben sollte, würde das Imhoteps Geheimnis bleiben. Wenn er überlebte und goldene Augen hatte, dann würde Imhotep für alle Zeiten als jener *Neter* berühmt werden, der Senwosret das Augenlicht zurückgegeben hatte. Waren seine Augen nicht golden, würde Imhotep den Mann mit gutem Gewinn verkaufen.

Entweder das, oder der Mann könnte unter den vier Erwachsenen sein, die von den Aztlantu gefordert wurden. Nachdenklich fuhr Imhotep mit der Zunge über seine losen Zähne. Der Mann war gebissen worden, möglicherweise von einem der Stiere. Es würde der Ma'at durchaus entsprechen, wenn eine der aztlantischen Geiseln krank wurde und an Blutvergiftung starb, denn schließlich hatte man die Menschen ihrem Heimatland gestohlen.

Der Mann atmete tief ein und schlug die Augen auf. Imhotep stockte der Atem. Die Augen des Mannes waren golden wie die einer Katze. Er blinzelte, sah zu Imhotep auf und stemmte sich mit schmerzverzogenem Gesicht hoch. »Wo bin ich?«

Sein Ägyptisch war fehlerfrei, sein Blick klar.

»Noph.«

Der Mann schaute sich um, ließ seinen Blick von den Webmatten auf dem Boden zu den niedrigen Tischen und Schemeln wandern, die überall im Raum standen. »Also wieder in Ägypten. *Hau*, zu welcher Zeit?«

Imhotep sah zur Fensteröffnung hoch. »Kurz vor der Dämmerung.«

»Nein …« Ein ungeduldiger, herrischer Ton schlich sich in seine Stimme. »Wer ist auf dem Thron?«

»Pharao Senwosret, ewig möge er leben!«

Der Mann erbleichte und sackte zurück auf seine Ellbogen. Plötzlich war seine Haut ergraut, und seine Augen wirkten leer. Er murmelte den Namen des Pharaos wie eine Beschwörungsformel, und Imhotep rückte sein Amulett gegen den Bösen Blick zurecht. »Wie lange war ich krank?«

Ohne den Mann aus den Augen zu lassen, überschlug Imhotep die Tage. »Nicht ganz zwei Wochen.« Er lächelte und rief nach einem Schreiber. »Schick einen Boten nach Noph, zu einem User-Amun. Teile ihm mit, dass der Patient lebt und er mir den vereinbarten Betrag schuldet.« Der junge Schreiber zeichnete die Anweisung verschlafen auf einem Stück *Ostrakum* auf und stolperte aus dem Zimmer. Imhotep wandte sich wieder an seinen Patienten. »Man hat dich in der Apis-Kammer gefunden. Kannst du dich an irgendetwas erinnern?«

Der Mann lachte, ein kratzender Laut, aus dem Verzweiflung und ein Anflug von Irrsinn sprachen. Er blickte auf seine bandagierte Hand und streifte mit schnellen Bewegungen das Leinen ab. Mit den Zähnen riss er die Knoten und die Schienen weg, dann hielt er die Hand hoch, betrachtete sie ängstlich, berührte die Fingerspitzen. Sie blieben reglos und steif.

»Meine Hand«, sagte er leise.

»Sie braucht noch Zeit. Sie war an mehreren Stellen gebrochen.«

»Ich weiß, der Stier hat mich erwischt, und dann schleifte er –« Er schluckte und atmete aus. »Nicht perfekt, aber ich kann sie immer noch gebrauchen. Danke, Gott«, fügte er leise hinzu, und Imhotep fragte sich, welchem Gott er wohl dankte. Apis? Ptah?

»Wer bist du, Herr?«

»Cheftu *Sa'a* Khamese.«

Imhotep zog die Stirn in Falten. »Welcher Khamese? Woher kommst du? Wie bist du in der Kammer des Apis-Stieres gelandet?«

Der Mann starrte ihn schweigend an. Imhotep wartete: Oft förderte das Schweigen die tiefsten Wahrheiten zu Tage. Nervöser Schweiß begann auf Cheftus Schläfe und Oberlippe zu perlen, und plötzlich wirkte er wieder verängstigt.

Auf das leise Räuspern eines Sklaven hin drehte sich Imhotep um. »Der Wesir erwartet dich, Herr.«

Imhotep ließ sich seine Verblüffung nicht anmerken. Woher hatte Ipiankhu das gewusst? Er blickte auf den nervösen Ägypter Cheftu. »Bring den Wesir her«, befahl er. »Bring uns Bier und dem Patienten etwas Getreidegrütze.« Der Diener verbeugte sich und Imhotep sprach wieder mit Cheftu. »Welches Gebrechen überwölkt den Blick eines Menschen mit jedem Tag mehr wie einen vergifteten Teich, bis er schließlich erblindet?«

Der Mann blinzelte ausdruckslos, und Imhotep hätte beinahe laut aufgelacht. Pharaos Traum! *Haii!* Zweimal waren seine Prophezeiungen eingetroffen, doch diesmal handelte es sich lediglich um die Wunschträume eines alternden Herrschers! Imhotep hätte mit ihm wetten sollen! Er hörte Ipiankhus Schritte, doch er vermochte den Blick nicht von dem schwitzenden Ägypter zu wenden. Diesmal hatte Ipiankhu sich getäuscht! Imhotep klapperte freudig mit den Zähnen und drehte sich schon um –

»Katarakte, Herr, obwohl ich den Patienten dazu untersuchen müsste«, sagte Cheftu.

Ipiankhu trat hinzu und sah aufmerksam in das Gesicht des Patienten, während Imhotep ihn reglos wie eine granitene *Ushebti*-Begräbnisstatue anstarrte.

»Die einzigen Katarakte, die ich kenne, sind Stromschnellen im Nil«, sagte Ipiankhu.

Der Patient lächelte, und mit einem Mal spürte Imhotep bis in die Knochen, dass Ipiankhu und sein Gott wieder einmal gewonnen hatten. Auf irgendeine Weise war dieser Mann mit den Manieren eines Höflings, den womöglich der Apis-Stier selbst geboren hatte, dazu ausersehen, Pharao das Augenlicht wiederzugeben. »Als Katarakt bezeichnet man auch die Wolke, die du beschreibst«, sagte er. »Sie wird mit jedem Tag undurchdringlicher, bis der Patient schließlich nur noch Grau sieht.«

Ipiankhu schnappte nach Luft, und Imhotep fing seinen fragenden Blick auf. Trotzdem wollte Imhotep sichergehen. »Gibt es eine Heilung?«

Cheftu kaute mit kräftigen Zähnen, um die ihn Imhotep augenblicklich beneidete, auf seiner Oberlippe. »Eine Operation.«

Ipiankhu zuckte zurück. »Du willst die Augen von Pharao, ewig möge er leben!, aufschneiden?« Er blickte Imhotep an, und seine Botschaft war unmissverständlich. Ausgeschlossen!

Der Patient nickte. »Ohne eine Operation gibt es keine Möglichkeit, die Katarakte zu entfernen.«

»Hast du das schon einmal gemacht?«

Er zögerte kurz. »Dutzende Male.«

»Herr«, sagte Ipiankhu höflich. »Darf ich um einen Augenblick deiner Zeit bitten?«

Imhotep deutete eine Verbeugung vor Cheftu an und folgte Ipiankhu nach nebenan. »Hast du deinen Verstand auf Reisen geschickt?«, zischte der Wesir.

»Pharaos Traum handelte von einem Mann mit goldenen Augen! Der Mann hat goldene Augen!«

»Ja, die hat er! Aber weiß er auch, was er tut? Ihn Senwosret aufschneiden zu lassen? Wie kannst du so etwas auch nur in Betracht ziehen?«

Imhotep drehte sich ungeduldig um. »Ich kann es nicht. Aber ich würde zu gern hören, was Pharao dazu sagt. Du weißt, dass wir ihm Bericht erstatten müssen.«

»Natürlich, wahrscheinlich haben ihn seine Spione bereits informiert. Wenn wir ihn hinhalten, untergraben wir nur das Vertrauen, das er in uns setzt. Wie willst du es ihm vortragen?«

»Ich?«

»Du *bist* sein Leibarzt und Magus.«

Imhotep stöhnte.

Ipiankhu sprach weiter. »Er wird sich deiner Empfehlung nicht widersetzen. Rate ihm ab; hat er dir jemals widersprochen?«

»Nein, noch nie.« Imhotep fuhr sich mit der Hand über den geschorenen Schädel und den schweren Kragen. »Ich werde jetzt gehen. Bleib du bei dem Mann Cheftu und erzähle mir später, was du erfahren hast.«

»Senwosret wird auf dich hören. So wie immer.«

Imhotep nickte und ging, eine Hand über der Brust gekreuzt und den rituellen Abschiedssegen murmelnd. Dann klatschte er nach seinen Standarten- und Sesselträgern.

Ipiankhu kehrte zu dem Patienten zurück. »Verzeihung, Herr?«, fragte Cheftu. Der Wesir drehte sich zu ihm um. Seine haselnussbraunen Augen verrieten keine Regung. »Würdest du mir eine Frage beantworten«, bat Cheftu mit ruhiger Stimme.

»Wenn ich kann, Herr«, erwiderte der Wesir.

»War jemand, ähm, bei mir?«

»Bei dir?

»Als ich gefunden wurde, dort wo ich gefunden wurde.«

»Dies hier hat man gefunden«, sagte Ipiankhu und klatschte nach einem Diener. Man brachte ein kleines Päckchen herein, und Cheftu fiel wieder ein, wann er es das letzte Mal gesehen hatte.

Chloe hatte neben ihm gelegen, als er aufgewacht war. Er hatte sich zu ihr umgedreht, in plötzlicher Angst, weil sie nicht aufwachen wollte. Seine Hände fuhren über ihren Körper, suchten nach gebrochenen Knochen. Er spürte den Klumpen und zog ihn heraus – das Päckchen aus dem Markt in Pharao Hatschepsuts Ägypten, das er ihr erst Stunden, bevor sie dieses Zeitalter verlassen hatten, überreicht hatte. War das nun Wochen oder Jahrhunderte her? Cheftu vermochte es nicht zu sagen.

Als sie nicht auf seine Berührung reagierte, geriet er in Panik. Seinen Kopf auf ihre Brust gebettet, hoffte er auf eine winzige Bewegung, auf irgendein Anzeichen, dass sie noch am Leben war. Kein Atem, keine Bewegung. Ihr Körper war kalt wie Granit. War ihr Geist überhaupt hierher gereist? Mit angehaltenem Atem lauschte er noch einmal auf ihren Herzschlag. Kein Laut drang aus ihrem Körper, doch in diesem Moment begann das Donnern der herangaloppierenden Stiere alles andere zu überdecken. Er packte sie an der Hand, um sie beiseite zu schleifen, und der Ring, der Hochzeitsring, den er ihr geschenkt hatte, rutschte von ihren kalten Fingern. Ihren Leichnam hinter sich her schleppend, gelangte er bis zur Wand gegenüber. Die Tiere kamen um die Kurve, und Cheftu blickte in die blutrünstigen Augen der Apis-Stiere, deren weiße Stirnzeichnungen im Dämmerlicht beinahe zu glimmen schienen.

Chloes Körper verfing sich irgendwo, und Cheftu versuchte, sie loszubekommen, während die Stiere auf ihn zustürmten. Sie rührte sich nicht! Im letzten Augenblick presste er sich gegen die Wand. Schreiend spürte er die Hufe auf ihrem Leib, als würde er selbst zertrampelt. Er machte sich so flach wie möglich, bis die Stiere an ihm vorbei waren. Die gesunden kamen zuerst. Dann kamen jene, die bei den Tempelritualen verwendet worden waren. Sie humpelten, denn ihre Vorderfüße waren beschnitten worden, während unten in den weiß gekalkten Kavernen die Kälber und Kühe brüllten.

Cheftu wartete, bis sie vorbeigedonnert waren, dann löste er sich von der Wand. Er drehte sich um und sah Chloe daliegen. Zerschmettert. Ihr bezauberndes Gesicht war nur noch ein Brei aus Fleisch und Knochen, ihr Leib war zertrampelt und zerfetzt. Sie war schon vorher tot gewesen, das wusste er, doch die Zerstörung ihres Körpers trieb ihn trotzdem zum Wahnsinn. Er küsste ihre blutigen Hände, strich ihr das blutverklebte Haar aus der Stirn, bedeckte ihr Gesicht so gut es ging mit Stoff. Es durfte nicht sein. Sie musste lebendig sein. Und doch war sie es nicht; selbst das Blut aus ihrem Körper fühlte sich klebrig und tot an.

Irgendwann blickte er auf und sah einen einzigen Bullen auf sich zurasen. Weil er es nicht ertragen konnte, Chloes Leib noch einmal in den Dreck getrampelt zu sehen, rannte er los, um auf diese Weise den Stier hinter sich herzulocken. Das Tier trieb ihn schließlich in die Enge, bis Cheftu, obwohl er sich nichts mehr von diesem Leben erwartete, sich automatisch abwandte und in einen Misthaufen hechtete, um sein Gesicht und sein Geschlecht zu schützen. Der Stier war über ihn hinweggerannt; Cheftu spürte immer noch die besinnungslosen Qualen, als seine linke Hand zerquetscht wurde, die Schmerzen beim Atmen.

Danach kam nichts mehr.

Man hatte niemanden an seiner Seite gefunden. Chloe war bereits tot gewesen, tröstete er sich. Sie hatte nicht einmal den ersten Stier mitbekommen. Sie hatte keine Schmerzen gespürt, *le bon Dieu* hatte sie bereits zu sich genommen. Wieso hatte man ihm nicht gestattet, sie zu begleiten?

»Herr?« Der Wesir klang ungeduldig. Cheftu blinzelte. Er hatte den zweitwichtigsten Mann in Ägypten mit Missachtung gestraft.

»Verzeih mir«, sagte er. »Ich habe nur … nur …« Cheftu atmete tief ein, als die Erkenntnis wie ein Fels auf ihn herabstürzte. Chloe war tot! Das durfte nicht wahr sein! Das durfte nicht geschehen! Und doch war es so. Er hatte ihren Körper gesehen. Er hatte ihre leichenkalten Hände berührt. *Mon Dieu!* »Was ist … aus ihrem Leichnam geworden?« War sie …? Hatte man sie …? Cheftu brachte es nicht übers Herz, nach ihrem Begräbnis zu fragen.

Ipiankhu wandte den Blick ab. »Das weiß ich nicht, doch ich werde fragen.«

Cheftu blickte auf den zerbrechlichen Ring an seinem Finger. Die Erinnerung an ihren zerschmetterten Körper ließ keinen anderen Gedanken mehr zu, und er krümmte sich zusammen, erleichtert über die Schmerzen, die ihm seine gebrochenen Rippen bereiteten. Auf diese Weise spürte er sein gebrochenes Herz nicht ganz so stark. »Herr –, setzte Ipiankhu an, dann legte er eine Hand auf Cheftus Schulter. Cheftu erstarrte und versuchte, die Tränen niederzukämpfen. Man hatte ihm Chloe genommen? Wie konnte man ein solches Leben nehmen? Noch während er hörte, wie Ipiankhu aus dem Zimmer ging, zuckte seine Brust unter den ersten Schluchzern.

»Chloe«, hauchte er mit brechender Stimme. *»Mon Dieu, Chloe!«*

Chloe wälzte sich im Schlaf herum, die Beine in ihrer Wolldecke verheddert, das lange Haar um den Hals geschlungen. Das lange Haar? Wieso langes Haar? Der Gedanke verflog wieder, denn schon wurde sie wieder von ihren Träumen davongetragen.

Träume? Oder Erinnerungen?

Das Schiff schaukelte sanft unter ihnen, und Chloe warf die Wurfstäbe, die im Netz landeten, was bedeutete, dass sie mindestens über das halbe Senet-*Brett zurückmusste, Cheftu rückte zwei Felder weiter in Richtung Ewigkeit vor. Seine Art, die Stäbe zu werfen, hatte etwas Sinnliches, so langsam und graziös bewegten sich seine langen Finger über die beschnitzten Knochen.*

Sie spürte, wie ihre Wangen heiß wurden, und wandte den Blick ab. Es gab so viele Dinge, über die sie nie sprachen, so viele schmerzhafte Themen, die sie mieden. Sie sah ihn an; er hatte die bernsteingelben Augen gegen Res Licht zusammengekniffen. Schatten meißelten seinen Oberkörper und die Arme heraus, ließen die schweißglänzenden Muskeln hervortreten, betonten den Schnitt von Abdominalmuskel, Deltamuskel, Bizeps. Mindestens fünfzig Menschen waren nur einen Blick entfernt. »Wenn du auf ein Sinnesorgan verzichten müsstest, welches würdest du dir aussuchen?«, fragte sie.

Cheftu warf die Stäbe; ausnahmsweise hatte er Pech. Chloe hielt den Blick auf das hölzerne Spielbrett gerichtet, nicht auf seine sündigen Hände.

»Ein Sinnesorgan?«

»Genau. Sehen, Sprechen, Hören, Riechen, Berühren, Schmecken.«

»Und du?«

»Alles außer Sehen. Wenn ich nicht sehen könnte, wie die Farben und Strukturen zwischen dem Blau des Himmels und dem Blau des Meeres voneinander abweichen ...« Sie schaute auf seine Hände und vergaß, was sie sagen wollte. So lange, schöne Hände, so gerade Nägel – männliche, aber keinesfalls grobe Hände. »Ich glaube, wenn ich nicht mehr sehen könnte, würde ich sterben. Meine Welt war immer eine Welt der Farben, der Formen und Perspektiven. Wenn mir das genommen würde, würde damit mein Innerstes getötet.« Chloe warf die Stäbe. Endlich mal ein anständiger Wurf!

»Auf ein Sinnesorgan zu verzichten, würde bedeuten, dass ich dich auf eine Weise weniger lieben könnte«, sagte Cheftu. Er beugte sich vor und legte seine Hand auf das Leinen über ihrem Schenkel. Wie in einem Traum brachte seine Berührung das Leinen zum Schmelzen, und seine bronzegoldene Hand kam auf ihrem nackten, bebenden Bein zu liegen.

»Ich könnte nicht mehr deine Lustschreie hören, oder ich wäre nicht mehr in der Lage, deine samtige Haut zu fühlen, oder ich würde den Duft deiner Erregung nicht mehr riechen ...« Plötzlich liebkosten seine Hände sie am ganzen Körper, streichelnd, berührend, neckend. Seine Stimme stahl sich in ihr Ohr und trieb sie zur Verzückung.

»Oder ich könnte dein Haar, schwarz und glänzend, nicht mehr wie das Laken der Nacht über mir liegen sehen. Oder deine grünen Augen, so voller Leben. Ma belle«, *murmelte er. Er nahm ihre Hand, während er in der anderen die Wurfstäbe hielt, und führte ihre Finger an seinen Mund. »Den Geschmackssinn zu opfern würde bedeuten, dass mir die Süße deines Körpers –«, er lutschte an einer Fingerspitze –, für alle Zeit verloren ginge.« Er leckte an einer zweiten. »Die Sprache zu verlieren würde bedeuten, dass ich dir nur noch mit meinem Körper mitteilen könnte –«, er lutschte an der Spitze ihres Ringfingers, so fest, dass es fast stach –, »wie sehr ich dich liebe und mit Leib und Seele verehre.« Er nahm ihren ganzen Zeigefinger in den Mund, und Chloe stockte der Atem, als er genussvoll die Augen schloss.*

Er warf die Stäbe und ließ seine Figur weitergehen. »Ich habe gewonnen.«

Dann wälzten sie sich über das Deck, nicht nur durch ihr Fleisch, sondern auch durch ihre Seelen verbunden. Sie spürte, wie ihre Haut in seine schmolz, hörte ihn bitten… betteln…

Du darfst nicht tot sein, Chloe!

Dunkelheit hüllte sie ein. Es war stockfinster wie in der tiefsten Nacht. Langsam setzte sie sich auf, führte die Hand an den dröhnenden Kopf, der sich wie losgelöst anfühlte. Ihr Orientierungssinn war flöten; sie hatte keine Ahnung, wo sie sich befand. Die Stille war ohrenbetäubend, und gleichzeitig zogen die letzten Bilder eines uralten Tempels in ihrem Geist vorbei… und mit ihnen kam betäubender Schmerz. *Haii,* Cheftu! O Gott, Cheftu!

Sie erstarrte, als der Geist einer Stimme voll und samtig durch die Schwärze um sie herum hallte.

»Chloe? Chloe, du darfst nicht tot sein!«

Verschwitzt und zitternd fuhr Sibylla aus dem Schlaf hoch. Angst. Sie hatte Todesangst. Etwas versuchte, von ihr Besitz zu ergreifen, sie zu unterwerfen! Niemand hat so viel Macht, dachte sie ruhig. Ich bin das Orakel, ich bin Priesterin, ich habe alles in der Gewalt. Schwer atmend zwang sie sich zur Besonnenheit.

Sie hatte sich nach der Einsamkeit des Daedaledions verzehrt. Sobald sie erst hier wäre, sobald sie erst von der schattenverseuchten Höhle gereinigt wäre, würde alles gut, hatte sie geglaubt. In ihrem Kopf blitzten Bilder von niedergebrannten Feldern, vom Tod der jungen Braut auf. Sibylla zuckte zusammen. Eine Zigarette, sie brauchte unbedingt eine Zigarette.

Was *war* eine Zigarette?

Ihr Quälgeist war ihr nachgefolgt und lebte nun mit ihr zusammen hier. Als könnte sie vor sich selbst davonlaufen, rannte Sibylla auf den Balkon, ihr Leinenlaken hinter sich her schleifend. Das schlafende Land wurde von kaltem Regen gepeitscht, dessen stetiges Geräusch ihre Nerven beruhigte. Es war der mangelnde Schlaf, überlegte sie. Jede Nacht wurde sie in einen Strudel von Gefühlen geschleudert. Sie fühlte sich innerlich wie äußerlich zerschlagen. Manchmal meinte sie die Stimmen wirklich zu hören, vor Zorn schreiend, untröstlich weinend. Sibylla strich das Haar über ihren Schultern glatt. Es widerstrebte ihr zutiefst, der Möglichkeit ins Auge zu sehen, dass sie nicht mehr prophezeien konnte …

Also würde sie das gar nicht erst in Betracht ziehen. Kela versuchte, ihr etwas mitzuteilen; sie musste nur aufpassen, sie durfte keine Angst haben. Sie atmete tief durch und ließ sich von der Brise abkühlen. Wieder beruhigt, kehrte sie in ihr Bett zurück, neben dem eine Öllampe brannte. Sie öffnete einen kleinen Lederbeutel und schüttelte die Steine darin in ihre Hand. Opal, Lapislazuli, Türkis, Roter Achat, Tigerauge. Sie wollte sich von einem geistigen Konflik und von bedrückenden Gefühlen reinigen, darum steckte sie alle außer einem in den Beutel zurück und legte das Tigerauge auf ihren rechten Ellbogen. Immer noch tief atmend, lenkte Sibylla die innere Ruhe der Großen Göttin durch den Stein hindurch in ihre Adern. Sie visualisierte die Worte in einem Tanz von Mustern, rückwärts und vorwärts, sich drehend und wiegend.

Sibyllas Augen fielen zu.

»Wir müssen uns unterhalten«, sprach Chloe den ruhenden Geist ihres Gastkörpers Sibylla an. »Auch wenn das eigentlich unmöglich ist, befinden wir uns beide im selben Körper. Wir brauchen ein paar Regeln.«

»Es ist *mein* Körper«, widersprach Sibylla. »Du bist nur hier, weil du die Gunst des Augenblicks ausgenützt hast. Meine *Psyche* hatte mich nicht verlassen, sie war nur auf Reisen.

»Dein Körper sollte dir nicht weniger wichtig sein als eine *American Express Card*. Du solltest nie ohne ihn ausgehen.«

Sibylla stöhnte. »Ständig störst du meine Gedanken mit diesem unsinnigen Geplapper! Was bist du? Wer bist du? Wieso bist du hier?«

Sofort sah Chloe eine Art Cartoon vor sich: eine Miniaturausgabe ihrer selbst mit grünen Augen und eine Miniaturausgabe von Sibylla mit blauen Augen, die auf den Schultern des lebensgroßen Körpers von Sibylla hockten. Die Frage war nur, wer war Teufel und wer Engel? »Es droht eine Katastrophe. Ich kann euch helfen.«

»Du bist also eine Verkörperung der Großen Göttin, die die Erde beruhigen und die Meereswogen glätten kann?« Der Sarkasmus war nicht zu überhören, auch wenn Tausende von Jahren den Geist der beiden Frauen trennten.

»Eigentlich bin ich eher so was wie eine Abordnung des Amerikanischen Katastrophenschutzes«, fuhr Chloe sie an. »Pass auf, wir müssen uns diesen Körper teilen. Wir können das friedlich tun.« Sie wartete schweigend. »Oder wir streiten uns weiter jeden Tag rund um die Uhr. Irgendwann musst du schließlich schlafen.«

»Mein Verstand muss meinen Körper zusammen mit meinen Erinnerungen verlassen haben!«, grollte Sibylla. »Ich habe nicht die geringste Lust, dir zuzustimmen. Diese Katastrophen, die du siehst, sind Allegorien, Metaphern. Die Götter würden niemals ihre getreuen Diener vernichten.«

»Wieso hast du dann dieser jungen Frau geraten, nach Phaistos zu gehen?«

»Das war ich nicht«, widersprach Sibylla bissig. »Du hast dich eingemischt. Die Götter lassen sich besänftigen, sie haben sich jedes Mal besänftigen lassen, schon seit Menschengedenken.«

»Mit der Natur lässt sich nicht streiten«, sagte Chloe. »Ich kann diesem Volk, deinem Volk helfen.« Sie schwieg einen Moment. »Ich sag dir was – du kannst weiter deinen Diensten als Priesterin nachgehen. Ich werde mich als Souffleuse im Hintergrund halten.«

»Wie gnädig von dir, mir die Kontrolle über meinen eigenen Körper zu überlassen. Wenigstens brauche ich jetzt nicht zu beichten, dass ich mit einem *Skia* feilsche.«

Weil die Verständigung gleichzeitig auf visueller und verbaler Ebene stattzufinden schien, wusste Chloe, dass ein *Skia* ein Geist war, ein Schatten mit Fangzähnen, um genau zu sein. Das Gegenstück zu einem ägyptischen *Khaibit.* Wenigstens ein einziges Mal möchte ich in einer Zeit ohne Aberglauben leben, dachte Chloe. Wieso kann ich nicht zur Abwechslung einmal in die Zukunft versetzt werden; in eine Welt von Gebäuden aus Alu und Glas, Urinalen für Frauen und Einwegkleidern aus Frischhaltefolie? »Im Gegenzug darf ich alle Entscheidungen treffen, die mit der Katastrophe, den Prophezeiungen zusammenhängen.«

Sibylla schauderte. »Meinetwegen! Diese Visionen sind grauenvoll. Nie zuvor hat Kela mir solche Schreckensbilder gesandt.«

Chloe bezweifelte sehr, dass Kela irgendetwas gesandt hatte, doch sie hielt den Mund. Im metaphorischen Sinne. Schließlich würde die ganze Sache höchstens ein Jahr dauern, oder? In Ägypten war sie auch nur ein Jahr geblieben. Was zählte schon ein weiteres Jahr?

»Zum Ausgleich musst du aber das Rennen laufen«, forderte Sibylla.

»Das Rennen?«

»Ganz recht. Um den Thron der Himmelskönigin.«

»Ich hasse Wettrennen.«

»Ich hasse es, meinen Körper mit jemandem zu teilen«, belehrte Sibylla sie eisig. Beide Frauen schwiegen kurz. »Dürfte ich jetzt in Frieden schlafen?«, fragte sie mit messerscharfer Höflichkeit.

»Ich wollte schon sagen, wir leben in einem freien Land, aber das tun wir nicht«, erwiderte Chloe.

Sibyllas Geist kam zur Ruhe, und Chloe nahm schnell *den Körper* in Augenschein, auf der Suche nach den bezeichnenden Stellen, auf Grund derer sie diesen Körper als ihren erkannte. Die Narbe nach dem Hundebiss in ihrer Hand, die Schnittnarbe quer übers Knie nach Camilles Motorradunfall. Ihr Körper war glatt rasiert, genau wie damals bei den Ägyptern. Dennoch kam er ihr vertraut vor: groß, schlank, muskulös. Ihre Hände sahen aus wie gewohnt. Doch da waren noch die *Haare!* Lange Haare! Schwarz und lockig. Endlich hatte sie das Haar, von dem sie immer geträumt hatte.

Unverzüglich beschloss Chloe, dass sie diesen Körper mochte.

Sie tastete ihr Gesicht ab und spürte ihre Nasenwurzel, das winzige Grübchen in ihrem Kinn. Sie fuhr mit der Zunge über die Zähne. Sie waren vollständig, auch wenn sie alles für eine Zahnbürste gegeben hätte. Sibylla rührte sich immer noch nicht. Ganz langsam wagte Chloe sich in jene geistigen Tiefen vor, in denen das Wissen dieser Frau verborgen lag.

Es war Spionage, es war Guerillataktik, doch Chloe musste einfach mehr über diese Frau und die Welt erfahren, in der sie lebte. Sie würde alle ihre Fähigkeiten und all ihr Wissen einsetzen müssen, damit dieses Volk nicht durch die bevorstehenden Katastrophen von diesem Planeten gefegt wurde. Nötigenfalls würde sie sogar in Sibyllas Geist eindringen und ihn komplett übernehmen. Sie musste diese Menschen retten. Wozu war sie sonst hier? Was konnte so wichtig sein, dass sie dafür von Cheftu getrennt worden war?

5. Kapitel

Aztlan

Schweißverklebt lösten sie sich voneinander. Ileana zitterte; so hatte sie noch nie empfangen oder gegeben. Priamos war wie eine Flutwelle der Leidenschaft, von der sie sich hatte davontragen lassen, ohne Hilfe suchen zu wollen. Sie wälzte sich auf die Seite und sah den jungen Mann an, der mit starrem Blick zur Decke hoch sah. Er schien hellwach und *Henti* entfernt zu sein.

»Ich muss fort«, sagte er.

Ileana musste sich anstrengen, einen klaren Gedanken zu fassen. »Weshalb?«

»Ich möchte nicht gehen«, meinte er, ohne ihre Frage zu beantworten. »Aber ich fürchte mich vor dem Bleiben.«

»Ich kann mir kaum vorstellen, dass du irgendjemanden oder irgendetwas fürchtest«, widersprach sie lächelnd.

Priamos rollte sich in einer schnellen, kräftigen Bewegung über sie. »Ich fürchte, ich werde Zelos umbringen, wenn ich mir vorstelle, wie er in deinem Bett liegt.«

Sie blickte in seine Augen: Zorn und Feindseligkeit brannten darin. »Du hasst Zelos so sehr?«

»Du gehörst ihm. Nicht mir.«

»Ich habe dir eben gehört, Priamos«, wandte sie mit einem koketten Lächeln ein. »Du vergisst allzu schnell.«

»Ich will, dass du mir für immer gehörst, Ileana. Du bist meine Sonne, mein Mond, mein nächtlicher Sternenhimmel.«

Erstaunlich abgeschmackt, dachte Ileana. Sie schubste ihn beiseite und verhüllte ihre Schultern. »Ich muss zum Tempel«, sagte sie.

»Phoebus verabscheut dich, Ileana.« Er liebkoste ihren Nacken, ohne zu merken, wie sie erstarrte. »Er würde dich eher umbringen, als seine Pflicht dir gegenüber zu erfüllen. Ich würde dich vergöttern, ich würde nur dafür leben, dir zu dienen.« Er küsste sie auf den Hals, um seine Bitte zu unterstreichen. Vor der Tür schrie ein Pfau.

Wie lästig, dachte Ileana. Sie wollte den gut aussehenden Jungen nicht vor den Kopf stoßen, vielleicht brauchte sie ihn ja noch, doch seine Zärtlichkeiten waren zeitraubend, und Zeit hatte sie nicht. Sie hatte ihn ausgewählt, weil er den Eindruck erweckt hatte, in sich zu ruhen, so als sei er zu stolz, um sich zu verlieben. Sie konnte keine Gefühle brauchen. »Priamos, Lieber –«, sie verzog innerlich das Gesicht –, »ich muss zum Tempel. Du musst fort, damit ich nach meinen Leibeigenen schicken kann.«

»Ich will dein Leibeigener sein, Ileana. Ich möchte dich anziehen, dich waschen –«

Sie stand auf. »Geh, Priamos.«

Er errötete aufs Niedlichste und kleidete sich an, den Rücken ihr zugewandt. *Bitte, Kela, sag mir, dass ich sein zerbrechliches Ego nicht verletzt habe.* Seine Schultern wirkten verspannt, darum drehte sie ihn um und küsste ihn mit allem, was sie an Technik aufzubieten hatte. Er war ein phantastischer Liebhaber, er musste nur noch lernen, wann er zu verschwinden hatte. »Komm heute Nacht zu mir«, flüsterte sie in sein Ohr, dann klatschte sie ihm zum Abschied auf den festen Hintern. Der Pfau schrie schon wieder.

»Bis mein Auge dich wieder erblickt«, setzte er an.

»Genau. Bis dann.«

Sie schloss die Doppeltüren hinter ihm, ließ dabei ihr Schoßtier ein und schnippte dann nach ihrem Leibeigenen. Hatte Priamos' Samen in ihr Wurzeln getrieben? Bot sie überhaupt schon fruchtbaren Boden? Nach einem Bruchteil ihrer sonst üblichen Toilette wurde Ileana in einen verhängten Tragsessel geschoben und über die gepflasterte Straße zur Kela-Ata, der Hohepriesterin, getragen.

Überall waren die ersten Anzeichen des Frühlings, der Zeit des Stieres, zu erkennen. Der leise Hauch von Grün auf den Hügeln, die knospenden Blumen. Ach, möge doch Priamos' Samen bewirken, dass ich wie der Frühling werde, dachte sie. Dass ich voller Frucht und Fruchtbarkeit bin! Sobald sie innerhalb des weitläufigen, von roten Säulen umsäumten Tempelkomplexes angekommen waren, stieg Ileana aus dem Sessel und zog ein fein gewebtes Tuch über ihr Haar und ihr Gesicht. Sie würde Kela genauso namenlos gegenübertreten wie jede der vielen hundert Frauen, die sie täglich aufsuchten.

Sie wartete in einer Reihe mit den anderen und beobachtete, wie die Frauen, jung und alt, sich aufteilten. Jene, die eine medizinische Behandlung durch die Hände der Kela-Tenata brauchten, wurden zu Untersuchungszimmern und zu Apothekern im entferntesten Drittel des Tempels geschickt.

Wessen Sexualität neu geweckt werden musste oder wer sich nach einer Erfüllung verzehrte, die Gemahl oder Liebhaber nicht geben konnte, wurde in die kleinen, schmucklosen Kammern geschickt, wo die Tempeltänzerinnen ihre Künste ausübten. Muschelsucherinnen eilten im Tempel hin und her, ihren Fang schleppend und den scharfen Geruch von Fischköpfen und Salzwasser hinter sich herziehend. Es war kaum zu glauben, dass die verhätschelte, parfümierte Vena einst braun und sehnig gewesen war wie diese Mädchen.

Ileana entspannte mit Bedacht ihren Kiefer, damit sie bei dem Gedanken an Vena nicht unwillkürlich die Zähne zusammenbiss. Die Frau war eine gefährliche Rivalin um Ileanas Position. Ob sie wohl für das Rennen übte?

Ileana war an der Reihe.

»Herrin, wie kann Kela dir behilflich sein?«

Als Antwort teilte Ileana ihr Tuch und zeigte dem Mädchen das goldene Siegel der olimpischen Sippe. Die junge Frau schluckte, weil sie nicht wusste, ob sie sich verbeugen oder salutieren sollte, und entschied sich dann für ein unsicheres Lächeln. »Sie erwartet dich«, sagte sie. Während Ileana in den schmalen Gang trat, der zwischen zwei Bereichen des Tempels abzweigte, hörte sie noch, wie die junge Frau die nächste in der Reihe befragte.

Die Kela-Ata gehörte ihr. Die Frau verdankte ihre Position ausschließlich Ileana, und die Himmelskönigin ließ sie das nie vergessen. Als Ileana erst zwei Sommer lang Muttergöttin gewesen war, hatte sich die damals herrschende Kela-Ata gegen sie gestellt. Sie hatte eine Vision gehabt: Sie wusste, dass Ileana Rhea getötet hatte.

Nach kurzem Überlegen legte Ileana der Kela-Ata eine volle Beichte ab und spielte die Rolle der reuigen Sünderin. Nach einem Schwur auf den Dreizack und die Muschel schenkte sie ihnen beiden Wein ein. Einen Rhyton hatte sie vergiftet; dann beobachtete sie, wie die Kela-Ata die Rhytone tauschte, als Ileana ihr scheinbar den Rücken zukehrte. Die gerissene *Skeela* hatte also Verdacht geschöpft! Doch sie hatte nicht ahnen können, dass Ileana mit dem Misstrauen der Priesterin gerechnet und den vergifteten Wein vor ihrem eigenen Platz abgestellt hatte.

Gleich darauf war eine Muschelsucherin in den Raum getreten. Ileana hatte ihr ein Messer an die Kehle gesetzt und die frei gewordene Position angeboten. Im Austausch gegen ihr Schweigen und gegen ewige Komplizenschaft würde Ileana sie zur Kela-Ata machen. Sie würde nie wieder etwas von ihr fordern. Obwohl der Rat geteilter Meinung war, billigte er schließlich die Nachfolgerin. Das war vor vielen Sommern gewesen, doch an ihrem Verhältnis hatte sich nichts geändert.

»Ich trage möglicherweise ein Kind in mir«, verkündete Ileana.

Embla, die Kela-Ata, drehte sich langsam um. Sie war so aberwitzig fett, dass jede Bewegung sie ungeheure Kraft kostete. Durch das Essen hatte Ileana sie in der Gewalt; die Kela-Ata fraß sich allmählich zu Tode. Ileana fragte sich kurz, ob sie der Grund dafür war, dass die Kela-Ata sich selbst hasste, ob sie dadurch, dass sie die Frau gebeugt hatte, ein Phantom in ihrem Geist von der Kette gelassen hatte. Nichtsdestotrotz war dieser Selbstmord auf Raten ihr nützlich.

»Du hast Phoebus also schon vorab verführt?«, fragte die Hohepriesterin.

»Du Närrin. Du weißt, dass er mich hasst.« Ileana setzte sich. »Gib mir ein Elixier, einen Trunk. Hilf mir, dass der Same meines Geliebten in mir Wurzeln schlägt!«

»Du hast zwei Kinder gehabt, Ileana. Du weißt, dass du auf Monde hinaus nicht sicher sein kannst, ob du schwanger bist!«

»Meine jüngste Tochter ist siebzehn Sommer alt, Embla.«

»Das stimmt, doch seit ihrer Geburt haben wir mit Kräutern eine weitere Empfängnis verhütet.«

»Und wenn dadurch der Samen gehindert wird, in mir zu wurzeln? Was ist, wenn Phoebus selbst Kräuter einsetzt oder sich zurückhält? Wir haben das *Megaloshana'a.* Bis zur Ernte muß ein Kind in meinem Bauch wachsen! Mein...« Ileana biss sich auf die Lippe und lehnte sich zurück. »Tu etwas.«

Embla wuchtete sich hoch. »Du bist eben von der Liege deines Geliebten aufgestanden?«

Ileana verkniff sich die Bemerkung, dass sie niemals die Liegen ihrer Geliebten teilte, die Männer kamen stets zu ihr.

»Der Same muss in deinem Leib bleiben. Dreh dich um.«

»Um?«

»Genau. Den Kopf zum Boden und die Füße in die Luft.«

Ileana zögerte, und Embla zuckte mit den Achseln. »*Iii,* vielleicht ist es dir doch nicht so wichtig, wie du behauptest.«

Innerlich brodelnd, drehte Ileana sich auf der steinernen Bank um, sodass ihr Kopf auf dem Boden ruhte und ihre Beine in die Luft ragten. Das Blut schoss ihr in den Kopf; sie konnte nur hoffen, dass sie ihre Würde nicht umsonst opferte. *Bitte, Kela. Lass mich schwanger sein.* »Wann kannst du es feststellen?«

Embla knabberte an einer Garnele. »Bis zu deinem nächsten Blutmond ist überhaupt nichts sicher.«

»Soll ich etwa bis dahin auf dem Kopf sitzen?«, fragte Ileana.

»Ich werde dir Alraune zum Trinken geben. Iss zu jeder Mahlzeit ein Ei. Das wird dich fruchtbarer machen.«

»Embla«, sagte Ileana gepresst, »ist dir klar, wie viele junge Frauen mich in diesem Sommer herausfordern werden? Du solltest es wissen, denn ich bin die Einzige, die dich noch für eine gute Kela-Ata hält. Wenn ich verstoßen werde, wird das auch dich treffen.«

»Also müssen wir deine Gegnerinnen aus dem Weg schaffen.«

Ileana setzte sich auf. »Ich kann nicht jede Cousine ermorden, die gegen mich antreten darf.« Sie rieb sich den Nacken. »Ich bin zwar die Himmelskönigin, doch ich stehe nicht über dem Rat. Nicht in dieser Frage.«

Die Kela-Ata lächelte. »Kein Mord. Aus dem Weg schaffen muss nicht so extrem sein.«

Ileanas Augen wurden schmal. »Zuallererst kommt das Rennen.«

»Wen fürchtest du am meisten, Herrin?«

»Vena, Sibylla, Selena.«

Embla spannte den Kiefer an, bis ein leichtes Zittern durch ihre vielen Kinns lief. »Selena ist Nachfolgerin der Kela-Ata. Sie hätte bestimmt das Zeug dazu.«

»Es gibt noch andere, aber diese drei sind meine stärksten Gegnerinnen.«

»Allen dreien verleiht Kelas Geist Macht, Herrin.«

»Doch bestimmt nicht mehr als dir?«

»Nein, nein«, widersprach Embla, ein wenig zu hastig, wie es Ileana schien. »Ich werde meine Tafeln zu Rate ziehen und sehen, was wir tun können.«

»Verlier keine Zeit dabei. Und sorge dafür, dass keine anderen Frauen teilnehmen. Gegen diese drei werde ich beim Sonnwendfest laufen. Du musst mir nur versichern, dass es keine Überraschungen geben wird.«

Embla lächelte. »Sibylla läuft nächste Woche bei einem großen Fest. Sollen ihre Gegnerinnen verlieren?«

»Gut, meine Kela-Ata. Sibylla soll sich in einem falschen Gefühl von Schnelligkeit und Behändigkeit sonnen. Erhöhe sie, damit ich sie voller Genuss in den Staub stampfen kann.«

»Wäre ein gebrochener Knöchel zu viel?«

Ileana schnappte sich eine von Emblas Garnelen. »Ich glaube, das wäre perfekt.«

Phoebus rannte los, duckte sich unter dem Schwingbalken durch, wich der kniehohen Klinge durch eine Finte nach links aus und setzte im letzten Augenblick über die schulterhohen Stacheln. Er rollte sich ab und wirbelte herum.

»Zu spät«, entschied Garu, sein Ausbilder.

Phoebus sah ihn an. »Wieso?«

»Er hat dir den Bauch aufgeschlitzt, als du dich umgedreht hast.«

Widerwillig schüttelte Phoebus den Kopf, um ihm Recht zu geben. Der zwölfjährige Junge lächelte. »Für dich ist es leicht«, sagte Phoebus. »Du reichst mir nur bis zur Brust. Ich habe wesentlich mehr zu schützen.«

»Das ist wahr, Herr. Allerdings musst du diesen Tanz nur ein einziges Mal überstehen.« Der Junge wandte den Blick ab und wies die Diener an, die Hindernisse neu anzuordnen. Schon recht, dachte Phoebus. Ich tanze nur einmal, du dagegen, bis du stirbst. Der Stiertanz war als Kind soviel leichter gewesen – hochspringen, ausweichen, aufsitzen.

Phoebus stand auf und kehrte auf seine Markierung zurück. Es waren nur noch wenige Monde bis zur Zeremonie des Werdenden Goldenen. Auch dabei musste er sich, so wie in allen anderen Lebensbereichen, jedem anderen Mann in Aztlan überlegen zeigen. Körperlich gesund, beweglich im Geist und in den Gliedern. Sein Geburtsrecht verlangte, dass er beweglicher war als ein Zwölfjähriger mit dem Verstand eines Skolomantikers. Jede Facette seiner Persönlichkeit würde geprüft. Und zum Schluss seine Selbstbeherrschung: Über ein ganzes Jahr hinweg.

Er verzog das Gesicht und kniete nieder.

»Jetzt!«

Phoebus setzte über die kniehohe Schranke, rollte sich dann unter dem schulterhohen Schwingbalken hindurch. Von rechts und links schossen Dornen auf ihn zu, und er erstarrte, als sie ihn um Fingerbreite verfehlten. Von einem Brüllen aufgeschreckt rannte er los und ging zwischen den Hörnern des nachgebauten Stieres in Deckung. Er wurde in die Luft geschleudert und rollte ab. Phoebus wusste, dass er tot war.

Garu stoppte die Übung und kniete neben ihm nieder. Der Aufsteigende Goldene keuchte schwer, und Schweiß ließ das Haupthaar auf seinem Rücken kleben.

»Du machst vor allem einen Fehler«, eröffnete ihm sein Ausbilder. »Du fällst nicht schnell genug.«

»Kann sein. Aber wie kann ich mich verbessern?«

»Stell dir vor, deine Glieder seien flüssig, jeder Muskel muss mühelos und ohne jede Anstrengung in den anderen greifen. Deine Bewegungen müssen wie eine Welle fließen. Wenn der Stier auf dich zukommt, schleuderst du deinen Rumpf nach vorne und ziehst den Rest deines flüssigen Körpers in einem weiten Bogen nach. Stell dir das bei jeder Übung vor, Herr.« Garu sah ihn mit düsterer Miene an, die in seinem Knabengesicht besonders verstörend wirkte. »Du hast diese Übung vernachlässigt. Wenn du nicht besser wirst, wird man dich am Tag deiner Krönung begraben und betrauern.«

Phoebus brauchte gar nicht erst zu hören, dass man ihn außerdem als den ersten Olimpier schmähen würde, der den Kampf nicht bestanden hatte. Wie hatten die Wochen und Monde so schnell vergehen können? »Wann kann ich den Apis sehen?«

»Die Stiere sollen in Kürze aus Ägypten eintreffen, Herr. Du wirst noch vor mir von ihrer Ankunft erfahren.« Der Ausbilder erhob sich wieder. »Übung, Goldener. Allein durch Übung kannst du dem Tod entgehen.« Er deutete auf die übrigen Leibeigenen und ließ Phoebus allein.

Garu hatte seine Frage nicht beantwortet.

Mit finsterer Miene trat Phoebus an die hängenden Ringe. Er zog sich hoch und brachte dann die Knie unters Kinn. Eine Welle, er war eine Welle. Er rollte sich zu einem Ball zusammen und streckte sich dann wieder. Zu langsam.

Er richtete sich auf, kauerte sich zusammen und drehte sich wieder um. Im Geist sah er das Meer zu hohen Wellen aufbrodeln und gleich darauf wieder flach werden. Phoebus streckte sich, kauerte sich zusammen und drehte sich um. *Eine Welle.* Und noch mal. *Das Meer.* Bei Apis' Steinen, er hatte das früher mal perfekt beherrscht und würde es wieder perfekt beherrschen! Er zog die Beine an und drehte sich um.

Gerade. Drehen. Gerade. Drehen. *Wogen, die sich brechen und flach über den Strand spülen.*

Schweiß rann an seinen Armen herab und machte die weichen Ledergriffe glitschig. Gerade, Drehen, Gerade, Drehen ... Er spürte, wie seine Bewegungen allmählich ineinander übergingen. Bei jedem Versuch wurden seine Gesten geschmeidiger und flossen weiter ineinander. *Ich werde Goldener sein.* Er weigerte sich, daran zu denken, wie sehr er Zelos vermissen würde, welches dunkle Mysterium jenen Tag verdüsterte. Er würde regieren. Er würde *Hreesos* sein.

Es war seine Bestimmung, unabwendbar wie die Gezeiten.

Der Spiralenmeister öffnete das Dokument. Die Sprache auf diesen Lederseiten war die seiner Kindheit, Ägyptisch. Sein Großvater hatte den Inhalt dieser Tafel aus einer früheren Niederschrift in der Schrift und Sprache der Gründer von Aztlan übertragen.

Die Sippe der Olimpier war erst vor hundert Sommern an die Macht gekommen, doch die Gründer dieses Reiches hatten schon vor Menschengedenken hier gelebt. Als die Erde zu einem einzigen Meer geworden war, waren ein Mann und seine Frau in dieses Land gekommen. Der Großvater des Mannes, Noach, war einem einzigen Gott gefolgt, der ihm dafür ein paar Zaubersteine geschenkt hatte. Noach hatte diese Steine an Iapheth weitergegeben, und Iapheth hatte sie an seinen Sohn Jawan weitergegeben, der sich auf diesen Inseln niedergelassen hatte.

Diese Steine hatten es den Menschen ermöglicht, direkt zu diesem einen Gott zu sprechen. Unter seinem Schutz gedieh das Volk: Ihr Gott zeigte den Menschen, wo es Quellen gab, lehrte sie alles über die Pflanzen, das Meer und die Steine. Spiralenmeisters zitternde Hand folgte eilig dem Text.

»In Gerechtigkeit und Gnade sprach der Eine Gott. Licht erhellte unseren Weg, und wir wurden vom Schlag der Steine geleitet.«

Die Steine. In allen Verweisen, die er gefunden hatte, wurde behauptet, dass sie mit diesem einen Gott in Verbindung standen. Krämpfe durchzuckten Spiralenmeisters Leib, und er ließ die Tafel fallen. Das Leder knallte auf den Boden, Spiralenmeister fluchte; wie sollte er es wieder aufheben? Er konnte kaum noch gehen, und Bücken war ausgeschlossen!

Mit zusammengekniffenen Augen studierte er die heruntergefallene Tafel. Jeder Abschnitt bestand aus beschriftetem Leder, zwei Rücken an Rücken geklebten und vernähten Rechtecken, die wechselseitig am nächsten Abschnitt befestigt waren. Und zwischen den beiden Lederstücken lag etwas verborgen.

Adrenalin schoss durch seinen alten Leib, während er nach einem Stock tastete, mit dem er ungeschickt die lederne Mappe näher zog. Vor ihm erschienen zwei Geister. *Skia*. Beide waren groß und dem Anschein nach männlich. Einer war von Licht umflossen und strahlte Wärme und Mitgefühl aus. Der andere wirkte düster, abweisend und streng. Worte flüsterten durch seinen Kopf, in einer ihm unverständlichen Sprache, doch mit einer Betonung, die ihm bekannt vorkam. Dann waren die beiden verschwunden, und die Ledertafel lag wieder in seiner Hand.

Mühselig und umständlich gelang es Spiralenmeister, ein schmales Stück Papyrus zwischen den Lederblättern herauszuziehen. Ägyptische Hieroglyphen überzogen, mit dem fremdartigen Gekritzel der ersten aztlantischen Sprache durchsetzt, die Seite von rechts nach links. Gierig las er die Zeichen, die Lippen fest zusammengepresst, weil er keinesfalls versehentlich ein Wort ausflüstern und ihm dadurch Leben einhauchen wollte. Wie bei allen ägyptischen Zaubersprüchen hatte man in der Originalsprache auf die Aussprache verzichtet – eine Vorsichtsmaßnahme, durch die es nur dem Eingeweihten möglich war, den Zauber auszusprechen.

Der Papyruszettel flatterte vor seine Füße, während sich klopfende Schmerzen in seinem Schädel ausbreiteten. Die jawanische, gleichsam in Stein gemeißelte Warnung war eindeutig: »Dreimal wird Aztlan erhoben werden. Erst wird es sich verwunden, dann verstümmeln, dann zerstören.« War dies das erste Mal? Oder das dritte? fragte sich Spiralenmeister unter Qualen. Er rief nach Hilfe, dann, noch während ihn ein Schüler zu seiner Liege führte, verschwamm sein Blick. Ich darf nicht sterben, dachte er grimmig. Es gibt noch zu viel zu tun. O Götter, helft mir.

Ägypten

Der Magus setzte einen Fuß vor den anderen, schwer auf seinen Stock gestützt. Seine hellen Augen warfen mehr zurück, als sie enthüllten. Sein Leib wies nach der jüngsten Begegnung mit dem Apis-Stier zwar Narben auf, doch keinerlei Anzeichen von Hunger: lose Zähne, Haarausfall, Schlaffheit oder matte Haut. Der Mann sah aus, als wäre er direkt aus dem Ägypten vor drei Überschwemmungen am Hof aufgetaucht. Vor drei todbringenden Überschwemmungen, korrigierte Ipiankhu. Der Magus bewegte sich hölzern, königlich, den Kiefer vorgeschoben.

Imhotep sagte, er hätte sich praktisch geweigert zu sprechen oder irgendeine Erklärung abzugeben, was Ipianku ebenso nervös machte wie Imhotep. Cheftu war zutiefst verärgert und verletzt. Als ihm die beiden von dem Leichnam der Frau erzählt hatten, hatten sie damit ein Monster von der Kette gelassen, das einen ganzen Raum in Trümmer gelegt hatte und vor dem sich die Sklaven ängstlich verkrochen. Einen solchen Mann in Pharaos Nähe zu lassen, war absolut unverantwortlich, doch nicht einmal sie konnten sich einem direkten Befehl widersetzen. Wer hätte gedacht, dass Pharao diese Operation verlangen würde? Senwosrets Berater hatten mit ihren Bitten kein Gehör gefunden. Ipiankhu seufzte schwer.

Pharao konnte sich nicht bewegen, seine offenen Augen sahen nichts. Gemeinsam mit dem gesamten Hof hielt Ipiankhu den Atem an. Sollte sich der Traum als wahr erweisen? War dieser Mann mit den goldenen Augen die Katze, von der Pharao in seinem Traum geheilt worden war?

»Es ist, wie ich befürchtet habe«, sagte der Magus langsam. »Die Ablagerungen befinden sich in den Augen.«

Imhoteps Blick zuckte zu Ipiankhu hinüber, dann sah er wieder auf den Magus. »Kannst du ihn heilen?«

Unglaublicherweise zuckte der Mann mit den Achseln. »Ich kann es versuchen. Nur Gott heilt.«

Imhotep fühlte eine Feuerspur durch seinen Körper laufen. »Gott«, im Singular. Meinte dieser Mann damit Amun-Re? Doch sein Tonfall… Ipiankhu schluckte und trat näher.

»Versucht es!«, befahl Senwosret. Ipiankhu sah, wie die verschiedensten Gefühle über das Gesicht des Magus jagten, ehe der Fremde den Kopf neigte und sich flüsternd und gestikulierend an Imhotep wandte. Werkzeuge, Heilmittel, vermutete Ipiankhu, wurden dem Magus vorgeführt. Sklaven schlängelten sich durch die Gesellschaft, reichten Wein und Bier, Honigkuchen und angematschtes Obst. Die Wartenden drängten immer näher heran, bis der Magus herumfuhr und sie wütend ansah.

»Das ist kein Ringkampf. Ich brauche absolute Stille, um diese Operation auszuführen. Den größten Dienst würdet ihr Pharao, ewig möge er leben!, und Ägypten erweisen, indem ihr verschwindet.« Ipiankhu winkte einem Wachposten, der die protestierenden Höflinge und Damen hinausdrängte. Der Magus griff zu einer Bronzeklinge. Ipiankhu zuckte zusammen und fragte sich erneut, ob dies wirklich die einzige, die beste Möglichkeit war. War der Mann überhaupt in der Lage, mit seiner verbundenen Hand zu operieren?

Cheftu nahm das Tablett in Augenschein. Lanzette, Bänder, Honig, Fett und drei weitere Klingen für alle Fälle. Eine davon für sein eigenes Herz, dachte er trocken. Sollte diese Operation nicht erfolgreich verlaufen, war er ein toter Mann. Vielleicht wäre es ja am besten so? Er sah auf, prüfte den Lichteinfall und bat dann darum, Pharao zu verlegen.

Senwosret, dachte er. Pharao aus der letzten Dynastie vor den Hyksos, in Frankreich unter dem Namen Sesostris bekannt. Was würde dieser Mann, dessen von Gram zerfurchtes Gesicht von seiner Angst um Ägypten zeugte, wohl empfinden, wenn er wüsste, dass seinem Volk jahrhundertelange Unterjochung bevorstand, bis Hatschepsuts Großvater Ahmose schließlich die Eindringlinge überwinden und den Thron besteigen würde? Wäre er immer noch der Ansicht, dass die Nöte der vergangenen Überschwemmungen die Mühe lohnten? Oder würde er sich in seinen Palast zurückziehen und von den Feldern der einfachen Menschen schmarotzen, ohne sich um ihre Probleme zu kümmern? Es hatte weiß Gott schon genug Pharaonen gegeben, die so gehandelt hatten. Nein, von Senwosret würde Ägypten wie von einem Vater beschützt, auch wenn Pharao um die Zukunft des Roten und Schwarzen Landes gewusst hätte.

Cheftu beugte sich über den Mann und zwang sich, Pharao als ganz normalen Patienten zu betrachten. Er stand auf der Seite, sodass die Sonne direkt auf den Tisch fiel, und suchte nach dem besten Winkel. Auf Cheftus Anweisung hin hatte der Patient ungeheure Mengen von Bier mit Mohnsaft konsumiert; er war bei Besinnung, aber betäubt. Cheftu bedeutete den Priestern, die Hände des Patienten an die Armlehnen zu fesseln und den Kopf auf der Kopfstütze festzuhalten.

Cheftu würde den Katarakt nicht wirklich entfernen. Er würde ihn nur in winzige, unauffällige Stücke aufbrechen und diese im Auge verteilen, sodass das Blickfeld wieder frei war. Cheftu fasste mit der Rechten das winzige Messer und schickte ein Stoßgebet um eine ruhige Hand und ruhige Nerven zu *le bon Dieu*. Man hatte ihn im Haus des Lebens gelehrt, beide Hände mit gleichem Geschick zu gebrauchen, dennoch bevorzugte er die linke Hand. Doch auch nachdem die Schiene entfernt worden war, ließen sich die Finger nicht ganz abbiegen.

Er schloss die Augen, richtete seine gesamte Kraft und Energie auf den Patienten und bohrte dann vorsichtig die Lanzette in das milchige Weiß zwischen dem Augenwinkel und der Iris. Cheftu blendete alle anderen Geräusche aus, er lauschte nur noch auf das leise Knacken, während er zugleich Ausschau nach den Tränen hielt, die ihm zeigen würden, dass er den Katarakt erwischt hatte. Mit schnellen, präzisen Bewegungen zerteilte er die Deckschicht in mehrere Stücke. Schließlich legte er ein in Honig und Fett getränktes Leinen über das Auge und widmete sich dem zweiten.

Ipiankhu beobachtete die Hand des Magus, die über Pharaos regloses Gesicht huschte. Abgesehen von dem unbewussten Zucken in seiner linken Hand bewegte sich der Magus wie ein Artist. Wo hatte er sich diese Fähigkeiten angeeignet? Woher wusste er, was zu tun war? Ägypten hatte die besten Ärzte der Welt; der Mann *war* Ägypter, doch zugleich hing ihm ein unbenennbarer Hauch von Fremdheit an. Es war, als würde er eine Rolle spielen. Soviel konnte Ipiankhu erkennen, schließlich hatte er selbst in seinem Leben schon viele verschiedene Rollen gespielt. Doch ihm fehlte jede Vorstellung, welches Motiv sich hinter Cheftus wachsamem Verhalten verbarg. Auch auf Senwosrets anderes Auge wurde ein Leinenpflaster gelegt, danach richtete sich der Magus auf.

»Es wird noch einige Tage dauern, bevor wir sicher sein können, doch ich habe das Gefühl, dass die Operation erfolgreich war, so die Götter wollen.« Das allgemeine Ausatmen der Zuschauenden ließ ein schwaches Lächeln auf seine Lippen treten. Ipiankhu trat vor; Cheftu wäre sein Gast, bis Pharao geheilt war. Unter den gebührenden Verbeugungen und Verabschiedungen verließen sie den Palast und schlugen den Weg in die Stadt Avaris ein. Zwar konnte man Ipiankhus Haus vom Palast aus über einen Privatweg erreichen, doch er mischte sich gern unter die *Rekkit.* Falls den Magus das überraschte, verstand er es gut zu verbergen.

Lehmziegelhäuser, aneinander gelehnt und immer wieder gekalkt, Bogendurchgänge, schattige Nischen, wo im Sommer die Kinder spielten und im Winter die alten Männer rasteten. Die Straßen, in den wohlhabenderen Vierteln gepflastert, waren hier noch schlammig. Hageres Geflügel pickte in dem Morast unter ihren Füßen. Müde Hausfrauen mahlten Getreide zu Mehl. Kinder, die Augen schwarz von Fliegen, tobten zur Musik langsamer Wassertropfen durch die Höfe.

Ipiankhu biss die Zähne zusammen und kehrte in Gedanken in ein grünes, fruchtbares Ägypten zurück. Es würde wieder so werden, das wusste er; er fragte sich nur, wie viele sterben mussten, während sie darauf warteten. Sie spazierten über den Markt. Geschmeide war wohlfeil, das Brot teuer. Er sah, wie zwei *Rekkit*-Buben versuchten, einen Fischhändler zu bestehlen. Sie waren flink und gewitzt, doch der Mann war wütend, und der Zorn machte ihn rücksichtslos. Als der Fischhändler die dürren, schmutzigen Kinder mit seinem Messer bedrohte, beeilte sich Ipiankhu, dazwischenzugehen. Der Wesir ganz Ägyptens war plötzlich wieder ein Kind, das sich fragte, ob es wohl getötet oder in die Sklaverei verkauft würde. Um den Fischhändler zu besänftigen, kaufte Ipiankhu die Kinder um den Preis eines Monatslohns frei. Er presste die Lippen zusammen. Wieder einmal nahm der Unbekannte, was zum Bösen bestimmt war, und wendete es zum Guten.

Cheftu sah, wie die beiden zerlumpten Buben dem Wesir folgten. Er verstand ihn nicht. Bis zu Ipiankhus letzter Tat hatte es Cheftu nicht einmal versucht. Wenigstens bot der mysteriöse Ipiankhu etwas Ablenkung von dem Leid, in dem Cheftu erwacht war, jenem Leid, das ihn jeden Tag bis in seine Träume verfolgte. Chloe, Chloe – so quicklebendig –, es war doch nicht möglich, dass ein solches Leben dahingegangen war. Er wagte nicht einmal daran zu denken, die Schmerzen waren zu qualvoll. Nicht einmal ihren Körper hatte er retten können, sodass es ihm auch verwehrt war, ihr ein Grab zu bauen und die verbleibenden Tage damit zu verbringen, auf ihre Wiedervereinigung zu warten.

Wieso war er in der Zeit *zurück* gewandert? Hätte er nicht in der Zukunft, in seinem wahren Körper landen müssen, als er Thuts Händen entrissen worden war? Mit seinem richtigen Namen?

Das wollte Cheftu einfach nicht in den Kopf. Nicht, dass es das Geringste ausmachte. Er war in der falschen Zeit. Am falschen Ort. Das Ägypten, dem sein ganzes Herz gehört hatte, lag Jahrhunderte entfernt. Die Adligen, Häuser und Gaue, die er gekannt hatte, gab es noch nicht. Pharao regierte, die Priester beteten und jede Familie versuchte, dem darbenden Boden etwas Essbares abzuringen. Zu Hatschepsuts Zeiten gehörte das bebaubare Land zum größten Teil Pharao; in dieser Zeit hier war selbst Pharao arm. Cheftu erkannte Ägypten nicht wieder.

Wieso er nicht von den rasenden Stieren niedergetrampelt worden war, entzog sich seiner Vorstellungskraft. Was hatte er für diese Schattenwelt geopfert? Der Gestank des siechen Marktplatzes riss ihn aus seinen Gedanken, und er ließ seinen Blick über die windschiefen Stände und den offenen Müll wandern, über dem sich die Fliegen sammelten. Senwosrets Ägypten ähnelte mit seinem Schmutz und seinen Krankheiten eher dem Ägypten zu Napoleons Zeiten als dem ruhmreichen Ägypten Hatschepsuts mit seinen Kanalisationsanlagen, Tempel-Verteilerzentren und Schulen. Er stieg über einen nicht mehr erkennbaren, verfaulenden Kadaver hinweg und gab sich Mühe, nicht die stillenden Frauen mit ihren leeren Brüsten anzustarren.

Ipiankhu bog ab, und die gekalkten Wände wurden weißer, die Straßen breiter und die Menschen gesünder. Die Luft roch sauberer, und Cheftu sah, dass die größeren Güter durch Sandsäcke geschützt waren. Drei Überschwemmungen mit lang andauernden Überflutungen hatten zu dieser Hungersnot geführt, hatte man ihm erklärt. Doch Ägypten war nicht vorbereitet getroffen worden, während der vorangegangenen Überschwemmungen hatte man Saatgut, Getreide und Trockenfrüchte eingelagert. Cheftu zog die Achseln hoch. Irgendwie klang all das vertraut, doch es interessierte ihn zu wenig, als dass er der Sache nachgegangen wäre.

Nachdem sie durch einen niedrigen Eingang getreten waren, folgte Cheftu dem Ägypter in einen Innenhof. Er ahnte, dass es früher eine bildschöne Anlage gewesen sein musste. Jetzt hielten aufgestapelte Lehmziegel das stehende, grünliche Wasser vom Haus fern. Ein sterbender Baum ragte aus einem mückenverseuchten Tümpel, und über dem ganzen Gut hing der drückende Gestank faulender Pflanzen. Diener arbeiteten mit schleppenden Bewegungen am Ofen, dessen grauer Rauch vor dem blauen Himmel verwehte. Geflügel wurde gebraten; Cheftus Magen knurrte, und Ipiankhu drehte sich um. »Meine Diener werden dir deine Gemächer zeigen«, sagte er. »Du kannst sie um alles bitten, was du begehrst, und sollst es bekommen.«

»Außer meiner Freiheit?« Obwohl er die Antwort wusste, wollte Cheftu sie perverserweise hören.

Ipiankhu zeigte ein Politikerlächeln, das seine Lippen dehnte und seine Augen schmal werden ließ. »Ich würde mir wünschen, dass diese Hungersnot schon morgen früh ein Ende nimmt, doch auch mein Wunsch kann nicht erfüllt werden.«

Cheftu nickte und folgte einer abgemagerten Sklavin durch die sonnendurchstrahlten Räume des Bankettsaales, durch einige Bäder und über mehrere schmale Treppen bis zu einer Tür. Sie öffnete, und Cheftu trat in das Ägypten ein, das er von früher kannte.

Mit blühenden Schlingpflanzen und unzähligen Vögeln bemalte Wände bildeten den farbenfrohen Hintergrund für eine frei stehende Liege und eine große Truhe. Cheftu zog einen Vorhang zur Seite und entdeckte den Baderaum. Ohne Ablauf, stellte er fest. Er trat an die Balkontür, blieb aber stehen, als er den Wachposten entdeckte. Der Mann salutierte höflich, doch sein Blick wich keine Sekunde von Cheftu.

Müde und mit dröhnendem Schädel sank Cheftu auf die Liege. Die gewobene Matratze knarzte unter seinem Gewicht. Noch drei Tage zu warten. Würde Pharao etwas sehen? Würde Cheftu am Leben bleiben?

Kümmerte ihn das?

Drei Tage.

Kaphtor

»In drei Stunden steht der Mond in der richtigen Position«, bemerkte der Daedaledai, ein Student des Daedaledions. Chloe blickte zum Himmel auf. Die Alten waren besessen von Astronomie und Astrologie. Chloe hatte hin und wieder ihr Horoskop in der Fernsehzeitschrift nachgeschlagen oder im Chinarestaurant ihr »Tierkreiszeichen« im chinesischen Horoskop herausgesucht, doch diese Menschen hier richteten ihr gesamtes Leben nach den Sternen aus.

Was machten sie wohl, wenn es bewölkt war?

»Ich wünsche dir Glück«, sagte der hagere Junge in seinem Umhang. Nach einem sanften Schubs stand Chloe in einem Alkoven. »Sibylla«, rief sie in ihr Inneres, »ist das ein Ritual?«

»Ja«, antwortete Sibylla gepresst. »Es ist eines, aber ich bin zu müde, um es auszuführen.« Dann hängte sie ein geistiges »Bitte nicht stören«-Schild vor die Tür und ließ Chloe allein zurück.

Das Wort »Allein« hatte für Chloe mittlerweile viele Bedeutungen angenommen. Doch dieses »Allein«, so ganz ohne Sibyllas kontrollierendes Bewusstsein, war wirklich gespenstisch. Wo war sie? Was wurde von ihr erwartet? Sibylla öffnete die Tür einen Spaltweit. »Das ist die Rennbahn des Daedaledions. Hier sollst du für dein Rennen gegen Ileana üben.« Sie knallte die Tür wieder zu, und Chloe war ziemlich sicher, dass Sibylla auch den mentalen Sperr-Riegel vorgeschoben hatte, falls es so etwas geben sollte.

Chloe trat tiefer in die Dunkelheit. Drei Stunden, ehe der Mond in der richtigen Position war. Na klar. Richtig wozu, wusste sie nicht, aber offenbar sollte sie auf die andere Seite kommen. Zu beiden Seiten verliefen hohe Mauern, und sie folgte ihnen mit entschiedenem Schritt, bis sie in einer Sackgasse landete.

Fluchend machte Chloe kehrt. Wo hätte sie abbiegen müssen? Sie verfolgte ihre Schritte zurück und entdeckte, dass sie weiter gelaufen war, als sie gedacht hatte. Sie landete in der nächsten Sackgasse.

Obwohl sie die Fäuste gegen ihre unbegründete, stärker werdende Angst geballt hatte, musste Chloe an sich halten, um nicht laut zu schreien. Sie befand sich in einer Art Labyrinth. Sie war in Kew Gardens gewesen, jenem verspielten Buchsbaum-Irrgarten; schwieriger konnte das hier kaum sein. Wo geht's jetzt lang?, dachte sie.

Also gut. Labyrinthe sind oft als Motive angelegt. Von den Aztlantu bevorzugte Muster blitzten in ihrem Kopf auf. Spiralen, Griechische Schlüssel, Sterne… ein Dutzend weitere, die nicht so leicht zu benennen waren. Sie drehte sich um und betrachtete die Wände. Lang, geradegezogen, im rechten Winkel versetzt. Chloe kniff die Augen zusammen und studierte die gegenüberliegende Wand. Sie ging hinüber und fuhr behutsam mit der Hand darüber.

Ein Durchgang. Schmal, aber als Durchgang gedacht. Handelte es sich hier um ein Muster im Muster? Wie sollte sie wieder herausfinden? »Wo ist eine Garnrolle, wenn man mal eine braucht?«, murmelte sie. Mit einem letzten Blick zurück trat sie in den nebenan liegenden Gang. Sie ging geradeaus durch, über zwei Querwege hinweg, die beinahe im rechten Winkel kreuzten. Der Pfad bog scharf links ab, und sie ging eine scheinbar noch längere Strecke geradeaus.

Mondlicht tunkte das Labyrinth in Schatten und Silber. Der Mond nahm ab, die Göttin war im Blut, in ihrer Phase als mittelalte Frau, bevor sie als altes Weib sterben würde. Noch eine scharfe Biegung, wieder nach links. Chloe rannte den Weg entlang und bog erneut scharf links ab. Sie war in einer Art Muster gefangen.

Irgendwo musste es in einem dieser Abschnitte einen Durchlass zu dem anderen Weg geben. Sie schaute nach links, dann nach rechts – es gab keinen wahrnehmbaren Unterschied, also entschied sie sich für rechts. Ich bin schon die ganze Nacht nach links gegangen, dachte sie. Sie hörte sich laut atmen, während ihre Hände über die Mauer fuhren. Da!

Chloe trat zurück in den anderen Bereich des Labyrinths. War sie hier schon einmal gewesen? Von heute an werde ich immer ein Stück Kreide bei mir tragen, gelobte Chloe im Stillen. Sibylla äußerte sich nicht dazu.

Die Wege waren hier länger, die Biegungen nicht so scharf. Chloe hielt sich weiterhin links, nun wurden die Abstände allerdings immer kürzer. Es ist ein griechischer Schlüssel, dachte sie erleichtert. Die letzten Strecken legte sie laufend zurück, stieß sich dabei in den Ecken mit den Händen von den Wänden ab, bis sie schließlich in der Mitte ankam, gerade als die kleine Lichtung vom Mondlicht überschwemmt wurde.

Schweiß klebte an ihr, allerdings eher aus Angst und Nervosität als wegen der Anstrengung. Sie schaute über ihre Schulter. Sie war allein. Sie trat auf das Pflaster und sah die Formel des Labyrinths in bunten Steinen ins Pflaster geschrieben. Ein griechischer Schlüssel um einen fünfzackigen Stern, sodass sich das Ende des Schlüssels genau zwischen den Beinen des Sternes befand.

Das passt, dachte Chloe. Der Schlüssel liegt zwischen den Beinen. Kela war eindeutig eine Fruchtbarkeitsgöttin. Mit einem leisen Lachen sank sie auf das kühle Gras.

Hinausfinden musste sie doch hoffentlich nicht mehr, oder?

Cheftu schulte seine Miene, nichts zu verraten. Der ganze Hof würde zuschauen, wenn er Senwosret die Verbände abnahm. Diesmal konnte er die Zuschauer nicht hinausschicken. Alle würden es sehen. Oder auch nicht, je nachdem. Schwer schluckend und dankbar für die tiefen Schatten im Raum zog er eine Leinenschicht ab. Cheftu streckte die Hand nach einer kleinen Lampe aus, deren Flamme nicht höher brannte als sein Daumennagel, und schwenkte das Licht vor Pharao hin und her. Noch lagen mehrere Schichten von Leinen auf den königlichen Augen.

»Sag mir, was du siehst.«

»Helligkeit… sie flackert vor mir.« Thoth sei gelobt, zumindest war er durch die Operation nicht völlig erblindet. Aber hatte sie ihn auch geheilt?

Cheftu hielt die Lampe ruhig. »Und jetzt, Meine Majestät?«

»Bleibt sie vor mir. Ganz ruhig.«

Cheftu wusste, dass die Ablagerungen in Pharaos Augen immer dicker geworden waren, bis sein Blickfeld sich zu einem schmalen Tunnel des Lichts verengt hatte. Schließlich hatte sich auch der Tunnel geschlossen und Pharao gar nichts mehr gesehen. Der Tunnel war das allerwichtigste; durch die Operation müsste er freigelegt und erweitert worden sein, so die Götter es wollten.

Ohne auf den kalten Schweiß zu achten, der ihm von den Schläfen rann, hob Cheftu die nächsten Leinenschichten ab. Er machte die Probe aufs Neue. Die letzte Verbandsschicht fiel zu Boden, und das Licht wurde gelöscht. Der Hof wartete in atemloser Stille. »Meine Majestät, öffne jetzt ganz langsam und ganz vorsichtig die Augen.« Er beobachtete, wie sich die verklebten Lider hoben und dunkle Augen zum Vorschein kamen.

Senwosrets Blick war stumpf, seine Pupillen waren geweitet. Cheftu spürte, wie ihm Schweiß über den Rücken lief. Bei den Göttern! Was sollte er nur tun?

»Du bist ein junger Mann, Magus.«

Pharao konnte sehen!

Der Hof brach in Jubel aus. »Ruhe!«, rief Cheftu. »Meine Majestät, es wird noch einige Tage dauern, bevor deine Augen klar genug sind, um Res volle Kraft zu ertragen. Bis dahin musst du im Schatten bleiben. Du darfst dich nicht bücken und deinen Kopf nur langsam bewegen.«

Senwosret lächelte, wobei seine schlaffe Kinnpartie sacht nach oben gezogen wurde. »Dann lebe ich eben ein paar Tage als *Kheft*! Egal! Du hast mir das Augenlicht zurückgegeben, Magus!«

Cheftu gestattete sich ein erleichtertes Lächeln.

»Du sollst einen neuen Titel, neue Ehren und neue Aufgaben an diesem Hof bekommen.« Senwosret hob die Hand, und der Zeremonienmeister überreichte ihm die Symbole Ägyptens, Krummstab und Geißel. »Fortan soll dieser Magus Necht-mer heißen, Beschützer des Augenlichts! Beim heiligen Kopfe Apis' gelobe ich, dass jeder Wunsch Necht-mers, und sei es ein Drittel meines Königreiches, gewährt werden soll.«

Cheftu verbeugte sich und dankte Pharao.

Senwosret nahm seine Hände und blinzelte die Tränen zurück. »Die Gesichter meiner Enkel sehen zu dürfen ist ein Geschenk ohnegleichen! Der Segen der Götter sei mit dir.«

Ergriffen von der demütigen Dankbarkeit des Monarchen, konnte Cheftu nur noch nicken, ehe er sich umdrehte und von den Horden geschorener und parfümierter Höflinge umringt wurde.

In dieser Nacht gab Pharao ein Festmahl für den Magus, der ihm das Augenlicht zurückgegeben hatte. Cheftu, Necht-mer, hatte Gemächer im Palast zugewiesen bekommen und sich seine Dienerinnen frei wählen können. Selbst die parfümierten Glieder eines Dutzends verschiedener Frauen konnten ihn nicht ablenken. Er hatte lächelnd gedankt und sich dann in die erholsame Stille zurückgezogen. Imhotep wollte ihn besuchen, doch Cheftu behauptete, ruhen zu müssen. Ipiankhu lud ihn zu einem Spaziergang durch die Menagerie ein, aber Cheftu lehnte ab.

Zu einer anderen Zeit, an einem anderen Hof. Seufzend betastete Cheftu die Narben auf seiner Schulter. Die Wunde wollte nicht heilen, und sie schmerzte. Er trank noch einen Becher Wein. »Wieso?« Die Frage kam ihm so sinnlos vor. Wieso hier? Wieso niedergetrampelt? Wieso von Chloe getrennt?

Wieso empfand er dieses Unbehagen?

Angewidert schleuderte er den Becher an die Wand, sah das zerbrechliche Alabaster zerschmettern und die weiße Wand beflecken. Ein Augenblick der Genugtuung zerschmolz in tiefe Reue und Scham, weil er sich so hartleibig seinem Glück gegenüber zeigte. Nachdem er die Sandalen festgeschnürt hatte, verließ er den Palast, ohne Wachen, Sklaven oder Träger.

Sein Weg führte ihn durch die übel riechenden Gärten, an den Pfützen voller Mücken und den verrottenden Blumenbeeten vorbei. Zur Stadt hin waren die Palasttore geöffnet, bewacht von zwei jungen Soldaten. Sie salutierten vor ihm, und er spürte einen schmerzhaften Stich; hier wurde sogar anders salutiert.

Die Straße verzweigte sich. Er konnte entweder zu den Villen der Adligen am Flussufer weitergehen, oder zu dem Markt, der sich durch die ärmeren Stadtviertel zog, wo Sklaven und Tiere, Obst, Gemüse und andere Waren gehandelt wurden, oder aber zum Hafen spazieren. Cheftu schlug den Weg zum Hafen ein, wo er zuschaute, wie die Ägypter um Fisch feilschten, die Prostituierten mit schwarzzahnigem Lächeln ihre Ware aufblitzen ließen und die Kinder bettelten. Sein Bein schmerzte, doch sein Herz schmerzte noch viel mehr. Das hier war *nicht* Ägypten.

Am Ufer herrschte Chaos. Männer, Katzen und Kinder schienen mit ihrem Handeln, Feilschen und Betrügen Re selbst anzuschreien. Den Umhang tief ins Gesicht gezogen, lehnte sich Cheftu gegen eine Wand und besah sich die Szene.

Papyrusboote schaukelten neben den Flussbooten mit ihren hohen Masten und Mittschiffs-Kabinen auf dem Wasser. Die Barke eines Adligen, erkennbar an den goldbeschlagenen Rudern – was für eine lächerliche Goldverschwendung –, legte am Kai an. Unverzüglich war sie umringt von Schleppern, die überteuerte Speisen und Vergnügungen anpriesen, sowie von Kindern, hinter deren schmalen schwarzen Augen sich diebische Absichten verbargen. Die Hafenarbeiter senkten eine Rampe herab, und die Schiffsreisenden gingen an Land.

Zuerst kamen die Frauen, mit Gewissheit die Blumen Ägyptens dieser Generation, dachte Cheftu. Ihr Leinen war fein gewebt, ihre Gesichter waren durch Schminke und die Fächer der nachschreitenden Sklaven geschützt. Sie waren zwar schön, doch sie wirkten auch kalt und überheblich, sodass Cheftu nicht den Wunsch verspürte, hinter ihre bemalten Masken zu blicken. Eine Gruppe von Männern folgte; die Hungersnot war ihren muskulösen, braunen, haarlosen Körpern kaum anzumerken.

Der Schiffseigner, wie Cheftu angesichts der ihm entgegengebrachten Ergebenheit vermutete, ging als Letzter von Bord. Er war ein wunderschöner Junge, eigentlich ein Mann, doch er bewegte sich mit der Zuversicht eines noch nicht vom Leben geprüften Knaben. Cheftu fragte sich, ob er selbst jemals so jung, so voller Hoffnung gewesen war. Er war zwar erst zweiunddreißig, doch er fühlte sich, als wäre er tausend Jahre alt.

Nur zweiunddreißig in drei Zeitaltern, ermahnte er sich selbst; in Frankreich, im Ägypten Hatschepsuts und jetzt im Ägypten Senwosrets.

Als die Schiffe der Aztlantu anlandeten, saß Cheftu gerade in einer Taverne und verzog das Gesicht über dem miserablen Bier. Das Treiben auf den Kais lockte ihn hinaus. Sie füllten sich mit schweigenden Zuschauern, während die riesigen Schiffe mit den lila Segeln den Anker auswarfen und die Matrosen an Land gingen.

Verwundert starrte Cheftu das Schiff an. Es war ganz offenkundig nicht in Ägypten gebaut, es ähnelte aber auch nicht den Zeichnungen von griechischen Triremen. Auf jeder Seite saßen zwanzig Ruderer, und von dem hohen Mast wurde nun ein quadratisches lila Segel gerefft. Bug und Schiffsschnabel erhoben sich beinahe im rechten Winkel hoch über das Wasser. Entlang der Wasserlinie hatte ein Künstler eine rot-gold gerippte Welle gezeichnet. An Bug und Heck ragte je ein goldener Dreizack auf. Schilder säumten die Reling, hatten jedoch zum Zeichen des Friedenswillens die Frontseiten nach innen gekehrt. Trotzdem kamen ihm die Schilder vage vertraut vor. Zwei Kreise übereinander, mit

Kuhfell überzogen. So groß, dass selbst ein Mann von einem Meter achtzig Deckung dahinter fand.

Cheftu, der es gewohnt war, in jeder Zeit zu den Größten zu gehören, stellte überrascht fest, dass die Seesoldaten mindestens so groß waren wie er. Fleisch: Sie essen viel Fleisch, dachte Cheftu. Sie waren auch anders gebaut als die Ägypter: mit schlanker Taille und breitschultrig auf Grund viel größerer Knochen. Neben ihnen wirkten die Ägypter wie zerbrechliche Kinder.

Die Seesoldaten marschierten in Formation. Ihre Uniform schien aus langem, geflochtenem Haar, kurzen, bunt gemusterten Schurzen und Hosenbeuteln zu bestehen. Sie trugen fremdartige bis zu den Knien hochgeschnürte Stiefel.

Vier der schwarzhaarigen Seesoldaten trugen einen Tragsessel die Rampe herab. Cheftu schluckte schwer, als er den Mann darin sah. Er war weiß. Nicht nur, was die Hautfarbe betraf, auch die Gesichtszüge mit der großen Knollennase und dem fliehenden Kinn wirkten angelsächsisch. Blondes Haar floss über die Rückenlehne seines Tragsessels, und seine Augen waren von einem so durchdringenden Blau, dass sie Cheftu sogar aus dieser Entfernung auffielen. Er war jung, und sein fast nackter, goldhäutiger Körper wirkte stählern. Kühl musterte er die Menge.

Cheftu hatte schon früher blonde Menschen in Ägypten gesehen. Gewöhnlich waren es wertvolle Konkubinen aus Hattai. Doch dieser Mann mit seinen scharfen Zügen und der vorstehenden Nase wirkte wie ein englischer Wilder. »Wer ist das?«, fragte Cheftu den Fischhändler an seiner Seite.

»Nestor, der Gesandte aus dem Imperium«, erhielt er zur Antwort. »Er war vor ein paar Wochen schon einmal hier, und nur Isis weiß, was er jetzt schon wieder will.«

»Im Imperium herrscht keine Hungersnot?«

Der Fischhändler blökte, was Cheftu als Lachen interpretierte. »Nein. In Aztlan sind die Straßen mit Gold gepflastert, und sie haben eine Pyramide, die bis zum Himmel reicht und die Menschen mit ihrer Schönheit blendet.«

»Gold besitzt Ägypten auch«, murmelte Cheftu. »Nur wird man davon nicht satt.«

»Ganz recht, Herr. Doch in Aztlan haben sie auch Felder, über *Henti* hinweg, so weit das Auge reicht, auf denen zweimal im Jahr Getreide steht. Sie haben Obstbäume voller Früchte, und der Staat schenkt jedem Mann für ein Jahr eine Konkubine.«

Cheftu grinste. Essen und Frauen, ganz eindeutig das Gelobte Land. »Wenn sie soviel haben, was will Nestor dann hier?«

Das Gesicht des Mannes wurde ernst. »Das weiß nur Pharao, ewig möge er leben!« Er sah Cheftu an, bemerkte zum ersten Mal das feine Leinen und den muskulösen Körper. »Lang möge Senwosret leben!«, hauchte der Fischhändler und hastete davon.

Cheftu kehrte in die Taverne zurück und trank noch ein paar Becher Bier, denn inzwischen war seine Zunge gegen den Geschmack immun geworden. Zur Bezahlung reinigte er die Schwären eines Kindes und verband sie neu, dann verabschiedete er sich von der Familie des Wirtes. Noch ein Tag, noch eine Nacht allein in Ägypten, dachte er und schlug den Rückweg zum Palast ein.

Morgen musste er unbedingt mit Ipiankhu sprechen.

Cheftu wurde in die Kammer des Wesirs geführt. Ipiankhu saß an einem kleinen Tisch, den die ins Zimmer scheinende Sonne mit Licht überschwemmte. Cheftu ließ sich auf dem angebotenen Hocker nieder und nahm einen Becher Bier entgegen.

Das Licht glänzte am Kinn und in den Wimpern des Wesirs. Der Mann hatte kastanienbraunes Haar, erkannte Cheftu erstaunt. Er hatte Ipiankhu noch nie ohne Hoftracht gesehen, doch jetzt, als ihm der Wesir kaum geschminkt gegenübersaß, konnte Cheftu erkennen, dass er kein gebürtiger Ägypter war. »Du wolltest mich sehen, Herr?«, fragte Ipiankhu.

Cheftu legte den Ring auf den Tisch. Ipiankhu runzelte die Stirn und nahm ihn dann auf. Es war ein doppelseitiger Wirbel von Perlen und Obsidian, beschrieben mit Zeichen, die Cheftu nie zuvor gesehen hatte. Er war in dem Päckchen gewesen, das man Chloe in Hatschepsuts Ägypten zugesteckt hatte, und Cheftu hatte ihn ihr abgenommen … ihrem Leichnam, zwang er sich zu verbessern.

»Woher hast du das?«

»Es war ein Geschenk.« Oder ein Fluch, dachte er. »Meine Frau, die Frau, die neben mir gefunden wurde, hat ihn geschenkt bekommen, bevor wir hierher kamen.« Eine verrückte Hexe auf dem Markt von Noph hatte Chloe das Päckchen in die Hand gedrückt. Sie war nicht mehr dazu gekommen, es zu öffnen. War das möglicherweise ein Omen?

Ipiankhu sah ihn aus zusammengekniffenen Augen an. Er stand auf und trat auf einen winzigen Balkon mit Blick auf den Hafen von Avaris. Cheftu folgte ihm nach.

»Sieh die Schiffe mit den lila Segeln dort«, sagte Ipiankhu und deutete dabei auf die riesigen Boote, deren Ankunft Cheftu tags zuvor beobachtet hatte. »Sie kommen aus Aztlan.« Ipiankhu kehrte zu seinem Stuhl zurück.

»Was hat das mit meinem Ring zu tun?«

»Dein Ring kommt aus Aztlan«, erklärte ihm Ipiankhu. »Würdest du mir also liebenswürdigerweise erklären, woher du ihn hast?«

War das ein Zeichen?, fragte sich Cheftu. »Führt Ägypten Handel mit Aztlan?«

Ipiankhus Blick wurde eindringlicher. »Wir liefern ihnen die Apis-Stiere für ihre Rituale. Jetzt verlangen sie mehr von uns.«

»Was denn?«

»Politische Gefangene. ›Gäste des Imperiums‹ nennt sie der Gesandte. Doch in diesen Notzeiten fällt es mir noch schwerer, einen Ägypter zu bitten, sich von Familie und Freunden zu trennen und in ein fremdes Land zu ziehen.«

Cheftus Magen zog sich zusammen, und er spürte ein unruhiges Kribbeln. War dies vielleicht seine Bestimmung? Der Grund dafür, dass er in dieser Zeit und an diesem Ort gelandet war? »Ich werde gehen.«

Der Wesir sagte nichts, er sah ihn nur an. Cheftu nahm den Ring an sich – er passte perfekt an seinen Finger. »Ich habe keine Frau«, meinte er kühl. »Kein Amt, keine Felder, kein Heim. Nichts hält mich an diesem Gestade.« Er blickte in Ipiankhus haselnussbraune Augen. »Im Gegenteil, es bereitet mir Qualen, Ägypten so hungern zu sehen und zu wissen, dass ich nicht helfen kann.« Er bewegte die Hand und beobachtete, wie die fremdartigen Symbole Flammen sprühten, sobald die Sonne darauf traf. »Du brauchst Ägypter hast du gesagt.«

Ipiankhu stemmte die Fingerspitzen gegen die Schläfen. »Du bist Ägypten doch treu ergeben, oder nicht?«

»Ich habe mein Leben für mein Land gegeben«, sagte er. *Auf mehr Arten, als du dir vorstellen kannst.*

»Wie geht es deiner Schulter?«

Cheftu berührte seine linke Schulter. Abgesehen von einem gelegentlichen Ziehen konnte er den Arm problemlos bewegen. Seine linke Hand machte ihm die größten Sorgen. Er würde üben müssen, ehe er sie wieder uneingeschränkt gebrauchen konnte. »Sie ist einigermaßen geheilt.«

Der Wesir klappte den Mund auf, um etwas zu sagen, schloss ihn dann aber wieder. »Ich werde Pharao, ewig möge er leben!, und Imhotep von deinem Wunsch unterrichten.«

Cheftu erhob sich, da er offenbar entlassen war, und kehrte in seine Gemächer zurück. Mit einem Gefühl der Hilflosigkeit legte er sich auf seine Liege und badete in den warmen Sonnenstrahlen, die auf seine Beine fielen.

»Herr?« Ein Sklave rüttelte ihn wach. »Der Wesir fragt nach dir.«

Eilig legte Cheftu Schurz und Kragen an, zog den Bleiglanz nach und stopfte sein Stoppelhaar unter ein gefälteltes Kopftuch.

Imhotep und Ipiankhu saßen auf einem Balkon auf der Rückseite des Palastes. Mücken krabbelten auf dem Geländer herum, doch die Sklaven mit ihren Fächern und Klatschen trieben sie zurück. Cheftu hatte Imhotep seit der Operation des Pharao nicht mehr gesehen. Ein Sklave brachte einen Stuhl, und Cheftu setzte sich den beiden gegenüber.

»Kennst du die Aztlantu?«, fragte Imhotep.

Cheftu schüttelte den Kopf.

»Nun, das gehört mit zu den ärgerlichsten Dingen an ihnen«, sagte Imhotep.

Cheftu zog die Stirn in Falten. »Was denn, Herr?«

»Alle anderen Menschen schütteln den Kopf, wenn sie verneinen, und nicken, wenn sie zustimmen. Bei den Aztlantu ist es genau umgekehrt.«

»Sie nicken, wenn sie verneinen?«

»Genau.« Imhotep rieb seine große Nase. »Ausgesprochen ärgerlich.«

Cheftu lächelte höflich.

»Warum also willst du Ägypten im Stich lassen?«

»Ich will es nicht im Stich lassen, Herr, ich will Ägypten helfen.«

»Warum?«

Cheftu atmete tief durch und flehte im Stillen *le bon Dieu* um Beistand an. »Meine Herren, ich werde euch ein großes Geheimnis anvertrauen. Aus Gründen, die ich selbst nicht verstehe, bin oder war ich ein Werkzeug des höchsten Gottes.« Imhotep erbleichte, doch Ipiankhu beobachtete ihn wissend.

»Die Tote, die man neben mir gefunden hat, war mein Weib.« Er schluckte seine Tränen hinunter. »Wir haben von heute an in vierhundert Jahren geheiratet. Lasst mich von der Kammer berichten, die wir entdeckt haben ...«

Die Gesichter der beiden Edelleute glichen schlagartig den glatten Fassaden von Menschen, die es mit einem Wahnsinnigen zu tun haben, doch sie lächelten höflich, wenn auch ohne seinen Blick zu erwidern. »Ihr habt uns auf der Rennbahn für die Apis-Stiere gefunden, doch in der Zeit, die wir verließen, befand sich dort eine geheime Kammer mit bemalten Wänden, auf denen diese Geschichte dargestellt war.«

»Was für eine Geschichte?«

»Wie wir dorthin kamen und worin unsere Bestimmung lag, solange wir dort waren.« Cheftu richtete den Blick auf Imhotep. »Ein Mann, ein uralter Mann namens Imhotep hat uns in der Wüste gefunden, von heute an in vierhundert Jahren, und uns das Leben gerettet. Er besaß eine Schriftrolle mit unserer Geschichte, eine Prophezeiung für den Tag, an dem wir gerettet würden. Du musst sie geschrieben und an ihn weitergegeben haben. An eurer Verwandtschaft gibt es keinen Zweifel. Er stammt von dir ab.«

Ihre Neugier war geweckt. Cheftu legte die Hand mit dem aztlanischen Ring auf den Tisch zwischen die beiden Becher mit Bier.

»Schickt mich nach Aztlan. Lasst mich Ägypten auf diese Weise dienen.«

»Senwosret hat dich an seinem Hof aufgenommen«, sagte Ipiankhu.

»Meine Fähigkeiten als Arzt würden meinen Wert als Pfand doch bestimmt steigern, *haii*?«

Widerstrebend nickten beide Männer. »Wir müssen Pharaos, ewig möge er leben!, Zustimmung einholen, doch ich glaube, dass Meine Majestät diese Lösung nicht gutheißen wird.«

Würden die Aztlantu ihn zurückbringen?, fragte sich Cheftu. Er kreuzte den Arm vor der Brust und kehrte in seine Gemächer zurück. Er versuchte, seine Bestimmung zu erfüllen, indem er den wenigen Hinweisen folgte, die er erhalten hatte. *Aii, Chloe, wenn du mir zusiehst, wenn du mich sehen kannst, dann verrate mir, was ich tun soll.*

Senwosret drehte sich um. Er stand in einem ausgemalten Alkoven, einen Türsturz aus Sandstein über seinem Kopf, eine in brillanten Farben dargestellte Geschichte auf der Wand hinter ihm. Inmitten fein gezeichneter Hieroglyphen war die Gestalt einer Frau abgebildet, der Größe der Darstellung nach gewiss eine Göttin oder Priesterin. Er konnte ihre langen, umgedrehten Finger erkennen, ihr Profil mit der geraden Nase, ihr hautenges Kleid und die Fußkettchen – und ihre grünen Augen.

In ihren grünen Augen schien ein unirdisches Feuer zu brennen. Senwosrets Blick fiel auf die Worte »Priesterin eines unbekannten Gottes, hergesandt, um seine Wunder aufzuzeichnen, und danach in eine andere Welt zurückgekehrt.«

Pharaos Haut kribbelte, und er wandte sich ab. Zu seiner Rechten war die Wand schwarz und sorgsam mit einem ungleichmäßigen Muster von Sternen bedeckt. Zu seiner Linken sah er einen Satz, dessen Hieroglyphen scheinbar aus Feuer geformt waren.

Dann zerschmolz die Mauer, und er erblickte Zerstörung und Grauen, wie es seiner Kenntnis nach noch keines gegeben hatte: blutgefüllte Seen; vom Himmel fallendes Feuer; erstickende Dun-

kelheit, die ihre Klauen in seine Kehle zu schlagen schien; dann ein so zorniges Bild, dass er schrie und schrie…

Er erwachte, zitternd, schwitzend und um Luft ringend. Sklaven standen ängstlich im Halbkreis um sein Bett. »Wasser«, krächzte er und setzte die Schale an seine Lippen, bis die Flüssigkeit das Brennen in seiner Kehle linderte und ihm über Kinn und Brust tropfte. Er keuchte, als wäre er durch das gesamte Marschland gerannt. »Ipiankhu«, sagte er. »Und Imhotep!« Die Sklaven starrten ihn mit ängstlichen schwarzen Augen an. »Jetzt gleich!«

Kurz darauf standen beide Männer vor ihm. Ipiankhus Kinn glänzte rötlich im Fackellicht, und Imhotep zuckte zusammen, als einer der Sklaven eine Amphore fallen ließ. Sie hörten Senwosret zu, der ihnen seinen Traum erzählte. Er bemerkte, wie sie Blicke untereinander tauschten, und donnerte schließlich los: »Was? Was habe ich gesagt, dass ihr euch so komplizenhaft anschaut?«

Ipiankhu antwortete ihm mit bebender Stimme. »Meine Majestät, ewig mögest du leben! Du hast eben die gleiche Geschichte erzählt wie der Magus Necht-mer, *aii,* Cheftu.« Er sah Imhotep an. »Diese grünäugige Frau war sein Weib. Sie ist auf der Rennbahn der Apis-Stiere gestorben. Cheftu hat uns von diesen Plagen erzählt, die du im Traum gesehen hast.«

»Was hat das zu bedeuten?«

»Das bedeutet, dass der Mann die Wahrheit gesprochen hat, so unbegreiflich sie auch erscheinen mag.«

Senwosret lächelte melancholisch. »Was ist schon Wahrheit?«

Da sie annahmen, dass die Frage rhetorisch gemeint war, schwiegen der Wesir und der Magus. Senwosret zwirbelte sein Ohrläppchen zwischen den Fingern. »Wo soll sich dieser Raum befinden?«

»Tief unten in den Apis-Kammern.«

»Bringt die Stiere weg.«

»Was?«

»Seid ihr taub? Bringt die Stiere anderswohin, erbaut einen neuen Tempel für Apis. Und baut diese Kammer nach, und zwar genau.«

»Meine Majestät«, stammelte Imhotep, »das bedeutet, dass wir

Tausende von Stieren an einen noch unbekannten Ort bringen und den Tempel mit allen Priesterräumen neu bauen müssen. Ägypten kann sich kein derart ausgefallenes Vorhaben leisten.«

Senwosret stand auf, den langen, knochigen Leib nur in einen fadenscheinigen Schurz gekleidet. »Ägypten kann es sich leisten, diesem Arzt dafür zu danken, dass er mir das Augenlicht zurückgegeben hat, und Ägypten kann es sich leisten, zum Dank an diesen unbekannten Gott diesen kleinen Raum zu erbauen. Was Ägypten sich *nicht* leisten kann, sind ungehorsame, zweifelnde Höflinge.« Er wandte sich an Ipiankhu. »Was sagst du?«

Der Wesir wandte den Blick ab. »Ich suche immer noch nach Weisheit, Meine Majestät.«

»Lass mich wissen, wenn du sie gefunden hast. Und jetzt geh.«

Cheftu nahm seinen neuen Ehrenplatz zur Rechten Pharaos ein und starrte wie blind auf den versammelten Hofstaat. Blütenweiße Gewänder und Schurze kleideten die wartenden Männer und Frauen. Der Audienzsaal war lang und breit, und Senwosret thronte an einem Ende auf einem Podest. Pharaos riesige Ohren ragten unter der roten und weißen Krone Ober- und Unterägyptens hervor, und schlaffe Haut sackte über seine goldene Schärpe. Doch aus seinen Augen sprach Güte.

Vor allem konnte er wieder sehen.

Nestor, der Gesandte aus Aztlan, stand bei den Adligen. Heute trug er einen lila Schurz, der eng um seinen Körper saß und vorne bis über die Knie reichte. Federn ragten aus dem blonden Haarknoten auf seinem Scheitel, und überall an ihm gleißte Gold – Anhänger, Armbänder und Armreifen. Er wirkte wie ein Pfau unter Schwalben.

Die blauen Augen des Gesandten fingen Cheftus Blick auf, und er neigte andeutungsweise den Kopf, ehe er sie auf die Türen am Ende des Saales richtete.

Der Zeremonienmeister ließ eine Gruppe von Männern ein. Auf Grund ihrer Kleidung, verschiedensten Schurzen und Kragen, stufte Cheftu sie als Handelsleute ein. Es war nicht leicht, dem höfischen Ägyptisch zu folgen, doch Cheftu war wie hypnotisiert.

»Meine Majestät«, sagte einer der Männer, »wir, die Alten von Gebtu, sind gekommen, dich um Gnade zu bitten.«

Cheftu sah, wie Ipiankhus Augen schmal wurden.

»Meine Majestät ist stets gnädig«, erwiderte Senwosret.

»So ist es, und dafür danken wir Amun-Re.« Der Mann knetete nervös die Hände. »Doch wir können dieses Jahr unmöglich unsere Steuern bezahlen. Bei der Überschwemmung wurden all unsere Felder überflutet, und in unserem gesamten Dorf haben wir kaum genug, um unsere Kinder durchzubringen, ganz davon zu schweigen, dass wir unseren Tribut an dein edles Selbst entrichten können.«

Senwosret zupfte an einem seiner langen Ohren. »Wie soll ich die Priester ernähren, wenn das Volk mir nicht beisteht?«

Der Alte richtete sich auf. »Amun-Re wird für die Seinen sorgen. Als Männer müssen wir unsere Familien ernähren. Das ist der Weg der Ma'at.«

Ipiankhu beugte sich vor und flüsterte Pharao etwas zu. Die königlichen Brauen wurden nach oben gezogen, dann wanderte Senwosrets Blick sinnierend über die versammelten Männer. Pharao kniff die Augen zusammen und kreuzte Krummstab und Geißel vor der Brust. »Der Weg der Ma'at ist es, das zu tun, was Pharao, ewig möge er leben!, befiehlt!«

Der Alte trat zurück und schluckte. »Sehr wohl, Meine Majestät.«

»Doch Pharao lässt Gnade walten. Ich biete euch folgende Strafe dafür an, dass ihr eure Steuern nicht zahlt: Die Länder, die ihr besitzt, werden Eigentum der Doppelkrone. Ihr werdet dort leben, das Land bestellen und es wieder fruchtbar machen, sobald die Götter beschließen, uns eine gesunde Überschwemmung zu schicken. Bis zum Ende der Hungersnot werdet ihr keine Steuern zahlen. Doch sobald der Fluss wieder in seinem Bett fließt, werden mir vierzig Prozent eurer gesamten Ernte zustehen. Für alle Zeit.«

Cheftu blickte in die sorgfältig geschminkten Gesichter der Bittsteller. Verwirrung wechselte mit Verärgerung ab. »Meine Majestät«, ergriff ein anderer das Wort, »wir leben von unserem Land. Was sollen unsere Kinder erben, wenn nicht unseren Grund?«

»Ihr werdet weiterhin von eurem Land leben, ihr und eure Kinder und Kindeskinder. Ihr dürft auf dem Land arbeiten und leben, doch von allem, was ihr erntet, werden vierzig Prozent in meinen Lagerhallen landen. Auf diese Weise werdet ihr Pharao dafür danken, dass er euch gerettet hat, als ihr mit Sicherheit gestorben wärt.«

Sie saßen in der Falle. Sie würden die Steuerbefreiung mit der Sklaverei bezahlen müssen. Familien konnten fortan auseinander gerissen und verkauft werden. Ipiankhu beugte sich nochmals vor, um Senwosret etwas zuzuflüstern.

»Außerdem«, ergänzte Pharao, »werde ich einem aus eurem Dorf die Gunst gewähren, mich in meinem Palast zu besuchen und hier in Avaris als Abgesandter eures Dorfes zu dienen.«

Cheftus Lippen zuckten. Gerissener alter Fuchs! Teile und herrsche. Jetzt wären die Männer viel zu versessen darauf, dieses neue Amt zu bekommen, als dass ihnen auffallen würde, dass sie sich für alle Zeiten verkauft hatten. Hatte hier die spätere wirtschaftliche Macht Pharaos ihren Ursprung?, überlegte Cheftu. Bei diesem Mann? Wenn Senwosret diese Vereinbarung auch nur jedem zweiten Adligen anbot, dann würde das die Größe der königlichen Besitzungen in zukünftigen Generationen erklären. Cheftu ließ sich keine Regung anmerken.

»Was sagt ihr?«

Die Alten sahen einander an. »Meine Majestät, wen wirst du auswählen?«

»Niemanden, ehe ich weiß, dass wir uns einig sind.«

Sie steckten die Köpfe zusammen und diskutierten leise. Ihr habt gar keine Wahl, dachte Cheftu.

»Ja, wir sind einverstanden, Meine Majestät«, verkündete schließlich ein älterer Mann. »Und ich benenne –«.

»Sagt das dem Schreiber«, schnitt Pharao ihm das Wort ab. »Einer von euch wird heute Abend an meinem Tisch sitzen. Leben, Gesundheit und Wohlergehen wünsche ich euch und euren Familien.«

Während sie sich rückwärts zur Tür zurückzogen, kündigte der Zeremonienmeister bereits den nächsten Bittsteller an.

Mit glasigem Blick verfolgte Cheftu, wie die Bittsteller vor Pharao wechselten. Männer, Frauen, alle vom höchsten Priester bis zur niedrigsten Biermagd hatten das Recht, Amun-Re in seiner Verkörperung durch Pharao um Gehör zu bitten.

Schließlich leerte sich der Saal von Bittstellern, und der Schreiber erhob sich, denn Pharao wollte gleich danach die armseligen Truppen inspizieren. Ermüdet von dem langatmigen Ritual, traten die Höflinge von einem Fuß auf den anderen. »Hat Meine Majestät nicht etwas vergessen?«, meldete sich Nestor, der Gesandte, zu Wort.

Cheftu sah, wie Imhotep und Ipiankhu einen Blick wechselten. Er spürte, wie ihm die Kehle eng wurde. Sein Daumen rieb über den aztlantischen Ring und drehte ihn an seinem Finger.

»Hast du eine Bitte, Fremder?«, fragte der Zeremonienmeister.

Nestor zeigte ein Raubtierlächeln, wie Cheftu fand. »Grüße von *Hreesos* Zelos.« Er trat vor, wobei die Federn in seinem Haar zu wippen begannen. Auf sein Fingerschnippen hin wurden die Türen zum Saal geöffnet. Der gesamte Hofstaat staunte lautstark über die Geschenkparade.

»Besticktes Leinen aus Arachne, der Sippe der Muse!«, rief Nestor aus, während leuchtendbunte Stoffballen vor Pharaos Füßen ausgerollt wurden.

»Weiche Felle aus Kouvari, der Sippe des Horns!«

Leoparden-, Zebra- und Löwenfelle wurden über die Stufen des Podestes gebreitet.

»Geheimnisse des Meeres aus Ariadne, der Sippe der Woge!« Eine Schneckenmuschel, groß wie eine ausgewachsene Katze und voller Perlen, wurde Pharao zu Füßen gelegt.

»Juwelen aus den Katakomben Plutos, der Sippe des Steins!« Eine Holzkiste wurde Pharao überreicht. Ipiankhu öffnete sie vorsichtig, und Cheftu hätte beinahe durch die Zähne gepfiffen. Edelsteine wie Turmaline, Türkise, Saphire, Zitrine und Onyx quollen aus der Kiste.

»Köstlichkeiten aus der Sippe des Rebstocks!« Sklaven trugen spitze Alabaster- und Muschelamphoren herein und stellten sie in goldenen Haltern um Pharao herum auf. Körbe mit getrocknetem Obst wurden zu seinen Füßen abgestellt.

Lächelnd hielt Nestor inne. »Und jetzt, Meine Majestät, präsentiere ich das kostbarste Geheimnis, die luxuriöseste Ausfuhrware unseres Imperiums.« Er lachte und klang plötzlich ein wenig draufgängerisch. »Aus dem Kult der Schlange beschenke ich dich mit Pythia, einer Tempeltänzerin!«

Flöten begannen zu spielen, und eine Frau glitt in den Raum. Ihr Leib war von Kopf bis Fuß gehüllt in ... einen bloßen Schleier. Haar in der Farbe reifer Beeren fiel ihr bis auf die Knie, und Cheftu bekam mit, wie die Höflinge zurückwichen und ihre Amulette festhielten.

Nicht nur, dass sie rothaarig war, zu allem Überfluss waren ihre Augen tiefblau. Nestor hatte einen fatalen Fehler begangen, erkannte Cheftu. Zwar war an der Verführungskraft ihrer Bewegungen nichts zu deuteln, doch glaubten die Ägypter, dass alle Rothaarigen mit Seth, dem Zerstörer-Gott, im Bunde waren. Seth hatte seinen Bruder Osiris ermordet, und nur dank der Gewissenhaftigkeit von Osiris' Gemahlin hatte der König wieder aufgesammelt und zusammengefügt werden können. In den Augen eines Ägypters war diese rothaarige Tänzerin quasi ein Dämon. Sie war eine *Kheft*-Magd.

Dass sie blaue Augen hatte, machte sie noch fremdartiger und dämonischer.

Sie wirbelte tänzelnd und kreiselnd durch den Saal, um sich schließlich schwer atmend auf die Pelze zu werfen. Ihr Haar streifte Pharaos Fuß, und Ipiankhu schob es hastig beiseite. Es war Brauch, dass der Beschenkte sich nach dem Überreichen der Geschenke revanchierte. Auf diese Weise würden die Stiere und Cheftu selbst übergeben. Doch Pharao war ausgesprochen missgestimmt. Würde er gegen die Tradition verstoßen?

»Bringt dieses Weib fort«, befahl Pharao gepresst. Der Hofstaat spannte sich merklich an, und in Nestors Augen trat ein Glitzern.

»Sie ist eine Nymphe, eine Maid, wie es bei euch heißt«, erklärte er.

»Ihr Anblick beleidigt mich!«

Nestor schnippte mit den Fingern, und die aztlantischen Sklaven führten sie hinaus. Der Gesandte blieb steif stehen, ein beleidigter Pfau. »Zu Ehren eurer Zeremonie des Werdenden Goldenen in diesem Jahr entbieten wir euch die Schätze unseres Landes.«

Ipiankhu beugte sich vor und flüsterte in Pharaos Ohr. Cheftu sah, wie sich Pharaos Finger um seine Amtsinsignien krampften. »Wir beschenken *Hreesos* mit Apis-Stieren.«

Nestor drehte sich um, als hielte er Ausschau danach.

»Sie werden im Morgengrauen an den Hafen gebracht, damit ihr mit der Morgenflut auslaufen könnt«, sagte Senwosret. Die Bedeutung seiner Worte entging niemandem, und das Gesicht des Gesandten lief rot an.

»Meine Dankbarkeit«, erwiderte er knapp.

»Meine Majestät teilt mit *Hreesos* zudem unser wertvollstes Gut. Unser Volk.«

»Wir werden alles unternehmen, um dankbare Gastgeber zu sein.«

Ipiankhu klatschte, und die ausgewählten Geiseln kamen herein. Cheftu zwang sich, stur geradeaus zu blicken. Er musste zu ihnen zählen! Ein Adliger und seine Gemahlin, ihrer Kleidung nach zu urteilen. Zwillingsbuben im Alter von zehn Jahren, ein Mädchen kurz vor der Pubertät sowie ein älterer Mann, seinem un-ägyptischen Bart nach zu schließen ein Kaufmann. Alle waren klapperdürr. Abbilder der Hungersnot, erkannte Cheftu. Senwosret ergriff das Wort. »Auch sie werden morgen früh in der Dämmerung bei eurem Schiff warten.«

Nestor war außer sich. Er trat näher, und die Leibwächter um Pharao gingen in Habacht-Stellung, die Hand an den Waffen. »Du beschämst Ägypten und Aztlan gleichermaßen«, zischte er. Zwar strengten sich alle im Raum an, seine Worte mitzubekommen, doch nur die fünf auf dem Podest konnten ihn verstehen. »Diese Leute sind krank! Sie sind wertlos für Aztlan.«

Senwosret sprach, ohne dass sich sein Mund dabei bewegte. »Wir leiden unter einer Hungersnot, ehrenwerter Gesandter. Vielleicht wird euer mächtiges Imperium, wenn es das nächste Mal zu vergewaltigen und plündern beliebt, ein anderes Land auswählen?«

Nestor erbleichte, offenbar war ihm klar geworden, was er eben gesagt hatte. »Nein, Meine Majestät, natürlich nicht. Ägypten war stets unsere Schwester und wird es immer bleiben, wir sind gemeinsam groß geworden und werden von denselben Göttern geliebt.« Nestors linke Hand spielte nervös am Rand seines Schwertknaufs herum. »Vielleicht überlasst ihr mir dennoch, als Zeichen des guten Willens, wenigstens einen einzigen Gast mit …«

»Einem Titel?«, schlug Ipiankhu vor.

Der Gesandte lächelte. »Ein Titel wäre die Großzügigkeit selbst. Ich bin überzeugt, dass Meine Majestät in ihrer … Weisheit … versteht, wie töricht es wäre, wenn ich mit derart armseligen Gaben aus Ägypten heimkehrte. Ich fürchte, mein Rat würde … an diesen Gestaden mit dir darüber sprechen wollen.«

Die Drohung war kaum verschlüsselt: Händigt mir eine andere Geisel aus, sonst würde Aztlan einmarschieren.

»Nimm mich, Herr«, meldete sich Cheftu.

Nestor drehte sich abrupt zu ihm um. »Wer bist du?«

»Er ist der vortrefflichste Arzt an unserem Hof«, sagte Imhotep. »Mein Vater, euer Spiralenmeister, würde seine Weisheit gewiss zu schätzen wissen.«

»Dein Name?«

»Er ist Cheftu Necht-mer, erster Arzt des Auges, Geliebter Thoths, Auserwählter Nephthys' und Empfänger der Worte Gottes«, antwortete Ipiankhu. Cheftu kreuzte die Arme über der Brust, verbeugte sich knapp und hörte sich an, wie ihm der Wesir eine Vergangenheit zurechtschusterte.

»Weshalb würdet ihr ihn uns überlassen, Meine Majestät?«, fragte Nestor Senwosret.

»Horus-auf-dem-Thron hat noch nicht gesprochen.«

Auf Pharaos Worte hin hielt der Hof den Atem an. Cheftu wagte nicht, die beiden Männer anzusehen; sie hielten sein Schicksal in den Händen. Senwosret klatschte, rief nach Wein, und die verkrampfte Gruppe auf dem Podest entspannte sich wenigstens so weit, dass alle einen Schluck Wein aus ihren Alabsterschalen nehmen konnten.

»Tritt beiseite, edler Gesandter«, sagte Senwosret über seine Schale hinweg. Der Gesandte entfernte sich, und Senwosret wandte sich an Cheftu. »Du bist Ägypter und ein Freund dieses Hofes. Ich würde gern wissen, weshalb du vorziehst, unter Fremden zu leben.«

»Es ist mir so bestimmt, Meine Majestät. Von den Händen Thoths und Hathors so vorgeschrieben.«

»Ich verbiete es«, sagte Senwosret.

»Der Schwur Meiner Majestät hat so wenig Gewicht?« Cheftu erkannte an Imhoteps Zischen, dass er zu weit gegangen war, doch bei den Hörnern Hathors, er musste um jeden Preis nach Aztlan!

Senwosret spießte ihn mit seinem Blick auf. »Ich bin Pharao, mein Wort ist Ma'at. Ich habe dir jede Vergünstigung gelobt.« Er deutete mit dem Kinn nach vorn, und der Schreiber eilte zu Nestor. Senwosret wandte sich wieder an den Gesandten. »Der Herr sei euer Geschenk. Die anderen lasst hier. Sie sind krank und brauchen das Rote und das Schwarze Land Kemts, um gesund zu werden.« Pharaos Ton duldete keinen Widerspruch.

Nestor sah Cheftu finster an. »Bis zur Morgendämmerung, ägyptischer Herr.«

Senwosret erhob sich, und die Gruppe stieg in seinem Gefolge vom Podest. Überrascht, dass ihn die Beine noch trugen, schritt Cheftu die steinernen Stufen hinab.

Die Dämmerung fleckte eben den Himmel, als Cheftu beobachtete, wie die Segel gehisst wurden. Der Wind fuhr in die riesigen lila Leinentücher, die akkurat mit einer Krabbe, einem Dreizack und einer Muschel bestickt waren. Die ägyptischen Boote wirkten winzig vor dem Schiff. Auf dem zweiten aztlantischen Schiff nahmen die Männer ihre Plätze am Ruder ein.

Jedes der drei Schiffe hatte vierzig Stiere geladen; selbst wenn einem Schiff ein Unglück zustoßen sollte, würde das geheiligte aztlantische Ritual durchgeführt werden können. Ägypten hatte zwar nur hundert Stiere versprochen, doch Ipiankhu hatte es offenbar für angebracht gehalten, die übrigen zwanzig hinzuzufügen.

Das erste Schiff schob sich vom Kai weg. Der Bug war ebenso hoch wie das Heck des Schiffes, darum schauten die Ruderer diesmal in die entgegengesetzte Richtung. Es war nicht notwendig, rückwärts aus dem Hafen zu setzen oder das massive Schiff zu wenden. Die Sonne wärmte die schwitzenden Muskeln bei jedem Ruderzug im Rhythmus der tiefen Schläge, die Cheftu über das Wasser hinweg hörte.

»Herr?« Ipiankhu stand an der Reling. Er lächelte und verbeugte sich. »Ich wollte dir noch eine gute Reise wünschen. Bist du sicher, dass du es so willst?«

Cheftu nickte. Er musste sicher sein; es ging nicht anders.

Der Wesir hielt Cheftu am Arm fest. »Möge Shu dich sicher deinem Ziel entgegenbringen. Möge Re auf deine Reise scheinen. Möge Nut jede Nacht deine Träume küssen, bis du nach Ägypten zurückkehrst.«

»Leben, Gesundheit und Wohlergehen«, sagte Cheftu langsam, während er sich noch die nächsten Worte zurechtlegte. Warum nicht? »Kannst du Imhotep etwas ausrichten? ›Deine Zähne bereiten dir Schmerzen. Lehre deine Kinder, das Mehl für ihr Brot zehnmal zu sieben und nach jeder Mahlzeit Minze zu kauen.‹« Ipiankhu lächelte und wollte sich schon abwenden, doch Cheftu legte seine Hand auf seinen Arm. »Eines noch, Herr…« Er beugte sich näher, und seine Worte gingen im Schlag des Galeerentrommlers unter.

Ipiankhu ließ sich schwer in seinen Sessel sinken und befahl den Sklaven, ihn im Laufschritt nach Hause zu tragen. Seine Hände zitterten, die Kehle war ihm eng. Er sah an sich hinab. Ägyptisiert. Geschoren wie ein Priester, in den feinsten Schurz gekleidet und mit goldenen Ketten behängt, auf denen ein Pantheon an Göttern und Göttinnen abgebildet war. Seine Hände waren weich, ohne Schwielen oder Narben. Die Hände eines Adligen.

Mit geschlossenen Augen dankte Ipiankhu seinem Gott, dem Gott seines Stammes, für das Zeichen, das er eben erhalten hatte. *Cheftus Geschichte war keine Erfindung!* Es war der Wille des Unbekannten, dass Senwosret diese Kammer erbaute. Wieso, wusste Ipiankhu nicht. Die Sonne schien, ohne dass er verstand warum, doch sie schien. Er fuhr sich mit der Hand über das Kinn, eine Angewohnheit, die er von seinem Stamm übernommen hatte, obwohl er nie einen Bart getragen hatte und das Gefühl daher nicht kennen konnte. In der Stille des Tragsessels hallten ihm immer noch die Worte durch den Kopf, die Cheftu ihm zugeflüstert hatte.

»Shalom, Yosef ben Y'srael. Eure Nation wird groß sein.«

Dritter Teil

6. Kapitel

Kaphtor

Chloe konnte nicht einmal mehr bereuen, dass sie sich einverstanden erklärt hatte, bei allem, was mit einem Wettlauf zu tun hatte, das »Steuer« zu übernehmen. Ihre Beine schmerzten, ihre Arme schmerzten, ihre Brüste schmerzten wie wahnsinnig, und ihre Füße waren mit blauen Flecken und Blasen überzogen.

Währenddessen ruhte sich Sibylla am Rande von Chloes Bewusstsein aus, fast wie die bezaubernde Jeannie in ihrer rosa Samtflasche. Während ich mir den Allerwertesten für ein Rennen aufreiße, das ich gar nicht laufen will, dachte Chloe seufzend.

Heute fand das erste in einer ganzen Reihe von Wettrennen statt, bei denen sie sich qualifizieren musste. Wenn sie hier verlor, konnte Sibylla aufhören zu laufen. *Was bedeuten würde, dass ich aufhören könnte zu laufen.* Sie zuckte zusammen, als die bis dahin stumme Sibylla sie auf der Stelle mit Vorwürfen überhäufte, sie habe keine Ehre, keinen Anstand … Nörgel, nörgel, nörgel, dachte Chloe.

Sie begann mit ihren Dehnübungen und plauderte dabei mit den anderen Frauen. Fünfundzwanzig Wettkämpferinnen nahmen an dieser Ausscheidung teil. Chloe musterte sie kritisch und erkannte, dass wie bei Aschenputtels Schuh die meisten keine Chance hatten. Drei waren mager und muskulös; diese drei musste sie im Auge behalten.

Die Läuferinnen gingen an den Start, und Chloe band ihre Brüste heimlich in einen Halter, den sie aus der Schärpe um ihren Rock gefertigt hatte. Es war nicht gerade ein Sport-BH, aber er erfüllte seinen Zweck und war unter den wollenen Hemden, die alle Läuferinnen trugen, nicht zu sehen.

»Jassu!«, rief der Schiedsrichter. Und weg waren sie.

Die Aztlantu hatten den Unterschied zwischen Langstrecke und Sprint noch nicht recht begriffen, deswegen handelte es sich praktisch um einen Langstreckensprint. Über etwa sechs Kilometer. Ich hasse Laufen, skandierte Chloes Gehirn im Rhythmus ihrer Schritte.

Sie konzentrierte sich auf die Atmung und darauf, nicht umzuknicken, während sie sich aus dem Pulk löste. Wie erwartet hatten zwei der mageren, durchtrainierten Frauen die Führung übernommen. Chloe und die dritte magere Frau drängten durch die Masse der pustenden, prustenden Frauen nach vorne. Chloe wich kurz zur Seite aus, um nicht einen übereifrigen Ellbogen in die Magengrube zu bekommen.

Der Pfad machte eine Biegung, wurde schmaler, und mit einem Extraschub Energie ließ Chloe den Pulk und die dritte Läuferin hinter sich.

Wenigstens glaubte sie, dass sie hinter ihr waren. Es war überraschend ruhig, nur der Wind und ihr Atem waren zu hören. Getüpfeltes Sonnenlicht fiel auf sie, während Chloe ihre Beine, in Sibyllas Haut, pumpen und den laubbedeckten Pfad entlangstampfen sah.

Dann war sie auf einer Lichtung, den beiden anderen Läuferinnen auf den Fersen. Eine fiel humpelnd zurück, und Chloe begriff, dass sie sich das Gelenk verknackst hatte. Sie heftete ihren Blick wieder auf den Boden, auf mögliche kleine Vertiefungen und Steine achtend. Die Frau gab schließlich auf und ließ sich zu Boden fallen. Chloe wurde langsamer. »Geht es?«

»Mein Gelenk, Herrin«, keuchte das Mädchen. »Lauf weiter, ich komme schon zurecht.«

Dann war Chloe an ihr vorbei, die Worte wie einen Segenswunsch hinter sich herziehend. Nur noch eine Läuferin, dachte sie. Sibylla wurde langsam aufgeregt, bis Chloe sie anschnauzte. Schweiß verklebte ihre Haare, rann zwischen ihren hochgebundenen Brüsten hinab und durchtränkte das Wollhemd. Sie rannte weiter.

Weiter vorne sah sie die letzte Läuferin. Wie weit war es noch zum Ziel?, fragte sich Chloe. Foto-Zieleinläufe waren ja lustig und sahen toll aus, aber sie wollte gewinnen, ohne jeden Zweifel, und ihre Gegnerin Staub schlucken lassen.

Du bist ziemlich ehrgeizig, bemerkte Sibylla.

Ohne auf das Orakel einzugehen, zwang Chloe ihre Beine, schneller zu laufen, längere Schritte zu machen, das Blut schneller zu pumpen. Die Läuferin vor ihr war eine Blondine, ein zierliches Ding, aber leicht und schnell. Chloe biss die Zähne zusammen und rannte schneller. Ihr ganzer Körper tat ihr weh, doch jetzt spürte sie einen Rausch, eine Art Ekstase, von der sie zuvor nichts gemerkt hatte. Sie donnerte der Blonden hinterher, die ihren Kopf um eine Winzigkeit zur Seite drehte.

Als Chloe die Ziellinie erblickte, schoss noch einmal Adrenalin durch ihren Leib. Diesen Sieg schulde ich der US Air Force, dachte sie. Die kleine Gruppe am Zieleinlauf wurde immer größer, und dann setzte Chloe über die Brandnarbe im Gras hinweg, mit dröhnenden Ohren und schweißüberströmtem Körper.

Die Blonde lag zwei Schritte zurück, zwei Schritte zu viel. Chloe senkte keuchend den Kopf und ließ sich eine Krone aus Lorbeerblättern auf den Kopf drücken, dann wurde ihr heißer, flatternder Leib mit Wein überschüttet.

Wir haben gewonnen!, jubelte Sibylla in ihr.

Rennen Nummer eins konnten sie abhaken – damit blieb nur noch ein Dutzend.

»Ich habe mir schon gedacht, dass ich dich hier finde«, sagte Phoebus. Niko blickte von dem Stapel an Schriftrollen und Tafeln auf. Sein Gesicht war von Staub und Dreck gezeichnet, und in seinen Haaren hing eine dicke Staubfluse. Phoebus lächelte. »Wie geht die Suche voran?«

Mit einem zufriedenen Grinsen streckte ihm Niko ein ledernes Rechteck entgegen. Seit Menschengedenken hatten die Aztlantu ihre Legenden in zusammengefaltete Ledertafeln geprägt. Das Leder war hart, rissig, brüchig, sodass Hunderte winziger Linien den Text verdeckten. Niko reichte ihm ein Ölfläschchen. »Mir fehlen noch zwei Tafeln; mach dich nützlich.«

Phoebus ließ seinen Umhang auf den Boden fallen, setzte sich darauf und begann, das Leder mit Öl zu fetten, um das Bild darauf erkennbar zu machen. Da die Schreibkacheln in das Leder schnitten oder in das Gold drückten, konnte Wasser den Tafeln nichts anhaben. Eine sinnige Vorsichtsmaßnahme, wenn man auf einer Insel lebt, dachte Phoebus.

»Weißt du, wie Aztlan gegründet wurde?«, fragte Niko.

Phoebus zuckte mit den Achseln. Er wusste, dass Aztlan in die Zeit vor der Herrschaft der Olimpier zurückreichte, aber er hatte sich nie mit den Anfängen ihrer Geschichte auseinander gesetzt. Das wurde nicht gelehrt, darüber sprach man nicht. Wie konnte irgendetwas den Glanz der Sippe überstrahlen? Ich werde es, dachte er. »Ich weiß, was man uns beigebracht hat. Deiner Frage nach zu urteilen würde ich vermuten, dass da noch mehr war?« Er rieb weiter Öl in das feste Leder. Bis jetzt war noch nichts zu erkennen.

»Was für eine vernünftige Antwort«, sagte Niko. »Jetzt hör dir das an.« Er öffnete eine frisch geölte Schriftrolle. »Vor Menschengedenken wurden ein Mann und eine Frau an das Ufer dieser Insel geworfen. Sie waren allein, doch sie gingen unter einem großen Gott. Er verriet ihnen Geheimnisse durch seine Steine. Es gab nur zwei Gesetze: Ein gewaltsam geraubtes Leben musste mit dem Leben bezahlt werden; die Kraft des Lebens lag im Blut und durfte auf keinen Fall verzehrt werden.«

Phoebus fiel ihm ins Wort: »Das können unmöglich ihre Gesetze gewesen sein! Das muss ein Mythos sein!«

»Ich bin noch nicht fertig. Dieser Schrift zufolge zeugte dieses Paar ein großes Volk. Die Menschen begannen auch die anderen Inseln zu besiedeln und ihren Namen wie ihre Fähigkeiten über das Meer hinweg zu verbreiten. Dieses Volk ging mit einem großen, unbekannten Gott, der durch irgendwelche Steine mit ihnen sprach. Dann ging der Patriarch Jwaan auf dem Meer verloren. Das Volk wandte sich von seinem Gott ab. Etwas zu verzehren, was nicht sehen konnte, war eine zu große Herausforderung.«

»Glaubst du, dieser Gott ist Apis?«

Niko faltete den nächsten Abschnitt der Tafel auf. »Du glaubst das genauso wenig wie ich. Einen Stier anzubeten ist nur ein Symbol dafür, die Kräfte der Natur anzubeten. Natürlich *bringt* irgendwas die Erde zum Beben, doch es ist kein riesiger Stier, auf dessen Rücken wir rasten. Ein Stier hat dieses Land nicht urbar gemacht oder uns beigebracht, wie man Ackerbau betreibt oder segelt.«

Niko blickte wieder auf die Tafel und las: »Das Volk sprach: ›Seht zum Himmel! Lauscht den Hügeln, wie sie brüllen! Hört das Meer, wie es singt! Wie kann es nur einen einzigen Gott geben? Es gibt viele!‹ So nahmen sie Besitz von dem Wissen, das sie der große Gott gelehrt hatte, und wandten sich ab von ihm. Sie hörten ihn nicht mehr, bis eine große Verwüstung das Land zerriss und es in viele Inseln zerteilte, durch die sich viele Bäche wanden. – Und so ist es bis heute geblieben, Phoebus.«

Phoebus fuhr fort, Öl ins Leder zu massieren. Endlich wurde am rechten Rand der Seite eine Linie sichtbar. Als das Öl aufgesogen war, blieben nur die tiefsten Einkerbungen ungeglättet. Er schlug die nächste Seite auf, goss neues Öl darauf und wischte den schmierigen Belag ab. Hier gab es wesentlich mehr Einkerbungen, allerdings keine Buchstaben. »Erzähl weiter.«

»Nach der Zerstörung wurde das Volk unterworfen und vermischte sich mit den Eindringlingen. Ein Bürgerkrieg folgte. Damals entstand der Rat. Die Menschen flohen vor den Entscheidungen, den Gesetzen des Rates. In unseren Geschichtsstunden lernen wir, dass die Kolonisten Aztlan verließen, um neue Außenposten zu errichten. Diesem Dokument zufolge waren es keine Kolonisten. Phoebus, hier steht, es seien Gesetzlose gewesen.«

Der Aufsteigende Goldene hielt inne, lauschte den Worten seines Freundes nach und verglich sie mit den Legenden, mit denen sie aufgewachsen waren. »Man hat uns erzählt, es seien Kolonisten gewesen, die nach Norden, Süden, Osten und Westen ausgewandert seien. Sie haben uns die Geheimnisse der zwei Erntezeiten, des Steinformens und der Gezeiten gebracht.« Phoebus blickte auf. »Wovor sollten sie fliehen?«

»Sie wollten nicht hinnehmen, dass der Rat auch über die Familien herrschen sollte. Sie wollten, dass ihre Blutsverwandten bei ihnen blieben. Sie wollten sich nicht zu Sippen zusammenschließen.«

»Dabei ist Aztlan nur so groß geworden, weil es in Sippen aufgegliedert ist«, sagte Phoebus und befingerte dabei das Goldmedaillon um seinen Hals. »Auf diese Weise sind Gleichheit und Gleichgewicht unter allen Bürgern garantiert. Dadurch bleibt die Wirtschaft stabil. Die Ehen sind kräftig, die Kinder ebenso, denn sie sind von unterschiedlichem Blut.« Er zuckte mit den Achseln. »Wieso sollte sich jemand dagegen auflehnen? Wir genießen Frieden und Überfluss. Die Sippen *sind* Aztlan.« Er betrachtete Niko schweigend. »Was ist, mein Freund?«, flüsterte er schließlich. »Deine Gedanken sind wie Rauch in der Luft.«

»Spiralenmeister will diese Steine haben.«

»Was für Steine?«

»Die Steine, durch die unsere Urahnen Gehör bei diesem Gott fanden.«

Phoebus sah auf. »Er glaubt diese Geschichten?«

»Offenbar gingen die Steine mit diesem Jawan, dem Patriarchen, verloren. Er ist auf einer kleinen Insel gestorben. Einige der Gefolgsleute dieses Gottes folgten ihm dorthin und bauten ihm ein Grab. Die Steine ihres Gottes haben sie dort gelassen.«

»Aber niemand weiß, wo sie sind, und niemand hat sie seither verwendet?«

Er nickte verneinend. »Ich glaube allerdings, Spiralenmeister macht sich vergebliche Hoffnungen. Ich habe alle Aufzeichnungen durchgesehen. Es ist keine einzige Karte darunter.«

Phoebus faltete die nächste Seite seiner Tafel auf. Ungeduldig rieb er das Öl in das brüchige Leder, dann hielt er inne. Endlich ein paar Buchstaben. Buchstaben, die eine Insel in einem riesigen Meer kennzeichneten. »Du hast gesagt, das hier wären die beiden letzten Tafeln? Was ist auf deiner?«

Niko nahm das ölglatte Leder auf. »Rezepte für Geburten.«

Phoebus verzog das Gesicht. »Was bekäme ich als Belohnung, wenn ich deine Tafel finden würde?«

»Eine Nacht mit einer rothaarigen Tempeltänzerin.« Niko sprang über einen Stapel von Papyrus und Leder und kauerte neben Phoebus nieder.

Phoebus reichte ihm die Tafel. »Sehr gut. Du zahlst die Tänzerin. Das ist die Karte!«

Ein Licht leuchtete in Phoebus' Augenwinkel, und er zog eine Grimasse. »War sie meinen mageren, schwer verdienten Lohn wert?«, erkundigte sich Niko.

»*Och!* Bei den Hörnern Apis', was tust du hier?«, stöhnte Phoebus und wälzte sich auf den Bauch.

Niko ließ sich auf der Liege nieder. »Spiralenmeister hat beschlossen, mich loszuschicken«, sagte er.

Phoebus blieb, den Kopf unter einem Kissen begraben, reglos liegen. »Wohin zu schicken?«, fragte er, als die Worte endlich zu ihm durchgedrungen waren.

»Dion wollte gehen, doch Spiralenmeister hat ihn uberzeugt, dass er mehr Fortschritte mit seinem Flugsegelgerät machen kann, wenn er seine gesamte Zeit darauf verwendet.«

Der Aufsteigende Goldene setzte sich auf und zog das Leinen hoch. Niko saß am Fuß des Bettes, die veilchenblauen Augen mit Bleiglanz ummalt, das weiße Haar geflochten und festgesteckt. »Hab' ich etwa ein Fest verschlafen?«, fragte Phoebus.

»Genau«, bestätigte Niko. »Spiralenmeister möchte, dass ich mit der nächsten Flut in See steche.«

Der Liebesnebel verzog sich. »Mit der nächsten Flut? Du meinst heute Nacht?«

Erfreut schüttelte Niko den Kopf.

»Das ist doch Wahnsinn!«

»Phoebus, Spiralenmeister glaubt, wenn wir diese Steine haben, können wir diesen Gott fragen, wie wir unserem Volk helfen können. Er kann Spiralenmeister verraten, welche Ingredienzien unserem Elixier noch fehlen.«

»Ihr wahnsinnigen Gelehrten!«, sagte Phoebus. »Ihr lest auf einer verfallenen Tafel, von der noch nie jemand gehört hat, von einem uralten, unsinnigen Mythos, und schon glaubt ihr, ein unbekannter Gott wird uns beistehen? Wie denn? Wird er den Bergen befehlen, sich ins Meer zu stürzen? Das ist eine Legende, mein Freund! Ein Märchen! Wir sind die einzigen Götter in diesem Land; die Sagen von unserem Wagemut werden dereinst Religion werden!«

»Phoebus, falls dieser Gott existiert, dann hat er Aztlan gegründet. Und wenn dem so ist, dann haben wir uns von ihm abgewendet. Jeden Tag benutzen wir die Gaben, die er uns geschenkt hat. Wir haben vergessen, wer der Gabengeber ist.«

Phoebus sah seinen Freund eindringlich an. »Dir ist es wirklich ernst damit, nicht wahr?«

»Wissen ist meine Gottheit, das weißt du. Trotzdem habe ich das Gefühl, dass wir es versuchen müssen, dass wir uns mit Jawans Gott wieder vertraut machen sollten. Ich weiß, dass es die richtige Antwort ist, diesen Gott zu suchen. Es ist die einzige Antwort auf diese Frage.«

»Und das von dir, der du behauptest, wir könnten nichts wirklich wissen? Du willst wissen, dass du das Richtige tust?«

Nikos Blick war ganz nach innen gerichtet. »Ich höre einen Ruf, einen Schrei in meiner *Psyche,* Phoebus. Ich muss ihm folgen. Erst ein einziges Mal habe ich solche Leidenschaft verspürt …«

»Du bist ein brillanter Narr!«, rief Phoebus aus.

Niko lächelte sehnsüchtig. »Vielleicht sind nur die Narren närrisch genug, die Wahrheit zu verstehen.«

»Wahrheit ist, was wir dazu erklären.« Phoebus runzelte die Stirn und strich das Laken glatt. »Wer reist mit dir?«

»Drei Seeleute. Nicht einmal Spiralenmeister will sich darauf verlassen, dass ich selbst auf mich aufpassen kann«, murrte Niko. Er packte Phoebus am Handgelenk. »Ich bin zurück, noch ehe du mich vermissen kannst.«

Du kannst mich nicht allein lassen, dachte Phoebus. Du bist mein liebster Freund und von Geburt an dazu erzogen, mein Magus zu sein. Doch die Worte wollten nicht über seine Lippen. Das konnte doch nur ein Traum sein! »Ihr richtet euch nach den Anweisungen auf der Karte? Gibt es die entsprechenden Zeichen noch? Wie lange wird es dauern?«

Niko lächelte. »Du klingst wie eine Sippenmutter.« Dann wurde er ernst. »Bis mein Auge dich wieder erblickt, Phoebus.«

Die Männer umarmten sich, dann verschwand Niko und zog die Doppeltüren hinter sich zu.

Aztlan

Der Berg der Kalliope brannte vor Zorn. Kalliope war kleiner, ihre Kanäle waren flacher und schwächer als die ihres Bruders Krion im Süden. Ohne etwas von der Gefahr zu ahnen, siedelten die Menschen an ihren Hängen, wo sie in zwei-, drei- und vierstöckigen Häusern lebten und kleine Kräuter-, Gemüse- oder Obstgärten anlegten. Es war die Sippe der Muse, die sich hauptsächlich mit Stoffen beschäftigte.

Stoffe aus Delos, der Sippe der Muse, wurden ins gesamte Imperium und in die Vasallenstaaten ausgeführt. Die Sippe war berühmt für ihre Segel, die dank ihrer gegeneinander gewebten Streifen den Wind einfingen und die Fahrtrichtung des Schiffes aufs Genaueste halten konnten. Hier wurden Stoffe, teils aus ägyptischem Flachs, teils aus einheimischer Wolle, manche auch aus den feinen Garnen, die in Kaphtor und Kos gehandelt wurden, zu Gewändern verarbeitet.

Inmitten der schmalen, gewundenen Straßen von Delos' wichtigster Stadt Arachne drängte sich ein Bezirk von blau gekachelten

Häusern. Der Gestank, der von diesem Stadtteil aufstieg, wurde von einem Salzwasserfluss davongetragen, der direkt ins Meer mündete. Die Färber, die hier lebten, erkannte man auf den ersten Blick. Unter allen Aztlantu trugen sie allein nicht die Tätowierung ihrer Sippe. Sie trugen ihr Brandzeichen.

Die Hände jedes Mannes, jeder Frau und jedes Kindes waren tintenblau, eine Farbe, die mühsam aus der Murex-Muschel gewonnen wurde. In ihrem tiefsten Farbton war es die Farbe der Therossee. Die Farbe war so intensiv, dass einem die Augen davon schmerzten, und von einer solch unirdischen Schönheit, dass es unmöglich war, den Blick abzuwenden.

In normaler Stärke glich die Farbe den Lupinen, die in vereinzelten Büscheln überall auf dem Berg wuchsen. Je nach Verdünnung changierte das Blau zwischen ägyptischem Lapis und Türkis und wurde oft als Glasur für Töpferwaren hergenommen. Extrem verwässert wirkte die Farbe so bleich und rein, dass sie ausschließlich Kindern vorbehalten war, und so zerbrechlich, dass die Schale eines Vogeleis sich im Vergleich dazu schwergewichtig ausnahm.

Auf Grund des Gestanks und weil sie für alle Zeiten gezeichnet waren, heirateten jene, die mit dem Azur arbeiteten, nur unter ihresgleichen. Sie brachten Kinder zur Welt und warteten dann ungeduldig darauf, dass das Erstgeborene abgestillt war, damit sie ihn oder sie an die Arbeit setzen und die jungen Hände mit den blauen Malen färben konnten.

Unter den gepflasterten, verdreckten Straßen von Arachne, unter den dampfenden Farbkesseln und den Ballen von Leinen und Wolle heizte sich der Berg immer weiter auf. In seinen Lavakammern drängte geschmolzener Fels gegen die Last der Steine, des Bodens, der Menschen und Tiere an.

Auf den Feldern blökten die Schafe ohne Unterlass, und die Hunde und Esel, die mit ihnen zusammen lebten, gerieten in Panik. Vögel flogen nervös in weiten Kreisen, weil ihnen der Mut fehlte, sich irgendwo niederzulassen.

Neotne stand im Schatten des Berges am Hafen. Die Sonne hatte sich durch die grauen Wolken gebohrt. Sie zupfte an ihrem Glockenrock und krampfte die Fäuste mit den blauen Fingernägeln in den Stoff. Salzwassergischt befleckte ihr Gesicht und ihren Körper, doch sie war in Gedanken bei ihrem Sippenbruder Y'carus, einem Seesoldaten, der das Meer weit hinter den Wellenbrecherinseln befuhr.

In seiner letzten Nachricht hatte er sie wissen lassen, dass er unterwegs nach Knossos auf Kaphtor sei. Er bekam die ganze Welt zu sehen. Sie musste jedes Mal wieder Abschied von ihm nehmen, bis ihr Auge ihn wieder erblickte. Immer wenn er zu seinen Blutseltern, ihren Sippengefährten, zurückkehrte, brachte er Schilderungen von exotischen Häfen und kleine Geschenke von Orten, die sie nie zu Gesicht bekommen würde, mit heim. Liebend gern wäre sie bis ans Ende der Welt gesegelt, hätte sie an seiner Seite sein können.

Sie berührte einen der Ohrringe aus Alayshiya, der gegen ihre Wange baumelte, und überlegte, wo er wohl gerade sein mochte. Bekam er Angst, wenn kein Land in Sicht war? Mit einem Gebet an Kela, über ihn zu wachen, wandte sie sich der Stadt zu. Auf ihrer Einkaufsliste stand Ziegenkäse, dazu Gurken und kaphtorischer Honig. Ihre Sippenschwester Sela erwartete ihr Erstgeborenes und war, nach langem Drängen durch die Kela-Tenata, schließlich im Bett geblieben. Die gesamte Azur-Gemeinschaft wartete freudig und voller Ungeduld darauf, dass ein weiteres Mitglied ihre Reihen stärkte.

Als ein tiefes Grummeln die Erde erschütterte, ging Neotne automatisch in die Hocke. Der Erdrüttler tanzte in letzter Zeit so häufig, dass das nichts Ungewöhnliches mehr war. Der Boden beruhigte sich wieder, und Neotne ging über den Markt. Banner aus feinstem Stoff priesen die Künste der Weber in Arachne an. Malereien an den Hauswänden, Kinder beim Spiel, Schwalben über Lilien, die Werbung eines jungen Mannes um ein Mädchen, kündeten von den Vorlieben und dem Talent der dort wohnenden Künstler. Auf den Marktständen glitzerte der Schmuck. Parfüms in exquisiten Alabaster-Fläschchen sollten die Käufer in Versuchung führen, die Duftwasser auszuprobieren und zu kaufen. Neotne tauschte Grüße mit der *Parfumière* und entkorkte ein Fläschchen.

Ein umwerfender Duft nach faulen Eiern schlug ihr entgegen. *»Och!«*

»Das ist aber nicht mein Parfüm!«, protestierte die Frau.

»Was ist es dann, Herrin?«, fragte Neotne. Das Parfüm roch erbärmlich. Der Gestank waberte durch die Luft. Sie sah die anderen Einkaufenden an. Alle waren stehen geblieben; viele kniffen sich die Nase zu und verzogen angeekelt das Gesicht. Vielleicht war es tatsächlich nicht das Parfüm, doch was sonst konnte einen derart üblen Geruch hervorrufen? Neotne verließ den Markt und ging hügelan dem Tempel zu. Sie würde für das Mittagessen etwas frischen Fisch besorgen und dann heimgehen. Die übrigen Sachen auf ihrer Liste konnte sie auch später besorgen.

Der von roten Säulen getragene Bau war praktisch leer, und Neotne seufzte erleichtert. Sie wartete nur ungern. Drinnen hatten die Muschelsucherinnen den Tagesfang ausgelegt – Fische, Krebse und Oktopus. Frisches Gemüse und frisches Obst aus der Sippe des Rebstocks sowie gewürztes Fleisch aus der Sippe des Horns waren liebevoll in Körben arrangiert.

Die Erde bebte erneut, und Neotne musste sich an einem Tisch festhalten. Sie sah, wie ein Granatapfel zu Boden fiel, beim Aufschlag zerplatzte und seine blutroten Samen über den ganzen Boden spritzten. *Bitte, Kela, lass das kein Omen sein!* Das Beben nahm kein Ende, inzwischen brachen auch Stücke der weiß gekalkten Decke herunter. Neotne hob den Arm, um sich zu schützen. Unter dem Brüllen des Erdrüttlers hörte sie Menschen schreien. Sie versuchte aufzusehen, doch weißer Staub hing wie Nebel im Raum. Neben einer Säule kauernd, spürte sie, wie sich direkt unter ihrer Hand ein Spalt auftat. Die Säule würde umstürzen. Und sie dabei zerquetschen!

Gebückt und fallenden Deckenstücken ausweichend, rannte Neotne in Richtung Ausgang. Die Tempelstufen waren in der Mitte durchgebrochen; so schlimm hatte es der Erdrüttler noch nie getrieben.

Ein brennendes Pulver fiel vom Himmel, das ihr Gesicht und ihre nackten Brüste versengte. Die Luft stank zum Ersticken nach Schwefel, und die Menschen rasten in Panik durch die Straßen auf den Hafen zu. Neotne geriet in die Menge und wurde mitgezogen. Sela, dachte sie, wo war Sela? Ihre Sippenschwester trug so schwer an ihrem Kind, dass sie sich kaum rühren konnte.

Die Menschen schubsten sie von hinten, und Neotne schubste die Menschen vor ihr. Was sie zuerst für Pulver gehalten hatte, waren winzig kleine, heiße, stechende Kügelchen, die vom Himmel herabfielen. Neotne konnte sich nicht umdrehen, konnte sich nicht aus der Menge lösen. Überall sah sie Gebäude einstürzen und in Flammen aufgehen. Bunte Fresken-Stücke lagen zersplittert auf dem Boden, schon halb verschüttet unter dem Grau. Das Haus eines Webers war in sich zusammengebrochen, nur der Stoff hing noch rot wie ein Blutfleck auf dem Webstuhl.

Was ging hier vor?

Der Krach traf sie wie ein Schlag, und Neotne stürzte zu Boden, über und unter den anderen Flüchtenden purzelnd. Sie spürte, wie der Boden zitterte, als wollte er ein Kind gebären, und krabbelte in Todesangst davon.

Durch ihre Angst zu ungeahnten Kräften getrieben, kämpfte sie sich aus der Menge und stand auf. Sie waren am Hafen, nur war das Meer verschwunden! Schiffe und Boote saßen im Sand auf Grund. Hinter ihr schien sich ein Riss aufzutun, mit ohrenbetäubendem Lärm, der sie auf die Knie warf. Neotne drehte sich um und sah Feuer aus Apis' Nüstern schießen.

Der Stier brüllte!

Nur wenige standen noch aufrecht. Die Gebäude waren eingestürzt, und auf dem schlammigen Meeresgrund lagen die Leichen wie Haufen von trocknendem Leinen. Sie sah rote, grüne, orange Streifen in den Himmel schießen. Blitze zuckten durch die sich senkende Dunkelheit, und Neotne begriff, dass Arachne zum Untergang verurteilt war. Sela, wie konnte sie zu Sela gelangen?

Sie drehte sich zum Meer um. Wo waren die Wellen? Gab es denn gar kein Entkommen? Ein tiefes Summen wie von Millionen Bienenschwärmen wurde immer lauter, kam immer näher. Der Berg Kalliope begann zu bluten, während aus der Nüster roter und schwarzer Rauch qualmte. Das Blut kam schnell näher, deshalb sprang Neotne vom Pier hinunter in den feuchten Sand. Ein winziges Boot lag gekippt auf der Seite, im Sand gestrandet, doch so klein, dass sie es allein schieben konnte. Neotne packte es an der Reling, und es bewegte sich.

Ein wenig.

Das Blut hatte die Randbezirke von Arachne erreicht. Die kostbaren Häuser der Adligen hoch über der Klippe wurden in einem Augenzwinkern überrollt. Neotne lief vor das Boot und zog. Es bewegte sich ein wenig mehr.

Überall irrten die Menschen schreiend und rennend umher, doch Neotne hatte das Gefühl, als müsste sie sich ganz allein dem Zorn des Stieres stellen. Was hatten sie nur getan, dass Apis sie vernichten wollte? Das Boot rutschte weiter vorwärts. Neotne packte das Ankerseil, schlang es um ihr Handgelenk, um mehr Kraft beim Ziehen zu haben, und warf das Ankerende zurück ins Boot.

Menschliche Schreie zerfetzten die Luft, und Neotne rannte los, Apis' glühenden Atem im Rücken. Das Boot schleifte inzwischen hinter ihr her, doch der Sand wurde immer nasser und bot dem Fuß immer weniger Halt. Um sie herum lagen gestrandete Seepolypen und tote Fische. Der Himmel wurde ständig dunkler, und die fallende Asche schien sie am ganzen Leib zu versengen.

Hinter sich hörte sie Holz krachen, darum drehte Neotne den Kopf und sah, wie das Blut des Stieres das hölzerne Pier zermalmte. Sie sah Menschen unter der todbringenden Lawine verschwinden. Arachne gab es nicht mehr. Sela, das Kind, ihre Sippe, ihre Familie. Der Stier hasste sie! Sie spürte die Hitze seiner Macht, doch sie vermochte sich nicht mehr zu rühren. Ein tiefer, von hinten heranrollender Donner ließ sie erneut umdrehen.

Das Meer!

Eine Woge, höher als Arachnes Klippen, kam auf sie zu. Neotne sah auf das feurige Blut, das sie gleich umarmen würde, dann auf die brodelnden weißen Wogen. Sie tauchte in den Sand, einen Augenblick bevor das Meer auf die Lava traf und Neotne mit brutaler Gewalt weggeschleudert wurde.

Das Wasser riss ihr die blau gefleckte Hand vom Arm, als würde es einen Faden abtrennen.

Eine eiskalte Woge schwappte über ihn. Niko setzte sich auf und hielt sich am Bug des Bootes ein. Erstickende Dunkelheit umhüllte ihn, während er hustend Ozeanwasser und zähen Schleim aus seinen Bronchien nach oben beförderte. Er sah die Seesoldaten mit dem Segel und dem Wind kämpfen. Die Luft stank nach Schwefel. Nikos Haut juckte, doch er schenkte dem Gefühl keine Beachtung, da in diesem Moment das Boot hoch in die Luft stieg und sie um ein Haar hinausgeschleudert worden wären. Blitze und Donner zuckten über den Horizont und erhellten für einen winzigen Moment die Nacht.

Aus dem Augenwinkel sah er in der Ferne etwas Oranges und Rotes glühen. Das Boot krachte auf die Wellen zurück. Er begann, Wasser zu schöpfen. Das Boot sank allmählich, das Wasser stand ihm schon bis zu den Knien, und Niko konnte nichts mehr sehen außer dem ofengleichen Glühen am Horizont. Das Segel riss sich los, und Niko hörte das feingewebte aztlantische Tuch im Wind flattern wie den Rock einer Tempeltänzerin.

Das Boot wurde gedreht. Niko hielt sich mit der Kraft der Verzweiflung fest, als er spürte, wie sie in einen Strudel gerieten. Das Deck kippte zur Seite weg, Niko hörte einen Mann aufschreien, dann ein lautes Klatschen. Unter den Blitzen konnte Niko den dunklen Kopf des Matrosen auf den weißgekrönten Wellen tanzen sehen. Das Boot neigte sich erneut, und Niko spürte, wie er vom Deck hochgehoben und dann wieder auf das Holz geschleudert wurde.

Vollkommen orientierungslos blinzelte Niko gegen den peitschenden Wind an, um sich zurechtzufinden, um irgendwelche Landmarken auszumachen. Bevor er eingeschlafen war, hätten sie eigentlich in den schmalen Kanal zwischen Delos und Paros einfahren sollen. Dort sollte sich der Karte zufolge die Insel mit den Steinen befinden. War diese feurige, zornige Masse etwa Delos?

Die Insel glühte, als steckte sie in Talos' Schmiedeofen. Rot, Orange, Gelb und Schwarz überzogen den Berghang, und nirgendwo war eine Spur von Arachne zu sehen. Das Boot tänzelte auf den Wellen. Niko war überzeugt, dass er sterben würde.

Niko hatte noch nie über den Tod nachgedacht. Der Tod war

den Alten, Gebrechlichen vorbehalten. Er war der klügste Student, der je in der Skolomantie gesessen hatte. Und er würde sterben. Was nützte ihm nun all sein Wissen, dachte er verbittert.

Das Boot wurde von den Winden und Wellen und der Schwärze dessen, was auch immer vom Himmel herabfiel, herumgeschleudert. »Hilfe!«, schrie er, die Worte gespenstisch verzerrt im aufheulenden Wind. Das Echo seiner Schreie flog hin und her. Natürlich wusste er, dass es sich dabei nur um ein Spiel der Natur handelte, aber das schloss nicht die Möglichkeit aus, dass ihn ein wandernder *Skia* peinigte. Auf seinen Wangen mischten sich Meeresgischt und fallende Asche, doch die verbotenen Tränen hielt Niko mannhaft zurück. War dies die Antwort darauf, dass er die Steine des großen Gottes suchte? Du verdienst zu sterben?

Oder war dieser Sturm eine Folge von Apis' Eifersucht? Denn der Stier kam ihm momentan wie ein lebendiges Wesen vor, eine sich aufbäumende, vor Zorn schäumende Kreatur, die nur auf Zerstörung aus ist.

Er presste ein Ruder flach gegen den Bauch. Von den Matrosen war nichts mehr zu sehen. War er allein? Niko nahm seine Schärpe und band sich damit an dem Ruder fest. Das Holz würde ihn über Wasser halten, sollte das Boot auseinander brechen. »Bitte hilf mir!«, flüsterte er, während er zuschaute, wie der brennende Berg seine feurigen Finger ins Meer streckte.

Das Boot wirbelte erneut herum, und Niko stürzte auf das Deck, an seinem Ruder festgeklammert, solange er über das glitschige Holz hin und her schlidderte. Blitze zuckten, Asche fiel auf ihn, auf sein Gesicht, in seine Augen. Stöhnend krümmte Niko sich zusammen, während sein herumrutschender Leib immer neue Schläge einstecken musste. Der Wind war lebendig geworden, und Niko bettelte ihn um Gnade an.

Dann wurde das Meer ruhiger. Benommen setzte Niko sich auf. Das Wasser war wieder friedlich. Die Insel lag jetzt in seinem Rücken und spiegelte ihr unirdisches Glühen auf dem Meer. Verzweifelt begann Niko zu rudern und sein Boot so schnell er konnte in tieferes Wasser zu lenken.

Es begann als tiefes Gollen, als Vibration, die durch sein Rückgrat nach oben lief und das Ruder zum Zittern brachte. Er ruderte weiter, bis er aufschrie, weil ihm das Ruder aus den Händen gerissen wurde. Sich mit beiden Armen einstemmend, klammerte er sich an der Bootsreling fest, während das Ruder, an dem er nach wie vor festgebunden war, auf den Wassern tanzte. Nur noch ein Augenzwinkern, dann würde es ihn hinabziehen, das war ihm klar. Plötzlich hörte Niko ein tiefes Saugen und drehte sich, durchnässt bis auf die Haut, um. Die Kraft der Wellen ließ das Boot hochschnellen, aber zugleich auf demselben Fleck verharren, während das Meer unter ihm tobte und durch die trübe Nacht jagte, um sich an der Küste des flammenden Berges zu brechen.

Er zog das Ruder wieder heraus und begann, mit letzter Kraft zu paddeln. Was oder wer ihn auch immer gerettet hatte, er flehte es an, ihn noch etwas länger zu retten.

Nur noch ein wenig länger… Die Welle schlug über ihm zusammen und fegte ihn vom Boot. Niko spürte, wie seine Taille fast unerträglich zusammengeschnürt wurde, so zog ihn das leichte Ruder davon. Ein Schlag auf seinen Kopf…

Niko schlug die Augen auf. Sein Blickfeld war verklebt mit Dreck, den er kraftlos wegzublinzeln versuchte. Seine Wange fühlte sich aufgeschürft an. Er sah sich um: Die östliche Hälfte der Welt war tiefschwarz, der Westen bestand bis zum Himmel aus heranrollenden Wogen.

Es dauerte einen Moment, bis er begriff, dass er auf einem Strand lag und die Wellen ihm deshalb vertikal erschienen. Mit verzogenem Gesicht setzte er sich auf, worauf die kalte Luft die eine Seite seines Körpers, die vom schwarzen Bimsstein gewärmt worden war, schlagartig abkühlte.

Wo war er? Zitternd stand er auf – und bemerkte die Schnitte und Aufschürfungen überall an seinem Körper. Dennoch war er am Leben. Er suchte das Ufer nach seinem Boot, seiner Karte, nach Essen oder Kleidung ab. Der Strand war leer.

Die Flut kam herein und ließ das Wasser allmählich von seinen Fußgelenken bis über seine Knie steigen. Der raue Fels schnitt seine zarten Füße auf, trotzdem musste er weg.

Offenbar war er an eine kleine, dicht mit Bäumen und Gehölz bewachsene Insel gespült worden. Wie weit war er vom Kurs abgetrieben? Der Vulkan war auf Delos ausgebrochen, das stand fest. Warum und wie – das wusste er nicht. Hatten die Einwohner noch Vögel nach Kallistae absenden können? Hatte die Sippe auf Paros Hilfe geschickt? Oder jene auf Tinos? Immer noch hing grauer Rauch wie Nebel am Himmel und tauchte den Tag in falsches Dämmerlicht.

Niko machte sich auf den Weg, wobei er nach Menschen oder Tieren lauschte. Die Stille war unheilschwanger, kein Vogel zwitscherte, kein *Maeemu* schnatterte. Und es wehte kein Wind. Er schlug sich in die Bäume und stieß auf etwas, das wie ein überwucherter Pfad aussah.

Kiefern wuchsen neben Bougainvillea, denen der Winterfrost noch nicht den Garaus gemacht hatte. Büschel von Basilikum erhoben sich brusthoch. Wilde Rosen wucherten und tüpfelten den schwarzen Boden mit gelben, roten, rosa und pfirsichfarbenen Blütenblättern.

Wo war er hier? Über der gesamten Insel lag, schwer wie der Rauch in den Wipfeln, ein Gefühl von Ehrfurcht.

Niko ging weiter, auch wenn sein Atem schneller wurde. Der Pfad schlängelte und wand sich bergauf, von Weinreben, Feigenbäumen und Granatapfelbüschen überwuchert und bedeckt von Oregano und Thymian, Ysop und Rosmarin.

Zumindest würde er nicht verhungern.

Stundenlang wanderte er umher und hatte dennoch das Gefühl, nirgendwohin zu kommen. Allmählich wurde Niko müde. Seine Beine schmerzten von der ungewohnten Anstrengung. Es wurde noch dunkler, darum aß er die Trauben, die er unterwegs gepflückt hatte.

Kiefernnadeln stachen in Nikos nackte Sohlen, als er erst die eine Richtung einschlug, dann innehielt, kehrtmachte und in die entgegengesetzte weiterlief. Kalter Schweiß glänzte an seinem ganzen Leib. Wo war er?

Der Durst, der sich von Zeit zu Zeit bemerkbar gemacht hatte, meldete sich nun endgültig zu Wort, und er merkte, dass er kaum mehr schlucken konnte. Er versuchte, Ruhe zu bewahren, doch Niko war ein Mann der Zivilisation. Wasser bekam man einfach, indem man es aus den Lehmleitungen schöpfte, die wie ein Netz die Mauern des Palastes durchzogen. Er war ein kultivierter Mann. Er sprach sämtliche bekannten Sprachen. Die Formeln der größten Errungenschaften Aztlans waren in seinem Gehirn gespeichert. Wie alle am Hofe konnte er tanzen, er konnte reiten und segeln.

Doch in der Wildnis dieser Insel war er blind und stumm, unwissend wie ein Kind und verletzlich wie ein frisch geschlüpfter Vogel. Mit wachsender Verzweiflung und voller Angst vor der hereinbrechenden Dunkelheit hielt er eilig nach einem möglichen Versteck Ausschau. Der Wind begann, in den Bäumen zu rauschen, und ließ winzige Nadeln auf seine nackte Haut regnen.

Bibbernd kauerte er sich unter die breiten unteren Äste einer Kiefer. Hatte er so vieles überlebt, nur am Ende hier zu sterben? Würde sein Gerippe eines fernen Tages mit den Wurzeln dieses Baumes verschmelzen?

Würden sich all seine Hoffnungen in Luft auflösen? Er dachte an all die Menschen, die er vermissen würde: Phoebus, Spiralenmeister, seine Studenten, seinen *Maeemu.* Er würde niemals erfahren, ob Dion sein Flugsegel zur Vollendung gebracht hatte; ob Irmentis' und Phoebus' gegenseitige Liebe schließlich Erfüllung fand; er würde Phoebus' Zeremonie des Werdenden Goldenen verpassen.

Er würde sein Wort gegenüber dem Menschen brechen, der ihm am liebsten war. »Ich wollte doch nur die Steine«, flehte er flüsternd. »Ich wollte nur einmal die Möglichkeit, mit dem ersten Gott dieses Landes zu sprechen. Vielleicht hätte ich ihn um Verzeihung gebeten, weil wir ihn vergessen haben? Mich an ihn gewandt und ihn gebeten, Aztlan zu heilen?« Was war daran falsch?

Als die Dunkelheit die Bäume in bösartige, wogende Schatten verzauberte, schlief Niko mit blutigen Füßen, geschwollener Kehle und roten Augen endlich ein.

Das Rumoren der Stiere ließ das Deck erbeben. Seesoldat Batus eilte zur Luke, ehe der Kapitän den Befehl dazu geben konnte; ihm war nicht nach einer Tracht Peitschenhiebe zumute. Sobald sich seine Augen an die Dunkelheit gewöhnt hatten, duckte er sich unter dem Träger hindurch, der längs durch das Schiff verlief.

Die Stiere waren unglücklich. Sie gaben eigenartige Geräusche von sich. Von den vierzig, die sie in Avaris an Bord genommen hatten, standen nur noch wenige auf den Beinen.

Der Seesoldat Cynaris zischte ihm aus der Dunkelheit zu.

Batus kniete nieder. »Was tust du da?«

»Einer der Stiere ist tot.«

»Bei den Göttern, sag, dass es nicht wahr ist!«, rief er aus und hob sich zwischen den heißen Tierleibern hindurch. Der Stier lag leblos auf der Seite. Um ihn herum lagen noch andere, doch alle hauchten ihren heißen, fauligen Atem in die fast vollkommene Dunkelheit. »Was ist passiert?«

»Ich weiß es nicht«, antwortete Cynaris. Er fuhr mit der Hand über die reglose Flanke des Tieres. Es roch nicht. Es schien nur auszuruhen.

»Ist er tot?« Batus kniete neben dem Tier nieder.

»Er hat gebrüllt. Ich wollte ihn streicheln, da bricht das verfluchte Vieh vor meinen Augen zusammen und stirbt.«

Ein Omen des Apis-Gottes? Was hatte das zu bedeuten? »Wir müssen es dem Kapitän melden.«

»Wie viele Stiere waren es insgesamt?«

»Einhundertzwanzig.«

»Wer weiß außer dir, mir und dem ägyptischen Priester, wie viele es waren?«

»Vielleicht noch dieser Ägypter, den wir an Bord haben!« Batus schwieg einen Moment. »Du willst doch nicht den Hohenpriester belügen? Den Minos?«

»*Iii,* also…« Cynaris schwieg einen Moment. »Nein, ich werde ihn nicht belügen, denn er wird uns keine Fragen stellen.«

»Wir sollten es beichten.«

»Dann gibt man am Ende uns die Schuld.«

»Woran? Daran, dass die ägyptischen Stiere krank sind?«

»Es sind Apis-Stiere«, korrigierte Cynaris. »Das Zeichen der umgedrehten Pyramide macht sie zu mehr als einfachen Rindern. Sollen wir es wagen, die Götter derart zu beleidigen?«

Batus schnaubte. »Entweder wir beleidigen die Götter, oder wir werden bestraft. Die Aussichten sind auf jeden Fall trübe.«

Cynaris hörte auf, das Tier zu tätscheln, und stand auf. »Und was machen wir mit dem Kadaver?«

Innerlich zwiegespalten, blickte Batus auf den toten Stier. »Wer arbeitet in der Kombüse?«

»Ein Leibeigener aus Alayshiyu. Wieso?«

»Wir werden auf dieser Reise ausgezeichnet speisen«, sagte er lächelnd.

»Der heilige Stier soll von Seesoldaten verspeist werden?«

»Wir dienen den Göttern ebenso wie jeder Priester, wenn nicht mehr«, protestierte Batus. »Unsere Leben sind den Launen der Olimpier ausgeliefert. Wir haben es verdient, dieses heilige Fleisch zu essen.«

»Meinetwegen«, stimmte Cynaris zu. »Aber wie schaffen wir es zum Koch?«

Batus kniete nieder. »Zieh deine Klinge, wir müssen uns beeilen.«

»Was ist mit den anderen Stieren?«

»Denen macht das nichts aus. Sieh doch, sie stehen schweigend dabei und sehen zu.«

Cynaris kniete nieder, das Messer in der Hand. »Sehen zu, wie wir die Götter lästern.«

Der Nebel verzog sich allmählich, und Niko sah zwei Lichter flackern. Eines nach dem anderen flammte in einem eigenartigen Rhythmus auf. Ohne wirklich zu gehen, bewegte er sich langsam auf die Lichter zu.

Ein leises, von den farbigen Blitzen ausgehendes Klicken wurde allmählich lauter. Er stand auf und blickte nach unten auf eine ei-

genartig geformte, zweiseitige Kiste. An beiden Enden mündeten die Seiten in einer Spitze. Der Deckel bestand aus zwei Teilen, die an der Längsseite in einem Winkel zusammengefügt waren.

Seine Hände, weiß wie gebleichtes Leinen, berührten den Behälter, und verwundert spürte er die Glätte des Holzes. Das Klicken wurde lauter, die Farbblitze wurden greller.

Er nahm den Deckel ab und sah hinein.

Niko musste sich die Augen gegen den gleißenden Inhalt abschirmen.

In dem Behälter lagen zwei Steine, die jeweils in den verschiedensten Farben pulsierten. Ein Stein blinkte in einem sich wiederholenden Spektrum, erst schwarz, dann tieflila, blutrot, hellrot, orange und gelb; die Farben waren atemberaubend und wirkten zugleich auf unerklärliche Weise so tragisch, dass Niko melancholisch wurde. Der andere Stein blinkte von Weiß ausgehend durch ein Spektrum von Blau- und Grüntönen, das so unbeschreiblich satt war, dass Niko die Tränen niederkämpfen musste.

Als wären sie lebendig, hüpften beide Steine herum und schlugen dabei gegen die Wände der glatten Holzkiste. Der klare Rhythmus drang ihm bis durch die Knochen. Als Niko nach den Steinen fassen wollte, explodierten seine Hände in Flammen.

In einem auserlesenen Feuer.

Das Wohlgefühl brannte sich in seine Seele, und sein Geist war erfüllt von dem Lied, dem Ruf, dem Klicken der Steine. Das lauter und lauter wurde …

Er erwachte und sah einen Vogel gegen den Baumstamm hacken, genau neben seinem Ohr. Niko setzte sich auf, so durstig, dass ihm die Kehle schmerzte, und immer noch benommen von seinem Traum. Schließlich stand er auf, verärgert und verwirrt. Die Skolomantie hatte ihn gelehrt, dass in den Träumen oft verborgene Wahrheiten lagen.

Natürlich konnten derartige Träume auch daher rühren, dass man halbrohe Tintenfische aß.

Anders als am Vortag herrschte auf der Insel reges Leben. Vögel saßen in den Bäumen, kleine Nagetiere steckten die Köpfe aus ihren Löchern und schnupperten mit den Schnauzen. Der Wald schien zu erwachen. Niko fühlte sich beobachtet.

Er aß alles Obst, dessen er habhaft werden konnte, in der Hoffnung, das saftige Fruchtfleisch würde ihm das Schlucken erleichtern, denn sein Mund war wie ausgedörrt. Dann schlief er erneut im Schutz der Bäume ein.

Als er das nächste Mal erwachte, musste er sich übergeben. Sein Kopf tat ihm weh, und als er eine Hand an den Hinterkopf legte, entdeckte er eine riesige, verschorfte Wunde auf seinem Skalp, die seine Haare mit Blut verklebt hatte. Er hatte sich am Kopf verletzt? Kein Wunder, dass er so orientierungslos und schläfrig gewesen war. Er brauchte Wasser. Mit dröhnendem Schädel richtete er sich auf und marschierte los. Tote Nadeln und Pflanzen bildeten einen nachgiebigen Teppich unter seinen zerschundenen Füßen, die Niko mit aller Konzentration abwechselnd voreinander setzte.

Einige Zeit darauf änderte sich der Boden; kleine Kiesel waren in komplizierten Mustern zu Tieren und Ranken ausgelegt. Niko sah überrascht auf. In der Mitte der Lichtung befand sich eine Anhäufung von Steinen, die eine Art Tisch bildete. Darüber erhob sich ein Bogen, der fünfzehn, vielleicht achtzehn Ellen hoch aufragte. Niko ging darauf zu.

Die Tischplatte bestand aus einer Obsidiantafel und ruhte auf zwei Steinhaufen aus glatten Flusskieseln mit einem Durchmesser, der etwa Nikos Taillenumfang entsprach. Der Bogen war aus rotem Sandstein zusammengesetzt. Als Niko die eigenartigen Bauten studierte, spürte er plötzlich etwas in der Luft, deutlich wie Blumenduft oder das leise Muhen näher kommender Kühe.

Niko vermochte niemanden zu entdecken. Verängstigt und von unverständlicher Ehrfurcht ergriffen, kniete Niko nieder. Es war überheblich, hier einzudringen und Forderungen zu stellen, begriff er. Was ihm vollkommen unkompliziert vorgekommen war, etwa dem Füttern des Apis-Stieres vergleichbar, erwies sich plötzlich als echtes Problem. Das Ding, das hier wohnte, würde und konnte man in keinen Käfig stecken, begriff er. Es brauchte weder Nikos Futter noch seine Fürsorge. Es war schrecklicher als alles, was man auf Aztlan kannte.

»Vergib mir«, flüsterte er in den Wind und die Felsen. Die Aztlantu hatten ihr Recht verwirkt, Bitten zu stellen. Niko begriff, dass er eigentlich verschwinden sollte. Dieser Gott war zu mächtig, zu schrecklich, als dass er mit ihm verhandeln konnte. Wieder versuchte Niko, sich aufzurichten, und wieder blieb er auf den Knien, mit gesenktem Kopf und geschlossenen Augen. Er brachte nicht die Kraft auf, sich zu bewegen.

Hier herrschte Frieden; ohne Fragen, ohne Antworten, nur das Gefühl, dass all das nicht wirklich wichtig war.

Eine lindernde, sanfte Brise strich durch seine Haare und reizte die Wunde auf seinem Kopf. Seine Augen brannten hinter den geschlossenen Lidern, und doch zögerte er, sie zu öffnen. Das Gefühl, dass hier etwas war, hatte sich noch verstärkt, und Niko war überzeugt, dass er nur die Hand auszustrecken brauchte, um … Es zu berühren.

Er begann zu zittern.

Bilder blitzten in seinem Kopf auf: seine gramgebeugten Eltern, die ihrem Sohn das bestmögliche Leben gegeben hatten, indem sie ihn weggegeben hatten; die junge Frau, die ihm als Halbwüchsigen liebevoll ihren Körper dargeboten hatte und die er mit einer kaltschnäuzigen Erwiderung zum Weinen gebracht hatte; die Mitstudenten, die er voller Stolz ausgestochen und zu seinem Vergnügen auf verstohlene Weise gedemütigt hatte. Und zuletzt Phoebus, den er auf eine Weise geliebt und gehasst hatte, über die er nicht nachzudenken wagte.

Zum ersten Mal, seit er zwischen den roten Säulen in der Halle der Skolomantie gestanden hatte, brach Niko zusammen und weinte. Die verheimlichte Scham, der verborgene Stolz und die Angst – die ständige Angst – brachen sich freie Bahn. Die Tränen glitten über die winzigen, zu Mustern ausgelegten Kiesel, während er, zu einem Ball eingerollt, schluchzend am Boden lag.

Als er viel später die Augen wieder aufschlug, lag die Lichtung in rosafarbenem, goldenem und lilafarbenem Dunst. Sonnenuntergang, dachte Niko. Er hörte Wasser sprudeln und folgte dem Geräusch zu einem kleinen Bach. Nachdem er sein Gesicht wie auch die Kopfwunde gewaschen und so viel getrunken hatte, dass ihm der Bauch spannte, lehnte er sich an den Fuß eines Felsens und versuchte abzuschätzen, wo er wohl war.

Auf ein Geräusch hin drehte er den Kopf – und schrie auf.

Keine Handbreit vor seiner Nase grinste ein Skelett. Wie eine Krabbe wich er zurück und kämpfte gleichzeitig den Drang nieder, davonzulaufen.

Er war neben einem Höhleneingang gesessen. Einer Höhle voller Skelette.

Sie waren nicht dem Brauch gemäß in *Tholoi* unter der Erde begraben, versehen mit goldenen Begräbnissymbolen in Form eines Schmetterlings oder Oktopus, sondern lagen wie Papyrusrollen in Fächern nebeneinander. Sie trugen Anhänger statt Totenmasken, und die Zeit hatte ihre Gesichter längst dahinschmelzen lassen. Wieso hatte man sie derart ehrlos behandelt?

Bebend beugte Niko sich über eines der Skelette und blies den Staub weg, der das Medaillon bedeckte. Der erste Teil war nicht mehr zu entziffern, doch der Schluss, in der alten aztlantischen Schrift verfasst, war noch lesbar. »Jawan, der ruhende Sohn Japheths, Sohn von Noach, der die Wasser zähmte.«

Blinzelnd fuhr er mit den Fingern die Lettern nach. *Ein einziger Mensch, denn Jawan und seine Gemahlin waren schiffbrüchig.* Hatte er die Toteninsel gefunden? Waren dies die sterblichen Überreste Jawans? Mit zusammengebissenen Zähnen schob Niko die Knochen beiseite und untersuchte die anderen Skelette. Keine Verbindungssteine.

Aber er hatte die richtige Insel gefunden!

Ganz langsam kehrte er auf die Lichtung zurück, unter den Nachthimmel, der zusätzlich durch den Staub des Berges Kalliope verdüstert wurde. Wo konnten die Steine nur sein? Niko lehnte sich gegen den Altar in der Mitte und fühlte sich plötzlich schrecklich allein. Kein Laut drang durch die Nacht, dennoch stellten sich seine Nackenhaare auf.

Da draußen war etwas. Vor Angst schaudernd, kauerte er sich mit fest zusammengekniffenen Augen dichter an den Altar.

Der Wind schien zu ihm zu sprechen. »Du hast gefragt, du sollst erhalten. Du hast gesucht, ich habe dir geholfen zu finden.« Das rhythmische Klopfen des Blutes in seinen Adern dröhnte ihm in den Ohren, bis Niko begriff, dass er etwas ganz anderes hörte.

Das Geräusch aus seinem Traum!

Unter dem Altar fand er die eigentümlich geformte Kiste. Vorsichtig hob er den spitz zulaufenden Deckel ab: Die Steine lagen darunter. Sie leuchteten nicht wirklich in verschiedenen Farben, trotzdem spürte Niko die düstere Urteilskraft des einen und die helle Gnade des anderen. Die Symbole der alten Schrift waren darin eingeschnitten, jene archaischen Zeichen, die verwendet worden waren, ehe der Rat beschloss, dass die Sprache in Symbolen wiedergegeben werden sollte: in Häuten, Fischen, Menschen statt lediglich verschieden angeordneten Zeichen. Doch Niko kannte diese Zeichen, die geheiligten Zeichen.

Er steckte die Hand in die geheimnisvoll glühende Kiste und fasste nach den Steinen. Als er sie in seiner Hand schüttelte und dann gegen die Kiste rollen ließ, sah er sie im Fallen rotieren und aufblitzen. Bei jedem Wurf fing sich das Licht in bestimmten Buchstaben. Schließlich konnte er ganze Worte und Wortketten ausmachen.

»S-A-G-E-D-E-N-M-E-N-S-C-H-E-N-S-I-E-M-Ü-S-S-E-N-F-L-I-E-H-E-N-S-I-E-H-A-B-E-N-V-E-R-G-E-S-S-E-N.«

»Was vergessen?«, fragte Niko und warf die Steine erneut.

»D-A-S-S-I-C-H-D-E-R-B-I-N-D-E-R-G-I-B-T-U-N-D-B-E-S-C-H-Ü-T-Z-T.«

Niko fühlte sich ins Herz getroffen. Der Gott, der ihnen alle Geheimnisse der Erde wie auch des Meeres anvertraut hatte und den Aztlan vergessen hatte, genau wie es in der Geschichte hieß. Nur zwei Gesetze, und Aztlan hatte beide gebrochen. Niko legte die Steine in den Behälter zurück und setzte den Deckel wieder darauf. Sie klapperten lärmend. Also folgte Niko der Bitte, die er in seinem Geist spürte, holte sie aus der Kiste heraus und steckte sie in seine Schärpe. Sie bewegten sich weiter.

Aztlan war verziehen worden. Dieser große Gott, der ihnen alles gezeigt hatte und dennoch vergessen worden war, gab ihnen noch eine Chance. Niko begriff, dass solche Milde mehr Stärke erforderte als jede Härte. Es brauchte mehr Beherrschung und Macht zu vergeben als zu bestrafen, mehr Kraft, gütig zu bleiben, vor allem jemandem gegenüber, der vom Weg abgekommen war. Er hatte den Auftrag, der ihm anvertraut worden war, erfüllt. Dieser Gott wollte zu ihnen sprechen. Er würde sie retten. Niko musste nur an ihn glauben.

7. Kapitel

Kaphtor

Sibylla lächelte den Bittsteller an. Es war schön, wieder über den eigenen Körper zu bestimmen. Sie war froh, dass der *Skia*, der Eindringling, gerade ruhte. Dies war die Welt, die sie kannte, eine Welt, in der die Worte einen Sinn ergaben und in der ihr Geist nicht mit Bildern von silbernen Vögeln befleckt wurde, in deren Leib lauter Menschen saßen, von Schrifttafeln ohne Zwischennähten oder einer Prophezeiungs-Schachtel, die jedes Bild höchstens ein paar Herzschläge lang zeigte.

Jawohl, hier in Eleuthia fand Sibylla ihren Frieden.

Auf der Wiese vor ihrer Höhle wuchs hellgrün das frische Gras. Sie war eben von Knossos aus die paar *Henti* über die Felder hierher gewandert. Kaphtori schüttelten die letzten Oliven von den Bäumen und ließen die Früchte auf einem Kissen aus Schafsfell landen, ehe sie aufgesammelt, zerquetscht, zermahlen und zu Öl verarbeitet wurden.

Der Frühling nahte; die Zeit des Stieres stand vor der Tür. Die Winzer waren damit beschäftigt, die Rebstöcke zurückzuschneiden und die toten Triebe als Opfer an Kela zu verbrennen, zum

Dank dafür, dass sie den Wurzeln erlaubt hatte, den Winter zu überleben. Der Winterweizen fing mit seinen goldenen Halmen das hellere Licht ein und wetteiferte dabei mit den Mandelplantagen, auf denen sich schon die ersten rosafarbenen Blüten zeigten. Rote und weiße Anemonen, gelber Sauerklee und blaue Lupinen standen vereinzelt auf den Wiesen.

Sibylla ließ ihren Umhang an der kleinen Wachhütte vor dem Höhleneingang und trat in die Höhle. Sie war tief, hatte einen einigermaßen ebenen Boden und eine gleichmäßige Decke. Lichtflecken zeigten ihr an, wo die Bittsteller standen, die Votivgaben vor sich haltend wie gefallene Sterne. Unter geflüstertem: »Die Sibylla!«, »Die Priesterin des Windes«, und ihren anderen Titeln trat Sibylla bedächtig in die Mitte der Höhle.

Der Erdphallus in der Höhle wurde von einem schulterhohen Stalagmiten gebildet, der etwa denselben Umfang hatte wie sie. Sibylla legte ein Stück Mohngummi auf ihre Zunge und lehnte sich gegen den Stein. Wenige Augenblicke später spürte sie, wie sich köstliche Lethargie in ihrem Körper breit machte.

Komm zu mir, Kela, dachte sie. Ich bin offen; lass mich deinen göttlichen Webstuhl sehen. Lass mich die Zukunft dieser Kinder weissagen! Die Dunkelheit in der Höhle schien sich aufzuhellen, bis sie schließlich die Gesichter der Bittsteller erkennen konnte.

Größtenteils waren es Frauen; sie waren gekommen, um zu erfahren, wann sie ein Kind empfangen würden, welchen Namen sie dem Kind in ihrem Bauch geben sollten, was sie mit ihren geborenen Kindern anfangen sollten. Sibylla antwortete ganz langsam, und ihre Worte bildeten ruhige, geordnete Anweisungen. Am Ausgang des umfriedeten Labyrinths legten die Bittstellerinnen Geschenke für sie nieder.

Schlaf leckte an ihrem Geist, und Sibylla lehnte sich schwerer an den Stalagmiten, bis sie spürte, wie der Stein sie wiegte und tröstete. Ihre Antworten wurden weniger klar.

Sprich zu mir, bat sie. Lass es mich wissen.

Wie eine feine Klinge dickes Leder durchtrennt, so bohrte sich das Wissen in ihren berauschten Dämmerzustand.

Feuer. Blut. Staub.

Sibylla sah Berge, schwarz und rot von Lava. Einst üppige grüne Bäume waren zu schwarzen Stumpen verglüht. Die Blumen waren verwelkt, Vögel lagen schwarz und tot herum, das Obst war zu Kohle versengt und lag am Boden. Nichts rührte sich. Nichts atmete.

Gegen ihren Willen wurde sie vorwärts gezogen. Sibylla fand sich nicht mehr zurecht, denn das Meer war unter einer grauen Felsmasse verschwunden. Die Luft stank schwer nach Schwefel. Zeugnisse von Menschen – ein kaputter Topf, ein Stofffetzen, eine Holzpuppe – lagen wie makabres Saatgut über die Erde verstreut.

Sibylla stand an einer Klippe und sah hinab.

Wo sich einst ein Berg erhoben hatte, gab nun ein klaffendes Loch den Blick in die Wunde der Erde frei. Sie drehte sich weg und blickte zurück auf die Felder. Doch da waren keine Felder mehr, keine Obstbäume, keine Häuser, keine Menschen. Es war ein wüstes Land; nichts regte sich, nicht einmal eine Schlange, nicht einmal eine Spinne.

Sag es ihnen. Die Worte dröhnten durch ihre Knochen.

Das konnte unmöglich die Zukunft sein, dachte Sibylla. Das konnte unmöglich ihr Land sein.

Sag es ihnen.

Lass mich los!, schrie Sibylla. Lass mich in Ruhe.

Sag es ihnen!

Sie schlug die Augen auf und sah sich einer Schar von Frauen mit offenen Mündern und weit aufgerissenen Augen gegenüber.

Die Höhle war zu eng. Sie brauchte Luft, sie musste durchatmen. Sibylla drängte durch die Frauen und floh, über die getöpferten Votivfiguren von Vögeln, Stieren, Schmetterlingen und Menschen stolpernd, aus der Höhle.

An der Schwelle hielt sie einen Augenblick inne, denn sie hatte Angst, ihre Vision könnte sich bewahrheitet haben.

Die Sonne blendete sie, darum rieb sie sich die Augen, bevor sie sich umsah.

Grüne Felder, der Ruf eines Vaters nach seiner Tochter, das ferne Blöken der Schafe.

Bebend sank Sibylla in die Knie.

Aus Erleichterung oder Angst?

Das Glauben fiel Niko schon erheblich schwerer, als er zwei Tage später immer noch auf der Insel festsaß. Er ging am Strand auf und ab, um unter dem Treibholz und den Bimssteinblöcken nach etwas Nützlichem Ausschau zu halten. Wenn er nur ein einigermaßen großes Holzstück fände, könnte er sich ein Boot bauen.

Vorausgesetzt, er fand auch eine Klinge, schränkte er ein.

Stattdessen waren andere Überreste aus dem Leben der Sippenangehörigen an den Strand gespült worden: Metalltöpfe, Leinenlaken, sogar ein kaputter Tisch. So sehr Niko sich auch anstrengte, er konnte sich nicht entsinnen, wo diese Insel von Arachne aus lag. Denn seine Tafel tauchte nicht wieder auf.

Die Steine lagen sicher verwahrt in ihrer Kiste, wo sie, wenn sie weit genug voneinander entfernt waren, auch still blieben. Trotzdem hörte er im Geist immer noch ihr Drehen. Dreht euch nicht zu sehr, dachte er. Ihr werdet für wichtigere Fragen gebraucht.

Wenn du mich retten willst, erklärte er dem Gott gereizt, dann tu es bitte bald. Ich habe vollbracht, weswegen ich gekommen bin; ich kann wieder heim.

Er war so darin vertieft, den Horizont nach einem Schiff und den Strand nach Holz abzusuchen, dass er das Geräusch anfangs gar nicht bemerkte. Er schrieb es einem Tier oder dem Wasser zu. Ein Laut, ein Schmerzensschrei, löste sich aus dem Rauschen des Meeres und riss ihn aus seiner Versenkung. Niko drehte den Kopf und versuchte auszumachen, woher er gekommen war. Da! Noch ein Schrei!

Niko rannte den Strand entlang, auf das Schreien zu, das mit jedem Schritt lauter wurde. Um ein Haar wäre er über etwas gestolpert, das er für einen schwarzen Stein hielt. *Eine Frau*. Sie hatte überall am Leib schwere Verbrennungen: Das lange, angesengte Haar schirmte ihren Körper teilweise ab, während sie sich stöhnend hin und her wälzte. Sie musste Höllenqualen leiden.

»Herrin?« Niko streckte die Hand nach ihr aus, zuckte aber zurück, als er ihr Gesicht sah. Lavaverbrennungen. Bei den Steinen Apis', lag sie im Sterben? Ihr eines Auge war fieberglasig, das andere zugebrannt. Niko hoffte, dass seine Skolomantie-Ausbildung ausreichen würde. Als er sie in seine Arme nahm, schrie sie auf, sobald ihre Blasen überdeckte Haut seine berührte. Sie schlug heftig um sich, brachte ihn damit aus dem Gleichgewicht und ließ sie beide in der Brandung landen.

Wasser schwemmte über sie hinweg. Sie rührte sich nicht. Ohne auf ihre Wunden zu achten, drehte Niko sie auf den Bauch und klopfte sie auf die Rückenmitte, bis sie prustend loshustete. Dann schleppte er sie auf die Lichtung.

Er tröpfelte frisches Wasser in ihren Mund und versuchte, ihre Wunden auszuspülen. Über die Hälfte ihres Körpers war versengt, so als hätte sie kurz auf einem Bett aus glühender Lava gelegen. Ein Arm lag über ihrer Brust, die Hand schützend unter der anderen Achsel verborgen. Trotz aller Mühe gelang es Niko nicht, ihn herauszuziehen. Das Fieber verlieh der Frau solche Kraft, dass sie sich zusammenrollte und dabei die Brandblasen aufriss, die auf ihrer Seite und auf ihrem Bauch hochquollen.

Nachdem er zahllose graue Dekane damit zugebracht hatte, ihr Fieber niederzukämpfen, begriff Niko, dass er mit dieser verletzten Frau mehr Zeit zugebracht hatte als mit irgendwem sonst in seinem ganzen Leben. Nach dem zu schließen, was von ihrem Gesicht noch übrig war, vermutete er, dass sie jünger war als er. Er versuchte abzuschätzen, wie sie ausgesehen hatte. Sie war Färberin gewesen, ihre Hand war blau. Ob sie früher hübsch gewesen war? Sie würde es nie wieder sein. Er fuhr mit einem Finger die geschwungene Braue nach, dann die gesunde Hälfte ihres Gesichtes hinab, wobei er eine volle Wange mit Grübchen umrundete, und verspürte dabei tiefes Mitleid. Ob es wohl besser gewesen wäre, sie sterben zu lassen?

Während Nikos fünfter Nacht auf der Insel schoss ihr Fieber nach oben. Er tränkte seinen Schurz in einem eisigen Quell und deckte sie damit zu, doch ihr Fieber trocknete den Stoff schneller, als er ihn wieder anfeuchten konnte. Die Sterne standen am Himmel, als er neben ihr einschlief, nur um von der Hitze ihres Körpers wieder geweckt zu werden.

Halb wach trug Niko sie an den Bach. Er legte sie ins flache Wasser, wo er sie an den Schultern festhielt, während das Eiswasser über ihren Leib rann. Erst als er schniefte und bibberte, zog er sie wieder heraus, erleichtert, dass sich ihr Körper weniger heiß anfühlte. Er legte sie auf dem mit Steinen gepflasterten Boden ab und übergoss ihren Leib mit eimerweise kaltem Wasser, bis sie ebenfalls bibberte und sich kühl anfühlte.

Aus Angst, es übertrieben zu haben, wickelte Niko sie in die Leinentücher, die er auf dem Strand gefunden hatte, und hielt sie dann im Arm. Ihr Körper war ihm mittlerweise so vertraut wie sein eigener, und ihn erfüllte ein nie zuvor gekanntes Gefühl. Sie gehörte ihm. Er hatte sie gefunden, wieder zum Leben erweckt, sie gehörte ihm. Dicht an sie geschmiegt, legte er sich nieder.

»Meister Niko?«

Träumte er? Niko bewegte sich, spürte aber, wie ihn etwas auf den Boden drückte. Sein Arm war taub. »Meister Niko?«, wiederholte die Stimme. Nikos Kehle fühlte sich an, als hätte er Sand zum Abendessen verspeist, deshalb schluckte er behutsam, ehe er die Augen öffnete.

Seesoldaten. Sie standen höflich, mit geplätteten grünen Schurzen und sauberem, im Wind wehendem Haar im Kreis um ihn herum. Offenbar hatte sein Schiff Vögel ausgesandt, ehe es unterging, daher wussten die Seesoldaten, wo sie suchen mussten. Niko war nur zu bewusst, dass er nackt war. Der kühle, weiche Leib an seiner Seite bewirkte, dass er den eigenen Körper umso deutlicher spürte. »Ihr Fieber!«, krächzte er, rollte die Frau flach auf den Rücken und schälte seinen Schurz von ihr ab. »Es ist gesunken!«

Sie schlief immer noch, doch inzwischen fühlte sich ihr Leib kühler an, und ihre Wunden nässten. »Tücher!«, befahl er einem der Seesoldaten. »Wein. Kräuter.« Er merkte, wie die Männer den Blick von ihrem verunstalteten Gesicht und Körper abwandten. »Gebt Spiralenmeister Bescheid, sie braucht unverzüglich Pflege.«

»Sie wird warten müssen, Herr«, wandte ein Seesoldat ein. »Erst müssen wir die Überlebenden von Delos behandeln – die wenigen, die es gibt.«

»Sie gehört mir. Deshalb hat sie Vorrang.« Der Seesoldat widersprach nicht, und ein anderer reichte Niko die Tücher. Behutsam wickelte er sie ein und gab ihr dann zu trinken. Trotz seiner Erschöpfung ließ Niko nicht zu, dass ein anderer sie trug. Erst als er an Bord war, fielen ihm die Steine wieder ein.

Auf der Lichtung fand er die Kiste, genau dort, wo er sie versteckt hatte, mit dem schwarzen wie auch dem weißen Stein darin. Er konnte nicht riskieren, dass die Kiste ins Meer fiel oder jemand sie stahl. Darum riss er den Saum seines Schurzes ab und wickelte jeweils einen der handtellergroßen Steine in die Seiten der behelfsmäßigen Schärpe, die er anschließend um seinen Leib schwang. Die Steine schlugen bei jedem Schritt gegen seine Schenkel, aber sie drehten sich nicht. Das Boot dümpelte bereits im flachen Wasser, vollgepfercht mit Überlebenden aus der Sippe der Muse. Niko zog sich an Deck, dann ruderten die Seeleute zurück zum Schiff. Das blau-lila Segel Aztlans fing den Wind und brachte sie heim.

Das grosse Grün

Das Rauschen der Wellen weckte ihn und Cheftu fuhr hoch. Ein schneidender Nordwestwind zerrte an ihrem Schiff. Er schnürte seinen Schurz enger, um sich dann zum Mast vorzuarbeiten. In der Ferne gingen Blitze nieder, und auf dem Meer konnte er den weißen Schaum wütender, brodelnder Wellen erkennen. Rings umher grollte Donner, und Cheftu musste sich an den Seilen festklammern, als er zu seinen wenigen Habseligkeiten zurückkehrte.

Er sank auf dem Deck nieder, verzog dabei das Gesicht, weil sein verletztes Bein schmerzte, und wickelte sich in seinen Umhang. Die Wellen brachten das Schiff zum Schaukeln, und wieder zuckten Blitze auf. Die Rufe der Seesoldaten wurden von dem tosenden Wind davongetragen, der erst aus Westen, dann wieder aus Norden blies und sie dadurch immer weiter von Aztlan wegtrieb. Aus ihrem Kurs, Richtung Norden, schloss er, dass dieses mysteriöse Königreich irgendwo bei Griechenland lag; möglicherweise handelte es sich um Griechenland selbst. Er hatte nie von Aztlan gehört, außer damals in Hatschepsuts Ägypten. Kleidung, Sprache, alles war ihm vollkommen fremd. Ihn fröstelte.

Cheftu bezweifelte, dass sie innerhalb von fünf Tagen ankommen würden, so wie der Kapitän behauptet hatte. Der Kapitän der *Krybdys* hatte beschlossen, von Ägypten aus direkt über das Große Grün nach Kaphtor und von dort aus nach Aztlan zu segeln. Nestor und sein Kontingent an Stieren waren außer Sicht an Bord der *Cybella*.

Im Winter über das Große Grün zu segeln, war für die Ägypter unvorstellbar. Wenn die Ägypter überhaupt segelten, dann stets in Sichtweite des Ufers. Die Araber, Türken und Griechen in Cheftus Jahrhundert hielten es ebenso, sie reisten an der Küste des Heiligen Landes entlang bis zur Türkei und von dort aus in die Ägäis. Die Winde waren zu unberechenbar. Die meisten Schiffe blieben bis zum Frühjahr in ihren Docks.

Die Aztlantu segelten das ganze Jahr über, und diese Fertigkeit machte sie zu einer mächtigen, beängstigenden Thalassokratie. Wasser wusch über Cheftu hinweg, kalt im plötzlichen Zwielicht. Er mummelte sich in seinen Umhang und starrte in die graue Masse, die vom Himmel herabrieselte. Warm und grau.

Er hatte so etwas schon einmal gesehen.

Cheftu schloss die Augen und durchlebte noch einmal die Schmerzen und Wonnen jenes Augenblicks. *Er und Chloe auf ihrer Hochzeitsliege vereint, zum allerersten Mal das Gefühl des anderen kostend. Haut, die über Haut glitt, Düfte, die sich miteinander vermischten… dann ein Klopfen an der Tür und der ergebene Sklave, der ihnen eine Hand voll von diesem Zeug entgegenstreckte. Ein Pulver fällt vom Himmel, hatte er gesagt, das weinende Wunden schlägt.*

Vulkanasche.

Cheftu blinzelte, denn sein Blickfeld wurde immer enger, füllte sich immer mehr mit dem fallenden Grau. Er spürte, wie sich die Asche um seine Sandalen herum auf dem Deck ansammelte. Sie enthielt noch ein wenig Hitze, und er hörte, wie sich die Seesoldaten murmelnd miteinander unterhielten. Sie hatten schnell die Schilde umgestellt, sodass die Ruderer geschützt saßen.

Zu dumm, dass er kein Aztlantu sprach.

Bald hatte man auch ihn zum Arbeiten herangezogen, er musste mithelfen, das Deck zu säubern, damit das Gewicht der Asche sie nicht auf den Meeresboden drückte. Man konnte so gut wie nichts mehr erkennen, deshalb schaufelte Cheftu blindlings Asche hoch und schleuderte sie beiseite – über die Reling, wie er hoffte. Der Wind, der die Asche zu Derwischtänzen hochpeitschte, war so laut, dass er nichts mehr hörte.

Bis auf das Splittern von Holz, als der Mast von einem Blitz getroffen wurde.

Der Donner überrollte die Schreie der Seeleute, die von dem brennenden Mastoberteil zerquetscht wurden. Das Feuer verschlang mit mörderischer Wut das hölzerne Schiff. Sie sanken.

Flammenzungen hüllten das Deck ein, und der Wind verwehte Schreie wie Befehle. Cheftu sah sich nach einer Fluchtmöglichkeit um. Der Rest des Mastes stürzte um, wobei ein Flammenvorhang aufloderte, der das Schiff in zwei Hälften teilte und die brüllenden Seeleute und hochpeitschenden Wogen in infernalisches Licht tauchte. Menschen sprangen, lebendigen Fackeln gleich, über Bord. Andere hackten wie besessen auf die Holzplanken ein. Cheftu packte seinen mit Bitumen überzogenen Weidenkoffer.

Das Krachen des berstenden Holzes übertönte sogar das Peitschen der Wellen, des Windes und das Grollen des Donners. Cheftu spürte, wie das Deck unter ihm zur Seite kippte, und fiel zu Boden, um ellenweit über die Planken zu rutschen. Er streckte die Hände nach irgendetwas aus, an dem er sich einhalten konnte, doch das Boot bekam zu schnell Schlagseite. Das Brüllen der Stiere in den Laderäumen ließ das ganze Schiff erbeben.

Mit einem letzten Krachen zerbrach der Rumpf in zwei Hälften. Die Asche raubte ihm die Sicht, verstopfte ihm Hals und Nase. Noch während er seinen Mund abdeckte, kenterte das Schiff, und Cheftu wurde von Deck ins Wasser geschleudert.

Weiße Wogen schlugen über seinem Kopf zusammen.

Cheftu kam prustend und hustend wieder hoch und wurde dabei um Haaresbreite von einer Planke erschlagen. Mit kräftigen Tritten schwamm er von dem brennenden Wrack weg und zerrte dabei die wenigen Leiber, die er sah, auf sein Holzfloß. Er klopfte auf Rücken oder beatmete fremde Münder, bis die Männer hustend Wasser spuckten und ins Leben zurückgeholt wurden. Er war schon immer Arzt gewesen, doch nun ließen ihn die modernen Behandlungsweisen, die er von Chloe gelernt hatte, wie einen Gott erscheinen.

Er überließ sein Holzbrett den vier Männern, die sich daran festklammerten, und schwamm über die düstere See hinweg auf die anderen schaukelnden Köpfe zu.

Es regnete eine Paste aus Asche und Wasser, und Cheftu war klar, dass sie nicht lange Luft zum Atmen haben würden. Die tiefschwarze Nacht prasselte immer weiter auf sie herab, sodass Cheftu nicht einmal den Horizont erkennen konnte. Sollten sie sich einfach den Gezeiten überlassen? An einer neuen Boje festgeklammert, tat Cheftu es den Seeleuten nach, die vom Wrack wegflohen und weiß Gott wohin schwammen.

Als der Himmel sich langsam zu lichten begann, sichteten sie Land. Cheftus Beine versagten ihm beinahe den Dienst, als sie endlich den Strand betraten. Dekane lang fischten sie ihre Kameraden aus dem Meer.

Cheftu klopfte einem weiteren Matrosen auf den Rücken, bis er hustend und pfeifend Seewasser erbrach. Er war eben von den Wellen angeschwemmt worden. Gleich darauf ging Cheftu über den Kieselstrand und leistete ein paar anderen Seesoldaten Hilfe. Niemand hatte den Kapitän gesehen, und sieben weitere Männer wurden immer noch vermisst. Doch die aztlantischen Seesoldaten waren gut ausgebildet. Die Männer kannten diese Gewässer und konnten leicht eine Insel mit frischem Wasser finden. Es sei denn, natürlich, sie waren verletzt. Cheftu erfuhr in stockendem Aztlantisch, dass ein Seesoldat, der nicht zu seinem Schiff zurückschwimmen konnte, für tot erklärt wurde.

Cheftu ließ sich sein Entsetzen über diese aztlantische Hartherzigkeit nicht anmerken.

Noch bevor ihm die Seesoldaten danken konnten, ging er weiter zur nächsten Gruppe, wo er einen gebrochenen Arm schiente und nach dem bewusstlosen Schiffsjungen sah.

Danach kletterte Cheftu auf die Klippe, von wo aus der Blick über den Strand und die restliche Insel ging, eine freudlose graue Masse. Er sah hinaus aufs Meer. Asche trieb auf den Wellen und verdeckte das klare Blau des Wassers. Er kannte weder das ägyptische noch das aztlantische Wort für »Vulkan«. Wo hatte der Ausbruch stattgefunden?

Die Vögel, in welche die Aztlantu solches Vertrauen setzten, waren freigelassen worden, sowie das Schiff vom Blitz getroffen worden war. Schon jetzt, versicherten ihm die Seesoldaten, seien Aztlantu unterwegs, um sie zu retten. Eine Gruppe hatte sich ins Inselinnere aufgemacht, um nach frischem Wasser zu suchen. Eine weitere Einheit hatte begonnen, das kleine Boot wieder seeklar zu machen, mit dem sich in der vergangenen Nacht so viele gerettet hatten.

Die Stiere waren verloren. Cheftu verzog das Gesicht, als er daran dachte, wie die Tiere in Todesangst gegen ihr Gewicht angekämpft hatten und schließlich im Schiffsbauch versunken waren. Er hoffte, dass der Rat von Aztlan nicht Ägypten die Schuld an dem Verlust geben würde. Das Schiff, auf dem sie gefahren waren, stammte aus Aztlan, für den Sturm konnte niemand etwas, doch die Reaktion der Aztlantu war unmöglich vorherzusagen.

Cheftu sah einen der Männer unsicher auf die Füße kommen. Einige von ihnen schienen Meerwasser in die Gehörgänge bekommen zu haben; ihr Gleichgewichtssinn war gestört. Ein Seesoldat schien kurz vor dem Zusammenbrechen. Cheftu runzelte die Stirn; vielleicht hatte der Mann bei dem Untergang einen Schlag auf den Kopf abbekommen und dadurch … was? Die Männer mit dem gestörten Orientierungssinn wiesen weder Wunden noch irgendwelche anderen sichtbaren Verletzungen auf.

Wassermangel, mutmaßte Cheftu, und schaute über den Strand.

Die Sonne war fast vollkommen von Aschewolken verdeckt, und alle Männer hatten Tücher um ihre Nasen und Münder gebunden, durch die sie atmeten. Sein Blick wanderte über die in Reihen gelagerten Kranken. Cheftu schloss die Augen, weil unvermittelt ein Gefühl von Benommenheit über ihn hinwegwogte. Er schluckte angestrengt, denn er wollte auf keinen Fall umkippen. Wassermangel und Erschöpfung. Der Schwindel legte sich wieder, und Cheftu versuchte, sich zu konzentrieren.

Weshalb war er hier? Wenn seine Berechnungen stimmten, war er im Mittleren Königreich gelandet. Wieso?

Er reckte sich. Was sollte er hier, mitten in der Ägäis? In diesem Aztlantischen Imperium, von dem er außer in Ägypten noch nie gehört hatte? Eine untergegangene Kultur. Der Gedanke war ihm irgendwie vertraut, doch er war zu entkräftet, um ihn weiter zu verfolgen. Langsam kletterte er die Felsen hinab, bürstete seinen schmuddeligen Schurz sauber und rückte den Packen auf seinem Rücken gerade.

Hektische Schreie schreckten ihn auf und ließen ihn um den Fuß der Klippe herum auf den offenen Strand rennen. zwei der kranken Seesoldaten kämpften miteinander, die Hände um die Kehle des jeweils anderen gekrallt. Cheftu rief um Hilfe, während er gleichzeitig versuchte, die beiden zu trennen. Der Angegriffene war blau angelaufen und bekam keine Luft mehr, doch er hatte beide Hände mit unheimlicher, vom Fieber getriebener Kraft um die Kehle des anderen geklammert. Beide Männer waren groß und sehnig, sodass Cheftu ihren Griff nicht zu lockern vermochte.

»Helft mir doch!«, rief er, während er nach einer Möglichkeit suchte, die beiden zu trennen. »Ihr Idioten!«, brüllte er auf Ägyptisch. »Wollt ihr euch noch auf dem Totenbett umbringen? Was soll dieser Wahnsinn?« Er hob ein Stück Treibholz auf und zog es beiden über den Kopf.

Die Hände immer noch fest um die Kehle des anderen geschlossen, kippten die Männer bewusstlos zu Boden. Die anderen Seeleute sahen mit großen Augen zu und murmelten etwas von Cynaris und Batus. Cheftu bedeutete den übrigen, die beiden auf den Sand zu legen. Grimmig zurrte Cheftu ihnen Hände und Füße zusammen. Falls sie starben, würden sie losgebunden, aber er würde nicht zulassen, dass sie einander umbrachten. Nicht auf seiner Krankenstation – selbst *wenn* sie nur aus einem Strand bestand!

Niko stand vor der Tür zum Labor des Spiralenmeisters. Seine Hände waren klamm, er konnte sich nicht entsinnen, je so aufgeregt gewesen zu sein. Gleich nachdem er sich überzeugt hatte, dass die junge Frau überleben würde, war er zu seinem Mentor gelaufen. In ihrer Wunde hatte eine Blutvergiftung eingesetzt, und Niko musste sich voller Scham eingestehen, dass er ihre Hand vollkommen übersehen hatte. Oder genauer gesagt den Stummel, wo eigentlich eine Hand sein sollte. Jetzt schlief sie ganz ruhig. Sie hatte die Infektion gut abgewehrt, und Niko hatte endlich das Gefühl gehabt, sie allein lassen zu können.

Was würde der Spiralenmeister wohl zu den Steinen sagen? Welche Geheimnisse würde dieser Gott ihnen beiden preisgeben? Niko trat ein, und Imhotep drehte sich zu ihm um. In den vergangenen Wochen war der Spiralenmeister um ein Dutzend Sommer gealtert. Der normalerweise so gepflegte Mann war in fleckiges Leinen gehüllt, und sein Gesicht war unrasiert. »Meister?«, meldete sich Niko fragend.

Spiralenmeisters Seite schien irgendwie verbogen, und Niko war erschüttert, wie langsam und unbeholfen sich der Mann bewegte. Niko atmete tief durch und verkündete dann: »Meister, ich habe die Steine gefunden.« Dann zog er aus jeder Seite seines Schurzes einen Stein.

Den Weißen.

Den Schwarzen.

Der Spiralenmeister besah sich einen nach dem anderen und rieb mit gichtigen Fingern über die eingekerbten Buchstaben.

»Weißt du, wie sie funktionieren?« Spiralenmeisters Worte kamen so undeutlich aus seinem Mund, dass Niko dreimal nachfragen musste, ehe er die Frage seines Mentors verstand. Was in Apis' Namen war geschehen?

»Ja.« Niko schüttelte zustimmend den Kopf. »Wenn man genau hinsieht, erkennt man, dass jedes Zeichen mit Gold ausgelegt ist, um das Licht einzufangen. Man muss eine Frage stellen, dann wird die Antwort buchstabiert.« Er nahm an, dass Spiralenmeister die Alte Sprache verstand, auch wenn Niko sie einst von Daedalus gelernt hatte.

Imhotep sah die Steine an. »Das Elixier«, murmelte er.

Niko warf die Steine. Kein Licht fing sich in den eingeritzten Buchstaben. »Vielleicht muss die Frage anders gestellt werden«, schlug er vor.

Imhotep stützte sich am Tisch ab und murmelte etwas von seinem Elixier.

Niko war entsetzt, seinen Meister, das Oberhaupt seiner Sippe, so hilflos zu sehen. Was war vorgefallen? Was ging hier vor? Imhotep brüllte: »Elixier!«, und Niko warf die Steine. Wieder keine Antwort.

»Gibt es ein Elixier?«, fragte er.

Nichts. Vielleicht war die Frage nicht genau genug gestellt.

Sei präzise, dachte Niko. »Gibt es ein Elixier für die Unsterblichkeit?«

Er warf die Steine und las stirnrunzelnd die Antwort, ehe ihm einfiel, dass er sie in die gewöhnliche Sprache übersetzen musste. Er sah zu Imhotep auf, das Gesicht starr vor Ungläubigkeit. »Es *gibt* ein Elixier«, sagte er.

»Zutaten«, brummelte Imhotep.

»Was sind die Zutaten?« Doch was nutzte diese Frage, wenn man die Alte Sprache nicht wörtlich und fließend verstand? Wie erwartet, gaben die Steine keine Antwort, sondern blieben stumm liegen.

Als jemand an die Tür klopfte, steckte Niko die Steine schnell weg. Ein Leibeigener setzte sie davon in Kenntnis, dass ein weiterer aus Zelos' *Hekatai* erkrankt sei.

Imhotep erbleichte, und Niko führte den Alten an sein Bett, erschrocken über die zerbrechlichen Knochen, die er unter Imhoteps Kleidung ertastete. Was war mit seinem Meister los? Der Spiralenmeister brabbelte aufgeregt vor sich hin, doch Niko verstand kein Wort von dem, was er sagte. Er legte die Steine in Reichweite Spiralmeisters ab, einen auf jede Seite des Bettes.

»Zutaten!«, kreischte der Alte.

»Frag die Steine, Meister. Ich weiß nicht, welche man braucht. Zweimal Klicken heißt nein, dreimal ja.«

»Woher weißt du das?«

»Das ist die Sprache, Meister. Drei Konsonanten und ein Vokal ergeben ein Ja, für das Nein braucht man nur zwei Konsonanten. Ihr müsst zählen, wie oft sie klicken, dann wisst ihr die Antwort.«

Auf Spiralmeisters Befehl, ihn allein zu lassen, schloss Niko die Tür. Etwas stimmte nicht mit dem Alten; doch was es war, wussten nur die Götter.

Junger Seeigel, dachte Imhotep, während er den Schritten des Jungen auf der Treppe lauschte. Dies also war die großartige Hinterlassenschaft von Jawans Gott? Imhotep kniff die Augen zusammen und versuchte, die einzelnen Buchstaben auszumachen. Er bellte nach einem Leibeigenen, mehr Licht zu holen. Doch selbst mit einer Fackel dicht über seinem Kopf konnte Imhotep die heiligen Inschriften nicht entziffern.

Sollte er sie in Kelas Tempel bringen? Oder vielleicht in die Pyramide der Tage? Sein Geist war benebelt. Imhotep berührte die Glasphiole vor ihm. Eine Flüssigkeit schwappte darin herum, eine wichtige Flüssigkeit, doch ihm wollte einfach nicht einfallen, was es war.

Er nahm die Steine in eine zitternde, runzlige Hand und wollte sie eben in seine Tasche stecken, als sie sich zu bewegen begannen. Imhotep öffnete die Hand und sah, wie sie sich drehten, wie sie wackelten und ihn blendeten, immer wenn das Licht auf die silbernen und goldenen Lettern fiel.

»Was braucht man zu dem Elixier?«, fragte er die Steine. Er warf sie aus und erhielt keine Antwort. »Braucht man Wasser zu dem Elixier?«

Nein.

Och! So ging das also! Er musste Ja-Nein-Fragen stellen. Imhotep schnippte nach einem Schreiber und begann, die Steine nach den Ingredienzien auszufragen.

Dekane später starrte Spiralenmeister wütend auf die Steine, vergrätzt über ihre offensichtliche Unfähigkeit, etwas anderes als »Ja« oder »Nein« zu sagen. Die Zeit wurde allmählich knapp für *Hreesos*, für Imhotep, für sie alle. Er brauchte die Antworten, die ihm die Steine geben konnten.

Durch die Steine wusste er, dass zu seinem Elixier noch eine einzige Zutat fehlte.

Die Frage war nur, *welche*.

Mühsam zählte Imhotep jedes Mittel auf, das er besaß, rollte dabei die Steine und las die Antwort. »Nein. Nein. Nein. Nein.« Seinen Schreiber hatte er längst wieder weggeschickt. Imhotep zermarterte sich das müde Gehirn. Er war so dicht dran, bei Kela, so dicht! Erschöpft warf der Alte die Steine erneut aus.

Nein.

Er nannte ein weiteres Kraut.

Nein.

Noch eines.

Nein.

Noch eines.

Nein.

Spiralenmeister seufzte und wandte sich der nächsten Liste zu. Er musste die letzte Zutat ausfindig machen! So kurz vor dem Ziel durften sie einfach nicht versagen! Er klappte die Lederseite um und nahm seine Befragung wieder auf.

Die Steine antworteten wie zuvor.

Nein.

Nein.

Nein.

Nein.

»Was können wir tun, um unser Volk zu retten?«, fragte er rhetorisch und warf die Steine. Sie klapperten lange vor sich hin. Was hatte das zu bedeuten, *iii*?

Taubheit stahl sich in seinen Atem, und der Schmerz quetschte ihm den Schädel zusammen. Imhoteps Hand erschlaffte und die Steine rutschten über den bemalten Boden in verschiedene Richtungen davon, sodass die eingeritzten Buchstaben auf den Kacheln tanzten.

»F-L-I-E-H-T!«

Y'Carus stapfte steif über das schaukelnde Deck. Geistesabwesend hatte er geholfen, das Segel zu hissen, während gleichzeitig die nahen Gespräche wie auch die Trommel des Taktgebers dumpf gegen seinen Schmerz anklopften. *Neotne*. Allein ihren Namen auszusprechen war wie der scharfe Schnitt einer Klinge. Er sah über das Meer. Auch wenn die qualmende Insel längst weit weg war, wollte ihm ihr Anblick einfach nicht aus dem Kopf.

Als hätte ein Riese von oben mit einer Klinge dreingeschlagen, war Delos in zwei Hälften geteilt. Wo einst an den Häusern der Weber, Färber und Händler vorbei die Hauptstraße verlaufen war, zerfetzte nun ein tiefes, ausgefranstes Loch, halb ausgefüllt mit Häusern und Leichen, die Stadt.

Der Fluss, vom Meer zu Fluthöhe aufgepeitscht, hatte alle in den Tod gerissen, die nicht durch das Erdbeben umgekommen waren.

Oder in den Flammen. Gedankenverloren schüttelte Y'carus den Kopf, um die Frage eines einfachen Matrosen zu bestätigen, dessen Worte in Y'carus' Erinnerung an die Lavaströme untergingen. Wie sich windende Schlangen waren Ströme geschmolzenen Gesteins vom Gipfel zum Meer hinabgeglitten. Sowie Y'carus von dem Ausbruch gehört hatte, hatte er sich selbst, sein Schiff und seine Mannschaft bis an die Grenzen der Belastbarkeit getrieben.

Dennoch war er zu spät gekommen.

Sie waren nachts an der Insel gelandet und vor Entsetzen verstummt angesichts des Berges, der rot und schwarz glomm wie das Holz eines verloschenen Feuers. Sie konnten nicht am Ufer anlegen; der Hafen war von Trümmern verstopft, und von Leichen.

Mit einem kleinen Ruderboot hatte er ans Ufer übergesetzt, wo er seinen Männern befohlen hatte, alle Überlebenden einzusammeln und sie auf die sichere Nachbarinsel Paros zu bringen. Y'carus konnte sich des Gefühls nicht erwehren, dass es inzwischen auf dem Meer am sichersten war. Den Inseln konnten sie von nun an nicht mehr trauen; waren sie Freund oder Feind?

Nicht einmal die Seegefechte der Vergangenheit hatten ihn auf ein solches Bild der Zerstörung und des Verlustes vorbereitet. Die Lava hatte zwar aufgehört zu fließen, doch sie deckte alles zu und war so heiß, dass die Haare an seinen Beinen versengt wurden, wenn er nur daran vorbeikam.

Aus der Mischung von Schlamm und Gestein ragten noch einzelne Gebilde heraus. Y'carus konnte die Umrisse von Frauen und Kindern ausmachen – die bei ihrer überstürzten Flucht zum Meer hin überrollt worden waren. Der Gestank verkohlten Fleisches hing in der Luft. Und über allem lag absolute Stille.

In der einst so geschäftigen Stadt lebte nichts mehr.

Er wollte zu dem Haus seiner Bluteltern gehen, doch er hatte es nicht einmal in die Nähe geschafft. Das Gebäude war von einem Dutzend anderer, ähnlicher nicht zu unterscheiden. Alle waren flach gedrückt, talwärts geschoben und unter dem glühenden Auswurf der Erde verschüttet worden. Y'carus kam an einst üppigen Gärten vorbei, die nun unter glühend roten Steinen vergraben lagen; an einem Fluss, der unter Asche und Schutt erstarrt war. Schweigend stolperte er weiter, von so großem Schmerz ergriffen, dass er kaum mehr einen Fuß vor den anderen setzen konnte.

Nach seiner Suche kehrte er an die Inselspitze zurück, den letzten grünen Fleck – von wo man ihn wieder auf sein Schiff bringen würde.

Hier waren die wenigen, die dieses Grauen überlebt hatten, versammelt. Die meisten waren nackt, und einige hatten so schwere Verbrennungen, dass sie glänzten, als wären sie mit Öl oder Traubensaft überzogen. Diese Menschen lagen im Sterben, ihre Münder, Zungen, Kehlen waren so verbrannt, dass sie kaum atmen oder schlucken konnten. Ein Mensch, das Geschlecht vermochte er nicht zu erkennen, hatte gekrächzt: »Durst. Durst. Durst.« Als Y'carus aus einem nahen Brunnen Wasser gebracht hatte, hatte er zu husten begonnen und war in Y'carus' Armen verendet.

In Gedanken noch in Arachne, zurrte er alle nötigen Taue fest. Aus dem Imperium war Hilfe eingetroffen – ein verspätetes Aufgebot an Männern und Material. Vier Schiffe mit fliehenden Überlebenden hatten es nach Naxos, zur nahen Sippe des Rebstocks geschafft, drei weitere Schiffsladungen mit Überlebenden aus Arachne waren auf hoher See geborgen worden.

Unter ihnen war kein einziger Färber.

Während Y'carus Fragen aus seiner Mannschaft beantwortete und seinen Pflichten nachkam, schmorte er innerlich wie die verkohlte Stadt. *Hreesos* Zelos hatte die Sippe für tot erklärt – denn gewiss waren die Schafe, die Webstöcke, die Schiffe und die meisten der Bürger, die daran gearbeitet hatten, verloren. Und damit war die Sache erledigt. Tausende waren ums Leben gekommen, doch das Imperium legte nur kurz Maß an, wog ab und segelte dann weiter. Jetzt sah es so aus, als würde die Insel ins Meer stürzen. Seine teure Neotne würde, eingeschlossen in einen Sarkophag aus blindwütigem Gestein, unter den Wogen versinken.

Die Skolomantie musste doch geahnt haben, dass ein Ausbruch bevorstand. Der Kult der Schlangenorakel musste davon gewusst haben! Offenbar war beiden eine so kleine Sippe gleichgültig – sie war nicht wichtig genug, um die Menschen zu warnen.

Er zog seine Klinge und polierte die Bronze mit dem Saum seines Umhangs. Das Imperium ging zu Grunde. Es hatte ihn vergessen. Er hatte sein Leben auf See verbracht, doch er hatte sich darauf verlassen, dass das Imperium für seine Familie sorgte, während er fort war, dass es seine Lieben so schützte, wie Y'carus das Imperium schützte.

Man hatte ihn getäuscht.

»Herr?«

Y'carus sah auf. Sein Erster Offizier stand neben einem großen Mann, dessen Züge unter der dicken Maske aus Asche kaum auszumachen waren. Arme gestrandete Narren, dachte er.

»Wer bist du?«, fragte er.

Der Mann runzelte kurz die Stirn, dann antwortete er in gebrochenem Aztlantu. Er stellte sich als Cheftu vor, ein ägyptischer Gast. Y'carus rief nach dem Flottenbuch und schlug darin nach, dass Cheftu auf einem der drei Schiffe mitgefahren war, die von Ägypten nach Kallistae gesegelt waren. Ein Gast? Y'carus hatte keinen Zweifel daran, dass der Mann eine Geisel war.

»Die Apis-Stiere, sind sie ertrunken?«, fragte er.

Der Ägypter brauchte einen Augenblick, ehe er antwortete.

»Schick eine Schwalbe los, finde heraus, ob die beiden anderen Lieferungen eingetroffen sind«, wies Y'carus seinen Schreiber an. »Ich bin Y'carus, Kommandant dieses Schiffes«, sagte er. »Sei willkommen.«

Der Ägypter verbeugte sich auf seine fremdländische Weise, und Y'carus wollte sich schon entfernen.

»He... Herr«, sagte der Ägypter.

»Ja?«

»Diese Asche, weißt du, wo der Ausbruch stattgefunden hat?«

Heftig blinzelnd wandte Y'carus den Blick ab. »Ja.«

»Gibt es Überlebende? Ich bin ein Magus, ein Arzt.«

Sein Aztlantu war grauenvoll anzuhören, doch er schien es ernst zu meinen.

»Selbst für jene, die überlebt haben, kommt jede Hilfe zu spät. Letzten Endes wird es keine... Überlebenden geben.«

»Das tut mir Leid«, erklärte er auf Ägyptisch, eine der wenigen Wendungen, die Y'carus geläufig waren. »Hat deine Familie dort gelebt?«

»Ja.«

Die beiden Männer sahen einander an und wandten sich dann ab. Der Ägypter ging nach vorne in den Bug, doch Y'carus rief ihm nach: »Ägypter, du wirst heute Abend mit mir speisen.«

Wieder reagierte der Mann mit seiner komischen Verbeugung, und Y'carus widmete sich wieder seiner Arbeit. Er blickte noch einmal in sein Logbuch.

Morgen würden sie in Knossos ankern, zur zeremoniellen Begrüßung Kelas.

Schlief sie oder wachte sie? Der Raum war schwarz, und einen Moment versuchte Chloe, sich ängstlich zu orientieren. Doch die Atmosphäre war nicht so bedrückend wie in der Höhle. Etwas strich über ihre Taille, und sie fuhr herum. Ihr Haar? Dichte Locken hingen über ihren Rücken herab. Sie lehnte sich an eine Wand und versuchte angestrengt, sich zurechtzufinden.

Mit Sibylla einen Körper zu teilen, war, als würde man in einem Chinesischen Drachen herumspazieren, dachte Chloe. Nur einer sah vorne heraus, alle anderen mussten ihm blind folgen. Wenn Sibylla die Führung übernahm, nahm Chloe nur Bruch- und Versatzstücke wahr, nie ein komplettes Bild. Sie war froh, dass sie ein »Lenkungs«-Abkommen getroffen hatten.

Vor ihrer Kammer waren Geräusche zu hören, darum tastete Chloe nach ihren Kleidern. Unbeholfen entzündete sie die alabasterne Öllampe. An einem Wandhaken hing ein Rock, den Chloe über ihren Kopf zog und glatt strich, bis er über ihre Taille fiel. Er war chaotisch gemustert und bestand aus fünf gerüschten Lagen, die alle unterschiedlich verziert, doch in den gleichen Safran- und Karmesintönen gehalten waren. Eine Jacke mit ausgepolsterten Ärmeln, die dadurch sehr steif und sehr eng wirkten, hing neben dem Rock. Chloe streifte sie über. Oben blieb die Jacke offen. Die bis zu den Ellbogen reichenden Ärmel passten, die Taille saß korrekt, doch die Verschnürung begann *unter* ihren Brüsten, die unbedeckt blieben.

Sie sah lange auf ihre Brüste und begriff plötzlich, dass das hier ganz normal war. Brüste waren nichts Erotisches, sie waren nichts als Milchflaschen. Rücken und Schultern, *die* waren sexy. Die Brüste nicht. Ein roter Ledergürtel wurde zweimal um ihren Bauch geschlungen und hinten verknotet.

Alles war voller Haare, langer, lockiger Strähnen, die sich in ihren Kleidern und ihrem Mund verfingen. Sie kam sich vor wie ein Vogel in der Mauser. Ein verirrtes Haar ausspuckend, hob sie den schweren Anhänger hoch, der zwischen ihren nackten Brüsten hing.

Ihr Geist war klarer denn je, seit sie in Sibyllas Körper aufgewacht war, das merkte sie, als sie ohne Schwierigkeiten die Zeichen darauf las. Sie war Sibylla Sirsa Olimpi, Oberhaupt der Sippe des Horns, geboren in der Zeit der Schlange … was dem dreiundzwanzigsten Dezember entsprach. Ein Schaudern überlief Chloe. Die Symbole auf der Scheibe kamen ihr vage vertraut vor, selbst aus neuzeitlichem Blickwinkel.

Sehr vertraut sogar. Sie hatte sie zeit ihres Lebens auf dem Schreibtisch ihrer Mutter stehen sehen. Sie bedeckten eine Nachbildung der Scheibe von Phaistos, ein noch nicht entziffertes Fundstück aus der vorgriechischen Kultur auf Kreta und Santorin.

Chloe sank auf ihren Hocker und stützte den Kopf mit den üppigen Locken in beide Hände.

Das war unglaublich. Träumte sie? Sir Arthur Evans hatte den

Palast von Knossos entdeckt und die dort ausgegrabenen Überreste einer uralten Kultur nach der griechischen Mythologie benannt. Ihre Mutter hatte in einer der von Asche bedeckten Städte Ausgrabungen gemacht.

Minoer.

Moms Fachgebiet. Das rätselhafte, untergegangene Volk aus der Ägäis.

Chloe fuhr hoch, packte mit bebender Hand die Öllampe und ging im Raum auf und ab. Wo war sie? Dies war nicht Santorin, so viel stand fest. Also musste es Kreta sein? »O Gott, Mom, warum hab ich nicht besser aufgepasst?«, murmelte sie.

Während der Rest der Familie im modernen Kreta die Museen und Ausgrabungsstätten abgegrast hatte, war sie lieber Einkaufen und Windsurfen gegangen. Sie war noch nie in Knossos gewesen. Kein Wunder, wenn sie es nicht wiedererkannte. War das hier Knossos?

Chloe setzte die Lampe ab, ehe sie ihr noch aus der Hand fiel und sich die Frage auf diese Weise erübrigte, und zermarterte sich weiter das Gehirn. Ihre Mutter hatte sich auf Santorin spezialisiert. Dort hatte sie gearbeitet, als sie Chloes Vater kennen gelernt hatte.

Jemand klopfte an, und Chloe starrte wie hypnotisiert auf die Tür.

»Herrin?«

»Herein«, rief sie, denn dank Sibylla war ihr die Sprache geläufig. Eine Nymphe trat in den Raum. Sie war ähnlich wie Chloe gekleidet, wenn auch nicht so elegant, denn ihr Rock hatte nur drei Lagen. Sie hielt die Arme im rechten Winkel vom Körper weg und hatte auch die Ellbogen im rechten Winkel abgeknickt.

»Die Sonne geht auf, Herrin. Kela kommt!«

Chloe lauschte aufmerksam auf ein Stichwort von Sibylla, doch die blieb stumm. Schlief sie etwa? Ich könnte ein paar Tipps gebrauchen, dachte Chloe. Wie zum Beispiel, was zum Teufel von mir erwartet wird! Priesterinnen-Rituale sind deine Sache!

Nichts.

Das Mädchen wiederholte den fremdartigen Gruß und hielt die

Tür auf. Höchstwahrscheinlich für Chloe – Sibylla –, wer ich auch immer sein mag, dachte Chloe. Der Gang war so schmal und dunkel, dass sie kaum den Rocksaum des Mädchens sehen konnte. Dann strömte mit einem Schlag Licht herein, und Chloe blickte nach oben. Sie standen am Rande eines riesigen Treppenhauses, über dem ein Loch in die Decke geschnitten war, sodass das Licht bis ganz nach unten fiel. Bis dahin waren alle Zimmer und Gänge vollkommen schmucklos gewesen, doch hier änderte sich das.

So unauffällig wie möglich blickte Chloe sich um. Muster über Muster über Muster über Muster. Wie eine visuelle Kakophonie von Todd Oldham in einer Vierfarb-Palette: Spiralen, Quadrate, Kreise, Rauten, Sterne. Eine gemalte Prozession lebensgroßer Geschenke-Überbringer schritt neben ihnen die Treppe hinab, beladen mit Obst und Getreide, Kisten voller Gewürze, Rhytonen voller Wein. Klavierbeinige Säulen in Rot, Schwarz und Gold akzentuierten das Gemälde.

Chloe strauchelte. Sie kannte diese Säulen! Tausend Bilder kochten in ihrem Geist hoch: eine Innenarchitektur-Klasse, die Säulen antiker Völker verglich. »In Kreta finden wir die ersten Beispiele für viele moderne Motive. Dort wurden zum ersten Mal klavierbeinige Säulen mit schlichter Basis und ebenso schlichtem Kapitell eingesetzt. Es war auch die erste Zivilisation, von der die Welle, der griechische Schlüssel und unzählige andere, sich wiederholende Muster verwendet wurden. Die Konzentration auf die Farbtöne Goldrute, Karneol und Marsschwarz war wahrscheinlich bedingt durch die damals verfügbaren Baumaterialien.«

Sie war eine Minoerin!

Ein stiller Refrain von »Omeingott, omeingott, omeingott« folgte ihr, bis sie das untere Ende der Treppe erreicht hatten. Chloe musste sich ein anerkennendes Pfeifen verkneifen. Der Raum war riesig und bis auf den letzten Zentimeter mit strahlend bunten Mustern bedeckt: Boden, Decke, Türen. Auf allen Wänden waren in Schwarz und Rot gerahmte Bilder zu sehen.

Hier unten drängten sich die Menschen, gut aussehende Männer mit äußerst knappen Schurzen und langem Haar; Frauen mit ebenso langem Haar und ähnlich wie Chloe gekleidet. Die meisten trugen hochhackige Sandalen. Der Duft nach Parfüm, Schweiß und Essen tränkte den Raum, und Chloe war froh, der Nymphe in einen Garten folgen zu können.

Noch nie hatte ihr Sibylla so uneingeschränkt das Ruder überlassen. Gewöhnlich ließ die Frau Chloe schon beim Ankleiden wissen, dass es Zeit war, »Platz zu machen« und alles Weitere einer erfahrenen Kraft zu überlassen. Wo steckte Sibylla jetzt?

Trotzdem war das hier ganz okay. Sie war eine Minoerin. Mann, wirklich kein schlechtes Leben, dachte sie.

Die Sonne schien kraftlos vom Himmel, und Chloe erinnerten ihre klammen Brustwarzen daran, dass es wahrscheinlich erst Anfang Februar war. Auf Kreta, aber in welchem Jahr? Sibylla zu fragen, würde ihr nicht weiterhelfen. In deren Zeitvorstellung gab es keine Begriffe für A. D. oder v. Ch. Sie befand sich im vorklassischen Griechenland, so viel war klar, aber durch diese Information verengte sich der Zeitrahmen lediglich um zweitausend Jahre. Wieso war sie hier im vorgeschichtlichen Kreta?

Es wäre etwas weit hergeholt zu glauben, dass sie nur durch die Zeit reiste, um Hilfe bei Naturkatastrophen zu leisten. War es nicht ein bisschen überheblich anzunehmen, dass die Zeit neu geordnet wurde, nur weil sie so gut im Katastrophenschutz war? Es sah nicht so aus, als würde sie in diesem Leben einen Pinsel in die Finger bekommen, was also sollte sie hier? Ihre Gedanken rasten wie ein Hamster im Rad. Schneller, schneller, schneller, schneller – ohne irgendwohin zu gelangen.

Die beiden Frauen gingen wieder eine Treppe hinunter, durch einen weiteren Tunnel, dann die nächste Treppe hinab, nach links, nach rechts, eine Treppe nach oben, um wieder abzubiegen. Ein Säulengang, ein Gang, eine weitere Folge von chaotisch künstlerischen Räumen.

Diese Leute waren echt auf Labyrinthe fixiert, ein weiteres minoisches Motiv.

Als sie in einen weiteren Raum traten, wurde sie von den anwesenden Frauen mit der rechtwinkligen Geste begrüßt. »Die Sibylla«, verkündete die Nymphe und verschwand.

Eine Frau mit hoch aufragenden Federn im Haar trat vor. »Sei gegrüßt, Herrin. Wir sind geehrt, dass du heute mit uns tanzen willst. Wir vertrauen darauf, dass Kela durch dich sprechen wird?«

Chloe fühlte sich, als hätte sie ein Stachelschwein verschluckt, doch in diesem Augenblick erwachte Sibylla und gab die gebührende geschliffene Antwort. Chloe beobachtete sie mit einem komischen Gefühl im Magen. Tanzen, *schon wieder* Tanzen! Was hatten diese alten Kulturen nur mit ihrem Tanzen?

Jemand strich Bleiglanz auf ihre Lider und verlängerte dabei die Linien nach oben und außen, nicht auf ägyptische Weise, doch immer noch ausgesprochen exotisch. Eine rote Salbe wurde mit einem Pinsel auf ihre Lippen aufgetragen, und ihr Haar wurde in verschiedenen Abschnitten zurückgekämmt und schließlich mit einem federgeschmückten, flachen Hut gekrönt. Den anderen Frauen folgend, stieg sie hinab auf die unterste Ebene.

Der Raum war still, doch irgendetwas lag schwer in der Luft. Chloe atmete tief durch. Ihr kam die Stille unheilschwanger vor, doch Sibylla zeigte keinerlei Zeichen von Nervosität. Der Boden war in der Mitte eingesunken, und die eingesunkene Stelle schien sich zu bewegen. Eine Frau watete durch die sich windende, schillernde Masse und entzündete die erhöht angebrachte Öllampe.

Schlangen! Mein Gott, Millionen von Schlangen! Die Minoer hatten zu allem Überfluss auch eine Schwäche für Schlangen, fiel ihr siedendheiß ein. Chloe wich zurück, doch Sibylla nahm seelenruhig ein paar Giftschlangen entgegen, die sie um ihr Handgelenk wand wie lebendige Armbänder. Eine Priesterin legte eine Schlange um Sibyllas Hut und eine weitere um ihre Taille. Chloe zog sich so weit wie möglich zurück; das hier überließ sie lieber Sibylla. Wenn *das hier* kein Ritual war, dann wusste sie nicht, was eines sein sollte. Sie würde sich auf Sibylla verlassen müssen. Zögernd kroch Chloe in die Dunkelheit des Geistes zurück. Wow, sie war auf Kreta.

Mit klarerem Kopf als je, seit sie in der Höhle aufgewacht war, erkundigte sich Sibylla nach dem Namen ihrer Schlangen und verbrachte einen Moment damit, sie zu tätscheln und sich an das trockene Gewicht zu gewöhnen, das sich in regelmäßigen Abständen um ihre Arme und ihren Leib zusammenzog und wieder lockerte.

Musik von oben markierte den Beginn des Verehrungsrituals für die Göttin Kela. Wenn die ersten Schmetterlinge nach Knossos zurückkehrten, war es an der Zeit, Kela zu grüßen und sie wieder im Leben willkommen zu heißen. Die Göttin der Erde starb alljährlich, wenn die Winde sich erhoben, und wurde mit den Schlangen und Schmetterlingen wiedergeboren. Von ganz Kaphtor strömten dann die Menschen herbei, um die Begrüßung Kelas zu feiern. Schon hatte sich eine Menge versammelt, ein gutes Omen. Die Muschelsucherinnen hatten ein Festmahl bereitet, dessen Duft nach bratenden Fischen, Töpfen mit frischen Muscheln und gegrillten Krebsen in der morgendlichen Luft hing.

Aztlan

»Erwache, Herrin! Heute grüßen wir Kela!«

Ileana stemmte sich auf die Ellbogen hoch und versuchte, die Lider aufzubekommen. Der Wein der vergangenen Nacht pulsierte in ihrem Schädel, und ihr Mund fühlte sich an wie ein Vlies. Bei Kela, was hatte sie nur getan? Selbst die Rufe ihrer Schoßtiere gellten ihr in den Ohren. Sie vergrub den Kopf in den Leinen und versuchte, sich die vergangene Nacht ins Gedächtnis zurückzurufen.

Mit Priamos geschlafen, während wir *Kreenos* gegessen haben, fiel ihr wieder ein.

O Kela!

Müde und mit schmerzenden Gliedern ließ Ileana sich ins Bad tragen und dann langsam mit warmem Wasser und Öl massieren, bis sie gänzlich erwacht war. Die Hände des Leibeigenen waren sanft und kundig, und Ileana merkte, wie sie friedvoll davonzuschweben begann.

Sie musste aufwachen! Heute war ein wichtiger Tag! Ein Tag des Tanzes, der Freude, bei dem sie im Mittelpunkt stand. Zum ersten Mal in ihrem Leben schauderte Ileana bei dem Gedanken, dass die

Blicke von Hunderten und Tausenden, die zu der heiligen Höhle der Insel geströmt waren, nur um sie zu sehen, auf ihr liegen würden.

Die Tür, die von ihren Gemächern zu jenen von Zelos führte, sprang auf. Mit einem Fingerschnippen schickte er ihre Leibeigenen davon und ließ sich schwer am Rande ihrer Wanne niedersinken. Auch wenn *Hreesos* immer noch golden, immer noch begehrenswert war, so zogen tiefe Falten sein Antlitz erdwärts, und Kummer verhüllte seinen Blick.

»Noch einer aus meinem *Hekatai* ist gestorben, Ileana.«

»Noch einer?«

»Der siebte in den vergangenen zwanzig Tagen.«

»Es waren alles alte Männer, Zelos.«

Er senkte den Blick, und Ileana fiel ein, dass die Männer in seinem Kabinett alle in seinem Alter gewesen waren. Nur wenige Jahre älter als sie selbst, dachte Ileana angeekelt. »Hast du einen Verdacht?«

»Welchen Sinn hätte das? Phoebus wird herrschen und seinen eigenen *Hekatai* einrichten. Welches Motiv könnte es geben, außer Aztlan selbst zu verletzen?«

»Ich weiß es nicht«, antwortete Ileana ungeduldig. »Doch ich muss mich für den heutigen Tag bereit machen.«

»*Iii*... einer deiner liebsten Tage, Muttergöttin? An dem man dich anbetet und verehrt? Wie du dich danach verzehrst.«

Zu müde zum Kämpfen, sah Ileana ihn nur mit zornlodernden Augen an. Zelos stand auf und kehrte zurück zu der offenen Tür, wo er im Türrahmen strauchelte. Entsetzt verfolgte Ileana, wie er sich an der Tür einhielt und sie dabei aus den Angeln riss. Der Lärm ließ die Leibeigenen herbeieilen, doch keiner wagte, sich *Hreesos* zu nähern. Mit bedächtigen Bewegungen richtete er sich wieder auf, schleuderte die Tür beiseite und stapfte ohne einen einzigen Blick zurück in seine Gemächer davon.

Ileana stieg aus ihrer Wanne und blieb stehen, bis ihr Leibeigener sie abgetrocknet und eingeölt hatte. Dann schnippte sie nach Federn, um ihr Haar zu schmücken.

Woran waren die Männer aus dem *Hekatai* gestorben?

Hatte Phoebus vielleicht die gleiche Krankheit und lag bereits im Sterben?

Bitte Kela!

Kaphtor

Cheftu blickte auf das Gewirr leerer Boote im Hafen von Amnisos. Wo waren die Menschen? Er drehte sich zu Y'carus um. »Ist irgendwas passiert?«

»Nein, Ägypter. Es ist nur der Beginn der Aussaat. Sie sind alle in Knossos.« Mit scharfen Befehlen lenkte der Kapitän das Aztlantu-Schiff an seinen Platz, um dann die Segel einholen und den Anker auswerfen zu lassen. Die Männer wirkten unruhig, und Cheftu fiel auf, dass sie immer wieder sehnsüchtig zum Land hinübersahen. Eigenartigerweise war hier keine Asche gefallen.

Er konnte erkennen, dass Kaphtor ein schönes Land war. Kaphtor bildete die Wurzel des Wortes »Kolumne«. In der Bibel wurde Kaphtor mit Griechenland und den umgebenden Inseln gleichgesetzt. Das hier war nicht Griechenland; dazu waren sie nicht lange genug gesegelt. Nach einem aufmerksamen Blick über den einwandfreien natürlichen Hafen, die schneebedeckten Berge am fernen Horizont und die über den weißen, goldenen, roten und schwarzen Gebäuden aufragenden Zypressen und Fichten mutmaßte er, dass sie sich auf einer griechischen Insel befanden. Das tiefe Blau der Ägäis stand in scharfem Kontrast zu dem frühlingshaften Grün. Cheftu kniff die Lippen zusammen und ließ den Gelehrten zurücktreten, während sich gleichzeitig der unglückliche Liebende in den Vordergrund schob. Wie hätte dieser Anblick Chloe gefallen! Ihr künstlerischer Blick hätte in den Farben und Kontrasten geschwelgt –

Cheftu schob den Gedanken beiseite und half einem Matrosen, ein paar Leinen straff zu ziehen. Wieso zitterten die Hände des Seemannes? Y'carus ging auf dem Deck umher und überprüfte alles, ehe er den Männern erlaubte, an Land zu gehen.

Noch nie hatte Cheftu irgendwelche Soldaten so enthusiastisch antreten sehen wie diese Männer! Sie standen in Habachtstellung, den Wind in ihren kurzen grünen Schurzen und in dem langen Haar. Y'carus drehte sich zu Cheftu um und winkte ihn heran. An dem Band um seinen ägyptischen Schurz zupfend, ging Cheftu über die Planke auf den Kai.

Das Tempo, mit dem sie den Ort durchquerten, ließ ihm kaum Zeit zum Beobachten. Aber es hatte ohnehin kein Geschäft geöffnet. Stramm marschierten sie zwischen geschlossenen Läden und Buden hindurch. Cheftu spürte seine mangelnde Übung, sein schmerzendes Gelenk, doch er war fest entschlossen, nicht zurückzufallen. Y'carus schritt kraftvoll aus und legte mit seinen stämmigen Beinen *Henti* um *Henti* zurück.

Die Sonne stieg allmählich höher, und sie bekamen mehr Menschen zu Gesicht. Familien im Feiertagsstaat spazierten mit ihren Kindern, jungen wie alten, dieselbe gepflasterte Straße hinauf. Ausladende Bäume filterten das Sonnenlicht, und in regelmäßigen Abständen sah Cheftu am Wegrand einen Altar mit Hörnern stehen.

»Dort können sich die Bittsteller erfrischen, bevor sie Kela erreichen«, erklärte ihm Y'carus.

»Indem sie sich ausruhen?«

»Ja, aber auch, weil dort Wasser geschöpft werden kann. Sie können etwas trinken und sich vielleicht sogar ein bisschen waschen, bevor sie den Platz erreichen.«

Je näher sie dem Platz kamen, desto mehr Menschen sah Cheftu. Männer, alte Frauen, Kinder. Wo steckten die jungen Frauen? Die hatten sich unter einem steinernen Bogen und auf einigen flachen Stufen versammelt. Cheftu kam ins Straucheln, als er die erste junge Frau erblickte.

Dabei sah er gar nicht in ihr Gesicht, sondern nur auf ihre Kleidung. Oder eher auf die fehlende Kleidung. Schnell wandte er mit heißen Wangen das Gesicht ab. Er hatte schon viele Kleider gesehen, die ebenso viel enthüllt hatten, doch noch nie war das so provokativ zur Schau gestellt worden. Verstohlen musterte er die nächste Frau, dann noch eine. »Y'carus«, meinte er gepresst, »sind das alles, ähmm ...« Er sah den jungen Kapitän an.

»Nein.« Y'carus schlug Cheftu auf die Schulter. »Die Tempeltänzerinnen sind diejenigen, die sich verführerisch kleiden. Sie zeigen ihre Schulter.« Sein Ton war fröhlich, allerdings senkte er sich bei dem Wort »Schulter«. Cheftu musste auf seine Zunge beißen, um sich das Lachen zu verkneifen. Eine Frau, die ihre Schulter zeigte, war verführerischer als diese dunkeläugigen, wespentaillierten Frauen, die ihre Brüste wie Opfergaben darboten?

Je dichter die Menge wurde, desto langsamer wurden ihre Schritte. Fliegende Händler drängten durch die Menschen, um gegrillte Garnelen feilzubieten, Orangen, in Kräutern gewälzte Ziegenkäsebällchen, Sesam- und Honigstreifen, Wein, Votivstatuen oder Blumenkränze. Die festliche Atmosphäre war ansteckend, und die Seesoldaten bewegten sich allmählich lockerer.

Niemand betrat allerdings den riesigen gepflasterten Platz hinter den Stufen und den von Bäumen überschatteten Garten.

Drei Stockwerke über dem Platz erhob sich ein kleiner Portikus, unter dem eine einzelne rote Säule vom Boden bis zum Dach aufragte. Auf der überschatteten Mauer dahinter konnte Cheftu mit Mühe ein Gemälde ausmachen.

Der Portikus war Teil des Palastes, der sich aus einer Unzahl von safrangelben und weißen Kuben zusammensetzte, die unterschiedlich hoch und in verschiedenen Winkeln aufeinander gestapelt waren. Auf den von roten Säulen gestützten Veranden und Balkons drängten sich die Menschen, winzige Gestalten aus dieser Entfernung. Heute schaute ganz Kaphtor zu, konnte man meinen.

Ein Klingeln wie von einem Sistrum ließ die Menge verstummen. Cheftu entging nicht die verzückten Mienen der Seesoldaten. Den Dreizack in einer Hand, die andere Hand in die Hüfte gestemmt, starrten sie wie gebannt auf den leeren Platz. Das Näseln von Flöten stieg in die Luft, ein klagender Laut in Moll, der absolute Stille eintreten ließ.

Die Tänzerinnen kamen heraus, unbekümmert und wie rasend kreiselnd, und Cheftu hielt den Atem an, angesteckt von der Spannung der Menschen in seiner Nähe. Würde er Chloe wenigstens ein paar Stunden lang vergessen können? Der Kummer drückte ihn nieder. Dutzende Tänzerinnen füllten jetzt den Platz, um auf einen Schlag stehen zu bleiben, sodass sie vor dem weißen Stein ein atemberaubendes Bild aus grellem Rot, Blau und Gold abgaben. Einige der Frauen hatten Hüte, andere trugen ihr Haar offen.

Und jede Einzelne hatte hochgedrückte, verlockende Brüste. Cheftu schloss die Augen. Was war er für ein Mann – nein, Tier –, dass es ihn so kurz, nachdem er seine Frau verloren hatte, schon wieder nach dem Leib einer anderen gelüstete? Er machte die Augen wieder auf und wich angewidert zurück. Alle Frauen waren mit Schlangen behängt.

Die Musik setzte langsam wieder ein, und die Tänzerinnen teilten sich in Gruppen auf.

»Sie werden die Legende der ersten Ankunft Kelas nachspielen«, flüsterte Y'carus.

Cheftu beobachtete, wie eine Gruppe von Frauen so tat, als würde sie die Erde bestellen, wobei sie sich über die Stirn wischten und das Gesicht über der harten Arbeit verzogen. Eine zweite Gruppe von Frauen stieg zu ihnen herab, zertrampelte die Felder und griff die erste Gruppe an. »Der Wilde Winter, die Zeit der Schlange«, erläuterte Y'carus. Die erste Gruppe begann zu trauern, sich das Haar auszureißen und imaginäre Asche auf ihre Häupter zu reiben. Als die Melodie tiefer wurde, trat eine einzelne Frau aus dem Gebäude. Offensichtlich stand sie für Kela.

Sowie sie ins Freie trat, verlor Cheftu den Faden der Geschichte. Die Frau schlug eine Saite so tief in seinem Inneren an, dass er die Hände zu Fäusten ballen musste, um sie nicht nach ihr auszustrecken. Ihr Gesicht war auf diese Entfernung nicht auszumachen, doch ihre Anmut war unübersehbar. Mit langsamen, wellenförmigen Bewegungen lockte sie die Früchte aus der Erde. Cheftu vermutete, dass die »Früchte« in diesem Fall die Tempelprostituierten waren, denn die ließen ihre Schultern aufblitzen, was die Menge zum kollektiven Stöhnen brachte.

Erregung lag in der wärmer werdenden Luft, denn der Tanz wurde immer eindeutiger. Nun tanzte eine andere Frau mit Kela.

»Sie ist der Stiergott«, flüsterte Y'carus. »Sie trägt den Stiefel.«

Die Tänzerin verwandte eine Schlange und jede Menge Phantasie darauf, die Erdmutter zu schwängern. Cheftu verlagerte sein

Gewicht auf den anderen Fuß und versuchte, die Tänzerin nicht anzustarren, sie nicht zu begehren. Sie war nicht Chloe. Stattdessen blickte er auf den Palast. Er war groß, aus Stein und hart… hart… Er schluckte und sah wieder auf die Frau.

Die Tänzerinnen bewegten sich nun im Kreis, in einem komplizierten Muster, das sich erst hin und dann wieder her drehte wie das Rad eines Töpfers. Cheftu nahm die Bewegungen durchaus wahr, doch vor allem kämpfte er gegen die irrationale Lust an, die er für die unbekannte Tänzerin empfand. Er hatte keine Ahnung wieso, er wusste nur, dass er diese Frau begehrte. Mit jeder Faser. Die Frauen tanzten mit ihren Schlangen auf eine Weise, die jede Erklärung erübrigte. Die Schlange *seiner* Frau glitt über ihre Brüste, wodurch ihr Tanz wilder, erotischer wurde. Die Hände auf die Handgelenke der anderen gelegt, liefen die Priesterinnen leichtfüßig in Spiralen, die sich mal nach innen, mal nach außen drehten und sich dabei zu komplizierten Bildern fügten. Cheftu konnte einfach nicht den Blick von ihnen wenden.

Die Tempeltänzerinnen lagen auf dem Boden und wanden sich in einer Imitation der Ekstase, mit der sie die Menge zum Wahnsinn trieben. Noch nie war ihm der Sommer so verlockend erschienen.

Plötzlich schrie eine Frau auf, und alle erstarrten.

»Ich bin Kela!«, kreischte sie. Zu Cheftus Erleichterung war es nicht *seine* Frau. »Ich bringe Fruchtbarkeit und Zeugungskraft. Feiert mit mir!«

Fünf Männer schossen aus dem Publikum nach vorne zu der Kela-Frau. Sie tanzte mit ihnen und lockte sie mit schnellen Bewegungen immer näher. Einer nach dem anderen kam bei dem rasenden Tanz ins Stolpern und kehrte ins Publikum zurück. Nur dem fünften gelang es, mit ihr Schritt zu halten und die Hände auf ihre Taille zu legen. Unter dem Jubel der Menge verschwanden die beiden tanzend im Palast.

Die anderen Tänzerinnen kamen näher an die Menge heran. Jede schien einen Partner auszuwählen, und Cheftu öffnete den Mund, um das Rasseln seines Atems zu senken. Wen würde *seine* Tänzerin wohl wählen?

Ihre Schritte führten sie ganz in seine Nähe, und jetzt endlich sah er auch das Gesicht der Frau. Atemberaubend. Ihr Blick flog über ihn hinweg, und er stöhnte laut auf. Das Geräusch ging in dem allgemeinen Getobe unter, und sie ging weiter.

Aus dem einsäuligen Portiko war deutliches Stöhnen und Keuchen zu hören. Cheftu war fassungslos; er stand in Flammen. Seine Tänzerin suchte immer noch nach einem Partner, weshalb er sich ganz auf sie konzentrierte, um sie durch seinen Willen zu sich her zu locken. Wieder fing er ihren Blick auf. Ihre Miene, ihre Augen brachten sein Blut zum Kochen.

»Die Sibylla will dich«, sagte Y'carus und schob Cheftu nach vorne. »Doch sie wird dich nicht erwählen, wenn du die Hand nicht ausstreckst.«

Das ist nicht das Einzige, was ich gerade ausstrecke, dachte Cheftu. Er trat vor, mit kaltem Schweiß auf dem Rücken und stieß die Hand vor. Um ihn herum standen hundert Männer mit ausgestreckten Händen und vorstehenden Schurzen. Mich, dachte Cheftu. Mich. Nimm mich.

Ihr Blick traf auf seinen, und er spürte eine Berührung an seiner Hand. Sofort schloss er seine Finger um ihre. Sie zog ihn nach vorne, und er folgte ihr, heraus aus dem Kielwasser enttäuschter Kaphtori. Die Tanzschritte waren einfach, er brauchte nur ihre Bewegungen nachzuahmen. Es war eine langsame Verführung, ein Vorgeschmack auf das wechselseitige Geben und Nehmen, das mit näherem Kennenlernen einherging.

Das Paar unter dem Vorsprung war der Erfüllung nahe. Cheftu beobachtete die Frau vor ihm, deren Brüste sich im Tanz wiegten, deren mehrlagiger Rock lebendig wirkte vor Energie und Leidenschaft. Er sah nirgendwo eine Schlange – eine Erleichterung. Schließlich lagen seine Hände auf ihrer Taille, und sie traten in den Schatten.

Sie kamen in einen Gang, wo sie stehen blieb, ihren erhitzten Körper an seinen gepresst.

Ohne irgendeine Aufforderung küsste er sie, mit offenem Mund und rasendem Herz. Ihre Nägel versengten aufs Köstlichste seine Brust, und dann packte sie ihn mit aller Kraft. Er stöhnte unter ihrem Mund und riss die Augen auf. Irgendwo ging eine Tür. Seine Finger berührten ihre so weiche Haut, ihre Brüste füllten seine Hände, nur die Brustwarzen drückten hart gegen seine Handfläche.

Sie löste seinen Schurz, als hätte sie das schon tausendfach getan, und sank dem Stoff hinterher zu Boden. Cheftu fummelte an ihrem Gürtel herum, bis sie ihn mit einem leisen Lachen selbst öffnete, wodurch auch ihre Jacke aufging und ihre Röcke sich lösten.

Draußen steigerten sich die Priesterinnen in eine Ekstase von Todeswehen. Kela wurde wieder willkommen geheißen; die Schlange lebte, der Schmetterling flog, die Ernte würde eingeholt. Die Zeit des Stieres hatte begonnen.

Die Frau hörte auf, sich weiter auszuziehen und bestieg ihn, bis ihre Leiber langsam verschmolzen. Cheftu schloss die Augen, und erst jetzt drang die Tragweite dessen, was er da tat, in sein Bewusstsein vor, so wie sein Fleisch in ihres drang.

Auf diese Weise konnte er sich beinahe vorstellen, sie sei Chloe. Auf diese Weise kam es ihm vor, als würde jeder Muskel seines Körpers, jedes noch so kleine Teil seines Wesens sie wieder erkennen. Sie ritt ihn rücksichtslos. Einen zusammenhängenden Gedanken zu fassen war unmöglich, so verrückt machten ihn ihre hemmungslosen Schreie und Bitten, während er sie mit aller Kraft an sich drückte.

Er spürte Tränen auf seinem Gesicht und rollte sich über sie, bis sie die langen Beine um seinen Leib schlang und den Rücken durchbog, um ihn noch besser aufzunehmen und reizen zu können. Mit einem verschluckten Aufschrei, das Gesicht an ihrem Hals vergraben, kam Cheftu zum Höhepunkt. Ihr Höhenflug setzte ein, kaum dass seiner beendet war, und Cheftu spurte, wie ihn ihr Körper neuerlich melkte.

Schweigend blieben sie nebeneinander liegen. Zwei Fremde, intim vereint. Er ertrug es nicht, die Augen zu öffnen und nicht Chloe zu sehen. Eine Weile döste er vor sich hin, verloren in einem Meer von Befriedigung, einem Morast von Schuld.

Sibylla starrte an die Decke. Der schweigsame Mann blieb auf ihr liegen, drückte sie auf den Boden, presste das Muschelmuster in ihren Rücken. Dennoch fühlte er sich gut an, wie eine willkommene Last. Mehr noch, sie verzehrte sich nach ihm: seiner Haut, seinem Geruch, seiner Berührung. Von jenem Moment an, als ihr Blick auf den dieses Mannes mit den goldenen Augen getroffen war, war ihr klar gewesen, dass mehr als nur eine rituelle Vereinigung folgen würde, falls sie ihn erwählte.

Die nicht nur ein einziges Mal geschehen durfte.

Sein kurzes Haar lag feucht auf ihrer Wange, und sie spürte noch mehr Nässe an ihrem Hals. Weinte er vor Glück? Sie schloss die Augen und fragte sich, wie man ihre Entscheidung, einem Ausländer den Vorzug vor allen Kaphtori zu geben, wohl aufnehmen würde. Er war ganz eindeutig kein Aztlantu. Dem schlichten weißen Schurz, der jetzt verknittert unter ihnen lag, und dem Anhänger nach zu schließen, den er abgeworfen hatte, nachdem er sie damit am Kinn getroffen hatte, war er Ägypter. Sie rutschte unter ihm weg, und er setzte sich auf, um sich mit abgewandtem Gesicht abrupt von ihr zu lösen.

Er blickte zur Tür hin, die Beine übereinander geschlagen, die Arme auf die Knie gestützt. Dann räusperte er sich. »Ich bin Cheftu Necht-mer. Aus Ägypten.« Sein Aztlantu war mehr als schlicht.

Sibylla setzte sich ebenfalls auf, zog ihren Rock herunter und warf das Haar über die Schulter zurück. »Ich bin Sibylla.«

Sie saßen in beklommenem Schweigen da. Sibylla wollte seine Leidenschaft erneut ansteigen hören. Auch wenn er sich abgewandt hatte, sah sie sein Gesicht vor sich. Er hatte starke Züge: schwere, dunkle, gebogene Brauen über den Augen, eine gerade Nase, hohe Wangenknochen. Sein Körper war stark, wenn auch vernarbt. Insgeheim stirnrunzelnd erhob sich Sibylla und ging an die geflochtene Liege. »Willst du dich ausruhen, Cheftu?«

Er senkte den Kopf, schweigsam und verschlossen. Gleich darauf antwortete er: »Ich glaube nicht. Dankbarkeit.« Er streckte eine langfingrige Hand nach seinem Schurz aus, und Sibylla geriet in Panik. Er wollte weggehen; er durfte nicht weggehen! In ihrem Kopf überschlugen sich die Gedanken.

»Da du fremd hier bist, weißt du vielleicht nicht, dass dein Dienst an Kela noch nicht erfüllt ist.«

Er drehte sich um und sah sie zum ersten Mal an, seit er ihre Hand berührt hatte. Sibylla spürte, wie sein Blick ihren ganzen Körper liebkoste. Verblüfft stellte sie fest, dass allein ihr Anblick eine deutlich erkennbare Reaktion bei ihm auslöste. »Zieh deine Tunika aus«, sagte er.

Offensichtlich war ihm das Wort für Überrock unbekannt, doch seine Absicht war klar. Langsam ließ Sibylla die Jacke von ihren Schultern gleiten. Cheftu stand breitbeinig vor ihr, rhythmisch die Hände ballend und entspannend. »Und jetzt dein –« Er deutete auf ihren Rock, und Sibylla wand sich aus dem Stoff wie eine Schlange aus ihrer Haut. Schwer atmend sah Cheftu ihr ins Gesicht.

Er legte eine Hand erst auf seinen Bauch, dann auf sein Geschlecht, und Sibylla holte scharf Luft. In langsamen Schritten kam er auf sie zu, mit hastig sich hebender und fallender Brust. »Bist du eine von diesen Tempeltänzerinnen?«

Sibylla lächelte. Nein, das war sie nicht, es war sogar eine Beleidigung, ihr diese Frage zu stellen, doch für ihn würde sie alles tun, alles sein. »Wenn der Ägypter es wünscht, ja.«

Er fuhr sich mit der Zunge über die Lippen und sagte dann: »Ich war nicht mit einer Frau zusammen –« Seine Miene fiel in sich zusammen, sodass Sibylla die Hand nach ihm ausstreckte, ihn küsste und versuchte, den Schmerz aus seinen Augen zu vertreiben.

Ihre Zunge glitt in sein Ohr, und seine Reaktion ermunterte sie weiter. »Was möchtest du, Ägypter?«, flüsterte sie. »Was du auch begehrst, du sollst es bekommen.«

Er zog sie mit einem Ruck an seine Brust, sodass sich sein hartes Glied zwischen sie drängte. »Berühre mich«, flüsterte er mit brechender Stimme. »Ich bin halb verdurstet nach einer Berührung.«

In Wahrheit bestand die rituelle Verbindung aus einer einzigen Vereinigung. Jedes Vorspiel und ebenso jedes Vergnügen war Kela vorbehalten, die in der Priesterin verkörpert wurde. Der Mann hatte nichts zu erwarten; er brachte lediglich seinen Samen in die Gleichung ein. Doch diesen Gedanken schenkte Sibylle keine Beachtung, als sie die kleine Ampulle mit Hyazinthenduft-Öl aufhob, die ihr Dion geschenkt hatte.

Sibylla drückte den Ägypter auf das Bett nieder und goss dann das Öl in ihre Hände. Er hatte das Gesicht abgewandt, er schien sie nicht ansehen zu können, doch sie spürte, wie sich seine Haut in ihre Hände schmiegte, sobald sie ihn berührte. Er wollte sie oder zumindest ihren Körper – was genau, wusste Sibylla nicht, und es war ihr auch egal.

Mit langsamen Strichen rieb sie das Öl ein, fühlte dabei die Struktur seiner Haut, die festen Muskeln und Sehnen. Nachdem sie den Rücken, die Schultern und Arme eingerieben hatte, drang sie weiter nach unten vor und hockte sich rittlings auf seine Schenkel. Sein Hintern war rund und fest, und die Haut war dort weißer als irgendwo sonst an seinem Körper. Er seufzte in das Leinen, und seine Worte schnitten in ihr Herz, ehe sie begriff, dass sie ihn eigentlich gar nicht verstehen dürfte. »Chloe«, flüsterte er. »Meine Geliebte.«

Sibylla erstarrte.

Cheftu erwachte ganz allmählich, nicht zu vergleichen mit dem entsetzten Hochschrecken, mit dem er inzwischen ständig aus dem Schlaf gerissen worden war, sondern voller Frieden. Ein Hauch von Sex lag in der Luft, und er spürte die glatte Haut Chloes an seiner.

Chloe!

Er schlug die Augen auf und blinzelte gegen die Sonne. In seinen Arm und an seine Beine gekuschelt lag eine Frau. Schwarzes Lockenhaar bedeckte sie beide, und Cheftu empfand zu gleichen Teilen Trauer, Scham und Lust. Die Lust gewann gemächlich die Oberhand, denn ihre weiche Wärme zog ihn unwiderstehlich an. Seine Hand spürte die Schwere ihres Busens, die andere lag auf ihrem flachen Bauch.

Wieder brannten Tränen in seinen Augen. Wenn ich die Augen zumachen würde, könnte ich mir dann einbilden, es sei Chloe? Würden dann die Schmerzen vergehen? Dazu war es zu spät. Es war besser, wenn er verschwand, nach Aztlan oder wohin auch immer, um dort die Bestimmung zu erfüllen, die ihm der Ring prophezeit hatte, und dann … was? Er wollte diese Frau noch ein letztes Mal lieben. Ein letztes Mal wollte er die Augen schließen und sich einbilden, seine Gemahlin läge neben ihm.

Er ließ seine Hand nach unten gleiten und spürte, wie ihn Flammen überliefen. Mit jedem Kuss auf ihre Wange, ihren Hals und ihre Schulter spürte er ihre Lust anwachsen. Ihr Körper schmiegte sich um seinen, und gleich darauf rieb sie sich wie eine Katze an seiner Brust. Sekunden später lagen sie Angesicht zu Angesicht gegenüber und er bettelte sie an, in welcher Sprache auch immer, ihn anzusehen. Er wob seine Finger in ihr Haar, bis sie den Kopf ganz still hielt, und zwang sie, in seine Augen zu blicken.

Grüne Augen, glasig vor Lust, aber ohne Liebe. Sie hielt ihn mit aller Kraft und zog die Stirn in Falten, während sie gemeinsam mit ihm um Erlösung kämpfte. Cheftu schloss die Augen, plötzlich unwillig, die Intimität seines Blickes mit ihr zu teilen, doch dann begann sie zu stöhnen, und er schlug die Augen wieder auf.

Er sah in die grünen Schatten ihrer Augen, als wäre er wie glühendes Metall in Fleisch versenkt worden. Hinter den Mauern von Kultur und Konstellation erblickte er Chloe. Er zog das Haar der Frau zurück und starrte in ihre Augen, während er sein Fleisch in ihres rammte. Dort war Chloe! Er konnte sie sehen!

Mit einem erzürnten, entmutigten und erleichterten Heulen ergoss Cheftu sich in Sibyllas Körper. Sie weinte, küsste und liebkoste ihn, bis Cheftu, plötzlich klar im Kopf, von ihr herunterrollte.

Sibylla blieb, um Luft ringend, liegen. Er beugte sich über sie, blickte in ihre Augen, suchte. War es möglich? Oder war es nur ein Traum? Grüne Augen. Warm, aber nicht Chloes. Cheftu wandte sich ab. Steh zu deinem Ehebruch, ermahnte er sich. Spinn keine Lügen, um dich für deine Tat zu rechtfertigen. Chloe ist fort. Du hast ihren zerschmetterten Leib gesehen. Befriedige deine Lust, wenn du musst, aber sieh nicht in jeder grünäugigen Frau, die dir begegnet, gleich Chloe. Sibylla rollte sich zur Seite und war im nächsten Moment eingeschlafen, während Cheftu auf dem Rücken lag und an die Decke starrte.

Angewidert von sich selbst kroch er über sie hinweg, dann schnappte er seinen Schurz, ließ als Bezahlung den Anhänger mit dem Horus-Auge zurück und schlüpfte in seine Sandalen. Sie blieb liegen, in eine Wolke lockigen Haares gehüllt, die Mysterien ihres Leibes vom Schlaf beschirmt. Bleiglanz war über ihr Gesicht verschmiert, was ihn an sein eigenes Gesicht erinnerte, deshalb ging er zum Wasserspiegel, um seine Augenschminke neu aufzutragen. Sie rührte sich nicht.

Die Sonne bezeugte, dass es bereits spät am Nachmittag war. Er war müde, halb verhungert und hatte ihr außerdem nichts zu sagen. Er war ein Gefangener, so anständig man ihn auch behandelte, ein Mann, der nichts zu verlieren hatte. *Aber du hast Chloe gesehen.*

Er wandte sich von der Schlafenden ebenso ab wie von seinen Gedanken an Chloe. Sie war tot. Wenn er über den Verlust nicht hinwegkam, würde er noch wahnsinnig werden. Denk nie wieder ihren Namen, dachte er. Bitte, Gott, mach dadurch den Schmerz erträglicher. Leise stahl er sich aus der Tür und wanderte herum, bis er den gepflasterten Platz und die fliegenden Händler wieder gefunden hatte. Kurz darauf kehrte er zum Schiff zurück.

8. Kapitel

Aztlan

»Du bist mir etwas schuldig«, sagte sie leise und kehlig. Zelos blickte seine Tochter an und spürte einen Schauder des Ekels. Der erste Blick war immer der schlimmste. Blasse Haut, hell und durchsichtig wie der Bauch eines Fisches. An ihrem Hals und unter der hauchdünnen Haut an ihren Schläfen konnte er die hellblauen Linien erkennen. Sie hatte dunkelblaue Augen, mit langen Wimpern besetzt, doch kalt und raubtierhaft wie die einer hungrigen Bestie.

»Ich bin der Goldene Stier«, erwiderte Zelos grob. »Ich schulde dir gar nichts.«

Mit starken Fingern umschloss Irmentis sein Handgelenk. »Du weißt, was Ileana getan hat. Sie hat es deinetwegen getan! Wenn du nicht ständig deinen Schurz ausgezogen hättest, hätte sie keine Notwendigkeit gesehen, ihre beiden Töchter rein zu machen.«

Zelos befreite sich aus ihrem Griff. »Ileana kannte ich schon davor, sie hat gewusst, wie unsere Ehe aussehen würde.« Unwillkürlich blickte er auf seine linke Hand und den Arm. Das Symbol war verblasst, doch immer noch zu erkennen. Grüne Ranken schlangen sich um seine Finger, über den Handrücken hinauf und um sein Handgelenk. Das aztlantische Ehezeichen: ein tätowierter Arm. Wie lang schien das alles her zu sein. Plötzlich wurde Zelos von grimmigem Lebenswillen gepackt, doch er unterdrückte ihn und sah seine Tochter an. »Sie wollte mich trotzdem.«

»Hat sie wirklich geahnt, wie es sein würde, mit dir verheiratet zu sein, *Pateeras*? War ihr klar, wie weit du gehen würdest?«

»Sie hat gewusst, dass ich ein Mann mit den Bedürfnissen eines Mannes bin.«

»Ein falscher, treuloser Mann, der sie in den Wahnsinn getrieben hat. Sie hatte Angst, du könntest deine eigenen Töchter verführen.«

Zelos wurde schwindelig, und seine Zunge fühlte sich pelzig an. Oder sie hatte Angst, dass du mich verführst, dachte er.

»Weißt du, was sie uns angetan hat?«

Er versuchte es sich auszumalen, etwas zu sagen, doch sein Mund wollte ihm nicht mehr gehorchen. Voll losgelöstem Entsetzen beobachtete er, wie seine jüngste Tochter ihre Tunika hochzuziehen begann.

»Das hat Ileana getan. Aber hat es dich davor abgehalten, als Stier verkleidet auf diesem Fest zu erscheinen, um Yuropa zu verführen?« Auf Irmentis' weißen Wangen glühten rote Flecken. »Hat es dich davor abgehalten, einen Schwan abzurichten, der Letas umwerben und verführen sollte? Wie viele Kinder hat sie dir außer Phoebus noch geschenkt?« Jetzt löste Irmentis ihre Schärpe. »Was ist mit Daneaia, der Mykenerin? Wie viel Goldstaub hast du auf sie herabregnen lassen, ehe sie dich in ihr Bett gelassen hat?« Sie packte ihn am Kinn und sah ihn wutentbrannt an. »Vielleicht hat Ileana das Messer geführt, Zelos, doch du hast es in ihre Hand gedrückt! Siehst du die Folgen deiner Treulosigkeit? Siehst du, wie du mein Leben zerstört hast?«

Zelos hatte schon Hunderte von Nymphen nackt gesehen. Er kannte den weiblichen Körper beinahe besser als seinen eigenen. Er spürte, wie ihm übel wurde, als er das verstümmelte Geschlecht seiner Tochter erblickte. *Alles* war weggeschnitten worden, sodass nur eine Reihe zusammengeflickter, rosa Narben geblieben war.

Unter Tränen sah er Irmentis an. Wie sollte er es erklären? Die Leidenschaft und Lust, die so oft Besitz von ihm ergriffen hatten, würde sie nie kennen lernen. Seinetwegen nie kennen lernen; und Ileanas wegen. »Was willst du?«, fragte er langsam.

Irmentis ließ ihr Kleid wieder fallen. »Ich kann es nicht ertragen, Aztlan zu verlassen, *Pateeras*. Und genauso wenig kann ich es ertragen, Phoebus mit einer anderen zu sehen.« Aus ihrer Stimme klang ein solcher Schmerz, dass Zelos sich fragte, ob diese eigenartige Frau vielleicht wahre Leidenschaft empfinden konnte.

»Gut.«

Sie kniete vor ihm nieder. »Schenk mir eine Insel, wo ich mit meinen Hunden und ein paar Nymphen leben kann. Ich werde Phoebus verlassen und den Rest meiner Tage mit Jagen und Fischen zubringen. Ich werde nie wieder zurückkehren.« Sie senkte den Blick. »Bis er stirbt; bis zu seinem Großen Jahr.«

Nie hatte sich Zelos seiner dunklen Tochter verbunden gefühlt. Sie hatte den Kopf gesenkt, sodass das dunkle Haar sich über ihren Schultern lockte und über ihre bedeckten Brüste strömte. »Du willst Phoebus verlassen?«

»Ja.« Sie sah nicht auf. »Wenn er es erfährt, werde ich ihm Anathema sein.«

Zelos hatte seinen Sohn mit Irmentis zusammen gesehen. Sie war Phoebus keineswegs Anathema, doch wenn sie das glaubte, dann sollte es so sein. Er seufzte. Warum sollte er nicht wenigstens einmal im Leben einer Frau ganz selbstlos einen Gefallen erweisen? »Beim Dreizack und bei der Muschel, ich schwöre es.«

Sie reichte ihm das Messer mit dem Heft voran. Beleidigt, doch auf eigenartige Weise verständnisvoll, schnitt Zelos seinen Finger auf und schmierte das Blut erst über die Klinge, dann über seine Lippen. »Ich schwöre es beim Dreizack und bei der Muschel und bei meiner Ehre als Goldener Stier Zelos Zeus aus der Sippe der Olimpier«, gelobte er.

Sie gab ihm einen festen Kuss auf den Mund.

»*Kalo taxidi, Pateeras*. Ich werde die Begräbnis-*Kollyva* für dich essen.«

Spiralenmeister schmerzten schon die Handgelenke vom Steinewerfen. Er war fast alles in seinem Lager durchgegangen, doch nichts hatte die Zustimmung der Steine gefunden. Er hatte es damit probiert, dass er die Steine gebeten hatte, ihm doch zu verraten, was für das Elixier benötigt wurde, doch die Antwort war ihm unverständlich geblieben.

Er seufzte. Er sollte jemanden hinzuziehen, ihm von den Steinen erzählen, jemanden, der lesen konnte… doch das wagte er nicht. Er hatte sich geweigert, Niko zu empfangen; vielleicht trug der Junge bereits die Krankheit in sich, die Zelos' *Hekatai* dahinraffte. Aztlan brauchte einen Spiralenmeister, der kein Vertrauter *Hreesos'* war, der sich nicht mit dieser Krankheit angesteckt hatte, der keinen politischen Ehrgeiz hatte.

Welch tragische Zeit für das Imperium! Sie brauchten dieses Elixier! Sie mussten sich über die Krankheit, über die Katastrophen erheben. Durch Unsterblichkeit könnte ihnen das gelingen, doch die verfluchten Steine wollten einfach nicht helfen. Über alle Maßen verärgert, begann Imhotep weiter Vorschläge für die letzte Zutat zu machen, alles, was ihm nur in den Sinn kam, von Bleiglanzpulver über den Kuss einer Nymphe bis zu dem, was er am Vorabend gegessen hatte.

Die Steine sagten Ja.

Spiralenmeister merkte, wie sein Atem schneller ging und der Schmerz in seinem Kopf wieder stechender wurde. Nein, nein. Er musste ruhig und klar im Kopf bleiben. Was hatte er gesagt? »Bleiglanz.« Er warf die Steine.

Nein.

»Der Kuss einer Nymphe.«

Nein.

»Grünen Salat mit Zwiebeln.«

Nein.

»Feigen.«

Nein.

»Orangen.«

Nein.

»Krabben.«

Ja.

»Krabben.«

Ja.

Krabben waren die fehlende Zutat? Es gab Dutzende von Krabbenarten. Was für Krabben? Welcher Teil der Krabbe? Er schnippte nach einem Leibeigenen und ließ eine Muschelsucherin holen. Bestimmt würde sie wissen, was für Krabben es gab. Imhotep grinste und wischte verlegen den Speichel von seiner Wange.

Sie würden nie Götter sein!

Dekane später wusste Spiralenmeister, was zu tun war. Wer war tapfer genug? Bedenkenlos genug? Es war eine sehr seltene Krabbenart, und zwar eine, die sich selbst wiederherstellen konnte. Die Krabbe würde dem Elixier ihre Essenz verleihen, um in Verbindug mit den Kräutern und übrigen Beigaben das Leben zu erhalten und wiederherzustellen! Die Krabbe wurde schon seit urdenklichen Zeiten ihrer Heilkräfte wegen gegessen; darum gab es nur noch wenige davon, tief verborgen in Unterwasserhöhlen.

Wer konnte sie fangen? Wer würde sie fangen?

KAPHTOR

Chloe erwachte im Sonnenschein, mit leichtem Muskelkater und höchst angenehm ausgeruht. Drei Tage lang hatte Sibylla den Körper gelenkt. Offenbar war sie jetzt gewillt, ihr wieder den Vortritt zu lassen. Mann! Was hat sie nur angestellt, während ich weg war?, dachte Chloe, wahrend sie sich vorsichtig aufsetzte.

Ihre Haut strömte einen so vertrauten Moschusduft aus, dass Chloe die Kehle eng wurde. Sie hat Sex gehabt, mit meinem Körper! Hat sie wenigstens verhütet? Bitte, lieber Gott, lass mich nicht in dieser Vorzeit schwanger werden. Bitte lass das nicht zu!

Sibylla schwieg, und Gott tat es ihr gleich.

Weil sie unbedingt ein Bad brauchte, schnippte sie nach einer Leibeigenen, damit sie die enge Wanne mit warmem Wasser füllte.

Sibylla hatte also einen draufgemacht, das Fest war vorüber, und Chloe … was war mit Chloe? Was sollte das alles? Das Wasser in der Wanne schwappte über den Rand, weil der Boden unvermittelt zu rumpeln begann. Das Rumoren dauerte nur Sekunden, doch die kamen ihr wie eine Ewigkeit vor.

Eine göttliche Antwort?

Die Leibeigene wischte das verspritzte Wasser auf und half dann Chloe aus der Wanne, um sie anzuziehen und sie zum Essen in den großen Saal zu führen. Nachdem sie alle gegrüßt hatte, die Sibylla kannte und die Chloe bei ihren nächtlichen Ausflügen in Sibyllas Bewusstsein kennen gelernt hatte, lauschte sie angestrengt, ob jemand das Beben erwähnen würde, das es an diesem Morgen gegeben hatte.

Sie nahm sich Brot, Käse, Obst – das europäische Frühstück hatte sich in viertausend Jahren kaum gewandelt, dachte sie –, und ließ sich auf einer Bank längs der Wand nieder. Wenn es nur auch Kaffee gegeben hätte.

»Meine Herrin«, sagte ein Mann aus ihrer Sippe in einem Umhang aus Kuhfell, »wir sind in wenigen Tagen bereit zum Absegeln. Möchtest du erst zur Insel Aztlan reisen? Oder zu deiner Sippe?

Zu meiner Sippe. Grüne Felder in Flammen. Marmor von Ruß bedeckt. Leichen im Schlamm vergraben?

Die Vision fuhr wie ein elektrischer Schlag durch ihren Körper und ließ ihr vor Schreck alle Haare zu Berge stehen, von den Stummeln auf ihren Knien bis zu den rückenlangen Locken, die von ihrem Kopf herunterflossen. Irgendwo, irgendwer, Zerstörung; Chloe konzentrierte sich. Sie kam sich vor wie eine Radioantenne auf der Suche nach Empfang. Entsetzen, nicht um ihretwillen, sondern um die anderen, ergriff sie. Es war zu spät! Sie kamen zu spät! Sie versuchte, ihre Vision mit Sibyllas Erinnerungen in Einklang zu bringen.

Samtgrüne Felder wurden entzweigerissen. Gebäude stürzten in brodelnde Seen aus Schlamm. Menschen kämpften darum, den Halt nicht zu verlieren, und wurden stattdessen von Flammen verschlungen. Nein!, dachte Chloe. Es darf nicht zu spät sein!

»Vögel«, sagte Chloe laut, eine Hand um das Handgelenk des

Mannes gekrallt, die Augen weit aufgerissen und blind. »Sofort. Bring mir Vögel.« Er wich zurück, und sie bemerkte, dass alle sie anstarrten. Das war egal. Was hatte sie gesehen?

Sibylla!, brüllte sie im Geist. Wach auf! Sag schon, welche Insel ist grün und hat viel Marmor? Sag schon, verdammt noch mal. Das Gebrüll und die Panik in ihrer Stimme weckten Sibylla, die mürrisch antwortete.

Naxos.

Naxos, die Insel der Sippe des Rebstocks, war die grünste, üppigste im Aztlantischen Imperium. Sie lieferte nicht nur Wein, sondern auch Gemüse und Getreide an alle anderen Sippen im Imperium. Die Insel war gut gesichert, auf allen Gipfeln erhoben sich Wachtürme, bemannt mit Männern aus der Sippe, die ihre Insel mit dem Leben verteidigen würden. Sobald auch nur einer von ihnen die Holzstapel entzündete, die auf vielen Dächern bereitlagen, würde sich die ganze Insel wappnen, gegen Feuer, Insektenschwärme oder eine Invasion zu kämpfen. Naxos war die Vorratskammer des Imperiums.

Nördlich davon befand sich Delos, beziehungsweise das, was von der verkohlten Insel noch übrig war. Immer noch schwebte Asche in der Luft, weshalb die Menschen auf Naxos Dekane damit zugebracht hatten, alle Pflanzen abzustauben, damit sie genug Sonne und Wasser bekamen. Die Aquädukte, die auf Naxos die Anbaugebiete säumten, führten frisches Wasser aus dem Speichersee zu den vielen Parzellen und Feldern, die sich entlang der Hügel und auf ihren Abhängen erstreckten.

Die natürlichen, von Marmorstränden gesäumten Buchten machten es den Schiffen leicht, vor Anker zu gehen. Meist begann der Tag auf Naxos damit, dass sich Kaufleute trafen und grüßten, miteinander feilschten und einander bei einem Rhyton mit verwässertem Wein und bei frischem Obst übers Ohr zu hauen versuchten. Das Rückgrat der Insel, eine Kette von hohen Berggipfeln, verlief in einer gezackten Linie von Nord nach Süd. Zwischen den Küstenstädten und dem Bergrücken lag ein fruchtbares Tal voller knospender Obstgärten und hochrankender Weinreben.

Oberhalb der Stadt Demeter ergoss sich die Villa des Sippenoberhauptes Bacchi über mehrere Ebenen. Jede einzelne Terrasse war üppig mit Blumen geschmückt und sah auf den Kanal zwischen Delos und Paros. Inzwischen war es Abend, und überall brannten in den Häusern warme Öllampen, genau wie in der Wohnung des Oberhauptes.

Ein Mann aus seiner Sippe brachte ihm einen Rhyton mit Wein und eine Botschaft aus Kaphtor. »Öffne sie«, befahl Bacchi.

»›Das Orakel der Sibylla warnt vor einer Katastrophe‹«, las der Mann von dem Papierschnipsel ab.

Eine Katastrophe? Das Oberhaupt ließ den Blick über seine Sippe wandern. In der Luft lag ein Hauch von Erblühen, Oregano und Thymian überlagerten das Aroma der Speisen, die von Tausenden von Frauen zubereitet wurden. Das Meer war ruhig, die weiß gerüschten Wellen schlugen tief unter ihm gegen die Felsen und wiegten sanft die Schiffe im Hafen.

Sein Blick fiel auf die Katzen, die seine Terrasse als ihre persönliche Schlafveranda betrachteten. Keine Katze rührte sich, alle sogen die restliche Sonnenwärme aus dem Stein.

Eine Katastrophe?

Noch nie hatten die Obstgärten so üppig in Blüte gestanden. Die Preise waren besser als je zuvor. Die Sippe des Rebstocks entwickelte sich bei den Sitzungen des Rates allmählich zu einem unverzichtbaren Faktor mit großem Gewicht.

»Vielleicht hat Sibylla den Ausbruch auf Delos vorhergesehen«, sagte Bacchi. »Hier haben wir nichts zu befürchten.«

»Soll ich eine Warnung an die Mitglieder der Sippe ausschicken, mein Meister?«

Bacchi sah den stämmigen Mann an. »Mach einen Spaziergang am Strand, wenn dir danach ist. Ruhe dich zwischen den Schenkeln einer Tempeltänzerin aus, aber versetze die Sippe nicht in Schrecken.« Er zog die Achseln hoch. »Sibylla hat sich im Zeitpunkt geirrt. Bring mir noch etwas Wein und zünde ein paar Lampen mehr an.«

Die Luft über dem Hafen von Demeter war still. Männer stolperten nach Hause, vom Wein berauscht; Wasser klatschte gegen die Rümpfe von hunderten von Schiffen; und gelegentlich mischte sich das Maunzen eines Katers in leises Gelächter, wenn eine Tür geöffnet oder geschlossen wurde.

Der Mann ging einsam seinen Weg entlang, den Blick aufs Meer gerichtet. Immer noch glühte Delos schwach rot und orange am nördlichen Horizont, und er trauerte um die verlorene Sippe. Ein Hauch von Asche lag nach wie vor wie Puder über dem Hafen, doch in seiner Sippe war man der Ansicht, dies werde die reichste Ernte, die Naxos je gesehen hatte. Hatte sich die Sibylla am Ende geirrt?

Eine Bogenbrücke spannte sich von Naxos aus zu einer winzigen Insel hinüber. Schiffe, die im Hafen ankern wollten, segelten oft darunter durch. Die Skolomantiker hatten diesen Bogen zur Probe gebaut, um ihren Entwurf vorzustellen, bevor sie auf dem Wellenbrecher einen viel größeren gespannt hatten. Plötzlich blieb der Mann stehen und spürte, wie sich seine Nackenhaare aufstellten. Ganz langsam schaute er über die Schulter zurück.

Die Stadt war still, zu still. Er hob den Blick zu den Bergen empor. Ohne sein Unbehagen abschütteln zu können, ging er weiter, nun ein bisschen schneller, auf die Stufen zu, über die man zu der kleinen Insel gelangte.

Unter der Insel, unter dem Saum der Wogen am Strand, unter der dünnen Aschehülle, die das Meer bedeckte, unter den Fischen und Tintenfischen, unter den Wracks versunkener Schiffe, deren von Algen überzogene Schätze am Meeresgrund verstreut lagen, bebte die Erde.

Sie bebte wieder und bäumte sich dann auf, weil die Mikroplatte der Ägäis gegen ihre afrikanische Schwester gedrückt wurde, sodass die Schwester unter die kleinere Platte glitt und die Erde hob und zum Reißen brachte. Im gesamten Inselimperium blieb nichts mehr wie zuvor.

Kanäle voller Lavagebräu begannen zu brodeln.

Magmakammern, die zufrieden tief unter den Bergen geruht hatten, wurden nach oben geschoben und bauten dabei immer mehr Druck auf.

Der Grundwasserspiegel verschob sich, und der Boden, der auf einer Mischung aus zusammengepresstem Erdreich und Wasser geschwommen hatte, begann zu sinken. An manchen Stellen schnell, an anderen langsam.

Haarbreite Risse begannen sich zu öffnen und ließen schwefligen Gestank nach oben steigen, ein Warnzeichen für die Tiere, für die Vögel. Die strähnigen, empfindsamen Staubfäden in den Blüten der Tradescantien verfärbten sich von gefahrlosem Blau zu tödlichem Rosa.

Die Natur hatte ihren Countdown begonnen.

Das Epizentrum des Bebens lag draußen auf dem Meer, strategisch platziert entlang der unten liegenden Landplatte, zu der auch die Insel Naxos gehörte. Ein seismischer Kiesel wurde fallen gelassen, und Naxos befand sich genau im Weg der dabei entstehenden Welle. Kein trinkendes, speisendes, lachendes Menschengeschöpf spürte den Ruck, der durch die Insel ging.

Der Mann aus der Sippe des Rebstocks sprang überrascht auf, als die Katzen von Demeter zu miauen begannen, als die Maultiere ausschlugen und die Ratten zu Tausenden und Abertausenden auf das Wasser zuhuschten.

Bevor der Mann begriff, wie ihm geschah, lief die erste Schockwelle durch Naxos.

Wände schwankten, Dächer brachen ein. Die Töpferwaren klirrten auf den Regalen und fielen hinunter, Teller, noch glatt von Olivenöl und mit Essensresten verschmiert, rutschten vom Tisch und zerplatzten auf dem Boden.

Lampen, Hunderte und Tausende von Öllampen kamen ins Schwanken, kippten um oder fielen zu Boden.

Der Schreck dauerte nur ein paar Herzschläge lang an, gerade so lang, dass die Menschen Zeit hatten, die Hand nach ihren Angehörigen auszustrecken und in Deckung zu gehen.

Die zweite Welle brach ihnen das Genick.

Naxos kam ins Kreiseln und rüttelte dabei an den Mauern, bis die in sich zusammenstürzten oder unter dem Druck zerbarsten. Der Erdboden erwachte zum Leben und bäumte sich unter jenen auf, die vergebens zu fliehen versuchten. Dächer brachen ein, die Dinge schienen von *Skias* besessen zu sein, so flogen sie durch die Luft, fällten sie die Menschen, zerstörten sie noch mitten im Flug.

Jene Sippenangehörigen, die klugerweise unter einem Türsturz Zuflucht gesucht hatten, wurden zermalmt, als unter der Kraft des Bebens selbst das nachgiebige Holz zersplitterte. Felsen rumpelten und regneten von den Klippen herab, rauchend und mörderisch. Das Beben dauerte nur elf Sekunden, doch es löschte fast alles Leben aus.

Die dritte Welle war weniger heftig, allerdings waren die meisten Inselbewohner bereits tot oder lagen sterbend unter Steinmauern, gepfählt von ihren eigenen Handwerksarbeiten oder zertrampelt von ihren eigenen Tieren. Und doch rüttelte die dritte Welle an etwas, das die beiden ersten Wellen unbeschadet überstanden hatte.

Die quer über die Insel gespannten Aquädukte trafen sich in der Mitte des Flussdammes, hinter dem das Trinkwasserreservoir lag. Die Skolomantie hatte die Arbeit von vielen Sommern investiert und *Kur* um *Kur* Steine aufgeschüttet, bis im See Wasser gestaut werden konnte. Während des ersten Bebens waren ein paar Steine ins Rutschen gekommen.

Dann ein paar mehr.

Während des zweiten Bebens war eine zornige Wasserwelle auf die geschwächte Mauer geschlagen, doch die Steine der Skolomantie hatten gehalten. Dann folgte das dritte Beben. Die Steine lösten sich, und das brodelnde Wasser brach sich freie Bahn, übersprang die Überreste des Dammes, strömte den Berg Zelos herab, überflutete Deiche und Aquädukte, schnitt sich neue, zornige Kanäle, mischte sich mit Dreck und Asche, immer schneller talwärts fließend. Ungezügelt.

Blaufleckig und blutüberströmt erhob sich der Mann aus der Sippe des Rebstocks auf die Knie. Am ganzen Leib hatte er Schmerzen. Er blutete innerlich, doch davon ahnte er nichts, er spürte nur die Qualen. Er fürchtete, der einzige Überlebende auf Naxos zu sein, wenn auch etwas anderes zum Leben erwacht war.

Das Feuer.

Er dachte nur an seine Sippe, das Imperium, die Felder, die Tausende ernährten. Waren die Vögel freigelassen worden? Gab es irgendeine Hoffnung auf Rettung? Er lief los.

Die Luft war fett von Lärm und Rauchgestank. Seine Sandalen rutschten über den glitschigen Stein, und er versuchte, vor dem knappen Treppenabsatz zu bremsen.

Vor Schmerz nach Luft ringend, kam er ins Straucheln und kullerte die letzten Stufen hinunter. Salzwasser brannte in seinen Wunden und brachte ihn schmerzhaft zur Besinnung, dann kämpfte er mit der Tür, die in den Tunnel führte.

Stufen. Er hielt inne und versuchte, vor Schmerz keuchend, wieder zu Atem zu kommen. Er spürte das Blut, das über seinen Rücken rann und seinen Lendenschurz durchtränkte. Er stemmte die Tür auf und trat in den Tunnel.

Der Tunnel war ein weiteres Experiment der Skolomantie. Er eilte durch die modrig riechende Dunkelheit auf die Insel und den Bogen zu. Immer schneller lief er, obgleich jeder Schritt ihm schwerer fiel, länger brauchte. Nur noch wenige Schritte bis zur anderen Tür.

Mit blutglitschigen Händen riss er die Tür auf und stolperte hinaus in die Nachtluft. Ein kurzer Blick über die Schulter bestätigte seine schlimmsten Befürchtungen.

Während die Türme dunkel blieben, wütete auf den Feldern das Feuer. Weinend und keuchend lief er die Treppen des Bogens hinauf. Oben versuchte er, die kleine Fackel, die stets dort brannte, aus der Halterung zu lösen. Er hörte nur noch seinen eigenen Körper, der um den erlösenden Tod flehte. Tränen netzten seine Wangen, als er sah, wie Naxos den Flammentod starb.

Das Meldefeuer lag bereit. Er brauchte nur noch die Fackel auf den Zunder zu werfen.

Paros war in der Dunkelheit kaum auszumachen. Er wusste, dass von dort keine Hilfe zu erwarten war, solange man kein Feuer auf den Wachttürmen sah. Sie würden annehmen, dass die Felder auf Grund eines Rituals oder aus Gründen der Bewirtschaftung abgefackelt würden. Diese Idioten, die unter der Erde arbeiteten statt in der Sonne.

Ein plötzlicher Hitzeschwall ließ ihn entsetzt nach unten blicken. Sein Schurz stand in Flammen. »Für den Dreizack und den Rebstock!«, krächzte er. Dann schleppte er sich vorwärts, mit all seinem Gewicht, seiner Kraft und seiner Liebe zu seiner Sippe, und warf sich selbst auf das vorbereitete Meldefeuer.

Die Sibylla hatte Recht behalten; die Katastrophe war eingetreten.

»Das Wasser ist krabbelig«, sagte Dion. Es war während der Morgendämmerung, der einzigen Zeit, wie Spiralenmeister erklärt hatte, zu der man die Elixier-gebende Krabbe sammeln konnte.

»Spiralenmeister meint, sie glüht, *iii?*«, fragte Nestor, der eben erst aus Ägypten eingetroffen war und keine Lust hatte, Vena unter die Augen zu treten.

»Sie lebt in einer Höhle, dicht unter der Oberfläche«, sagte Dion. »Sie glüht lila.«

»Dann sollte sie leicht zu finden sein«, überlegte Nestor.

Dion blickte auf die Tauchmuschel. Die Seeleute und Muschelsucherinnen verwendeten sie oft, doch Spiralenmeister wünschte, dass ein Mann aus der Sippe der Olimpier diese Aufgabe – die Krabbe zu suchen – übernahm. Er behauptete, es handle sich um eine heilige Pflicht, die nur von einem Goldenen übernommen werden könne. Er wird paranoid auf seine alten Tage, dachte Dion. Man sieht ihm inzwischen jeden Sommer an, und noch einige dazu. Dion bemerkte, wie Nestor entsetzt auf die Muschel starrte, und erinnerte sich daran, dass Nestor nur ungern tauchte.

Och, *das ist die Münze, die man dafür bezahlt, ein Goldener zu sein, mein Sippenbruder.*

Die Tauchmuschel war etwa sieben Ellen hoch, aus Ton gebrannt und dazu bestimmt, an Seilen, die am Schiff befestigt waren, ins Wasser gelassen zu werden. Ein Taucher konnte in die Muschel hineinschwimmen, in ihrem Innern aus dem Wasser auftauchen, frische Luft einatmen und dann wieder hinausschwimmen. Die Muschel ersparte es den Schwimmern, beim Tauchen zu jedem Atemholen an die Oberfläche aufzusteigen. Posidios, das Oberhaupt der Sippe der Welle, arbeitete bereits an einer Muschel, die der Taucher *bei sich* tragen würde. Dion musste über die Erfindungsgabe seines Onkels grinsen.

Die einzige Gefahr bei der Tauchmuschel bestand darin, dass die Luft irgendwann aufgebraucht war und giftig wurde oder dass der Taucher zu lang unter Wasser blieb.

»Sie funktioniert, Nestor«, versicherte Dion lächelnd. »Du hast doch bestimmt schon einmal einen Becher in Wein oder Bier getaucht?«

»Schon, aber da wollte ich ihn voll und nicht leer wieder herausziehen«, antwortete er mit einem Zucken in den Mundwinkeln.

Dion lachte. »Soll sein.« Er kniete neben der riesigen Muschel nieder und deutete auf die Metallgewichte, die an einer Reihe von Löchern im Rand baumelten. »Diese Gewichte halten die Muschel im Wasser ruhig. In der Muschel wird das Wasser ein wenig ansteigen.« Er berührte eine Stelle an der Außenseite der Muschel, die sich etwa auf Nestors Brusthöhe befand. »Etwa ab dieser Höhe wird sich Luft befinden, die du atmen kannst. Dann kannst du wieder hinausschwimmen, weitersuchen, und wieder zurückkehren, um neue Luft zu holen.«

»Lass dir Zeit, wenn du an die Wasseroberfläche steigst.« Dion zog eines der Gewichte ab. »Dann nimmst du eines von diesen hier – sie ziehen dich nicht nach unten, aber sobald du sie löst, treibt die Muschel ein wenig weiter nach oben, und du bekommst Luft zum Atmen. Lass dir Zeit.«

»Was passiert, wenn ich mir keine lasse?«

Dion wandte den Blick ab. »Du wirst nicht tief genug sein, als dass dir etwas Ernstes passieren könnte.«

»Wie tief ist ›tief genug‹?«, fragte Nestor nervös.

»Wir lassen neben der Tauchmuschel ein Seil mit Gewichten ins Wasser, daran sind die Tiefen markiert. Tauch nicht tiefer als bis zum Seilende.«

»Ist das tief genug, um die Krabbe zu finden?«

»Da die Höhlen eher im flachen Wasser liegen, sollten dort auch die Krabben zu finden sein.« Dion lächelte. »Ich bin die ganze Zeit bei dir. Außerdem warst schließlich du derjenige, der sich irgendwo verstecken wollte, wo Vena dich nicht finden kann, um eure verflossene Liebe zu betrauern.«

»Ich hatte dabei eher an eine Taverne gedacht«, brummte Nestor.

Die Seesoldaten begannen, die Muscheln zu Wasser zu lassen. Nestor saß auf der Reling des Bootes und sah zu, wie Dion seinen Schurz, die Federn in seinem Haar und die vielen Bänder um seinen Arm abstreifte. Nur sein Siegel behielt er an. Dann zog sich auch Nestor aus, bis nur noch der Beutel um seinen Bauch hing.

»Deine Luftzeit hat begonnen, Herr«, sagte der Matrose, als die Männer ins kalte Wasser glitten.

»Bei den Hörnern des Stieres, ich kann nicht fassen, dass ich freiwillig so früh im Jahr baden gehe«, bibberte Nestor.

»Wir haben Kela bereits willkommen geheißen«, tadelte Dion. »Du führst dich auf wie ein kleines Kind.«

»Wir werden euch im Auge behalten, Herren«, rief ihnen der Seesoldat hinterher und deutete dabei auf den gefärbten Kork, der anzeigen würde, wo die beiden Männer schwammen. Dann reichte er ihnen zwei Bronzespiegel »für das Licht«.

Nestor behagte es gar nicht, nackt im Salzwasser zu treiben. Er fühlte sich bloßgestellt und von der Welt abgeschnitten. Er tröstete sich, indem er erst den Dolch an seinem Arm, dann den an seiner Wade und schließlich den dritten in einer Scheide um seinen Bauch berührte. Er hatte einen Dekan lang Zeit zum Suchen. Danach wäre er zu schwach, um wieder aufzutauchen, oder der Säuglingstod, so wurde die Krankheit genannt, würde ihn holen. Deren Opfer starben in der Haltung eines ungeborenen Kindes, leise wimmernd und hilflos wie ein Neugeborenes. Damit würde er ganz bestimmt keinen Eindruck bei Vena schinden.

Dion rief ihm etwas zu, dann tauchte er ab, und einen Herzschlag später verschwanden auch seine Füße unter der Wasseroberfläche.

Nestor schluckte und rief Kela um Schutz an. Nachdem er mehrmals tief durchgeatmet hatte, tauchte er. Verwundert sah er sich um.

Fischschulen umschwammen ihn und machten wie auf ein unhörbares Kommando hin kehrt. Er tauchte tiefer. Druck bildete sich in seinen Ohren, und seine Brust begann zu schmerzen. Schließlich hatten sich seine Augen an das matte Licht gewöhnt, und er schwamm in Richtung der riesigen, im Wasser schwebenden Muschel. Die Gewichte verfingen sich in dem Beutel um seinen Bauch, und er brachte kostbare Augenblicke damit zu, wieder freizukommen, ehe er hastig höher, höher stieg.

Luft! Nestor atmete tief in der Dunkelheit durch und sog dabei den leicht modrigen Geruch der getöpferten Muschel und den tangigen Geschmack des Meeres ein. Nachdem er sein Gesicht abgerieben hatte, bereitete er sich darauf vor, wieder abzutauchen.

Er tauchte unter dem Muschelrand heraus, den Beutel dicht an seine Seite gepresst. Mit vorsichtigen Bewegungen, immer auf der Hut vor einer herausragenden Koralle, die ihn aufschürfen könnte, und aufmerksam nach jenen Wesen der Tiefe Ausschau haltend, die ihm gefährlich werden könnten, schwamm er auf die Höhlen zu. Wenn er sich recht erinnerte, mussten sie sich rechts von ihm befinden.

Dion schwamm irgendwo in der Ferne, eine bleiche, langgliedrige Silhouette unter den ihn umschwimmenden Fischen. Hatte er diese sagenhaften Krabben gefunden?

In der Nähe der Höhlen war das Wasser dunkler, weshalb Nestor den Spiegel so ausrichtete, dass er das Sonnenlicht einfing, das durch das Wasser drang. Fische ergriffen die Flucht, als Nestor sich weiter vorwagte. Dann spürte er einen Sog an seinen Beinen und sah sich vorsichtig um.

Eine Höhle! Nachdem er hastig zur Muschel zurückgeschwommen war, wo er tief Luft holte, kehrte er mit ausgreifenden Bewegungen zur Höhle zurück. Vorsichtig ließ er sich auf den Mund der Höhle zutreiben. Dort war es stockdunkel, und er musste mehrmals blinzeln, ehe er die leuchtende Pracht der Pflanzen wahrnahm. In völliger Dunkelheit blühte es in einem so strahlenden Orange, Rosa, Grün und Gelb, dass er spürte, wie sich seine Pupillen zusammenzogen. Die Pflanzen bewegten sich wie Geister in der unsichtbaren Strömung.

Doch kein Lila.

Er kehrte zur Muschel zurück und atmete ein paarmal flach ein und aus, um Luft zu sparen. Neuerliches Abtauchen, und er war wieder im Meer. Nicht in dieser Höhle, dachte er und drehte langsam den Kopf, um nach der lila glühenden zehnbeinigen Krabbe Ausschau zu halten. In ihrem Leib bildete die Krabbe einen Stoff, der es ihr ermöglichte, sich ständig zu erneuern. Die zehnbeinige Krabbe konnte jeden Körperteil nachwachsen lassen. Das gab es sonst nirgendwo – ein Wesen, dem ewige Jugend und ewiges Leben beschert waren.

Och, hier war die Krabbe nicht. Noch eine Höhle, aber erst brauchte er Luft. Er schwamm rückwärts aus der Höhle und spürte einen leichten Schlag im Nacken.

So schnell wie möglich wirbelte er herum und sah eben noch eine riesige Gestalt von ihm wegschwimmen. Ein flaches, graues Ding mit einem Schwanz wie eine Peitsche, das zu beiden Seiten das Wasser wegschlug. Nestor schwamm weiter und überlegte zugleich, wie viel von einem Dekan bereits verstrichen war.

Drei Höhlen später hatte er sie gefunden. Das Leuchten der Krabben erhellte die ganze Höhle, es brach sich in den Flanken der Fische, strahlte blendend zwischen den glühenden Korallen hervor, dem Tang und Plankton. Die Krabben waren am wirksamsten, wenn sie noch lebendig waren. Er stopfte drei davon in seine Tasche und schwamm zur Tauchmuschel zurück. Erschöpft schnappte er mehrmals nach Luft. Die Luft war dünn, und Nestors Kopf begann zu stechen.

Was war der nächste Schritt? Die Gewichte, die Gewichte lösen, ermahnte er sich, tauchte wieder unter und fummelte an den Drähten der Gewichte herum. Er spürte sie kaum, so kribbelten seine Hände.

Beim Aufstieg musste er immer wieder warten, damit sein Körper Zeit hatte, sich anzupassen, ansonsten würde ihm das Auftauchen schlecht bekommen. Die Luft wurde zusehends schlechter, darum zwang sich Nestor, langsamer zu atmen. Außer dem schwächer werdenden lilafarbenen Glühen, das im Wasser vor seinen Augen leuchtete, sah er nichts mehr.

Schließlich durchstieß er die Wasseroberfläche und hörte Jubel. Mit zitternden Armen wuchtete er sich ins Boot. Dion stand in den ersten Strahlen der aufgehenden Sonne und hielt seinen gewebten Beutel voller Krabben über den Kopf.

»Du hast dich gut gehalten«, meinte Dion und legte ihm eine Decke um. Nestor schüttelte den Kopf. Er hatte überlebt. Die Menschen hatten im Wasser nichts verloren; das war unnatürlich. Die Welt unter den Wellen war gespenstisch und atemberaubend, aber er zog die Luft vor.

Die Männer entkorkten eine Weinamphore und ließen sie kreisen. »Wir geben die Krabben bei Spiralenmeister ab, und heute Abend wird gefeiert«, rief Dion. Die Seesoldaten hissten die Segel, und wenig später umschifften sie die Klippen von Kallistae, um in die Lagune von Aztlan zurückzukehren.

Sie kam zu spät, das spürte Chloe in den Knochen. Hatten die Menschen auf Naxos ihre Nachricht beherzigt? Es hatte sie entsetzt, wie viel Zeit es gekostet hatte, von Knossos wegzukommen. Offenbar konnte hier niemand, nicht einmal ein Sippenoberhaupt, sich abseilen, wenn ihm danach war.

Ihren Warnungen vor einer Katastrophe, allen bösen Omen, dem ganzen Trara zum Trotz hatten die Kaphtori wie Kletten an ihr, ihrem Schiff und ihren Männern gehangen. Sie wollten das Orakel nicht ziehen lassen, sie wollten ihren Segen für die nächste Ernte. Wir kommen zu spät, dachte Chloe. Bitte mach, dass wir nicht zu spät kommen! In der vergangenen Nacht waren sie durch das Tor nach Aztlan gesegelt, wobei das mit Hörnern bestickte Segel des Schiffes so effektiv wirkte wie ein Diplomatenpass in Saudi-Arabien. An diesem Morgen lag schwerer Nebel auf dem Wasser, und Chloe fragte sich, auch wenn sie die Frage nicht auszusprechen wagte, wie sie wohl da durchkommen sollten.

Stellenweise lag Asche von dem Vulkanausbruch auf dem Wasser. Chloes Haut prickelte, wenn sie sich ausmalte, wie ein Vulkanausbruch wohl war. Nur die wenigsten ihrer Sippenangehörigen waren gewillt, mit ihr zu sprechen, darum behielt sie ihre Fragen für sich. Die Seeleute waren verdächtig höflich, doch alle sahen sie an, als wäre sie wahnsinnig geworden.

Teilt ihr erst mal euren Körper mit einer Orakelpriesterin, die ihren eigenen Worten nicht glaubt, dann werdet ihr schon sehen, wie man sich da fühlt!

Es war kalt an diesem Morgen, und ihre düstere Vorahnung verstärkte sich mit jedem *Henti,* den sie sich vorkämpften. Aus dem Nebel heraus näherten sich seitlich zwei Schiffe. Dank Sibyllas Wissen, das Chloe heimlich angezapft hatte, erkannte sie den Dreizack auf den Segeln wieder und atmete erleichtert aus.

Doch zugleich überlief sie ein Schauder; Zelos Olimpi war ebenfalls unterwegs nach Naxos. Ihre Ängste waren also begründet. *Iii,* die armen Menschen, dachte Chloe. Was war geschehen? Ihre Vision war sofort wieder verblichen, nur ein Gefühl von Gefahr war geblieben. Sie winkte dem Schiffskapitän, Zelos' Schiff den Vortritt zu lassen. Die azurblauen und goldrutengelben Segel füllten sich mit Wind, und Zelos' Schiff zog vor ihnen vorbei.

Chloe kaute auf ihrer Lippe und rief sich ihr Wissen über Katastrophenhilfe ins Gedächtnis. Essen, Wasser, Unterkunft, Kleidung. Ihre von Sibylla geklaute Erinnerung verriet ihr, mit welchen von Naxos' Nachbarinseln sie Verbindung aufnehmen musste. »Bringt mir ein paar Botenvögel und einen Schreiber«, befahl sie. Vielleicht würde Sibylla persönlich nicht rechtzeitig eintreffen, doch dafür Hilfe in Gestalt anderer Sippenangehöriger.

Cheftu war an Deck und hielt Ausschau nach den Wellenbrecherinseln. Die winzigen Inselchen zogen sich in einem weiten Bogen von einer Seite der Hauptinsel des Imperiums bis zur anderen und bildeten dabei eine natürliche Barriere, das Skelett einer viel größeren Landmasse. An manchen Stellen waren die Inseln nur dunkle Flecken im Wasser, doch immer noch hoch genug, um die Rumpfe ahnungsloser Schiffe aufzureißen. Cheftu sah angestrengt nach vorn. Er hatte schon viele der antiken Weltwunder gesehen; bestimmt war dies das unbekannte achte. Über den Inseln ragte aus dem Meer das Tor nach Aztlan auf, und zwar bis zu einer Höhe von zwanzig Ellen über dem Schiffsmast. Sie näherten sich der Durchfahrt, und Cheftu blieb der Mund offen stehen.

Zwei riesige Pylone mit eingemeißelten Greifern bewachten den Bogen, auf dem grün gekleidete Seesoldaten herumeilten. Y'carus ließ die Segel einholen, und die Ruderer verlangsamten ihren Schlag. Vor dem Durchgang hielten sie an, bis ein paar Seesoldaten an Bord gekommen waren, die mit Y'carus sprachen, unter Deck gingen und schließlich die Weiterfahrt erlaubten. Das Schiff zog unter dem Steinbogen durch, während zu beiden Seiten Seesoldaten salutierten. Dann waren sie hindurch und im blauesten, leuchtendsten Wasser, das Cheftu je gesehen hatte.

In seinem Kopf drehte sich alles; wer waren diese Menschen? Wo lag dieses Land?

»Das ist der Beginn des Meeres, in dessen Mitte die Lagune um Aztlan liegt«, meinte Y'carus an seiner Seite. Er reichte Cheftu ein kleines Brot mit einer Gemüsepaste darin. »Es ist die Therossee. Auf Aztlantisch heißt ›Theros‹ Sommer.« Y'carus rieb sich den Schweiß von der Stirn. »Ganz gleich, wie das Wetter anderswo ist, beim Segeln ist es ständig heiß. Die Sonne kocht uns auf dem Wasser.«

Immer mehr Inseln befleckten den Horizont. Mit unübersehbarem Stolz wies Y'carus auf die verschiedenen Sippen hin. »Im Osten sieht man Kallistae. Der Berg am Rand der Insel ist der Berg des Apollo, eine der Stellen, an denen Apis seine Tempel hat. Im Westen –«, er zeigte mit dem Kinn dorthin –, »liegt Folegandros.« Cheftu nickte, korrigierte sich dann und schüttelte zustimmend den Kopf. Y'carus deutete geradeaus. »Siehst du das Gleißen am Horizont? Das ist die Pyramide der Tage auf Aztlan.«

Cheftu hätte sich beinahe verschluckt. »Pyramide?«

»Natürlich, was glaubst du denn, von wem ihr Ägypter das Pyramidenbauen gelernt habt?«

»Schon recht«, sagte Cheftu langsam. »Und was ist da hinten?« Er wies auf den Horizont, wo der Himmel gleichmäßig grau war.

»Dort war Delos, die Stadt Arachne, die Sippe der Muse«, flüsterte Y'carus.

»Deine Familie?«

»Ja, und meine Geliebte. Sie wurde getötet.«

Cheftu senkte mitfühlend den Kopf. »Meine Sorge für dich«, sagte er auf Aztlantu.

Y'carus starrte ins Wasser. »Es hat keine Vorwarnung gegeben«, murmelte er.

»Am schlimmsten ist es, wenn man nicht Abschied nehmen kann.«

Y'carus drehte sich um und sah ihn an. »Du klingst, als hättest du selbst erlebt…?«

»Meine Frau«, erwiderte Cheftu knapp.

»Dann war die Sibylla…«

Cheftu biss die Zähne zusammen. Er konnte keine Reue für seinen Fehltritt empfinden; trotzdem schämte er sich dafür. »Sie sieht ihr verblüffend ähnlich.«

»Dann war deine Gemahlin sehr schön.«

»Ja, und stark und klug und leidenschaftlich und froh –« Seine Stimme brach. »Allerdings durfte ich noch von ihr Abschied nehmen.« Cheftu wandte den Blick ab und murmelte auf Ägyptisch vor sich hin: »Dann, in einem grausamen Schmerz, glaubte ich, uns werde noch einmal die Gunst gewährt, zusammen zu sein, nur um meine Hoffnungen in den Dreck getrampelt zu sehen. Buchstäblich.«

Y'carus antwortete nicht, sondern starrte geradeaus ins Wasser. »Wir auf Aztlan nehmen nicht Abschied, wir wünschen *Kalo taxidi,* gute Reise. Wenn die Toten reisen und dabei Prüfungen bestehen müssen, gibt es ihnen Kraft zu wissen, dass sie geliebt werden.« Es war still auf dem Meer, nur die Wellen rauschten um sie herum.

»Jetzt kommen wir in die Strömung, die uns in die Lagune von Kallistae tragen wird, von der die Insel Aztlan umgeben ist.«

»Eines begreife ich nicht.« Cheftu war dankbar, sich über etwas anderes den Kopf zerbrechen zu können als über Chloe und darüber, wie er sie mit Sibylla betrogen hatte. Sein Körper spannte sich an – am besten, er dachte überhaupt nicht mehr an Sibylla. »Wie wird Aztlan eigentlich regiert?«

»Von den Sippen. Jede hat ein Oberhaupt, und diese Oberhäupter kommen alle neun Sommer im Rat zusammen. Dort diskutieren und debattieren sie, um Richtlinien für Güter und Dienste auszuhandeln, die dann für die nächsten neun Sommer gelten.«

»Regieren Männer und Frauen gemeinsam?«

Y'carus schüttelte den Kopf. »In den Augen der Sippen gibt es keine Geschlechtsunterschiede. Jedes Geschlecht hat einen eigenen Gott, jedes wird geboren und seiner Sippe anvertraut.«

»Geboren und seiner Sippe anvertraut?«

»Genau.« Y'carus atmete tief ein. »Du weißt wirklich nichts über uns, nicht wahr? Schon recht. In Aztlan zählen nicht die Blutsverbindungen, es zählt die Geburtsreihenfolge.«

»Ach ja?«, versuchte Cheftu ihn aus der Reserve zu locken.

»Der oder die Erstgeborene ergibt die Position seiner oder ihrer Eltern in der Sippe. Die Zweitgeborenen kommen in die Verteidigungs-Sippen: zum Bergbau, zu den Seesoldaten oder den Konstrukteuren. Dann gibt es noch die, die uns mit Waffen und Rüstungen beliefern. Das sind die Sippen des Steines, der Welle oder der Flamme.«

»Gut.«

»Die Drittgeborenen werden zu einem Kult gegeben. Wir haben den Kult des Stieres, Apis. Oder den Kult der Schlange mit Kela, der Erdgöttin. Sie ist die Beschützerin der Frauen.«

»Sie wurde auch geehrt, als ...«

»Genau.« Y'carus grinste. »Du hast ihr in Knossos gehuldigt.«

Ehebruch *und* Götzendienst, dachte Cheftu. Er würde *sehr* lang im Fegefeuer ausharren müssen.

»Innerhalb der Priesterschaft gibt es die unterschiedlichsten Bereiche. Die Priester Apis' sind die Baumeister. Sie machen Steine und pflastern die Wege. Die Priesterinnen Kelas sind die Fischerinnen, die Muschelsucherinnen. Es ist sogar gegen das Gesetz, ohne Erlaubnis des Kultes zu fischen.«

»Wieso das?«

»Weil man ihnen damit die Arbeit nimmt.« Er grinste. »Wir finden Erfüllung in unserer Arbeit. Unsere Sippe bedeutet uns alles: Sie ist unsere Familie, unsere Beschäftigung, unsere Identität.«

»Deine Geliebte war ...?«

»Meine Sippenschwester. Ich wurde als Zweiter geboren und bin dazu bestimmt, uns auf See zu verteidigen. Meine Blutseltern waren Färber aus der Sippe der Muse.« Er schluckte. »Neotne kam mit fünf Jahren als Pflegekind in meine Familie. Ich wurde damals zehn, es war der Sommer, bevor ich in Pflege ging. Schon damals war mir klar, sowie ich sie gesehen hatte...« Sie standen schweigend da und ließen sich die salzige Brise ins Gesicht wehen.

»Nun gut.« Y'carus' Stimme war belegt. »Die Viertgeborenen gehen auf das Land. Oliven, Obst, Gemüse, Wein, sie halten das Imperium grün.«

»Das wäre dann welche Sippe...?«

»Die Sippe des Rebstocks. Alles was wächst wird von ihnen gepflegt. Die Sippe des Horns züchtet Tiere, sowohl als Nahrung wie auch als Nutztiere. Die Fünftgeborenen sind unsere Handwerker. Wir sind – waren – sehr stolz auf unsere künstlerischen Leistungen: Textilien, Keramik, Malerei. Sie sind in der Sippe der Muse.«

»Arachne war die Hauptstadt? Die Stadt, die zerstört worden ist?«

»Genau. Arachne. Ich bin dort aufgewachsen; es war meine Heimat.«

»Was ist mit der Skolomantie?«

»*Iii.* Die ist für die Klügsten unter uns, ganz gleich, an welcher Stelle sie geboren wurden. Dort werden die Kinder mit dem schärfsten Verstand von ihren Eltern in Pflege gegeben. Sie lernen alles – Medizin, Kunst, Wissenschaft, Architektur, Mathematik, Astronomie, Astrologie. Sie führen uns. Wirst du in die Skolomantie gehen?«

»Ich weiß es nicht.« Doch wenn dort die medizinischen Künste gelehrt wurden, war dort wohl auch Cheftus Platz. »Meine Dankbarkeit für deine hilfreichen Worte«, sagte er leicht unsicher. »Wo ist der Platz für einen Magus?«

»Auf Aztlan?« Y'carus zog die Achseln hoch. »Die medizinischen Künste werden von unseren Kela-Tenata-Priesterinnen ausgeübt.«

Frauen in der Medizin? In Ägypten durften Frauen höchstens in kleinen, armen Orten als Heilerinnen arbeiten. In Frankreich? Cheftu hätte beinahe gelacht. »Dieses Wort ist mir nicht bekannt.«

»Kela, die Göttin, und Tenata, ihre arbeitende Hand. Jedes Dorf, jede Stadt hat einen eigenen Tempel mit Muschelsucherinnen.«

»Für die Fische.«

»Ganz recht, und Kela-Tenata –«

»Für die medizinische Versorgung.«

»Du lernst schnell. Und mit Tempeltänzerinnen.«

Cheftu blinzelte. »Amtlichen …?«

»Tempelprostituierten.« Y'carus zog die Stirn in Falten. »Ich vergesse immer wieder, wie zurückhaltend ihr Ägypter seid. Ja, in jedem Dorf gibt es Tempelprostituierte. Da die Sippen so eng miteinander verwoben sind, ist die Ehe bei uns ein geheiligtes Unterfangen. Die Tempeltänzerinnen stillen das fleischliche Verlangen von Männern und Frauen, sodass sie mit der Absicht, für ewig vereint zu werden, vor Kelas Altar treten können.«

Cheftu dachte an seine eigene Welt zurück, an die vielen Ehen, die nur noch Fassade waren, und die Promiskuität, die ihm immer noch so lebhaft in Erinnerung war. Eine Ehe war wie ein Geschäftsabschluss. Sobald ein Erbe geboren war, stand es beiden Eheleuten frei, sich einen Geliebten zu nehmen, vorausgesetzt, sie verhielten sich diskret. »Nach der Hochzeit gehen die Menschen also nicht mehr zu den Tempeltänzerinnen?«

»Nein!« Y'carus lachte. »Nein, ein Mann oder eine Frau können sie jederzeit besuchen, falls sie das Bedürfnis verspüren. Die Männer kommen oft, während ihre Frauen ein Kind austragen. Doch handelt es sich um eine rein körperliche Erleichterung. Ein Akt der Verehrung vor Kela.«

»Ohne dass das Herz beteiligt wäre?«

»Bei einer Tempeltänzerin?« Y'carus klang fassungslos. »Sie haben Kela Treue geschworen! Sie ist ihr Gemahl!«

»Sie heiraten nie?«

»Durch ihre Initiation sind sie mit der Göttin verheiratet.« Y'carus deutete nach vorn. »Sieh nur! Dort beginnt die Lagune!«

Sie kamen inzwischen schnell vorwärts, und der Zeitmesser sang ein vulgäres Lied, das Cheftu zum Erröten brachte, obwohl er in jeder Zeile höchstens ein, zwei Worte verstand. Er fühlte sich unangenehm an die grünäugige Priesterin erinnert.

»Willkommen an der Einfahrt zur Theroslagune und auf der Insel Aztlan«, rief Y'carus über den ansteigenden Lärm hinweg. Sie durchfuhren eine schmale Meeresschlucht, deren Wände mit jeder

Elle steiler wurden. Der Lärm des brausenden Wassers war hier ohrenbetäubend, und Y'carus bedeutete Cheftu, sich mit einem der bestickten Gurte am Boot festzubinden. Sie schossen noch schneller vorwärts, als würden sie einen breiten Fluss hinunterfahren.

Die Klippen zu beiden Seiten waren aus schräg geschichtetem Gestein und so hoch, dass die Sonne das Wasser noch nicht erreicht hatte. Wie in einer uralten Legende erhob sich die Stadt aus dem Meer, hoch auf den farbigen Klippen thronend. Wohnhäuser und Villen in Weiß, Rot, Schwarz und Gelb, künstlerisch entworfen und bemalt, schwebten halb über dem tiefblauen Wasser. Dahinter gleißte Gold, das alles andere überragte. Jeder Abhang war mit Terrassen überzogen. »Das ist die Stadt Hyacinth!«, brüllte Y'carus.

Cheftu warf einen Blick auf die Sonne und stellte fest, dass sie aus südwestlicher Richtung kamen. Zwei Landzungen, bevölkert und fruchtbar, umarmten sie. Cheftu entdeckte geschäftige Häfen, die sich vor den aufgeschichteten Klippen winzig ausnahmen.

Sie gelangten an eine Stelle, von der aus die Inseln, die Brücken und der Hafen sichtbar waren. Die Insel Aztlan erhob sich weit über die umgebenden Inseln. Auf dem Berggipfel saß eine juwelenfarbige Pyramide. Sie war kleiner als die ägyptischen Pyramiden und ohne Abschlussstein, doch sie war eindeutig als Pyramide zu erkennen. Die abgeflachte Goldspitze blendete, selbst auf diese Entfernung, durch die sich darin spiegelnde Sonne.

Die Strömung schob sie und zog an ihnen, als sie unter der ersten Brücke hindurchfuhren, die Aztlan mit Kallistae verband. »Auf dieser Brücke kommt man nach Hyazinth. Auf der anderen Seite der Landbrücke befindet sich eine zweite Kreuzung, über die man auf die Hauptstraße von Echo gelangt.«

Der Hafen war voll gestopft mit grell gemusterten Booten. Ein undurchdringliches Sprachengewirr stieg in die Vormittagsluft auf. Erstaunt darüber, wie schnell sie angekommen waren, hielt sich Cheftu am Rande, während die Seesoldaten die Segel refften, die Leinen einholten und den Anker auswarfen.

Auf nach Aztlan.

9. Kapitel

Paros

Zelos stand mit seinen Brüdern Nekros und Posidios in der von Fackeln erhellten Dunkelheit. Auf der Insel Paros, wo Nekros Sippenoberhaupt war, lag ein Großteil der Behausungen und Bauten unter der Erde. Riesige Höhlen, in denen sich die Verwaltung wie auch die Wohnungen der Bürger befanden, wechselten sich mit Steinbrüchen ab, in denen die meisten Männer und Frauen unter Tage arbeiteten.

Nekros' weiße Haut leuchtete unnatürlich in der halbdunklen Kammer. Zelos blickte sich, immer noch leicht benommen von der schnellen Reise, in der Höhle um. Die Wände waren feucht – um genau zu sein, war die ganze Höhle kühl wie eine Winternacht, wenn auch ohne den Wind. Er fragte sich schaudernd, wo wohl die Toten bestattet wurden. Der hiesigen Sippe oblagen nicht nur der Unterhalt der vielen Höhlen und Grotten im ganzen Imperium, außerdem die Steinbrüche und die Förderung von Edelsteinen und Metall, die Insel war darüber hinaus auch das Land der Toten.

Während die meisten Oberhäupter luxuriöse Gutshäuser besaßen oder sich den besten Ausblick gesichert hatten, lebte Nekros ganz allein auf diesem winzigen Inselchen Antiparos, das er nur nachts verließ und auf dem er seine Tage damit zubrachte, die Sippe von dieser klammen Kammer aus zu regieren.

Nekros besaß nur wenig und nur das Allernötigste. Zelos nahm an, dass sein Bruder noch weniger weibliche Gesellschaft als Besitztümer hatte. Welche Frau wollte schon die kalten Hände des Herrn über die Toten auf ihrem Leib spüren?

Posidios studierte die auf einem abgeflachten Stalagmiten ausgelegte Karte, deren eingeschnittene Markierungen im Fackellicht nur mit Mühe zu erkennen waren.

»Was ist von Naxos noch übrig?«, fragte Zelos.

Nekros lehnte sich zurück gegen einen zweiten Stalagmiten. »Nicht viel. Meine Leute suchen die Toten zusammen, um sie herzubringen und sie mit all den anderen Generationen auf Paros zu bestatten. Bislang haben wir noch von keinem einzigen Überlebenden gehört.«

Zelos schloss gequält die Augen. »Und Bacchi?«

»Das Oberhaupt der Sippe ist tot. Man hat seine Leiche bereits gefunden.«

Zelos schnippte nach einem Leibeigenen und befahl, eine Nachricht nach Aztlan zu fliegen. Dion, der Erbe der Sippe, war damit neues Sippenoberhaupt. »Lässt sich schon ermessen, welche Folgen dieses Inferno für die Ernte hat?«

»So wie es aussieht, gibt es keine Ernte. Es gibt keine Menschen.«

»Bei Apis' Steinen, Bruder, auf dieser Insel haben dreiundzwanzigtausend Menschen gelebt! Willst du mir erklären, dass davon nicht einer überlebt hat?«

Nekros zuckte mit den Achseln. »Es sind natürlich vorläufige Berichte. Mehr kann ich dir nicht sagen.«

Zelos fuhr sich mit der Hand durch das Haar. Das war die schlimmste vorstellbare Katastrophe. Zwei Sippen, die innerhalb weniger Wochen aus dem Imperium getilgt worden waren. Bitte lass das kein Omen sein, dachte er.

Schritte hallten aus dem Bogengang. Wie ein Mann drehten sich beide Brüder um und starrten auf die Frau, die sich dort zeigte.

»Ich habe mir schon gedacht, dass ich dein Schiff gesehen habe«, sagte Zelos.

»Ich habe Bacchi eine Warnung gesandt«, sagte sie. »Er hat es vorgezogen, sie nicht zu beachten.«

»Vielleicht hat er sie zu spät erhalten«, schränkte Posidios ein, während er sich zu der Frau umdrehte. »Sei mir gegrüßt, Tochter.«

Sibylla blieb stehen, und ihre grünen Augen weiteten sich kurz. »Sei mir gegrüßt, äh, Posidios«, antwortete sie dann hastig. »Bacchi hat mir keine Beachtung geschenkt.«

»Willkommen auf Paros, Nichte«, meinte Nekros. »Dein Besuch an einem so schwarzen Tag ehrt uns.«

Sie schnippte mit den Fingern, und ein Schreiber kam angelaufen, der jedem der drei Männer eine Lehmtafel reichte. »Ersten Berichten zufolge ist der größte Teil der Insel von Bränden verwüstet, die im Nordosten nach wie vor wüten, oder liegt unter Lawinen von Schlamm begraben, die aus dem Stausee über die Hänge des Berges Zelos ins Tal stürzten und dabei Hunderte von Häusern, Früchten und vor allem Menschen mit sich gerissen haben.«

Die drei Männer tauschten einen Blick untereinander aus.

»Woher hast du diese Berichte?«, fragte Posidios.

Sie trat näher, und Zelos stellte wohlwollend fest, dass sich seine Nichte Sibylla zu einer begehrenswerten Frau entwickelt hatte. Doch ihr Blick war ohne jede Wärme, und sie wirkte unter ihrer Maske von Klugheit gepeinigt. »Als mir klar wurde, dass das Oberhaupt meine Bitte nicht beachtet hatte, habe ich mich an Atenis gewandt, die der Insel am nächsten wohnt.«

Nekros legte seine Tafel auf dem Stalagmiten ab, der ihnen als Tisch diente. »Das ist eine umfassende Darstellung. Es bereitet mir großen Kummer, dass Bacchi deinem Wort keine Beachtung geschenkt hat«, erklärte er schwer.

»Ganz gleich, was Bacchi getan oder nicht getan hat, Menschen sind dort gefangen, ohne Obdach, hungernd und halb verdurstet. Wir müssen zu ihnen gelangen.«

»Die Insel ist tot«, sagte Zelos.

»Das ist sie nicht.«

Posidios und Nekros sahen Sibylla an, als hätte sie den Verstand verloren. Zelos, *Hreesos* zu widersprechen? »Du bist das Oberhaupt der Sippe und Herrscher über das Imperium«, sagte sie zu Zelos. »Dir ist gewiss bewusst, dass der wichtigste Besitz dieser Sippe ihr Wissen war. Auch wenn die Weingärten vernichtet und die Felder verwüstet sind, so können wir mit der Erfahrung, die diese Menschen besitzen, einiges von dem zurückgewinnen, was wir verloren haben. Und zwar schnell.« Sibylla stand Zelos beinahe Angesicht zu Angesicht gegenüber. Ihre Stimme wurde schneidend. »Doch wenn diese Menschen sterben, dann werden ihre Kenntnisse mit ihnen zu Grabe getragen.«

»Es wäre ein kostspieliger Rettungsversuch«, sagte Zelos.

»Und nicht zu vergessen gefährlich«, fügte Posidios hinzu.

Sie fuhr zu ihm herum. »Ich bin willens, mich der Gefahr zu stellen, doch wir dürfen keine Zeit verlieren.« Sie sah erneut Zelos an. »Darf ich fahren?«

»Sag meinen Schreibern, was du brauchst«, willigte Zelos ein. »Berichte mir heute Abend, was du erreicht hast.« Er fing Posidios' verstörten Blick auf und fragte sich, was das wohl zu bedeuten hatte. Zelos würde vielleicht in dieser Angelegenheit die Forderungen seiner arroganten Nichte hinnehmen müssen, doch er würde schon dafür sorgen, dass sie auf seiner Liege entsprechend erniedrigt würde. Als Zelos sie fortschickte, grinste Posidios ihr zum Abschied nach. »Bis unsere Augen dich wieder erblicken, liebe Sibylla.«

Sie sah ihn unsicher an, und Zelos lachte.

Dion rutschte zur Seite. Die knochige Hüfte der Frau bohrte sich in seine Seite, darum drehte er sich um, wobei er sich jedoch in den Haaren der anderen Frau verfing, die immer noch um seine Finger gewunden waren. Der Junge war zu seinen Füßen eingeschlafen, die Hände um die Brüste der Rothaarigen geschlossen, den Mund warm und offen an Dions Schenkel.

Darauf bedacht, seine Gefährten nicht aufzuwecken und ohne eine genaue Erinnerung daran, was geschehen war, löste sich Dion behutsam von den drei schlafenden Gestalten. Sein Mund fühlte sich an wie mit Schafsvlies gefüttert, und die Munddecke kribbelte unter Stichen, die gleichzeitig kitzelten und schmerzten. Weinamphoren lagen leer und zum Teil umgekippt auf Boden und Tischen. Töpfe voller Mohn waren zu grauer Asche verglommen, und die *Kreenos*-Tiegel, die … er konnte sich weder an ihren Namen noch an ihren Titel erinnern … gebracht hatte, waren zu einer Pyramide aufgestapelt.

Och, bei den Steinen Apis', dekadent zu sein war schwere Arbeit.

Unsicher erhob er sich. Leiber – von Tänzerinnen, Studenten, Sippenbrüdern und anderen, die ohne jede Kleidung nur schwer zu identifizieren waren – lagen überall im Raum herum. Der scharfe Gestank von Erbrochenem stieg in seine Nase, als er sich mit der Hand über Gesicht und Haar fuhr, ehe ihm aufging, dass er von ihm selbst ausging.

Dion nahm ein Tuch vom Boden auf und schlang es um seinen Leib, auch wenn ihm vom Bücken schwindlig und übel wurde. Sein Kopf klopfte, und seine Nase fühlte sich an, als hätte ein Ägypter versucht, ihn einzubalsamieren, und ihm dabei das Gehirn durch die Nasengänge gezogen.

Sonnenstrahlen durchbohrten die Leinen vor den Fenstern, und Dion drehte sich um, weil er sich beobachtet fühlte. Er winkte der Frau in der Tür, dann fiel ihm ein, dass er seinen Schurz mit der Hand fest gehalten hatte, und er zog ihn schnell wieder zurecht. Selena lächelte und nickte.

»Verflucht seist du dafür, dass du an diesem Morgen so munter wirkst«, knurrte Dion und verzog das Gesicht, weil die Worte in seinem Kopf zu dröhnen begannen und neue Kopfschmerzen auslösten.

»Wie oft habe ich dich schon so gesehen?«, erwiderte seine Sippenschwester. »Mit tausend Männern und Frauen hast du dich vergnügt und bist mit ihrem Duft aufgewacht. Was suchst du eigentlich, Dion?« Die Unterschiede zwischen ihnen beiden kamen ihm an diesem Morgen noch verstärkt und auf gemeine Weise übertrieben vor.

Im Gegensatz zu ihm, dem Klebrigen, Benebelten, verlor die Erbin des Schlangenkultes niemals den Kopf. Selena, eine seiner

Schwestern, die Zelos ihm geschenkt hatte, diente dem Verstand, wo er der Leidenschaft diente. *Sie* schien es ausschließlich nach Macht und Wissen zu gelüsten. Auch wenn ihre Schönheit atemberaubend war, wirkte sie zugleich auf eigentümliche Weise geschlechtslos. Es war ein verstörender Charakterzug so früh am Morgen, vor allem, nachdem er sich nicht einmal mehr an die vergangene Nacht erinnern konnte. Dion stöhnte und ließ absichtlich den Schurz fallen. »Keinen Tadel heute morgen, Selena. Ich kann ihn nicht ertragen.« Er sah an ihr vorbei. »Ist der Gang frei?«

»So wie du im Moment aussiehst, glaube ich, dass nicht einmal du verfolgt und angehimmelt würdest«, antwortete Selena. Sie streckte ihm den Kapuzenumhang hin, der über ihrem Arm hing. »Trotzdem bin ich vorbereitet.« Dion stieg über ein schlafendes Mädchen hinweg und ließ sich von Selena das Cape überstreifen. »Zelos hat dir eine Botschaft gesandt.«

Dion blieb stehen und hatte schlagartig alle Übelkeit, Kopfschmerzen und Nacktheit vergessen. »Zelos? Was will *Pateeras?* Wo ist er?« Dion war überzeugt, dass der Goldene Stier vergangene Nacht auf dem Fest gewesen war, doch die Feste kamen ihm oft eher wie ein einziges langes Mahl mit kurzen Unterbrechungen vor als eine Reihe von Tagen.

»Bade erst und zieh dich an«, riet sie ihm, während sie ihn aus der Kammer führte.

Die Sonne hatte nur ein kleines Stück ihres Wegs zurückgelegt, als Dion glatt rasiert, frisiert und bekleidet aus seinen Gemächern trat. Selena saß in einem steinernen Sessel mit Wellenlehne, starrte aus dem Fenster und knabberte Nüsse, eine nach der anderen, wie in Trance. Ihre Augen wirkten riesig in dem bleichen Gesicht. »Selena? Schwester?« Sie drehte sich um, und er sah, dass der Bleiglanz um ihre Augen von Tränen verschmiert war und sich zornige Nägelstriemen über ihre Wangen zogen.

»Es gibt sie nicht mehr, Dion«, erklärte sie mit brechender Stimme. »Die Sippe ist ausgelöscht.«

Dion versuchte zu lächeln; bestimmt hielt sie ihn zum Narren. Noch ein Versuch, ihn dazu zu bringen, die Verantwortung für seine Sippe zu übernehmen und sich nicht mehr aufzuführen, als sei jede Frau seine erste Tempeltänzerin. Ein weiterer Versuch, Dion zu überreden, von Daedalus und seinen verrückten Erfindungen abzulassen. Sein Erbe anzutreten, was bedeutete, dass er sich auf den Zuckergehalt der Trauben und die nötigen Mulchmengen für das Gemüse konzentrieren sollte; auf das Verhandeln und Verkaufen innerhalb des Imperiums. Und doch bekam er eine Gänsehaut. »Sag schon.«

»Ich habe eine Nachricht gelesen, die an dich gerichtet war. Darin stand, dass alle Felder in Flammen stehen. Tausende von Häusern sind niedergebrannt, die Aquädukte sind zerschmettert und überfluten die noch brachliegenden Felder. Die Städte sind dem Erdboden gleich.«

Langsam ließ er sich in einen Sessel sinken. Naxos. »Die Sippe?«

Selena kaute auf ihrer Lippe und schüttelte lautlos den Kopf. »Begraben, von Apis verschlungen. Männer, Frauen, Kinder.« Sie hielt inne. »Das Oberhaupt ist tot.«

Wie durch ein Prisma sah Dion den Menschen, der er bis dahin gewesen war, für alle Zeiten verändert. Mit schwindelerregender Geschwindigkeit wandelte sich das Dasein, das er bis zu diesem Augenblick geführt hatte, von Grund auf – wie in einem von Spiralenmeisters Experimenten. Einen Atemzug lang sah er sein ganzes Leben vor sich.

Von Zelos gezeugt, die Mutter von Ileana gemeuchelt. Er als Säugling, in eine abgelegene Höhle auf Nysa gebracht, einer winzigen Insel vor Tinos. Die Wölfe, die ihn eigentlich verschlingen sollten, hatten ihn großgezogen. Sibylla hatte ihn gefunden, völlig verwildert, und ihn gezähmt. Reifer geworden, waren sie gemeinsam nach Kaphtor, Alayshiya, Troi, Hattai und noch weiter gereist. Er hatte sich allen Genüssen hingegeben, die er sich nur auszumalen vermochte. Schließlich war er nach Aztlan zurückgekehrt, wo er sich einverstanden erklärt hatte, die goldenhaarige Kassie zur Frau und das Siegel seines Ranges in Empfang zu nehmen.

Ihr Tod hatte die eintätowierten Linien um Finger und Handgelenk zu bedeutungslosem Schmuckwerk reduziert. Der Tod seines Sohnes, eines winzigen Säuglings, dem die Kraft zum Atmen fehlte, hatte seinem Leben jeden Sinn genommen. Er hatte alles von sich gestoßen und sich wieder ganz den körperlichen Genüssen verschrieben. Am besten genoss man das Leben, solange es ging, denn das Ende war unbarmherzig, war seine Begründung. Zum Schluss behielt man nichts in der Hand. Seine Stellung als Oberhaupt der Sippe hatte sein Cousin Bacchi eingenommen.

Und nun war »sein« Volk ausgelöscht, ein Begriff, den er seit Sommern aus seinen Gedanken gestrichen hatte. »Wie viele haben überlebt?«

»Ich weiß es nicht.«

»Wer hat uns das angetan?«

Selena erhob sich. »Die Erde. Apis ist gesprungen und hat alles zerstört.«

»Warum verehren wir einen so brutalen Gott?«, flüsterte Dion. Selena weinte lautlos. Er blinzelte und schnippte nach Trägern. »Ich fahre nach Naxos.«

»Zelos wollte, dass du zuvor dies erhältst.« Selena nahm ein in Stoff gewickeltes Paket in die Hand. Mit klopfendem Herzen kniete Dion vor ihr nieder. Das schwere Gold kam ihm vor wie eine Fußkette. Das Siegel der Sippe des Rebstocks: sein Siegel, der Tag seiner Geburt, sein Geburtsrecht.

»Dir sei das Leben, das Wohlergehen und der Reichtum der Sippe des Rebstocks anvertraut« sang Selena. »Ihr Blut sei deines; du sollst ihr Verteidiger und Förderer, ihr Mentor und Oberhaupt sein. Strebe nach Wohlergehen für dein Volk wie für dein Land und nach Erhöhung Aztlans.«

Dion starrte ihre nackten Füße an, die scharlachrot angemalten Zehenspitzen.

»Was sagst du, Dion Dionysus aus der Sippe des Rebstocks?«

Er tastete nach der Klinge an seinem Gurt. Er hatte schon viele Gelübde abgelegt und gebrochen. Doch nie hatte er eines mit Blut besiegelt. Diese Geste würde sein Leben unwiderruflich verändern. Er stand auf und zog das Messer in einem flammendheißen Schnitt über seine Handfläche. Doch das Brennen war nichts im Vergleich zu den Flammen, die sein Land verschlungen hatten. Er rieb beide Seiten der schwarzen Klinge mit Blut ein und fuhr dann mit einem blutigen Finger über Selenas trockene Lippen. »Ich schwöre, ihr Verteidiger und Förderer zu sein, ich schwöre, ihr Mentor und Oberhaupt zu sein. Ich schwöre es beim Dreizack und beim Rebstock.«

Nachdem er auch seine Lippen mit Blut beschmiert hatte, küssten er und Selena sich. Ein heiliges Gelübde; sie konnte ihn jederzeit zur Rechenschaft ziehen, sie wäre sein Gewissen. Sie schlug seine Hand in Leinen, während er die Klinge sauberwusch.

»Möge die Gnade Kelas dich leiten, bis meine Augen dich wieder erblicken«, sagte sie, während er bereits durch den Gang davoneilte, um ein Schiff zu besteigen.

Spiralmeister bemühte sich um äußerste Vorsicht, während er mit abgestütztem Arm seine Hände dazu zwang, die Flüssigkeiten und Pulver genau abzumessen. Die Scheibenschale war flach und rund, eine in Aztlan weit verbreitete Form. Die Jahreskarten wurden auf derartigen Scheiben aufgezeichnet, durch in Lehm gedrückte Kacheln. Astrologische Karten, Bauernhandbücher und schlichte Dinge wie Kochrezepte wurden auf diese Weise festgehalten. Diese Scheibe war ebenfalls eine Art Kochrezept, dachte er, und lachte leise.

Ein Kochrezept für das Leben. Seine Augen füllten sich mit Tränen, bis die Zeichen für Mensch, Pflanze und Tier verschwammen. Für so viele war es zu spät; und auch Zelos stand das Ende bevor. Wie sehr hatte Spiralenmeister gehofft, noch eingreifen zu können. Vielleicht hatte Apis seine Absichten durchschaut und sie deswegen mit der Seuche geschlagen?

Doch es war keine Seuche. Sie schlug nicht wahllos zu, sie schien auch nicht ansteckend zu sein. Sie befiel ausschließlich Zelos *Hekatai,* die Sippe der Olimpier. Wer wusste, wie viele Skolomantiker sie bereits in sich trugen? Er dachte an jene, die ihm wie Söhne gewesen waren. Waren sie krank? Würden sie überleben und Aztlan in eine neue Zeit führen können?

Mit einem Muskelzucken drehte sich Spiralenmeister zu dem Tisch um, auf dem die Tafel ruhte. Dort hatte er inmitten der Zeichen des Himmels, der sich am Ende des Großen Jahres und durch die Jahreszeiten zeigen würde, die Formel versteckt. Seine Hinterlassenschaft an Aztlan.

Wer konnte ihm nachfolgen?

Wem konnte er dies anvertrauen? Wer war keiner Sippe verpflichtet, wer hatte in den inneren Turbulenzen des Imperiums nichts zu verlieren? Er drehte das Rad erneut und drückte mit gichtigen Fingern mühsam die Zeichen in den trockenen Lehm.

»Mein Meister?«, fragte eine Frau.

Spiralenmeister schickte die Kela-Tenata fort. Sie ging nur widerwillig und mit der Warnung, ihm würde noch etwas zustoßen. Dumme Nymphe, erkannte sie nicht, dass er diesen Tag nicht überleben würde? Er drückte die Zeichen weiter ein.

An seiner Schärpe herumnestelnd, zog Imhotep die Steine heraus. Mit bebenden Fingern stellte er die Frage, die ihm keine Ruhe ließ, dann warf er die Steine. Seine rheumatischen Augen vermochten den hektisch aufblinkenden Buchstaben nicht zu folgen. Doch er spürte, wie sie seine Seele durchdrangen.

»F-L-I-E-H-T-Z-E-R-S-T-Ö-R-U-N-G.«

Seine flatternden Hände hielten die Steine an, woraufhin einer über den Boden davonflutschte, während er den anderen fest in der Faust hielt.

»Mein Meister?«, fragte eine fremde Stimme.

Imhotep schreckte auf und löste seine Finger gerade noch rechtzeitig, um die Scheibe nicht zu zerstören. »Was willst du?«, fragte er mit einem wütenden Blick über die Schulter.

Ein Ägypter stand hinter ihm.

Imhotep hatte schöne Erinnerungen an Ägypten, eine Welt, die der von ihm gewählten so ähnlich und doch so fremd war. Die jungfräulich weißen Kleider und die ordentlichen Gemälde seiner Kindheit standen in krassem Gegensatz zu dem Chaos der aztlantischen Kunst und Kleidung. Dort die vielen Götter, die Priester-Hierarchien, die starre Gesellschaftsordnung, hier Aztlans zwei Götter, die Klarheit der Sippenstruktur… er hätte gern hinzugefügt: die Reinheit des Volkes, doch das stimmte nicht mehr.

Spiralenmeister studierte den Ägypter. Er war ein ungewöhnlicher Vertreter seines von Hungersnöten geschlagenen Landes; er war groß, gesund, und sein Blick war klar und zugleich eigentümlich verletzlich.

Der Mann hatte nichts mehr zu gewinnen und nichts mehr zu verlieren. Er hatte alles verloren; das stand deutlich in seinen Augen.

»Wer bist du?«, fragte Spiralenmeister.

Der Ägypter kreuzte den Arm vor der Brust und begann auf Aztlantu zu sprechen. Flüssig. Die Worte, die er sprach, waren Pfeile, die sich tief in Imhoteps Gesicht senkten.

»*Viele Geschlechter hindurch, solange Aztlan seiner inneren göttlichen Natur folgte, wart ihr dem Gesetz gehorsam und jenem Gott zugetan, der euch beschenkt hat und dessen Saat ihr seid, denn ihr besaßt wahrhafte und in jeder Hinsicht große* Psychen *und vereintet in allen Wechselfällen des Lebens, wie auch bei jeder Handlung untereinander, Sanftmut mit Weisheit.*«

Imhotep wagte kaum zu amten.

»*Doch als ihr das göttliche Gesetz in euch zu missachten begannt und eure schlichte Natur die Oberhand gewann, da wart ihr eurem Reichtum nicht mehr gewachsen und begannt zu entarten und euch selbst zu erniedrigen, denn ihr seid im Begriff, das größte eurer kostbaren Geschenke zu verlieren; doch jenen, die kein Auge haben, wahrhafte Glückseligkeit zu erkennen, scheint ihr in aller Herrlichkeit und Seligkeit dazustehen, wo ihr doch voller Geiz und unrechtmäßiger Macht seid.*«

»Wie kannst du so etwas sagen? Was weißt du?«

»Dies wurde mir enthüllt. Immer wieder sind Warnungen auf taube Ohren gestoßen. Ich bringe euch nur ein weiteres warnendes Wort von einem *Pateeras*, der das Beste für euch will«, sagte er mit leicht gesenktem Kopf.

Schmerz packte Spiralenmeisters Schädel wie in einem Schraubstock, der über seinen Ohren und Schläfen angezogen wurde. Er streckte die zitternde Hand aus. »Drück die Kacheln ein! Schnell! Schreib auf, was ich sage! Ich habe auf dich gewartet!« Der Ägypter setzte die Kacheln auf seine Finger. »Die Schwalbe«, diktierte Imhotep. Der Mann brauchte einen Augenblick, um sie zu finden, doch dann drückte er sie mit fester Hand in den Lehm. »Das Leopardenfell.« Der Ägypter streckte eine Kachel vor. »Nein! Das ist das Bärenfell. Das Leopardenfell.« Mühsam prägte Cheftu die restlichen benötigten Zeichen in die Scheibe.

»Woher kommst du?«, flüsterte Spiralenmeister. Er spürte bereits, wie seine Lungen verklebten.

»Aus Ägypten.«

Er sah den Mann genauer an. »Woher kommst du wirklich?«

Die Miene des Ägypters fiel in sich zusammen, und ganz langsam, so als würden ihm seine Worte erst bewusst werden, indem er sie aussprach, antwortete er: »Ich bin ein Student der skolomantischen Überlieferungen.«

»Sorge dafür, dass die Bibliothek nicht verloren geht«, sagte Imhotep. Den Verlust des Wissens fürchtete er am meisten. »Aztlan ist eine verrottende Leiche, nur unsere Skelette werden unsere Geschichte erzählen. Hilf mir auf meine Liege.«

Mit sicheren Händen half der Ägypter dem Spiralenmeister, sich niederzulegen. Er reichte dem Greis etwas Wasser und prüfte dann die langsam ansteigende Temperatur. Seine Fragen waren klug, doch sie führten nur in die Irre. »So bricht es aus«, keuchte der Spiralenmeister. »Der Körper bäumt sich nicht dagegen auf. Wo hast du Aztlantu gelernt?«

»Ich weiß es nicht«, erwiderte er abwehrend.

»Was sprichst du dann für eine Sprache?« Die Farbe wich aus dem Gesicht des Mannes. Imhotep frohlockte. Ja, das war der Richtige. Als Spiralenmeister blieb ihm keine Zeit mehr. Schon fraß das Delirium an seinem Verstand. »Nimm die Scheibe und hüte sie wie dein Leben. Sie enthält die Antworten«, stieß er unter Schmerzen hervor. Seine Kehle verschloss sich immer mehr, und er merkte, wie seine Lungen sich nach Luft verzehrten, während seine Beine weiter verkrampften. »Sie ist das Zeichen, dass du der neue Spiralenmeister bist, der Erbe der Sippe der Spirale.«

»Mein Meister –«

»Hilf uns, die Prophezeiung zu überstehen und diese Prüfungen zu überleben. Bewahre Aztlan vor der schmählichen Vernichtung. Wir tanzen am Rande des Grabes.«

»Was für eine Prophezeiung? Wer wird mir glauben? Ich bin Ausländer.«

Spiralenmeister schnippte nach einem Leibeigenen. »Ein Quorum! Sofort!«

»Mein Meister, die Brüder, die Oberhäupter Sibylla und Atenis sind alle unterwegs nach Naxos«, entgegnete der Leibeigene.

»Dann rufe die anderen zusammen. Sie müssen herkommen, und zwar sofort«, befahl Imhotep, und Cheftu hörte stählerne Entschlusskraft in seiner Stimme.

Er sprach und verstand Aztlantu? Cheftu bekam eine Gänsehaut. Er hatte einfach zu sprechen angefangen, indem er die Worte wiederholt hatte, die in stetigem Fluss von der Schriftrolle in seinem Geist gefallen waren. Über die Sprache hatte er sich keinerlei Gedanken gemacht. Wieso er darauf gekommen war, Plato zu zitieren, war ihm unergründlich. Dessen Worte an die Bürger des mythischen Atlantis trafen genau auf diese Kultur und Zeit zu, auch wenn drei Leben vergangen waren, seit Cheftu sie gelesen hatte.

Endlich drangen Imhoteps Worte zu ihm durch. »Hast, hast du Sibylla gesehen?«, wiederholte Cheftu unwillkürlich. Bestimmt war – bitte, lieber Gott – der Name Sibylla in diesem übers Meer verstreuten Land weit verbreitet.

»Genau. Oberhaupt der Sippe des Hornes und zugleich ein Orakel.«

Mon Dieu, bitte nicht! Sie war die erste, die einzige Frau, die er nach einer Liebesnacht kaltschnäuzig *verlassen* hatte. Sein Magen zog sich zusammen, denn plötzlich bekam er Angst, dass er sein Verhalten noch bereuen würde. »Was für eine Prophezeiung?«, fragte er den Alten, der wieder auf die Liege zurückgesunken war.

»Die Prophezeiung unseres Untergangs. Nimm die Scheibe«, hauchte Spiralenmeister. »Lass sie keine Sekunde aus den Augen. Sie enthält die gesamte Weisheit dieses Imperiums.«

Die nächsten Dekane verstrichen für Cheftu wie im Nebel. Er konnte kaum glauben, was er da tat, doch seine Intuition riet ihm, die Ehre, die Position und die Verantwortung zu übernehmen, die Imhotep ihm anbot.

Er fand sich auf den Knien wieder, umringt von Minos aus dem Kult des Stieres, der Kela-Ata aus der Sippe der Schlange, dem lahmen Talos aus der Sippe der Flamme und vielen anderen, die ihn empört betrachteten. »Dir sei das Leben, das Wohlergehen und der

Reichtum der Sippe der Spirale anvertraut«, flüsterte Imhotep. »Ihr Blut sei dein Blut; du sollst ihr Verteidiger und ihr Förderer, ihr Mentor und Oberhaupt sein. Strebe nach Wohlergehen für dein Volk, dein Land und nach der Erhöhung Aztlans. Was sagst du, Cheftu Necht-mer aus der Sippe der Spirale?«

Jemand reichte Cheftu eine dicke, schwarze Klinge. Sobald er das Gelübde abgelegt hatte, wäre er bis zu seinem Tod an dieses Land und dieses Volk gebunden. Oder bis zu ihrem Tod, korrigierte er voller Trauer. So wie man es ihm zeigte, schnitt sich Cheftu bis aufs Blut, schmierte damit die Klinge auf beiden Seiten ein und strich schließlich das Blut über Imhoteps schlaffen Mund. »Ich schwöre, ihr Verteidiger und Förderer zu sein, ich schwöre, ihr Mentor und Oberhaupt zu sein. Ich schwöre es bei der Spirale und der Krabbe.«

Er küsste eben die blutigfeuchten Lippen des Mannes, als ein Schrei durch die Kammer gellte.

»Nein!«

Alle drehten sich um und sahen einen weißhaarigen Mann mit lavendelfarbigen Augen hereinrennen. Als er die Flecken auf Cheftus und Imhoteps Mund bemerkte, blieb er abrupt stehen. »Seid ihr verrückt geworden?«, brüllte er die Versammelten an. »Ich bin der Erbe! Ich kenne Spiralenmeister! Dieser Mann hier, er ist, er ist…«, stammelte der Flachsschopf, und Spiralenmeister meldete sich leise zu Wort.

»Niko, begrüße Cheftu, den neuen Spiralenmeister.«

Cheftu sah, wie das Blut in das Gesicht des Mannes schoss und die Haut bis hinunter auf seine Brust vor Zorn und Scham fleckig wurde. Er grüßte Cheftu mit einem knappen Kopfschütteln. Das ungewohnte Gewicht des Sippensiegels lag wie Blei auf Cheftus Brust, als Niko neben Imhoteps Liege niederkniete. »Mir steht es zu«, flüsterte er. »Die ganzen Sommer über habe ich das geglaubt.«

»Lass ihn, Niko«, mischte sich ein anderer ein. »Spiralenmeister hat entschieden. Du warst niemals zum Erben benannt.« Kurz darauf hatten alle Ratsmitglieder den Raum verlassen.

Imhotep legte eine zitternde Hand auf Nikos Schulter. »Wir

brauchen neues Blut. Neue Ideen, neue Perspektiven. Der Ägypter ist die Antwort auf meine Gebete.«

Nikos Blick traf auf Cheftus, und Cheftu begriff, dass dieser Mann ihn hasste; schließlich war ihm dieses Amt versprochen gewesen, ehe es jemand weggeschnappt hatte, der kaum ihre Sprache sprach – aber ich *spreche* ihre Sprache, und ich verstehe sie auch fließend, dachte Cheftu.

Imhoteps Atem kam abgehackt und pfeifend. Plötzlich verdrehte er die Augen, sein Blick wurde starr, und er begann zu rucken und zu zucken.

»Seine Reise beginnt«, sagte Niko mit tränenbelegter Stimme. *Kalo taxidi«,* flüsterte er. Niko und Cheftu blickten gebannt auf die Liege. Kein Laut, kein Atemzug. »Er hat sich gewandelt und mich schließlich gehasst, glaube ich«, flüsterte Niko. »Wieso? Wieso hat er mir das angetan?«

Cheftu rang mit sich, was er sagen sollte; ob es klug war, überhaupt etwas zu sagen. »Oft wird im Alter der Schild des Taktes zur Seite geworfen, und man spricht genau das aus, was man im Kopf hat.« Er betastete das Siegel um seinen Hals. Was hatte Imhotep da getan? Hatte er Cheftu nur auserwählt, um diesen jungen Mann zu verletzen? Nein, hier ging es um mehr. Er konnte es spüren. »Mein Kummer über deinen Verlust.«

Über die Liege gebeugt, schloss Cheftu die Augen des Alten und betrachtete stirnrunzelnd dessen Miene. Ablehnung, Zorn, Furcht – für alle Zeiten in sein Gesicht eingeschnitten. »Ruf Nekros«, befahl Niko dem Leibeigenen. Cheftu hörte, wie die Tür geschlossen wurde, und machte sich daran, die Hände des Alten in die Begräbnisposition zu zwingen. Schließlich gelang es ihm, sie flach hinzulegen. Aus der Hand des Verblichenen fiel ein Stein.

Er legte ihn auf den Tisch und fuhr dann fort, den Leichnam für denjenigen herzurichten, der hier die Leichen übernahm. Als er den stillen Raum verließ, entdeckte er Niko, der nun im dunklen Gang stand. »Geh hinein und sprich mit ihm«, sagte Cheftu. »Die Toten müssen die Worte hören, die wir sagen müssen, ehe ihre *Kas* Ruhe finden können.« Kopfschüttelnd trat Niko durch die Tür und zog sie fest hinter sich zu.

Cheftu konnte ihn weinen hören. »Lasst ihn«, befahl er den Dienern. »Jetzt haben wir Zeit.« Die Leibeigenen, Sippen-Angehörigen und die Kela-Tenata zogen sich zurück. Cheftu warf einen letzten Blick auf die Tür; doch zum Trauern blieb man am besten allein.

»Soll ich dich in dein Laboratorium bringen, Spiralenmeister?«, fragte ein Leibeigener. Cheftu sah ihn verdutzt an, dann fiel ihm ein, dass *er* jetzt Spiralenmeister war. Er wollte schon nicken, dann besann er sich und schüttelte zustimmend den Kopf.

Niko starrte in das Gesicht des Mannes, der sein Vater, sein Mentor, sein Führer, sein Idol gewesen war. Der ihn betrogen hatte, indem er einen anderen gewählt hatte. Was wusste dieser Cheftu von den Geheimnissen Aztlans? Wusste er Bescheid über die Formeln und die Mächte, die von den Skolomantikern kontrolliert wurden? »Wieso nicht ich?«, flüsterte Niko gegen das Gesicht des Leichnams. »Was habe ich falsch gemacht?«

Niko ließ sich auf dem Rand der Liege nieder und blickte sich im Raum um, als sein Blick plötzlich auf den Tisch fiel. Der Stein! Der neue Spiralenmeister wusste nichts von den Steinen! Niko hob den schwarzen Stein auf und sah sich hektisch nach dem weißen um. Dort! Unter dem Rand der Liege. Er hatte sie alle beide. Sie schienen seine Hände zu versengen.

Die Männer aus der Sippe des Steines trafen kurz darauf ein, um Spiralenmeisters Leiche zu präparieren. Erst nahm ein Künstler neben dem Toten Platz und breitete eine dünne Goldfolie über Imhoteps Gesicht. Er sah zu Niko auf. »Wollte Spiralenmeister auf Paros oder im Land der Pharaos bestattet werden?«

Oft hatten sie darüber gesprochen, entsann sich Niko. Imhotep liebte Aztlan und hatte auch sein Leben hier verbracht, dennoch hatte er gewünscht, einst bei seinen Vorfahren in einem ägyptischen Grab zu liegen.

Niko lächelte. »Er hat sich ein aztlantisches Begräbnis gewünscht, doch er wollte, dass sein Leichnam vor der Beisetzung verbrannt wird.« Der Künstler war entsetzt, doch er machte sich wieder an die penible Arbeit, die goldene Folie dem Gesicht des

Mannes anzupassen, um Imhoteps Haupt einen Eindruck von Leben abzuringen.

Nun, wie gefällt es dir, wenn man deine Wünsche und Bedürfnisse mit Füßen tritt?, dachte Niko, während seine Finger die Steine liebkosten. Auch wenn der Spiralenmeister ihn betrogen hatte, so wusste der Ägypter doch nichts von den Steinen. Imhoteps Wünschen zum Trotz würde Niko seine Macht erben.

Er verschand aus dem Raum; er musste sich mit Phoebus treffen.

Chloe schaffte es nicht, den Blick abzuwenden. Sie hatte Werke von modernen Künstlern gesehen, die ähnlich aussahen – ein grauer Brei mit Nuancen in matschigem Grün und Braun, der in abweisenden, alles auslöschenden Pinselstrichen über die gesamte Leinwand gelegt worden war.

Doch dies hier war kein Kunstwerk: Dies war einst eine Insel gewesen. Ein wunderschöner Ort; das wusste sie, weil sie noch einmal Sibyllas Erinnerung durchstöbert hatte. Jetzt – Verwüstung. Was nicht von den Flammen verschlungen worden war, lag einbalsamiert im Schlamm. Die wenigen Anhöhen, die unversehrt geblieben waren, wirkten wie einsame Inseln in einem Meer des Chaos.

Wie hätte da jemand überleben können?

Chloe dirigierte die wenigen Männer, die sie hatte bestechen, bezirzen oder dazu erpressen können, ihr zu helfen. Offenbar hielt man in der Antike nicht viel von Rettungshilfe. Die Reaktionen auf eine Katastrophe beschränkten sich auf: »Huch! Die Götter sind wütend geworden. Lieber nicht daran rühren.« Ihr schauderte, wenn sie an die vielen Menschen dachte, die wahrscheinlich irgendwo verschüttet waren und auf Rettung hofften. Ohne ihr Eingreifen würden sie in dieser Hoffnung sterben.

»Hier drüben«, sagte sie und deutete dabei auf eine kleine, noch existierende Bucht. In gespenstischer Stille kletterten sie aus ihrem kleinen Boot auf den Strand. Dank Sibyllas Erinnerung konnte sie sich ausmalen, wo sie am dringendsten gebraucht wurden. Was von Demeter noch übrig war, befand sich links von ihnen. Ein winziger Pass schnitt durch die Klippen genau vor ihnen. Sie drängte ihre unwilligen Freiwilligen zum Aufbruch, nachdem sie vereinbart hatten, vor Einbruch der Dunkelheit hier wieder zusammenzukommen. Niemand wollte mit den Unbestatteten allein bleiben.

Chloe packte den jüngsten unter ihnen – er hieß tatsächlich Thom – am Arm und zog ihn in Richtung Demeter davon. Die Bewohner hatten Behausungen errichtet, die wie Vorläufer von modernen Wohnhäusern wirkten. In mehrstöckigen Gebäuden wohnten die Familien, die sich bei den Bauern weiter im Landesinneren verdingten.

Als hätte man die ganze Stadt mit Zement übergossen, war in Demeter alles in der Bewegung erstarrt. Durch den Schlamm war alles und jedes zu einer Statue geronnen. Chloe schauderte, als sie die eingestürzten Häuser sah. Manche Viertel waren zu flachem, getrocknetem grauen Schlamm eingeebnet worden und wirkten leblos wie ein Betonfundament. Menschliche Körper, grau überzogen, verharrten reglos mitten im Lauf, in der Hocke, liegend.

Trotz des Sonnenscheins fröstelnd, marschierte Chloe weiter; zu dumm, dass sie keinen Suchhund hatte. Natürlich hatte niemand sie verstanden, als sie diesen Wunsch geäußert hatte. Offenbar standen Hunde auf der karmischen Rangleiter nur unwesentlich über den Wölfen, und nur Irmentis verstand mit ihnen umzugehen. Der Mensch hatte seinen besten Freund noch nicht erkannt. Chloe hatte schon die Hoffnung aufgegeben, auch nur einen Überlebenden zu finden, als sie ein Tier kreischen hörte – wie im Zoo.

Ein Affe?

Beide blieben stehen; an diesem Ort der Zerstörung wirkte jeder lebendige Laut gespenstisch und unheimlich. Thom rief bereits nach dem Affen und suchte nach ihm. Nicht so kuschelig wie ein Hund, doch dafür sparte man das Gassigehen. Chloe trat an das erste mehrstöckige Gebäude und rief hinauf. Der Schlamm war um das Haus herumgeflossen und hatte den beginnenden Brand gelöscht. Ein Teil des Gebäudes war von Feuer und Schlamm verschont geblieben; gab es hier vielleicht Überlebende? Chloe rief erneut.

»Ich«, erwiderte eine dünne Stimme. »Hilfe…«

»Thom, hierher!«, rief Chloe, während sie auf die Stimme zuging. Die Lehmziegel fühlten sich an wie aus Beton, und Chloe prüfte den verkohlten Türrahmen aus Holz, ehe sie in das Haus trat. Es war ein unansehnlicher Bau, der nach Urin und altem Fett stank. »Wo bist du?«, rief sie.

»Hier!«, antwortete die Stimme, und Chloe fürchtete, dass der Besitzer der Stimme zu nah am Tode war, als dass sie ihm noch helfen konnten. Die Stimme schien von oben zu kommen. Chloe biss sich auf die Lippe und probierte die Stufen aus – so weit, so gut. Dann eilte sie aufwärts und fand sich gleich darauf in einem rauchfleckigen Gang wieder. »Ich komme!«, rief sie und lauschte auf die Stimme, die sie führen sollte. Gib nicht auf, dachte Chloe.

Sie probierte eine Tür aus, dann die nächste. Sie waren kaum zu öffnen, denn die normal breiten Türen waren der Länge nach geteilt, um sicherzugehen, dass sich beide Hälften ineinander fügten. Feuer und Schlamm hatten das Holz anschwellen lassen und die beiden Hälften ineinander verkeilt. Chloe warf sich mit dem Körper gegen die Tür, die dem Wimmern am nächsten war.

Thom kam ihr zu Hilfe, und gemeinsam krachten sie in einen Raum, dessen Außenmauern weggebrannt waren. Unter einer Liege, frei unter dem graublauen Himmel, lag eine alte Frau, leise keuchend und mit großen Augen. So wie ihr Atem klang, hatte sie wohl eine punktierte Lunge oder gebrochene Rippen, vermutete Chloe. So sanft wie möglich bugsierten Chloe und Thom sie auf die Liege und banden dann ein Leinen vor das Fenster, damit sie wussten, wo die Frau zu finden war, wenn sie zurückkehrten.

Sie kräftigen sie mit Wein und Brot und machten sich dann wieder auf die Suche, nun in aller Eile, um nach allen zu rufen, die unter dem tödlichen Schleim noch leben mochten. Überall waren in der Bewegung festgemeißelte Leichen und verkohlte Knochen zu sehen, die aus dem grauen Schlamm herausragten. Feuer und Schlamm, dachte Chloe. O Gott!

Die Sonne stand tief am Himmel. Alle acht zusammen hatten zwanzig Überlebende ausfindig gemacht. Hunderte von Leichen, doch nur zwanzig Überlebende. Das Wasser hatte Unzählige davongeschwemmt, die Brände hatten Tausende das Leben gekostet. Und dabei hatten sich ihre Rettungsbemühungen nicht einmal auf das Inselinnere erstreckt, wo die Verwüstungen am schlimmsten waren. Die meisten Sippenangehörigen würden nie gefunden werden.

Chloe überließ die ihr Anvertrauten der medizinischen Obhut der Kela-Tenata auf Paros und stolperte müde zurück zu ihrem Schiff, im Kopf das Bild eines Frauenarms, der winkend und endgültig ausgezählt aus dem Schlammozean herausragte, als wollte er den Himmel um Hilfe anflehen.

Die nicht gewährt wurde.

Sie zitterte und zwang sich über die Planke. Bett, dachte sie. Ich will nur noch schlafen. »Sei gegrüßt, Sibylla.«

Chloe blinzelte und richtete den Blick auf den Mann, der wie ein König mitten auf ihrem Deck thronte. Trotz ihrer Erschöpfung spürte Chloe ein Zucken in ihrem Leib. Er sah phantastisch aus. Umwerfend, Calvin-Klein-Model-mäßig atemberaubend. Wer war das?

Dieses phantastische Wesen trat auf sie zu, nahm sie in die Arme und küsste sie zärtlich auf Hals und Ohr. »Meine arme Sib, du bist erschöpft! Wie schwer hast du heute gearbeitet! Komm, ich helfe dir zu entspannen, Sib.« Er küsste sie auf die Wangen, dann auf den Mund, und schließlich schloss er sie in die Arme. Chloe stupfte die schlafende Sibylla wach. Wer ist das?

»Spürst du mich, Sib?«

Chloe riss die Augen auf. Der Mann roch würzig, dunkel und erotsich, und ihr Herz klopfte wie wild. Seine Stimme klang kehlig und rollte wie ferner Donner durch ihre Nerven. Wer war das? »Fühlst du es?«, flüsterte er ihr ins Ohr. »Weißt du, was ich heute bekommen habe? Ohne dass du dabei warst, muss ich zu meinem Bedauern sagen.«

Chloe fuhr sich mit der Zunge über die ausgetrockneten Lippen und suchte angestrengt nach einer Antwort. Offenbar kannte dieser Mann sie näher – nein, verdammt nahe. »Es ist härter, als ich in Erinnerung habe«, sagte er, und sie wand sich aus seiner Umarmung.

Ohhh, du meine Güte, dachte sie, als sie in seine Augen aufsah. Zum einen war es eine neue Erfahrung, *auf*zusehen. Bei ihrer Größe hatte Chloe noch nicht zu vielen Männern aufgesehen, vor allem, seit sie in fremden Körpern durch die Antike spazierte. Und dann diese Augen; dieser Knabe hätte alle Chancen bei einer Model-Agentur! Er war so schön, dass es nicht zu beschreiben war, er war –

Er war bestimmt schwul.

»Sieh!«, sagte er und legte einen Finger an seinen Hals. Chloes Blick wanderte von seinem Gesicht auf seinen bronzefarbenen, muskulösen Hals. Schließlich kam er auf dem Anhänger zu liegen. *Das* war also so hart, das war neu! Eine kurz aufflackernde, geklaute Erinnerung fügte die Teile zu einem Bild zusammen.

»Du hast also deine Sippe wieder übernommen, Dion?«

Er lächelte traurig und deutete auf die Felsentrümmer jenseits der Meerenge. »Es ist kaum mehr etwas davon übrig, Sib.«

»Zelos war einverstanden, eine Rettungsmannschaft loszuschicken.«

»Aber nur heute«, sagte Dion. »Die zwanzig, die ihr gefunden habt, werden die zwanzig sein, mit denen ich die Sippe des Rebstocks zu neuem Leben erwecke.« Er sah sie an. »Sag, sind Männer und Frauen darunter?«

»Sogar ein paar Kinder«, antwortete sie, einigermaßen angeekelt von seiner Einstellung. Dachten diese Leute denn immer nur an den Profit?

Er nahm sie am Arm und zog sie in das am Hauptmast errichtete Zelt, in dem sie die vergangene Nacht verbracht hatte. »Ich dachte, du hast vielleicht Hunger«, meinte er. Auf einem winzigen Tisch dampfte ein Festmahl, und schlagartig spürte Chloe Bärenhunger. Doch bevor das erste Stück Brot ihre Lippen berührte, sah sie wieder die Hand vor sich, nach oben gestreckt, bettelnd, flehend ... ohne Antwort.

Hätte ich noch mehr tun können?

Chloe legte das Brot beiseite und nahm den Wein entgegen, den Dion ihr reichte. »Wir haben einen neuen Spiralenmeister«, sagte er. »Imhotep hat seine Reise angetreten, und sein Nachfolger wurde vereidigt.«

»Niko?«

Dion grinste. »Nein. Der neue Spiralenmeister kommt nicht einmal aus Aztlan«, erklärte er in jenem Tonfall, in dem in allen Ländern und zu allen Zeiten Klatsch verbreitet wurde. Ein Model mit einer Nachmittags-Talkshow, verbesserte Chloe.

Als sie ihren Weinbecher geleert hatte, sank sie zurück in die auf dem Boden verteilten Kissen. *Iii!* Das fühlte sich gut an! Wenn sie jetzt noch ein Bad nehmen könnte –

»– also hat dieser Ägypter«, sagte Dion gerade.

Augenblicklich schoss sie wieder hoch. »Was für ein Ägypter?«

»Der, den Spiralenmeister zum Sippenoberhaupt ernannt hat! Hast du mir denn nicht zugehört?«

Das ist unmöglich, dachte sie. Frag nicht, du wirst nur enttäuscht. Das kann nicht sein, nicht in tausend Jahren! O bitte, bitte… Chloe schluckte und fragte angespannt: »Wie heißt er?«

»*Iii,* also nun heißt er natürlich Spiralenmeister, obwohl jeder ihn als ägyptischen Spiralenmeister bezeichnet, was ziemlich albern ist, denn schließlich wissen wir alle, dass auch Spiralenmeister Ägypter war, er hatte diese ägyptischen Tätowierungen, aber kein Mensch nannte ihn –«

»Wie heißt der neue Spiralenmeister?«

»Es ist irgendwas Ausländisches –«

»Wie?«

Dion schloss die Augen. »Ch – irgendwas. Ich habe die Nachricht eben erst erhalten. Wahrscheinlich hast du auch eine bekommen.«

Noch ehe Dion ausgesprochen hatte, war Chloe aus dem Zelt hinaus und verlangte nach den Botschaften, die ihre Vögel überbracht hatten. Mit zitternden Händen kramte sie in den winzigen Zettelchen, die an diesem Tag aus dem ganzen Imperium eingetroffen waren. Die Preise für Rindfleisch und Leder; Wetterberichte aus Hydroussa… Sie hielt den Atem an, als sie die nächste Nachricht las. »Nach Imhoteps Hinscheiden neuer SM Cheftu.«

O Gott. Cheftu!

Cheftu und Y'carus standen auf einem Balkon und blickten nach Norden auf das Meer.

Die Insel Aztlan war atemberaubend. Obwohl sie nach Norden, in Richtung des antiken Griechenlands gesegelt waren, war dies *nicht* das antike Griechenland. Dies war keine Kultur, von der er je gelesen hatte, außer möglicherweise in irgendwelchen Sagen. Was waren das für Menschen? Er hatte keine Ahnung, warum so viele ägyptisch anmutende Rituale, Symbole und Gebäude hier auftauchten. War Aztlan ein uralter ägyptischer Außenposten? Doch das ergab keinen Sinn, denn den Ägyptern lag vor allem daran, die Ma'at zu erhalten. Kein wahrer Ägypter würde danach streben, den Nil zu verlassen. Zum Erobern schon; zum Kolonisieren niemals. Cheftu fühlte sich müde bis auf die Knochen, befremdet durch dieses eigentümliche Land.

Obwohl er mittlerweile beinahe eine Woche hier war, fand er sich immer noch nicht zurecht. Das kommt vom Schlafmangel und von deinen sexuell bedingten Gewissensbissen, konnte er Chloe im Geist sagen hören, mit einem sardonischen Lächeln und einer hochgezogenen Braue. Bei den Göttern! Würde er je aufhören, an sie zu denken, sie zu vermissen? Sie floss in seinen Adern, und er fragte sich, ob er sich je von ihr befreien konnte.

Südlich von ihnen drängten sich Schiffe verschiedenster Größe und Bauart in der Lagune.

»Apis-Steine!«, sagte Y'carus unvermittelt.

Cheftu folgte seinem Blick und entdeckte zwei Schiffe am Horizont. Beide hatten rote Segel gehisst. »Ist das eine Nachricht? Was hat sie zu bedeuten?«

»Ein Goldener wurde verletzt.«

Ein Mitglied der Herrscherkaste, entsann sich Cheftu.

»Hier seid ihr!«

Die beiden Männer drehten sich um, und Cheftu zog die Stirn in Falten, als er Nestor wiedererkannte. Ohne sein pfauenhaftes Kostüm und Gebaren wirkte er ausgesprochen jung und tief besorgt. Y'carus kreuzte augenblicklich respektvoll den Arm vor der Brust, und Cheftu tat es ihm gleich. »Spiralenmeister?«

»Ja?«

»Posidios Olimpi ist verletzt; er trifft eben ein.«

»Ich bin Seesoldat«, sagte Y'carus schnell. »Posidios ist mein Oberhaupt. Sag an, was ist geschehen?«

»Naxos hat ein weiteres Leben gefordert«, antwortete Nestor. »Die Länder, die von den Göttern geschlagen wurden, sollte man ruhen lassen!« Er seufzte. »Das Oberhaupt des Hornes ist schuld daran. Sibylle mischt sich einfach überall ein«, beklagte sich Nestor. »Posidios wurde von einer weiteren Erdwelle umgeworfen, als er gerade jene zu befreien suchte, die das erste Beben auf Naxos überlebt hatten.« Nestor sah über ihre Schultern, und die beiden anderen drehten sich um. Die Schiffe mit den roten Segeln liefen eben in den Tunnel unterhalb der Insel Aztlan ein.

Y'carus salutierte und wandte sich, nachdem Nestor weitergegangen war, an Cheftu. »Mein Schiff muss wieder seetüchtig gemacht werden«, sagte er. »Es war mir eine Freude, dich kennen zu lernen, Ägypter. Wir sind Brüder in der Sorge, du und ich. Lass es mich wissen, falls du irgend etwas brauchst.« Er grinste. »Obwohl, als neuem Oberhaupt und so jung, wie du bist, wage ich zu bezweifeln, dass es dir in deinen Tagen und Nächten an Gesellschaft mangeln wird.« Y'carus und Cheftu umarmten sich. »Bis unsere Augen einander wieder erblicken«, verabschiedete sich der Kapitän und ging davon.

Cheftu kreuzte respektvoll den Arm vor der Brust; er fühlte sich geehrt, dass Y'carus mit ihm, einem Fremden, in diesem Ton sprach. Dann lief er los, um Nestor einzuholen. Nicht einmal zehn Minuten später war er dankbar dafür, dass er einen Führer hatte, der ihn durch den Palast geleitete. Keine halbe Stunde später war er überzeugt, dass er sich hier niemals zurechtfinden würde. Nachdem sie eine Stunde lang Gänge, Tunnel, Passagen, Lichtschächte, riesige, edle Räume, winzige Treppen und Rampen durchwandert hatten, war ihm klar, dass er irgendwann unterwegs das Zeitliche segnen würde. Noch nie war etwas so chaotisch angelegt worden wie dieser weitläufige Palast.

In seiner linken Kopfseite machten sich Kopfschmerzen bemerkbar, als sie in einen gut ausgeleuchteten Durchgang traten, wo an beiden Wänden Männer warteten. An ihren blutfleckigen

Schurzen erkannte er sie als Seesoldaten, die eben aus einem Scharmützel mit dem Tod heimgekehrt waren. Cheftu wurde nach vorne durch eine Tür geführt.

Dahinter lag auf einer geflochtenen Liege ein stämmiger Mann mit einer Bauchwunde, aus der ein halb verfaultes Stück Holz ragte. Ohne dass man ihn dazu aufgefordert hätte, trat Cheftu näher und untersuchte ihn. Der Mann war gefährlich unterkühlt, und die Wunde nässte. Die Verletzung war ein Todesurteil; es war ein Wunder, dass er überhaupt noch atmete. Wäre Cheftu noch in Ägypten gewesen, hätte er die vorgeschriebene Formel gesprochen: »Mann mit tödlicher Wunde am Bauch, diese Wunde werde ich nicht behandeln.« Dann hätte er dafür gesorgt, dass der Mann gefüttert und gepflegt wurde, während er nach den Priestern geschickt hätte.

»Dein Patient, Ägypter«, sagte der flachsköpfige Mann. Niko. Der Mann hing an ihm wie eine Klette!

Eine kurze Berührung verriet Cheftu, dass in dem Patienten das Fieber brannte. Methodisch benannte er alle Mittel, die er brauchen würde, dann trat er an die Wand, wo ein Leibeigener heißes, schwefliges Wasser heraufpumpte und Cheftus Hände reinigte, während dieser Thoth, den Schutzgott aller Heiler, um Weisheit anflehte. Anschließend wurde auf Cheftus Forderung hin Wein über seine Hände gegossen.

Das Holz hing glatt aus der Wunde, doch der folgende Blutsturz war lebensbedrohlich. Auf Cheftus Rufe hin wurden weitere Tücher zum Blutstillen gebracht, die er in Wein tränkte, ehe er sie in die Wunde stopfte. Während auf diese Weise der Blutfluss gemildert wurde, rasierte Cheftu den Leib des Mannes. Nur auf beredte Bitten hin ließ er dem Mann sein langes blondes Haar. Nachdem der übrige Körper rasiert war, wurde der Patient in kalte, nasse Tücher gewickelt.

Als die Wunde schließlich zu bluten aufgehört hatte, zog Cheftu vorsichtig die Tücher heraus und untersuchte die Verletzung. Die Wunde war so groß, dass er beinahe die Hand hineinstecken konnte; glücklicherweise gerann Posidios' Blut schnell. Etwas Wein, in die offene Stelle geschüttet, ließ Posidios zu sich kommen und gleich darauf wieder in Ohnmacht fallen. Nachdem die Wunde gereinigt war, schmierte Cheftu eine Paste aus Honig und Fett darauf und zog schließlich die Ränder der Wunde zusammen. Mit gekauter *Mastix*-Paste klebte er Leinenstreifen über die Wunde. Dann schickte er die Kela-Tenata-Priesterin weg, da er selbst über den Patienten wachen wollte. Man ließ ihn allein.

Posidios atmete nur flach. Cheftu wickelte neue, in kaltes Wasser getunkte Laken um ihn. Er sah aus dem Fenster; die Morgendämmerung war höchstens noch ein, zwei Dekane entfernt. Das *Ka* des Mannes würde den Leib am ehesten in diesen Stunden der Dunkelheit fliehen. Aus reiner Gewohnheit heraus rezitierte Cheftu Gebete gegen die *Khaibits* der Nacht, während er im Herzen um den Schutz und den Beistand des Einen Gottes bat. Dann wartete er ab.

Dekane später trat jemand in den Raum, und Cheftu fuhr mit klopfendem Herzen hoch. Vor ihm stand ein Gespenst von einem Mann. Außergewöhnlich groß und schlank, aber auf drahtige Weise kräftig. Sein Antlitz wirkte kühn – eine lange Nase, wohlgeformte Lippen, ein spitzes Kinn und Brauen, die im scharfen Winkel aufstiegen. Sein Haar war dunkel, kurz geschnitten, dazu trug er einen Ziegenbart... Seine Augen waren schwarz wie die Nacht und seine Haut weiß wie Pergament.

Er sieht aus wie das leibhaftige Abbild des Teufels, dachte Cheftu. Der große Mann hatte keinen einzigen Blick für Cheftu übrig, sondern trat sofort zu dem Patienten. Mit schmalen, weißen Händen beruhrte er erst die Braue des Mannes, dann seine Wunde. »Wie geht es ihm?« Die Stimme des Mannes war so dunkel wie seine ganze Erscheinung. Auch trug er nicht die bunten Farben, die auf Aztlan so beliebt waren, sondern war stattdessen in einen Schurz und ein Hemd in schlichtem Blau gekleidet, das Cheftu unangenehm an die blauen Trauerkleider erinnerte, die man in Ägypten trug.

»Nicht gut.«

»Was können wir noch für ihn tun?«

Cheftu schnüffelte an der Wunde seines Patienten, denn in dem Mann brannte zwar kein Fieber mehr, doch er war immer noch heiß. Und trocken. Er kämpfte gegen die *Ukhedu.* »Ich bereite gerade eine Arznei vor«, sagte Cheftu und deutete dabei auf seine in der Ecke stehenden Gerätschaften. »Wer bist du, Herr?«

Der Große öffnete seinen Hemdkragen. Ein schweres Goldsiegel kam zum Vorschein, das mit nicht zu entziffernden Zeichen beschrieben war. »Ich bin Nekros, Oberhaupt der Sippe des Steines und Priester der Toten. Posidios ist mein Bruder.« Er trat an Cheftus behelfsmäßiges Laboratorium. »Sage mir, was du da tust, Ägypter.«

Cheftu zeigte ihm die vorbereitete Medizin. Während der Nacht hatte er ein Kupferstück über eine Phiole mit Essig gehängt und alles mit Leinen abgedeckt. Jetzt war das Metall mit einem leichten türkisen Schimmer überzogen und zeigte erste Anzeichen von Rost. Nekros schien wenig überzeugt, sah aber zu, wie Cheftu das Pflaster von der Wunde nahm und den Belag hineinkratzte.

Das Sippenoberhaupt schaute ihm über die Schulter zu und kaute fraglos, als Cheftu neues Mastix brauchte, um das Leinen wieder festzukleben. »Wozu ist das gut?«

»Es reinigt das Blut«, antwortete Cheftu. »Wenn bis morgen das Blut in der Wunde nicht rot und klar ist, wird der Patient sterben.« Noch während er das sagte, mischte er Zimt mit Olivenöl, stöpselte den Behälter zu und stellte ihn beiseite. »Erst müssen wir beobachten, wie die Medizin wirkt.«

»Ich wünschte, du hättest mit uns nach Naxos kommen können«, sagte Nekros. »So viele Tote, so viele Leichen, so viele verloren. Ich werde nach einem Läuterungsbad schicken. Mein Bruder muss bald gebadet werden.« Nekros verschwand mit einem Kopfnicken, und Cheftu lehnte sich tief atmend gegen die Wand.

»Du hast ausgezeichnete Arbeit geleistet.«

Er drehte sich um und sah den Gesandten Nestor. »Bist du Arzt?«

»Nein, allerdings habe ich Medizin studiert.«

Ohne jede Vorwarnung begann sich der Boden unter ihnen zu bewegen. Cheftu strauchelte auf seinen Patienten zu, um dessen

Wunde gegen das aus der Decke brechende Gestein abzuschirmen. Ein tiefes Grollen bildete den Kontrapunkt zu dem Scheppern der herabfallenden Töpferwaren und den Schreien der Menschen. Cheftu spürte, wie Stücke von Verputz auf seinen Rücken prasselten. Mit Nestors Hilfe bugsierte er Posidios unter den Türsturz, wo sie sich schützend über ihn beugten. Es war nur eine kurze Erschütterung, doch sie hatte Posidios' Wunde wieder aufgerissen.

Der Raum war ungewöhnlich still, denn nicht einmal das gequälte Atmen des Patienten war nun zu hören. In Panik tastete Cheftu nach dem Puls des Mannes, nach seinem Herzschlag. Ohne Nestors Blick zu erwidern, horchte er auf das schwache Klopfen, das ihnen anzeigen würde, dass der Mann lebte.

Er wartete vergeblich.

»Sein Bad«, sagte Nestor. »Er braucht sein Bad!«

Auf ein Kopfrucken hin trugen er und Nestor den Mann an eine steinerne Wanne, wo sie ihn ins Wasser legten und sein Gesicht mit Leinen bedeckten. Nestor befahl einem Leibeigenen, Nekros zurückzuholen, danach stellte er sich neben Cheftu ans Fenster und drückte dessen Schulter. »Du hast getan, was du konntest. Es lag in den Händen der Götter. Wir müssen auf Kela vertrauen, dass er noch rechtzeitig ins Bad gekommen ist.«

»Wenn wir nur die Blutung hätten aufhalten können«, sagte Cheftu wütend.

Nestor ließ die Hand sinken. »Du bist nur ein Sterblicher, ein Mensch. Du kannst nicht wissen, was die Götter im Schilde führen.« Er schwieg einen Moment. »Allerdings ist es kein gutes Omen für dein Amt als Oberhaupt.«

Als hätte Cheftu etwas darauf gegeben.

Ihr Gespräch wurde vom Eintritt Nekros' und seines Gefolges unterbrochen. Sie zogen den Leichnam aus dem Bad und legten ihn wieder auf das Bett. Das Oberhaupt setzte sich und legte ein Stück Gold über Posidios' Gesicht. Mit tränenüberströmtem Gesicht und leise bebenden Händen schmiegte er das Gold um die Gesichtszüge des Toten.

»Das ist so Brauch bei uns«, erklärte Nestor. »Eine Maske, damit ihn spätere Generationen erkennen können.« Das Gold war dünn und brüchig, und Nekros kniff und drückte es, bis sich die Umrisse von Posidios' Nase und seinem Kinn, seinen tief liegenden Augen und sogar seinen Ohren darin abzeichneten. Dann zog Nekros das Metall, dieses unzulängliche Abbild eines Menschen, wieder ab. »Die Arbeiter werden das Gesicht noch genauer nachbilden«, erklärte Nestor. »Diese Maske hingegen wird das Wesen seiner *Psyche* einfangen.«

Der Priester der Toten erhob sich, und sein Gefolge schlug den Leichnam in lange Tücher. »Wir setzen unsere Toten unter der Erde bei«, erklärte Nestor. »Dort bleiben sie, bis sie ganz ausgetrocknet sind. Danach werden sie zur Bestattung in einem Sarkophag umgebettet und in die *Tholoi* unterhalb der Sippe der Steine gebracht.«

»Ihr balsamiert eure Toten nicht ein?«, fragte Cheftu mit dem Entsetzen eines typischen Ägypters.

»Der Erdboden hier balsamiert sie ein. Es ist sogar so, dass die Leichen hier noch monatelang beinahe lebendig erscheinen. Wenn sie vor ihrem Tod gebadet wurden, erreichen sie später die Inseln der Gesegneten, also braucht man nicht mehr für sie zu tun.«

Cheftu schauderte.

Nekros weinte jetzt ganz offen, und Cheftu spürte, wie die Schuld auf seine Schultern drückte. Was hätte er noch versuchen können? Wie hätte er dem Mann das Leben retten können? Schließlich wurde Posidios' Leichnam weggetragen.

»Komm, Ägypter, ich bringe dich in deine Wohnung«, sagte Nestor.

Müde folgte Cheftu ihm in einen Gang. »Manchmal zweifle ich daran, dass ich mich hier jemals zurechtfinden werde«, sagte er. »Ständig lande ich in irgendwelchen Lagerräumen.«

Nestor lachte leise. »Es ist gut zu wissen, wo das Olivenöl liegt.«

Cheftu lächelte spröde. Nur dorthin hatte er schon mehrmals gefunden. Ansonsten brachte ihn dieses Gewirr von Gängen zur Verzweiflung. Einmal hatte er einen rätselhaften Bogen entdeckt, der in das Labyrinth führte; ein anderes Mal war er auf einen langen Tunnel mit Dutzenden von Türen gestoßen, der tief in die Eingeweide des Berges führte. Es war ein unfassbarer Bau, ein architektonisches Meisterwerk. Wenn er nur einen Plan des Gebäudes hätte.

Cheftu jubelte innerlich, als er die Gänge allmählich wieder erkannte.

Sie erklommen eine Treppe und durchschritten einen weiteren langen, diesmal breiteren Gang. In regelmäßigen Abständen waren bemalte und mit gehörnten Altaren ausgestattete Nischen in die Wände eingelassen. Cheftu beobachtete, wie Nestor von Altar zu Altar schritt und bei jedem die Axt umdrehte. Was für ein eigenartiger Brauch! Sie gingen weiter, bis Nestor vor einer bunt bemalten Tür stehen blieb. Er schnippte mit den Fingern, und sie wurde geöffnet.

Cheftu trat ein und blieb mit großen Augen stehen. Innerhalb von nicht einmal vierundzwanzig Dekanen nach seiner Landung war aus dem Gast – dem Gefangenen – des Imperiums das Oberhaupt einer Sippe geworden. Wenigstens dem Titel nach. Er hatte sich immer noch nicht recht an den Gedanken gewöhnt, und an die Gemächer ebenso wenig. Schon türmten sich seine persönlichen Habseligkeiten und die von Nestor überbrachten Geschenke Pharaos im Raum. Tiegel mit Bleiglanz, Pinzetten, eine kleine Statue des Gottes Thoth. Ein paar reinweiße Leinenschurze lagen geplättet auf seinem Bettende bereit.

Hinter einem Durchgang konnte er die Kammer mit den Schriften sehen. Tafeln, Schriftrollen und Papyrus füllten die Staufächer in den Mauern. Ein Stuhl, ein Schreibtisch, beide aus Gips geschnitten, standen genau im Sonnenlicht. Über dem Fenster hingen frische Blumengirlanden, die den Raum mit Hyazinthenduft erfüllten.

Genau jenem Duft, den die grünäugige Priesterin getragen hatte. Plötzlich fühlte er sich aufs Angenehmste erregt.

Doch all seine Gedanken waren wie weggeblasen, als er fassungslos vor dem Objekt am Rande des Schreibtisches stehen blieb. Das war doch nicht möglich! Das war die falsche Zeit! So ein Gerät gab es frühestens seit der Renaissance!

Mehrere runde, durch einen Stift verbundene Scheiben waren von zwei Kugeln gekrönt, die sich an Metallauslagern bewegten.

Das Ganze wurde durch eine seitlich angebrachte Kurbel angetrieben: Ein Astrolabium? Cheftu trat näher heran. Die zwei Kugeln waren verschieden groß, eine bestand aus Gold, eine aus Silber. Er atmete scharf ein und besah sich die erste Scheibe. Sie war in einem deutlich erkennbaren Muster in Grün und Blau gemalt, dessen Form ihm nur allzu bekannt vorkam. Kontinente. »Was ist das?«

Nestors Schritte erschienen ihm ungewöhnlich laut, der Raum plötzlich zu eng und heiß. »Im Gegensatz zu euch Ägyptern glauben wir, dass die Welt eine Kugel ist, darum haben wir unsere Schiffe in alle nur erdenklichen Richtungen ausgesandt, um zu erkunden, ob das der Wahrheit entspricht. Dieses Gerät erfasst die Bewegungen von Sonne und Mond in der Vergangenheit und Zukunft und bestimmt die Höhe der Sterne und aller Sternbilder. Recht sinnig, wenn man sich auf See befindet, *iii?*«

»Das Getriebe«, krächzte Cheftu hervor. Welche antike Kultur kannte ein Getriebe? Nicht einmal die Ägypter, so fortschrittlich sie auch waren, hatten so etwas entwickelt. Nestor nahm das Ding in die Hand.

»Schau«, sagte Nestor und drehte die Kurbel. Cheftu beobachtete, wie die Scheiben sich neu anordneten und dann stehen blieben. Lächelnd nahm Nestor die Hinterwand ab und kurbelte erneut. Sie beobachteten die Zahnräder, die sich unterschiedlich schnell drehten, sich ein- oder aushakten. Unwillkürlich trat Cheftu einen Schritt zurück. Er war fassungslos. Was war das für ein Volk?

Cheftu nahm das Gerät in die Hand und musterte eingehend die blauen und grünen Flächen. Dann trat er ans Fenster, den Rücken dem Fremden zugewandt. Mit laut kratzendem Atem suchte er nach seinem Heimatland, Frankreich. Da war es! Die Küste war nur grob nachgezeichnet, doch die Form des Landes und jene Spaniens waren unverkennbar.

Wieder fiel sein Blick auf Frankreich.

Wie Faustschläge hagelten Erinnerungen an seine Kindheit auf ihn ein, und er sank mit leerem Blick gegen den Fensterrahmen. Figeac mit seinen grünen Parks und dem nahen Fluss, dem geschäftigen Markt und dem allgegenwärtigen Schmutz war seine Welt gewesen. Er dachte zurück an sein Heim, seine Familie... an seinen Bruder Jean-Jacques, der ihm so geduldig Alfabet um Alfabet beigebracht und damit den Grundstein für die vielen Sprachen gelegt hatte, die er später erlernen sollte.

Wie hatte es in Frankreich gestunken! Wie selten hatten die Menschen gebadet! Wie bitterkalt waren die Winter gewesen, wie schlecht war Frankreich darauf vorbereitet gewesen, all seine Kinder zu nähren und zu kleiden. Er drehte sich um; Nestor hatte etwas gesagt.

»Ist etwas mit dir, mein Meister?«

»Wie? Nein, natürlich nicht.«

»Du bist bleich. Bitte setz dich, ich werde dir von einem Leibeigenen ein Bad und etwas zu essen bereiten lassen.«

Gehorsam sank Cheftu nieder, das Astrolabium fest in der Hand. »Woher kennt ihr all diese... äh, Orte?«, fragte er, wobei er auf das Astrolabium deutete.

Nestor lehnte sich an die Wand und kniff die Augen zusammen. »Von dort kamen die Goldenen. Bis zum heutigen Tag besuchen uns unsere Vettern und bringen uns Nachrichten von jenseits des Großen Grüns. Sie reisen auf den Flüssen von hier aus in ihre weißen Länder.«

»Die Goldenen?«

»Die Sippe der Olimpier. Meine Familie.« Nestor lachte über Cheftus verständnislose Miene.

»Du bist also ein Sippenoberhaupt?«

»Ich bin ein Erbe des Aufsteigenden Goldenen«, erläuterte Nestor. »Sollte, was Apis verhüten möge, Phoebus sterben, würde ich herrschen, bis die Muttergöttin einen neuen Goldenen gebiert.«

Cheftu drehte das Astrolabium immer weiter; ihm war schwindlig von den vielen neuen Erkenntnissen. Nestor zog sich zurück, damit Cheftu sich ausruhen konnte.

Nestor saß in der Bibliothek und spielte auf einer Art Panflöte, als Cheftu erwachte. Sofort legte Nestor das Instrument beiseite und stand auf. »Deine neuen Kleider sind eingetroffen. Aztlantische Kleider«, betonte er.

Cheftu lächelte grimmig. Sein geplätteter weißer Schurz stand in krassem Kontrast zu den bunten Mustern, die hier jeder, selbst ein Leibeigener, trug. Sein breiter ägyptischer Kragen war ganz anders als die Ketten und Anhänger der anderen Männer, und sein Kopftuch bedeckte Haare, die, verglichen mit den fließenden Locken der aztlantischen Männer, unmodisch kurz geschnitten waren. Offensichtlich musste sich der Spiralenmeister ein wenig anpassen.

»Wenn du dich umgezogen hast, gehen wir essen. Der Rest der Olimpier ist heimgekehrt, und es ist an der Zeit, dass du sie kennen lernst.«

Nachdem die raffinierte Toilette abgeschlossen war, folgte Cheftu Nestor schweigend durch die Gänge, Lichtschächte und Hallen. Cheftu ignorierte die Blicke und das Geflüster der Menschen um sie herum, als sie eine Folge großer, belebter Säle durchquerten. Das Aroma gekochten Fleisches hing in der Luft, ergänzt durch eine Mischung von Parfüm, Körpergeruch und Feuer.

Er folgte Nestor gedankenlos. Die im Westen stehende Sonne schien durch die Lichtschächte, und Cheftu begriff, dass der Tag bald verstrichen war. Er war erschöpft und einsam. Wie gern hätte er Chloe von seinen Erlebnissen erzählt, die phantastischen Ereignisse gegen ihre Haut geflüstert – Cheftu schloss die Augen, als er an Chloe dachte; schon seine Gedanken waren Betrug. Ein Leibeigener bot ihm einen Rhyton mit süßem, pfeffrigem Wein an. Er trank und trank noch mehr und noch mehr.

Vielleicht ließen sich seine Gedanken an grünäugige Frauen, ob sie nun lebendig waren oder tot, ja ertränken.

10. Kapitel

Zum ersten Mal, seit Chloe gehört hatte, dass Cheftu am Leben und hier war, dachte sie nicht an ihn. Vor ihr wand sich ein Zickzackpfad in die Höhe, hinauf zu der sich weit dahinziehenden Metropole über den Hügeln. Hingerissen sah sie zu Sibyllas Stadt auf. Wenn sie zuvor auf Kreta gewesen war, wo war sie dann jetzt? Die Fahrt nach Naxos hatte sie noch zusätzlich verwirrt.

Dies hier war doch bestimmt nicht Santorin?

Auch wenn das mit einem längeren Marsch verbunden war, erklommen sie den Hügel zu Fuß. Chloe spürte, wie sich ihre erschöpften Muskeln schreiend zur Wehr setzten und wie sich Schweiß zwischen ihrem Bauchgurt und der Haut sammelte. Sie bogen auf einen flacheren Weg ein, und Chloe zischte durch die Zähne. *Das kann doch nicht wahr sein. Hat Disney auch die Antike übernommen?* Alles wurde von einer riesigen Pyramide in einem Regenbogenspektrum von Farben und mit einer abgeflachten Spitze aus purem Gold überragt. Einer Pyramide? *Einer Pyramide?*

Die Minoer kannten keine Pyramiden, das wusste sie bestimmt. Jedenfalls so gewiss, wie etwas in der modernen Archäologie gewiss sein konnte, schränkte sie ein. Wer also waren diese Menschen?

Hinter der Pyramide lag ein Palast oder eine Versammlungshalle mit hektargroßen Wandgemälden und säulenbestandenen Gängen. Östlich und westlich der Pyramide erhoben sich elegante, rotgoldene Tempel mit Pylonen, Säulen und Flachdächern. Ein tiefer Kanal schnitt zwischen den beiden Inseln ein, ein Kanal, der von Hängebrücken überspannt wurde, während in der Mitte eine Landzunge die beiden Inseln verband. Wo war sie hier gelandet?

Der Pfad war steil und mit Sandalen nur mühsam zu bewältigen. Chloe stolperte voran und wunderte sich zugleich, wie die zum Teil barfuß gehenden Seesoldaten es schafften, sich mit der Sicherheit von Bergziegen zu bewegen. Natürlich war Camille nicht anders gewesen. Ihre Fähigkeit, einfach alles zu erklettern, hatte schon fast etwas Kakerlakenhaftes gehabt. *Ach Cammy, ach Mom*, dachte Chloe. *Ihr würdet eure Seele verkaufen, um das hier zu sehen!*

Um sie herum eilten Leute, die Chloe mit großen Augen anstarrte. Die Frauen gingen barbusig und in enge Korsette geschnürt, über die ihr langes schwarzes Haar fiel. Sie hatten hochhackige Schuhe an, die fast wie Keilabsätze aus den siebziger Jahren anmuteten. *Deshalb können Europäerinnen also in High Heels auf die Berge klettern – ihre Vorfahren haben das jahrhundertelang trainiert!*

Die Männer trugen ebenfalls Korsett und dazu äußerst knappe Schurze und ebenso langes Haar. Fast jeder, der Chloe begegnete, sah jung, gesund und attraktiv aus. Wo steckten die Alten?

Sie schoben sich durch das Gedränge der Einheimischen, die Körbe zum Markt trugen, Kinder hinter sich her schleiften oder feilschten. Es war eine Szene fast wie aus jeder beliebigen Stadt, nur dass Chloe immerzu auf die nackten Brüste und auf die Männer starren musste, die den blanken Busen keinerlei Beachtung schenkten. Frauen stillten mitten auf der Straße ihre Kinder, und die Männer gingen einfach an ihnen vorbei.

Und die Moslems hielten die westlichen Frauen für würdelos.

Ganz in der Nähe kam ihnen eine Frau entgegen, vor der alle anderen zurückwichen. Sie war genauso gekleidet wie Chloe und alle anderen, allerdings trug sie wesentlich mehr Schmuck sowie einen Umhang. Als sie auf ihren Plateausohlen an ein paar Männern vorbeischaukelte, ließ sie ihren Umhang herabgleiten, sodass ein Teil ihrer Schulter aufblitzte. Eine Tempeltänzerin ohne Stil, erkannte Chloe durch Sibyllas Wahrnehmung. Zwei Männer folgten der Frau, und zu dritt betraten sie eines der Gebäude mit roten und weißen Säulen.

Chloe gelangte ins Herz der Stadt, wo ohrenbetäubender Lärm herrschte. Bis zu vier Stockwerke hohe Gebäude, zum Teil mit Balkons versehen, säumten beide Straßenseiten. Geschäfte mit schaukelnden Schildern mischten sich unter die Wohnhäuser. Sie blickte in schmale Höfe und blühende Gärten. Rauf und runter, rauf und runter. Ihre Beine kreischten vor Schmerz. Sie hätte mindestens eine Woche trainieren sollen, ehe sie hierher kam. Selbst der Schlamm, durch den sie sich gekämpft hatte – Denk nicht an Naxos, unterbrach sie sich selbst. Mehr konntest du nicht tun, nicht ohne Planierraupen, professionelle Katastrophenhelfer und Penicillin.

Bei der abschließenden Zählung nach ihrer Rettungsaktion auf Naxos waren sie auf fünfunddreißig Menschen gekommen. Fünfunddreißig von dreiundzwanzigtausend. Die Zahlen allein waren erschütternd, doch sobald Chloe begann, Namen und Gesichter und Habseligkeiten – Ährenpuppen, bemalte Tonwaren, Werkzeuge zusammenzufügen, wurde der Schmerz unerträglich.

Sie hatte versagt.

Der Weg schien kein Ende zu nehmen. Das schnelle Marschtempo der Seesoldaten ließ sie in Schweiß ausbrechen, auch wenn die Luft eigentlich kühl war. Sie bogen hierhin und dorthin ab, wobei jede neue Straße eine weitere Fallgrube für die Sinne darstellte. Bunt bemalte Gebäude in den inzwischen gewohnten Farbtönen Goldrute, Karmesinrot und Schwarz, das Kreischen der Kinder neben dem Brüllen der Esel und dem Gezeter der Frauen; Essen, von dem unzählige verschiedene Aromen in die Luft aufstiegen, um sich dort mit dem Parfüm und dem Geruch der Menschen in ihrer Nähe zu mischen.

Daphne war ein einziges Chaos und hektisch wie jede moderne Stadt. Als sie unter zwei freischwebenden Balkons hindurchgingen, beobachtete Chloe, wie zwei Frauen eine Wäscheleine dazwischen spannten und schwatzend ihre Nachmittagsarbeiten erledigten. Vor einer Tür im Erdgeschoss saß ein junges Mädchen mit ausgefeilter Tätowierung, das mit einem Stößel Getreide stampfte. Eine junge Braut, erkannte Chloe.

Sie verließen die Wohnviertel und gingen wieder bergab. Hin und wieder sah Chloe den Berg vor ihnen aufsteigen. Das von der goldbesetzten Pyramide – unglaublich, dass dort überhaupt eine Pyramide stand – reflektierende Sonnenlicht ließ den übrigen Hügel umso dunkler erscheinen.

Hier war die Besiedlung weniger dicht. Je näher sie der eigentlichen Insel Aztlan kamen, desto mehr Tragesessel, mehr dahinschlurfende Leibeigene entdeckte Chloe. Sie kamen an die Klippe über der Lagune, die den Inselberg umringte, und Chloe erblickte direkt voraus eine Hängebrücke, die sich vierhundert Meter über der indigoblauen See ans andere Ufer spannte. Eine Hand um das Geländer geschlossen, überquerten die Menschen die Brücke. O mein Gott, dachte Chloe, ich will das nicht!

Normalerweise hatte sie keine Angst vor großen Höhen. Aber das hier war eine lange und überraschend schmale Brücke. Und darunter ging es mindestens … sie konnte nicht nach unten sehen. »Wie viele Menschen fallen hier jedes Jahr runter?«, fragte sie Thom.

Er schnaubte mit der typischen Arroganz eines Halbwüchsigen. »Nur jene, die dumm genug sind, im Weg zu stehen. Geh voran, Herrin.« Sibylla hatte die Brücke schon hundertmal, tausendmal überquert. Der Weg war sicher und nicht allzu lang. Zu ihrer Linken konnte sie die Landbrücke sehen, einen breiteren, mit Oliven und Wein bewachsenen Weg. Warum gingen sie nicht dort hinüber?

»Herrin?«, erkundigte sich Thom. »Ist etwas?«

Eigentlich nichts, nur dass ich nicht deine Herrin bin und dass diese Brücke mir mehr Angst macht als alles, was auf irgendeinem Jahrmarkt steht, dachte Chloe. Sie richtete sich auf und wagte einen ersten Schritt. Die Brücke fühlte sich fast stabil an, wenn sie auch nicht wusste, wie das vor der Erfindung von Beton und Stahl möglich war. Frag nicht, geh einfach los, ermahnte sie sich. Schau nach vorne, und um Himmels willen schau *nicht* nach unten!

Sie heftete den Blick auf den Rücken des Fremden vor ihr und setzte einen Fuss vor den anderen, während ihre Hand mit aller Kraft das Geländer umklammerte. Plötzlich hörte sie Rufe von vorne und befürchtete das Schlimmste.

Zwei Kinder, die offenbar Fangen spielten, rannten an ihr vorbei und schubsten Chloe dabei gegen das Geländer. Panisch hielt sie sich mit der zweiten Hand ein. Schreie gellten in ihren Ohren, als ihr Fuß ausglitt und vierhundert Meter über dem schäumenden Wasser in der Luft baumelte. Sie spürte, wie ihr fremde Hände aufzuhelfen versuchten, und nahm wie durch einen Nebel die Menschen um sie herum wahr, dennoch schaffte sie es nicht, den Blick von ihrem im freien Raum schwebenden, dreckigen Fuß in seiner Knöchelsandale loszureißen.

Eine Hand packte sie um den Bauch herum am Handgelenk und zerrte sie wieder hoch. Schau auf das Ende und nirgendwo sonst hin, zischte sie sich selbst zu. Aus der Hand, die sie um Thoms Arm klammerte, ragten weiß die Knöchel hervor. Dann standen sie wieder auf festem Boden. Auf der Insel Aztlan, Sibyllas Heimatinsel, dachte sie. Sibylla machte sich in ihr bemerkbar. Doch das Orakel meldete sich immer seltener ... Chloe vermutete, dass sie mit ihren Übergriffen auf das Gedächtnis der anderen deren Kraft aussaugte. Was war mit dem Rest Sibyllas, jenem Teil, der irgendwo eine virtuelle Cocktailparty besucht hatte, als Chloe ihren Körper übernahm? War der in der Höhle geblieben?

Während sie auf den riesigen Palast mit seinen vielen Schattierungen zuschritten, musste sich Chloe immer wieder ermahnen, hinzusehen, wenn sie Sibyllas Namen hörte. Männer, Frauen, meist Mitglieder ihrer Sippe, riefen ihr Grüße zu. Sie sah sich aus dem Augenwinkel um, während sie zugleich einem ausführlichen Bericht über irgendwelche Kühe lauschte, die nicht fressen wollten und sich nicht mehr zurechtfanden. Dann sah Chloe, wie dieser atemberaubende Kerl, Dion, auf sie zukam.

Nach einer überschwänglichen Begrüßung und einer ausgiebigen Musterung des sofort errötenden Thomas wurde Chloe zu ihrer Überraschung auf ein Fest eingeladen. Ein Fest zu Ehren des neuen Spiralenmeisters.

Überschwängliche Freude wallte in Chloe auf. Noch nie hatte Scarlett O'Haras »morgen« so gut geklungen.

Chloe erwachte in einem weiß umhüllten Raum. *Nicht schon wieder.* Nicht schon wieder ein weißer Raum, der sich in weiß Gott welchem Zeitalter befand. Schnell sah sie an sich herab: dasselbe lange Haar. Sie war gestern Abend früh zu Bett gegangen, weil sie *gehofft* hatte, dass dadurch der nächste Tag schneller hier eintreffen würde.

Wo auch immer *hier* war. Sie war überzeugt, dass sie das noch wusste.

Cheftu befand sich irgendwo auf dieser Insel; sie wollte ihn auf keinen Fall verpassen.

Ihr Zimmer war geräumig und hatte viele Fenster. Mit klopfendem Herzen nach den kurzen, grauenvollen Sekunden, in denen sie befürchtet hatte, in ihre eigene Zeit zurückgekehrt zu sein, schlüpfte sie unter der weichen Decke hervor und lief ans Fenster. Der Blick auf die Pyramide, das Meer, die miteinander verbundenen Inseln war umwerfend. Atemberaubend und absolut fremdartig.

Auf keinen Fall war sie hier bei den Minoern, womit ihr nur wenig Auswahl unter den ihr bekannten Kulturen blieb.

Genau vor ihr stand ein weiteres Gebäude mit Flachdach und roten Säulen. Üppige Reben bedeckten den Boden und hingen von den vielen rechteckigen Durchgängen herab, die diesen Bau mit anderen Gebäuden verbanden. Als Chloe jemanden ins Zimmer kommen hörte, drehte sie sich um.

»Ein Bad, bitte«, antwortete sie auf die Nachfrage der Leibeigenen. Die Sonne stieg eben über den Bauwerken auf. Ein unglaubliches Licht, dachte Chloe. Sie war ganz eindeutig in Griechenland. Das Licht war schlichtweg unvergesslich. Aber wo? Wie passte das zu ihrer Welt? Tat das etwas zur Sache? Wenigstens war Cheftu auch hier. Mit klopfendem Herzen wandte sich Chloe vom Fenster ab.

Die Leibeigene war in einen Nebenraum getreten, und das Rauschen von fließendem Wasser erfüllte den Raum. Ein Bad? Chloe fielen fast die Augen aus dem Kopf, als sie den Kopf durch den Durchgang streckte. *Fließendes Wasser?* Diese Leute hatten fließendes Wasser? »Herrin, wie warm?«

»Warm«, antwortete Chloe ohne nachzudenken und beobachtete dann, wie das Mädchen die beiden Leitungen so arrangierte, dass mehr warmes als kaltes Wasser herausgeflossen kam. Fließend warmes und kaltes Wasser? Wo war sie hier? In einem Science-Fiction-Film? Chloes Gedanken überschlugen sich, als sie in den großen Raum zurücktrat. Manche Dinge erkannte sie eindeutig als minoisch wieder, andere waren ihr absolut fremd. Chloe schauderte. Am überraschendsten war die Pyramide. Alle Seiten waren im Regenbogenspektrum bemalt und liefen in der abgeflachten goldenen Spitze zusammen. Und doch strahlten die Farben in einer Tiefe, als wären sie Juwelen. *Na klar, Chloe. Ein Saphir, der nebenbei als Wohnblock dient.*

Das Mädchen rief sie, und Chloe musste angesichts der Aussicht, ihr erstes warmes Bad seit über einem Jahr zu nehmen, an sich halten, um nicht loszurennen. Hyazinthenduft lag in der Luft, und sie sah die winzigen Blüten auf dem Wasser treiben. Mit einem Seufzen, das sie gar nicht erst zu verhehlen versuchte, glitt Chloe ins Wasser. Wärme … das war fast besser als Sex.

Sex.

Cheftu.

Sie landete ziemlich hart auf der Unterwasserbank und versuchte, die Erinnerungen zu sortieren, die sie von Sibylla gestohlen hatte. Mit einem Fingerschnippen entließ sie das Mädchen und wusch sich in dem Wasser, das über ihre braune Haut strömte. Es dauerte eine Ewigkeit, bis sie ihr neues, langes Haar gewaschen hatte, und Chloe fiel wieder ein, warum sie ihres früher höchstens auf Schulterlänge hatte wachsen lassen. Das hier war ausgesprochen lästig.

Nachdem sie sich endlich davon überzeugt hatte, dass sie ihr Haar ausgespült hatte, stand sie auf und wickelte sich in ein sonnengewärmtes Tuch. Daran könnte ich mich gewöhnen, dachte

Chloe und atmete noch einmal tief den Duft der Hyazinthen ein. Sie steckte den Kopf in den Hauptraum. Dort war eine Trennwand aufgestellt worden, die mit einer Art Metall überzogen war, sodass sich die Sonne darin spiegelte. Eine niedrige Matte und ein Obstkorb standen bereit, und Chloe fragte sich, wer wohl in ihr Schlafzimmer eindringen würde.

»Herrin, möchtest du vielleicht ein Sonnenbad nehmen?«

Das Mädchen deutete auf die Matte in der Sonne, und Chloe ließ sich darauf nieder, nachdem sie eine Hand voll Trauben gegrabscht hatte. Erst bürstete das Mädchen ihre Haare, dann breitete es die schwere Masse in der Sonne und über Chloes Schulter aus, und schließlich wurde Chloes Leib in einen Zustand seliger Entspannung massiert und geknetet.

»*Och!* Da bist du ja«, sagte eine Frau. Chloes Augen flogen auf. »Du bist spät dran, Sib. Der Rat hält in gut einem Dekan eine kurzfristig angesetzte Sitzung. Mein Mitleid um deinen *Pateeras*, auch wenn ich weiß, dass du ihn nie kennen gelernt hast. Wie solltest du auch, unter fünfundvierzig Geschwistern?« Chloe hörte, wie sich die Frau auf einer Steinbank niederließ und weiterschnatterte.

Chloe hatte von Posidios' Tod gehört, von Sibylla aber keinerlei Reaktion darauf gespürt. »Was du in Naxos geleistet hast, ist schon jetzt legendär«, meinte die geschwätzige Frau. Chloe mühte sich verzweifelt ab, die Stimme einzuordnen, irgendeinen Hinweis von Sibylla zu erhalten – einen Namen, einen Titel –, ehrlich, diese Frau war zu nichts zu gebrauchen! »Erstaunlich, was geschehen kann, wenn der Stier einmal brüllt.« Die Frau kaute geräuschvoll auf ein paar Trauben herum. »Sib, wieso sagst du denn gar nichts?«

»Ich warte noch auf eine Gelegenheit«, erwiderte Chloe im Spaß. Zum Glück lachte die andere Frau.

»Embla und Ilena hocken inzwischen fast täglich Dekane lang zusammen«, sagte die Frau. »Ich bin sehr vorsichtig geworden bei dem, was ich esse; es wäre Embla durchaus zuzutrauen, dass sie ihre Nachfolgerin beiseite schafft, falls sie dadurch die Gunst der Himmelskönigin gewinnen kann.«

Nachfolgerin! Im Kult der Schlange! Das war Selena, Sibyllas engste Freundin. O Kela, dachte Chloe. Was ist, wenn sie merkt, dass ich gar nicht die echte Sibylla bin? Die Leibeigene beendete ihre Massage, legte einen Umhang über Chloes Schultern und half ihr auf.

»Willst du nicht mal was anziehen?«, fragte Selena. »Der Rat tritt gleich zusammen, Sib.«

Chloe gab sich alle Mühe, ihre Stimme nicht zittern zu lassen. »Wird der neue Spiralenmeister auch da sein?«

Selena lachte. »Um das zu erfahren, musst du schon hingehen.«

Chloe drehte sich um und beobachtete, wie Selena angesichts ihrer veränderten Erscheinung die Augen erst aufriss und dann zusammenkniff. »Bei Kelas Röcken, was ist mit dir passiert?«

Meine Augen, dachte sie. »Wa-was meinst du?«

»Dein Gesicht ist... Also, Sibylla, ich will ja nicht unhöflich sein, aber es kommt mir flacher vor.«

»Flacher?«

»Ja, deine Nase... also, sie sieht kleiner aus.« Selena kam auf sie zu, das keineswegs flache Gesicht voller Sorgenfalten. »Wo hast du dieses Zeichen auf deinem Kinn her?« Unsicher berührte Chloe das winzige Grübchen in ihrem Kinn. »Ich dachte immer, deine Augen sind blau. Jetzt kommen sie mir grün vor.« Selena kreuzte den Arm über ihren üppigen, nackten Brüsten. »Verzeih mir, meine Freundin, aber du siehst eindeutig aus, als würdest du unter einem schlechten Stern stehen.«

Zutiefst beleidigt erhob sich die wahre Sibylla in ihrem Inneren, und plötzlich fiel es Chloe wie Schuppen von den Augen. In diesem Imperium waren eine riesige Hakennase und ein fliehendes Kinn das Nonplusultra. Und sie besaß beides nicht. Zwar hatte sie ihre Nase immer für groß gehalten, doch war sie schmal und lang und frei von allen Haken. An guten Tagen hätte sie ihr Kinn lediglich als energisch bezeichnet; fliehend war es auf keinen Fall. Sie starrte Selenas Nase an und spürte, wie sie rot wurde.

Akra war das Wort sowohl für Nase als auch für Spitze. In Aztlan glaubte man, dass die Grösse der Nase analog zur sexuellen Leistungsfähigkeit stand. »Je größer, desto besser«, bekam plötzlich eine ganz neue Bedeutung. Blinzelnd besah sie sich das mächtige, doch schön geschnittene Exemplar in Selenas Antlitz. All die Wandmalereien, all die Bilder, *deshalb* hatte darauf jeder einen Riesenzinken.

»Du Ärmste.« Selena schloss Chloe in die Arme. »Ich bin herzlos! Sehen wir mal, was wir tun können, wie du dich kleiden kannst, damit nicht alle auf… nun, auf dein Gesicht schauen.«

Chloe war nicht beleidigt. Nicht wirklich. Sibylla hingegen zog sich, nachdem sie ihre ehemalige Freundin verflucht hatte, in ihre geistige Kammer zurück und knallte die Tür hinter sich zu. Kein gutes Zeichen, dachte Chloe. Selena schnippte nach der Leibeigenen. »Ich habe gehört, dass du dieses Jahr ganz ungewöhnliche Voraussagen getroffen hast. Vielleicht haben deine Tränen dies deinem Gesicht angetan?«

Rhinoplastik im Schlaf.

Chloe verkniff sich die Erklärung, dass sie in ihrer eigenen Haut und Zeit als durchaus ansehnlich gegolten hatte und dass nicht in jeder Zivilisation ein fliehendes Kinn und ein Riesenzinken für schön gehalten wurden, sondern konzentrierte sich stattdessen auf das Ritual des Ankleidens. Gemeinsam wählten sie einen Rock in Weiß, Blau und Safran aus. Vier Lagen waren rund herum bestickt, die fünfte senkte sich in einer Spitze über die Knie, und um Chloes Hüften und Taille wand sich fest eine gesteppte blaue Schürze mit goldenen Fäden. Selena missbilligte das schmucklose Hemd und verkündete, dass seit Kelas Ankunft kein Mensch mehr diese albernen Dinge trage. Wenig später stand Chloe in einer Jacke mit blau und gold durchwirkten, gesteppten Ärmeln vor dem Spiegel und starrte ihre nackten Brüste an. Selena drehte sie um und schnürte sie in einen Bauchzwinger, der gleichzeitig als WonderBra und Gürtel diente und etwa so bequem war wie eine Zwangsjacke.

Ihre Brüste kamen ihr obszön vor, vor allem nachdem die Spitzen gold getönt worden waren. Das schwere Medaillon ihrer Sippe hing genau über dem Brustansatz, und die Leibeigene suchte ihr noch weitere Ketten sowie ein, zwei Fußketten aus demselben Mattgold heraus.

Danach spielte die Leibeigene scheinbar für Äonen mit Chloes

Haar. Schließlich entschied sie sich dafür, es aus Chloes Gesicht zu kämmen und über den Ohren zu zwei lockigen Ranken zu formen. Ein Band aus Mattgold lief über ihre Stirn, sodass ein, zwei kürzere Locken in ihr Gesicht fielen. Der Rest wurde mit blauen und goldenen Perlen durchwebt, geflochten und zurecht gedrückt. Als das Mädchen endlich fertig war, hatte Chloe das Gefühl, ihr Haar allein wiege fünf Kilo. Die Ägypter hatten Recht; Perücken waren entschieden einfacher.

Andererseits trug sie hier ihr eigenes Haar, während im alten Ägypten Kahlköpfigkeit angesagt war. Außerdem hatten die anderen Frauen, die ihr begegnet waren, ihr Haar ähnlich frisiert.

Hatten hier alle von Natur aus lockiges Haar?

Wie die meisten der Sonne ausgesetzten Völker schützten die Aztlantu ihre Augen mit Bleiglanz. Chloe starrte in den Wasserspiegel. Hakennase oder nicht, sie sah fabelhaft aus. Wie eitel, dachte sie bei sich, doch es entsprach der Wahrheit. Zumindest die Kleidung war minoisch.

»Wenn du dich genug bewundert hast, Narcissus«, sagte Selena, »könntest du dich vielleicht zum Rat aufmachen?«

Der Rat, dachte Chloe. »Spare dir die scharfe Zunge«, sagte sie. »Ich will nur so gut aussehen, weil ...« Wieso eigentlich? »Weil ich diesen Transfer nach Milos aushandeln muss.«

»Wohl eher, weil du gehört hast, dass der neue Spiralenmeister wie Apis gebaut ist und Augen wie Safran hat«, korrigierte Selena.

Auch deshalb, dachte Chloe und spürte, wie ihr die Knie weich wurden.

Arm in Arm spazierten sie durch den Palast, immer wieder grüßend oder winkend. Der Garten war ein einziger Traum, überall blühten rote und goldene Blumen in Garben über den vereinzelt aufgestellten Sitzbänken mit welliger Rückenlehne. Über allem plätscherte beruhigend das Wasser, und Chloe entdeckte eine Kaskade von Teichen, die durch einen winzigen Wasserfall verbunden waren. Das Hauptbecken war mit einem Mosaik aus stilisierten Fischen, Tintenfischen und anderen Seewesen ausgelegt. Sie gingen daran vorbei und dann über eine Steinbrücke. Chloe drehte sich kurz um und entdeckte die klobige Pyramide, deren Regenbogenfarben in der Sonne noch intensiver wirkten. Woraus war dieses Ding gebaut?

Die Frauen traten nach unten in einen großen Raum, und Chloe konnte gerade noch einen Aufschrei unterdrücken. Das hier gab es wirklich – es kam ihr unwirklich vor, doch es *war* wirklich. Hunderte von Menschen füllten den Raum, alle ebenso bunt und offenherzig gekleidet wie sie selbst. Hastig Sibyllas Wissen anzapfend, ging Chloe im Geist einmal um den Tisch.

Zum einen gab es nur einen einzigen Tisch. Das allein war schon außergewöhnlich. Aus ihrem knapp bemessenen Innenarchitektur-Unterricht wusste Chloe noch, dass große Festtafeln eine Erfindung der Griechen waren, so wie bei Plato, Sappho, Perikles. Die Ägypter speisten an kleinen Tischen für eine oder zwei Personen.

Dann begriff sie, dass dies keine Festtafel war, sondern ein Konferenztisch. Die Künstlerin in ihr hätte ihr Leben für einen Bleistift gegeben. Ein facettierter Stein, eine stilisierte Welle, eine dreizüngige Flamme, ein üppiger Rebstock mit Trauben, die Innenseite einer Kammmuschel, ein Schmetterling, eine Schlange, zwei Hörner, ein Dreizack und eine Säule. Die Säule entsprach im Stil jenen, die sie überall im Palast gesehen hatte. Sie war oben breiter als unten, was auf den ersten Blick ungewohnt wirkte, durch die karmesinrote Farbe aber unübersehbar wurde.

Auch das war minoisch.

Danach ging sie die Anwesenden durch: Nekros, mit frostigweißer Haut und Augen grenzenlos wie die Hölle. Iason, Posidios' Nachfolger und neues Oberhaupt der Sippe der Welle. Seine Augen waren rot gerändert, und seine Hände zitterten auf Grund der ungewohnten Gesellschaft. Taglos, dunkel wie der Ruß, in dem er arbeitete, und lahm. Ihr Cousin Dion, die grauäugige Atenis, die Kela-Ata Embla, sie selbst, der Minos von Apis und der blonde Riese, der *Hreesos* war. Hinter jedem wartete der Erbe jedes Amtes. Hinter dem Platz des Spiralenmeisters stand, den leeren Schemel finster fixierend, ein Albino mit Augen, die lila schienen wie jene von Elizabeth Taylor.

Es war wie in Holland. Im Durchschnitt sahen alle Menschen

derart gut aus, dass selbst die hässlichen unter ihnen ansehnlich wirkten.

Chloe setzte sich auf ihren Platz und wartete darauf, dass die Sitzung eröffnet wurde.

Schwer schluckend rezitierte sie ihren rituellen Spruch, dann rief *Hreesos* die Versammlung zur Ordnung. Verträge mussten neu ausgehandelt werden; es musste gefeilscht werden – und bei beidem versagte Chloe kläglich. In jedem Zeitalter. Sie lehnte sich zurück und bat die Minoerin – Aztlantu, verbesserte sie – Sibylla, für die Zeit während der Versammlung die Kontrolle zu übernehmen. Andernfalls wirst du viel Geld verlieren, warnte sie die andere. Müde ergriff Sibylla das Steuer.

Chloe versuchte sich währenddessen angestrengt zu erinnern, was sie eigentlich über die Minoer wusste. Was hatte Mom so oft erzählt? Wieso hatte sie nicht zugehört? Wenn ich gewusst hätte, dass die Archäologie eines Tages so wichtig für mich werden würde, dachte Chloe. Dann hätte ich meine genetisch bedingte Besessenheit nicht verleugnet und Archäologie studiert.

Ein Neuankömmling riss Chloe aus ihren Tagträumereien. Der Aufsteigende Goldene Stier kam kraftvoll in den Raum gestampft, salutierte respektvoll vor den Versammelten und baute sich dann hinter *Hreesos* auf.

Die familiäre Ähnlichkeit hätte nicht ausgeprägter sein können. Die beiden waren wahrhaftig golden. Hervorstechende Nase, fliehendes Kinn, dünnlippiger Mund und phantastisches, wallendes Blondhaar. Phoebus' Augen waren eine Spur dunkler als jene von *Hreesos,* doch beide Männer hatten den gleichen sportlichen Körper und das gleiche ungezwungene herrschaftliche Gebaren.

»Ich wollte, dass Phoebus heute zu uns spricht, da er bald, *iii,* bald auf diesem Platz sitzen wird«, sagte Zelos. Ein Murmeln lief durch die Gruppe.

»Männer und Frauen der Sippe«, setzte Phoebus an, »Prostatevo ist beinahe fertig. Auf Grund des jüngsten Missgeschicks in der Sippe der Muse«, – er neigte den Kopf vor Atenis –, »kommt es zu einigen Verzögerungen.«

Sibylla war schockiert über die Hartherzigkeit des Aufsteigenden Goldenen – und Chloe musste ihr da Recht geben. Einen riesigen Vulkanausbruch als Missgeschick zu bezeichnen, erschien ihr eine makabre Untertreibung. Entweder das, oder der Mann setzte neue Maßstäbe an Ichbezogenheit.

»Dennoch müsste Prostatevo bis zum Sonnwendfest so weit fertig sein, dass der Rat es in Augenschein nehmen kann.« Er fuhr sich mit der Zunge über die Lippen und stützte sich mit beiden Händen auf dem Tisch ab. »Außerdem muss ich als Aufsteigender Goldener in einer anderen Angelegenheit eine Klage vor diesem Forum vorbringen. Um genau zu sein, gegen einen Entschluss dieses Forums.«

Abwartendes, unterkühltes Schweigen.

»Das Amt des Spiralenmeisters ist von entscheidender Bedeutung für Aztlan. Viele Sommer der Unterweisung sind nötig, ehe ein Kandidat auch nur für würdig befunden werden kann, von Imhotep zu lernen. Niko war der klügste Schüler, den Imhotep je hatte.« Phoebus sah die anderen an. »Ihr habt wie ich zahllose Male genau diese Worte aus Spiralenmeisters Mund vernommen.«

Chloes Blick wanderte durch den Raum. Die Spannung innerhalb des Rates war beängstigend. Aus irgendeinem Grund war sie in der Lage zu hören und zu sehen, obwohl eigentlich Sibylla am »Ruder« war. Es schien immer weniger von Sibylla übrig zu sein, mit dem sie sich streiten konnte.

»Ein Blutschwur gilt seit langer Zeit –«

»Seit Menschengedenken«, warf der Minos ein.

»– als unverletztlich«, fuhr Phoebus fort, »doch ich bin der Ansicht, dass Spiralenmeister nicht mehr bei Verstand war, denn andernfalls hätte er niemals einen Fremden, einen Unbekannten in den Rat eingeschleust. Außerdem möchte ich anregen, dass dieser Cheftu seines Amtes enthoben wird, das daraufhin rechtmäßig Niko übertragen werden soll.«

Das darauf einsetzende Palaver bewies, dass in der minoischen – aztlantischen – Welt die Regeln der konstruktiven Gesprächsführung noch unbekannt waren. Die Gruppe schien in zwei gleich starke Parteien geteilt, die eine Hälfte schrie, Imhotep habe den

Mann ausgewählt und vereidigt, die andere gab dem abwesenden Spiralenmeister die Schuld an Posidios' Tod.

Der Streit wurde abrupt beendet, als der Boden zu beben begann und Verputz auf die Häupter des Rates herabregnete. Das Beben dauerte nur drei Sekunden, doch es erschütterte sie alle. *Hreesos* befahl eine Versammlungspause, und Chloe stolperte zusammen mit den anderen aus der Tür.

Was sie vor allem brauchte, war frische Luft und festen Boden unter den Füßen. Unbedingt!

Als sie wieder zusammenkamen, war offensichtlich, dass während der Unterbrechung geklüngelt und gemauschelt worden war. Chloe bemerkte die Blicke, die ausgetauscht wurden. Phoebus trug erneut seine Bedenken gegen den neuen Spiralenmeister vor, und Nekros erhob sich.

»Ich war dabei, als Posidios seine Reise antrat«, sagte er. »Dieser Neue bewies, ob nun das Blut unserer Sippe in seinen Adern fließt oder nicht, großes Geschick. Imhotep hat das erkannt –«

»Er war wahnsinnig geworden!«, fuhr Phoebus dazwischen.

Wütend blickte Nekros den Aufsteigenden Goldenen an. »Imhotep konnte den Wert eines Mannes in weniger Zeit ermessen, als man braucht, um ein Kupferstück aufzuheben.« Er hob die Hand, um den aufkeimenden Widerspruch zu ersticken. »Deshalb schlage ich vor, dass wir diesem Ägypter Cheftu die Möglichkeit geben, seine Eignung zu beweisen, ehe wir heilige Eide brechen.«

Alle erstarrten.

»Er soll in der Pyramide geprüft werden.«

Der Rat verstummte. Chloe wusste nichts über die Pyramidenprüfung, und niemand setzte zu einer Erklärung an. *Sibylla? Hallo?*

»Dort wird auch Phoebus in wenigen Monden seine Eignung beweisen«, fuhr Nekros fort. »Und dort hat vor vielen Sommern Spiralenmeister seine Fähigkeiten bewiesen. Es ist durchaus angebracht, dass wir Cheftu auf die Probe stellen, denn schließlich ist er uns unbekannt. Der Aufsteigende Goldene hat das klugerweise angeführt. Doch sollte man Cheftu erlauben, sich zu verteidigen.«

Dion erhob sich. »Ich bin Nekros' Meinung.«

»Wenn ihr die Ansicht des Oberhauptes aus der Sippe des Steines teilt, dann hebt euren Stab«, kommandierte *Hreesos*.

Sechs Stäbe wurden erhoben, und Chloe beeilte sich, ihren ebenfalls hochzureißen. Sie hoffte, dass sie damit das Richtige tat.

»Schon wird ein Fest vorbereitet, mit dem wir den Spiralenmeister willkommen heißen wollen«, sagte Zelos. »Seine Prüfung soll am Tag darauf beginnen.«

»Wir sollten ihn lieber nicht prüfen, solange der Dampf der Trauben noch über seinem Kopf hängt«, kommentierte Talos. Alle Anwesenden, bis auf Phoebus, lachten und wandten sich dann anderen Dingen zu.

Cheftu, o meine Liebe, ich kann es kaum erwarten, dich wiederzusehen!

Chloe schlüpfte in die gesteppte Jacke, berührte kurz ihren Sippen-Anhänger und fragte sich zugleich, ob dieser ägyptische Cheftu wohl *ihr* ägyptischer Cheftu war. Hoffnung pulsierte in ihren Adern, darum redete sie sich eindringlich zu, um ihre Vorfreude zu dämpfen. Ihres Wissens war der Name Cheftu in Ägypten so weit verbreitet wie »John« oder »David« in den Vereinigten Staaten. Vielleicht war dieser Cheftu ein alter Knacker mit rheumatischen Gliedern und einer Warze auf der Nase!

Doch in Anbetracht der Dinge, die sie über ihn gehört hatte, war sie überzeugt, dass es sich um ihren Cheftu handeln musste.

Denn wenn es ihr Cheftu war – wäre er dann überrascht, sie zurückzubekommen? Entsetzt? Glücklich? Sei nicht albern. Er hat dich geliebt und liebt dich immer noch. Es wird paradiesisch! Chloe schüttelte den Kopf, um ihn klar zu bekommen, und begann, Bleiglanz unter ihre Augen zu streichen.

Sie zitterte zu stark, darum musste sie alles abwischen und noch einmal von vorne anfangen. *Cheftu war hier.* Chloe rieb sich Ocker auf die Lippen. In ihrem bauschigen Rock, der besteppten Schürze und dem offenen Mieder sah sie so ungewohnt aus, dass sie sich selbst nicht wiedererkannte. Auch wenn sie Sibyllas Haut trug, so bewegte sich doch ihr Körper darunter. Helle Augen waren hier nicht so selten wie in Ägypten, es gab auch andere grünäugige Frauen. Würde Cheftu sie wiedererkennen? Sie würde ihm als Sibylla vorgestellt, doch würde er die Chloe darunter entdecken?

Eine Besucherin wurde ihr angekündigt; Chloe drehte sich um und konnte nur mit Mühe den Mund zubehalten. Der Kontrast von kastanienbraunem Haar und heller Haut wirkte einfach atemberaubend. Chloe hatte ihre pergamentweiße Haut früher gehasst, doch bei dieser Frau war die Haut eher milchigweiß und leuchtete wie Alabaster. Das Erstaunlichste an ihr waren allerdings die veilchenblauen Augen; sie hatten denselben Weit-weg-in-einem-Zauberland-Blick wie Boticellis Frauen.

Sibylla streckte den Kopf durch die Tür in ihrem Geist, warf einen kurzen Blick auf die Frau, sagte: *Vena. Och!* und knallte die Tür wieder zu.

Offensichtlich waren die beiden Frauen nicht gerade befreundet. Warum also war sie hier?

»Wie war deine Höhle während der letzten Schlangenzeit, Sibylla?«, fragte Vena.

»Ganz... gut«, erwiderte Chloe lahm. Sibyllas geistige Tür war verrammelt und verriegelt, also nahm sie an, dass keine große Gefahr drohte. Vena kam in das Zimmer geschlendert und fuhr mit ihren Händen über Chloes Sachen. Wie eine Katze, die mein ganzes Zeug markiert, dachte Chloe.

»Ich nehme an, dir ist bekannt, dass ich Nestor verlassen habe«, sagte sie.

»Mein, äh, Mitleid«, antwortete Chloe auf gut Glück.

»Also werde ich bei dem Rennen gegen dich antreten, *iii?*«

»*Ill,* bei dem Rennen.«

»Genau. Dem Rennen.« Sie zeigte ein wunderschönes, verträumtes Lächeln voller weißer Zähne. »Phoebus ist zu einem richtigen Hengst herangewachsen. Hast du ihn gesehen? Zu schade, dass er Irmentis nicht vergessen kann.« Vena sah sie an. »Bist du bereit, essen zu gehen? Heute Abend wird der neue Spiralenmeister gefeiert. Er ist zwar ein Fremder, aber ich habe gehört, er ist ebenfalls –«

»Ein Hengst?«

»*Iii,* Sibylla, hast du ihn schon gesehen?« Vena schnurrte beinahe.

»Lass uns gehen«, sagte Chloe. Sie war so bereit, wie es ihr überhaupt möglich war. Und sie glaubte nicht, dass sie Vena noch länger ertrug. Die Frau dünstete … irgendwas aus. Sex-Appeal, der Chloe derart in der Nase stach, dass sie Vena am liebsten die Augen ausgekratzt und einer Katze zum Spielen hingerollt hätte.

Als sie gemeinsam die breite Treppe hinabschritten, fiel Chloe auf, dass sie sich auf vorteilhafte Weise voneinander abhoben. Zusätzlich zu ihren faszinierenden Augen und den Lockenkaskaden konnte Vena mit etwa zehn Zentimeter langen Wimpern und einer Büste aufwarten, um die sie jedes Model von Victoria's Secret beneidet hätte.

Aber, dachte Chloe, Sibylla ist auch nicht ohne. Chloe hatte ihre eigenen Züge unter der karamellfarbenen Haut gesehen; sie hatte Massen an ebenholzschwarzem Haar mit einem Hauch von Rot darin und – Gott sei Dank! – ihre grünen Augen. Auch wenn sie nicht direkt üppig war, so wurde sie der barbrüstigen Mode durchaus gerecht.

Würde Cheftu sie wiedererkennen?

Der Festlärm schlug ihnen entgegen, noch ehe sie etwas sahen. Chloe fuhr sich mit der Zunge über die Lippen, streckte die Schultern durch und machte sich darauf gefasst, ihrem Ehemann ein zweites Mal gegenüberzutreten. Ihn ein zweites Mal zu verführen und zu heiraten, falls nötig.

Sie gesellten sich zu einigen anderen, einer Schar junger Frauen, alle parfümiert und angemalt und aufs Feinste herausgeputzt. Unwillkürlich wurde Chloe von der Spannung, auf einen Ball zu gehen, angesteckt, und sie musste lächeln. Heute Nacht würde sie mit Cheftu zusammen sein, selbst wenn sie ihn dazu unter Ileanas Tisch locken müsste.

Kommentare und in jeder Sprache unmissverständliche Blicke flogen ihnen zu, und Chloe hielt sich dichter an die übrigen Frauen, um den Augen und Händen der breitschultrigen, langhaarigen Männer zu entgehen. Der Duft von gebratenem Fleisch und Wein umhüllte sie. In dem Lärmen von Tausenden ging das melodiöse Plinkern der Saiten und das Rufen der Flöten fast völlig unter.

Nachdem ihr Schutzwall von Damen sich in der Menge aufgelöst hatte, suchte Chloe eine Wand, wo sie sich anlehnen und ihren Blick über die Menge wandern lassen konnte. Ein Mosaik von Farben und Mustern stürzte auf sie ein. Böden, Wände, Decken, alles war fröhlich bemalt und bevölkert von Frauen und Männern in dem gleichen grellen Blau, Rot und Safrangelb. Vor einem Durchgang hatten sich Männer mit Irokesenfrisur und dem Hosenbeutel und Schurz der Seesoldaten postiert – *Hreesos'* Leibwächter. Ein riesiger Herd stellte den Mittelpunkt des Saales dar, und direkt daneben stand ein riesiger Bottich, wo eine junge Nymphe, bis zu den Knien im Wein watend, die Ernte des Rebstocks in Rhytone schöpfte und dazu Küsse austeilte.

Langsam, allen Liebkosungen ausweichend und ein-, zweimal leichte Schläge austeilend, durchquerte Chloe den Raum und trat in den nächsten. Dort war es, soweit das überhaupt möglich war, noch voller. Sie konnte sich kaum rühren und fühlte sich unangenehm an frühere College-Partys erinnert. Mit ausgestreckten Händen arbeitete Chloe sich in den dritten Raum vor. Dort standen überall im Raum verteilt Tische für drei Personen. Auf dem Podest sah sie die verschiedenen Throne für die Sippe der Olimpier stehen.

»Wirst du bei der Sippe sitzen?«, fragte Vena.

Ein vertrautes Lachen ließ ihr das Blut gefrieren, und Chloe drehte sich um. Es stimmte also, er war hier. *In dieser Zeit.* Sie war so erleichtert, dass sie zu atmen vergaß. Sie würden wieder zusammen sein. Tränen traten ihr in die Augen, während sie ihm zusah.

Er sah so eindeutig minoisch aus, dass sie sich einen Augenblick lang fragte, ob dies tatsächlich Cheftu war. Doch im selben Moment erhob sich jede Zelle ihres Körpers, um ihm zu salutieren. Irgendwie war sein Haar länger geworden, er trug einen engen, bunten Schurz, und auf seiner Brust, wie auch an seinen Oberarmen und Fußgelenken, gleißte Gold. Um seinen Hals lag ein Anhänger, und eine zweite Scheibe baumelte an einer Kette gegen seinen Schenkel.

Seine Beine. O Kela!

Seine Augen hatten immer noch die Farbe warmen Honigs, der von schwarzen Ringen umgeben war. Trotz seines Lächelns sah er leidgeprüft aus. Er sehnt sich nach mir, dachte sie, und Tränen sammelten sich an ihren Wimpern. Chloe konnte sich nur mühsam davon abhalten, zu ihm zu laufen und ihre Arme, Beine, Lippen um ihn zu schlingen. Ich bin Sibylla, ermahnte sie sich. Ganz ruhig. Er wird mich schon erkennen, er muss mich einfach erkennen!

Cheftu saß neben Dion. Dion, der sie ganz eindeutig als Sibylla wiedererkennen würde. Im selben Moment wurde ihr klar, dass die schönsten Frauen der Insel sich um die beiden Männer drängten und ihre Knie, Beine, Schultern berührten. Chloe spürte, wie ihr Blutdruck anstieg, und kämpfte den Drang nieder, sie alle miteinander zu erwürgen, Cheftu eingeschlossen. Er sprach schleppend, und ihr wurde klar, dass er betrunken war.

Cheftu war *betrunken?* Das war mal was Neues.

Vena legte ihre Hand, kühl und auf plumpe Art weiblich, auf Chloes Arm. »Komm mit, Cousine, der Spiralenmeister wartet.« *Sie ist nicht meine Cousine,* zischte Sibylla. Chloe schüttelte den Kopf, und sie schoben sich nach vorne. Verglichen mit der Strenge des Protokolls am ägyptischen Hof war dies hier ein Volksfest. Dion sah sie zuerst und winkte sie lächelnd näher.

»Spiralenmeister Cheftu«, er legte eine Hand auf Cheftus Schulter, »ich möchte dir meine Cousine Vena und meine Sippenschwester Sibylla vorstellen. Vena ist eine Hündin in Hitze; nimm dich vor den Zähnen unter den bemalten Lippen in Acht. Sibylla ist ein Orakel, sie weiß also stets, wie du von ihr denkst.«

Vena warf Dion einen wutentbrannten Blick zu, und Cheftu sah unter einer gemurmelten Begrüßung zu ihr hin, ehe sein Blick auf Chloe fiel.

Cheftus Miene gefror, und Chloe dachte: Jaaaa! Doch im nächsten Moment wandte er sich wieder ab und schaute Vena an.

Chloe fühlte sich wie geohrfeigt, doch dann begriff sie, dass er wahrscheinlich keinen falschen Eindruck erwecken wollte. Es wäre ziemlich unpassend, wenn sich zwei Fremde mitten im Festsaal zu lieben anfangen würden; das könnte einige Fragen aufwerfen. Natürlich, dachte sie, er ist einfach nur vorsichtig.

Sie biss die Zähne zusammen, als Cheftu Vena auf seinen Schoß zog und dabei verkündete, er wüsste schon einige Stellen, an denen ihm ein Biss nichts ausmachen würde. Aschfahl im Gesicht und den Tränen nahe ließ Chloe sich neben Dion nieder. »Was ist denn, Sib?«, flüsterte Dion. »Du hast gar keine Farbe mehr im Gesicht, und ich könnte bei den Hörnern Apis' schwören, dass deine Augen grün sind!«

Auch wenn sie nicht hinsah, wusste Chloe, *spürte* sie, wie Cheftu Vena befingerte, wie seine langfingrigen Hände ihre Taille betasteten. Bebend vor Wut und Pein nahm Chloe einen Rhyton entgegen und leerte ihn auf einen Sitz. Sie fühlte sich bis ins Mark getroffen. Cheftu hatte sie wiedererkannt, davon war sie überzeugt! War das –

»Weine nicht, Sib«, sagte Dion und zog sie näher. »Komm, iss das *Kollava*-Begräbnismahl für deinen *Pateeras* Posidios mit mir.«

Wortlos den Kopf schüttelnd, lehnte sich Chloe an Dion und ließ sich von ihm aus dem Raum führen.

Fort von Cheftu.

Er sah sie weggehen, an Dion klebend, als wäre er ein Boot und sie eine Entenmuschel. Selbst jetzt, inmitten dieses festlichen Trubels, musste er an ihren Körper denken und daran, wie sie ihn gehalten hatte. Vena wand sich auf seinem Schoß, und Cheftu verzehrte sich nach noch mehr Wein.

Sie war so schön … so … vertraut.

Es sind die grünen Augen und das schwarze Haar, ermahnte er sich. Du suchst doch nur nach Chloe. Sie ist nicht hier! Du musst weiterleben. Ich will aber nicht, dachte er. Gott vergebe mir, doch ich würde meinen Körper in Sibylla versenken, nur um mich Chloe nahe zu fühlen.

Wie pervers er geworden war.

Vena verließ ihn, um sich unter die anderen langhaarigen Aztlantu mit ihren bemalten Augen zu mischen, und Cheftu besah sich die Vorbeiziehenden. Sie grüßten ihn, stellten sich vor, doch er merkte, dass er immer wieder an ihnen vorbei nach Sibylla sah. Dem Orakel.

Ich habe sie gefragt, ob sie eine Tempeltänzerin ist. Sie hat geantwortet, wenn ich es wünschte. Bei den Göttern, was für eine Beleidigung muss das gewesen sein! Er blickte in den Wein in seinem Becher, unschlüssig, ob er ihn austrinken sollte oder nicht. Warum auch nicht? Was tat das schon zur Sache? Er hatte ihr einen vernichtenden Schlag versetzt; sie würde bestimmt nie wieder mit ihm sprechen.

Entweder das, oder er musste sie aus diesem Käfig voller eitler Pfauen in den erstbesten Garten schleifen, den er entdeckte, und dort... Er kippte den Wein hinunter.

»Du hast also meinen Freund Niko ausgespielt«, sagte eine schleppende Stimme. Cheftu wandte sich zu einem scharfgesichtigen Blonden um, der schon einige Becher intus zu haben schien. Ein kurzer Blick auf seinen Hals verriet Cheftu, dass dies Phoebus, der Aufsteigende Goldene war.

»Es war Imhoteps Entscheidung«, erwiderte Cheftu.

»Und dir stand es frei, die Entscheidung anzunehmen«, entgegnete Phoebus.

»Ja. Aus den Gründen, die Imhotep angeführt hat, hatte ich das Gefühl, der Richtige zu sein.«

Phoebus küsste ein rothaariges Mädchen auf den Mund und ließ sich dann den Becher nachfüllen, ehe er die junge Frau mit einem Fingerschnippen entließ. »Die Krankheit des *Hekatai?*«

»Genau.« Cheftu sah den jungen Mann an. »Ich habe gehört, du hast einige der Kranken sterben sehen?«

Phoebus schauderte. »Ein grauenvoller Tod. Oft wird ja der Beginn einer Geistesreise zu einem freudigen Ereignis. Diese jedoch waren... widerwärtig«, antwortete er nach kurzem Nachdenken. Musik und Lärm verstummten, und Phoebus blickte zu einer geschlossenen Doppeltür hinüber. »Ileana und ihre großen Auftritte«, knurrte er.

Die Doppeltür flog auf, und Pfauen mit aufgestelltem Rad stolzierten in den Raum. Eine hohe Stimme verkündete singend die Ankunft von *Hreesos* Zelos sowie Kela-Ileanas. Alle, ausgenommen Phoebus, erhoben Arme und Hände, um die Herrscher der Sippe der Olimpier, die Stellvertreter der Götter auf Erden, zu begrüßen. Als die beiden näher kamen, hob schließlich auch Phoebus seine Hand.

»Dich also hat Imhotep erwählt«, verkündete Zelos schroff. Er war ein eindrucksvoller Mann, groß, mit Fassbauch, langem, immer noch blondem Haar und kornblumenblauen, stechenden Augen. Cheftu bestätigte, so sei es, und sah dann zu Ileana hin. Sie maß ihn mit Blicken, bis er sich vorkam wie ein Beerenstrauch vor einer hungrigen Kuh. Das Paar schritt weiter, und die Menschen in ihrem Kielwasser entspannten sich wieder.

Dion setzte sich neben ihn, begrüßte Phoebus und erkundigte sich nach Niko. Mit einem Blick auf Cheftu antwortete Phoebus, Niko wolle allein sein und einige Zeit meditieren. Wahrscheinlich sei er im Tempel. Das Festmahl wurde serviert, größtenteils noch ungeschält, und Cheftu speiste schweigend, während die beiden über Dions Flugsegel plauderten. Cheftus Augen hielten rastlos nach Sibylla Ausschau, bis Dions Worte ihn aufhorchen ließen.

»Glaubst du, Sibylla läuft?«, fragte Dion Phoebus.

»Ich habe gehört, sie übt bereits.« Phoebus schleckte sich die Finger ab.

»Du solltest sie sehen«, murmelte Dion. Er schlug Cheftu auf den Rücken. »Unser ägyptischer Freund wurde bereits von Vena erlegt –«

»Ein Ritual hier in Aztlan«, fiel ihm Phoebus ins Wort. »Vena bietet jedem Neuankömmling ihre Reize an. Wir sollten sie auf die Wellenbrecherinseln schicken, damit sie den vorbeiziehenden Schiffen dienen kann!« Dion lachte, und Cheftu rang sich ein Lächeln ab. »Was hast du da eben von Sibylla erzählt?«, fragte Phoebus Dion, als beide sich wieder beruhigt hatten.

»Ich weiß, dass dir immer nur Irmentis am Herzen lag –«

Phoebus' Gesicht verdüsterte sich. »Das tut nichts zur Sache.«

»Nun, also, Sibylla ist in der vergangenen Zeit der Schlange sehr gereift. Du würdest sie nicht wiedererkennen. Sie ist wunderschön geworden.«

»Sibylla war schon immer wunderschön«, widersprach Phoebus.

»Doch mittlerweile ist da noch mehr«, sinnierte Dion. »Ich

stehe ihr von allen Männern am nächsten, und ich habe keinen Zweifel daran.«

»Du wünschst dir nur, du wärst nicht so gut mit ihr befreundet und könntest sie pflügen«, meinte Phoebus.

Dion zuckte mit den Achseln, und Cheftu ballte die Fäuste. Sie unterhielten sich über Sibylla, als wäre sie ein Stück Land! Eine Ziege, um die man feilschen konnte! »Es mangelt ihr«, schränkte Dion langsam ein, »an manchen Dingen, die ich anziehend finde.« Sein Blick traf auf Cheftus, und Cheftu wandte den Kopf ab. Im Geist sah er Dion und Sibylla ineinander verschränkt, keuchend und schweißgebadet –

»Sieh sie an!«, Dion stupste ihn in die Rippen und trübte damit den Fluss seiner Gedanken. Es war dieselbe Tänzerin, die Nestor Senwosret hatte schenken wollen.

Die Musik wurde lauter, und die Gäste, die allmählich fertig gegessen hatten, begannen zu tanzen. Sie verbanden sich zu langen Ketten und bildeten ausgeklügelte Muster, die Tänzer und Tänzerinnen aufeinander zuführten, bis nackte Brustkörper auf nackte Busen trafen, und dann wieder voneinander weg. Sie tanzten halb durch eine Formation, um dann die Richtung zu wechseln.

Cheftus Kopf begann zu dröhnen. Die Frau, die Dion ins Auge gefallen war, rieb sich eben jetzt während des Tanzes an ihm. Phoebus war mit steinerner Miene abgezogen, und Cheftu blieb allein sitzen, beobachtete die dunkelhaarigen Frauen und fragte sich, wer wohl Sibylla in seinen Armen halten mochte. Er schnippte nach neuem Wein und sah sich im Raum um.

Verglichen mit den Aztlantu waren die Ägypter ausgesprochen reserviert. Es fehlten nur noch wenige Becher Wein, vermutete Cheftu, und dieses Festmahl würde in eine Orgie ausarten. Schon hatte er ein paar Händen Einhalt gebieten müssen, die sich an seinem Leib in Richtung Süden vorzutasten versuchten.

Die Hälfte der Kette hatte ihm den Rücken zugewandt, und Cheftus Blick flog über die Wespentaillensilhouetten der Frauen, über deren rüschenbedeckten Hinterteilen schwarze Locken tanzten. Dann spürte er, wie sich sein Körper anspannte. Er wusste, dass sie es war, er konnte es spüren, auch wenn sie ihm den Rücken zugewandt hatte. Ihre Füße flogen im Rhythmus der Musik über den Boden, dann drehte sie sich zu ihm um. Er bemerkte die von der körperlichen Anstrengung gerötete Haut und das Glühen in ihren grünen Augen.

Einen Moment lang erwiderte sie seinen Blick, ehe sie ihr Gesicht hinter dem dunklen Schleier ihrer Haare versteckte. Er leerte seinen Becher und schnippte nach dem nächsten. Sein Schädel würde morgen Früh entsetzlich dröhnen, aber vielleicht würde er auf diese Weise die Qualen lindern, die er momentan ganz woanders empfand.

Chloe amüsierte sich ausgesprochen gut bei dieser antiken Form der Polonaise. Cheftu, den sie eine ganze Weile nicht mehr gesehen hatte, lehnte mit dem Kopf gegen einen männlichen Begleiter, während auf seinem Schoß eine üppige Rothaarige hockte. Chloe schleuderte ihm einen wütenden Blick zu. Sieh mich an!, dachte sie. Nimm deine Hände und deine Gedanken von dieser Frau und sieh mich an! Die beiden Enden der Polonaise kamen aufeinander zu, und die Rothaarige wurde von irgendeinem Kerl von Cheftus Schoß gezogen. Cheftu blickte auf, seine Augen wirkten düster im gedämpften Licht. Die Kette der Tanzenden bewegte sich auf ihn zu, und Chloe tanzte zu ihrem Ehemann hinüber, nahm ihn bei der Hand und versuchte ihn hochzuziehen.

Er rührte sich nicht. Er sah sie nicht einmal an. Er blieb einfach sitzen. Chloe zog fester, und er riss die Hand zurück, ohne seine Unterhaltung mit dem anderen Mann zu unterbrechen. Drei Frauen näherten sich dem anderen Kerl und schleiften ihn davon, mit allen Händen massierend, sodass kein Zweifel an der Art ihrer Einladung bestehen konnte.

Cheftu blieb immer noch sitzen. Er ignorierte sie? Kühn führte Chloe seine Hand an ihre Brust. Er blickte auf, während seine Finger sie bereits liebkosten, und sah ihr ins Gesicht. Mit schlechtem Gewissen, dachte Chloe. Er blinzelte ein paarmal, dann packte Chloe auch seine andere Hand und zog ihn auf die Tanzfläche.

Es war kein leichter Tanz, doch Cheftu passte sich geschickt ihren Schritten an. Sie spürte die Hitze seines Körpers, sie roch den Duft seiner Haut, in den sich der Geruch seiner Salben und des Weines mischte. Nach einer Weile machte die Schlange kehrt, und jeder hielt sich an seinem Vordermann ein, während die Nachfolgenden hautnah aufrückten. Der Rhythmus der Musik wurde immer sinnlicher und verführerischer. Chloe geriet ins Schwitzen – Cheftus heißes, erregtes Geschlecht an ihrem Rücken zu spüren war erotischer als jede Phantasie. Immer mehr Paare lösten sich aus dem Kreis, der dadurch ständig kleiner wurde. Sie hatte eben die Entscheidung gefällt, Cheftu in eine dunkle Ecke zu schleifen, als sie hochgehoben und geküsst wurde.

Er schmeckte nach Wein und Verlangen und nach Cheftu, und Chloe bekam kaum mehr Luft, so begehrte sie ihn. Sie hörte Stimmen, sie spürte einen eisigen Wind, doch sein Leib drückte sengendheiß gegen ihren. Seine Hände wanderten unter ihren Rock, sein Mund labte sich an ihren blanken Brüsten. Tränen strömten aus ihren Augenwinkeln, als er ihr ins Ohr flüsterte. Endlich war sie mit Cheftu zusammen! Er hatte sie erkannt! Er liebte sie!

Der Kontrast seines schwarzen Haares zu ihrer helleren Haut war selbst in der Dunkelheit wahrzunehmen. Er küsste sie auf den Bauch, auf die Innenseite der Schenkel, und Chloe ließ sich mit einem leisen Stöhnen zurücksinken. Sie existierte nur noch in ihren Sinnen und hatte das Gefühl, nackt bis auf die Knochen vor ihm zu liegen, während Stromstöße ihren Körper durchzuckten. Er zwängte seine Finger in ihren Mund, und sie saugte an ihnen, wie um das zu imitieren, was sie innerlich zersplittern ließ. Chloe wimmerte, fror und schwitzte abwechselnd, bis sich ihr Körper bebend und unter Tränen auflöste.

Er zog sie auf seine Schenkel und drang in einer einzigen langsamen Bewegung in sie ein. Chloe schlang die Arme um seinen Hals und nahm seine Stöße in sich auf, immer noch bezaubert von dem Wunder, das er an ihr gewirkt hatte. Seine Lippen drückten sich in ihren Hals, so dass ihre Haut sein Keuchen erstickte, bis er am Ende zur Ruhe kam.

Wie ein einziger Körper sackten sie zu Boden. Ihr Geliebter war zurückgekehrt, er lag in ihren Armen. Chloe war so glücklich, dass sie am liebsten geweint hätte. »*Iii,* Cheftu«, flüsterte sie, die Hand in seinem Haar.

Seine Lippen streiften ihr Ohr, seine Stimme klang rauchig und duftete nach Wein. »Du wolltest mich also noch einmal besitzen, Sibylla?«

Noch einmal?

Chloes Lider flogen auf.

»Ich muss dich um Verzeihung bitten, dass ich mich so weggeschlichen habe«, sagte er. »Ich wusste nicht, dass du das Oberhaupt einer Sippe bist.« Er küsste sie aufs Ohr. »Ich wollte nicht respektlos erscheinen.«

Was zum Teufel erzählte er da? Chloe donnerte an Sibyllas geistige Tür, um eine Erklärung einzufordern.

Er küsste ihre, *Sibyllas* Schulter. »Du bist einzigartig, Herrin.«

Chloe konnte keinen klaren Gedanken mehr fassen. Ihr Körper bebte immer noch nach dem Liebesakt, und er wusste nicht, wer sie war? Er hatte sie gar nicht wiedererkannt? Woher kannte er Sibylla? So leidenschaftlich, so *grafisch* liebte er also eine Frau, obwohl er sie erst... erst... wer weiß wie lange kannte?

Chloe überlegte, ob sie Sibyllas geistige Tür einfach eintreten sollte. *Cheftu hat mit einer anderen Frau geschlafen? Also gut, mit mir in einer anderen Frau? Aber ich war gar nicht dabei!* Nach einem letzten trotzigen – und nicht beantworteten – Rütteln an der Tür in ihrem Geist durchwühlte sie Sibyllas Erinnerung.

Knossos. Rituale. *Aha!*

Sie wusste nicht, ob sie eher Schmerz oder Wut empfand. Sie wusste nur, dass sie ihn am liebsten umgebracht hätte. Und dass sie am liebsten fortgelaufen wäre. So weit wie möglich. Er erkannte sie nicht? Der Mann, der versprochen hatte, sie in jedem Jahrhundert, in jedem Körper zu finden, dieser Mann erkannte sie nicht einmal, wenn sie einander liebten? *Zweimal?*

Er löste sich von ihr, legte sich auf den Rücken und begann allem Anschein nach zu dösen. Ihr Cheftu hatte nach dem Sex immer plaudern wollen. Wie war es möglich, dass er sie nicht erkannte? Chloe setzte sich auf, richtete ihren Rock, stopfte ihn unter ihre kalten Füße und rückte dann die Jacke gerade. Das war das letzte, das *allerletzte* Mal, dass Cheftu sie berührt hatte, ohne zu wissen, wen er da berührte!

»Das darf nicht wieder geschehen«, sagte er halb lallend. »Ich begehre dich zwar, doch nach dieser Nacht kann ich nicht mehr …«

»Glaub mir, Abstinenz ist kein Thema«, fiel sie ihm kühl ins Wort.

Auf ihre Bemerkung hin schlug er die Augen auf und stützte sich auf einem Ellenbogen auf. Sein Haar war ebenso zerzaust wie ihres, und er hatte sich noch nicht einmal die Mühe gemacht, seinen Schurz glatt zu streichen. »Höre ich da Zorn? Habe ich dich nicht zufrieden gestellt?«

Ganz im Gegenteil, dachte sie. »Deine Fähigkeiten sind einer Tempeltänzerin würdig.«

Cheftu setzte sich auf und kniff die Augen zusammen. »Im Gegensatz zu deinem Benehmen.«

Wütend und die Tränen zurückblinzelnd, schoss Chloe hoch. War ihre Liebesaffäre auf Ägypten beschränkt gewesen? Fühlte er sich vielleicht nicht zu ihr hingezogen, wenn sie keine Ägypterin war? Waren ihre Seelen in Wahrheit *nicht* miteinander verbunden? Hatte sie sich etwas vorgemacht?

Cheftu stand ebenfalls auf, packte mit einer Hand ihre beiden Handgelenke und zog mit der anderen seinen Schurz gerade. »Ich kann es nicht leiden, wenn eine Geliebte mich ohne ein freundliches Wort verlassen will.«

So wie du Sibylla, *mich,* in Knossos verlassen hast, dachte sie. »Vielleicht erntest du jetzt, was du gesät hast?«

Er ließ seine Hand fallen. »Wie ich sehe, vergibst du nicht so schnell.«

»Du hingegen vergisst *nur zu schnell!*«, Chloe musste gegen die Tränen ankämpfen. Er sah sie stirnrunzelnd an und fuhr mit der Hand über sein Gesicht, in einer Geste, die so typisch für Cheftu war, dass es ihr wehtat. Was war geschehen? Er berührte ihr Gesicht und sah sie fragend an, als sie sich ihm entwand.

»Ich will dich wieder sehen, Sibylla. Die Götter mögen mir helfen, das will ich.«

Sie beobachtete, wie das Gesicht, das sie bis in die kleinste Kleinigkeit in ihrer Erinnerung bewahrt hatte, von den Brauen bis zu den Fältchen um Mund und Augen, näher kam. Seine Pupillen waren geweitet, und sie erkannte nur zu gut das Begehren in seiner Miene.

Nach einer anderen.

»Scher dich zum Teufel«, sagte sie auf Englisch. Sie hob ihre Röcke und lief weinend davon.

11. Kapitel

Cheftu brauchte einen Augenblick, um zu begreifen, dass sie Englisch mit ihm gesprochen hatte.

Englisch!

Grüne Augen, schwarzes Haar, eine Haut, die ihn nur zu gerne aufnahm, ein Geist, bei dessen Anblick er schon neuen Lebensmut spürte. Cheftu presste die Hand auf seine Brust und spürte, wie sein Herz donnerte. Er war nicht mehr in der Lage zu atmen, er wagte gar nicht, sich das vorzustellen. Er hatte ihren zerschmetterten Körper gesehen, ihren Leichnam! Die Ägypter hatten ihm erklärt, sie sei von ihm gegangen.

Und zwar in einen anderen Körper!

Das erklärte so vieles! Doch wieso hatte sie ihm das nicht schon in Knossos erklärt? Wieso hatte sie ihn glauben lassen, sie sei tot und er würde bis an sein Lebensende um sie trauern? Wieso floh sie jetzt vor ihm? Sein Herz schlug langsamer, und Cheftu begann sich zu fragen, ob sie sich wohl darüber freute, dass er hier war. Sie war nur zu gern mit ihm ins Bett gegangen, aber…

Trunken von Sex und Wein und fast krank vor Anspannung stolperte er ihr nach. »Chloe!«, rief er aus. »Chloe! Sibylla!« Der Mond spendete sein fahles Licht, doch er kannte sich nicht in den

Gärten aus, die wie alles in Aztlan als Labyrinth angelegt waren. Er musste sie finden! *Mon Dieu,* er hatte mit seiner eigenen Frau die Ehe gebrochen. War das überhaupt möglich? Der Gedanke ließ ihn straucheln, und er begann erst zu fluchen und dann die Natur zu verwünschen, als sich ein paar Wolken vor den Mond schoben. »Chloe!«, rief er ihr auf Französisch nach. »Chloe, *mon amour,* ich bin ja so blind! Bitte, Chloe!«

Schweigen antwortete ihm, und er blieb stehen, nach Luft ringend und gegen den Alkohol in seinen Adern ankämpfend, um nicht umzukippen. Sie war nicht tot, sie war am Leben! Sie war hier! Selbst wenn sie ihn jetzt hasste, er hatte eine Chance, er konnte sie zurückgewinnen. Er durfte sie sehen, sie berühren. Die Tränen, die er so viele verlorene, qualvolle Wochen lang zurückgehalten hatte, begannen über seine Wangen zu fließen. Seine Liebe war am Leben, sie war hier. Schluchzend sank Cheftu auf die Knie. Gott sei Dank! *Grace à Dieu!*

Ihre Hand legte sich auf seine Schulter, und Cheftu zog sie an seinen Mund, um ihre langen, klugen Finger zu küssen und mit Tränen zu netzen. So blind! Sie blieb stehen, sie verweigerte sich, doch das war Cheftu gleich. Sie war hier! Sie lebte. Er vergrub sein Gesicht in ihrem Rock, in dessen bunt gemusterter Wolle sich ihr beider Geruch vermengte. Sein Körper hatte sie erkannt und hinter ihre Fassade gesehen, auch wenn sein Geist das nicht vermocht hatte.

Er weinte vor Erleichterung, erstarrte jedoch, als sie sein Haar berührte und behutsam mit den Fingern über seine Kopfhaut und an der Haargrenze entlang fuhr. »Wie ist es so lang gewachsen?« Ihre Stimme klang weich, und Cheftu musste unter seinen Tränen lächeln. Ihre ständigen Fragen nach dem Wie und Wieso – wie brachte diese Frau sein Leben zum Leuchten!

»Es ist angeflochten.« Seine Stimme drang gedämpft durch ihren Rock, und seine Arme schmerzten, so fest hielt er sie. »*Iii,* Chloe, Geliebte, mein Herz. Vergib mir.« Sie versteifte sich. »Ich – ich hätte das nicht zu hoffen gewagt.«

»O Cheftu«, antwortete sie und glitt gleich darauf schlangengleich durch seine Arme nach unten, bis ihr Mund auf seinem lag und Cheftu unter seinen Tränen sie, seine Chloe, schmeckte. Ihre Begierde war so stark, so elementar, dass sie nur ihre Kleider anhoben, um sich miteinander zu verbinden, die Gesichter einander zugewandt, bis nach kürzester Zeit die Erfüllung kam.

Sanft drückte er ihren Körper gegen seinen, fassungslos darüber, dass er tatsächlich Chloe in seinen Armen hielt.

»*Grace à Dieu*«, flüsterte er gegen ihren Hals.

»Amen«, sagte Chloe.

Die vormorgendliche Kühle weckte Chloe; sie schlug die Augen auf und sah zu den leicht getönten Wolken auf, den Atem angehalten vor Angst, sie könnte nur geträumt haben. Cheftu wälzte sich bibbernd im Schlaf herum und versuchte, sich näher an sie heranzuschieben. »Es ist kalt«, sagte sie. Ihre Hände und Füße waren taub. Ganz offenkundig war der Sommer noch nicht angebrochen. Seine Arme umschlossen sie, und Chloe schickte sich in ihr Los, dass ihre eine Seite vor Kälte zittern solle, während die andere unter der Berührung seiner heißen Haut zerschmolz.
Sie seufzte zufrieden.

Wieso war er immer so warm? Er war ein wandelnder Radiator! Sie kuschelte sich an ihn und schmiegte ihren Körper gegen sein festes, starkes Fleisch. Ein Arm lag als Kissen unter ihrem Kopf, und seine Finger ruhten leicht auf ihrer Flanke. Der andere Arm schob sich quer über ihre Hüfte und drückte sie wohlig an seinen Bauch.

Wie wundersam ist es doch, mit einem Mann zu schlafen, dachte Chloe. Sie war überzeugt, dass der kleine Glücksrefrain, den sie hörte, von ihrem Blut gesungen wurde. Wie war das geschehen, wie waren sie wieder zusammen gekommen? Es war ein Wunder! Nichts Geringeres!

Sie sah nach oben. Das Gold und Orange der Wolken hatte sich im Widerschein der aufgehenden Sonne zu Rosa und Lavendel aufgehellt. Es war ein phantastischer Morgen, sie würden einen phantastischen Tag miteinander verbringen – Chloe erstarrte. Die Morgendämmerung. Bei der Morgendämmerung würde Cheftu auf die Probe gestellt. War das schon heute? Nein, man hatte ihm wegen des Katers einen Aufschub gegeben, entsann sich Chloe.

Die Pyramiden-Prüfung, wie sah die eigentlich aus?

»Du denkst so laut, dass ich nicht schlafen kann«, grummelte Cheftu in ihr Ohr. Die Härchen auf ihrem Nacken und ihren Ohren stellten sich auf, und ihr lief ein Schauer über den Leib. »Gefällt dir das?«, flüsterte er leise und fuhr die Windungen ihres Ohres mit der Zunge nach. Chloe spürte, wie ihr heiß wurde, und drehte sich auf die andere Seite, um ihn aufzunehmen, ihn zu umarmen, vollkommen reglos, ganz dem Genuss hingegeben.

Dann begann sich Cheftu langsam und mit einem leisen Stöhnen zu bewegen. Er löste sich so weit von ihr, dass die kühle Luft über ihre heiße Haut strich, dass er beinahe jede Verbindung unterbrach, um dann in ihr zu versinken, tief, Zentimeter um Zentimeter, als würde ihn eine magnetische Kraft zu ihr hinziehen, sodass sie am Ende Hüfte an Hüfte lagen. Chloe verfolgte, wie ihr Körper seinen ganz und gar aufnahm, bis sie nur noch ein Leib waren.

Rein goldenes Licht fiel über die Wipfel der Bäume im Garten, und Chloe wälzte sich unter ihm hin und her, die Hüften hochgewölbt, um ihn ganz zu spüren, die Finger so fest mit seinen verwoben, dass die Knöchel weiß hervortraten, auf den aufsteigenden Wellen dahinfliegend. Cheftu schob das Kinn vor, sein Blick wurde düster, dann begann er fester zu stoßen. »Fast hätte ich dich verloren«, keuchte er heiser. »Du gehörst mir!«

Chloes Beine begannen zu weh zu tun, wund gerieben, wie sie waren, bis sie vor Schmerz das Gesicht verzog, nur um gleich darauf nach mehr zu betteln, als er ihre Hüften anhob und tiefer, fester, schneller zustieß. Ihr Atem hallte laut durch den von Vogelgesang durchzogenen Morgen, und sie fuhr mit den Händen über seinen Rücken, spürte die Kraft, die Gier, die wohl tuende Bedrohung seines Körpers.

Es hatte keinen Anfang und kein Ende, es rollte wie Wellen an den Strand, in immer höheren Brechern, bis ihre Schreie von seinem Mund geschluckt wurden, seine Zähne über ihre Zunge strichen und daran sogen, sein Schweiß sich glitschig über ihre Haut verteilte. Bei seinem letzten Stoß biss Cheftu sie in den Nacken, hielt sie fest umklammert, rieb sich an ihr, und Chloe warf sich in dem Gefühl, fast in einzelne Moleküle zu zerplatzen, vom Boden hoch, um ihn noch näher, noch tiefer zu spüren …

»Ich kann mich nicht mehr rühren«, sagte er nach einer Weile.

»Wieso nicht?«, murmelte Chloe halb im Schlaf.

»Ich glaube, mein Samen ist ein schnell wachsender Rebstock, der mich jetzt in dir fest hält.«

Chloe lächelte unter seiner Schulter. »Das klingt schön. Wie bei einer Wassermelone.«

Er schwieg einen Moment. »Einer was?« Schon klang Cheftu ein wenig wacher.

»Als ich noch ein kleines Mädchen war, hat meine Mimi immer gesagt, wenn wir die Samen von den Wassermelonen mitessen, würden uns Wassermelonen im Bauch wachsen. Ich habe bei jeder Schwangeren gedacht, sie hätte Wassermelonenkerne verschluckt.« Sie leckte über seine Haut und spürte, wie er augenblicklich erbebte. »Das hat mir Todesangst gemacht.«

Dann fiel Chloe zu ihrem Entsetzen ein, dass sie ohne jeden Schutz miteinander geschlafen hatten. Wenn sie Cheftu jetzt darauf aufmerksam machte, würde er sich bestimmt sofort zurückziehen. Seine Einstellung zur Vaterschaft war in Stein gemeißelt und schloss ein Stelldichein unter Bäumen kategorisch aus. Bitte mach, dass ich nicht schwanger bin, betete sie hastig.

Cheftu stützte sich auf die Unterarme und betrachtete sie. Er sieht aus, als hätte er eine wüste Nacht hinter sich gehabt, dachte Chloe. Sein Haar, das zuvor säuberlich gescheitelt und gelockt gewesen war, war nun mit Blättern und Zweigen und sonstigem Naturzeugs dekoriert. Seine Augen waren rot und trübe, und Bartstoppeln tüpfelten seine leicht fleckige Haut. Doch die Liebe, die aus seinen blutunterlaufenen Augen strömte, wie auch die Miene, die ihr verriet, dass sie für ihn der schönste Anblick auf Erden war, machten ihn zu einem berauschenden Bild. Vor allem, wenn er so abgearbeitet aussah. Vor allem, wenn sie ihn so abgearbeitet hatte. Chloe drängte sich an ihn, und Cheftu stöhnte.

Sie erstarrten, als sie Stimmen hörten. Die Sonne stand schon höher und drang durch die Bäume, die ihnen während der Nacht Obdach gegeben hatten. Cheftu fuhr mit einer Hand durch ihr Haar und berührte dann ihre Wangenknochen und die Nase, während seine Daumenkuppe über ihre Braue und die Spitzen ihrer Wimpern strich.

Er sah auf ihren Mund, und Chloe spürte, wie sich ihre Lippen teilten. Cheftu folgte mit der Spitze seines kleinen Fingers dem Bogen ihrer Oberlippe, dann ihrer vollen Unterlippe. »Ich habe von dir geträumt«, flüsterte er. »Jeden Morgen beim Aufwachen ist mir wieder eingefallen, dass du tot bist, und jedes Mal war es, als hätte ich es zum ersten Mal gehört.« Sie sah, wie die Muskeln in seinem Kiefer zuckten. »Ohne dich gab es keine Farben. Das Essen hat nach nichts geschmeckt, denn ich musste ständig an die Eisdiele denken –«

Chloe lachte. In Ägypten hatten sie den Sex oft mit Eiscreme verglichen. All die verschiedenen »Geschmacksrichtungen«, die sie miteinander erforschen konnten. Wir haben es fast auf einunddreißig gebracht, dachte sie.

Seine Augen lächelten. »Was für ein Geschmack also, *iii,* Oberhaupt?« Er zog eine Braue hoch, und Chloe musste an Piraten und Rocker und französische Musketiere denken. Sein Blick wurde dunkel, sobald sie ihre Schenkel um seinen Unterleib schloss. »Das«, sagte sie, schmiegte dabei ihr Gesicht in seine Handfläche und küsste sie, »war so weit von Eiscreme entfernt wie Wasser von Kaffee.«

Cheftus schlankes, hartes Gesicht hungerte vor ihren Augen fast aus vor Begierde. »Was dann?« Seine tiefe Stimme füllte jede einzelne Silbe mit Verführung.

Ich muss verrückt sein, dachte Chloe, die Frage »Was dann?« für eine Verführung zu halten. Doch bei Cheftu war sie nichts anderes.

»Crème brûlée«, sagte sie. Er legte den Kopf schief und fragte wortlos nach einer Erklärung. »Sie ist fest«, – Cheftu stockte der Atem, als sich ihr Körper sanft unter seinem bewegte –, »und obendrauf süß und knusprig.«

Ihr Ehemann musste halb lachen und halb stöhnen. »Meinst du, *ma chérie?*«

»*Iii,* ich weiß es«, antwortete sie lächelnd. »Und darunter ist sie –«

»Weich und cremig und schmilzt auf der Zunge«, hauchte er, und mehr hörte Chloe nicht, so laut pochte ihr Blut.

»Nimm mich«, wimmerte sie.

»*Toi aussi.*«

Endlich reagierte jemand auf das Hämmern an der Tür. Das wurde auch Zeit!, dachte Chloe, den Kopf unter dem Kissen vergraben. Sie war ins Bett geschlüpft, als sich der übrige Palast allmählich zu regen begann. Wussten diese wahnsinnigen Aztlantu denn nicht, dass man bis Mittag schlafen wollte, wenn man die ganze Nacht durchgefeiert hatte?

Offenbar nicht.

Natürlich, schränkte sie ein, hatten es nicht alle die ganze Nacht im Garten getrieben wie die Karnickel. Sie lächelte in ihre Laken. Bei Kela, sie war wund und blaufleckig und würde wahrscheinlich eine ganze Weile wie auf Eiern laufen, aber mit Cheftu zusammen sein! Sie hatten sich nur schwer voneinander getrennt, doch da sie nicht gegen irgendwelche aztlantischen Etikette verstoßen wollten, hatten sie es für das Beste gehalten.

Cheftu hatte sie zu ihrer Tür gebracht und hatte nicht weniger als fünfmal kehrtgemacht, um sie zu küssen, wobei jeder Kuss länger und intensiver gewesen war, seinen Schwüren zum Trotz, er sei über den Tod hinaus erschöpft. Gut, dachte Chloe.

Das war sie bei Gott auch!

Sie war eben wieder in eine Traumphase abgesackt, als sie von einer Hand auf ihrer Schulter aus dem Schlaf gerissen wurde. Mit klopfendem Herzen und vollkommen durcheinander fuhr Chloe hoch. Bemüht, die Besitzerin der Hand einzuordnen, blinzelte sie zu ihr auf.

»Ich habe dich dreimal angesprochen«, sagte die Frau. Sie war groß und unauffällig. Bis auf die riesigen, dicht bewimperten Augen, die so hellgrau leuchteten, dass es fast silbrig wirkte, war sie einfach ... da. Die bunten Kleider hingen an ihr herab wie Sackleinen. Ihr langes, grausträhniges Haar hatte sie um den Kopf geschlungen und wie das einer altdeutschen Kellnerin frisiert. »Sibylla?«, fragte sie wieder.

Richtig! Man brauchte sie nur im Geist mit Schlamm und Tränen und Blut zu überziehen, und schon hatte man die Frau, die ihre Leute hergeliehen hatte, um auf Naxos Hilfe zu leisten.

»Entschuldige, Atenis«, sagte Chloe. »Ich fürchte, ich habe zu tief geschlafen.«

Atenis ließ sich auf der Bettkante nieder. »Du bist erst spät auf eine Liege gekommen?«

»O ja. Sehr spät.«

Die Frau lächelte. Güte und Freundlichkeit brachten ihr ganzes Gesicht zum Glühen, bis das Licht aus ihr zu strahlen schien wie aus einem Prisma. »Eher sehr früh heute Morgen. Ich war in der Morgendämmerung schon einmal hier, aber du warst nicht da, und deine Leibeigene erklärte mir, dass du noch nicht heimgekommen wärst.«

Chloe spürte, wie sie rot wurde.

»Soll ich mal herumfragen, wer sonst noch so spät heimgekommen ist?« Chloe wurde noch röter, und Atenis lachte. »Nur ein kleiner Scherz am Morgen, Schwester. Mir war nicht nach Lachen zu Mute, seit Arachne –« Sie brach ab und wandte den Blick ab, eine Hand auf dem Sippensiegel an ihrem Hals. »Um die Wahrheit zu sagen, bin ich gekommen, um dir meine Dienste anzubieten.«

O Kela, schenk mir Kaffee! »Deine Dienste?«

»Ich werde nicht gegen Ileana antreten, aber ich verstehe zu laufen und zu gewinnen. Ich kann es dich lehren.«

»Wieso ausgerechnet mich?«

Atenis runzelte verdutzt die Stirn und zuckte mit den Achseln. »Vena ist... mir unerträglich. Ihre Frivolität ist für mich wie ein Salzbad auf abgeschürfter Haut.« Eine grausame Vorstellung, musste Chloe ihr zugestehen. »Selena ist mir eine gute Freundin, doch ihre Mutter ist eine besitzergreifende, unehrliche Kreatur.« Sie lächelte erneut. »Du würdest mit Phoebus ein wunderschönes Baby zeugen.«

Baby.

Trug sie schon jetzt Cheftus Baby in ihrem Leib? Sie hatte an diesem Morgen keinerlei Samen zur Verhütung eingenommen. Kannten diese Leute, diese Quasi-Minoer, überhaupt Verhütungsmittel? Chloe errötete erneut.

»Ich habe gehört, du hast die ersten vier Wettläufe gewonnen, an denen du teilgenommen hast. Ich kenne ein paar von den Läuferinnen, wenigstens vom Hörensagen, und ich bin durchaus beeindruckt. Du hast nie zuvor einen Drang nach sportlicher Betätigung gezeigt.«

Wie hätte Sibylla auch einen Drang nach sportlicher Betätigung zeigen können, wenn sie in einer Welt lebte, wo die Entfernungen nach dem Flug der Krähe *und* dem Auf- und Abklettern der Ziegen bemessen wurden? Chloe unterdrückte ein Gähnen. »Klingt gut. Danke.« Langsam begann sie zurückzusinken, um laut aufzuquietschen, als Atenis die Decken zurückriss.

»Dann komm mit.«

»Jetzt?«

»Du hast weniger als drei Mondzyklen, um zu lernen, wie du gewinnen, wie du Ileana schlagen kannst. Ich versichere dir, sie übt bereits jetzt und wird den Nachmittag ebenfalls damit zubringen. Jetzt!«

Ich hasse Laufen, dachte Chloe, während sie sich mit verzogenem Gesicht hochkämpfte. Ich hasse, *hasse* es.

Cheftu hatte keinen Schlaf gefunden, darum hatte er nach einem Bad und einer Rasur sowie mit ruhigem, befriedigtem Körper im Schriftenraum gefrühstückt. Er hatte gerade eine Abhandlung über den menschlichen Kreislauf zu Ende gelesen, als Dions Besuch angekündigt wurde.

Nach der traditionellen Begrüßung (Cheftu verstand immer noch nicht, woher seine plötzlichen Sprachfähigkeiten gekommen waren; war es ein Zeichen der Zustimmung, das ihm der Eine Gott sandte?) setzten sich die beiden Männer. Cheftu wartete gespannt. Dion war förmlich gekleidet, und nur ein, zwei winzige Flecken unter seinen Augen verrieten, dass er in der vergangenen Nacht dem Rebensaft und dem Tanz zugesprochen hatte.

»Ägypter, der Rat hat beschlossen, und ich wurde ausgewählt, dir diesen Beschluss zu überbringen, dass du dich einer Prüfung unterziehen sollst.«

»Welcher Art?«

»Spiralenmeister war auf allen Feldern beschlagen wie zum Beispiel der *Mnasonik, Al-Khem,* Medizin, Astronomie, Mathematik, Physik, Geometrie, Biologie, Geistreise.« Dion fuhr sich mit der Zunge über die Lippen und lächelte einfältig. »Da du uns unbekannt bist und seine Position einnehmen willst, möchte der Rat, dass du dich jenen Prüfungen unterziehst, die der Spiralenmeister von jedem seiner Nachfolger gefordert hätte.«

»Wann?«, fragte Cheftu. Er wagte nicht, seiner Furcht, er könnte dabei versagen, Ausdruck zu verleihen. Ein paar der Dinge, die Dion aufgezählt hatte, waren ihm vollkommen fremd, jedenfalls als Bezeichnung.

»Morgen früh.«

»Mir bleibt keine Zeit zur Vorbereitung?« Ich bin dazu ausersehen zu versagen, dachte Cheftu.

Dion zog die Achseln hoch. »Du hast den heutigen Tag. Ich –«, er hob die Hand, um Cheftus Einwände abzuschneiden –, »ich bin selbst Skolomantiker. Ich kann dir bei allem behilflich sein, was du wissen willst.«

Wozu bin ich hier?, dachte Cheftu. Kannst du mir dabei behilflich sein? Wieso bin ich in ein so mächtiges Amt berufen worden? Hast du da irgendwelche Vorschläge?

Weil es ihn nicht länger auf seinem Stuhl hielt, trat er ans Fenster und sah hinaus in Richtung Meer. Rittersporn, eine Nuance heller als das Wasser, schwankte unten in der Brise. Cheftu atmete tief durch und versuchte, Ruhe zu bewahren. Chloe war hier, sie bekleideten beide ein hohes Amt in dieser Gesellschaft, er musste diese Prüfung bestehen, sonst würde er nicht mehr mit ihr zusammen sein können.

Mit plötzlich eiserner Entschlossenheit drehte sich Cheftu zu Dion um. Das Sippenoberhaupt blickte auf eine ägyptische Papyrus-Illustration des menschlichen Körpers. »Was ist das?«, fragte Dion.

Erleichtert, über etwas sprechen zu können, von dem er wirklich Ahnung hatte – Anatomie –, erläuterte Cheftu ihm die ägyptische Theorie, dass alle Gefäße ihren Ursprung im Herzen, also mitten in der Brust hätten, sich dann aber um das Rektum herum sammeln würden. Daher musste der Körper vor einer Heilung stets erst gereinigt werden.

»Wie denn? Macht ihr einem Kranken etwa zuerst einen Einlauf?«

»Genau. Alles, was durch die Anus-Gefäße eindringt, kann sich überall im Körper ausbreiten und den gesamten Leib mit *Ukhedu* vergiften.«

»*Ukhedu?«*, wiederholte Dion langsam.

»Gift, Vitriol, der Macht von *Khefts* und *Khaibits*. Wenn sich ein Mensch damit infiziert, kann das zu Unausgeglichenheit, zu Krankheit oder Wahnsinn führen.« Noch während Cheftu das sagte, ging ihm auf, dass die Aztlantu nicht eben viel von den ägyptischen Idealen der Ruhe und des Gleichmaßes hielten.

»Und mit einem Einlauf spült man das heraus?«

»Ja, für kurze Zeit wenigstens; doch während dieses Augenblicks ist der Körper rein, und jede Medizin kann wirksam verabreicht werden.«

»Und was ist mit dem Liebesakt?«

Cheftu drehte sich vom Fenster weg. »Mein Freund, der Liebesakt hat nichts mit dem Anus einer Frau zu tun. Von einer Vereinigung braucht man keine *Ukhedu* zu befürchten.«

»Was ist mit der Vereinigung mit einem Mann?«

Blinzelnd versuchte Cheftu nachzuvollziehen, was der Mann da sagte. Um ihn nicht zu beleidigen, fragte er sicherheitshalber vorsichtig nach: »Eines Mannes ... mit einem Mann?«

»Genau. Von zwei Männern. Brüdern. Gefährten.« Dion verschränkte die Arme. »Es gibt vieles, was eine Frau nicht wissen oder verstehen kann. Nur ein Mann kann die Herzensliebe eines Mannes in gleicher Weise erwidern.«

Ein Mann und ein Mann. In Ägypten war Homosexualität praktisch unbekannt. Die Götter – Isis und Osiris, Amun-Re und Mut, Geb und Nuit – wiesen allesamt den Pfad zur fruchtbaren ehelichen Liebe. Ein Mann und eine Frau, die ein Kind zeugten.

Das entsprach der Ma'at, jenem universellen Angelpunkt, den jeder Ägypter im Gleichgewicht zu halten suchte.

An anderen Höfen, in Mesopotamien, Kanaan, selbst im fernen Land Punt hatten möglicherweise Männer andere Männer geliebt, doch Cheftu hatte nie an solchen Praktiken Teil gehabt und scheute sich, davon zu sprechen. »Darüber … habe ich noch nicht nachgedacht«, stammelte er. Während seiner Kindheit in Frankreich hatte man hinter vorgehaltener Hand von Männern geflüstert, die der Liebe anderer Männer den Vorzug gaben. Doch für ihn, der den Unterschied zwischen den Geschlechtern durchaus zu würdigen wusste, war bei zwei Männern einer zu viel.

Dion stand auf. »Deinem Schweigen hatte ich bereits entnommen, dass du es nicht getan hast.« Er trat näher, und Cheftu merkte, wie er sich abweisend aufrichtete. »Was findest du so widerwärtig daran, Cheftu? Ist nicht ein Mund ein Mund und ein Gefäß ein Gefäß?«

Cheftu hätte beinahe laut aufgelacht, weil er sich Chloes Reaktion auf die Bezeichnung als »Gefäß« ausmalte. Das gab ihm sein inneres Gleichgewicht zurück. »Ich bezweifle, dass dies bei einer Prüfung als Spiralenmeister ein Thema sein wird«, meinte er lächelnd. »Vielleicht sollten wir lieber über jene Dinge sprechen, die wichtig sein könnten?« Er blickte kurz aus dem Fenster, um die Tageszeit abzuschätzen. »Ich habe weniger als zwanzig Dekane, um alles zu lernen, was Spiralenmeister sein Leben lang studiert hat. Ich muss gestehen, dass ich mich ein wenig überfordert fühle.«

Dion lachte und schlug Cheftu auf die Schulter. »Lass uns erst in die Bibliothek und dann ins Laboratorium gehen!«

Chloe wartete geduldig auf eine Nachricht von Cheftu.

Nichts kam.

Nachdem sie von ihrem Training mit Atenis zurückgekehrt war, ließ sie sich in die Wanne fallen, danach eilig massieren und ankleiden und sorgte schließlich dafür, dass Wein und Obst kühl und bereitgestellt wurden. Die Sonne segelte weiter und weiter nach Westen, während Chloe unverwandt aus dem Fenster blickte und müßig mit den Fingern auf den Fenstersims trommelte.

Als die Sonne schließlich unterging, kochte sie vor Wut. Selena brachte ihr Wein. »Ich habe gehört, der neue Spiralenmeister hat sich seit der Morgendämmerung mit Dion eingeschlossen.«

Chloe hätte sich für ihre Blödheit ohrfeigen können! Morgen würde man ihn prüfen! Plötzlich wandelte sich ihr Zorn in Angst.

»Ich hoffe sehr für den Ägypter, dass sie auch wirklich Studien getrieben haben«, meinte Selena schüchtern.

»Was geschieht, wenn er, äh, nicht besteht?«

»Das weißt du doch, Sibylla. Er stirbt im Labyrinth.«

O Gott. »Ich finde es ungerecht, dass er sich nur einen Tag für ein Amt vorbereiten kann, um das er nicht gebeten hat, und mit dem Tod bestraft wird, falls er versagt.«

Selena zuckte mit den Achseln. »Die Priester in der Pyramide hüten ihre Geheimnisse eifersüchtig. Niemand kann sich dort hineinwagen und hoffen, lebend wieder herauszukommen, ohne dass er einer der ihren geworden wäre.«

Cheftu hatte ihr früher einmal erzählt, dass er in Karnak in viele der Geheimnisse Amuns eingeweiht worden sei, durch die Bank streng geheime Rituale der Priesterschaft. Vielleicht hatte man hier dieselben Rituale? Bitte, lieber Gott, bitte hilf ihm, dachte sie. Braucht er mich?

Die Anwort kam nicht von außen, sie kam von innen. Tief in ihrem Herzen begriff Chloe, dass sie Cheftu Kraft gab, dass sie ihm Auftrieb und Zuversicht verlieh. Ob man es nun als glückliche Fügung, Seelenverwandtschaft oder schlicht und einfach als Glück bezeichnete, sie brauchten einander. Er brauchte sie, um das hier zu überleben. Mikrosekunden später beschwerte sich Sibylla über Kopfschmerzen, verweigerte sämtliche von Selena angebotenen Tees und Kräuter und verriegelte wenig später die Tür hinter ihrer wohlmeinenden Freundin und der Leibeigenen.

Nachdem sie aus Sibyllas Geist den Lageplan des Palastes organisiert hatte, schlich sich Chloe in den Gang. Was ihren Orientierungssinn anging, konnte sich Cheftu genauso gut auf dem Mond befinden, doch sie würde ihn finden, sie würde zu ihm gelangen. Und früher habe ich mich immer über die vielen Einbahnstraßen in Dallas beschwert, dachte sie bei sich.

Einen Dekan später klopfte sie an seine Tür.

Ein Leibeigener öffnete ihr, und Chloe merkte, dass ihr die richtigen Worte fehlten. Den Schal tief über den Kopf und ins Gesicht gezogen, blinzelte sie dem Leibeigenen zu. »Sag deinem Herrn, seine *chérie* ist hier.« Sie hoffte, fremdländisch zu klingen.

Sekunden später war er an der Tür, und Chloe musste unter ihrer Kostümierung lächeln, als sie den Puls in seinem Hals schneller schlagen sah. Er schickte den Leibeigenen fort, ohne ihn eines weiteren Blickes zu würdigen, dann zog er Chloe in den Raum, schloss die Doppeltür hinter ihr und legte den Riegel vor.

»Meine *chérie, iii?*« Er küsste sie liebevoll.

»Man hat mich in dem Glauben gewiegt«, erwiderte sie.

Er nahm ihre Hand und führte sie nach nebenan. Überall lagen Schriftrollen und buchähnliche Leder- und Papyrusbrocken aufgeschlagen herum. »Ich bereite mich gerade vor«, sagte er.

»Kann ich dir helfen?«

Er seufzte. »Ich kann nur hoffen, dass Imhotep ihnen die Fertigkeiten der Ägypter beigebracht hat. Ich weiß nicht, welche Geheimnisse Aztlan sonst noch hütet.«

Verdutzt wühlte Chloe in Sibyllas Erinnerung und wiederholte halblaut die Antwort auf seine Frage. »Es sind die folgenden: Stein zu gießen, Fels zu formen und zu verwandeln.«

»Woher weißt du das?«

Chloe tippte sich an die Stirn.

»*Iii,* du hast eine Spionin.« Er wandte den Blick an. »Hast du ihre Erinnerung?«

»Eigentlich bin eher *ich* die Spionin«, korrigierte sie. »Ich erinnere mich nur an einige wenige Dinge. Warum?« Sibylla hatte sich seit Tagen nicht mehr gemeldet, und der Raum fühlte sich so … verlassen an. War Sibylla überhaupt noch da? *Und wenn nicht, habe ich sie dann umgebracht?* Doch das Wissen war unterschwellig immer noch da.

»Stein zu gießen, Fels zu formen und zu verwandeln«, wiederholte Cheftu. »Bei den Göttern! Ich kann einbalsamieren, operieren, zu einem Dutzend Gottheiten beten. Diese Fähigkeiten …« Er senkte den Kopf.

»Du bist müde, Geliebter«, sagte Chloe und ging vor ihm in die Hocke. »Hast du überhaupt geschlafen?«

»Nein. Ich kann jetzt nicht schlafen.«

»Fühlst du dich vorbereitet?«

»So gut vorbereitet, wie man innerhalb eines Tages sein kann«, antwortete er bitter. »Es ist...« Cheftu seufzte. »Ich habe Angst, dass ich das Privileg verliere, mit dir zusammen zu sein. Und genauso wenig will ich bei meiner Aufgabe hier versagen.«

»Und die wäre?« Sie streichelte zärtlich seine Beine.

Cheftu zog die Achseln hoch. »Das weiß ich nicht so genau.«

»Gott wird dir helfen. Zum Teufel, Cheftu, er hat uns in einem ganz anderen Zeitalter wieder zusammengebracht! In anderen Körpern. Was für eine Zeit haben wir eigentlich?«

Er blickte mit zusammengekniffenen Augen aus dem Fenster.

»Nein, ich meine die geschichtliche Zeit«, stellte sie klar.

»Das Mittlere Königreich. In wenigen Jahren werden die Hyksos in Ägypten einfallen.«

»Und das wäre das Jahr...?«

Er sah sie an, und seine goldenen Augen glänzten. »Etwa 1850 vor Christus.«

»Heilige Scheiße.« Dann waren sie also fast vierhundert Jahre in die Vergangenheit geflogen? Chloe setzte sich neben ihn auf die Steinbank und starrte nachdenklich vor sich hin. »Schlaf, Geliebte«, sagte er, bevor er eine Schriftrolle aufnahm und sich darüber beugte. Chloe sah noch, wie seine Finger in höchster Konzentration über die Seite wanderten, dann fielen ihr die Augen zu.

Die Pyramide schmückte die Nüstern des Stieres, den größten unter den über die aztlantischen Inseln verstreuten Vulkanen. Priester und Priesterinnen säumten den breiten Pfad, der in einem Winkel von fast fünfundvierzig Grad anstieg.

Cheftu würde die dreihundertfünfundsechzig Stufen allein ersteigen. Eine Stufe für jeden Tag, dem Namen der Pyramide entsprechend. Die abgeflachte Goldspitze spiegelte sich unter dem grenzenlosen, azurblauen Himmel. Tief unter ihnen changierte das

Wasser zwischen beinahe schwarzem Dunkelblau und silbrig gekrönten Wellen. Zum Glück brauchte Cheftu nicht das Gebet für jeden Tag zu rezitieren, während er die Stufen nahm. Phoebus würde das müssen, wenn er an der Reihe war, sich der Prüfung in der Pyramide zu unterziehen.

Doch dafür hatte Phoebus neunzehn Jahre Zeit gehabt, um sich vorzubereiten, dachte Cheftu im Hömersteigen. Ich hatte nur einen Tag. Er fuhr sich mit der Zunge über die Lippen und kletterte weiter.

Der Rat wartete an den obersten Stufen. Atenis, Talos, Iason, Dion, Embla, Minos, Chloe – er wagte nicht, ihren Blick länger als einen Moment zu erwidern; und trotzdem wurde ihm das Herz weit. Sie war so schön, so großartig in ihrer Leidenschaft, ihrer Fürsorge, ihrer Begabung. Zelos und Nekros wünschten ihm Apis' Weisheit. Nach einem letzten Blick auf die Sonne und auf Chloe trat Cheftu in die dunkle Pyramide.

Der Minos berührte seinen Arm, und Cheftu folgte ihm, dem Knirschen der Sandalen des Hohepriesters auf dem muschelbestreuten Boden lauschend. Er spürte mehr als er sah, dass sich eine Wand vor ihnen erhob. Ohne zu zögern wandte er sich nach links und betrat nach einer scharfen Biegung den Raum. Einen Augenblick lang stockte ihm der Atem. Obwohl er über ein Jahrzehnt im goldenen Glanz Ägyptens gelebt hatte, hatte er noch nie solche Schätze gesehen. Wieder fragte er sich, wer diese Menschen wohl waren.

Die Wände waren von einem Mosaik in Gold, Silber und Bronze überzogen, auf dem Szenen der Gründung Aztlans durch Atlas Olimpi dargestellt waren. Wie Dion ihm erklärt hatte, waren alle Kommentare in der Alten Sprache geschrieben, Kritzeleien und Symbole, die nur noch von den Priestern und Skolomantikern verstanden wurden.

Doch auch Cheftu konnte sie entziffern. Er hatte diese Sprache zusammen mit einem ganzen Schwung von anderen gelernt, um das Rätsel der ägyptischen Hieroglyphen zu lösen. Es handelte sich um Proto-Hebräisch. *Mon Dieu!* Cheftu trat näher und vertiefte sich in die Überlieferungen dieses Volkes. Der Text enthielt zahllose Verweise auf »Steine«. Steine, durch die man mit Gott Verbindung aufnehmen konnte.

Als er sich umdrehte, um sich davon zu überzeugen, dass die Tür immer noch offen stand, entdeckte Cheftu zu seinem Entsetzen, dass sie verschwunden war. Er untersuchte alle Wände, über die sich nahtlos die Geschichten hinzogen. Ausgang konnte er keinen entdecken. Er blickte nach oben. Selbst die Decke, mit dem gleichen kostbaren Metallmosaik überzogen, bot keinen Ausweg. Er stolperte durch den Raum und versuchte, sich zu beruhigen. Miss die Schritte, dachte er. Hier legt man genauso viel Wert auf Zahlen wie in Ägypten.

Er maß sechsundsechzig auf sechsundsechzig Schritte. Gott sei Dank hatte er gestern das genaue Maß eines aztlantischen Schrittes gelernt. Cheftu starrte auf den Boden. Er bestand aus gehämmertem Gold, das zu abstrakten Mustern gefügt war. Hätte es noch mehr Licht in diesem Raum gegeben, wäre er wohl geblendet gewesen.

Er blickte auf, weil ein Schimmer, anders als der von Gold oder Silber, seinen Blick angezogen hatte. Er musterte die gegenüberliegende Wand und bewegte dabei langsam den Kopf, bis er ihn noch einmal bemerkte. Er durchquerte den Raum und starrte in das kristallene Auge des Stieres.

Cheftu hob die Hand und zog an dem Kristall. Ein lautes Knirschen dröhnte in seinen Ohren, dann wurde es wieder still. Der Kristall schob sich aus der Wand, eine ganze Elle weit, und kam dann wieder zum Stehen. Cheftu trat zurück, blickte auf den Kristall und überlegte, welche Logik wohl dahinter stecken mochte. Gab es noch mehr Kristalle?

Einen Dekan lang untersuchte er den Raum und stieß dabei auf zwei weitere Kristalle, die aus der Wand herausragten. Drei, die magische Zahl. Dion hatte ihm erklärt, die Drei sei eine ungerade Zahl und daher der Göttin geweiht, so wie Sechsundsechzig eine gerade Zahl war und darum Apis geweiht war, und zwar doppelt.

Und jetzt? Cheftu hatte bereits die goldenen Reifen abgestreift, die er getragen hatte, nun schlüpfte er auch aus dem eleganten Glockenrock und löste sein Korsett. Die drei Kristalle bildeten eine

Art Dreieck. Dreiecke waren heilig; das wusste jeder Zauberer. Aber ein Dreieck allein war zu wenig. Es musste mindestens noch zwei weitere geben.

Die Decke! Der Boden!

Nach dekanlangem Suchen hatte er ein weiteres Dreieck ausfindig gemacht, das von Scherben schwarzen Obsidians gebildet wurde. Er drückte dagegen, bis Stein auf Stein mahlte. Der Raum machte ein Geräusch, als wollte er auseinander brechen, während sich der Mechanismus draußen in Gang setzte.

Das dritte Dreieck war schnell gefunden. Cheftu lehnte sich an die Wand und versuchte, sich in den Erbauer hineinzuversetzen. Was war der Sinn der Übung? Die drei Dimensionen der Schöpfung hatte er bereits abgedeckt: Breite, Höhe, Tiefe. Die einzige weitere Dimension war die Zeit.

Zeit? Er stand auf und wanderte erneut im Raum herum, diesmal auf der Suche nach einem Symbol für Zeit. Einem Ankh. Mit dem Rücken zur Wand stehend, zog er im Geist die Dreiecke nach, deren Eckpunkte er an Decke, Boden und Wänden markiert hatte. Dort, genau am Schnittpunkt der drei Dimensionen, befand sich der Schlüssel für Millionen Jahre voller Leben; ein mächtigeres Symbol für die Zeit existierte nicht. Den Blick auf den Boden gesenkt, begann er zu lächeln. Eine ankhförmige Vertiefung.

Fehlte nur noch der Ankh, der dort hineinpasste. Wieder tastete sein Blick den Raum ab. Im Nähertreten bemerkte er einen Ankh, der aus einem anderen Material als dem Silber bestand, in das er eingelassen war. Der Unterschied war marginal, aber bemerkbar.

Er wackelte in seiner Verankerung, und Cheftu versuchte, irgendetwas darunter zu schieben, doch seine Nägel waren zu kurz. Denk nach, ermahnte er sich. Er kehrte in die Mitte des Raumes zurück und betrachtete noch einmal die Aushöhlung an jener Stelle, wo sich die drei Dreiecke trafen.

Mit dem Stecker seines Ohrrings gelang es ihm schließlich, den Ankh aus seiner Verankerung zu lösen und in die eingelassene Form zu senken. Der daraufhin einsetzende Lärm brachte die Wände zum Beben. Er beobachtete, wie sich der gesamte Raum veränderte. Mit ohrenbetäubendem Kreischen verschoben sich die

Wände, glitten in Teilen nach oben oder zur Seite, bis er sich schließlich in einem dreieckigen Raum wieder fand.

Bei den Steinen Apis', das war unglaublich!

Die in Gold und Silber gefasste Erzählung war durch glatte Wände ersetzt worden, von denen eine aus Lapis, eine aus Malachit und eine aus Jaspis bestand. Der Boden unter seinen Füßen hatte sich nicht verändert. Vorsichtig hob er den Ankh auf und machte einen Satz zurück, als ein Abschnitt des Bodens bis in Bauchhöhe aus dem Boden wuchs. Dann wurde alles wieder still.

Der erhöhte Teil des Bodens sah aus wie ein Steinbehälter. Cheftu versuchte das, was er für den Deckel hielt, nach hinten oder vorne zu schieben. Es rührte sich nicht. Mit einem entnervten Seufzen erinnerte er sich an den Ankh und drückte ihn in das Loch. Nichts geschah. Er legte ein Ohr auf den Stein und drehte den Ankh, bis er etwas klicken hörte. Natürlich, drei Klicks nach links, dann drei nach rechts, dann wieder drei nach links; so viel hatten Ägypter und Aztlanter gemeinsam.

Er schob problemlos den Deckel zur Seite und schaute mit großen Augen auf den Behälter.

Ein kleiner Trog, ein Winkelmaß, eine Holzkiste, ein Senkblei, eine Kelle. Er legte alles auf dem Tisch aus. Ganz unten in der Kiste befanden sich zwei Leinensäckchen und drei Krüge. Er nahm alle heraus und öffnete einen nach dem anderen. Ein weißes Pulver mit kleinen Steinchen; das nächste kostete er mit der Zungenspitze – Natron; ein brauner Schleim; ein großer Beutel voller größerer Steine; und ein Krug Wasser. Cheftu begann, nachdenklich im Kreis herumzuwandern. Was hatten diese Dinge miteinander zu tun?

Was hatte Chloe gesagt? Die Fähigkeit, Stein zu gießen, Fels zu formen und zu verwandeln?

Bevor er sich für die Medizin entschieden hatte und in das Haus des Lebens eingetreten war, hatte er im Tempel von Amun-Re studiert. Dort hatte er gelernt, wie verschiedene Substanzen und Flüssigkeiten miteinander reagierten und neue Substanzen ergaben. Emaille entstand, indem man *Mafkat*-Pulver mit Salpeter mischte und über eine Flamme hielt. Mit großen Schritten kehrte er an den Tisch mit dem eigenartigen Sortiment zurück.

Salpeter und Wasser und Kalk – das weiße Pulver – ergaben eine ätzende Substanz; dazu musste man *Mafkat* geben, bis es sich auflöste, und schließlich Schlamm. Sobald sich die Masse verdickte, würde er die Steine untermengen. Cheftu befreite sich von den Überresten seines Schmucks und begann abzumessen und zu mischen, alten Rezepten nach, die er nie vergessen würde.

Er würde es schaffen.

Wann das Essen aufgetaucht war, vermochte Cheftu nicht zu sagen. Und doch war es da – geröstetes Fleisch, Jakobsmuscheln, dazu ein Salat aus Zitronenscheiben und Zwiebeln. Ein Krug mit gewässertem Wein vervollständigte das Mahl. Er warf einen Blick über die Schulter; seine experimentelle Mixtur trocknete gerade in der Holzkiste. Sie hatte bereits das Aussehen von Kalkstein, mit scharfen, sauberen Kanten und glatter Oberfläche, in der Glimmer- und Erzpartikel glänzten. Die Kunst der *Al-khemti* – die sogar ägyptisch *genannt wurde,* nach dem Land Kemt.

Dion hatte erzählt, die Priester, die *Mnasons,* würden sich ein Leben lang in der Kunst üben, *Ari-kat*-Steine zu formen. Sie waren es, die mit Hilfe ihrer geheimen Gesten und ihrer eng geknüpften Sippe die vielen Bauten auf der Insel Aztlan errichtet hatten.

Dieser *Ari-kat*-Stein war der Baustoff für die Pyramiden. Davon war Cheftu überzeugt. Der Kalkstein hatte ganz genauso ausgesehen, und das würde auch erklären, warum diese riesigen, perfekt gemeißelten Klötze so genau aufeinander passten. Sie waren *gegossen* worden. Er lächelte. Der Imhotep Pharao Kufus war nicht nur brillant gewesen, sondern auch ein Fuchs, denn schließlich hatte er selbst die Legende verbreitet, Tausende von Arbeitern hätten über Dutzende von Überschwemmungen hinweg die riesigen Blöcke aus dem Fels gebrochen.

Jetzt begriff Cheftu, warum niemand auch nur einen Menschen kannte, dessen Familie an den Pyramiden mitgearbeitet hatte. Höchstwahrscheinlich hatten die Priester die Steine in Ausschalungen gegossen und dann die nächste Portion nachgegossen, während die erste trocknete. In einem Land, das ganz aus Lehmziegeln erbaut war, überraschte das eigentlich wenig. Auf diese Weise wären nur ein paar tausend Menschen nötig gewesen, nicht Hunderttausende.

Cheftu aß etwas, dann schlief er. Sobald er wieder in dem juwelenfarbenen Raum erwachte, eilte er zu seinem Stein. Die Masse war abgekühlt, also entfernte er die hölzerne Verschalung und betrachtete sein Werk. Ein Kalksteinquader, der aussah, als wäre er aus den feinsten Steinbrüchen Assuans geschlagen worden. Er war auch genauso schwer wie Kalkstein. Cheftu lachte in sich hinein, als er ein leises Geräusch hörte.

Er drehte sich um und sah, dass sein Frühstück erschienen war – Obst und Brot. Dann wandte er sich wieder seinem Tisch zu; doch der Tisch war, mitsamt dem *Arik-kat*-Kalkstein, verschwunden.

Stattdessen stand ein anderer Tisch vor ihm, mit einer zweiten Kiste und ebenso glatter Oberfläche. Nur dass es diesmal eine Töpferscheibe gab. Obst essend packte Cheftu die Kiste aus und besah sich stirnrunzelnd den Inhalt. Eine Phiole mit natürlicher Säure, ein Alabasterblock, Lumpen, Öl und eine auf Leinen gezogene Schablone, die am einen Ende rund und dick, in der Mitte schmal und kurz vor dem Hals wieder bauchig war. Schließlich eine getrocknete Blase. Er hob sie auf und drehte sie hin und her. Eine getrocknete Blase?

Cheftu begann wieder auf und ab zu spazieren und sich sein Gelerntes und seine Ideen ins Gedächtnis zu rufen. Er hatte keine Ahnung, wie viele Tage er gebraucht hatte, den *Ari-kat*-Stein zu fertigen, und wie viele Tage er insgesamt in der Pyramide verbringen sollte.

Was sollte er hiermit anfangen? Er spielte mit dem Alabasterklotz herum. Der Stein lag angenehm in der Hand, die Höhe war geschaffen für ein Parfümfläschchen. Säure. Alabaster. Noch eine ägyptische Kunst, Ptah sei gepriesen!

Er öffnete die Phiole mit Säure und goss ein paar Tropfen auf den Stein ... Zur Belohnung ertönte ein zufriedenes Zischen, mit dem die Säure sich in den Stein zu fressen begann. Mit zitternden

Händen goss er die Säure in die Blase und drückte sie tropfenweise auf den Stein, um zu bestimmen, wo und wie der Stein geformt werden sollte.

Die Fähigkeit, Stein zu formen.

12. Kapitel

Cheftu war nun schon zehn Tage in der Pyramide. Chloe konnte nur hoffen, dass man ihm etwas zu essen gab. Wozu brauchte er wohl zehn Tage? Statt sich den Kopf zu zerbrechen, ließ sie sich von Atenis martern. Langsam, qualvoll und gründlich.

Heute arbeiteten sie an ihrem Tempo.

Chloe glaubte zu wissen, wie man lief; sie war in der Air Force viel gelaufen, und im Alten Ägypten hatte sie einen guten Teil ihrer Zeit damit zugebracht, vor den verschiedensten Gefahren davonzulaufen. Doch in Atenis' Augen hatte Chloe nicht die leiseste Ahnung davon.

Erst hatten sie über ihre Körperhaltung beim Laufen gestritten. Sie ballte die Fäuste, was auf gar keinen Fall geschehen durfte; und sie sah zu Boden. Sonst stolpere ich und breche mir noch was, wehrte sich Chloe, doch Atenis ließ das nicht gelten: Indem sie ihren Blick senkte, verkürzte sie ihre Schritte. Sibylla hatte lange Beine, sie sollte die *Henti* nur so verschlingen können. Das war ihr entscheidender Vorteil gegenüber der kleineren Ileana.

Dann kritisierte Atenis ihre Fußarbeit. Nicht latschen, nicht die Absätze über den Boden ziehen. Nur auf den Fußballen laufen.

Die Hornhaut, die Chloe entwickelte, war allmählich dick wie

Knisterfolie, und ebenso durchsetzt von aufplatzenden Blasen. Wenn sie über eine lange Strecke lief, musste sie den Fuß vom Absatz an abrollen und sich mit den Zehen nach vorne stoßen.

Chloe folgte der Biegung des Weges, mit dem Handrücken den Schweiß von der Stirn wischend und ohne die Fäuste zu ballen. Wenn sie so lief, auf den Zehen und mit starren Schultern, ging es gleich viel besser. Sie fühlte sich leicht, elegant, und das Ziehen in ihren Beinmuskeln war ... angenehm.

Vor allem aber war sie zu beschäftigt, um an Cheftu zu denken.

Chloe kam langsam vor Atenis zum Stehen. Die grauäugige Frau lobte sie nicht, sondern legte lediglich eine Hand an Chloes Ellbogen und drehte sie um.

Hinter ihrem Feld sah Chloe eine Frau laufen. Ihr Körper war gedrungen, ihr Haar hochgebunden, doch ihre Bewegungen waren reinste Poesie. Schnell, elegant, und wie bei allen großen Künstlern wirkte ihr Schaffen vollkommen mühelos.

»Wer ist das?«

»Kela-Ileana.«

Chloe und Atenis sahen der Himmelskönigin nach, die in rhythmischen Schritten weiterlief. Sie sah nicht nur wunderschön aus in ihren kunstvollen aztlantischen Kleidern, sondern ihr ganzer Körper schien sonor zu summen wie der Motor eines Jaguars. Chloe beobachtete ihre Konkurrentin und wurde mit jeder Minute mutloser. Die Erde zuckte unter ihnen, und Chloe hielt sich an Atenis' Arm ein. Ein leichtes Zittern. Die Beben waren so häufig und so flüchtig, dass Chloe nicht sicher war, wann eines einsetzte. War das schon wieder eines? Oder war ihr einfach nur übel, weil sie Ileana zugesehen hatte?

»Du hast eine Chance«, sagte Atenis. »Aber erst musst du deinen Schritt finden.«

Chloe begann sich zu dehnen, denn sie spürte, wie ihre Muskeln nach dem abruptem Ende des Laufs zu verhärten begannen. »Zeig es mir«, bat sie. »Ich werde es schaffen.«

Schließlich musste sie ihr Bestes geben, falls sie auch wegen dieses Rennens hier gelandet war.

Sibylla schwieg – wenn sie überhaupt noch lebte.

Das Gefäß war makellos, glatt, gleichmäßig und so zerbrechlich, dass das Licht hindurchschien. Die Kunst, Stein zu formen. Zwei Mahlzeiten lagen unangerührt auf dem Boden, und er erhob sich aus der Hocke, um nach einem Stück altem Brot zu greifen. Entschlossen, diesmal mitzubekommen, wie der Tisch ausgewechselt wurde, gähnte er und zwang seine Augen weiter auf.

Er hatte keine Vorstellung mehr, ob es Tag oder Nacht war, ihm war weder warm noch kalt. Nicht einmal sein Bart war gewachsen. Er streckte die Beine aus und berührte mit den Händen den Boden. Ein leises Surren ließ ihn aufsehen, doch er hatte es bereits verpasst. Der neue Tisch war höher und mit einer weiteren Kiste sowie einem bienenkorbähnlichen Lehmgebilde beladen.

Cheftu aß etwas von dem noch warmen Fleisch und einen Salat aus Oliven und wildem Feldsalat, während er die Kammer durchmaß, um die Schmerzen in seinen Muskeln abzubauen und die Anspannung der verstrichenen Dekane? Tage? aus seinem Körper zu treiben.

Er ließ etwas Wasser über seine Finger laufen, dann rieb und massierte er seinen Hals, bevor er sich der hoffentlich letzten Pyramidenprüfung stellte. Diesmal ging es wohl um die Kunst des Verwandelns.

Nur was verwandeln? Und in was? *Mon Dieu,* steh mir bei.

Nachdem er ungefähr einen Dekan lang den Bienenkorb angestarrt hatte, dämmerte es ihm. Der Lehm-Bienenkorb war ein Ofen! Er hatte ein Bild davon gesehen, in seiner eigenen Zeit. *Interessant.* Daneben gab es noch eine Schale, einen dunklen Gesteinsklumpen, drei oder vier Fläschchen mit Flüssigkeiten, eine Kiste mit getrockneten Kräutern und einen Goldbarren.

Ofen und Gold, Ofen und Gold. An der Oberlippe nagend, wühlte Cheftu in seinem Gedächtnis. Der Ofen war ein *Athanor,* jener Behälter, in dem die Alchimisten ihr Blei erhitzten, um Gold zu schaffen. Um das Alltägliche in das Heilige zu verwandeln.

Zu verwandeln. Gewiss verfügten nicht einmal die Aztlantu in diesem mythischen Land über das Wissen, Blei in Gold zu verwandeln. Er drehte den dunklen Stein in den Händen. Kein Blei; Blei hatte man noch nicht entdeckt. Verwandeln… durch Hitze verwandeln. Er öffnete die Fläschchen. Chemische Mittel und Kräuter?

Er hatte gelesen, dass die Alchimisten in Frankreich geglaubt hatten, jedes Objekt trüge in sich die Fähigkeit zur Weiterentwicklung, zur Transformation in etwas Schönes, Mächtiges, Nützliches. Jeder Mann und jede Frau besaßen dieselbe Fähigkeit. Die Kunst der Alchimie bestand nicht nur darin, die Eigenschaften und Reaktionen flüssiger und fester Stoffe zu kennen, sondern beinhaltete auch die Fähigkeit, das Grobe zu etwas Feinem zu veredeln.

Es war die Suche jenseits allen Suchens: so lange zu sieben und zu modifizieren, bis die Göttlichkeit erreicht war. Alchimisten behaupteten, dieses Verfeinern sei eine spirituelle Aufgabe, die erhabenste Fähigkeit unter allen.

Wie?, dachte er, während er den Ofen, die Fläschchen, die Steine anstarrte. Falls man diese Fähigkeit in Ägypten beherrschte, so hatte man sie ihn jedenfalls nicht gelehrt. Cheftu fror, ihm war schlecht, und er hatte Angst.

Wie viel Zeit war verstrichen? Wussten sie, dass er festsaß? Cheftu fuhr sich mit den Händen durch das schweißnasse Haar und zwang sich zur Ruhe. *Gott, ich kann nichts mehr tun. Ich weiß nichts hierüber. Bitte hilf mir.*

Vertrau mir…

Die Stimme klang fest und sicher. Cheftu atmete ein paarmal tief und ruhig durch und wandte sich dann wieder dem Tisch zu. Chemikalien und Hitze agierten miteinander. Hier war die Ordnung von entscheidender Bedeutung. Er schnüffelte an jedem Fläschchen, bis der Geruch ihm den Namen jedes Mittels ins Gedächtnis zwang, mitsamt allen Eigenschaften, wie und wozu man es verwenden konnte.

Den Geist auf einen einzigen Punkt intensivster Konzentration verengt, verließ sich Cheftu ganz auf seinen Instinkt und versuchte, Angst in Mut zu verwandeln. Er begann zu mischen und messen.

Der Gestank des *Athanor* wurde allmählich immer schärfer, und seine Augen tränten, während er gleichzeitig um Atem rang. Es gab keinen Weg aus dem Raum heraus, und er fragte sich, ob er wohl mit dem Erstickungstod zahlen würde, wenn er bei dieser Prüfung versagte. Der Raum zitterte leise, das nächste Erdbeben, nahm Cheftu an, doch als er die Augen wieder aufschlug, stand vor ihm ein Sarkophag aus Obsidian.

Ich soll mich also nicht nur umbringen, sondern auch noch selbst bestatten?

Je heißer der *Athanor* wurde, desto mehr sog der Ofen die von Cheftu benötigte Atemluft in seinen rotglühenden Leib, um dafür Gift auszuspeien. Cheftu streifte seine Kleider ab und ging zu dem Sarkophag. Er fasste sich kühl an und war so tief ausgehöhlt, dass der Leib eines Mannes hineinpasste.

Schwindel packte ihn, und Cheftu begriff, dass er nur noch wenige Minuten bei Besinnung bleiben würde. Einst, während der Initiation Amuns, hatte er gelernt, wie man seinen Geist auf die Reise schickt und den Körper in einen todesähnlichen Schlaf sinken lässt. Ob er das wohl noch einmal vollbringen konnte? Sich in eine Art Stasis zu versetzen?

Mit müden, vor Schmerz schreienden Muskeln zog er sich über den Rand des Sarkophags und ließ sich hineinfallen. Sobald er flach darin lag, begann er, tief zu atmen. *Bitte, Gott, bitte.* Er konnte nicht über den Rand des Sarkophags blicken. Mit geschlossenen Augen brachte Cheftu seinen rasenden Puls zur Ruhe, zählend und innehaltend, bis sein Stoffwechsel sich verlangsamte. Ein Surren drang an seine Ohren, doch er ließ nicht zu, dass seine Aufmerksamkeit abgelenkt wurde. Er spürte, wie sein Körper allmählich schwerer wurde, immer schwerer und träger.

Es war ähnlich dem Gefühl bei Zeitreisen, als sein Körper zum ersten Mal, einem schweren Mantel gleich, von ihm geglitten und er nackt, losgelöst von Körper und Seele davongesegelt war... Cheftus Geist stellte sein Arbeiten ein, und er ruhte, hoch über seinem Körper, hoch über dem Raum, hoch über der Pyramide, hoch über Aztlan.

Die Ratsmitglieder gingen in der Kammer herum, speisend und trinkend und immer wieder zu den Leibeigenen hinsehend, die in regelmäßigen Abständen den Himmel draußen prüften und ihre Beobachtungen dann nach drinnen meldeten.

Dem neuen Spiralenmeister wurde allmählich die Zeit knapp.

Chloes Finger lagen wie Eiszapfen um ihren Rhyton, und sie hatte bereits Dion wie auch Vena zu Tode gelangweilt, die sich gemeinsam abgemüht hatten, sie in ein Gespräch zu verwickeln. *Los, Cheftu! Denk nach! Arbeite! Mach schon! Der Sand rinnt immer weiter!*

Selena, der offenbar nicht entgangen war, welche Anteilnahme Sibylla zeigte, hatte erwähnt, dass Phoebus und Niko in den Gemächern des Aufsteigenden Goldenen warteten, um dort zu feiern, sobald Zelos den Spiralenmeister nach seinem Versagen getötet hätte.

Diese Leute haben ein viel zu ausgeprägtes Konkurrenzdenken, überlegte Chloe.

Mach schon, Cheftu!

Cheftu erwachte abrupt – sein Körper war kalt wie Schnee, der Sarkophag versiegelt. Mit einem tiefen Atemzug schöpfte er neue Luft. Der Gestank des *Athanor* stach immer noch in seiner Nase, und er starrte hustend zu dem schwarzen Deckel über seinem Unterleib hinab. Er war vollkommen erstarrt. Er zwang seine Finger dazu, sich zu bewegen, neues Blut in die Kuppen zu pumpen. Er fuhr sich mit fahriger Hand über das Gesicht – wieder einmal war sein Bart nicht gewachsen. Dann wuchtete er sich hoch und lehnte sich gegen die Seitenwand des Sarkophags. Es war heller im Raum, heller als vorhin beim »Einschlafen«.

Mit zitternden Muskeln und klopfendem Herzen krabbelte er aus dem Sarkophag heraus. Erschrocken blieb er dagegen lehnen. Vor ihm auf dem Tisch stand ein Klumpen *Shalcedon*. Er hatte die Größe des *Athanor*; um genau zu sein, *war* es der *Athanor*. So also hatten die Aztlantu die Pyramide erbaut, begriff er. Sie stellten aus gewöhnlichem Stein durch *Al-khem* und Hitze falsche Juwelen her. Ihre unglaublichen Edelsteinschätze waren nichts als Fassade! Cheftu trat an den *Shalcedon* und berührte den immer noch warmen Stein. Er kratzte mit den Nägeln daran.

Grâce à Dieu!

Der *Shalcedon* war glatt und nur an den Rändern entlang der Lehmbasis klumpig. Cheftu probierte, ihn zu verschieben, doch er war wie festgewachsen. Dann fiel Cheftu wieder ein, was Dion ihm zum Abschluss erklärt hatte, und er taufte den Stein dem Ritual entsprechend mit einem schnellen Schnitt über das Handgelenk. Er hatte die Prüfung überlebt; trotzdem wurde Blut von ihm gefordert.

Der Boden klappte unter ihm weg, und in einer wilden Rutschpartie glitt er nach unten, alle Schreie verschluckend. Er schoss in ein Wasserbecken hinaus, unter dem blauen Himmel der Abenddämmerung. Das Wasser schlug über seinem Kopf zusammen, und er tauchte prustend wieder auf, um überrascht auf die versammelten Ratsmitglieder zu starren. Sie starrten ebenso überrascht zurück. Chloes Gesicht war schneeweiß, und ihre Augen waren groß und grün wie der *Shalcedon*.

Hatte er es geschafft?

Zelos streckte ihm die Hand hin und zog Cheftu aus dem Becken. »Willkommen im Rat und auf Aztlan, Spiralenmeister Cheftu!«

Cheftus erste offizielle Amtshandlung bestand darin, einen aus Zelos' *Hekatai* am Totenbett zu besuchen. Der Mann war noch jung, er hatte Cheftu höchstens ein paar Sommer voraus, doch er bewegte sich, als wäre er Jahrzehnte älter. Mit seinem Gebrabbel und seinem hysterischen Gelächter jagte er seiner Frau Todesängste ein. Tränen der Furcht strömten über ihr Gesicht, sie weigerte sich, mit ihrem Mann im selben Raum zu bleiben. Die Leibeigenen hatten ihn bereits in das Läuterungsbad gesetzt.

Cheftu war dabei, als er seine Reise antrat. Obwohl der Sterbende mächtig, reich und von hohem Rang war, wagte keiner seiner Freunde oder Verwandten, an sein Bett zu treten, so sehr fürchteten sie die Krankheit. Danach sah Cheftu in seiner Bücherei die Aufzeichnungen durch, die Imhotep diktiert hatte. Der frühere Spiralenmeister war ständig von einem Schreiber begleitet worden, der jedes seiner Worte aufgezeichnet hatte, als handelte es sich dabei um die Heilige Schrift.

Anders als bei Erkrankungen, die von *Ukhedu* herbeigeführt wurden, wehrte sich der Körper nicht gegen diese Krankheit. Das Fehlen jeder Immunreaktion – Fieber, Schweißausbrüche, Erbrechen – war das Verstörendste daran. Später in dieser Nacht, als Chloe in Cheftus Armen und mit dem Kopf auf seiner Brust ruhte, erklärte er ihr, dass die Angst, die sich in der Umgebung der Krankheit breit machte, auf die fehlenden Symptome zurückzuführen war.

»Verläuft die Krankheit auf jeden Fall tödlich?«, fragte sie.

»Ja. Noch niemand hat sich davon erholt oder sie überlebt.«

»Hatten die Opfer irgendetwas gemeinsam?«

»Alle gehörten zu Zelos Kabinett.«

Sie schwieg und trommelte mit den Fingern einen Rhythmus auf seinem Bauch. »Vielleicht Bazillen?«

Sie erzählte dem aufmerksam zuhörenden Cheftu von den winzigen Tierchen, die durch mangelhaft gekochtes Essen, eine unausgebrochene Krankheit oder sogar die Luft in einen Körper eindringen konnten.

»Diese Bazillen lassen einen husten und niesen und fiebern, sagst du?«

»Genau. Der Schnupfen ist nicht auszurotten. Einen Schnupfenetat an Land zu ziehen, ist echt genial, denn Schnupfen, Fieber und Nasenmittel stehen für die Hälfte des gesamten Werbe-Etats in den Vereinigten Staaten.«

Er sah sie verständnislos an und sagte dann: »Es tritt kein Fieber auf. Wenn diese Krankheit von außen in den Körper eindringen würde, dann würden die Abwehrkräfte des Körpers reagieren.«

»Dann nimm eine Autopsie vor und sieh nach, ob die Innereien irgendwelche Schlüsse zulassen.«

»Eine was?«

Sie setzte sich im Schein der Lampe auf, mit lebhaftem Gesicht und zerzaustem Haar, das ihr über die Schultern fiel und sich mit seinem mischte. Cheftu spürte ein Ziehen in den Lenden, als er sie so sitzen sah. »In jedem Krimi wird eine Autopsie gemacht, wenn jemand stirbt und man nicht weiß warum. Könnte es ein Gift sein?«

»Ich bin recht bewandert darin, Gifte aufzuspüren, doch ich werde dem nachgehen. Vielleicht gibt es hier eines, das mir unbekannt ist. Obwohl ich annehmen würde, dass Imhotep schon längst darauf gestoßen wäre.«

»Trotzdem«, sagte sie und starrte auf die Zeichnungen an der Wand hinter ihm. »Sieh dir dieses Muster an. Es fängt als Rechteck an, verwandelt sich dann in einen Diamanten, dann verbiegt es sich zu dieser Sternenform und schließlich füllt es einen Kreis. Ein Beispiel für Morphing in der Bonzezeit«, meinte sie lächelnd.

Er drehte sich herum, zog sie unter sich und glitt in ihren festen Körper. Er spürte, wie sie sich kurz verweigerte und ihn dann aufnahm, um nicht weniger hungrig mit Händen und Mund zu suchen als er selbst. »Und das ist ein Beispiel für Morphing vom Medizinmann zum Macho«, flüsterte sie zwischen zwei Küssen.

Er gab sich ganz seinen Empfindungen hin, ihrer seidigen Haut, ihrem Geschmack, ihrer Wärme... und nahm sich zugleich fest vor, sie später zu fragen, was »Morphing« bedeutete.

»Mehr kann ich nicht tun, mein Freund«, sagte Phoebus.

Niko ballte die Fäuste, und Phoebus sah, wie das einhändige Mädchen Neotne voller Mitgefühl den Kopf einzog. »Wenn der Aufsteigende Goldene hilflos ist, dann bleibt auch mir keine Hoffnung mehr«, sagte Niko langsam.

»Cheftu hat alle Prüfungen bestanden. Er hat Stein gegossen, Fels geformt, er hat sogar verwandelt und dennoch überlebt.«

»Ich hätte die Prüfung ebenfalls bestehen können, Phoebus.«

»Niko...« Phoebus schluckte; was jetzt kam, war nicht leicht auszusprechen. »Spiralenmeister hätte viele Sommer Zeit gehabt, dich zu seinem Nachfolger zu erklären. Er hat es trotz der langen Zeit vorgezogen, das nicht zu tun. Er war schon länger krank, und trotzdem hat er geschwiegen.«

Nikos weiße Haut rötete sich. »Du meinst also, Spiralenmeister hat das von Anfang an so geplant?«

Phoebus zuckte mit den Achseln; die Tatsachen sprachen für sich. Niko, sein engster und bester Freund, wandte Phoebus den Rücken zu. Zum ersten Mal in seinem Leben wurde Phoebus fortgeschickt. Er grüßte Neotne und verschwand, um durch die langen Gänge zu seiner eigenen Wohnung zurückzukehren.

»Wie hat er es aufgenommen?«, fragte Dion, der sich zu ihm gesellte, als er einen der großen Säle durchquerte.

»Wie würdest du es aufnehmen? Niko hat mir nie von seinen Hoffnungen erzählt. Ich wusste nicht einmal, dass er Spiralenmeister werden wollte.«

»Wahrscheinlich hat er einfach angenommen, dass er es irgendwann sein würde. Es war keine Hoffnung, sondern eine Selbstverständlichkeit.«

»Offenbar fand Spiralenmeister es nicht so selbstverständlich.«

Schweigend gingen die beiden Männer weiter. »Da wir gerade vom Spiralenmeister sprechen, Cheftu hat sich mit zwei Bitten an mich gewandt.«

»Was will der Eindringling –«

Dion legte die Hand auf Phoebus' Arm. »Zelos selbst hat ihn willkommen geheißen. Er hat sich den schwersten Prüfungen unterzogen. Spiralenmeister hat auf den ersten Blick etwas in ihm gesehen, das ihm Vertrauen gab. Glaubst du nicht, du könntest lernen –«

»Er hat das Amt an sich gerissen«, stieß Phoebus hervor. »Genau wie Ileana.«

»Du täuschst dich, Phoebus.« Dions Stimme war unerbittlich.

Phoebus seufzte. »Ich will mich heute nicht mehr streiten. Niko …«

»Er macht dich dafür verantwortlich?«

Phoebus zuckte mit den Achseln und wandte den Blick ab. »Was will Cheftu?«

Dion verkniff sich eine Bemerkung über Phoebus' wohl bedachte Grobheit. »Er will, dass Nestor mit ihm zusammenarbeitet …«

»Er ist mein Nachfolger! Bis Kela-Ileana ein Kind trägt, wenigstens.«

»Schon, aber inwiefern würde die Ausbildung durch Spiralenmeister seiner Position widersprechen? Er würde trotzdem den Großteil seiner Zeit dir widmen.«

Phoebus wünschte, er wäre mit Eumelos zusammen und könnte einfach im Garten spielen, weit weg von allen Freunden, die ihn für allmächtig hielten. »Was ist die zweite Bitte?«

Dion deutete auf einen Baum im Garten, und sie querten den Weg, um sich darunter niederzulassen, sodass der Schatten genau bis an ihre Füße reichte. »Er möchte den Leichnam der kürzlich verstorbenen Männer aus dem *Hekatai* öffnen.«

»Er will die Toten entweihen?«

»Phoebus, nicht um sie zu entweihen, sondern um festzustellen, woran sie sterben.«

»Er kann das nicht an dem erkennen, was wir wissen? Was für ein Zauberer ist er eigentlich?«

Dion sah ihn eindringlich an. »Spiralenmeister wusste ebenso wenig, woran diese Menschen starben«, kommentierte er trocken.

»Mag sein«, stimmte ihm Phoebus widerstrebend zu. Er blickte in Richtung des Berges Krion auf Folegandros, der Insel des Stierkultes. »Ich will, dass du dabei bist, Dion. Du sollst zusehen und herausfinden, welche Zauberkräfte und Fähigkeiten dieser Mann besitzt.«

»Keine Zauberkräfte, Dion. Aber sehr große Fähigkeiten.«

Phoebus erhob sich unvermittelt. »Ich muss üben.«

Beim Fortgehen hatte Phoebus das Gefühl, der Himmel würde auf ihn einstürzen. Er verzehrte sich nach Irmentis. Ich muss doch nur die zwölf Dekane abwarten, bis die Sonne verblasst und sie erwacht, dachte er. Er biss die Zähne zusammen. Heute würde er seinen Ausbilder beim Üben überlisten. Wenigstens in einer Arena musste er heute gewinnen.

»Was soll das heißen, ich bin nicht schwanger?«, kreischte Ileana.

Embla zuckte mit den Achseln. »Meine Meisterin, ich schaffe es nicht, dass der Same in deinem Leib Wurzeln schlägt.«

»Wozu bist du dann gut?« Ausnahmsweise ohne einen Gedanken an mögliche Sorgenfalten zu verschwenden, trommelte die Himmelskönigin mit den Fingern. Falls der Same dieser Männer nicht kräftig genug war, brauchte sie sich um ihre Haut wirklich keine Sorgen mehr zu machen. *Och* Kela.

»Bist du sicher, dass dein Liebhaber zeugen kann?«

»Er hat Kinder, Embla. Doch wenn er mich nicht schwängert, muss ich mir einen anderen suchen.«

»Wie alt sind seine Kinder?«

»Jung. Das kleinste ist noch nicht einmal ein Jahr alt.«

»Nimm dir einen zweiten Liebhaber«, riet Embla. »Hast du schon einen im Blick?«

»Jaja«, antwortete Ileana zerstreut.

»Trink zweimal täglich diesen Alraun-Tee, und wenn der Mond über dir ist, dann noch öfter.«

»Jaja.« Ileana krampfte die Finger um das Gefäß, als wäre es ihre Krone.

»Und das hier legst du vor dem Schlafen unter dein Kissen. Embla reichte ihr ein Kräuterpäckchen. »Trink viel Ziegenmilch. Von einer starken Ziege mit vielen Zicklein.«

Ileana verzog das Gesicht und erhob sich. Sie schnippte mit den Fingern, und drei Leibeigene kamen herein, Körbe und Tabletts voller Essen tragend. »Meine Geschenke, Embla«, sagte Ileana.

Noch ehe Ileana die Tür geschlossen hatte, fiel die Priesterin über die Körbe her.

Embla hatte noch eine letzte Chance, den Samen dazu zu bringen, dass er in ihr Wurzeln schlug; Ileana musste um jeden Preis schwanger werden.

Chloe hatte genau ihr Tempo gefunden, jenen Rhythmus, der sie über die Hügel hinwegtrug und sie die Abhänge hinabsegeln ließ, der sich beschleunigte, sobald sie im Schatten lief, und in der zunehmenden Sonnenhitze wieder langsamer wurde. So weit sie erkennen konnte, würde der Wettlauf im Hochsommer stattfinden.

Im Juli. Ein Wettlauf im Juli. Ausgerechnet.

Sie nickte verständnislos und ermahnte sich dann, aufzusehen und mit den Händen zwischen Gesicht und Hüften auf und ab zu pumpen, ohne dabei die Fäuste zu ballen. Ein Zittern in der Erde brachte sie aus dem Tritt. Sie blickte in Richtung Osten, wo der Berg Apollo zum ersten Mal seit fünfhundert Jahren zu husten begann.

Der Berggipfel, eben noch klar vor dem blauen Himmel zu sehen, wurde schlagartig von einer grauen Wolke verhüllt. Chloe spürte ein tiefes Rumpeln wie von einem Güterzug, doch sie war hier auf Aztlan; hier fuhren keine Züge.

Sie erstarrte, während die Wolke kunstvoll über die Hügel ausfranste und in winzigen Fetzen verwehte, sobald der Wind sie erfasste und verdünnte. Wenn sie es nicht mit eigenen Augen gesehen hätte, hätte sie es nicht geglaubt. Der Berg sah wieder genauso aus wie zuvor.

Die Rauchwolke? *Asche* war weggeweht worden.

Schwer schluckend richtete sie sich auf und lief dorthin zurück, wo Atenis auf sie wartete, diesmal doppelt so lange wie gewöhnlich.

Noch im Laufen spürte Chloe den Berg in ihrem Rücken.

Das war ein Warnschuss, sagte er.

Sie lief schneller.

Ende Juni, kurz bevor die Zeit des Löwen begann, wurde es heiß und trocken. Das auf Kaphtor geerntete Getreide wurde an die Sippen Aztlans verschickt. Das Saatgut würde den regenlosen Sommer über gelagert und im Herbst ausgebracht.

Cheftu beugte den Kopf über den hohen Tisch. Dieser Raum, tief in den Eingeweiden des Palastes, war zwar kühl, doch der vermengte Gestank von Fleisch, Blut und Abwässern versetzte seinen Magen in Aufruhr. Er hatte fortwährend Kopfschmerzen, und Chloe hatte ihn schon gescholten, dass er nicht genug esse. Er verlor an Gewicht.

Er ginste. Chloe. Die Autopsien waren ihre Idee gewesen. Doch erst nachdem er vor vielen Monden den ersten Leichnam geöffnet hatte, war ihr eingefallen, dass er die Kranken mit Gesunden vergleichen musste. Zwischen ihm und Phoebus war es wegen seiner Forschungen beinahe zu einem Schlagabtausch gekommen, da Cheftu um die Zustimmung zu neuen Behandlungsmethoden gebeten und Phoebus ihn dabei auf Schritt und Tritt blockiert hatte.

Den Göttern sei Dank, dass der Aufsteigende Goldene mit seinen Übungen für die bevorstehenden *Megaloshana'a*-Rituale beschäftigt war. Der Tisch wackelte. Schon wieder ein Erdbeben, dachte Cheftu müde. Er richtete sich auf, mühsam das Gleichgewicht haltend, und trat an seinen neuesten Leichnam.

Nach der ersten Leichenöffnung war ihm tagelang übel gewesen, doch Chloe hatte Recht behalten, er hatte eine gewisse Toleranz entwickelt. Nestor platzte ins Laboratorium, gefolgt von Vena. Cheftu verzog sich ins Hinterzimmer. Die beiden lagen sich ununterbrochen in den Haaren. Nestor wollte nicht, dass sie Ileana herausforderte; sie hingegen übte verbissen für das Rennen.

Cheftu wagte sich nicht auszumalen, was geschehen würde, falls Chloe gewann. Ein einziges Mal hatte er das Thema zur Sprache gebracht; damals hatte sie sich schlicht geweigert, ihre Teilnahme abzusagen, unter der Behauptung, sie hätte ein Abkommen mit Sibylla. Er hatte den Verdacht, dass sie, ihren ausschweifenden Klagen zum Trotz, Gefallen am Laufen, an der Disziplin des Übens fand.

Er sah auf den Kadaver. *Mon Dieu*, was brachte diese Leute nur um? Er hatte in den vergangenen Monden so viele Herzen, Lebern, Eingeweide und Lungen begutachtet, dass ihm schon bei dem Gedanken an *Foie Gras* schlecht wurde. Sein Blick kam auf dem Gesicht des Mannes zu liegen; es war zu einer ewigen Grimasse geronnen. Was kann ich noch untersuchen?, fragte sich Cheftu mit starrem Blick.

Das *kann ich noch untersuchen!*

Erschüttert über das, was er zu tun beabsichtigte, holte Cheftu ein Utensil hervor, das Imhotep aus Ägypten mitgebracht hatte. Ein Gehirnhaken, wie er zum Einbalsamieren verwendet wurde. In Ägypten war es Brauch, dass das Gehirn entfernt und mitsamt dem Körper bestattet wurde. Angespannt griff Cheftu auf Fähigkeiten zurück, die er sich vor langer, langer Zeit angeeignet hatte.

Er steuerte den Haken durch die Nasengänge und drehte, sobald er spürte, dass das Gerät knapp hinter der schweren Knochenplatte an der Stirn angelangt war, das Handgelenk. Das Instrument glitt und schnitt in das weiche Gewebe, dann kehrte Cheftu den Prozess um. Mühsam und in winzigen Fetzen holte er das Gehirn des Mannes ans Tageslicht.

Nachdem Nestor und Vena ihren Streit beendet und sich wieder versöhnt hatten, ließ Cheftu Nestor am nächsten Leichnam arbeiten. Während einer Seuche, so geräuschlos sie auch zuschlagen mochte, herrschte an Leichen kein Mangel.

Sie breiteten ihre Proben nebeneinander aus, um sie zu untersuchen und zu vergleichen. Chloe hatte ihm erklärt, er brauche ein Mikroskop – nicht dass sie ihm beschreiben konnte, was das war –, doch in einer Zeit, in der man nicht einmal Glasscheiben kannte, waren geschliffene Linsen ein Ding der Unmöglichkeit. Zum Ausgleich schauten sie einfach ganz, ganz genau hin, während der Schreiber in der Ecke jedes Wort ihrer Diskussion aufzeichnete.

Als sie so lange gearbeitet hatten, dass er nichts mehr klar erkennen konnte, ließ sich Cheftu zurücksinken. »Ich weiß nicht, wo ich sonst noch suchen könnte.« Nestor zog müde die Achseln hoch, und dann stiegen sie die Wendeltreppe hinauf in das Land der Lebenden.

Als er später mit wieder klarem Kopf und schweren Gliedern neben Chloe lag, erzählte ihr Cheftu von seiner Gehirnuntersuchung.

»Du hast nichts gesehen? Na ja, wenn irgendetwas das Gehirn fasziniert, dann ist es gut möglich, dass es zu klein ist, als dass man es mit bloßem Auge erkennen kann.« Sie verstummte, und er gab ihr einen Kuss auf die Stirn. Es war ein einziges Wunder, ihren Leib lieben und von ihrem Geist lernen zu können. Er war wahrhaftig vom Glück gesegnet.

Ein leises Rütteln ließ ihre Körper erzittern, und Cheftu schirmte Chloe ab, bis es wieder abgeflaut war. Weißer Kalkstaub war auf sie herabgeregnet, darum standen sie auf und säuberten das Bett, ehe sie sich wieder Haut an Haut niederlegten. Als er schon halb eingeschlafen war, schoss Chloe mit einem Satz hoch.

»Neunte Klasse!«

Cheftu, aus dem Halbschlaf gerissen, murmelte einen Fluch, doch sie plapperte in einer Mischung aus Englisch und Aztlantisch drauflos. »Neunte Klasse. Anatomie. Das Gehirn ist der Sitz des Zentralnervensystems und kontrolliert damit die motorischen Fähigkeiten, Koordination ...« Er spürte ihren Fuß, der gegen sein

Schienbein klopfte. »Verdammt, es ist mir entfallen! Aber Cheftu, hast du nicht gesagt, die Symptome seien Sprachverlust und die Unfähigkeit zu schlucken? Sie können nicht mehr laufen, sie stolpern. Weist das nicht auf das Zentralnervensystem hin?«

»Schon«, antwortete er gedehnt.

»Genau, aber das sitzt nicht vorn im Gehirn, sondern hinten. Hast du – o Gott, ist das eklig – hast du alles rausgeholt?«

»Du, *machérie*, bist brillant!«, lobte er sie, küsste sie auf den Kopf und sprang von der Liege. Er schnippte nach den Leibeigenen, schickte eine Nachricht an Nestor, und war kurz darauf im Laufschritt zu seinem Laboratorium unterwegs.

Nestor gesellte sich zu ihm, und Cheftu hielt ihm einen körperlosen Kopf hin. »Wie kommen wir hinten ins Gehirn?«, fragte er. Nestor blinzelte, rieb sich die Augen und zeigte Cheftu die zerbrechlicheren Bereiche des Schädels an.

Es bedurfte einiger Kraft, ihn aufzubrechen, doch Cheftu ließ nicht ab, ehe er an den hinteren Teil des Gehirns gelangt war. Er verzog das Gesicht, als er sah, wie unsauber er bei der Entfernung des Großhirns gearbeitet hatte, doch das Kleinhirn war noch intakt. Behutsam zogen er und Nestor es heraus, legten es auf den Tisch und umstellten es mit Öllampen.

Nachdem sie den hinteren Bereich in zwei Teile geschnitten hatten, begannen sie mit der Untersuchung. Cheftu prüfte lange und mit festem Blick, verschob dabei das Fleisch oder das Licht, suchte nach Unregelmäßigkeiten im Gewebe, schnitt es in immer dünnere Scheiben. Die Struktur blieb gleich, bis sie ins Innerste gelangten.

»Nestor.«

Kleine schwarze Tupfen durchzogen die Masse. Mit bebenden Händen hob Cheftu die hauchdünne Probe hoch, um sie besser untersuchen zu können. Nestor schaute über seine Schulter und hob dabei die Lampe an, sodass ein Schatten auf den Tisch fiel.

»Siehst du, was ich sehe?«, fragte Nestor nach einer Weile.

Cheftu blickte auf die schwarzen Tupfen und versuchte zu erkennen, was sonst noch auffällig sein könnte. Dann drehte er sich zu Nestor um und erkannte, dass der junge Mann nicht auf das Gewebe, sondern auf den Tisch blickte.

Hundert stecknadelgroße Lichtpunkte leuchteten durch das dünne Fleisch, mit bloßem Auge nicht sichtbar, doch im Schatten gut auszumachen. Das Gehirn hatte Löcher. *Mon Dieu!*

Auch ohne dass sie sich umdrehte, wusste Chloe, dass sie Kopf an Kopf mit Selena lief; sie konnte den Atem der anderen auf ihrem Arm spüren. Die Ziellinie lag vor ihnen, hinter einer kleinen Erhebung, deshalb warf Chloe den Kopf zurück und nahm den Hügel, als würde sie eine Treppe hochhecheln, ohne dass ihre Absätze den Boden berührten.

So wie Atenis es ihr beigebracht hatte, raste sie über den Hügel und donnerte in vollem Lauf durch die am Ziel wartenden Nymphen. Selena war zwei Schritte hinter ihr, und keuchend und schwitzend fielen sie sich in die Arme.

Es war verflucht heiß, sechs Tage vor dem Beginn des Sonnwendfestes etwa am neunzehnten Juni, dachte Chloe. Die Erde bebte, doch niemand unterbrach deswegen auch nur sein Gespräch. Der Berg Krion hatte mehrmals Rauchwolken ausgestoßen, der Berg Apollo hatte Asche auf Daphne herabregnen lassen, doch die Aztlantu hatten sich inzwischen an die häufigen Unterbrechungen gewöhnt. Dafür, dass man in einem Land lebte, wo der Boden so fruchtbar war und Magmakammern das Badewasser erhitzten, nahm man ein wenig Asche in Kauf.

Heute Abend fand das Eröffnungsfest für die vierzehn Tage dauernden Feierlichkeiten statt, und heute war für Chloe der letzte Übungstag vor dem Rennen. Ihr Körper und Geist brauchten Ruhe zur Vorbereitung, meinte Atenis. Mein Körper braucht ein paar Tage, um mir zu vergeben, was ich ihm angetan habe, dachte Chloe trocken. Allerdings waren die Veränderungen unübersehbar. Dünn war sie schon immer gewesen, doch jetzt war sie durchtrainiert. Nichts wackelte mehr an ihr außer ihren Brüsten, ein Umstand, für den Cheftu jeden Abend dankbar war. Sie lächelte. Es war schön, am Leben zu sein.

Der Boden zuckte ein weiteres Mal, und sie machte sich gemeinsam mit Selena auf den Rückweg zum Palast. Während sie durch den Wohnflügel in Richtung der Skolomantie wanderten, bewunderte sie die Wandgemälde. Selena bog zu Kelas Tempel ab, und Chloe ging weiter zu Cheftus Gemächern.

Von Cheftus Leibeigenen erfuhr sie, dass er im Laboratorium war. Das Labor war ein düsterer, muffiger Ort, in dem es erbärmlich stank. Wenigstens hatte Cheftu ihn gut ausgeleuchtet. Übertrieben auf den Zehenspitzen in Richtung Hinterzimmer schleichend, versuchte sie ihn zu überraschen und –

Chloe stolperte über etwas auf dem Boden und konnte sich eben noch abfangen. Cheftu!

Er lag zusammengekrümmt vor ihr, und Chloe suchte hektisch nach seinem Puls. Ja, er schlug regelmäßig. Sie fuhr mit den Händen über seinen Leib, auf der Suche nach Wunden, Abschürfungen – er war wirklich dünn geworden. Immer noch war er ein Brocken von Mann, doch inzwischen war er wesentlich magerer als früher, eher ein Läufer- als ein Bergsteigertyp.

Chloe rief nach einem Leibeigenen und drehte Cheftu auf den Rücken. Nestor kam hinter dem Leibeigenen angelaufen. »Spiralenmeister!«, rief er aus. »Bei Kela, was ist passiert?«, fragte er, ehe er neben Chloe niederkniete. Die beiden Männer trugen Cheftu in seine Gemächer und legten ihn auf seiner Liege ab.

»Was ist mit ihm?«, fragte sie Nestor.

»Das weiß ich nicht, Sib. Niemand darf ihn untersuchen. Du weißt doch, dass niemand den Spiralenmeister behandeln kann.«

»Was?«, hakte Chloe entrüstet nach.

»Er ist der Meister. Wenn er krank wird, dann –«

»Dann verendet er, weil niemand sich um ihn kümmert? Raus!«, befahl sie.

»Herrin!«, protestierte Nestor mit erhobenen Händen.

»Raus, habe ich gesagt. Ich werde mich um ihn kümmern.«

»Herrin, Kela-Ata Embla ist krank«, sagte ein Leibeigener von der Tür aus. »Sie braucht eure Hilfe.«

»Nestor wird sich um Embla kümmern«, fuhr sie ihn an.

Zornbebend versuchte Chloe sich darüber klar zu werden, was sie jetzt tun sollte. Cheftu fieberte nicht, schwitzte nicht, er bibberte nur. Er warf sich herum, als wäre er in einem Albtraum gefangen, und er brauchte dringend Wasser.

Mit Hilfe des Leibeigenen zog sie ihn aus und massierte Pfefferminzöl in seine Haut; sie kam sich hilflos vor. War er schlicht und einfach aus Erschöpfung zusammengebrochen?

»Ich bin gekommen, so schnell ich konnte.« Dion zog die Doppeltür hinter sich zu.

»Apis sei Dank. Was kannst du für ihn tun?«

Das Sippenoberhaupt untersuchte Cheftu äußerlich, um dann zu verkünden, dass er gesund sei, aber dringend Ruhe und etwas zu essen brauche. Sibylla allerdings werde bei der Vereidigung der neuen Kela-Ata gebraucht, erklärte er. Embla war gestorben; offenbar war ihr die Völlerei zum Verhängnis geworden. Man hatte sie tot aufgefunden, mit einer halb gegessenen Garnele in einer Hand und die andere Hand um die Kehle gekrampft, als hätte sie versucht, etwas auszuhusten.

Zu viele Informationen, dachte Chloe, während sie durch die Gänge des Palastes hastete, bis sie abrupt stehen blieb. Sie schnippte nach einem Tragsessel. Vergiss nicht, dass du dich in den letzten Tagen vor dem Rennen auszuruhen versuchst, ermahnte sie sich.

Dion schlug das Laken zurück und betrachtete Cheftus Körper. Es war ihm von Anfang an klar gewesen, dass er so aussehen würde, perfekt bis in jeden schlanken Muskel, als würde sich selbst in seinem Fleisch das Einfühlungsvermögen, die Macht und Selbstbeherrschung eines Spiralenmeisters zeigen.

Nach einem Blick über die Schulter, um sicherzugehen, dass niemand zuschaute, berührte Dion Cheftus Haut. Er rasierte und wachste sich wie ein Ägypter, selbst in der Schamgegend, doch seine Nacktheit hob nur hervor, wie Apis ihn beschenkt hatte.

Und wie hatte Apis ihn beschenkt!

Dion stockte der Atem, als seine Finger über die Haut des Mannes glitten. Sein Antlitz war ein winziges bisschen heller als Dions, doch immer noch dunkel. Er berührte die Flanken des Mannes, und Cheftu zuckte im Schlaf. Den Blick achtsam auf Cheftus Gesicht geheftet, fuhr Dion mit den Händen über Cheftus Leib.

Und da spürte er es. Einen Klumpen, eine harte Beule unter der ölglatten Haut des Spiralenmeisters. Dion beugte sich tiefer, den Blick auf die Schwäre konzentriert und sich nur zu bewusst, wie nahe sein Mund jetzt am –

Cheftus Knie traf ihn am Kiefer, und Dion wirbelte zur Seite, Tränen in den Augen.

»Was in Apis Namen tust du da?«, zischte der Ägypter. Er bedeckte sich und musterte Dion mit einem wütenden Blick, bei dem der Zorn aus seinen sandfarbenen Augen sprühte.

Dion wischte sich eine Blutschliere aus dem Mundwinkel. »Du warst krank. Ich habe mich über einen Ratsbeschluss hinweg- und mein Amt aufs Spiel gesetzt, um dich zu untersuchen. Ich war dir ein Freund!« Er endete mit zorniger Stimme. »Und so dankst du es mir?« Mit einem wutentbrannten Blick auf Cheftu prüfte er Zähne und Kiefer, die noch allesamt fest in seinem Kopf saßen.

Cheftu blickte beiseite, während sein Gesicht und seine Brust sich unter dem hochschießenden Blut verdunkelten.

»Verzeih mir, natürlich warst du das. Ich …« Er sah sich um. »Wieso bin ich hier? Es ist noch heller Tag, und ich liege im Bett? Wo ist Chl – Sibylla?«

»Beim Üben, würde ich meinen«, antwortete Dion. »Sie hat gute Aussichten, die nächste Muttergöttin zu werden. Ich finde, sie wäre exzellent, meinst du nicht auch? Phoebus kann es kaum erwarten, mit ihr im Bett zu liegen, das kannst du mir glauben«, erklärte er lachend.

Cheftu lachte ebenfalls, doch er wirkte nicht glücklich dabei.

Interessant, dachte Dion. »Und dass du hier bist und nicht im Laboratorium – ich glaube, du bist hingefallen, hast dir den Kopf angeschlagen und bist dann eingeschlafen.« Er weigerte sich, seiner Angst, Cheftu könnte von dieser eigentümlichen Krankheit befallen sein, Worte zu verleihen. Schließlich hatte Spiralenmeister Imhotep sie sich zugezogen, während er die Kranken gepflegt hatte. Cheftu tat nichts anderes.

Mit leicht gerunzelter Stirn stimmte Cheftu ihm zu, dass es wohl so gewesen sein musste.

»Sag mir«, fragte Dion und berührte dabei Cheftus Bein, ohne sein Zucken zu beachten, »wie lange hast du schon diesen *Bubo?*«

»Was für einen *Bubo?*«

»Darf ich?« Dion zupfte an der Leinendecke. Cheftu überließ sie ihm. Dion deutete auf die Schwäre an Cheftus Hoden. »Was ist das, wenn kein *Bubo?*« Dion zwang sich zur Ruhe, während er beobachtete, wie Cheftu seinen eigenen Körper betastete. Seine Hände waren dunkelhäutiger als sein Hoden, und Dion brauchte seine ganze Selbstbeherrschung, um die Fassung nicht zu verlieren. Wenn er jetzt seine Erregung verriet, hatte er bei Cheftu keine Chance mehr.

Der Spiralenmeister beschäftigte sich eingehend mit der Schwäre. Sie war so groß wie der Fingernagel eines Kindes und schien nicht zu schmerzen, wenn Cheftu daran herumdrückte. Spiralenmeister strich über sein Glied, und Dion bemerkte eine Reaktion. Er musste augenblicklich verschwinden.

Unter einer geflunkerten Ausrede floh das Sippenoberhaupt aus dem Zimmer.

Das *Megaloshana'a* war gekommen. Jeden neunzehnten Sommer drängten sich die besuchenden Sippen auf den Feldern und Hügeln von Aztlan. Azurblaue, safrangelbe und karmesinrote Zelte standen, riesenhaften Blumen gleich, verstreut auf den grünen Hängen. Der Wind erstarb, und die Sonne brannte wütend auf die goldene Spitze der Pyramide der Tage.

Innerhalb von vierzehn Tagen würde sich die aztlantische Welt von Grund auf verändern.

Über die Tage verteilt fanden verschiedene Feierlichkeiten statt, entsprechend der Prophezeiungen und Karten der Daedaledai in Verbindung mit den Mond- und Sonnenzyklen. Heute Abend gab es ein Fest. Morgen den ersten Wettlauf um die Position der Muttergöttin. Obwohl seit jeher ausschließlich Olimpierinnen gewonnen hatten, nahmen hunderte von jungen Frauen an den Wettrennen teil, in der Hoffnung, dass das Auge des Goldenen auf sie fiel.

Sobald die neue Muttergöttin ihr Amt angetreten hatte, würde der Aufsteigende Goldene geprüft, erst beim Stiertanz, danach in der Pyramide. Damit würde er *Hreesos* und sein Vorgänger *atha-*

nai, woraufhin das Volk mit dem Blut des Stieres gesegnet würde. Danach würde wieder gefeiert, und später, wenn Sonne und Mond, Apis und Kela, sich am Himmel vereinigten, würde bei einem Ritual, das ausschließlich den Frauen und *Hreesos* vorbehalten war, der neue *Hreesos* gezeugt.

Das Feiern hatte weder Anfang noch Ende. Die Tempeltänzerinnen gab es umsonst, der Wein strömte wie Meerwasser, und die Aztlantu gratulierten sich gegenseitig zu dem Glück, auf diesen Inseln geboren zu sein.

Unter ihnen brodelte die Erde; ihr Glück würde sich bald wenden.

Chloe spürte, wie die einzigartige Anspannung von ihr abfiel, und ließ sich auf Cheftus Brust sinken.

»Du«, sagte er außer Atem, »hast eine ganz schöne Ausdauer entwickelt.«

»Die dich fast umbringt?« Sie lächelte. »Das tun doch nur Süßspeisen.«

Seine Lider schlossen sich, und Chloe sah ihn erstaunt an. Cheftu schlief ein? Gleich danach? Offenbar nahm es ihn ganz schön mit, jeden Tag bis tief in die Nacht zu arbeiten. Die Feiern wären eine angenehme Unterbrechung, überlegte sie. Keine Studenten, keine Leichen, nur Freizeit.

Als sie sich von seinem Körper löste, fiel ihr auf, dass er aufgehört hatte, sich wie ein Ägypter zu rasieren. Andere Länder, andere Sitten? Chloe griente, stand auf und deckte Cheftu zu. Sie würde Selena besuchen, die durch ihr neues Amt fast zum Wahnsinn getrieben wurde. Dann würde sie sich mit den Menschen aus Sibyllas Sippe treffen, die ohnehin nie mehr als »nur ein kurzes Gespräch« wollten.

Sie hatte keinerlei Erinnerung an Sibyllas Aufgaben als Sippenoberhaupt. Sibylla selbst war verschwunden. Offensichtlich hatte Chloe die andere in sich aufgenommen, auch wenn es nicht gerade schmeichelhaft war, sich selbst als psychischen Vampir zu sehen. Sie küsste ihren Ehemann auf die Stirn und schlüpfte aus der Doppeltür.

»Denk an heute Abend«, flüsterte sie.

Er brummelte etwas, und Chloe lachte.

Das *Megaron* war erfüllt von Fackelschein und Blütenduft. Die Nacht war heiß, und Chloe spürte, wie sich überall dort, wo sie Cheftu berührte, Schweiß zu bilden begann. Sie sahen so aztlantisch aus wie alle um sie herum, und Chloe feixte, als sie merkte, welche Anstrengung es Cheftu kostete, seinen Blick oberhalb der Hälse der vielen barbrüstigen Frauen zu halten, die im Raum umherschwirrten.

Chloe zwirbelte ihm die Haut auf dem Arm, und er schoss einen zornigen Blick auf sie ab. »Schluss damit!«, zischte sie. Er zog die Stirn in Falten und versuchte gleich darauf, möglichst unschuldig dreinzuschauen. »Ich bin deine Frau«, warnte sie ihn. »Ich weiß stets, was du denkst.« Sie traten an ihre jeweiligen Sippentische und trennten sich nach einem knappen Händedruck.

Das Festmahl war delikat und exquisit: Hummer, Garnelen, Krabben, Tintenfische, Gurken, Feigen... alles gewürzt und vor ihr arrangiert. Chloe schaute kurz über die Schulter und sah Cheftu an Dions Seite weggehen. Sie wandte sich wieder ihrem Gespräch mit Selena zu. Akrobaten flogen über den Boden, zum Teil den Stier, zum Teil die Stiertänzer darstellend. Sie jonglierten erst mit Trauben, dann mit tönernen *Pithoi* und schließlich mit zwei von *Hreesos* neugeborenen Söhnen.

Der goldene Stier erhob sich, und der Hof verstummte in Ehrfurcht, Bewunderung und Respekt. »Bürger Aztlans! Meine Brüder, meine Schwestern, meine Geliebten!« Damit erntete er ein Lachen. »Männer und Frauen meiner Sippe! Trinken wir auf Kela, die sinnenfrohe Erdgöttin! Heute Nacht wollen wir ihr Leben und ihre Liebe feiern!« Zelos brachte seinen Trinkspruch ebenso lallend wie fröhlich vor. Leibeigene erschienen, um die vielen Rhytone nachzufüllen.

Die Stimmung war ausgelassen, sinnlich und sorglos. Selena entschuldigte sich, weil sie dem Hengst Adonis nachstellen wollte, einen von Dions abgelegten Liebhabern, weshalb Chloe plötzlich allein zurückblieb, an ihren erkaltenden Meeresfrüchten knabbernd, und sich fragte, wieso sie sich so unzufrieden fühlte. Sie wusste immer noch nicht, weshalb sie hier war. Das hier war mit Ägypten nicht zu vergleichen, sie sah keinerlei Führung, keinen deutlichen Weg. *Nur genug Freiheit und Seil, um mich daran aufzuhängen.* Es war ein bedrückender Gedanke.

Als *Hreesos'* Blick auf ihr zu liegen kam, schüttelte sie höflich den Kopf. Phoebus neigte den Kopf und drehte sich weg, um die dunkelhaarige Nymphe an seiner Seite zu küssen. Sie war Irmentis wie aus dem Gesicht geschnitten, dachte Chloe.

Eine leichte Liebkosung an ihrer Schulter lenkte sie ab. »Ist alles in Ordnung?«, fragte Chloe, als Cheftu sich setzte. »Du warst so lange weg, dass ich schon befürchtet habe, du wärst durch ein Portal geschlüpft und inzwischen im Amerika unter John F. Kennedy angelangt.«

»Ich wurde gebraucht«, antwortete er, ohne ihren Blick zu erwidern.

»Gleich werden die Tänzerinnen auftreten«, kündigte sie an. »Die Akrobaten waren gar nicht schlecht. Nicht gerade der *Cirque du Soleil*, aber durchaus beeindruckend.«

»Du sprichst in Rätseln«, murmelte er. »Niemandem ist etwas zugestoßen?«, fragte er deutlicher.

»Na ja, siehst du die große Dame da drüben, die mit dem Ring in ihrer –«

»Ja, ich sehe sie.«

»Also, vor dem zweiten Gang hatten sie und der Herr da drüben ein –«

Tempeltänzerinnen, diesmal allerdings ohne Schlangen, begannen sich vor ihnen zu winden. Die Frauen tanzten um die Feuerstelle in der Mitte des Raumes, wanden und drehten sich, mit vom *Kreenos* stecknadelkopfgroßen Pupillen. Chloe gesellte sich zu ihnen, wirbelnd und kreiselnd und ganz der Freiheit des Augenblicks hingegeben. Seit sie sich Sibyllas Fähigkeiten angeeignet hatte, machte das Tanzen wirklich Spaß.

Ihr Magen begann zu verkrampfen, und sie kehrte auf ihren Platz zurück, um nach Wasser zu winken. Vielleicht setzte ja der Wein ihrem Magen so zu?

Wenig später ließ sich Cheftu neben ihr nieder. »Wieso tanzt du nicht, Chloe?«

»Ich bin nicht in Stimmung«, antwortete Chloe. »Ich glaube, ich habe mich überfressen.«

Sein Blick war zärtlich, aber kurz. »Dann ruh dich aus, Gelieb- äh, Sibylla.« Er lächelte sie über seinen Becher hinweg an. »Ich befehle es dir als Spiralenmeister.«

»Ich glaube, das werde ich.« Chloe erhob sich. Sie fühlte sich *wirklich* nicht besonders.

»Brauchst du jemanden, der dich zudeckt?«

Chloe schüttelte den Kopf. »Aber *nur* zudeckt.«

Cheftus Blick wurde eindringlicher. »Was ist denn?«

»Ich habe zu viel gegessen«, sagte sie, presste sich im nächsten Moment die Hand vor den Mund und verschwand durch eine Seitentür.

Während sie sich übergab und Cheftu ihr dabei den Kopf hielt oder ihr über das Haar strich, erkundigte er sich, was genau sie gegessen hatte. War etwas darunter, das keiner außer ihr gegessen hatte? Chloe konnte sich nicht entsinnen; schon bei dem Gedanken ans Essen wurde ihr übel. Noch mal.

»Ich glaube, jemand hat dir ein Gift untergemischt«, sagte Cheftu. »Man braucht nicht viel, um deinen Körper zu schwächen und deine Gedärme in Aufruhr zu versetzen.«

»Wieso?«, krächzte Chloe.

»Ileana.«

Der Name reichte als Antwort. Als Chloe zwischen zwei Anfällen mit schweißnassem Gesicht zur Ruhe kam, schwor sie noch erbitterter, die Himmelskönigin zu schlagen. Wer Gift einsetzte, um einen Wettlauf zu gewinnen, eignete sich keinesfalls zur Regentin.

Sie ließ ihren Kopf auf den angenehm kühlen Boden sinken. Cheftu strich ihr übers Haar. »Soll ich dich ins Bett bringen?«

»Nur wenn du versprichst, mich im Arm zu halten«, sagte sie schniefend. *Gott, ich kann es nicht ausstehen, wenn ich so eine Heulsuse bin!*

»*Iii, ma chère*«, sagte er und nahm sie in die Arme. »Hältst du mich für ein Tier? Es geht dir nicht gut –«

»So habe ich es nicht gemeint. Ich will nur nicht, dass du mich allein lässt.« Chloe schmiegte sich an ihn und fühlte sich sofort sicher, geborgen und getröstet. Er küsste sie auf den Kopf und stieg die Treppe mit ihr hinauf.

»Ich brauche eine Zeugin, Sibylla.«

Chloe rieb sich die Augen und verkniff sich ein Gähnen. »Es ist schon spät, Selena. Kann das nicht warten?«

»Die Rache hat ihre eigene Zeit«, erwiderte die neue Kela-Ata.

Chloe seufzte. »Ich hole nur schnell einen Umhang.«

»Wir könnten es hier tun«, erbot sich Selena. Chloe musste an Cheftu denken, der nebenan schlief, und lehnte ab. Ihre Beziehung zum Spiralenmeister war ein Geheimnis, das sie nicht zu lüften beabsichtigte. Sie warf sich im Laufen einen Umhang über und folgte Selena zwei Treppen hinab zu ihren Gemächern. Selena trat in das leergeräumte Zimmer, wo Chloe gegen die Wand sank und sich nach einer Zahnbürste sehnte.

Selena rief Kela an, wobei sie ausgefeilte Muster in den Sand auf dem Boden zog. »Du musst meinen Körper verteidigen, solange ich fort bin«, erklärte sie.

Chloe gähnte nochmals. »Verteidigen?«

»Ja. Während meiner Geistreise.« Sie sah zu Chloe auf. »Sei mir nicht böse, aber ich will nicht mit einem fremden Gesicht aufwachen. Ich will nicht so sein wie du.«

»Tausend Dank«, erwiderte Chloe trocken.

Sobald die Muster gezogen waren, trat Selena in die Mitte, verneigte sich zu allen vier Spitzen hin, die je einem Element zugeordnet waren – Feuer, Wasser, Wind und Erde –, und ließ sich dann nackt im Schneidersitz nieder. Aus dem Täschchen um ihren Hals zog sie Mohngummi, den sie unter ihre Zunge steckte, um dann die Formel zu sprechen, die es ihrer *Psyche* ermöglichen würde, vorübergehend ihren Körper zu verlassen. Selena spürte, wie ihr Körper immer schwerer wurde, und lockerte ihren Griff auf ihr Fleisch, jedoch nicht ohne gleichzeitig eine silberne Öse fest um ihr geistiges Selbst zu schließen. Selenas *Psyche* flog über die schwarzen Himmel und sank schließlich im Palastbau nieder, Wände und Decken durchdringend, als wären sie schwere Luft. Sie schwebte über ihrer Jagdbeute und sprach zu ihm, bis er in einem Zustand zwischen Wachen und Schlafen pendelte.

»Ich habe eine Geschichte für dich, Phoebus.«

Die Stimme erklang aus der Dunkelheit, mitten aus Phoebus' wilden, schweißgeplagten Träumen.

»Einst lebte eine Frau von solcher Schönheit, dass sogar ihre Brüder sie liebten. Einer davon wurde ihr Gemahl, ein zweiter ihr Liebhaber. Ihr Gemahl war untreu – er fühlte sich unwiderstehlich zu allen neuen Frauen hingezogen. Er konnte nicht genug davon bekommen. Dadurch verhärtete er das Herz seiner Frau. Sie schwor sich, dass ihren Kindern niemals ein derartiger Schmerz widerfahren sollte.«

Die Stimme fuhr fort, tief und wohlklingend: »Als ihre älteste Tochter noch ein kleines Kind von drei Sommern war, brachte die Mutter sie zu einer verbannten Priesterin, die im Wald des Festlandes lebte. Dort ließ sie für den Preis einiger Edelsteine das Geschlecht des Mädchens herausschneiden.«

Phoebus warf sich auf seiner Liege herum und drückte die Hände im Schlaf schützend vor sein Geschlechtsteil.

»Es war ein winziger Schnitt, doch die Mutter wusste, dass sie dadurch dem Mädchen für alle Zeiten die Sehnsucht nach einem Mann genommen hatte.«

Er versuchte, die Augen zu öffnen, schaffte es aber nicht. Seine Glieder fühlten sich an wie aus Blei, und so war er dazu verdammt, eine Geschichte zu hören, deren Ende er lieber nicht erfahren wollte.

»Die Jüngste hatte weniger Glück. Bis das Mädchen fünf Sommer alt war, hatten sich die Ängste der Mutter vervielfacht; jede Vernunft war ihr entflohen. Das Mädchen hatte den Blick ihres Vaters auf sich gezogen, doch statt dessen Aufmerksamkeit mit väterlicher Zuneigung zu erklären, glaubte die Mutter, ihr Gemahl begehre sein eigenes Kind. Die Frau fürchtete, dass die Tochter die Rolle der Mutter einnehmen würde, wenn sie erst erwachsen wäre.

Die Priesterin im Wald war längst gestorben, dennoch musste sie etwas unternehmen, um in dem Mädchen jede Begierde abzutöten. Die Mutter wartete und schmiedete lange Pläne, denn der Sippenbruder des Kindes, der Thronerbe, war des Mädchens ständiger Begleiter. Er konnte verhindern, dass die Tat getan wurde.

Doch eines Tages wurden ihre Gebete erhört. Der Junge war fort.

Also holte die Frau ihre eigenen Klingen hervor und beschnitt das Mädchen. Doch der Schnitt schien ihr zu klein. Sie schnitt immer tiefer und tiefer, und schließlich nähte sie den Schnitt so weit zu, wie sie nur konnte. Das Kind blutete schrecklich, und nur dem Einschreiten einer Kela-Tenata war zu verdanken, dass das Mädchen nicht an vergiftetem Blut zu Grunde ging.

Daraufhin tötete die Mutter die Priesterin, um ihre Tat geheim zu halten.«

Phoebus spürte Tränen auf seinem Gesicht brennen und unsäglichen Schmerz in seiner Brust aufsteigen. Bitte, lass es eine andere sein, als er glaubte! Bitte, bitte, um Kelas Willen –

»Jenes Mädchen war Irmentis; sie ist dazu verdammt, ihr Leben ohne eine einzige lustvolle Berührung zu führen. Darum tötet sie sich ganz langsam in den Armen eines grünen, heimtückischen Geliebten, der ihre Adern erfüllt und ihren Geist verwirrt. Ileana hat ihr das angetan; sie hat gemordet, sie hat verstümmelt, sie hat dich deiner Liebsten beraubt.«

Er zitterte vor Zorn, vor Angst, vor Ekel. Irmentis hatte nie die Kleider vor ihm abgelegt. Nie hatte er sie ohne ihre Tunika gesehen. Konnte das wahr sein? War das vielleicht der Grund, warum sie Dutzende Male reglos in seinen Armen gelegen hatte?

»Räche dich, Phoebus. Räche dich. Du wirst bald *Hreesos*, die Zeit deiner Rache dämmert schon.«

Er zischte, als er etwas über seiner Handfläche spürte. Seine Hand war nass, dann waren auch seine Lippen nass und blutverschmiert. »Schwöre Rache, Phoebus. Schwöre sie jetzt.«

Was auch immer seine Glieder und seine Zunge gefesselt hatte, hatte sich gelöst. Er murmelte seinen Racheschwur und spürte dann, wie sich seine klebrigen Finger um das Heft einer Klinge schlossen. Der Eideskuss ließ ihn stöhnen – welche Leidenschaft, welche Liebe, welche Lust! Er konnte den Kuss nicht tief genug erwidern.

Dann küsste er nur noch Luft. In seinen Laken vermengten sich Tränen, Samen und Blut.

Selena spürte, wie ihr Geist in die Hülle ihres Körpers zurückkehrte. Im flackernden Licht konnte sie die Maske des Entsetzens auf Sibyllas Gesicht erkennen.

»Wie konntest du das tun? Jetzt, wo er die Wahrheit weiß, wird er ihr niemals vergeben. Du hast Ileana Schutz versprochen; dazu bist du verpflichtet. Welchen Zweck verfolgst du damit, dass du diese Geschichte aufdeckst?«, protestierte Sibylla.

»Nun wird Phoebus Ileana vernichten. So will es die Gerechtigkeit«, sagte Selena.

»Strebst du danach, ihren Platz einzunehmen?«

»Streben wir nicht alle danach? Wir alle nehmen an dem Wettlauf teil.«

»Er liebt Irmentis.«

»Ja. Sie liebt ihn auch, doch sie empfindet keinen *Eros* für ihn. Irmentis' wahre Liebe gilt der Wildnis. Und ihrem Trank.«

»Trank?«

»*Och*, Sibylla! Für ein Orakel bist du manchmal schrecklich blind! Dem Trank, den Phoebus ihr zusammengebraut hat. Er lindert die Qualen, unter denen sie im Dunklen lebt.«

Sibylla blickte auf die ausgeklügelten Muster aus buntem Sand auf dem Boden. Ihre Augen wurden blasser, je mehr Mohn verbrannte und je kleiner ihre Pupillen wurden. »Ileana ist die Muttergöttin; du stehst unter dem Eid, sie zu beschützen.«

»Ganz recht.«

»Aber – untergräbst du damit nicht dein Gelübde?«

»Sie sollte sterben«, zischte Selena.

»Ich hätte geglaubt, der Tod sei als Antwort zu einfach«, widersprach Sibylla.

»Sie wird ungebadet sterben. Dann wird sie für alle Zeiten als *Skia* herumwandern.« Selena beugte sich über den Mohn und atmete tief ein. »Mit ihrem Tod wird sie erst anfangen zu ernten, was sie in diesem Leben gesät hat«, waren ihre letzten zusammenhängenden Worte.

13. Kapitel

Pechschwarze Dunkelheit lag wie ein Mantel über der Nacht vor dem Rennen. Kela war inzwischen ein altes Weib, eben verblichen, das auf seine Wiedergeburt wartete. In dieser Schwärze würde das Rennen gelaufen, über felsige Hügel, durch gewundene Täler und schließlich über die Brücke bis auf die Insel Aztlan.

Es ist dunkel, ich bin barfuß, und mir sind ausgesprochen aggressive Frauen auf den Fersen, dachte Chloe. Was diesen Leuten fehlte, war ein olympisches Komitee. Es war verboten, zuzuschauen; Lampen und Wegweiser waren nicht erlaubt, Verstöße wurden mit Verbannung geahndet. Es ging hier nicht nur um eine Prüfung von Körper, Fähigkeiten, Temperament und Ausdauer, das Rennen war eine Suche nach der *Psyche* in den Schatten der Nacht.

Sie würden von kurz vor Mitternacht bis zur Morgendämmerung laufen. Zum Glück war es Sommer, die Nacht dauerte also nur sechs Stunden.

Sechs Stunden, so darfst du nicht denken, Chloe. Du kannst es schaffen. Du weißt wie. Du kannst es schaffen. Sie wiederholte die Worte fortlaufend im Geist, während sie gleichzeitig ihre Dehnübungen machte. Die kühlere Nachtbrise bauschte den Rock ihres

Gewandes auf und peitschte ihr Haar in Tentakeln gegen ihre Augen oder ihren Mund.

Ein letzter Stoffstreifen um ihre Stirn, ein prüfender Griff an ihren »BH«-Verband, und Chloe war bereit. Letzten Endes hatte sich der Wettkampf auf einen Vierfronten-Krieg zugespitzt: Selena, Vena, Sibylla und Ileana. Solange nur eine der Herausforderinnen – wenn auch möglichst nicht Vena – gewann, war alles in Ordnung. Damit würde Ileana abgesetzt.

Der Minos hatte seinen Stierkopf aufgesetzt und besprenkelte sie mit Duftwasser. »Bei der Schlange Kelas, möge das Gefäß der Göttin sich offenbaren.« Er löschte die Fackel, und sie liefen los.

Am liebsten hätte Chloe ihre Energie sofort eingesetzt und die Führung übernommen, doch sie dachte an Atenis' Worte. Tempo finden, zurückhalten, entspannen, hochschauen. Die Nacht begann sich in Silhouetten tintenschwarzer Bäume vor einem blauschwarzen Himmel aufzulösen. Keine Sterne, kein Mond... nur Stille und Dunkelheit und Sibyllas Körper.

Überdeutlich spürte sie ihr pumpendes Blut, die sich dehnenden, sich bewegenden Muskeln, das zum Zopf gebundene Haar, das ihr auf den Rücken klatschte, das leichte Schaukeln ihrer Brüste... Chloe erlaubte ihrem Geist, zur Ruhe zu kommen, nur noch ihrem Rhythmus zu lauschen, dabei neue Kraft zu schöpfen und sich auf den mentalen Aspekt des Rennens vorzubereiten.

Ihr Gewand war durchnässt; links vor ihr konnte sie beinahe Venas Silhouette ausmachen, deren milchweiße Haut in der Dunkelheit besser zu sehen war. Selena befand sich vor ihnen beiden, Ileana führte mit großem Abstand.

Die Schmerzen hatten bereits eingesetzt, und Chloe ging auf, dass es in dieser Hinsicht wie beim Sex war. Manchmal musste man sich anstrengen oder sogar ein wenig leiden, ehe das Vergnügen begann. Sie liefen bergab, und Chloe beschleunigte jetzt, wo die Erdanziehungskraft die meiste Arbeit erledigte. Mit plötzlichem Schwung zog sie an Vena vorbei und war gerade in einem kleinen Hain angelangt, als das Erdbeben einsetzte.

Chloe knallte gegen einen Olivenbaum und schnitt sich das

Schienbein auf, während der Boden weiter flimmerte. Fluchend vor Schmerz und über die verlorenen Sekunden wartete sie ab, bis die Erde wieder ruhig geworden war, bevor sie auf den Weg zurückhumpelte. Ganz langsam nahm sie wieder Tempo auf, obwohl ihr Schienbein bei jedem Schritt wehtat.

Verdammt, verdammt, verdammt! Sie fluchte immer noch, als die nächste Welle zuschlug und sie zu Boden schleuderte, wo sie sich verschwitzt und mit verkrampftem Magen festklammerte, bis das Erdreich wieder zur Ruhe gekommen war. Diesmal kam sie nur zögernd wieder auf die Beine. Ihr Schienbein war glitschig vor Blut, darum riss sie einen Streifen aus ihrer Tunika und verband damit die Platzwunde.

Von den anderen Frauen war nichts zu hören oder zu sehen. Chloe begann wieder zu laufen, ganz langsam erst, doch dann immer schneller, da ihr Puls sich mit Leichtigkeit auf demselben Schlag einpendelte wie zuvor. Noch mehr Hügel, noch mehr Täler: *Immer weiter, immer weiter.* Sie dachte nicht mehr an die anderen oder daran, wie weit sie schon gelaufen oder wie weit es noch zum Ziel war; es gab nur noch ihren Körper, den Wind und die Erde.

Vorwärts, immer weiter.

Blut strömte von ihrem Schienbein. Schließlich hielt sie die Schmerzen nicht mehr aus und lief langsam aus, um zu überlegen, wie sie das Blut stillen könnte.

Das Beben schlug mit voller Wucht zu; sie wurde herumgeschleudert wie ein Surfer auf einer Welle. *Gott sei Dank bin ich nicht gelaufen!* Die zwei Minuten des Bebens waren die längsten Minuten ihres Lebens. Nachdem sie etwas von dem Granatapfelsaft von sich gegeben hatte, den sie vor Stunden getrunken hatte, ging Chloe wieder los, um kurze Zeit später zu laufen und schließlich wieder zu rennen.

Das Rennen war ihr inzwischen einerlei, sie wollte nur noch zurück! Zu Cheftu, auf festen Boden, ans Licht! Als sie durch eine scharfe Kurve kam, kam die Landbrücke und, dahinter, Aztlan in ihr Blickfeld. Von den anderen war nichts zu sehen.

Wenigstens schaffe ich es bis zum Ziel, dachte sie, durch den Anblick ermutigt. Von hier bis auf die Insel ging es nur noch geradeaus, und obendrein meistens bergab! *Das wird das leichteste Stück der ganzen Strecke!* Sie flog den Hügel hinunter, als sie an Selena vorbeizog.

»Du musst gewinnen, Sibylla!«, rief ihr die Priesterin nach. »*Jassu!*«

Den Blick auf den Boden geheftet, während sie über den unebenen Abhang abwärts lief, hätte Chloe Ileana um ein Haar umgerannt. Mit einem Aufschrei wich sie seitlich aus und verzog schmerzhaft das Gesicht, weil sie dabei den Knöchel verdrehte. Ileana verlor keine Sekunde, sondern legte augenblicklich an Tempo zu, während Chloe ein paar Schritte lang humpeln musste.

Diese gemeine Hexe, der sie zu verdanken hatte, dass sie die halbe Nacht gespuckt und gewürgt hatte, würde auf keinen Fall gewinnen.

Die Schultern so entspannt und reglos, wie es ihr nur möglich war, mit den Händen zwischen Gesicht und Hinterteil auf und ab pumpend, beschleunigte Chloe über die gesamte Strecke hügelabwärts bis halb über die Brücke. Sie holte auf!

Als sie auf die Insel traten, wusste Chloe, die zehn Schritte Abstand auf Ileana hatte, dass ihr nur noch wenig Zeit blieb, um die Ältere zu überholen, andernfalls hätte sie verloren. Noch mehr Energie, befahl sie ihrem Körper. Mehr! Gib mir mehr!

Mit den Füßen abstoßen, hatte Atenis ihr eingebläut.

Der Abstand verkürzte sich. Chloe hatte ihre Hacken seit vierzig Schritten nicht mehr auf dem Boden gespürt. Sie stieß sich abwechselnd mit einem und mit dem anderen Fuß ab.

Im Geist sah sie die Beine des Roadrunners wie Propeller rotieren.

Da! Genau vor ihr. Ileana vergeudete wertvolle Energie damit, ihr den Weg zu versperren, doch Chloe rannte geradewegs an ihr vorbei und krachte als Erste in die Reihe der Nymphen.

Unzählige Hände schoben sie weiter, und Chloe begriff benommen, dass sie es mit einem Labyrinth zu tun hatte. Kunst, denk an Kunst! Sie fragte nicht, woher es gekommen war oder wozu es dienen sollte, sie lief einfach weiter. Es war kein griechischer Schlüssel, es war keine Spirale. Sie bog um eine weitere Ecke, und man jubelte ihr zu.

Ileana rammte sie von hinten und stieß mit dem Knie in Chloes Schenkel, sodass Chloe ins Straucheln kam, auch wenn sie sich gleich wieder fing.

Zu spät.

Ileana hatte gewonnen!

Benebelt und im Adrenalinrausch wie nach einem Autounfall oder einer Steuerprüfung, glotzte Chloe sie an. Ileanas Pupillen glänzten riesig in der Dunkelheit, während sie Kela großmütig dafür dankte, sie erneut ausgewählt zu haben. Dann befahl sie Chloe barsch, morgen früh bei Tagesanbruch in ihren Gemächern zu erscheinen, wo sie alles über ihre Stellung als Nachfolgerin erfahren würde.

Über ihnen, auf der eben von den ersten Sonnenstrahlen erfassten Pyramide, formte Minos mit den Händen einen Trichter und rief aus: »Kela-Ileana, Gefährtin von *Hreesos*!«

Chloe hätte am liebsten geweint, am liebsten gezetert. Ileana hatte gemogelt. Wie konnte sie da gewinnen? Schweigend stand sie da und blickte über die Landbrücke. Sie hatte noch nie verzagt, nicht wirklich. Wenn sie sich nur genug anstrengte, war ihr fast alles möglich. Atenis berührte sie am Ellbogen. »Sie muss noch ein Kind empfangen. Vielleicht gibt es noch Hoffnung.«

Chloe schloss Atenis in die Arme. »Mein Mitleid. Ich habe es versucht, bei Kela, ich habe alles versucht.«

»Sie ist eine Viper; sie hat noch immer gewonnen.« Aus den grauen Augen des Sippenoberhauptes sprach Mitgefühl. »Du bist nicht gelaufen wie sie. Nichts ist hinterhältiger als ein Raubtier, das in die Enge getrieben wurde.«

»Was soll das heißen, ich bin ›Nachfolgerin der Gefährtin *Hreesos*‹?«, fragte Chloe, während sie ruhig zu werden und ihre Niederlage zu verarbeiten versuchte. Kein Wunder, dass Sibylla so still gewesen war. Man hatte Chloe benutzt, und sie hatte gegen eine Betrügerin verloren.

Atenis trat zurück und sah sie befremdlich an. »Sie hat das Recht gewonnen, Muttergöttin zu sein. Falls sie nach dreißig Tagen mit ihrem Gatten nicht schwanger ist, wirst du zur Himmelskönigin ernannt.«

Falls Sibylla noch irgendwo existierte, würde Chloe sie umbringen. »Und das bedeutet genau?«

»Die heilige Eheschließung. Du wirst *Hreesos'* Kinder austragen, seine Gemahlin sein. Sib, du benimmst dich so eigenartig. Ist irgendwas mit dir?«

Chloe wollte das alles nicht in den Kopf. Sie war dieses Rennen gelaufen und hatte sich dabei fast umgebracht, nur um Ileana zu beseitigen. Das wusste sie. Sie hatte verloren. Das wusste sie ebenfalls. Dass sie immer noch Kela, die Muttergöttin, werden konnte, und zwar in jeder Beziehung, war ihr neu. Das habe ich nun davon, dass ich nie frage, bevor ich loslaufe, dachte Chloe.

Zum ersten Mal dachte sie, wie schön es wäre, zur Abwechslung in ihrem eigenen Körper zu leben.

Ohne Cheftu?

Der Tag des Stiertanzes brach in geradezu überirdischer Schönheit an. Die bunten Farben der Zelte, auf denen die Sippenzeichen prangten, leuchteten vor dem Meer und dem Himmel. Die Oberhäupter würden die Ratsversammlung beenden. Dann würde sich Phoebus ganz allein den Ritualen des Werdenden Goldenen stellen.

Schweigend stand er da, während ihn die Diener in die kunstvolle Zeremonienrobe der olimpischen Sippe kleideten. Er würde die Pyramide der Tage erklimmen und als ein neuer Mensch wieder herauskommen: Dann war er nicht mehr nur der Erstgeborene Sohn des Stieres Zelos, sondern die Verkörperung und Inkarnation eines Gottes. Ein Herrscher aus eigenem Recht, der mit dem Rat zusammentreten durfte. Doch erst kam der Stiertanz, das Ritual, das Opfer. Dann ein Mondzyklus mit Ileana – schon bei dem Gedanken überlief ihn eine Gänsehaut –, und danach wäre er der oberste Herrscher über die Thalassokratie.

Eine mächtige Schwelle galt es zu überschreiten, ehe er seinen Thron besteigen konnte. Eine Seuche meuchelte die aztlantischen Ältesten dahin, zwei Sippen waren praktisch ausgerottet worden.

Gut, dass er gegen Ägypten und das Festland im Osten ziehen würde. Aztlan würde in Kürze neue Nahrung, Menschen und Bodenschätze benötigen.

Er atmete aus, bevor sein Kammerdiener ein rotes Lederkorsett um seinen Leib schnürte. Behände steckte der Mann den Saum des Lendentuches unter dem Korsett fest, dann rief er nach dem zeremoniellen Schurz. Tief an seinen Hüften hängend, umhüllte das fein gemusterte Tuch Phoebus' Unterleib und fiel dann in Stoffkaskaden herab, die vorn bis auf seine Sandalen reichten. Phoebus streckte die Arme vor und ließ sich die Goldreifen auf Bizeps und Unterarme schieben. Der schwere Dreizack-Anhänger der Sippe der Olimpier wurde um seinen Hals gelegt. Mit zusammengebissenen Zähnen ließ er das zeremonielle Zwirbeln und Binden des rückenlangen Haares über sich ergehen. Seine Augen wurden mit grauem Bleiglanz ummalt, und in seinen Ohren steckten goldene Ohrringe.

»Phoebus?« Ihre Stimme ließ einen Schauer durch seinen Körper laufen. Er entließ den Kammerdiener mit einem Fingerschnippen, ehe er sich umdrehte. Statt ihrer Tunika trug sie die Robe einer adligen Aztlantu: einen mehrlagigen Rock unter einer engen Jacke, die Schulter und Arme bedeckte und sich um ihre Taille schmiegte, wobei die weißen Brüste mit den geschminkten Brustwarzen frei blieben.

Aus dem Gang hörte er das leise Winseln ihrer Hunde. Könnte er doch nur ihr Hund sein! »Irmentis.« Er räusperte sich. »Sei willkommen, Schwester. Meine Dankbarkeit, dass du gekommen bist.«

»Du weißt, dass ich den Hof hasse, doch um nichts in der Welt würde ich deine Zeremonie des Werdenden Goldenen verpassen wollen. Wie fühlst du dich?« Die Frage war höflich gestellt, doch ihre Augen schienen in sein Innerstes zu blicken, und ihm war bewusst, dass sie die Einzige war, der wirklich etwas an seinem Befinden lag.

»Ich bin nervös«, antwortete Phoebus und verschränkte die Arme, um sie nicht nach ihr auszustrecken. »Es ist ein eigenartiges Gefühl, dass ich in diesen vierundzwanzig Dekanen Entscheidungen fällen werde, welche die Erde erschüttern und die einen anderen Menschen aus mir schmieden werden.«

»Dein Leben wird dir nicht länger gehören. Du wirst Aztlan gehören.«

Nur dir will ich gehören, dachte er. »Das stimmt. Die Tage, in denen ich mich frei unter die Sippenbrüder mischen konnte, sind vorüber.« Phoebus spannte den Kiefer an.

Irmentis trat ans Fenster, blickte hinaus und sah dann auf seinen Ankleidetisch. »Ich kann nicht während der ganzen Zeremonie bleiben«, sagte sie. »Die Sonne, du verstehst.«

»Durchaus. Auch Nekros hat sich entschuldigen lassen.«

Sie standen verlegen schweigend da, und Phoebus hätte am liebsten geheult. Bis vor kurzem hatte es nie Spannungen oder Verlegenheit zwischen ihnen gegeben. Er ging an eine geflochtene Truhe und holte ein Alabasterfläschchen heraus, das er für sie abgefüllt hatte. Daneben lag ein eingewickeltes Päckchen, das er Irmentis ebenfalls reichte.

Sie riss die Verpackung von der Honigwabe, und er verfolgte, wie sie mit zitternden Händen etwas von der halbdurchsichtigen grünen Flüssigkeit darüber goss. Als wäre es die allerfeinste Delikatesse, biss sie in die Honigwabe – sodass sich in ihrem Mund und ihren Adern der Honig mit dem Wermut mischte. In süßester Pein verfolgte Phoebus, wie sie ihre Finger abschleckte und den Honig von den Nägeln lutschte.

»Ich muss dir etwas sagen«, begann er, ohne den Blick abwenden zu können.

»Ja?«

»Ileana hat das Rennen gewonnen.«

Irmentis erstarrte einen Moment und fuhr gleich darauf fort, ihre Hände sauber zu lecken. »Nichts anderes haben wir erwartet.«

»Du könntest jederzeit im Wettlauf gegen sie antreten, Irmentis. Nur du kannst sie schlagen. Wir könnten zusammen sein.« Die Worte kamen in einem Schwall. Sie stand absolut reglos vor ihm, ohne ihn anzusehen. Das Fläschchen und die Honigwabe lagen vor ihr. Sie hatte fast die Hälfte davon verschlungen. Hatte Niko

Recht, wurde sie tatsächlich davon abhängig? Er trat einen Schritt vor. »Irmentis, meine Schwester, wir können heiraten. Du kannst Kela-Ileana mit Leichtigkeit schlagen. Alle unsere Träume könnten sich erfüllen! Das Rennen findet nicht einmal bei Tageslicht statt.« Er sah sie für einen winzigen Moment lächeln; doch seinen Blick wollte sie nicht erwidern. Behutsam, als würde er sich einem Rehkitz nähern, trat er zu ihr. Er zog ihr Kinn nach oben. »Genau das haben wir uns immer gewünscht, Irmentis, meine Schwester, meine Liebe. Wir können zusammen bleiben! Wir können unser Blut vermischen –«

Mit einem Ruck befreite sie ihr Kinn aus seinem Griff. »Ich bin gekommen, um dir mitzuteilen, dass ich weggehen werde, Phoebus.«

»Was?«

»Es gibt da eine kleine Insel vor Nios. *Pateeras* hat mich damit beschenkt, und dort werde ich hingehen. Sie ist bewaldet, und ich habe meine Nymphen zur Gesellschaft …«

Phoebus schüttelte sie erbost, ohne auf das warnende Knurren zu achten, das er von ihren Hunden hörte. »Du gehst weg? Ich habe dir meine Krone und mein Bett angeboten! Und du sagst mir, du gehst fort?«

»Ich kann dich nicht heiraten, Phoebus. Das habe ich dir so viele Male erklärt, wie Sterne am Himmel stehen. Träume sind eben Träume.«

»Du meinst, du *wirst* mich nicht heiraten.« Phoebus ließ die Hände sinken. Er hörte sie mit den Fingern schnippen, und die Hunde setzten sich, ohne ihn aus den Augen zu lassen, doch ruhig. Sie rührte sich nicht; er ebenso wenig.

Schließlich hob sie den Blick, und in ihren Augen glänzten unvergossene Tränen. »Nein, mein Bruder, ich kann es nicht.« Ihre Worte kamen langsam und waren mit Bedacht gesprochen.

»Es macht mich krank, das dauernd hören zu müssen, Irmentis!«

»Und mich macht deine Selbstsucht krank!«, kreischte sie. Das tiefe Knurren der Hunde unterstrich ihren Zornesausbruch. »Niemals hast du mich gefragt oder mich zu Rate gezogen, bevor du mit leichter Hand unsere Zukunft erschaffen hast! Du hast kurzerhand deinen Pfad eingeschlagen und erwartest nun, dass ich hinter dir herjage. Ich mache das nicht mit, Phoebus! Ich kann dich nicht heiraten! Solltest du zu erfahren wünschen, wieso, solltest du mir jemals *zuhören*, dann lass es dir von Ileana erklären!«

Phoebus fühlte sich wie vom Blitz getroffen. Ihre Brüste hoben sich unter ihrem schweren Atem. »Ileana?«, wiederholte er.

Irmentis wandte sich ab, um in den Tag hinaus zu starren, der im hellen Sonnenschein erstrahlte und an dem sie nicht teilhaben konnte. »Heirate, wen du musst«, erklärte sie monoton. »Lass mir meinen Frieden.«

Verzweifelt riss Phoebus sie an seine Brust und vergewaltigte ihren Mund mit einem brutalen Kuss. Er drückte ihr auf den Kiefer, bis sie die Lippen öffnete, dann stieß er mit der Zunge zwischen ihre Zähne, wütend eine Reaktion herausfordernd.

Ein toter Tintenfisch war leidenschaftlicher.

Unverzüglich voller Reue ließ er von ihr ab. Irmentis' Lippen waren wund, die leichte Farbe, die sie aufgetragen hatte, war jetzt über ihr Gesicht verschmiert. Rote Fingerabdrücke leuchteten auf ihren weißen Brüsten, wo er sie gequetscht hatte. Ihr Blick war trostlos, und Phoebus empfand tiefe Scham. Die Hunde waren aufgesprungen, knurrend, zähnefletschend. Halb wünschte Phoebus, sie würden über ihn herfallen und seinem Elend ein Ende machen. Was hatte er nur getan? »Meine Reue«, flüsterte er, rückte ihre Jacke gerade und rieb vergeblich über die Schmierflecken auf ihrem Gesicht.

Jemand klopfte an die Tür. »Mein Meister! Die Zeit wird knapp!«

»Bitte verlass mich nicht«, bettelte Phoebus. »Nicht so, Irmentis. Bitte.«

»Es ist zu Ende«, erwiderte sie. »Wir können weder vorwärts noch zurück.«

»Bitte. Wir können einen Mittelweg finden, wir können den Weg gemeinsam gehen. Bitte, Irmentis …«

Sie zog ihre Hände aus seinen und lächelte liebevoll. »Das können wir nicht.«

Mit zärtlicher Hand fuhr sie seine Lippen nach, und Phoebus spürte, wie sein Atem stockte. »Heirate eine andere, mein Lieber«, flüsterte sie.

Phoebus starrte sie an, verloren in ihren Augen und ihrer Berührung. »Wann reist du ab?«

»Morgen.«

Phoebus wirbelte herum. Jetzt, wo sie es ausgesprochen hatte, schien seine Wut unbezähmbar. »Morgen? Und das ist der ganze Abschied? Wann wolltest du es mir sagen? Oder wolltest du einfach verschwinden, während ich mir den Kopf zermartere, ob ein wildes Tier dich verschlungen hat?«

»Phoebus, sei nicht kindisch. Zu mir ist es nur eine Tagesreise mit dem Schiff. Das ist keine Entfernung. Ich wollte es dir bestimmt sagen, ich wusste nur noch nicht, wann. Schließlich musste ich noch eine Weile bleiben, um zu erfahren, ob du –«

»Ob ich überleben werde?«, fragte er erbittert. »Was macht das schon für einen Unterschied?«

Sie senkte die Wimpern bei diesen Worten, und Phoebus trat ins Sonnenlicht, um blindlings auf das Meer zu starren. Nach der heutigen Nacht würde er nicht mehr zwei Leben leben, eines am Tage als Aufsteigender Goldener, eines in der Nacht als Irmentis' folgsamer Schatten. Konnte er die Nacht überhaupt aufgeben? Den silbrigen Mond? Die kühle Stille des Windes in den Bäumen, den schweren Duft der Nachtblüten? Das goldene Glitzern eines Wolfauges, den Schrei der Fledermäuse? Die Wärme von Irmentis' Körper an seiner Seite, während sie über Hügel und durch Täler liefen, jeder mit einem Bogen unter dem Arm?

Nie war er länger als eine Woche von ihr getrennt gewesen. Sie war seine Freundin, seine Gefährtin, die Geliebte seiner Träume. Ihr konnte er seine Ängste als Prinz gestehen. Ihr konnte er die Einzelheiten seiner Experimente anvertrauen. Ihr gegenüber konnte er seinem Zorn über die blasierten Oberhäupter Aztlans, über die missgünstigen Sippen freien Lauf lassen, mit ihr konnte er seine neuen Pläne für eine Wiederbelebung des Imperiums besprechen. Mit ihr konnte er Rachepläne gegen Ileana schmieden.

Konnte er überleben?

Er drehte sich zu der feingliedrigen Gestalt um, die nur ihm zuliebe die verhassten Gewänder angelegt hatte. Wo waren ihre Tunika und ihre Sandalen? Wo war der silberne Reif, der ihr langes, lockiges Haar zurückhielt? Würde er sie wie einen Hund abrichten? War es das, was eine Heirat ihr antun würde? Sie war ein Geschöpf der Wildnis – war es richtig, sie zu zähmen?

Er las die Antwort aus ihren Augen.

Gib mir die Freiheit.

Sie umrundete einen sonnigen Fleck auf dem Boden und trat dann in den dunklen Gang. Und Phoebus sah, wie sein Herz, seine Träume, sein Verstand ihn verließen.

Die Pyramide der Tage ragte hoch in den Himmel auf, über *Henti* hinwegzusehen, die vielfarbigen Seitenflächen mit der Geschichte des Imperiums beschrieben, die goldene Spitze pulsierend durch die Macht der Sonne. Die roten, weißen und schwarzen Bauten des Palastes hoben sich deutlich von dem dunklen Boden und dem üppigen Grün ab. Die Adligen segelten auf ihrer Regatta unter den kühnen Bögen dahin, welche die Lagune zwischen Aztlan und Kallistae überspannten, und nahmen die herabregnenden Blütenblätter und Lobeshymnen als recht und billig hin.

Die Prozession bog in den Tunnel ein.

Die Zeremonien hatten begonnen.

Der Ring des Stieres war eigentlich kein Ring, sondern eher ein Rechteck, das sich über die gesamte Länge des Palastes erstreckte. Mitsamt allen Balkonen fasste es über dreitausend Menschen.

Die Männer und Frauen, die den Rat der Dekane bildeten, waren nackt bis auf ihre Lendenschurze, allein Nekros trug einen verhüllenden Umhang, den er abwerfen würde, sobald sie aus der Sonne heraus waren. Alle hatten die langen Haare hochgebunden und mit Federn gekrönt, ihre Leiber durch ein Läuterungsbad auf den möglichen Tod vorbereitet. In der Mitte des Raumes unter den Zuschauerrängen stand ein leerer Tisch, dessen Platte mit der zehnfüßigen Krabbe und den Emblemen der zehn aztlantischen Sippen eingelegt war. Es gab daran weder Kopf- noch Fußende.

Auch wenn *Hreesos* die größte Macht besaß, in der Ratskammer war er nur ein weiteres Sippenoberhaupt.

Zum schweren Marschrhythmus der Trommeln traten sie in den Raum und nahmen ihre Plätze ein.

Sie folgten dem Ritual des Werdenden.

»Ich bin die Sippe der Muse, ihr Oberhaupt Atenis.«

»Ich bin die Sippe des Steines, ihr Oberhaupt Nekros.«

»Ich bin die Sippe des Hornes, ihr Oberhaupt Sibylla.«

Beim Sprechen legte jeder den Dreizack seines Amtes auf den Tisch, sodass sich die Zinken in der Mitte trafen. Jeder hatte das goldene Siegel seiner Sippe umgelegt, und Männer wie Frauen trugen den rituellen Dolch der Olimpier, der ihnen überreicht worden war, als sie zum Oberhaupt aufgestiegen waren, und der versinnbildlichen sollte, dass sie sich notfalls selbst opfern würden, um einen Bürgerkrieg zu verhindern.

»Ich bin die Sippe des Rebstocks, ihr Oberhaupt Dion.«

»Ich bin die Sippe der Woge, ihr Oberhaupt Iason.«

»Ich bin die Sippe der Flamme, ihr Oberhaupt Talos.«

Cheftu erhob sich als Herrscher über die Skolomantie. »Ich bin die Sippe der Skolomantie, der Spiralenmeister.«

Die zwei religiösen Orden sprachen nacheinander: »Ich bin der Kult des Stieres, der Minos.«

»Ich bin der Kult der Schlange, die Kela-Ata.«

Hreesos erhob sich und legte seinen Dreizack mit einer abschließenden Geste nieder. Dies war das letzte Mal, dass er an diesem Tisch saß. »Ich bin *Hreesos* Zelos, die Sippe der Olimpier.«

Gemeinsam sprachen sie das Gelöbnis, auf dem das olimpische Aztlan gründete:

»Zum Frommen aller, zu Niemandes Schaden,
Kein Volk, kein Besitz breche je unser Band.
Wir herrschen allein und regieren geeint.
Gestaltet durch Feuer und Flut,
Ellenismos unser Blut,
Wir leben, herrschen und sterben gemeinsam
Aztlan *athanati!*«

Noch während ihre Jubelrufe durch den Raum hallten, brachten Leibeigene den Tisch hinaus. Zuvor verschlossene Türen wurden geöffnet, bis ein Labyrinth von Räumen und Gängen entstand, in dem die Oberhäupter Apis' Antlitz suchen würden. Die zehn Männer und Frauen legten ihren schweren goldenen Brustschmuck ab und warteten schweigend.

Jedem Sippenoberhaupt wurde ein aufgerolltes Seil überreicht und alle nahmen ihren Dreizack auf. Leibeigene traten vor und entfernten die Zinken, sodass ihnen nur die Stäbe in der Hand blieben. Chloe legte die Schlinge aus bunt gefärbtem Flachs über ihre Schulter und sah auf. Zu Tausenden warteten die Zuschauer auf den Balkons und Terrassen über der Arena. Sie würden den ganzen Tag dort ausharren, die gesamte Zeremonie hindurch, bis Phoebus zum Goldenen geworden war.

Das Lärmen der Menge dröhnte ihr als tiefes Brummen im Ohr, während sie nach dem Poltern des Apis-Stieres irgendwo im Palast lauschte. Diesen Stier sollten sie in die Ecke treiben und binden.

Hreesos strauchelte und fing sich an der Wand ab. Die anderen Oberhäupter sahen ihn zweifelnd an und begannen zu tuscheln. Während sie hier warteten, eilten, wie Chloe wusste, Leibeigene durch die unzähligen Gänge und Räume des Irrgartens, räumten Korridore frei und löschten Feuer, um ihnen die Jagd zu erleichtern. Cheftu schien in einer anderen Welt versunken; sie hatte ihn nicht mehr gesehen, seit sie zur Erbin Kela-Ileanas erhoben worden war; es war ihr nicht gestattet, sich in Gesellschaft eines anderen Mannes zu zeigen. *Wenn ich das nur vorher gewusst hätte.*

Im Rückblick war sie wirklich scharfsinnig.

Die Leibeigenen kamen durch die Arena angelaufen und überreichten *Hreesos* seinen Stab, womit klar war, dass das Ritual begann.

Das klagende Muhen des Stieres hallte durch den Palast und steigerte sich dabei zu einem dröhnenden Brüllen, das die schwatzenden Zuschauer zum Verstummen brachte. Chloe war wie versteinert und gleichzeitig elektrisiert. Sie würden den Stier in dem Labyrinth von Zimmern aufstöbern, und wer ihn schließlich in seiner Schlinge fing, durfte eine Gunst von *Hreesos* und der Sippe der Olimpier einfordern.

»Jassu!«, rief *Hreesos*, und die Oberhäupter eilten davon in die labyrinthische Dunkelheit. Die Gesänge der Menge folgten ihnen in die unzähligen Kammern wie eine Flut, die zu den bemalten Decken aufstieg und dann wieder abfiel. Jedes Oberhaupt verschwand in eine andere Richtung, wobei Chloe sich für den dünnsten, dunkelsten Durchgang entschied. Der war doch bestimmt zu schmal für einen Stier?

Während Chloe durch die verlassenen Gänge schlich, ermahnte sie sich, dass Vorsicht die Mutter der Porzellankiste war und es ihr vordringlichstes Ziel war zu überleben. Ohne eine Flinte in der Hand würde sie auf keinen Fall absichtlich nach einem Tier suchen, das zwei Hörner und schlechte Laune hatte. Sie hatte schon Stierkämpfe *angesehen*!

Sie erstarrte, weil ein tiefes Rumoren durch den Gang schallte. Lieber Gott, wo mochte er nur stecken? Chloe lauschte nach den anderen – vor allem Cheftu – und fragte sich, wie viele Räume sie wohl durchqueren musste.

Sie schätzte, dass es allein in diesem Flügel mindestens hundert waren. Auf die sich zehn durchgeknallte Ratsmitglieder und ein hungriger Stier verteilten. Sie brauchte sich folglich nur zehn Zimmer vorzunehmen, um zumindest ihren Anteil zu erledigen. Zählte dieser unglaublich lange, dunkle Gang mit? Sie blickte nach rechts und entdeckte einen hellen Schimmer. Würde der Stier auf das Licht zugehen oder davor fliehen? Vorsichtig schob sie ihren Kopf in zwei Zimmer. Beide waren leer; kein Stier, kein Mensch.

Sie ging unter dem Lichtschacht hindurch und kam in einen weiteren Gang und weitere Zimmer. Chloe hatte mindestens sechs Gänge durchquert, ehe sie den Stier wieder hörte. Lauter? Näher? Die Wände vibrierten.

Die Akustik ist wahrscheinlich völlig verzerrt, beruhigte sie sich und schielte ängstlich in ein weiteres halbes Dutzend Zimmer. Bei der Inneneinrichtung kannten die Aztlantu offenbar nur »Ganz oder gar nicht«. Entweder war jeder Quadratmillimeter mit Mustern und Gemälden überzogen, oder alle Wände waren nahtlos weiß oder rot oder in jenem schreienden Gelb gestrichen, das Dion als »Safran« bezeichnete.

Noch zwei Zimmer bis zum nächsten Lichtschacht. In keinem war etwas zu sehen. Trotzdem begannen sich ihre Nackenhaare aufzustellen und sie wagte sich nur noch langsam vorwärts. Dann hörte sie einen Schrei, einen grässlichen, qualvollen hohen Schrei.

Chloe lief los, unter dem Lichtstrahl hindurch und in einen weiteren Gang hinein, immer auf die schluchzenden Schreie und den nächsten Lichtschacht zu. Vor der Tür blieb sie unvermittelt stehen. Sie konnte nichts erkennen, ihre Augen mussten sich erst an die plötzliche Helligkeit gewöhnen, doch sie hörte ein schweres Keuchen. Langsam tastete sie die Kammer mit Blicken ab. Wand, Tür, Wand, Gemälde – der Blick senkte sich, und Chloe spürte, wie ihr Magen rebellierte.

Direkt an der Wand, unter einem Gemälde von Schmetterlingen und Lilien vor dem typischen felsenübersäten Hintergrund lag ein menschlicher Körper. Die untere Hälfte war blutüberströmt, und der Oberkörper war so abgewinkelt, dass Chloe nur einen dunklen Haarschopf erkennen konnte.

Blut sprenkelte Boden und Wände, ein abstrakter Wirbel über den unzähligen Ellen voller symmetrischer Symbole. Zu hören war nur schweres Atmen.

Mit einem Gefühl, als wäre sie die geistig minderbemittelte Heldin, die noch in den Keller geht, obwohl schon die Gruselmusik eingesetzt hat, setzte Chloe ihre Untersuchung des Raumes fort.

Und erstarrte.

Zwei rollende braune Augen beobachteten sie aus einer Entfernung von nicht einmal fünf Ellen. Was war hier vorgefallen? Aus dem Augenwinkel behielt sie die hoffentlich nur bewusstlose und nicht tote Gestalt im Blick. Was hatte der Stier getan? Das Oberhaupt stöhnte auf, und der Stier machte kehrt und leckte sich das blutbefleckte Maul.

Chloes Verstand setzte komplett aus. Kein einziger rationaler Gedanke leitete sie, nur noch ein Sammelsurium von Instinkten. Sie blieb reglos stehen und sah in die irrsinnigen Augen des Stieres. Sie hatte in Spanien Stierkämpfe mit angesehen. Jede Bewegung versetzte den Stier in Rage, genau wie jede Farbe, richtig? Wie klug, einen roten Lendenschurz zu tragen. Ich hätte mir eine verdammte Zielscheibe auf die Brust malen sollen, dachte sie. Das Blut strömte ihr in den Ohren, und sie blieb wie angewurzelt stehen. Wohin konnte sie fliehen?

Der Stier machte einen Schritt auf sie zu, und Chloe blieb mit zusammengebissenen Zähnen stehen, ohne sich zu rühren. Magensäure stieg ihr in den Mund, doch sie schluckte sie hinunter, den Blick auf die rollenden Augen des Stieres geheftet. Hinter ihrem Rücken tastete sie Zentimeter um Zentimeter nach dem Türstock. War sie nahe genug, um dahinter zu verschwinden? Gab es eine Tür, die sie dem zornigen Stier vor der Schnauze zuschlagen konnte?

Nein. Alle Türen waren weggebracht worden. Chloe schluckte, und der Stier drängte näher an sie heran. Sie konnte das Opfer wimmern hören, das wahrscheinlich eben jetzt verblutete, doch wenn Chloe sich rührte und der Stier sie erwischte, würden sie beide sterben. Und zwar einen grauenvollen Tod. Aus schierem Mitleid begannen ihre Knie gegeneinander zu schlagen, und Chloe klemmte abwechselnd jedes Knie fest, um die Kontrolle über ihren Körper nicht völlig zu verlieren.

Sie konnte den Stier riechen, und der Geruch erinnerte sie an Cheftus Labor. Eigenartig, dass ein lebendiger Stier genauso roch, doch was wusste sie schon davon? Sie hatte sich nie mit Rindern abgegeben, solange sie noch in ihren Hufen standen! Schließlich senkte der Stier den Blick und trat zur Seite, mit schiefgelegtem Kopf, als wäre er schwerhörig.

Ein Stöhnen stieg von dem Menschen am Boden auf, und der Stier ließ ein befremdliches Zischen hören, um sich dann noch näher an Chloe heranzuschieben. Sie wich einen Schritt zurück und war jetzt auf gleicher Höhe mit dem Durchgang. War er so schmal, dass der Stier ihr nicht nachsetzen konnte?

Sie hatte sich nie klar gemacht, wie groß so ein Stier war. Im Vergleich dazu war eine Tiefkühltruhe eindeutig zierlich. Der Stier kam stampfend hinter ihr her, und Chloe war klar, dass sie in der Falle saß, wenn sie noch einen Schritt zurückwich. Sie würde es niemals durch den Raum schaffen, ohne zertrampelt zu werden. Der Stier ließ ein leises Blöken hören und leckte ihren Arm.

Leckte?

Wie erstarrt folgte Chloe, wie die lange Zunge ein halbes Dutzend Mal über ihren Arm wischte. Dann machte der Stier ganz gemächlich kehrt und trottete in einen anderen Gang davon.

Chloe sackte gegen die Wand und gab ihren Knien einen Moment lang nach, ehe sie zu der Gestalt am Boden lief. In der größer werdenden Blutlache lag eine Frau. Chloe strich das Haar aus dem Gesicht der Verletzten. Selena – o nein, nicht Selena! Sie blutete aus einer ganzen Reihe von Wunden, sodass Chloe sich fragte, ob Selena wohl aufgespießt oder gebissen worden war. Bissen Stiere überhaupt? Aber andererseits leckten sie den Menschen die Arme? Chloe wusste so gut wie nichts über Viehhaltung, aber sie hätte schwören können, dass Rinder Grasfresser waren. Dies war der eigenartigste Stier, der ihr je begegnet war.

Blut sprudelte aus Selenas Leib. Konnte Chloe ihr eine Aderpresse anlegen? Nachdem sie einen Streifen ihres ohnehin knappen Lendenschurzes abgerissen hatte, mühte Chloe sich ab, das Bein der Frau abzubinden. Sie setzte einen Knoten oberhalb von Selenas Knie und wickelte den blutdurchtränkten Stoff dann kunstvoll über die Wunde, in der Hoffnung, den Blutfluss damit zu stillen. Selena war bewusstlos, doch sie atmete noch.

Aus einem anderen Raum drangen Geräusche zu ihr heran. Der Stier. Er brüllte. Selena brauchte medizinische Hilfe. Wo steckte Cheftu? Chloe erhob sich und versuchte zu entscheiden, wohin sie laufen sollte. In panischer Angst folgte sie der Karte in ihrem Geist, von einer Tür zur nächsten, quer durch ein strahlend bunt gemustertes Labyrinth, in dem sie die Ratte auf der Suche nach Käse war. Schließlich landete sie in der Arena.

Verblüfft darüber, wie spät es war, sah sie auf. Die Sonne hatte schon längst den Zenit überschritten, und ein großer Teil der Zuschauer war heimgegangen, wahrscheinlich um sich auszuruhen. Sie hielt Ausschau nach einem Leibeigenen, einem Sippenoberhaupt, irgendjemandem! Der Triumphschrei eines Mannes ließ sie an den gegenüberliegenden Eingang zum Labyrinth rennen.

Als sich ihre Augen an die Dunkelheit gewöhnt hatten, sah sie Talos, der den Stier führte. Die Schlinge lag um die beiden Hörner, und das Sippenoberhaupt benutzte seinen Stab, um das Tier anzutreiben. In der Arena verkündete ein Chor von Leibeigenen, dass der Wettkampf beendet sei. Einige der Oberhäupter liefen an ihr vorbei, ohne ihre Rufe zu beachten. Wo steckte Cheftu? *Hreesos* betrat den Ring, leicht hinkend, und Chloe lief zu ihm hin, um ihn mit der Hand auf seiner Brust anzuhalten.

Seine blauen Augen wurden schmal. »Jemand wurde verletzt«, sagte sie.

Mit einem entschiedenen Griff um ihr Handgelenk nahm *Hreesos* ihre Hand weg. »Wer?«

Sie zögerte kurz. »Die Kela-Ata.«

Er schnippte mit den Fingern ein paar Leibeigene heran. »Wie schwer?«

»Sie … sie blutet fürchterlich.«

Der Goldene Stier verschränkte die Arme vor der Brust. Blonde Haare bedeckten seinen Rumpf und seine Arme, und das lange, verschwitzte Haupthaar klebte an seinem Hals und seinem Rücken. »Darum haben wir alle vor der Zeremonie ein Läuterungsbad genommen. Sie ist bereit, ihre Reise anzutreten.«

»Nein! Sie ist nicht tot, noch nicht!«

Hreesos packte sie an den Schultern und hob sie beiseite. »Du kennst die Gesetze, Sibylla. Jedes Sippenoberhaupt, das seinen Platz am Ratstisch nicht aus eigener Kraft einnehmen kann –«

»Muss seinem Nachfolger weichen. Aber sie ist nicht –«

»Wenn sie nicht mehr gehen kann, dann ist sie als Sippenoberhaupt tot.« *Hreesos* ließ sie stehen. »In die Arena, Sibylla, sonst wird es dir nicht anders ergehen.«

Chloe war versucht, ihm zu trotzen und auf die Suche nach dem zerschmetterten Leib der Kela-Ata zu gehen. Sie schnappte sich einen Leibeigenen, dem sie befahl, Selena zu suchen, eine Kela-Tenata zu ihr zu bringen und sie zu heilen. Zelos funkelte sie wütend an, und Chloe folgte ihm in die Arena.

Der Hohepriester Minos, die Stierkopf-Maske über Kopf und Schultern gezogen, wodurch er aussah wie ein Minotaurus, stand neben dem echten Stier, der immer noch mit Blut besudelt war und eigenartig unsicher auf den Beinen stand. Auf der anderen Seite wartete in Habachtstellung Talos, dessen ergrauendes Haar in der Nachmittagsbrise flatterte.

»Sippe der Flamme!«, rief *Hreesos*. Die Bürger gerieten außer sich. Ein Sippenoberhaupt nach dem anderen legte seinen Stab auf dem Tisch ab. Der Kult der Schlange fehlte merklich, doch bevor jemand Fragen stellen konnte, geleiteten Minos und seine Priester die Oberhäupter hinaus.

Es war Zeit für den Stiertanz.

Chloe eilte zu Selena zurück.

Phoebus wartete, die schweißigen Hände um das Geländer gekrallt. An seiner Seite stand Ileana, die stolz vorgestreckten Brüste gegen seinen nackten Arm gepresst. Auf der anderen Seite stand Arus und sah zu, wie ihre nackten Verwandten aus dem Raum liefen.

»Beim nächsten Rat wirst du dort unten sein«, sagte Arus. Er hatte die mächtigen Arme verschränkt, und Phoebus fragte sich kurz, was Arus wohl dabei empfand: Er war ein Spross Zelos', doch da ihn nicht die Muttergöttin geboren hatte, war ihm Zelos' Amt von vornherein verwehrt. Würde Eumelos eines Tages ebenso empfinden?

Dekane lang waren die Schreie, hastigen Schritte und das Hufgetrampel zu der versammelten Gruppe herangeweht. Die Bürger im Freien wie auch überall sonst auf der Insel hatten feiernd auf die Nachricht gewartet, wie der Wettkampf ausgegangen war. Phoebus brachte kaum einen Bissen hinunter, auch wenn er wütend Fetzen aus seinem Fleisch riss, wie es sich für einen Mann geziemte, der gleich in Blut baden würde. Niko hatte jedes Fleisch abgelehnt, den Blick in weite Ferne gerichtet.

Jetzt humpelte Talos vor, um den Jubel des Hofes und das Versprechen des Rates entgegenzunehmen, man werde die Produkte seiner Sippe das restliche Jahr gratis verteilen. Phoebus war klar, dass er nun an der Reihe war. Sein Leben lang hatte er sich auf diesen Moment vorbereitet. Adrenalin brannte wie Feuer in seinen

Adern, und er schlüpfte die Treppen hinab, wo die Priester ihn erwarteten. Er wurde nackt ausgezogen, sein Glied zu ganzer Pracht massiert, sein Haar gelöst und der rituelle Stiefel bis zur Wade an seinem Fuß festgeschnürt. Den traditionellen Stiefel zu tragen war eine Herausforderung und das Einzige, worauf er nicht vorbereitet worden war.

Man reichte ihm die kurze zeremonielle Klinge und ein Doppelrundschild. Priester scheuchten den Stier in den Ring draußen, während die Adeligen zuschauten, wie der Aufsteigende Goldene in stolzer Nacktheit aus der Ratskammer hinaus und durch die Obsidiantunnel nach unten marschierte, hinab in den eigentlichen Stierkampfring.

Phoebus blieb stehen, während Lob und Blüten auf ihn herabregneten. Die Menge war eine von der Sonne umzeichnete Linie aus Hügeln und Winkeln. Die Stiertänzer, Waisenkinder, hatten die Zuschauer zuvor im Ring unterhalten, und Blutschmierer auf dem Sandboden zeugten noch davon, wie aufwühlend dieses Intermezzo gewesen war. Phoebus drehte sich um und sah den Stier hinter seinem Gatter stehen. Er spannte die Muskeln an und machte dann eine Kinnbewegung zu den Priestern hin. Er war bereit.

Wenn er unverletzt überlebte, würde er sich weiteren Prüfungen unterziehen müssen, denselben Prüfungen, die Spiralenmeister Cheftu über sich hatte ergehen lassen müssen. Sobald er auch diese bestanden hatte, würde er zum Geheiligten erhoben und ein Jahr lang in völliger Abstinenz seine königlichen Pflichten erlernen: ohne Fleisch, ohne Wein, ohne Sex. Seine Energie wäre auf ein einziges Ziel gerichtet. Er würde der Lust des Fleisches entsagen – bis auf die Begattung Ileanas, insoweit man dabei von Lust sprechen konnte. Auf diese Weise würde er seine Würdigkeit als *Hreesos* beweisen, als Goldener, gereinigt und dazu ausersehen, Aztlan zu dienen. Erst durch diesen Prozess wuchs ein Mensch über die reine Sterblichkeit hinaus.

Heute jedoch konnte er töten, sich paaren und feiern.

Der Stier stürzte auf ihn zu, und Phoebus wich zur Seite aus, wobei er das Untier im letzten Augenblick mit den reflektierenden Sonnenstrahlen auf dem Heft seiner Klinge ablenkte. Phoebus ließ seinen Schild fallen und klemmte das kurze Messer zwischen die Zähne. Sie umkreisten einander, maßen einander ab, und zwischen den braunen Kuhaugen und den hellen Menschenaugen schwebte die unausgesprochene Erkenntnis, dass nur einer von beiden diesen Ort lebend verlassen würde. Die Sonne stand schräg am Himmel, die Hitze sammelte sich in den Wänden aus schwarzem Lavagestein. Phoebus achtete darauf, die Sonne in seinem Rücken zu behalten, um den Stier zu blenden, doch der Stier war zu schnell, sodass oft Phoebus der Geblendete war.

Der Stier griff erneut an und trieb Phoebus in die Ecke. So wie es Phoebus ein Leben lang geübt hatte, packte er den Stier bei den Hörnern, schwang sich mit der Aufwärtsbewegung des Stierkopfes nach oben, flog über den Rücken und landete mit einem Überschlag auf dem Boden. *Er war eine Welle, die sich am Ufer bricht.* Der Stiefel nahm seinen Bewegungen ein wenig Eleganz, doch das merkte niemand. Die Menge war außer sich, und einen Atemzug lang badete Phoebus in den Lobgesängen auf seinen Namen. Der Stier griff an, und Phoebus setzte über seinen Rücken.

Wieder kam das Tier mit gesenkten Hörnern auf ihn zu, und diesmal deutete Phoebus eine Finte an, ehe er sprang und leichtfüßig auf der anderen Seite des Stieres landete. Allmählich gewöhnte er sich an den Stiefel, das Ungleichgewicht begann sich normal anzufühlen, sein anderes Bein glich die Behinderung aus. Die Begeisterung der Menge kochte in seinen Adern, während er sich abrollte und auswich oder sich über den mächtigen Rücken des Tieres warf.

Schweiß blendete ihn, und Phoebus wischte sich über die Stirn, wodurch ihm nur ein Augenzwinkern lang Zeit blieb, dem Stier auszuweichen, und er gezwungen war, während des Angriffs unter dem Tier hindurchzurollen.

Die Menge war außer sich, und ein Regen von Blütenblättern ging in der Arena nieder.

Phoebus war so hart, so voll, dass er gleich zu platzen meinte. Der Stier schrie ihn an: Töte oder stirb. Der Tanz war vorüber; nun ging es ans Sterben. Phoebus blieb stehen, schöpfte neuen Atem, beobachtete die Augen des Untieres. Sein Lehrer hatte immer behauptet, er würde einen Atemzug lang ein warnendes Flackern in den Augen des Tieres sehen, bevor es zum Todesstoß ansetzte.

Die schweißigen Hände an den nackten Schenkeln abwischend, ging Phoebus in die Hocke. Das Untier donnerte heran, in vollem Lauf, den Kopf tief gesenkt und Blutlust in den glänzenden Augen. Phoebus fasste nach den Hörnern und kam dabei beinahe auf dem Gesicht des Tieres zu liegen. Dann warf und schlang er seinen Körper über den Stierkopf, sodass er breitbeinig auf dem Hals des Tieres landete und auf seinen Schultern ritt.

Den Leib tief über das riesige Tier gebeugt, flach zwischen den Hörnern liegend, schlitzte er mit dem Messer dessen Kehle auf. Er spannte die Schenkel an, bohrte einen nackten und einen gestiefelten Fuß in die Brust des Tieres, das seinen Todesschrei ausstieß. Haare und Schweiß nahmen Phoebus die Sicht, doch er spürte, wie der Lebenssaft des Stieres heiß und klebrig über sein Bein und seinen Fuß schoss.

Rasend vor Schmerz bäumte der Stier sich auf und versuchte, Phoebus auf jede nur erdenkliche Weise abzuwerfen. Dessen Hand krallte sich in das verschwitzte Fell am Hals, und in dieser Haltung klammerte sich Phoebus fest, die Beine zusammengepresst, selbst als er seinen Halt verlor, selbst als der Stier herumschoss und sich wand, während sein Grölen und Brüllen hundertfach von den schwarzen Mauern zurückschallte.

Schließlich sank der Stier in die Knie, knickte vorn ein, wobei Phoebus sich aufschürfte, und unternahm einen letzten, kraftlosen Versuch freizukommen. Dann rührte er sich nicht mehr, sondern brach mit Wucht zusammen, und einen Herzschlag, bevor sein Bein zerquetscht wurde, schaffte Phoebus den Absprung.

Jeder Muskel in Phoebus' Körper zitterte, sein Atem dröhnte in seinen Ohren, er spürte denselben Rausch wie kurz vor dem Höhepunkt. Er wischte seine Hände im Staub ab und sah zu der Menge auf. Sie sangen seinen Namen wie ein Gebet, und er schloss die Augen, um die Ehrerbietung seines Volkes entgegenzunehmen. Diese Bewunderung stand ihm von Geburt aus zu.

Die Priester kamen heraus, große Becken schleppend. Phoebus hatte dem Stier die Gurgel durchtrennt, und nun schnitt er, umringt von den Priestern, den Stierkopf ab, wobei er seinen Leib und sein Gesicht karmesinrot besprenkelte. Das warme Blut wurde in kupferne und goldene Gefäße gefüllt, und Phoebus kniete vor den Priestern nieder.

Der Minos kam heraus, wieder als Priester gekleidet, und übergoss Phoebus mit dem Blut des Tieres. Es überzog vom Scheitel seines blonden Kopfes angefangen Phoebus' ganzen gebräunten Leib und verdeckte damit sein steifes Glied. Er schloss die Augen, während die Tropfen von seiner Nasenspitze auf den Boden fielen. Der warme Kupfergeruch ekelte und erregte ihn zugleich.

»Heil, Phoebus!«, rief Minos.

»Heil, Phoebus! *Hreesos* Phoebus! Heil, Phoebus!« Die Menge übernahm den Singsang in ohrenbetäubender Lautstärke.

»Aufsteigender Goldener Stier! Nimm Apis' Macht in dich auf!«, rief Minos.

Phoebus trank den dargebotenen Kelch voll Blut.

Die Menge tobte.

»Nimm Apis' Kraft in dich auf!«

Phoebus aß das dargebotene, blutige, rohe Fleisch.

Die Menge tobte.

»Nimm Apis' Fruchtbarkeit in dich auf!«

Die Menge jubelte, und Phoebus nahm den immer noch warmen Hoden entgegen. Ohne sich seine Abscheu anmerken zu lassen, schlitzte er die Tasche auf und trank die sahnige Flüssigkeit. Nach einigen schnellen Schlucken, um nicht würgen zu müssen, wurde er erneut mit Blut getauft.

Die Worte des Priesters gingen im Geschrei der Menge unter, die angesichts des goldenen Prinzen, der so unübersehbar erregt im Blut seines Opfers stand, in Raserei geriet. Aus den Reihen der glattpolierten Damen und Herren des aztlantischen Adels stiegen ständig lautere, primitive Schreie auf.

Für das einfache Volk würden wenig später überall in der Arena riesige Becken voller Blut aufgestellt. Jeder der Anwesenden würde ein Stoffstück in Apis' Leben tunken und sein Zeichen auf seine Stirn drücken, wobei er oder sie darum beten würde, dass der Segen des Blutes das Jahr hindurch Schutz gewähren möge. Die Adligen würden zudem das Blut des Stieres trinken, und sie würden das Fleisch unter sich aufteilen.

Die inneren Organe waren den Priestern vorbehalten, das Gehirn allein dem Goldenen und seinem erwählten *Hekatai*.

Tausende standen an, um an den Becken vorbeizugehen. Sie sangen Phoebus' Namen, und er spürte, wie der Wind das Blut auf seinem Körper trocknete, während er aus der Arena schritt.

Als er in die Dunkelheit des Tunnels trat, klopfte sein Herz immer noch, sein erigiertes Glied pochte, und in seinen Ohren hallte der Klang seines Namens wider. *Hreesos* Phoebus. Das Blut war bereits zu einer dünnen Haut geronnen, und als er sich unter einem der schwarzen Lavaträger duckte, spürte er, wie der trocknende Überzug platzte.

Er hatte es geschafft. Er war rechtzeitig gesprungen, seine Kehrtwendung war schnell genug gekommen. Nicht ein einziger Kratzer! Freude stieg in ihm auf wie eine Luftblase im Wasser, und er wurde beinahe verrückt, so verzehrte er sich nach einer Frau. In der Ferne sah er einen Priester; ob der wohl wüsste, wo er die nächste Tempeltänzerin fand?

Wenn es nur Irmentis wäre, die ihren Körper seinem Blick darbieten, aus deren Augen es einladend leuchten würde.

Der Priester nahm Phoebus am blutverklebten Handgelenk und führte ihn an eine leere Wand.

Mit einer verstohlenen Bewegung drückte der Priester auf einen Teil des Steines, und ein leises Sirren hallte durch den schwarzen Tunnel. Vor Phoebus' Augen öffnete sich ein noch dunklerer Fleck. Sie traten hinein und begannen, aufwärts zu gehen. Kurz darauf senkte sich der Boden abwärts. Phoebus sah absolut nichts; er hatte die Hände auf die Schultern des vorangehenden Priesters gelegt und spürte nur die Veränderungen im Boden. Als sie, wie es Phoebus schien, mehrere Sonnendrehungen lang gegangen waren, hielt der Priester an. Immer noch hatte er kein einziges Wort gesprochen.

Noch ein Klicken und Sirren.

Der Geruch von frischem Blut stieg ihm in die Nase. Phoebus trat allein hinaus. Der Priester schloss die Tür hinter ihm, und Phoebus atmete tief durch.

»Tritt vor, *Hreesos*«, sagte Zelos, sein *Pateeras*.

Plötzlich wurde es hell, und Phoebus musste gegen das harte Licht blinzeln. »Du betrittst die geheiligte Schwelle der Priester«, verkündete sein Vater und trat vor. Sein blondes Haar fing das Licht, und blitzartig erkannte Phoebus, wie jung und gut aussehend Zelos immer noch war. Er ließ den Blick über die Hand voll Männer wandern, die seinen Vater flankierten. Das war alles, was von Zelos' *Hekatai* noch übrig war?

»Komm, *Hreesos*, setz dich«, sagte sein Vater und deutete dabei auf einen Lederschemel. Phoebus ließ sich zögernd darauf nieder, und leises Gemurmel erfüllte den Raum. Der Leib des Stieres, den er in der warmen Sonne getötet hatte, lag in einer Vertiefung vor ihm. Der Kopf ruhte genau vor seinem Sitz.

»Nimm das Gehirn heraus, schneide es in Stücke und biete jedem Mann, den du in deinem Kabinett haben willst, ein Stück davon an«, wies ihn *Pateeras* leise an. »Die größte Portion ist für dich, doch iss erst, nachdem du das Orakel des Minos erhalten hast.« Phoebus nahm den Kopf und zog, mit angespanntem Kiefer und unter den wachsamen Augen der anderen, die warme Gehirnmasse heraus.

Es fiel ihm schwer, einen klaren Blick zu behalten, doch trotzdem sahen die Gehirnteile eigenartig aus. Sie waren voller Löcher, anders als alles, was er bei seinen Experimenten mit dem Spiralenmeister gesehen hatte. Der Spiralenmeister! Phoebus besah sich aufmerksam die Umsitzenden; der Ägypter befleckte diese Versammlung nicht mit seiner Anwesenheit. Niemand in Phoebus' Alter war darunter, es war nur ein Haufen alter Männer. »*Pateeras*«, flüsterte er, »sieht so das Gehirn aus?«

Hreesos starrte es an. »Es sieht genauso aus wie jedes, das ich in den vergangenen neunzehn Sommern gegessen habe. Fürchte dich nicht, Phoebus. Iss. Nimm Apis' Kraft in dich auf.«

Phoebus schnitt es in Scheiben.

Der Minos trat vor. Ein langatmiges Gebet in der Gründersprache Aztlans rezitierend, bot er die Hörner Apis' wieder dar. Zwei weitere Priester warteten ein wenig abseits, während er dem Stier den Bauch aufschlitzte und dann die Eingeweide gegen eine riesige goldene Platte zu Phoebus' Füßen schleuderte. Die Priester entzündeten weitere Lampen, und Phoebus blickte auf die langen, verwickelten Gedärme. Mit geschlossenen Augen wiegte sich der Minos vor und zurück.

Der Weihrauch, der die Luft erfüllte, stieg Phoebus zu Kopf, darum klammerte er sich krampfhaft an jedem Detail fest: dem Kontrast des tiefroten Blutes gegen das Gold; dem maskierten Gesicht des Minos' und daran, wie lächerlich der riesige Stierkopf sich auf dem schrumpeligen Leib ausmachte. Sie brauchten einen neuen Hohepriester, dessen Aussehen seiner Rolle besser entsprach, dachte Phoebus. Jung und kraftvoll, ein Ebenbild Apis'.

Der Mann sprach, mit hoher und lallender Stimme. Zelos legte eine Hand auf Phoebus' Schulter. »Er ist ein ängstlicher alter Mann und spricht bisweilen Unsinn. Wir haben nichts zu befürchten.«

Phoebus schüttelte zustimmend den Kopf, doch in seinem Hinterkopf kitzelte ein hartnäckiger Gedanke. Sie hatten alles Mögliche zu befürchten: Erdbeben, Vulkanausbrüche, Seuchen. Plötzlich schrie der Minos auf, brach zusammen und wand sich auf dem Boden.

Phoebus sprang auf und beobachtete mit großen Augen, wie die anderen Priester den Alten aus dem Raum trugen. Die Adeligen redeten aufgeregt durcheinander und warfen argwöhnische Blicke in seine Richtung. Was war vorgefallen? Bei dem Schrei hatten sich Phoebus' Nackenhaare aufgestellt. Er wandte sich an Zelos, dessen Gesicht aschfahl geworden war. »Was hat das zu bedeuten?«

»Wähle sie jetzt, Phoebus. Sofort!«

Phoebus musterte die Versammelten. Es waren kränkliche, zittrige, sabbernde Männer, von denen einige kaum noch gehen konnten. Er brauchte frisches Blut!

»Wir treten in ein neues Zeitalter ein!«, rief er aus. »Ein Zeitalter des Wachstums und des Wohlstandes, wie es dieses Land noch nie gesehen hat!« Am besten, er nahm sich einfach das Herz und offenbarte ihnen seine Eroberungspläne, dachte Phoebus. »Wir werden nicht länger um das feilschen, was wir haben wollen; wir werden darüber herrschen! Ägypten duckt sich in Angst vor uns!

Die Städte Kanaans können uns als Marktkorb dienen! Es ist mein Wunsch, dass rund um dieses Meer jedes Volk Aztlan untertan sein soll!«

Der donnernde Applaus, den er erwartet hatte, blieb aus. Verdutzt schweigend starrten sie ihn an. Keiner dieser Männer teilte seine Vision von einem neuen Aztlan.

Ein Priester kam kreischend hereingelaufen. »Minos ist tot! Minos ist tot!«

»Was hast du getan?«, zischte Zelos. »Der Hohepriester ist tot? Du musst dich auf der Stelle entscheiden, sonst lassen sie dich allein!«

Phoebus sollte sein Königreich verlieren, ehe er es überhaupt geerbt hatte?

»Haben wir noch einen Stier?«, fragte Phoebus.

»Noch einen?«

»Ja, noch einen heiligen Apis-Stier?«

»Natürlich! Triff deine Wahl, Phoebus.«

Phoebus setzte sich hin und nahm das erste Stück der durchlöcherten Hirnmasse. Es symbolisierte die Macht des Finanzministers. Phoebus aß es auf. Alle richteten sich in ihren Stühlen auf, und Phoebus musste sich ein Schmunzeln verkneifen. Sie waren sich über seinen Affront im Klaren. Als Nächstes griff er nach dem Stück für den Minister für öffentliche Güter. Phoebus verspeiste es. Das für den Barkenminister verspeiste Phoebus; das für den Kanalminister verspeiste er. Hatten sie jetzt kapiert?

Machttrunken erhob er sich. »Ich bin *Hreesos*. Ich bin Herrscher über Aztlan. Ich werde mit euren Söhnen regieren.« Phoebus ging hinaus, dorthin, wo zuvor auch die Priester verschwunden waren. Ein weiterer schweigender Priester erwartete ihn und führte ihn zu einem Tunnel. Noch einem Tunnel. Phoebus war heiß, doch er fühlte sich unbesiegbar. Der Priester öffnete eine weitere Tür, und Phoebus trat hindurch. Der Gestank von Dung stach ihm in der Nase, und er blickte den Gang in beide Richtungen hinunter. Dort, im Sonnenschein, stand eine Nymphe.

»Du!«, rief er. Sie blickte auf, eine Gestalt in der Ferne. »Komm her!«, befahl er. Er würde beweisen, dass er sich Apis' Fruchtbarkeit einverleibt hatte, auch wenn der Minos gestorben war. Er würde ihr ein Kind machen; nur um Ileana zu ärgern.

Das war die Lösung, wurde ihm mit einem Schlag klar. Er würde sich an ihr rächen; er würde sich seiner Stiefmutter verweigern! Wenn sie bis zum nächsten Monddunkel nicht schwanger war, würde sie ins Labyrinth geschickt oder getötet. Wieder lächelte er die Nymphe an; sie wich erst zurück, dann floh sie.

Nicht so schlimm, er würde sich in Tempeltänzerinnen ergießen, bis er sich mit Ileana traf.

Es war die perfekte Rache: Ileana würde genau das verlieren, was ihr am teuersten war – ihren geliebten Thron.

Das machttrunkene Lachen des neuen *Hreesos* hallte durch die obsidianschwarzen Tunnel.

Die Bürger schwelgten in Blut. In dem Gestank, der Zähigkeit, der Weihe, die es ihnen verlieh. Auch wenn Apis ihr Gott war, so herrschten sie doch über diesen Gott, denn sie konnten ihn vernichten und verspeisen. Der Stier des Frühlings wurde vom Löwen des Sommers verschlungen.

Der Tag verblasste, doch die Menge wurde noch fröhlicher, denn nun zogen Straßenhändler mit gewürztem Wein und Honigleckerbissen an jenen vorbei, die unverdrossen anstanden. Man hatte zu tanzen begonnen, und alle trugen die blutroten Male dieser Feier. Dies war *Kefi:* Selbstvergessenheit, Frohsinn, Lebensfreude im Angesicht des Todes. Das Blut des Stieres zu tragen symbolisierte einen Triumph, eine Segnung und die Erkenntnis, dass der Tod irgendwann jeden traf.

Kefi feierte die Tatsache, dass der Tod noch nicht eingetroffen war.

Blut war auf den mehrlagigen Röcken der Frauen getrocknet; es verklebte die sorgsam verlängerten Augenbrauen der Männer. Es war über Kindergesichter verschmiert, und selbst die Alten trugen seine Spur auf ihrer runzligen Stirn.

Der beißende Gestank war wie Parfüm; er kochte in den Adern, während die Menschen lachten und sich vergnügten, ein Volk, das größer war als seine Götter, als sein Land, als die Erde selbst.

Eine Stimme, eine einsame Stimme hoch im Wind, durchdrang das blutberauschte Lärmen der Menge. Eine Gestalt im weißen Umhang stand auf einem Sims an der Pyramide der Tage. Auf dem so genannten Ausruf, von wo aus wie durch Zauberei jedes Wort über *Henti* hinweg zu hören war. Die Menge verstummte, ganz Aztlan verstummte und sah zu der Frau auf, die an den schmalen Sims trat. Sie sprach klar und mit Macht.

Der Löwe schleicht sich an,
Sturmwolken ziehen auf,
Finsternis, Feuer, Blut und Wasser nahen,
Gnade winkt; flieht, indes ihr noch könnt.
Suchet die Wahrheit, den festen Boden, denn die Macht, die ihr verehrt, wird zerstören.
Flieht um euer Leben.
Der Löwe knurrt.
Flieht um euer Leben.
Der Stier brüllt.
Aztlan wird eine Höhle voller Gerippe sein, wenn ihr nicht hört!
Eure Kinder werden Staub; euer Vermächtnis wird nur Asche sein.
Der Tod naht, verkleidet als Tanz.
Flieht!

Aus der Menge stieg eine trunkene Stimme auf: »Die Macht der Olimpier wird dich vernichten!« Der Bann war gebrochen, auch wenn alle die folgenden Worte der Frau hörten.

»Dieses Land ist verflucht! Wir besitzen jede Weisheit, doch wir treten sie in den Staub! Lernt aus der Vergangenheit; unser Land wurde in Stücke geschlagen. Wir müssen jetzt fliehen, sonst werden wir in unserem eitlen Stolz ertrinken. Suchen wir den Tod? Wünschen wir, dass man unseren schwächsten Vasall einst als größte Kultur verehren wird? Flieht, Bürger, flieht!«

War das die Sibylla? Die eine Prophezeiung *gegen* Aztlan aussprach?

Man konnte sehen, wie *Hreesos'* Leibgarde eine Seite der Pyramide erklomm, wo sich die untergehende Sonne im Gold ihrer Kleidung brach.

Chloe blickte aus der eindrucksvollen Höhe des Tempels hinab, der wie ein Schwalbennest über dem Ring ging. Die Bürger waren nur als winzige Gestalten zu erkennen, und sie dachte: Ihr seid heute in Blut geboren worden. Der glatte Stein der Pyramide der Tage fühlte sich ungewohnt unter ihren nackten Füßen an, und sie spürte eingetrocknete Tränen auf ihrem Gesicht.

Selena war tot; sie hatten getanzt, während Selena gestorben war. Diese Menschen hatten kein Herz, sie wollten einfach nicht hören, weder auf sie, noch auf den Erdboden, der unter ihren Füßen erzitterte. Sie sehnten sich nach dem Tod.

Sie spürte jemanden kommen und drehte sich um. Eine Elle vor ihr stand ein Leibgardist mit kurz geschorenem Haar. »Komm mit uns, störe nicht die Feiern«, sagte er.

Chloe nickte; sie würde nicht mitkommen.

Er machte einen Schritt nach vorn.

Sie machte einen Schritt zurück.

In die Luft.

Cheftu sah, wie die Gestalt im weißen Umhang rückwärts von der Pyramide der Tage stürzte. Die Menge schrie auf und stürzte wie ein Mann nach vorn; die zwei Leibgardisten blieben oben am Abgrund stehen und blickten hinunter. Nestor packte ihn am Arm. »Das war Sibylla.«

Die Nachricht traf Cheftu wie ein Tritt in den Magen, und er zischte vor Schmerz auf. Die beiden Männer drängten schnell nach vorn, während sich die Balkons um die Arena herum leerten. Cheftu fing Gesprächsfetzen auf.

»Wo ist sie?«

»Ich habe sie fallen gesehen.«

»Kela –«

»Ein Zeichen –«

»Nicht tot?«

Ohne dass sich Nestors Griff gelockert hätte, schoben sie sich durch die dicht stehenden Schaulustigen. Cheftu erstarrte, als er den weißen Stoff am Boden liegen sah. Dann zog er die Stirn in Falten; nichts und niemand lag darunter. Augenblicklich sah er auf und suchte die Seite der Pyramide nach einem möglichen Hinweis ab.

»Ein großes Wunder!«

»Eine Priesterin Kelas, mit Gewissheit!«

»Sie steht über der Sippe!«

»Sie ist einzigartig!«

Was hatte sich Chloe dabei gedacht? Welcher Teufel hatte sie geritten? Sie war atemberaubend, seine Gemahlin; nie wusste er, was sie als Nächstes unternehmen würde. Ein bezauberndes, prachtvolles, erstaunliches Geschöpf. Blinzelnd suchte er die Schatten um die Pyramide herum ab. Außerdem ein gerissenes Weib ... und ausgesprochen behände.

14. Kapitel

Chloe kauerte wimmernd im Schatten. Das Herz schlug ihr immer noch im Hals, und falls ihre Hände vor dem Jahr 1 A.D. aufhörten zu zittern, war das ein Wunder. Die Menschen schwärmten wie Ameisen um ihren weißen Umhang herum, während sie von oben die fassungslosen Kommentare der Gardisten hören konnte, die sich überlegten, welche Strafe wohl auf den Mord an einer Goldenen und der Erbin Kela-Ileanas stand.

Den Kopf gegen den Stein gelehnt, ließ Chloe noch einmal die letzten Sekunden vor ihren Augen ablaufen. Sie war nach hinten ins Nichts getreten und gestürzt. Auf Grund der Struktur der Pyramidenfassade – einer Verkleidung aus glattem Stein mit schmalen Treppen an jeder Seitenfläche – war sie über die glatte Fläche gekullert, hatte sich aber schließlich auf einer Stufe abrollen können. Ihr Umhang, der sich bei ihrem Sturz gelöst hatte, war weiter abwärts gesegelt. Es musste ein unglaubliches Bild gewesen sein, das Weiß des Umhangs vor dem regenbogenbunten Hintergrund, und ein solcher Blickfang, dass die Tausende ihren Körper, den winzigen Fleck vor der riesigen Steinfassade, einfach übersehen hatten. Im Bruchteil irgendeiner Zeitmessung hatte sich Chloe in den Schatten der Treppe zurückgezogen. Ein kleines Schlupfloch unter einer längeren Stufenfolge bot ein ideales Versteck für ein zu Tode verängstigtes, verschwitztes und fast nacktes falsches Orakel.

Aber war sie das wirklich?

Die Menschen verstreuten sich mit dem abnehmenden Sonnenlicht, und sie konnte die Gardisten die Treppe über ihrem Kopf herabkommen hören. Was sollte sie nur tun?

Ich habe die Stiertanz-Zeremonie verdorben, das Kefi *des Tages. Das wird Phoebus gar nicht gefallen.*

Ich hatte keine andere Wahl, dachte Chloe. In diesem Moment konnte ich einfach nicht anders. Sie begriff mit einem leisen Schauder, dass sie notfalls ihr Leben dafür gegeben hätte, diese Worte zu sprechen. Woher waren sie gekommen? Sie klangen entfernt nach einem Lied, das sie einst gehört hatte … nach der unbeachtet gebliebenen Prophezeiung einer Katastrophe. Die Berge husteten Asche. Glaubten die Aztlantu wirklich, sie seien *athanati,* sie könnten unmöglich umkommen, Aztlan könnte nicht untergehen?

Bitte, Herr, verschone sie. Auch wenn sie Selena sterben ließen, sind sie doch nicht schlechter als jedes andere Volk.

Jede Zivilisation war gut und schlecht zugleich; keine Kultur war rein.

Sie schauderte, als die Gardisten, immer noch streitend, an ihr vorbeigingen.

Chloe rutschte tiefer unter die Treppe und überlegte, was sie jetzt tun sollte. Eine kühle Abendbrise kam auf. Konnte sie zum Palast zurückkehren? Wie zornig wäre *Hreesos* wohl? Zusammengerollt schlief sie ein, um im Schwarz der Sommernacht wieder zu erwachen.

Von ihrem Horst zwischen Himmel und Erde aus kam ihr die Welt wie ein pointillistisches Meisterwerk in Silber und Gold vor. Feuer brannten golden unter ihr: in Häusern, Tavernen, Palästen und Gärten. Und über ihr brannten silberne Feuer, in noch unbenannten Konstellationen.

Das nenne ich einen Paradigmenwandel.

»Sibylla!«, schien die Nachtluft zu flüstern, und Chloe lächelte in die tröstende Dunkelheit hinein.

»Sibylla!«

Sie hob den Kopf: Die Nachtluft klang einigermaßen zornig.

»Sibylla! Wo in Kelas Namen steckst du?«

Sie erkannte Dions 0190er-Telefonsexstimme. Woher wusste er Bescheid? »Hier«, flüsterte sie.

Das Klatschen von Sandalen auf Stufen, dann sah sie ein Licht aufflackern, das gleich darauf hastig gelöscht wurde. »Komm raus, aber ohne ein Wort!«

Ihre allzu nackten, allzu kühlen Brüste bedeckend, krabbelte Chloe aus ihrem Versteck. Mit verzogenem Gesicht streckte sie die steifen Glieder und kletterte dann die Stufen hinab. Sie waren in der Mitte durchgetreten, und sie war froh, dass sie barfuß ging. Sie konnte sich nicht erinnern, sie hinaufgestiegen zu sein. Das Einzige, woran sie sich erinnerte, war, dass sie Selenas Hand gehalten hatte, während das Leben aus ihren Augen gewichen war, und an Atenis' ersticktes Schluchzen im Hintergrund. Chloe kniff die Lippen zusammen. Arme Selena.

Dion stand in der Dunkelheit, weshalb nur sein Lächeln und das Weiße seiner Augen zu sehen waren. Sie stieg zu ihm hinab, und er legte eine Jacke mit freier Brust über ihre Schultern. Chloe streifte sie über, während er ihr einen mehrlagigen Rock reichte. Sie schlüpfte hinein und versuchte, das Oberteil festzustopfen. »Das ist egal, komm mit«, sagte er.

Wie *Skia* glitten sie von Schatten zu Schatten, bis sie unter ihren Füßen den mit Kies bestreuten Betonweg spürte. Dion legte einen Arm um ihre Taille und zog sie gegen die Wand. Erst kamen Stimmen, dann Menschen. Chloes Herz begann heftig zu pochen, und sie fragte sich, wieso er so geheimnisvoll tat.

Verstohlen schlichen sie aus dem Tempelkomplex hinaus, am Tempel der Schlangengöttin vorbei und auf das Gelände des Palastes zu. Hunderte vergnügten sich dort, tanzend, trinkend und knutschend. Dion zog sie hinter einen Oleanderbusch, und sie stürzten zu Boden. Chloe stöhnte auf, als ihr Rücken auf die nur dünn gepolsterte Grasnarbe prallte. Was ging hier vor? Dion ragte über ihr auf, die blanke Brust gegen ihre nackten Brüste gepresst. Ohne jeden Zweifel war er einer der erotischsten Männer, die sie je gesehen hatte, doch zwischen ihnen kam absolut keine Spannung auf.

»Phoebus würde dich am liebsten ein zweites Mal von der Pyramide stoßen«, raunte er. Chloe versuchte sich aufzusetzen, ihm ins Gesicht zu sehen, doch er hatte seine Lippen an ihrem Ohr und flüsterte weiter auf sie ein. »Wieso musstest du so etwas sagen? Wieso hast du das getan?«

»Ich –«

»Sag nichts. Jeder hält dich für tot. Vielleicht ist es am besten so. Du kannst später wieder zum Leben erwachen. Phoebus ist außer sich. Und *Hreesos* auch. Kela-Ileana behauptet, du hättest die Göttin beleidigt.«

Chloe erbleichte. Ein wütender Zelos wäre kein angenehmer Anblick; und man konnte sich darauf verlassen, dass Ileana die Tatsachen so lange zurechtbiegen würde, bis sie ihr genehm waren. Wo war Cheftu? »Atenis ist bereit, dich heimlich fortzubringen«, sagte er.

Sie nickte nur.

»Warum lehnst du ab? Bist du von Sinnen?«

Diese verfluchten umgekehrten Gesten, dachte sie. Ich bin wirklich durch den Wind. Hektisch schüttelte sie den Kopf. »Sehr klug«, urteilte Dion. Sein Mund schwebte über ihrem Schlüsselbein, und obwohl ihrer Nähe jede sexuelle Spannung fehlte, war Chloe die Situation doch mehr als unangenehm.

Sie rollte sich herum und drückte ihn zu Boden. Seine Hände schlossen sich wie von selbst um ihre Taille, und sie widerstand dem Drang, sie wegzuschlagen. »Ich habe ja gesagt. Wohin bringt sie mich und wie lange soll ich dort bleiben?«

Seine Augen waren dunkel wie die Nacht, und sein Mund strich über ihre Wange. »Noch heute Nacht bringt dich Atenis nach Prostatevo.«

Phoebus' neue Stadt, dachte sie. Die gute Atenis! »Kann ich mich als Künstlerin ausgeben?«

»Wenn du möchtest.«

Gott sei Dank, endlich nicht mehr als Herrin einer Sippe die Zielscheibe abgeben müssen!

»Falls dir jemand Fragen stellt, behauptest du, dein Mann sei bei dem Ausbruch verschüttet worden. Weil du in Trauer bist, warst du nicht bei den Feiern. Du wirst eine Tätowierung tragen, damit niemand Verdacht schöpft.«

»Soll sein.«

»Dort bleibst du ein, zwei Tage, bis Phoebus' Zorn sich abgekühlt hat.«

Was würde sie während dieser Zeit verpassen? Hatte sie keinen Pflichten nachzukommen? Chloe wollte eben den Mund aufmachen, um diese Fragen zu stellen, als jemand Dion erkannte. Schnell ließ sie sich auf die Brust des Stammesoberhaupts sinken, in der Hoffnung, den Eindringling auf diese Weise von weiteren Fragen abzuhalten.

»Bei den Göttern, Mann, kannst du nicht einmal eine Nacht an dich halten? Cheftu ist außer sich, und er macht sich Sorgen«, sagte Nestor.

Chloe erstarrte. Sie wollte sich lieber nicht ausmalen, was Cheftu tun würde, wenn er von diesem Anblick erfuhr.

»Grüße, Spiralenmeister.«

War das Einbildung, oder hatte Dion den Namen praktisch gegurrt?

»Grüße, Oberhaupt«, erwiderte Cheftu.

Chloe hätte vor Zorn aufschreien mögen. Das sah nicht gut aus. Sie und Dion lagen mit verhedderten Beinen da wie zwei Teenager im Nahkampf. Hau ab!, dachte sie. Verschwinde Cheftu! Bitte nimm nicht gleich das Schlimmste an. Würde Cheftu sie erkennen? Entsetzt über diese Vorstellung, grübelte Chloe, wie sie sich wohl aus der Affäre ziehen könnte. Im wahrsten Sinn des Wortes.

Dion stützte sich auf einen Ellbogen hoch. »Wie hat dir unser blutrünstiges Ritual gefallen? Ich sehe Apis' Segen nicht auf deiner Stirn. Leiste mir Gesellschaft.«

Chloe bohrte ihre Nägel in seine Flanke. Das war das *Letzte,* was sie jetzt brauchten.

»*Och,* ich glaube, du hast den Schoß schon voll genug«, antwortete Cheftu eigenartig gepresst. Hatte er sie etwa erkannt? Bitte, lieber Gott, nein!

»Dion?«, rief eine andere Stimme aus der Dunkelheit.

Dion schoss hoch. »Ileana«, zischte er. »Nestor! Du musst sie ablenken. Tu so, als wolltest du sie verführen!«

»Sie ist meine Stiefmutter. Soll doch der Ägypter so tun, als wollte er sie verführen!«

»Verführen?«, wiederholte Cheftu.

»Verführen?«, wiederholte Chloe.

»Sie mit Tändeleien ablenken, was auch immer«, befahl Dion. »Ich muss diese«, – er zögerte –, »Nymphe fortbringen.«

Dion packte sie am Arm und riss sie hoch, wobei ihr Rücken den beiden Sippenoberhäuptern zugewandt blieb. Cheftu packte sie an der Schulter, drehte sie kurz um, und sie sah in seine Augen. Vergib mir, flehte sie. Versteh doch, was hier geschieht! Dion wirbelte sie wieder herum, dann waren sie im Garten verschwunden. Strauchelnd blinzelte Chloe ihre Tränen zurück.

Dion legte ein eindrucksvolles Tempo vor. Im Fummel hätte er Ileana problemlos schlagen und Phoebus heiraten können, dachte Chloe. Unter dem Blickwinkel der Fruchtbarkeit wäre die Sache allerdings eine echte Herausforderung …

Im Dunkeln rannten sie weiß gekalkte, noch sonnenwarme Treppen hinab. Als ihnen ein einsames Pärchen begegnete, zog Dion sie in seine Arme und küsste sie. Der Kuss erinnerte Chloe an damals, als sie sich – so hatte sie wenigstens geglaubt – vor dem Spiegel das Küssen beigebracht hatte. Dion löste sich von ihr, und gleich darauf hasteten sie unter der Halbmond-Nacht im Zickzack weitere Treppen hinunter.

Meeresgeruch schlug ihnen entgegen, und Chloe verzog das Gesicht, als sie das Boot erblickte. Das kleine Boot. Das liebe kleine Zwergenboot. Es schaukelte im Wasser auf und ab, während Dion Chloe noch zuflüsterte, dass er bis zu ihrer Rückkehr ihr Sippensiegel behalten und ihr jeden Tag eine Nachricht schicken würde. Dann war Chloe unterwegs, gerudert von einer schweigsamen Alten mit eindrucksvollem Bizeps, die Chloe zischend zum Schweigen verdammte, bis sie sich in beträchtlicher Distanz zur Insel Aztlan befanden.

Der Wind war frisch und die Reise unglaublich. Chloe fühlte

sich, als würden sie über den Unterweltfluss Styx rudern, so dunkel, so still war es in der Lagune. Zu beiden Seiten erhoben sich Felsmauern, und Chloes klaustrophobische Empfindungen wurden nur in geringem Maße durch ihre kaum bezwingbare Übelkeit gedämpft.

Das Schaukeln verschlimmerte sich noch, als sie in den offeneren Kanal südlich der Insel Aztlan gelangten. Chloe benetzte Stirn und Hals mit Meerwasser und bemühte sich angestrengt, nicht ständig an ihren rotierenden Magen zu denken.

Normalerweise wurde sie nicht reisekrank. Sie war in Flugzeugen, Zügen und Autos gereist. Sie hatte in Frachtflugzeugen gesessen, auf Kamelrücken, in Tragflügelbooten. Kleine Ruderboote jedoch waren ihre Nemesis. Als Mama und Vater sie und Camille das erste Mal in ihren Unterschlupf auf Santorin mitgenommen hatten, hatten ihre Eltern es für ein Riesenvergnügen gehalten, dort Segeln zu gehen.

Statt wie alle Touristen eine Fähre zu nehmen, hatte Vater ein kleines Boot gechartert. Innerhalb einer Viertelstunde hätte Chloe, obwohl sie damals erst vierzehn war, alles dafür gegeben, ihren Hund, ihre geliebte Großmutter – Herrgott, sie hätte ihre Jungfräulichkeit dafür gegeben –, wieder von diesem Boot herunterzukommen. Erst drei Tage nach dem Anlegen hatte sich die Übelkeit wieder gelegt, und allein auf Grund dieser Erinnerung hatte sie Santorin gehasst.

Die Frau ließ die Ruder sinken, fischte mit einer Hand unter dem Boot herum und zog schließlich einen Tontopf aus dem Wasser. Sie öffnete ihn und reichte ihn Chloe. Die hätte alles getan, um ihren Magen zu beruhigen, und trank. Es war süßer Wein, herb und rein. Er schmeckte nach Granatapfel. Die Frau schnalzte mit der Zunge, und Chloe reichte ihr den Topf zurück. Nach einem kräftigen Schluck – so viel zum Thema Trunkenheit am Ruder, dachte Chloe –, versiegelte die Frau das Gefäß und versenkte es erneut im Wasser.

Sie saßen in der stillen Nacht und ließen sich treiben, doch jetzt hatte sich das Schaukeln gemildert, und Chloe ging es viel, viel besser.

»Es dauert noch einen guten Dekan, Herrin«, sagte die Alte. »Leg dich hin und ruhe dich aus, dann wird dir das Wippen weniger zusetzen.«

Plötzlich todmüde, lehnte sich Chloe mit dem Rücken gegen die Reling und ließ den Kopf zurücksinken, um zu den Sternen aufzustarren.

Kosmische Geografieprüfungen spukten durch ihre Träume.

Cheftu war schlecht gelaunt, und er spürte, wie sich sein Körper vor Zorn anspannte, als er mit Nestor und Dion durch die Gärten zu Dions Gemächern spazierte, nachdem sie sich endlich einer schwer berauschten und provozierenden Himmelskönigin entledigt hatten.

Die Aztlantu konnten den Ägyptern noch einiges beibringen, was das Feiern betraf, stellte Cheftu grimmig fest. Ein ganzer Rattenschwanz von Männern und Frauen heftete sich an Dions Fersen, als sie durch die von Lampen erhellten Kammern gingen, wo der Gestank nach Essen, Sex und Schweiß sogar den Putz an den Wänden durchtränkte.

Chloe und Dion. Cheftu biss die Zähne zusammen. Dion hatte ihm lachend erklärt, sie sei eine Nymphe mit eifersüchtigem Vater und äußerst schüchtern, darum habe sie ihr Gesicht verborgen. Wieso hatte Chloe im Garten so getan, als sei sie Dions Geliebte? Wieso war sie mit Dion gegangen und hatte nicht an der Pyramide auf ihn gewartet? Hielt sie ihn für so beschränkt, dass er wie alle anderen glaubte, sie sei verschwunden? Er hätte sie beschützt; es war nicht nötig, sich an einen anderen Mann zu wenden. Unter dem schweren Duft von Geißblatt hatte Cheftu zugehört, wie Dion seine Lügen über Chloe spann. Cheftu hatte sich ein Lächeln abgerungen und begriffen, dass Geißblatt fortan für ihn nach Lüge duften würde.

Die Tür zu Dions Gemächern schwang auf. Auserlesene Frauen jeder Fasson schlenderten herum, tranken Wein, poussierten und flirteten mit den versammelten Männern.

Cheftu nahm einen Rhython mit Wein entgegen, lehnte aber die Blütenblätter ab, die er alle kauen sah. Auch wenn er sich dabei ungewöhnlich selbstgerecht, heuchlerisch und prüde vorkam, verweigerte er die angebotenen Spaziergänge im Garten, die Küsse und … alles andere. Keine Frau reizte ihn. Außer Chloe, dachte er. Ganz gleich, welchen Körper sie gerade bewohnte.

»Machst du dir nichts aus Frauen?«, erkundigte sich Dion, der neben ihm saß. Auch wenn Dion ein Ehrenmann zu sein schien und ein vernünftiger, gescheiter und fröhlicher Begleiter war, machte er Cheftu nervös.

»Heute Nacht nicht«, antwortete Cheftu.

Dion beugte sich zu ihm herüber. »Wünschst du dir noch mehr? Etwas anderes?« Die Augen des Mannes glänzten, und Cheftu fühlte sich noch unwohler.

»Ach ja, ich glaube, ich sehe da drüben eine blonde Nymphe.« Hastig stand er auf.

»*Iii*, Lorbeer.«

Dicht gefolgt von Dion, ging Cheftu langsam auf sie zu.

»Herrin«, sagte Dion zu ihr. Sie unterhielt sich gerade mit einer anderen Frau, doch beide verstummten schlagartig. Cheftu bemerkte, dass ihre Zähne fleckig waren, eine Nebenwirkung der Blüte, die sie gerade kaute. Sie starrte bewundernd zu Dion auf. »Der Spiralenmeister hat dich für heute Nacht erwählt.« Dion liebkoste ihre rosige Wange. »Mach ihn glücklich für mich, Lorbeer, ja?«

Sie schüttelte den Kopf, und Dion hob mit dem Finger ihr Kinn an, während ihre großen braunen Augen verzückt sein Gesicht abtasteten. »Ihm Freude zu schenken, heißt, mir Freude zu schenken, Lorbeer. Und du möchtest mir doch Freude schenken, oder?«

Ihr grünäugiger Blick kam auf Cheftu zu liegen, und ihm war klar, dass sie in dieser Nacht weder Freude schenken noch empfinden würde. Sie war nicht Chloe.

Sie streckte ihm die kleine Hand mit den Blütenblättern darin entgegen.

»*Kreenos*«, sagte Dion. »Für die sanfte Erweiterung deiner Sinne, mein Freund. Nimm, es wird dir nicht schaden.« Cheftu zog eine Braue hoch, und Dion schränkte ein: »Nun ja, ein einziges Mal wird dir nicht schaden.« Er beugte sich vor und flüsterte

Cheftu ins Ohr: »Eine Warnung, Ägypter, sie setzt ihre Zähne ein. Gib Acht, es sei denn, du liebst den Schmerz in der Ekstase?«

Cheftu fühlte sich unbeschreiblich unwohl. Er brummelte etwas nichts Sagendes, und Dion entfernte sich. Lorbeer nahm seine Hand und zog ihn fort. Sie sollte ruhig ihre Blütenblätter essen, vielleicht würde sie dann vergessen. Wenn er das nur könnte.

Chloe und Dion.

Phoebus erhob sich von seiner Liege; die Priester standen um ihn herum. Von heute an würden ihn die Tempeltänzerinnen ein volles Jahr allein auf seiner kalten Liege schlafen lassen. Diese Zeit der Selbstverleugnung würde ihm Disziplin verleihen, ihn Selbstaufopferung lehren, zwei Eigenschaften, die *Hreesos* brauchte. Wie sein Vater Zelos dieses Jahr überlebt hatte, war ihm ein Mysterium.

Er küsste jede der Frauen, am längsten die bleiche, dunkelhaarige. Doch es war nicht Irmentis. Wenigstens hatte er sich in sie ergossen. Ileana würde nicht unter seinem Samen anschwellen. Die Frauen zogen ab, und die Priester nahmen ihre Positionen ein, in denen sie ein Jahr lang über ihn wachen würden. Phoebus' Kopf schmerzte von dem zum Fenster hereindriftenden Gesang, mit dem die Stiere geweckt wurden.

Der zarte Duft verglühender Kräuter schwebte von Kelas Tempel heran. Er sah die Sonne aufgehen und musste an Irmentis denken, die jetzt ganz allein zum Schlafen in die Dunkelheit hinabstieg. Ihre Worte »Heirate eine andere« hallten ihm immer noch im Kopf. So sehr er sich auch bemühte, Phoebus konnte keine Falschheit darin entdecken. Wollte sie tatsächlich, dass er sie vergaß?

Er schnippte nach einem Bad.

Einen Dekan später saß er gerade vor seinem Wasserspiegel, als er einen Jungen lachen hörte und sich hoch erfreut umdrehte. Eumelos stakste steif in seiner bestickten Tunika heran, und Phoebus grinste, als er den rasierten Kopf und den schmerzhaft straffen Zopf des Kindes sah. »Ich danke dir, dass du mir die Ehre erweist, kleiner Prinz«, sagte Phoebus und ging in die Hocke, um auf gleicher Höhe mit seinem Lieblingssohn zu sein. Der *Maeemu* auf Eumelos' Schulter schnatterte, dann sprang er hinunter und hüpfte über den Boden zum Tisch hin, wo das Essen bereitstand.

»Ich liebe dich, *Pateeras*«, sagte Eumelos. »Mutter hat mir den Zopf zu fest gebunden.« Seine dunkelblauen Augen tasteten den Raum ab, auf der Suche nach einer Frau, die ihm helfen konnte. Schließlich wandte er sich wieder an seinen Vater. »Kannst du ihn losmachen?«

Phoebus lockerte den formellen Zopf, den Kassandra geflochten hatte. Sie war Mutter von dreien seiner Kinder, doch zu Eumelos war sie am strengsten. »Besser?«, fragte Phoebus.

»Ja, *Pateeras.*« Eumelos lief los und sprang auf das Bett, wo er eine neue Komposition sang, in der Phoebus' Sieg über den Stier gefeiert wurde. »Mutter hat gesagt, ich würde nie in Apis' Blut stehen«, sagte er, wobei er mit dem Saum von Phoebus' Umhang spielte. Der *Maeemu* übernahm das Spiel und zupfte an den vergoldeten Federn. Der Leibeigene hechtete auf das winzige graue Tier zu und nahm es mit einem entnervten Seufzen hoch.

»Das stimmt.« Phoebus biss sich auf die Lippen und wünschte, er könnte Kassandra zum Schweigen bringen. Sah sie denn nicht, wie verletzend ihre Worte waren? *Och,* Eumelos, dachte er. Würdest du dich auf diesen Tag freuen, wenn du wüsstest, dass du dann an meiner Stelle stehen würdest? »Du hast andere Pflichten. Dazu bist du zu früh geboren, mein Sohn. Betrachte es als eine Gunst Apis'.« Er strich mit der Hand über den schmalen braunen Knabenrücken. Eumelos war schon groß, aber noch dünn. Genau wie ich damals, dachte Phoebus.

»Wieso hast du dann eine Insel nach mir benannt?«

»Alle Prinzen sollen auf irgendeine Weise unsterblich sein. Bei meiner Geburt hat Zelos den Berg Apollo nach mir umbenannt –«

»Und wieso habe ich keinen Berg gekriegt?«, fragte Eumelos skeptisch.

»Weil keiner mehr übrig war, du Frechdachs«, antwortete Phoebus. »Stattdessen hast du eine ganze Insel bekommen.« Nach meinen anderen Kindern wurden nur Bäche oder Strände benannt, dachte er. Nimm das Wenige, das ich dir geben kann.

Eumelos zuckte zufrieden mit den Achseln. »Kann ich heute mit dir kommen?«

»Nein. Du musst deine Mutter begleiten, Sohn.«

Eumelos stöhnte. »Die redet doch ständig nur über Kleider und andere Männer und Frauen. Das ist so langweilig! Muss ich wirklich?«

»Es ist so Brauch. Du musst unsere Bräuche befolgen; sie sind das Rückgrat Aztlans.«

Unglücklich, aber gehorsam schüttelte Eumelos den Kopf. Phoebus umarmte ihn und schob ihn dann zurück zu dem Leibeigenen. *Kennst du unsere Bräuche überhaupt, Sohn? Wärst du fähig, diesem Tag unverzagt ins Antlitz zu sehen?* Mit einer angewiderten Grimasse setzte der Kammerdiener den *Maeemu* auf Eumelos' Schulter.

»Bin ich bereit?«, fragte Phoebus.

Der Kammerdiener musterte ihn kühl. »Du trägst die goldenen Federn, das goldene Korsett, den langen Schurz in Lila und Gold.« Der Mann drehte an seiner Stirnlocke. »Du hast deinen Anhänger, deine Ringe, deine Siegel.« Dabei tippte er in einer graziösen Geste mit den juwelengeschmückten Händen gegen sein Gesicht. »Sobald wir diese Federdecke angelegt haben, müsstest du bereit sein.«

»Dann mach.«

Der Kammerdiener hob den zeremoniellen Überwurf auf. Er bestand tatsächlich aus Federn. Pfauenfedern bildeten eine Rüsche um Phoebus' Hals und zogen sich von dort aus auf der Vorderseite im rechten Winkel abwärts, sodass sie den gesamten Überwurf in Therosblau umrahmten, dem leuchtenden Lila-Blau des Meeres. Der übrige Umhang bestand aus weißen Federn, die in Gold getaucht worden waren. Er stank, war schwer und unbequem, doch der Brauch wollte es so. Die beiden Hilfskräfte des Kammerdieners halfen Phoebus, ihn glatt zu ziehen, dann öffneten sie die Tür.

Phoebus drehte sich um, ohne dem Schniefen des Kammerdieners Beachtung zu schenken, und deutete auf die vier Seesoldaten, die den Tragsessel hielten. Von diesem Tag an würde Phoebus sich tragen lassen. Der Goldene Stier ging oder rannte niemals vor den Augen seiner Untertanen.

»Zur Pyramide der Tage, Aufsteigender Stier«, verkündete der Leibeigene, bevor er Phoebus in den goldenen Sessel half und den goldgefiederten Überwurf straff zog.

Das Lärmen der Gesänge schlug ihm entgegen, noch ehe sie auf dem Hauptgeschoss des Palastes angekommen waren. Im Thronsaal drängten sich Abgesandte aus den zahlreichen Kolonien und Vasallenstaaten Aztlans. Jener Völker, die sie durch Handel erobert hatten. Wie viele würden sie noch erobern? fragte er sich.

Er wurde an zwei riesigen roten Säulen vorbei und den Gang zum Ring des Stieres hinuntergetragen. Heute hatte sich dort der aztlantische Hof versammelt, und die grellbunten Röcke und gleißenden Juwelen strahlten in der hellen Tagessonne. Phoebus richtete seine Aufmerksamkeit nach vorn, an den drängelnden Tausenden vorbei, die den flaggengesäumten Fußweg vom Palast zur Anhöhe hinauf säumten. Schon spürte er die Anziehungskraft des Tempels, jene Anziehungskraft, die er schon als kleiner Junge wahrgenommen hatte.

Wenn nur Irmentis bei ihm wäre... Er verschloss seinen Geist vor dem Gedanken und starrte auf den Tempel. Der Ägypter hatte die Prüfungen in der Pyramide bestanden; Phoebus würde sie ebenfalls bestehen.

Cheftu erwachte und starrte auf die geometrischen Zeichnungen an der Decke. Speichel sickerte aus seinem Mundwinkel, und ihm blieb nur ein Augenzwinkern lang Zeit, zum Waschtisch zu stürzen, ehe ihn die Übelkeit überwältigte.

Schwitzend und bibbernd kauerte er sich auf dem bemalten Boden zusammen.

Er war krank.

Seit Monaten bibberte er bereits. Bisweilen packte ihn eine kurzfristig auftretende Euphorie. Zu anderen Zeiten fühlte er sich orientierungslos und verirrte sich im Palast.

Und jetzt das.

Ein Bein ausgestreckt, starrte Cheftu auf die Schwäre an seinem Geschlecht. Sie schwoll immer weiter an. Vor zwei Monden hatte sie noch ausgesehen wie eine wunde Stelle, rot und empfindlich, wenn er sie berührte. Jetzt war sie angeschwollen und schmerzte jedes Mal, wenn er sein linkes Bein bewegte.

Verängstigt ließ er den Kopf in beide Hände sinken. Sein Gehirn schien ihm nicht mehr zu gehorchen, er wusste nicht mehr, wie er Herr seiner Gedanken bleiben sollte. Der Biss auf seiner Schulter war verheilt, doch er konnte sich nicht vorstellen, was ihn sonst verletzt haben könnte. Hatte der Stier in dem ägyptischen Apis-Heiligtum irgendeine Krankheit übertragen? Fünf Dinge durchströmten den Körper: Blut, Schleim, Urin, Samen, Luft. Mit keinem davon hatte er Kontakt gehabt, nur mit Speichel. *Mon Dieu,* was sollte er tun?

Er wischte sich einen Speichelfaden vom Mund und verzog das Gesicht. Chloe hatte seine Entscheidung, seine Körperhaare wachsen zu lassen, nicht hinterfragt. Ihm war das zuwider, doch dadurch verbarg er die Schwäre vor ihrem Blick, und er hatte Chloe so weit ablenken können, dass sie die Stelle nicht berührt hatte. Er blickte auf seinen Hoden; sie sollte nichts davon erfahren. War er ansteckend? Würde er sie infizieren? Konnte er diese Tasache vor ihr geheim halten? *Solltest du das?* hörte er sie im Geist fragen.

Stöhnend rappelte Cheftu sich hoch und stützte sich an der bemalten Wand ab. Das tiefe Rauschen von Wasser war aus dem Gitterwerk von tönernen Leitungen zu hören, die den ganzen Palast durchzogen und Abwässer, wie den Inhalt seines Magens, ins Meer schwemmten.

Er ging an seine Liege und sank mit einem erschöpften Seufzen darauf nieder. Er hatte vorgehabt, heute Chloe zu besuchen, nachdem Atenis ihm endlich ihren Aufenthaltsort verraten hatte. Ein Schurz würde ihn bedecken, doch wie oft behielt er in Chloes Nähe seine Sachen an? Dennoch bereitete ihm nicht eimal der Gedanke an ihren schlanken, biegsamen Leib Vergnügen. Plötzlich begann der Raum um ihn herum zu kreiseln.

Ehe Cheftu Nestor gegenübertrat, musste er sich rasieren und umziehen. Sein Bart lag gerade dampfend unter einem Leintuch und wartete auf Rasur, als er jemanden in den Raum treten hörte. Auf ein schnelles Schnippen hin entschwanden Cheftus Leibeigene, und dann spürte er fremde Hände auf dem Tuch. Seine Augen blieben bedeckt, während der Fremde sein Kinn einseifte. Die langen Finger waren rau, es waren die Hände eines Arbeiters, keines Kammerdieners.

Jeder Gedanke an eine mögliche Entspannung war vergessen, als die Rasur begann. Cheftu wagte nicht zu sprechen, aus Angst, der Mann würde ihn schneiden. Doch die Berührung des Fremden war eigentümlich sanft und liebevoll, und Cheftus Muskeln spannten sich in unbewusster Abwehr an.

»Wie geht es dir heute, Cheftu? Bist du bereit für die Feier heute Nacht?« Mit einer großen Geste und einem Lächeln zog Dion das Tuch von Cheftus Gesicht.

Die Ängste, die, uneingestanden und unerbeten, in Cheftus Geist zu blühen begonnen hatten, schmolzen dahin. Schließlich war das Dion! Das Sippenoberhaupt, nach dem alle Frauen verrückt waren. Man sagte ihm sogar nach, dass er mehrere zugleich im Bett beglückte. Cheftu erwiderte sein Lächeln. »Ich habe gehört, bei diesem Fest handelt es sich eher um eine Sinnenfeier als um ein religiöses Ritual.« Er nahm Dions Hand, die ihm aus dem Stuhl half, und Dion schnappte nach den Leibeigenen, die Cheftus Kleider brachten.

»Genau«, bestätigte Dion. »Bist du bis jetzt enttäuscht worden?« Es schien ihn kein bisschen zu stören, dass Cheftu nackt vor ihm stand, darum lenkte Cheftu seine Gedanken in andere Bahnen und versuchte, sich nicht dadurch irritieren zu lassen, dass ein Leibeigener einen aztlantischen Schurz um seine Hüften band. Schließlich hatte Dion als Erster den *Bubo* entdeckt, eine Erinnerung, bei der Cheftu immer noch insgeheim zusammenzuckte.

Cheftu konzentrierte sich auf den Schurz, der wie üblich in einem jener überirdischen Muster gehalten wurde, an denen selbst ein Pariser Couturier Gefallen finden würde. Er reichte bis hoch in den Rücken, die Front hingegen war mit einem Reptiliensaum umfasst und endete in einer riesigen Quaste, die ihn an den Knien kitzelte. Die wilde Mischung von Farben und Mustern machte ihn schwindelig.

Gemeinsam betraten sie das Laboratorium, und Dion versprach, Nestor wie auch Cheftu das Mittagessen zu bringen. Nestor war bereits damit beschäftigt, Formeln zu kopieren; er trug dasselbe wie am Abend zuvor, und Cheftu erkannte an Nestors starrem Blick, dass auch er die Nacht allein verbracht hatte.

Plötzlich wurde Cheftu alles zu viel; was hatte er hier zu suchen, während Chloe woanders war? »Ich fahre nach Prostatevo«, verkündete er.

Nestor lächelte. »Sei bis Monduntergang wieder hier und vor jeder Gefahr gefeit, bis meine Augen dich wieder erblicken.«

Cheftu öffnete die Tür, doch die nächste Bemerkung ließ ihn innehalten. »Und grüße Sibylla von mir.«

Der Spiralenmeister verschwand ohne ein weiteres Wort.

Seit Tagen, dachte Chloe. Seit Tagen war sie allein hier. Doch sie konnte sich das Lächeln nicht völlig verkneifen. Sie arbeitete mit Farbe! Herrlicher Farbe! Endlich war sie wieder in einer Welt, in der sie sich auskannte. Es war ein wunderbares, phantastisches Gefühl, gar nicht zu vergleichen damit, die Chefin einer Kuhherde zu spielen.

Zum vollkommenen Glück fehlte ihr nur noch eine Nachricht von Cheftu, dem superheißen Spiralenmeister persönlich. Chloe zuckte mit den Achseln und gab sich Mühe, nicht kleinlich zu sein, doch er hätte ihr wirklich zumindest einen Briefvogel schicken können! Sie war sicher, dass er sie gesehen – und erkannt hatte. Er hielt sie doch gewiss nicht für tot?

Chloe wischte die Linie aus und legte konzentriert die Stirn in Falten. Sie nahm ihren Pinsel wieder auf und sah sich um. Atenis zu Folge sollte dies ein Kinderzimmer werden. Doch nichts wirkte leicht und fröhlich genug. In einer Nachahmung von Atenis' Stil hatte sie die Umrisse eines aztlantischen Jungen gezeichnet, mit Jugendlocke und diesen wunderbar wässrigen aztlantischen Augen. Und was sollte er tun?

Chloe starrte die Wand an. Womit beschäftigten sich kleine Jungs? Mit Angeln? Hier nicht. Basketball? Kaum. Nintendo? Chloe lachte leise in sich hinein. Sie drehte allmählich durch.

Zwei Jungs vielleicht? Und was taten die? Chloe begann, einen zweiten Knaben zu zeichnen, und streckte dann neckisch einen Arm zur Nase des anderen hin. Nimm das, dachte sie. Die Skizze kam ihr vertraut vor, so als wüssten ihre Hände genau, was sie zu tun hatten, und auf welche Weise.

Mit zusammengekniffenen Augen nahm sie ihren Pinsel auf und begann zu malen. »Du kannst Cheftu sein«, erklärte sie dem ersten skizzierten Knaben. Er hatte mandelförmige Augen und lange Brauen. Mit schnellen Strichen zog sie ihrem Jungen einen Boxhandschuh über. Nun versetzte ihr Knabe Cheftus Knaben einen Nasenstüber, und zwar mit voller Wucht. »Das hast du davon, dass du nicht nachgekommen bist«, erklärte sie dem Gemälde.

»Ich habe nicht gewagt, so viel Aufmerksamkeit auf mich zu ziehen.«

Chloe wirbelte herum, kam aus dem Gleichgewicht und fiel gegen die Wand. Cheftu stand in der Tür, gegen den Rahmen gelehnt, als stände er schon seit Stunden dort.

Er war so atemberaubend, dachte Chloe. Er beherrschte die hohe Kunst der Anpassung. Sein Schurz war dezenter als bei den meisten Aztlantu, und der Anhänger mit dem Sippenzeichen hing in der Mitte seiner Brust. Die eigenartige Scheibe, die er stets um den Bauch trug, bewegte sich leicht unter seinen Atemzügen. Schwarzes Haar fiel über seine Schultern, und die kunstvoll eingeflochtenen Strähnen waren mit Goldfäden durchwoben. Seine Haut wirkte bleicher als üblich, aber das war kaum verwunderlich, schließlich verbrachte er die Tage im Haus. Bleiglanz umringte seine Augen, die dadurch noch heller leuchteten, und seine Miene war nicht zu deuten. Sie starrten einander mit großen Augen an.

»Und ich bekomme keinen Handschuh«, bemerkte er mit einem Lächeln. »Das erscheint mir ungerecht.«

»Wer behauptet denn, dass es im Leben gerecht zugeht?«

»Touché.« Aus seinem antik gekleideten Körper hörte sich das Französisch doppelt unpassend an. Chloe wandte sich wieder dem Gemälde zu und malte die Augen ihres Knaben mit Tusche aus. »Das ist kaum der Empfang, den ich mir erhofft hatte«, stellte Cheftu neben ihr fest.

Chloe zuckte zusammen und malte das zweite Auge schief.

»Dann hättest du vielleicht schon gestern auftauchen sollen«, bemerkte sie spitz.

Er schob seine Finger in ihr Haar und zog ihren Kopf ganz sanft zurück, aber dennoch so, dass außer Frage stand, wer hier das Sagen hatte. »Das war nicht möglich. Dafür haben wir jetzt Zeit, alles nachzuholen, *oui, ma chère?*«

Sie sah in seine Augen und versuchte, seine Gedanken, seine Gefühle zu lesen. Er verschwieg ihr etwas, das spürte sie. »Lass mich los.«

Er gab sie frei, und sie kniete nieder, um in einer Tonschale türkise Farbe einzumischen.

»Ich habe die Löcher im Gehirn entdeckt, das einzige Symptom dieser Seuche«, erklärte Cheftu knapp. »Danke der Nachfrage.«

Die Lippen fest zusammengepresst, mischte Chloe in einem Mörser das *Mafkat*-Pulver mit Wasser. »Herzlichen Glückwunsch.« Sie erhob sich wieder, die Pinselspitze mit türkiser Farbe beladen.

»Ich hatte in letzter Zeit so ein … komisches Gefühl. Ich finde mich nicht zurecht«, bekannte Cheftu. »Die Aztlantu sind ein eigenartiges Volk. Das menschliche Leben bedeutet ihnen wenig, sie würden alles für neue Attraktionen opfern.«

»Du sprichst in Rätseln.« Chloe prüfte auf ihrem Handrücken die Festigkeit der Farbe.

»*Merde,* Chloe! Du fehlst mir! Mir fehlt deine Geradlinigkeit, dein Humor!« Er drehte sie herum, sodass türkise Farbe über sie beide spritzte, ein strahlender Kontrast auf seinem karmin- und safranfarbenen Schurz. Auch ihr Gemälde wurde besprenkelt.

»Verdammt noch mal, Cheftu! Ich habe stundenlang an diesem Bild gearbeitet, und wenn du glaubst, du könntest einfach hier hereinspazieren, wann immer es dir passt, meine Gemälde ruinieren und erwarten, ich würde dir in die Arme –«

Er packte sie am Kinn und gab ihr einen drängenden Kuss. Chloe stieß ihn weg, wobei sie sich und ihn mit noch mehr Farbe bekleckerte. »Du ruinierst mein Werk«, zischte sie. Cheftu sah sie zornentbrannt an, zog ihre Hände auf den Rücken und schnappte sich den Pinsel.

»Du bist eine echte Aztlantu geworden«, sagte er. »Halb nackt im Hof tanzen, als Erbin der Kela-Ileana.« Sie wehrte sich, doch er schob seine Hände weiter an ihren Armen nach oben, bis sie reglos mit durchgedrücktem Rücken vor ihm stand. »Möchtest du mit Phoebus ins Bett steigen?«

Statt einer Antwort zischte Chloe ihn an und weigerte sich zuzugeben, dass sein Griff schmerzte. Dass er schmerzte, vergaß sie, als er mit dem Pinsel ihre Brustwarzen zu bemalen begann. Die winzigen Pinselhärchen kitzelten, und sie spürte, wie sie enger und heißer wurde. »Wünschst du dir, Dion würde dich halten, und Phoebus würde deinen Leib bemalen?« Er war zornig, seine Augen verrieten, wie verletzt er war.

»Es war nicht so, wie du glaubst.«

Er begann, ein Muster über ihre Brust zu malen, das er nach oben bis zum Schlüsselbein und nach unten bis zu dem lockeren Verschluss ihrer Jacke verlängerte. Was er da malte, konnte Chloe von oben nicht erkennen; sie sah nur ihre hervorstehenden Brüste, blassgold unter dem klaren Türkis. Hieroglyphen. Er bemalte sie mit Hieroglyphen.

Chloe wehrte sich erneut, und Cheftu zog sie näher, ohne seinen harten Griff zu lockern. Er klemmte den Pinsel zwischen die Zähne und schob die Hand unter den Bund ihres Kleides. Seinen Mund auf ihren pressend, sodass der scharfe Geruch der Farbe zwischen ihnen hing, lockte er Chloes Zunge in das Gefängnis, in das er seinen Mund durch den Pinsel verwandelt hatte. »Ich bin sehr wütend«, murmelte er gegen ihre Lippen.

Ein lautes Reißen hallte durch den Raum; Chloe schrie vor Zorn auf und setzte sich zur Wehr. Er zog sie an seinen Körper, wodurch ihre Tritte ins Leere gingen. Chloe wurde schwindelig, ihre Gefühle spielten verrückt, und … na gut … sie war scharf auf ihn.

Cheftu schob sie rückwärts gegen die Wand, obwohl Chloe sich windend zu befreien suchte, wenn auch nicht mehr so energisch wie zuvor. Vielleicht war er wütend, aber er war ebenfalls scharf, das wusste sie. Als er mit einer Hand eine Rüsche ihres Rocks herunterriss, spürte Chloe, wie ihr die Knie weich wurden. Geschickt und schnell fesselte er ihre Hände auf dem Rücken und lachte über ihre Befreiungsversuche. Jetzt raste sie vor Wut.

Bis er in die Hocke ging, statt des Pinsels beide Hände in die Farbe tauchte und ihr damit die Haut massierte. Die Farbe fühlte sich fest, glitschig und so kühl an, dass ihr Schauer über den Rücken liefen. Cheftu hantierte damit wie mit einer Lotion, sorgfältig rieb er die Pigmente ein; Chloe sah aus, als würde sie vom Nabel abwärts durch die Wellen des Ozeans gewirbelt.

Chloe zitterte und konnte kaum mehr stehen. Cheftus Berührung war reine Magie, und es war unaussprechlich erotisch, sich durch Farbe und Muster verwandelt zu sehen. Sie war *selbst* zum Kunstwerk geworden. Den Kopf gegen die Wand gelehnt, konzentrierte sie sich ganz auf ihre Empfindungen. Die kühle Farbe nahm langsam die Hitze ihres Körpers an. Die Stellen, wo sie dick aufgetragen war, waren fest und schwer, auf jenen Körperteilen andererseits, die kaum von Farbe überzogen waren, war der Belag so leicht, dass er sich wie Spinnweben auf der Haut anfühlte. Cheftu hob ihren Fuß hoch, rieb auch ihn mit Farbe ein, drängte mit den Fingern zwischen die Zehen, ganz langsam, wobei das Glitschen und Schmatzen der Farbe fast klang wie …

»Welcher Geschmack?«, fragte er heiser. Chloe glitt langsam an der Wand herab, ihre Knie über seinen Schultern, bis sie auf seinen Schenkeln zu sitzen kam. Sie blinzelte und holte tief Luft, als er ihr Gesicht mit äußerst beredten Berührungen zu bemalen begann. Die Farbe war mittlerweile angedickt und fühlte sich köstlich glatt an. »Was für ein Geschmack, meine treulose Madame?«

O nein, dachte sie, diese Sorte Eis haben sie noch nicht erfunden! Sie stöhnte, als er sie an ihrer intimsten Stelle berührte und hinter ihren geschlossenen Lidern Visionen von aufsteigenden blauen, azurfarbenen, türkisen Wellen vorbeizogen, die kurz davor waren, auf den Strand zu brechen. Cheftu flüsterte unter ihren Lippen, suggestiv und sinnlich, und heizte damit das Feuer an, bis sie heiß wurde wie das blaue Herz einer Flamme, um schließlich mit Haut und Haaren verschlungen zu werden.

Die schwarze, höhlenartige Kammer war so leer, dass es hallte. Die an den Wänden befestigten Fackeln leuchteten fast taghell und vertrieben, da sie in verschiedenen Höhen angebracht waren, alle Schatten. Der Rat stand auf dem ersten Balkon, wo noch vor wenigen Tagen die Adligen Aztlans gestanden hatten.

Die letzte Prüfung stand an.

Phoebus baute sich vor ihnen auf und kämpfte das Beben in seinem Körper nieder.

Er hatte den Apis-Stier erlegt, er hatte sich in der Pyramide als würdig erwiesen und das Labyrinth überlebt; dies war die letzte Prüfung. Er musste sich zu jenem Akt durchringen, der vielen diente, doch wenigen Schmerzen zufügte. Die Fruchtbarkeit der Felder musste sichergestellt werden.

Der König musste sterben.

In neunzehn Sommern werde ich hier stehen, dachte er. Ich werde in das Gesicht meines Sohnes blicken und wissen, dass ich töten muss oder getötet werde. Weiter, über das Ritual hinaus, wagte er nicht zu denken. Er war Olimpier, er würde siegen.

Alles war still.

Er hob den Blick und sah sich um, ohne dass er gewagt hätte, den Kopf zu drehen. Niko lehnte mit verschränkten Armen an der Wand gegenüber. Neben Niko stand Phoebus' Dreizack, mit polierten und geschliffenen Zinken, dazu bereit, Haut zu durchstoßen. Phoebus wandte den Blick ab. Sein Körper roch scharf, Angst mischte sich in seinen Schweiß. Seine Gedärme rumorten, und ihm war übel. Apis sei Dank, dass nicht Eumelos eines Tages hier stehen würde. Lieber ließ er sich von einem ungeliebten Sohn auslöschen.

Das Krachen von Holz auf Stein schallte durch die Kammer, als die Doppeltür aufflog. Phoebus' Handflächen waren feucht, und er presste die Knie zusammen. Zelos kam durch die Tür herein, gefolgt von Spiralenmeister und Dion, der den Dreizack des Goldenen Stieres trug.

Zelos sah keineswegs so aus, als hätte er seine besten Sommer bereits hinter sich, dachte Phoebus mit plötzlich anschwellendem Stolz. Er war immer noch der größte Mensch in Aztlan, und das feine blonde Haar flog ihm über die Schultern, auch wenn schon weiße Strähnen darin leuchteten. Sein Körper war straff, durchtrainiert, dunkelhäutig, und mehrere Dutzend Kinder von einer ganzen Schar Nymphen zeugten von seiner Männlichkeit.

Die blauen Augen, die sowohl Phoebus als auch Eumelos geerbt hatten, wirkten blass und traurig. Der neue Minos winkte die beiden Kämpfer nach vorn. Phoebus trat zu seinem Vater, wollte den Sonnenaufgang hinausschieben, wollte nicht zaghaft erscheinen und seiner Sippe dadurch Schande bereiten.

Nur ein einziges Mal war die Tradition nicht erfüllt worden. Der Goldene Stier Kronos hatte seinen Sohn besiegt und achtunddreißig Sommer lang regiert. Am Ende seiner Regentschaft war er schwach und willenlos gewesen, und die Felder hatten brachgelegen. Zelos hatte die Schlacht mit Leichtigkeit gewonnen und das Opfer aufgenommen, auch wenn in Kronos nur wenig Macht geblieben war.

Pateeras' Hände packten seine Unterarme, und Zelos lächelte. »Du bist meiner würdig, mein goldener Sohn«, sagte er. Seine Stimme klang belegt, und seine Miene wirkte resigniert. »Trotzdem verlangen die Sippe und das Imperium, dass wir in dieser Schlacht unser Bestes geben. Du hast bewiesen, dass dein Geist gesund ist, dass deine Reflexe schnell und sicher sind, dass dein Verstand von außergewöhnlicher Schärfe ist – nun musst du beweisen, dass deine Willenskraft und dein Gehorsam über jeden Zweifel erhaben sind.«

Phoebus schüttelte zustimmend den Kopf.

»Danach musst du noch deine Selbstbeherrschung unter Beweis stellen. Kein Mensch kann führen, wenn er den Weg nicht selbst gegangen ist. Aztlan leidet unter den Schmerzen – Geburtswehen, wie ich hoffe – einer neuen, ruhmreichen Generation –« Zelos' Stimme erstarb. »Ich beklage nur, dass ich dich nicht werde herrschen sehen.«

Phoebus erwiderte mit festem Druck den Griff seines Vaters.

»Nun kämpfe gegen mich, Phoebus. Zeige mir, dass mein Stolz berechtigt ist. Man soll nicht raunen, dass der Sieg über *Hreesos* Zelos leicht war.«

»Ich höre, du hast beinahe alle Seesoldaten niedergerungen«, antwortete Phoebus lächelnd. »Mir schlottern schon die Beine.«

Zelos lachte, es war ein einsames trostloses Geräusch. »Erfülle deine Pflicht Ileana gegenüber«, sagte er.

Zorn, sorgsam verborgen, flammte in Phoebus auf. »Das werde ich, *Pateeras*. Ich werde mich um Ileana kümmern.«

Sein Vater sah ihn an, suchte in seinen Augen. Dann blickte er auf ihre ineinander verschränkten Arme, die einander so fest umfassten, knapp unter dem Ellbogen. Der Goldene Stier Zelos richtete sich zur vollen Größe auf, salutierte vor seinem Sohn und Nachfolger und wartete darauf, dass Phoebus es ihm gleichtat.

Das ging zu schnell! dachte Phoebus. Nein, das konnte nicht alles gewesen sein! Doch er hatte bereits auf dem Absatz kehrt gemacht. Nun reichte Niko ihm den Dreizack, den Blick nach innen gewandt. Ein Gefühl unendlicher Einsamkeit drückte ihn nieder, und plötzlich bekam Phoebus Angst, dies hier nicht durchzustehen. Er hatte schon Irmentis verloren, seine Jugend – und nun seinen Vater?

Wieder drehte er sich um und ging zurück in den Ring. Zelos, den Dreizack locker in beiden Händen, stand entspannt auf den Fußballen. Seine Erhabenheit war Ehrfurcht gebietend, selbst jetzt, in der letzten Schlacht seines Lebens.

Eine Giftschlange wurde auf den Boden geworfen, damit war der Kampf auf Leben und Tod eröffnet. Frühling gegen Winter, Jugend gegen Alter, Wille gegen Wille.

Phoebus bewegte sich in einem engen Kreis, ohne dabei Zelos' Dreizack aus den Augen zu lassen, in den Ohren nur das unheimlich laute Schleifen ihrer bloßen Füße im Sand. Ein leises Zischen lenkte ihn ab, und er machte im letzten Moment einen Satz zurück, ehe die Hornviper nach ihm schlug.

Seine Hände waren feucht, er hielt den Dreizack fest umklammert. Zelos kam näher, und Phoebus wich dem ersten Schlag seitlich aus, parierte den zweiten und duckte sich unter dem dritten weg. Was würde geschehen, wenn keiner von beiden gewann? Das war ein unmöglicher Gedanke, der vom ersten Moment an zum Sterben verurteilt war. Nur ein einziger Mann würde den

Kampfplatz lebend verlassen. Er würde seinen Vater nicht beschämen.

Zelos griff erneut an, doch Phoebus rollte sich unter den Zinken ab und packte seinen Dreizack, ehe Zelos sich umgedreht hatte. Wenn er Zelos nicht tötete, würde er Ileana niemals bestrafen dürfen. Das Bild einer gebrochenen und bettelnden Ileana – flehend, das hübsche Gesicht entstellt, den alternden Leib entblößt – stieg Phoebus wie ein Rausch zu Kopf.

Er stach nach Zelos, wenngleich nicht in einer Attacke, sondern nur um seinen Kampfgeist zu zeigen. Sein Vater lächelte, und Phoebus begriff, dass er ihn töten und dann speisen würde, so wie es Generationen goldenhaariger, blauäugiger Männer vor ihm getan hatten.

Er würde Ileana nicht leiden lassen.

Eine zweite Giftschlange wurde in den Sand geworfen. Zwei, denen er ausweichen musste, während er Zelos angriff. Phoebus schlug zu, dass der Aufprall auf Zelos' Dreizack Schockwellen durch seinen Arm laufen ließ, die seine Knochen bis zu den Zähnen hinauf klingen ließen. Er öffnete den Mund, verringerte den Druck auf den Kiefer, und wich seitwärts aus.

Wieder stießen sie zusammen, erst oben, dann unten; näher, weiter auseinander. Es war ein fast rhythmisches Klirren, zu dem Phoebus praktisch durch die Arena tanzte, laufend, ausweichend, zuschlagend. Zelos war erfahren, aber langsam, und Phoebus begriff, dass sein Vater mit seinen achtunddreißig Sommern alt und müde war. Phoebus drängte näher.

Das erste Blut zeigte sich an Zelos' Wade, durch Zufall, als Phoebus sich abrollte. Eine rote Linie perlte auf, woraufhin Zelos zum Angriff überging. Das stumpfe Ende von Phoebus' Dreizack traf Zelos erst in den Bauch, dann auf das Kinn, wodurch Phoebus sich Zeit zum Rückzug verschaffte.

Eine dritte Giftschlange.

Blitzschnell wischte Phoebus seine Hände an den Beinen ab, weil er nicht wagte, sie mit Sand zu bestäuben. Zelos' Triton knallte auf seinen linken Arm, und die augenblicklich einsetzende Taubheit bewirkte, dass er die untere Hälfte des Dreizacks fallen ließ. Er war nicht in der Lage, sich zu verteidigen, und spürte wie Zelos' Zinken über seine Bauchdecke schabten.

Drei blutige Spuren. Er sah zu seinem Vater auf. Das zweite Blut. Noch eine Runde. Das Entsetzen in Zelos' Miene verschwand unverzüglich wieder unter einer Maske, doch Phoebus war klar, dass dies der letzte entschiedene Angriff seines Vaters gewesen war.

Zwei weitere Giftschlangen.

Das Tempo des Todestanzes hatte sich gesteigert, jetzt griff Phoebus an, weit ausholend, seinen Hass auf Ileana ganz auf den Vater gerichtet, den er stets bewundert hatte. Zelos verteidigte sich geschickt, doch er schlug nicht zurück. Die Schlangen waren unruhig, rastlos, durch den Kampf verwirrt, und schlugen nach allem in ihrer Nähe – einander, den Schatten.

Phoebus krachte gegen Zelos, sodass ihre Dreizacks über Kreuz kamen und durch ihre gegeneinander drängenden Körper im Lot gehalten wurden. Das Gesicht des Goldenen Stieres war von Schweiß und Schmutz befleckt, und sein Kiefer angestrengt vorgereckt. Phoebus lockerte seinen Griff und spürte, wie der Dreizack durch seine Handfläche rutschte.

Den Blick fest auf die Augen seines *Pateeras* geheftet, murmelte er: »Für die Sippe und das Imperium«, dann spießte er Zelos mit einem nach oben gehenden Stich auf, durch die Haut hindurch, bis die Zinken zwischen den Rippen hindurchschlüpften und Zelos' Herz aufrissen.

Stöhnend vor Schmerz sackte sein Vater zusammen. Wie aus weiter Ferne war das Klirren fallenden Metalls zu hören, und Phoebus, der seinen Vater hielt, spürte, wie das Leben weich und warm aus ihm herausfloss. Zelos schrie auf, und Phoebus sah eine Schlange davonhuschen. Zelos war gebissen worden.

Jetzt, wo Leben und Farbe aus dem Goldenen Stier wichen, sah Phoebus den Schweißfilm, der sein Gesicht überzog. Zelos öffnete die Augen, schnappte nach Luft. »Wür-dig«, hauchte er. Phoebus spürte, wie etwas in seiner Brust zersprang. Zelos war von ihnen gegangen.

»Heil, Goldener Stier Phoebus Apollo!«, hörte er.

Hände legten sich auf ihn, schoben ihn vorwärts, und ohne irgendetwas zu erkennen, marschierte Phoebus los. Leise und ernst zogen die Gesänge durch die Luft, doch er erkannte kein einziges Gesicht. Durch den Gang und in die letzte Kammer, zur letzten Ehre. Zum letzten Grauen.

Zelos' Wärme und Geruch bedeckten ihn, und Phoebus blickte in das ausdruckslose Gesicht des Leichnams.

Eine Klinge wurde ihm in die Hand gedrückt. »Ich ehre den *athanati* Stier«, sagte er. Mit geschlossenen Augen spürte er, wie seine Finger sich bewegten, wie sie das schlaffe Blondhaar abhackten, die noch warme Haut darunter ertasteten. Er drückte die Klinge gegen den Schädel, mit glitschigen Händen, vor Schweiß oder Blut vermochte er nicht zu sagen.

Die gekreuzten Linien. Er holte tief Luft und zog an, bis die Haut vom Schädel riss, mit einem scharfen Laut, als ob grobes Leinen zerfetzt wird. Tief durch den Mund atmend, führte er die Spitze der Klinge über dem rechten Ohr ein. Das Knacken drehte ihm den Magen um, darum schnitt er schnell weiter – kein sauberer Schnitt, das stand fest, doch von einem Ende zum anderen reichend.

Lieber die Macht eines gefallenen Gottes in sich aufnehmen, als die Hülle eines verwitterten Alten in der Erde verscharren, dachte er. Lieber soll mein Vater in meinem Herzen, meiner Seele, meinen Adern wohnen als in der kalten, dunklen Erde. Zelos würde eins mit Phoebus werden. *Pateeras* würde in Phoebus' Blut fließen; er würde Phoebus' Samen befruchten; er würde Phoebus' Gedanken inspirieren. Zelos würde *athanati*... erst in Phoebus' Körper und später in Phoebus' Sohn. So war es auf Aztlan Brauch. So wollten es Ehre und Tradition.

Erst zupfte Phoebus nur an der Schädeldecke, doch dann packte er den Knochen fester, spannte die Muskeln an und riss den Arm zurück. Wieder ein kreischendes Reißen. Phoebus hielt inne und senkte den Blick; dies war eine Ehre. Lieber sich Zelos' Macht einverleiben, solange sein Blut noch warm war, bevor seine *Psyche* die Reise zu den Inseln der Gesegneten antrat.

Eine Haut, dick und straff wie eine Schafsblase, überzog das Gehirn. Ohne das heiß über seine klammen, kalten Hände strömende Blut zu spüren, schnitt Phoebus zwischen den beiden Hirnhälften in die Meninge.

Er durchsäbelte die rosige, verschlungene Masse und spießte mit der Klinge ein Stück davon auf, aus dem er wiederum eine bissgroße Portion schnitt, um sie hochzuhalten, damit der Rat und die Priester sie sehen konnten. Sie war von Löchern durchzogen, winzigen Löchern, wie ein Schwamm – genau wie das Gehirn des Stieres.

»Ich nehme die Macht des Zelos in mich auf.» Er steckte das Stück in den Mund und kaute.

Phoebus war Goldener Stier geworden.

Chloe wachte vollkommen verwirrt auf. Es roch wie im Chemielabor, doch sie hatte in diesem Schuljahr gar keine Chemie mehr, oder? Ihr Hals war grauenhaft verspannt, und langsam schlug sie die Augen auf.

Die Erinnerung traf sie so schlagartig, dass es beinahe wehtat. Aber noch schlimmer war, dass Cheftu verschwunden war. Die Sonne zeigte sich ein letztes Mal, um gleich im Westen unterzugehen, und ihr Licht überspülte den Raum in den verschiedensten Goldnuancen – dort, wo kein Türkis war. Ihr Fresko war vollgespritzt und wahrscheinlich ruiniert. Dann blickte sie an sich herab.

Ihr Körper war nicht wiederzuerkennen. Nicht wie damals, als sie in Ägypten erwacht war, was schon irritierend genug gewesen war. *Diesmal* sah sie aus wie eine Außerirdische. Sie war blau! Vom Schambein an aufwärts war sie mit eleganten, geschwungenen Hieroglyphen bedeckt; darunter mit Wirbeln, Arabesken und Wellen bemalt. Blau. Knallblau.

Eine Meerjungfrau von Matisse.

Stöhnend rappelte Chloe sich auf. Jeder Muskel tat ihr weh, weshalb sie die Tränen, die sie zurückblinzeln musste, auf ihren schmerzenden Körper schob, nicht auf ihr durchbohrtes Herz. Früher hatte Cheftu sie auf ganz andere Weise geliebt, und falls sie nicht zuvor eingeschlafen war, dann hatte sie ihm nun schon das zweite Mal keine Erfüllung bieten können. Stimmte etwas nicht mit ihr? Er hätte es ihr doch gewiss verraten?

Warum also? Der Gedanke ließ ihr keine Ruhe. Sie stieg über ihren Rock und verschwand im Hinterzimmer, wo sie ihr Lager aufgeschlagen hatte. Niemand. Sie schluckte die Tränen hinunter, lief nach vorn und die drei Stufen zur Straße hinauf. Draußen war es absolut still und menschenleer, nur der Wind wehte im bleicher werdenden goldenen Licht.

Chloe biss sich auf die Lippe und ging die Stufen wieder hinunter. Die boxenden Buben verharrten immer noch in ihrer starren Position, nun allerdings getüpfelt, darum nahm Chloe den Pinsel wieder auf. Die Punkte auf dem Arm und dem Fußgelenk ihres Jungen konnte sie in Perlen verwandeln. Erstaunlicherweise hatte Cheftus Junge nur an ein paar Haarsträhnen Farbe abbekommen. Chloe malte den Boxhandschuh schwarz aus, änderte dann die Richtung der Bauchschärpe, wodurch noch mehr Blau übermalt wurde, und betrachtete schließlich das Ganze mit verzogenem Gesicht. Es war kaum würdig, die Jahrtausende zu überdauern.

Die Wasserurne war eiskalt, und Chloe zögerte, sich zu waschen. Was hatte Cheftu da geschrieben? Den Pinsel in einer Hand, las sie stockend die auf dem Kopf stehenden Glyphen ab und kopierte sie auf den Boden. Der würde irgendwann mit Steinen oder Muscheln bestreut.

Als sie alles abgeschrieben hatte, las sie: »Mein Herz verzehrt sich nach dem, was es nicht haben kann, und liebt, was es nicht lieben kann.«

Was hatte das zu bedeuten? Wieso war er verschwunden? Bis jetzt war doch alles recht gut gelaufen, oder? Er glaubte doch nicht wirklich, dass sie eine Affäre mit Dion hatte? Falls etwas los war, hätte er es doch erzählt? Hatte er das vielleicht versucht? Eine Beziehung beruhte auf Offenheit und Ehrlichkeit.

Wonach verzehrte sich Cheftus Herz? Was liebte er, das er nicht lieben konnte? Wieso war er nicht geblieben? Mit Tränen in den Augen fuhr sie die Zeichnungen auf ihrer Haut nach, die Hieroglyphen, Kreise und Arabesken.

Liebte er sie noch?

In der Morgendämmerung würde sie aufbrechen, um ihm diese Frage von Angesicht zu Angesicht zu stellen.

Cheftu war im Laboratorium und ließ sich durch den Kopf gehen, was er während der Nacht zu sehen bekommen hatte. Bei allen Heiligen und der Muttergottes! Diese Leute waren *Cannibales!* Er war froh, dass Chloe nicht dabei gewesen war, dass sie an diesem grausigen Festmahl nicht teilgenommen hatte.

Nachdem er sich überzeugt hatte, dass er allein war, holte Cheftu das schwammige, zerfallene Stückchen Gehirn hervor, das er herausgeschmuggelt hatte. Mit bebenden Händen hob er es an, dann hielt er die Lampe hoch, damit ihr Licht durch das Gewebe fiel.

Löcher.

Nachdem er das Stück abgedeckt hatte, schickte er nach einem Schreiber. Die Rituale waren doch bestimmt auf irgendwelchen Tafeln und Schriftrollen in der Bibliothek aufgezeichnet, oder? Er hätte einfach fragen können, doch er fürchtete, dass man ihm dabei seinen Ekel anmerken würde. Cheftu konnte sich nicht mehr darauf verlassen, dass sich die Aztlantu wie andere Leute auch verhielten. Kein Wunder, dass die Erde versuchte, sie abzuschütteln!

Der Schreiber kehrte mit den entsprechenden Schriften zurück – und mit Dion. Sie unterhielten sich kurz, dann konnte Cheftu nicht mehr an sich halten. »Wie lange gibt es dieses Ritual schon?«

»Dass Zelos in Phoebus' Körper *athanati* wird?«

Cheftu schluckte die hochschießende Magensäure wieder hinunter. »Genau.«

Dion lehnte sich zurück, streckte die Beine aus und stemmte die Hände in die Hüften. »Seit die Sippe der Olimpier herrscht, würde ich meinen.«

Cheftu verschränkte die Arme. »Und wer nimmt normalerweise daran teil?«

»Nur der Rat und der neue Goldene nehmen den dahingeschiedenen *Hreesos* in sich auf, allerdings essen die gesamte Priesterschaft und das Kabinett von den Innereien des Apis-Stieres.«

Hier lag der Schlüssel. Cheftu wusste nicht genau warum, doch hier musste der Schlüssel liegen. Als er Dion endlich hinauskomplimentiert hatte, schickte er nach Nestor.

Dekane später blickten die beiden Männer über das Papyrus und die feuchten Lehmtafeln, die sie voll geschrieben hatten. Offenbar steckte, was auch immer die Menschen umbrachte, im Körper des Stieres oder des Menschen. Indem es verspeist wurde, gelangte es in den nächsten Körper, wo es ebenfalls Löcher ins Gehirn fraß.

Die Warnzeichen kamen zu spät. Erst wenn man die Löcher im Gehirn sah, wusste man mit Gewissheit, woran der Tote gestorben war.

»Soll das heißen, dass jeder, der heute von dem Stier gegessen hat, in Gefahr ist?«, fragte Nestor entsetzt.

Cheftu fuhr mit dem Finger die Spalten hinab, die sie voll geschrieben hatten. In jedem einzelnen Fall hatte das Opfer von dem Stier oder von Zelos' Vorfahren gegessen. Es handelte sich um ein blutiges, ein kostspieliges Vermächtnis. Die Krankheit wartete lange, ehe sie ausbrach. Neunzehn Jahre war es jetzt her, dass das letzte Mal jemand… gespeist hatte, dachte Cheftu angewidert.

»Das Stier-Ritual findet allerdings bei jedem Sonnwendfest statt. Jeden Sommer beweist *Hreesos,* dass er stark und klug ist, und nimmt Apis und teilt ihn mit allen.«

Die Priesterschaft! »Wie sollen wir ihnen nur klar machen, dass ihnen allen Verderben droht?«, fragte Cheftu.

Nestor schwieg, erst jetzt wurde ihm die Tragweite dieser Erkenntnis bewusst. »Bei den Göttern«, flüsterte er. »Aztlan hat Selbstmord begangen!«

Durch Blut hatte Phoebus sich als *Hreesos,* als Macht, Geist und Verkörperung des Apis-Stieres offenbart. In der Pyramide hatte er seine Gelehrtheit, seinen Verstand und seine Vernunft unter Beweis gestellt. Hier und jetzt würde er in einer Tradition, die noch älter war als die Sippe der Olimpier, zum Frühling werden, der gemeinsam mit der Erde neues Leben bringt.

Er blickte ein letztes Mal nach oben; bald würde sich der Mond mit der Sonne vereinen. In einem Augenblick zeitloser Nacht würde der intimste aller kosmischen Tänze zwischen Kela und Apis, zwischen Mond und Sonne beginnen. Überall im Imperium würden heute Nacht die Priester fasten, die Augen auf den Himmel gerichtet und auf die ersten Omen für die nächsten neunzehn Sommer wartend. Phoebus ballte die Faust und zwang sich zur Ruhe, bevor er in den Leib der Erde hinabstieg.

Der schwere Rauch glimmender Kräuter erfüllte die Luft mit beißendem Geruch, verklebte seine Nasengänge und nahm ihm die Sicht.

In der Höhle drängten sich die Frauen – Kela-Tenata, Muschelsucherinnen, Weiber aus seiner Sippe und Leibeigene, denn alle waren willkommen. In ihren Händen hielten sie tönerne Votivstatuen von Vögeln, Schmetterlingen, Schlangen, Priesterinnen oder Mohnkapseln. Unzählige Stimmen hoben und senkten sich in einem ungeordneten Gewirr, frei und ungezwungen und zutiefst rätselhaft.

Mutter Kela,
Quelle aller Schöpfung,
In deren großem Busen Leben fließt und Tod
In Wind und Regen.

Ob Dion wohl ebenso empfand?, fragte sich Phoebus. Als einziger Mann unter hunderten von Frauen, die sich zur Ekstase aufgepeitscht hatten? Dennoch gab es einen wichtigen Unterschied. Dion konnte alle und jede Frau berühren; Phoebus' Trachten war auf eine Einzige gerichtet.

Auf die Niederlage einer Einzigen von ihnen gerichtet.

Er spürte *Pateeras* in seinem Bauch, seinen Gedanken, seinem Blut. Sein Magen krampfte sich in Erwartung dessen, was ihm bevorstand, zusammen. Er war sicher, dass er sich vollkommen entleert hatte; Ileana würde, durfte nicht schon wieder gewinnen. In dreißig Tagen würde die Gerechtigkeit ihren Lauf nehmen.

Diese Höhle auf Kallistae war eine der größten Aztlans. Sie bestand aus vier Grotten, die durch schmale Gänge miteinander verbunden waren. Zwischen den lodernden Fackeln und schwankenden Leibern konnte Phoebus die Stalagmiten erkennen. Ein steinerner Phallus stieg hoch vom Boden auf und durchdrang dabei die Tiefe und Dunkelheit der Höhle. Die Frauen berührten und küssten die Felsmonolithen, und Phoebus wünschte sich, er könnte irgendeine Nymphe, Herrin oder Matrone gegen das Grauen der Muttergöttin eintauschen, das ihn erwartete.

Plötzlich merkte er, dass er daran dachte, wie er in achtundzwanzig Tagen Sibylla dienen würde. Kela sei Dank hatte man ihm mitgeteilt, dass sie nicht tot war, sondern sich nur versteckt hatte. Er hegte keinen Groll auf sie; er wünschte, sie würde in dieser Grotte auf ihn warten.

Bring uns neues Leben!
Im Rausch der Empfängnis erneuern wir dich,
Herrin der Tiere, des Schmetterlings, der Schlangen.
Als dein Körper dient sie dir.

Langsam wurde Phoebus durch den schmalen Eingangstunnel nach vorne geschoben. Schweiß überzog seinen Hals und seinen Rücken, die Luft wurde stickiger, die leichten Berührungen auf seiner Haut wurden kecker. Die Beleuchtung bestand nur noch aus winzigen Lichtpünktchen in einem grauen, erstickenden Tuch von Dunkelheit. Noch nie hatte er so gegen den Wunsch zu fliehen ankämpfen müssen. Noch nie hatte er sich so einsam gefühlt – von allen Menschen abgesondert, jedes Schutzes entblößt, den sein Name und sein Rang sonst boten. Hier war er ein Bittsteller, ein Hengst, der nur einem einzigen Zweck diente. Seine Eitelkeit schob ihn vorwärts durch die Menge der lauten, sich wiegenden Weiber.

Sein *Pateeras* hatte das mit Rhea getan. So war es bei den Olimpiern Brauch. Der Frühling kehrte zurück und befruchtete die urbare Erde. Hatte er das Recht, die Tradition zu verändern? Den Kreis zu brechen? Mit Sibylla wird mir die Erneuerung Freude bereiten, dachte er. Ileana ist das Gift der Schneckenmuschel, doch mit einer anderen Frau werde ich der Sippe zu aller Zufriedenheit dienen.

Phoebus' Kopf wurde schwer, sein Hals so schwach wie ein Blumenstängel. Er spürte, wie die Hand der neuen Kela-Ata auf seiner Schulter ihn eine schmale Treppe hinabführte. Die Frauenstimmen waren dunkler, sinnlicher geworden, und er meinte beinahe zu spüren, wie sich unter seinen Füßen der Puls von Mutter Erde beschleunigte.

So wie der Frühling in frohen Farben erscheint,
Möge das Leben erneut mit des Samens Quell beginnen.

Phoebus strauchelte, und die Priesterin hielt ihn an der Taille fest. »Das ist der Mohn«, sagte sie. Aus der Mohnkapselkrone über ihrer Stirn kräuselten Tentakel von Opiumrauch auf. Sie stiegen wieder auf – ob langsam oder schnell, vermochte Phoebus nicht mehr zu sagen –, bis sie auf einem Felsbalkon ankamen. Frauen umringten ihn, um ihm zuzusehen, ekstatisch vor Neugier und laut singend.

Die Wirkung des Mohns erlosch, sowie er sie erblickte. Sein Fleisch schreckte vor ihr zurück; er schaffte das nicht. Nicht einmal aus Rache wollte er seinen Leib mit der Mörderin seiner Mutter vereinen! Er ließ sich von der Priesterin einen Batzen Gummi geben und kaute ihn. Das intensive Zimtaroma konnte die darunter liegende Bitterkeit nicht übertünchen.

Wir greifen die Wurzel der Schöpfung!
Und fließen mit dem Bronn des Lebens!

Sie saß auf einem Felsenthron. Kunstvoll gemalte Hochzeitsornamente glänzten auf ihren Brüsten und ihrem Rumpf. Ein Diadem aus Mohn und Granatapfel krönte ihre Stirn, halb verdeckt von einer Locke ihres korngoldenen Haares, die auf die makellos rosige Haut ihrer Wangen fiel. Das übrige Haar strömte ungebändigt über ihren Leib, ein Fluss aus Gold und Silber. Sie trug nichts als einen mehrlagigen Rock, der von ihrer schmalen Taille aus bis auf den Boden fiel.

Er starrte sie an. Seine Stiefmutter, Ileana, ließ sich nicht anmerken, ob sie ihn erkannte.

Die Kela-Ata trat mit erhobenen Händen vor und ließ ihre rauchige Stimme durch die enge, giftgeschwängerte Höhle pulsieren. Schlangen wanden sich um ihre Arme und ihren Hals. Er sah, wie zwei Frauen – Vena und Atenis, wie er glaubte – vortraten und Ileanas Beine hochnahmen, um ihren Unterleib nach vorne an die Kante der steinernen Sitzfläche zu ziehen und ihre Knie über zwei Stalagmiten gegenüber dem Thron zu legen.

Endlich nahmen sie ihren Rock ab und entblößten Ileana seinen Blicken ganz. In rituellen Bewegungen rieben sie die Muttergöttin mit Ölen und Parfümen ein. Die Hohepriesterin bat Kela um eine gute Ernte, Wohlstand, Sieg und Fruchtbarkeit.

Ileana sah zu ihm auf; ihre Augen waren blaue Teiche, ihre Pupillen kaum noch auszumachen. Dennoch blieb in ihrem Blick genug, um ihn zu versengen. *Bist du nicht Manns genug? Zelos würde vor Scham über deine Schwäche weinen. Du bist kein würdiger Goldener.* Sie verkörperte die nährende Muttergöttin, doch in ihrem giftigen Blick tanzte nichts als Verachtung.

Phoebus merkte, wie sein Entschluss fester wurde, und trat vor. Er wusste nicht, wo seine Kleider abgeblieben waren, doch das tat nichts zur Sache. Er hatte nur noch den einen Wunsch, dieses affektierte Lächeln von Ileanas makellosem Gesicht zu fegen. Zum Glück ließ sich sein Geschlecht von seinen Gefühlen nicht beirren, und sein Zorn wie auch seine Verachtung wurden von einer Woge inneren Friedens und drogenseliger Zufriedenheit überlagert.

Die Gesänge nahmen an Lautstärke wie auch an Spannung zu, und die Kela-Ata hauchte: »Jetzt!« Nicht willens, Ileana mehr als nötig zu berühren, stützte er sich mit beiden Armen neben ihrem Kopf ab. Ihre Augen weiteten sich, als er rücksichtslos in sie drang. Seine Lippen fühlten sich pelzig an, und sein Verstand war vernebelt. So war sein Hass auf sie geblieben, sein Wunsch, sie zu bestrafen? »Ich weiß, was du getan hast«, flüsterte er. Sie passte sich seinen Bewegungen an. »Dafür wirst du bezahlen, *Skeela*-Göttin.« Selbst in seinen Ohren klangen seine Worte schal.

»Dich zu ertragen, ist wohl Strafe genug«, murmelte Ileana mit geschlossenen Augen.

Ihre Worte waren eine Beleidigung, und Phoebus hätte ihr gern in gleicher Münze heimgezahlt, doch seine Lippen verweigerten ihm ebenso den Dienst wie sein Verstand. Durch einen Schleier, der umso dichter wurde, je kleiner das Kaustück in seinem Mund wurde, fühlte er seine Hände auf ihren Hüften. Verloren in einem Strudel von Gefühllosigkeit spürte er kaum mehr die winzigen Steine, die in ihre kalte Haut gebettet waren. Phoebus drückte sie tiefer hinein, eine schwache Genugtuung.

Ileanas gezischte Beleidigungen verkümmerten zu einem leisen Stöhnen und Schnaufen, und Phoebus missfiel die Reaktion seines Körpers darauf. Selbstbeherrschung, er durfte sie keinesfalls verlieren. »Ich hasse dich«, flüsterte er halb lallend. Sie näherte sich dem Höhepunkt, unbewusst hielten sich ihre Hände an ihm fest, flatterten über sein Gesicht und seine Brust. »Ich wünschte, ich wäre eine Klinge«, murmelte er. »Dann würde ich dich ebenso beschneiden, wie du Irmentis beschnitten hast.« Er merkte, dass seine Beine ihn nicht länger trugen. Sie sackten unter ihm ein, und er würde gleich, gleich –

Sie schrie ihre Muttergöttinnen-Lust hinaus, und Phoebus biss die Zähne zusammen, um der Verführung ihres Leibes zu widerstehen. Würde sie es merken? Er sackte über ihr gegen den Felsenthron, zitternd und benommen.

Die Kela-Ata wollte ihn wegziehen, doch Phoebus wehrte sich; er brauchte noch Zeit, sonst würde sie merken, dass er sich zurückgehalten hatte. »Komm mit!«, sagte die Priesterin, und Phoebus versuchte, sich zu bedecken. Ileana bekam einen Trank aus Mohn und Alraune gereicht, der dazu beitragen sollte, dass sein Samen in fruchtbarem Boden wurzelte. Ihre Beine wurden übereinander gefesselt und angehoben. Er war frei – sie hatte nichts gemerkt! Phoebus schloss die Augen. Nur noch neunundzwanzigmal brauchte er das zu wiederholen.

Die heilige Ehe war vollzogen.

Phoebus und Niko befanden sich eben in einer Unterredung mit Nekros, als der neue Hohepriester Einlass verlangte. Er grüßte nur flüchtig, und Niko erinnerte ihn scharf an Phoebus' Rang. Nachdem sie den vorgeschriebenen Wein geteilt hatten, forderte Minos, Phoebus müsse den Berggipfel erklimmen, um Apis zu opfern.

»Den Kegel besteigen? Bist du von Sinnen?«, fuhr Niko ihn an.

»So will es die Tradition.«

»Davon habe ich noch nie gehört«, sagte Phoebus. Er beobachtete Niko, dessen Blick ganz nach innen gerichtet war. Wenn es irgendwo niedergeschrieben war, würde Niko sich daran erinnern. »Wann wurde das zum letzten Mal gemacht?«

»Kurz bevor die Sippe der Olimpier an die Macht kam«, antwortete Minos. »Auf diese Weise wurde angeblich dafür Sorge getragen, dass keine Erdbeben auftraten. Inzwischen ist es allerdings ein allgemein anerkanntes Ersatzritual.«

»Wozu brauch *Hreesos* ein Ersatzritual? Was soll das Geschwätz?«, fragte Niko.

»Die Priester weigern sich, einem Goldenen zu folgen, der Minos bei einem geheiligten Ritual getötet hat. Wenn Apis das Opfer annimmt, wird Phoebus unter seinem Schutz stehen. Die Himmel selbst wollen es so«, verkündete Minos.

»Ich habe den Minos nicht getötet«, protestierte Phoebus.

»Er starb, während er für dich prophezeit hat. So sehen es die Priester, und deshalb verlangen sie dieses Opfer«, widersprach Minos.

»Er sagt die Wahrheit«, pflichtete Nekros ihm widerwillig bei. »Wenn du dich weigerst, werden die Priester glauben, Apis sei nicht mit deiner Regentschaft einverstanden.«

»Wir leben doch nicht mehr in der abergläubischen Zeit der Alten!«, protestierte Phoebus. In einen Vulkankrater spazieren, selbst wenn er zurzeit nicht aktiv war?

»Welchen Berg soll er denn ersteigen?«, fragte Nekros mit leichtem Lallen.

»Den Berg Krion.«

Ein paar Atemzüge lang blieb es still im Raum. »Der Berg Krion schläft schon seit langer Zeit«, sagte Nekros zu Phoebus. »Es wäre der Sicherste von allen.«

»Wir haben ein Jahr voller Angst hinter uns«, fuhr Nekros fort. »Die Bürger sind besorgt und bange. Auf diese Weise könnte man ihr Vertrauen wiedergewinnen.«

»Vorausgesetzt, Krion bläst den neuen Regenten nicht auf die Inseln der Gesegneten«, schränkte Niko trocken ein.

Nekros blickte fest auf Minos. »Es gibt Priester, die sich darauf spezialisiert haben, die Nüstern im Auge zu behalten. Sie werden uns den besten Zeitpunkt für einen Besuch voraussagen können. Natürlich wird Phoebus den Berg nicht allein besteigen. Eine Leibgarde und vielleicht ein paar Schiffe mit Zuschauern werden ihn begleiten.« Nekros' Tonfall war grüblerisch. »Minos, du nennst uns den geeigneten Tag. Niko, du bereitest alles so weit vor, dass die Boote jeden Augenblick lossegeln können.« Er sah auf seinen Neffen. »Und du hältst dich bereit, Phoebus. Es ist eine unangenehme Aufgabe, aber sie lässt sich nicht abwenden.«

Chloe hatte vergessen, dass das Sonnwendfest sich immer noch dem Ende zuneigte. Die Landstraßen waren voll, in den Städten endeten alle Straßen als Sackgassen... so sehr sie sich auch bemühte, es schien unmöglich, auf die Insel Aztlan zu gelangen.

Die Nachricht ging wie ein Lauffeuer durch die Menge. Minos hatte verlangt, dass *Hreesos* dem Berg Krion ein Opfer brachte, um den Stier um Vergebung für den Tod des ehemaligen Hohenpriesters zu bitten. Die Angehörigen seiner Sippe waren eingeladen, ihm zu folgen; eben jetzt wurden die Schiffe beladen.

Chloe drängte sich durch die Menschen und begann, die Zickzack-Treppe zum Hafen hinabzurennen.

Sie hoffte, dass Phoebus' Wut inzwischen verraucht war; sie hatte es eindeutig satt, sich tot zu stellen.

In typisch aztlantischer Manier wurde selbst diese bitterernste Reise zu einem Fest gemacht, dachte Cheftu. Ein Tag des *Kefi*. Eine kleine Flotte von Schiffen: kleinen Fischerbooten, Kriegsschiffen, Vergnügungsbarken, alle versammelt für die kurze Fahrt nach Folegandros. Oben an den Klippen scharten sich die Zuschauer, und ihm war klar, dass in den bunt bemalten Häusern, die sich an den scharfen Rändern der Lagune hinaufzogen, elegante Festmähler gegeben wurden.

Das Boot, auf dem er sich gemeinsam mit Dion, Nestor und einer Schar barbusiger Schönheiten befand, war mit Blumengirlanden, Duftlampen und komfortablen Teppichen auf Deck ausgestattet.

Auf dem Schiff vor ihnen reisten *Hreesos* Phoebus, Niko, Nekros in einem von Kopf bis Fuß reichenden Unhang, die neue Kela-Ata und der Minos. In ihrem Kielwasser zog in kleineren Booten die gesamte Leibgarde des *Hreesos* hinter ihnen her. An diesem heißen Sommertag, mitten in der Zeit des Löwen, waren die Hügel braun und trocken. Die über der Wasserlinie bunt bemalten Schiffe wirkten wie kleine Entchen, die ihrer Mutter quer über das azurblaue Meer folgten.

Die verschiedenen Segel kündeten von den verschiedenen Sippen. Dion zufolge hatte Phoebus Interesse an einem Gespräch mit Sibylla gezeigt, daher wusste Cheftu, dass Chloe heimkehren konnte. War sie vielleicht schon jetzt wieder unter ihnen und segelte unter dem Zeichen ihrer Sippe mit? Würden sie Gelegenheit zu einem Gespräch bekommen? Sobald er von diesem idiotischen Ausflug zurückkehrte, würde er sie aufsuchen, beschloss Cheftu, wobei er versuchte, seine zitternden Hände stillzuhalten.

Eine der Nymphen begann zu singen, eine beruhigende Melodie über dem Klatschen der Wellen und dem Knarzen des Holzes unter dem Segel und dem Wind. Dion reichte Cheftu einen Rhyton, der daraus trank, den Blick gegen den wolkenlosen Himmel gerichtet und die mit Bleiglanz umringten Augen vor der Sonne zusammengekniffen.

»Bist du glücklich?«, erkundigte sich Dion.

»Glücklich?«

»Genau.«

Er hatte Wein, Weiber und Gesang. Er war an einem wunderschönen Ort, und er konnte alles haben, was er sich nur wünschte. Andererseits hatte er es gleichzeitig mit einer gespenstischen Seuche, einer zornigen Ehefrau und einem Haufen feuerspuckender Vulkane zu tun.

Cheftu kam sich vor wie Nero, der über dem brennenden Rom musizierte. Er wusste immer noch nicht, wozu er hier war. Es schien keine Möglichkeit zu geben, der Seuche Einhalt zu gebieten, nicht ohne dass sie die vielen Rituale änderten, bei denen hier Hirn gegessen wurde. Wenn sie sich dazu durchrangen, stattdessen die Lunge zu essen, hätte das dann dieselben Folgen? War es ihnen allen vorbestimmt zu sterben? Und wenn ja, warum?

Cheftu hielt den Kannibalismus der Aztlantu für eine wahrhaft widerwärtige Tradition. Doch *le bon Dieu* war weitaus gnädiger und nachsichtiger. Diese Seuche war keine Strafe; vielleicht war es eine innere Konsequenz? Weshalb war er hier? Weil Chloe ebenfalls hier war? Und weshalb war sie hier?

Es ergab alles keinen Sinn; sein Hirn war wie mit Asche überzogen.

»Nun, Ägypter, was *würde* dich denn glücklich machen?« Der aus Dions Worten klingende Humor ließ Cheftu unwillkürlich grinsen. »Die Geheimnisse des Universums zu kennen? Die Gedanken der Götter zu lesen? Ewig zu leben?«

»Geheimnisse gibt es zu viele, um alle zu kennen«, widersprach Cheftu. »Die Gedanken der Götter würden mich in Angst und Schrecken versetzen. Und ewig zu leben klingt ermüdend.« Seiner ausweichenden Antwort zum Trotz wusste er, wenn Chloe ihn gefragt hätte und ihre Augen mit unermüdlicher Neugier sich in seine gebohrt hätten, hätte er sich ihr entblößt und ihr jene Wünsche verraten, die er tief in seinem Herzen hegte.

Eine der Frauen begann, seine Füße und Waden zu massieren. Ihre Berührung ließ sich nicht mit Chloes vergleichen, darum schickte er sie freundlich wieder fort.

Dion beobachtete ihn mit wissendem, dunklem Blick.

Entnervt erhob sich Cheftu und spazierte zum Bug. Folegandros teilte einen schmalen Kanal mit Nios, dem Kult der Schlange. Der Berg Krion befand sich am südöstlichen Ende der Insel, sodass die grün bewachsenen Berghänge vom Schiff aus zu sehen waren.

»Es ist also sicher?« Cheftu wies auf den Gipfel.

Nestor seufzte. »Ja, wenigstens behaupten das die Priester. Sie studieren die Nüstern schon seit Generationen, eigentlich müssten sie es wissen.«

Hreesos' Schiff legte als Erstes an, und als Cheftu aufsah, erkannte er, dass der Zickzackpfad zum Gipfel eng mit Menschen bestanden war. Bis hierher konnte er den leisen »Phoebus, *Hreesos,* Phoebus, *Hreesos*«-Gesang hören. Als Nächstes legte das Schiff mit den Opfergaben an: Ziegen, Schafe, Widder und ein Apis-Stier.

Phoebus stieg in einen Tragsessel, und der ihn begleitende Knabe mit der Jugendlocke ließ sich mit Niko in einer zweiten Sänfte nieder. Ein Trupp von Leibgardisten folgte ihnen in schnellem Schritt, dahinter kamen die Ratsmitglieder, deren Begleitung Phoebus sich erbeten hatte. »Können wir gehen?«, fragte Cheftu.

Dion zuckte mit den Achseln, woraufhin Cheftu und Nestor ein kleines Boot ans Ufer nahmen, um sich unter die Menge der Nachzügler zu mischen, die *Hreesos* zum Gipfel folgten.

Der Berg Krion war einer der höchsten Gipfel im Imperium. Er erhob sich 2400 Ellen hoch, einer dunklen Pyramide vor dem blauen Himmel gleich. Cheftu, der sich unbekümmert und ungemein lebendig fühlte, lehnte einen Tragsessel ab und machte sich zu Fuß auf den Marsch. Das Ritual verlangte, dass Phoebus allein am Kraterrand stand. Das gesamte Gefolge würde an den Hängen warten müssen.

Die Sonne stand hoch am Himmel, bis Cheftu und Nestor die Hälfte des Weges zurückgelegt hatten. Viele der Frauen und eine ganze Reihe von Höflingen hatten inzwischen aufgegeben und zogen es vor, mit einem Rhyton Wein im Schatten zu warten, statt die Wanderung fortzusetzen. Ein paar Stunden später entschied sich Nestor ebenfalls zu warten. Cheftu marschierte alleine weiter. Die Tragsessel waren ihm weit voraus, und hinter ihm schien niemand zu folgen. Der Wind wehte kräftiger und so kalt, dass der Schweiß auf seiner Stirn und seinem Rücken gekühlt wurde. Cheftu schob sein leichtes Bibbern auf das Wetter und marschierte weiter.

Die Sonne befand sich schon auf dem Weg nach Westen, als Cheftu Schritte hinter sich hörte. Er blieb auf dem schmalen Pfad stehen und schaute zurück. Eine Frau folgte ihm, allein und mit langbeinigen, weiten Schritten, bei denen das Blut in seinen Kopf und seine Lenden schoss. Ob Ägypterin oder Aztlantu, sie war ihm eine Seelenverwandte. Auch wenn ihr das schwarze Haar inzwischen bis auf den Rücken reichte und ihre Kleidung auf schamlose Weise offenherzig war, war sie Chloe. Sie gehörte zu ihm, in jeder Verkleidung. Würde sie ihm vergeben?

Würde er ihr vergeben?

Als sie zwei Haarnadelkehren unter ihm um die Kurve bog, spürte Cheftu die Antwort auf diese Frage. Er brauchte sie nur zu sehen, schon hellte sich der Tag für ihn auf, schmeckte er alles intensiver, pochte sein Blut schwerer. Sie war sein Antrieb, jeden Augenblick bis zur Neige auszuschöpfen. An einem mit grauer Asche überzogenen Felsbrocken lehnend, sah Cheftu sie näher kommen. Ohne aus dem Tritt zu kommen, wischte sie mit einem Arm über ihre Stirn. Ihre Tunika war kurz, so dass er beobachten konnte, wie sich die Muskeln in ihren Schenkeln an- und entspannten. Ihre Brüste waren bedeckt, doch die Kluft zwischen beiden wurde von Schweiß verdunkelt, und Cheftus Hände zuckten vor Verlangen, sie zu berühren.

Chloe ahnte, dass er da war, noch ehe sie ihn sehen konnte. Die Frage war, war es nur ihre Einbildung, die ihn dort hingestellt hatte? Oder war es tatsächlich Cheftu in Fleisch und Blut? Sie hob den Kopf und sah ihn. Aztlantisch mit seinem verlängerten Haar und dem komplizierten Schurz, das schon, doch seine Augen waren wie geschmolzenes Gold und voller Liebe.

Sie trat in seine offenen Arme und spürte, wie die Hitze seiner satinweichen Haut, das Klopfen seines Herzens, sein Duft sie einhüllten. Ihr Zorn schmolz dahin, vertrieben von Freude. *So* sollte es sein! Dieses Gefühl von Heimkehr, vermischt mit Geborgenheit und Erregung. »Ich liebe dich«, flüsterte Cheftu, und Chloe schoss das Blut durch die Adern. »Ich will dich einfach nur halten.«

Der Duft von zerquetschtem Thymian, Rosmarin, Basilikum, Ysop, Lavendel und Salbei umgab sie, während sie sich hoch über dem Meer und dem in der Ferne glitzernden Aztlan niederließen. Der Augenblick war so perfekt, dass sie nichts sagen wollte, aus Angst, ihn dadurch zu zerstören. »Der Berg wartet«, sagte Cheftu schließlich, worauf sie Hand in Hand weitergingen.

Phoebus erhob sich und nahm die Zügel der vielen Opfertiere, die Apis, dem Erdrüttler, dargeboten werden sollten. Vor ihm erhob sich der Bergkegel. Niko und Eumelos warteten neben dem Tragsessel. Um ihn herum schwärmte die Leibwache des *Hreesos* aus, und der Minos besprenkelte seine Schulter mit dem Blut Apis'. Nach einem tiefen Atemzug machte sich Phoebus an den kurzen

Aufstieg. Die Tiere waren nervös und zerrten an ihren Stricken, doch Phoebus zog sie grimmig vorwärts. Kein Rauch, keine Aschewolken. Ihnen drohte keine Gefahr.

Er war eins mit Apis; der Gott würde ihn nicht abweisen.

Knapp hinter ihm wartend, sahen seine Leibwächter zu. Das also bedeutet es, ein Gott zu sein, dachte Phoebus. Am Rande der Nüstern des Stieres zu spazieren und keine Zerstörung zu fürchten. Über eine Kette kleinerer Felsen kletternd, zog Phoebus die inzwischen laut protestierenden Tiere weiter aufwärts.

Er erstarrte.

Krion ruhte nicht mehr. Wann war das geschehen?

Der Krater klaffte auf wie ein schwarzer Schlund. Die Haare auf Phoebus' Armen stellten sich auf, und er schauderte im kalten Wind, seinem Umhang zum Trotz. Gaswolken pufften aus dem Loch hoch, und Phoebus konnte in das brodelnde Herz des Berges blicken, ein böses rotes Gleißen wie von Blut im Leib der Erde. Um den Rand des Loches herum hatten sich gelbe Kristalle gebildet, und oben sickerte schwarzes Blut heraus. Der Boden unter seinen Füßen war heiß.

Das Gefühl der Gottgleichheit war wie weggeblasen. Er war nichts als ein Mensch und der Gnade dieser zornigen Erde ausgeliefert.

Er sah nach hinten auf den Minos, der ihm bedeutete, weiterzugehen. Phoebus musste die Tiere bis in den feurigen Schlund hinabbringen. Bedächtig einen Weg über den heißen Boden und um die Felsbrocken herum suchend, stieg Phoebus abwärts. Die Luft war ruhig und heiß. Es stank, und Phoebus ging schneller. Angst wallte in ihm auf, und er begann zu rennen. Schiebend und ziehend bugsierte er die Tiere bis an die Absenkung. Ihre Klageschreie zerrissen die Luft, und Phoebus blieb gerade lang genug stehen, um das Ende des Seiles unter einem Felsen festzuklemmen.

Ohne auch nur einen Gedanken an seine Würde oder gar die drohende Gefahr zu verschwenden, hetzte Phoebus die Kraterwand hinauf. Um ihn herum regneten kleine Steine herab, und er spürte aus unversehens aufreißenden Taschen im Boden neue Hitze aufsteigen. Er war eben über die schmale Kraterkante geklettert, als ein Donner ihn einknicken ließ und auf den Boden schleuderte.

Phoebus rappelte sich auf und rannte los, unter dem umherfliegenden Geröll geduckt, während ein dröhnendes Grollen die Luft zerriss. Ein Schlag in die Knie schickte ihn zu Boden. Wieder richtete er sich auf und humpelte weiter. Als etwas anderes auf sein zweites Bein traf, war sein Aufschrei nicht mehr zu hören, so laut dröhnte der Donner. Man konnte kaum noch die Hand vor Augen sehen. Keuchend krabbelte Phoebus durch die verqualmte Luft. Sein Haar fing Feuer, doch er rollte sich ab und drückte es mit dem Rücken aus. Aus einer Eingebung heraus ging er hinter einem Felsbrocken in Deckung, von wo aus er beobachten konnte, wie Feuer durch den Himmel flog.

Dann war alles vorbei.

Durch den Nebel der Schmerzen versuchte er, etwas zu erkennen. Keine Lava, nur Felsen und Gas. Apis hatte das Opfer zurückgewiesen. Phoebus bebte; was konnte diesen zornigen Gott noch zufrieden stellen? Er fragte sich, ob Apis *ihn* wohl als würdiges Opfer betrachten würde. Er wollte nicht sterben! Er durfte nicht sterben!

Der Goldene Stier schleppte sich über die glühende, felsige Erde und rang darum, die Besinnung nicht zu verlieren. Blut rann über seine verletzten Beine und seinen verbrannten Rücken, doch er gab nicht auf. »Hilfe!«, rief er mit ersterbender Stimme. »Helft mir!« Dies war wahrscheinlich das erste Mal in seinem Leben, dass er um etwas bat, wurde ihm bewusst. Er hatte keine Ahnung, wie weit er gekommen war. Alles war grau, die Asche rauchte noch und brannte auf seiner Haut. »Hilfe«, hauchte er. Etwas traf ihn und durchbohrte ihn, sodass Phoebus vor Schmerz aufschrie, ehe er in Dunkelheit versank.

»*Hreesos?* Phoebus?«

Phoebus schlug die Augen auf. »Ni-ko«, keuchte er. »Hilf mir.«

15. Kapitel

Im letzten Moment warf sich Cheftu über Chloe, um sie vor dem kleinen Erdrutsch aus Felsen und Dreck abzuschirmen, der von dem Weg über ihnen herabregnete. Auch nachdem es wieder still geworden war, blieb er reglos und keuchend liegen, bis er sich davon überzeugt hatte, dass sie noch atmete.

Erst da spürte er die Schnitte und blauen Flecken auf Rücken und Beinen und rollte sich vorsichtig ab. Chloe sprang auf und fegte sich die kleinen Steine von der Haut. »War das ein Ausbruch?« Sie suchte den Gipfel nach frischer Lava ab.

»Nein, nur eine Gaswolke.« Er zuckte zusammen. »Dadurch haben sich die Steine gelöst.«

»Wenn sich sogar hier unten die Steine gelöst haben …« Chloes Stimme erstarb.

»*Hreesos*«, flüsterte Cheftu, und schon rannten sie los, den Pfad hinauf, über herabgerutschtes Geröll kletternd und sich vorsichtig an den Klippen entlanghangelnd. Auf den Untergrund war kein Verlass mehr. Die Schreie waren schwach, aber deutlich zu hören. Chloe und Cheftu gelangten auf das Plateau und blieben stehen.

Was zuvor Gras gewesen war, war nun versengte Erde. In der Ferne konnten sie die skelettartigen Überreste der Tragsessel erkennen, umgeben von verkohlten Gestalten ... »Die Träger«, flüsterte Chloe. Sie liefen über die versengte Bergflanke nach Westen, dorthin, wo das blumengetüpfelte Gras immer noch unberührt im Wind flatterte.

»Deine Gaswolke ist aber kapriziös«, rief Chloe.

»Ist das die Natur nicht immer?«

Sie gingen durch das Feld; die Rufe wurden leiser. »Hier, Cheftu!«, brüllte Chloe und kniete nieder. Niko hielt schluchzend seinen sterbenden Freund in den Armen. Wo er keine Verbrennungen hatte, floss Blut, und Cheftu brauchte kein Sanitäter zu sein, um zu begreifen, dass *Hreesos* die Nacht nicht überstehen würde. Ein kleiner Junge stand an seiner Seite und gab sich alle Mühe, nicht zu weinen, während er auf den blonden Mann hinabsah.

Mit sanfter Hand prüfte Cheftu die Wunden des Regenten. »Gebrochenes Bein, blutendes Ohr, möglicherweise taub; Verbrennungen auf dem Rücken und –«, er hielt inne, als er den abgerissenen Ast sah, der Phoebus wie ein Speer durchbohrte –, »Bauchwunde.« Er fing Chloes Blick auf und verzog das Gesicht. *Hreesos* verlor mit jeder Sekunde mehr Blut.

Von den dreißig Menschen, die *Hreesos* begleitet hatten, waren nur noch vier am Leben. Ein weiterer Minos war gestorben. Sie begegneten Nestor auf dem Weg nach unten, dann sammelten sie die anderen ein. Ein paar Bürger waren von Erdrutschen verletzt worden; mehr noch waren betrunken. Auf den Booten hatte man voll Entsetzen verfolgt, wie der Berg eine graue Rauchwolke ausgestoßen hatte. Nur die wenigsten hatten die fragliche Rückkehr von *Hreesos* abgewartet, die meisten waren stattdessen in Richtung Aztlan abgesegelt.

Die Götter waren gegen sie.

Phoebus erwachte zwischendurch und schrie nach Irmentis. Dion teilte sein Opium-Kaustück mit ihm, um die Schmerzen des Goldenen zu lindern. An alle Sippen, auch auf Irmentis' kleine Insel, wurden Vögel ausgesandt. Niko hielt seinem Cousin die Hand, während der Trommler den Schlag für die Ruderer vervierfachte. Die Nacht senkte sich bereits herab und umklammerte in der

Schlucht die Aztlantu mit langen Schatten, wie um sie in die zunehmende Dunkelheit hineinzuziehen.

Phoebus erwachte, als er sich umzudrehen versuchte. Ihm war heiß, kalt, er war einsam, er hatte Schmerzen. Draußen glühte der neue Mond, wie um ihn daran zu erinnern, dass er noch am Leben war. Er wusste, dass sein Atem flach ging, zu flach. Diesmal ist es nicht wie in der Pyramide, dachte er. Diesmal werde ich nicht nach drei Tagen unverletzt aufwachen.

Irmentis! schrie seine Seele. *Bitte, ich will dich noch einmal sehen, nur ein einziges Mal!* Er spürte, wie sein Körper nach unten sackte, immer schwerer wurde, während seine *Psyche* sich erhob, um ihn zu verlassen. Er versiegelte die Lippen und kniff die Augen zu. Er musste am Leben bleiben, allein schon, um Irmentis noch einmal zu sehen. Er konnte nicht sterben, ohne noch einmal in ihr Gesicht geblickt zu haben.

Mit äußerster Konzentration holte er seine Seele zurück, bis er sich ganz und gar auf seine Schmerzen konzentrierte und seinen Geist durch Fesseln aus Blut und Schmerz an den Körper kettete.

Niko weigerte sich, den blutigen Leib des Goldenen Stiers anzusehen. Sein Herz schlug grauenvoll langsam, die Tücher um seinen Leib waren blutgesättigt. Durch das Ruckeln beim Anlegen und Tragen hatte sich der Ast gelockert, der auf wunderbare Weise wie ein natürlicher Pfropfen in der Wunde gesessen hatte. Das Schiff hatte alle bis auf eine Notbesatzung und den ägyptischen Arzt an Land zurückgelassen. Ein starker Wind hatte sie mit Leichtigkeit zur Insel zurückgeweht

Gerade rechtzeitig, damit Phoebus auf Aztlan sterben konnte.

Irmentis' Schreie zerrissen die Luft. Sie wurde mit Gewalt von zwei stämmigen Seeleuten zurückgehalten. Ihre Hunde zerrten an der Leine, die von einer verängstigten Nymphe gehalten wurde. Irmentis' Gesicht war tränenfleckig. »Rettet ihn!«, brüllte sie. »Nehmt mich! Aber rettet ihn!«

Hätte Niko eine Möglichkeit gesehen, ihr Leben für das des Goldenen zu nehmen, hätte er es ohne mit der Wimper zu zucken getan. Dieser Emporkömmling von Spiralenmeister beobachtete die ganze Szene, und als ihre Blicke sich trafen, erkannte Niko, dass der Ägypter sich bereits mit Phoebus' Tod abgefunden hatte.

Nikos Augen wurden schmal, und er winkte den Seesoldaten, Irmentis und ihre Hunde wegzubringen. Er würde sich gleich mit ihr im *Megaron* treffen. Aber erst musste er dafür sorgen, dass *Hreesos* nicht starb.

Er winkte den Ägypter zu sich.

Mit geballten Fäusten fuhr Irmentis den Spiralenmeister an: »Er stirbt! Du mit deinen ausländischen Methoden musst doch etwas unternehmen können?« Ihre Hunde hockten hinter ihr, die traurigen Augen auf den Ägypter geheftet.

Der Ägypter seufzte. »Er hat zu viel Blut verloren. Seine Wunden sind zu schwer. Vielleicht würde er nie wieder laufen können.«

»Was ist mit dem Elixier?«

»Welchem Elixier?«

Niko verkniff sich ein Lächeln. Zwei Dinge wusste der Ägypter nicht. Niko hingegen schon, und Irmentis hatte Recht, sie konnten Phoebus das Elixier verabreichen.

»Wer wird *Hreesos*, wenn du Phoebus sterben lässt?« Irmentis' Stimme kippte über, und aus ihrem Tonfall hörte man Ileanas Temperament. »Nestor ist nicht Manns genug, Aztlan zu führen, die Oberhäupter der Sippen werden gegen ihn rebellieren. Das könnte einen Bürgerkrieg bedeuten, Spiralenmeister. Du hast geschworen, das Imperium zu beschützen. Phoebus *ist* das Imperium.«

Niko dachte über ihre Worte nach, während der Ägypter noch zu überlegen schien. Als gäbe es da noch etwas zu überlegen! Der Ruhm, der Jahrhunderte gebraucht hatte, um sich zu entfalten und zu reifen, fiel wie Asche auf ihre Köpfe herab. Nestor war ein netter Junge, aber bestimmt kein Herrscher. Die Oberhäupter würden sich gegen ihn zusammenrotten.

»Wenn er Blut braucht, dann gib ihm meines«, sagte sie.

Cheftu erbleichte.

Irmentis sah ihn durchdringend an. »Ich weiß, dass man mich für krank hält, aber abgesehen von… ein paar Kleinigkeiten bin ich gesund wie ein junges Kalb. Ich bin von reinem Blut, Spiralenmeister. Ileana und Zelos sind meine Eltern. Es wäre das reine Blut der olimpischen Sippe.«

»Du sprichst Unsinn, Nymphe«, widersprach Spiralenmeister ohne innere Überzeugung. »Das geht nicht.«

»Doch, es geht«, sprudelte Niko heraus. Er kam zu ihnen. »Ich weiß von Experimenten. Ich weiß, dass man das Blut eines Wesens nehmen und in ein anderes leiten kann.« Irmentis kniete vor Cheftu nieder, der geschmeidige Leib von Muskeln und Sehnen gezeichnet und mit dem Blau ihrer Adern getönt. Sie nahm seine ägyptischen Hände in ihre eigenen, vom Sonnenlicht vernarbten.

Spiralenmeister blickte von ihr zu Niko. »Und wenn er dadurch deine Empfindsamkeit gegen die Sonne übernehmen würde? Aztlan ist ein Imperium der Sonne, wie sollte er da regieren? Würden eure Sippenangehörigen einem Goldenen König trauen, der das Tageslicht scheut?«

»Nekros herrscht ohne Probleme aus der Dunkelheit über seine Sippe«, sagte Niko. »Und Irmentis lebt friedlich im Dunklen.«

Sie drückte seine Hände zusammen und blickte mit großen, schwarzumwimperten Augen in sein Gesicht auf. »Lieber ein Herrscher im Dunkel als gar kein Herrscher, Spiralenmeister. Du musst handeln! Eben jetzt, während wir hier streiten, tritt Phoebus seine Reise an.«

Der Mann seufzte. »Ich weiß nichts von dieser Prozedur, Blut zu entnehmen und zu ersetzen.« Er sah Niko Hilfe suchend an.

Niko wandte sich an Irmentis. »Wir werden dein Blut nehmen und probieren, *Hreesos* wieder zum Leben zu erwecken.«

Sie erhob sich. »Und das Elixier?«

»Nein! Keine unerforschten Mittel!«, befahl der Spiralenmeister. Niko brachte Irmentis mit einem Blick zum Schweigen.

Sie machte auf dem Absatz kehrt, rief nach ihren Hunden und schnippte nach den Leibeigenen. Mit gesenkter Stimme erteilte sie ihnen Befehle, dann drehte sie sich zu Niko um. »Phoebus' Sonne geht bereits unter. Eilt!«

Wenn wir ihm das Elixier geben, dachte Niko, wird er alle Zeit der Welt haben.

Cheftu beobachtete, wie Niko die Temperatur des Goldenen prüfte. Phoebus' rasselnder Atem erfüllte den Raum, und Cheftu sah schwarzes Blut aus der Bauchwunde quellen. Cheftus Instinkte sagten ihm eindeutig, dass der *Hreesos* von Aztlan sterben würde.

Vielleicht war der Tod dem Leben in dem Wrack eines Körpers ohnehin vorzuziehen, dachte Cheftu, während sein Blick über die Verbrennungen und das zerschmetterte linke Bein wanderte.

Die Tür sprang auf, und er sah hoch. Irmentis' Gesicht war unnatürlich gerötet, und ihr Blick huschte im Raum umher. Wenigstens hatte sie ihre Hunde draußen gelassen. Mit der linken Hand drückte sie einen Korken auf die Amphore in ihrer Schärpe. Was war das?

Sie trat an Phoebus' Seite und liebkoste sein Gesicht, seinen Körper mit Blicken. »Niko hat ein Heilmittel.«

»Ein Heilmittel?« Cheftu schnaubte. »Phoebus ist praktisch durchbohrt worden, Herrin! Nur die Götter selbst könnten ihn retten. Und selbst sie könnten ihn nicht unversehrt wiederherstellen.«

»Die Götter«, wiederholte sie leise, den Blick fest auf ihren Bruder gerichtet. »Zelos ist ein Gewordener Gott. Er ist *athanati*. Blickst du auf ihn, *Pateeras*? Wirst du zulassen, dass dein Goldener Sohn vor seinem *Megaloshana'a* stirbt?« Ihre Stimme klang so flach, dass Cheftu Angst bekam, sie könnte von einem Anfall ergriffen werden.

»Spiralenmeister Cheftu?«

Nestor stand in der Tür, und hinter ihm wartete eine Schlange von Leibeigenen, die mit allen möglichen Gerätschaften beladen waren.

»Das hier ist ein Krankenzimmer«, wehrte sich Cheftu entrüstet. »Mein Patient braucht Gebete und Frieden, keinen Aufmarsch an seinem Bett!«

»Wir brauchen das alles, um Blut zu übertragen.« Niko trat in den Raum und dirigierte die Leibeigenen an ihre Plätze. »Gleich wird alles aufgebaut sein, Ägypter. Falls wir dich stören, dann tritt bitte in den Gang hinaus.«

Cheftu sah auf Nestor, der die Geräte im Zimmer aufstellte:

Spulen mit feinem Draht, Verbände, Nadeln und wächserne Gefäße. Mit mühsam gezügeltem Zorn verbeugte sich Cheftu knapp und trat in den Gang. Eine Gruppe von Leibeigenen mit einem niedrigen Bett huschte an ihm vorbei, dann folgten ein paar Kela-Tenata. Er lief die Treppe hinunter, entdeckte Dion und packte ihn am Arm. »Weißt du darüber Bescheid?«

»Über die Übertragung? Ja.«

»Ist das schon früher versucht worden?«

Dion seufzte und schlug seine Hände über Cheftus. Verwirrt zog Cheftu seine Hände zurück. »Ja. Ist es.«

»Hat der Patient überlebt?«

Dion wandte den Blick ab. »Ja. Er hat.«

»Ich kann das nicht mitmachen«, erklärte Cheftu steif. »Weder weiß ich von einer solchen Praxis, noch habe ich je davon gehört.«

»Dann lerne«, meinte Dion gleichmütig.

»Es ist ein unverantwortliches Experiment an… an… einem menschlichen Wesen!«

»Besser an einem Menschen als an einer Leiche«, erwiderte Dion.

»Zumindest sollten wir anderes Blut nehmen!« beschwor ihn Cheftu. »Irmentis ist krank.«

»Ja, das ist bekannt.« Dion sah ihn eindringlich an. »Weißt du über die Art ihrer Krankheit Bescheid?«

»Es ist eine seltene Blutschwäche. Alles an ihr deutet darauf hin. Sicher kann ich erst sein, wenn ich ihren Urin untersucht habe.«

Dion erbleichte. »Ihr Blut ist schwach? Wie würde sich das auf *Hreesos* auswirken?«

In dem unwahrscheinlichen Fall, dass er überlebt, dachte Cheftu bei sich. »Er würde Irmentis' Eigenarten übernehmen.«

»Blutverlust«, murmelte Dion.

»Verzeihung?«

»Nichts.« Dion sah ihn kurz an. »Nichts Wichtiges.«

In bedrücktem Schweigen kehrten sie in *Hreesos*' Quartier zurück.

Die Kela-Tenata beobachtete die Sonne, während sie Heil- und Schutzgebete aufsagte, in denen sie Kela anflehte, ihre heilende Hand über *Hreesos* zu halten. Um sein Bett herum standen Aztlans Kela-Tenata, jede bereit, das Fleisch des Goldenen mit goldenen Röhrchen zu durchbohren, so wie sie die Haut seiner Schwester durchbohrt hatten. Danach würde der Ast aus seinem Bauch gezogen, und dann würde sich herausstellen, ob der Goldene Stier überlebte oder nicht.

Die Priesterin ließ ihre Stimme ansteigen; der Zeitpunkt war gekommen. Cheftu blickte in Irmentis' dunkle, wie blinde Augen, wahrscheinlich auf Grund der Schmerzen durch die Hunderte winziger Schläuche, die man ihr unter die Haut geschoben hatte. Eine Priesterin band ihren Arm ab, um das Blut aus ihrem Körper in den von *Hreesos* zu zwingen. Niko sah zu, die amethystfarbenen Augen zu Schlitzen verengt. Nestor und Dion standen reglos daneben, und Cheftu fragte sich, ob sie Phoebus wohl den Tod oder das Leben wünschten. Würde Nestor nicht seinen Thron erben?

Heißes Wachs verband die Schläuche mit dem Fleisch, während die Kela-Tenata durch den Raum wandelte, um die Übertragung zu überwachen und zu korrigieren. Dann war der letzte Schlauch befestigt, und alle traten zurück. Die zwei Angehörigen der Königsfamilie lagen wie im Schlaf, verbunden durch Adern aus Gold. Niko würde den Stock herausoperieren, sobald *Hreesos* zwei *Hegat* Blut erhalten hatte. Die Kela-Tenata ging herum, entzündete Töpfe voller heilender Kräuter und sang ihre Gebetslitaneien.

Voller Angst vor einem Fehlschlag verfolgte Cheftu die Prozedur. Was war, wenn Phoebus starb? Was war, wenn ihn dieses Experiment umbrachte? Könnte er mit seinem Gewissen weiterleben? Würden ihn die Aztlantu weiterleben lassen? Zwar hatte er nicht selbst Hand angelegt, doch er war der Ausländer – und damit automatisch verdächtig. Würde *Hreesos* überleben?

Dutzende von Kela-Tenata hielten und drückten die goldenen Schläuche, hoben sie auf Irmentis' Seite an und senkten sie über Phoebus wieder ab. Immer noch ging Phoebus' Atem flach und unregelmäßig, blieben die Augen hinter den geschlossenen Lidern starr. Der Geruch nach frischem Blut hing in der Luft, und vor dem

Zimmer füllte sich, wie Cheftu deutlich hörte, der Gang mit aufgeregten Höflingen und Bürgern.

Die Übertragung würde mehrere Stunden, mehrere Anläufe mit Irmentis' Blut brauchen. Die Röhrchen waren winzig, und das Blut rann nur langsam hindurch. Zwischendurch würde sie Kuhblut trinken, um neue Kraft zu schöpfen. Jeder Tropfen, den sie spendete, würde *Hreesos*' Überlebenschancen vergrößern und sein Herz ermutigen, weiterzuschlagen.

Cheftu merkte, dass Nestor und Dion ihn mit dem Patienten und Niko allein gelassen hatten.

Fast meinte er Chloe sagen zu hören: »Du weißt doch, wie man S-ü-n-d-e-n-b-o-c-k buchstabiert?«

Irmentis sah eine Lichtung vor sich, ähnlich den vielen auf ihrer wunderschönen Insel, aber doch anders. Die Bäume atmeten, das Wasser sang, alles um sie herum war von Leben erfüllt. Sie war sie selbst, und doch anders – ihre Haut leuchtete, ihr Haar tanzte frei in der leichten Brise. Das Strahlen der Sterne leuchtete aus ihr.

»Irmentis, meine Schwester.« Die Luft trug ihr die schwache Stimme zu. Phoebus stand, geheilt und gesund, vor ihr, den kraftvollen Körper vom silbernen Licht vergoldet. Das Haar fiel ihm über die breiten Schultern, seine Augen leuchteten von innen wie silberne Teller. »Du gibst mir dein Blut, obwohl du selbst nur so wenig davon besitzt.«

Irmentis schüttelte zustimmend den Kopf, ohne den Blick von dem Leib ihres Bruders wenden zu können. Köstliche Hitze ergriff sie, und das Licht in ihrem Inneren begann zu pulsieren. Was war das? Als könnte er ihre Gedanken lesen, antwortete Phoebus: »Du empfindest die Begierde einer unbeschnittenen Frau, Irmentis. Das, was du empfinden würdest, hätte nicht Ileana …«

Sie schrie auf, als er sie berührte, dann hörte sie seine Gedanken, spürte das pochende Verlangen in seinem Körper und wusste, dass er trotz der vielen Frauen, die er gehabt hatte, und trotz der vielen Kinder, die er gezeugt hatte, nichts und niemanden stärker begehrte als sie.

Das machte ihr Angst.

Sie wollte das nicht; sie liebte ihn, doch nicht auf diese Weise. Ihn durfte man nur aus der Ferne lieben; dies war zu nah. »Selbst hier weist du mich zurück, Irmentis?«, fragte er. Sie machte den Mund auf, um ihm zu erklären, dass es nicht an ihm lag, dass es nicht seine Schuld war.

Dann war sie wieder wach und zurück in ihrem geschwächten, zitternden Körper. Als sie auf ihren Bruder blickte, rannen Tränen der Angst und des Mitgefühls über ihre Wangen. Die goldenen Adern wurden behutsam von seinem Körper getrennt, während man alles dafür vorbereitete, das Holz aus seinem Leib zu holen. Niko leitete die Operation, darum wandte sie sich an ihn, mit schmerzverzogenem Gesicht angesichts der unzähligen Stiche.

»Er lebt, Niko.« Der Blick aus seinen veilchenblauen, gequälten Augen traf auf ihren, und Irmentis begriff, dass Niko Phoebus ebenfalls liebte, und zwar nicht nur als Sippenverwandter. »Gib ihm das Elixier, Niko. Er hat nichts zu verlieren. Lass den Olimpier, deinen teuersten Freund, nicht sterben.«

Er ging hinaus, als hätte er sie gar nicht gehört.

Niko eilte durch die Gänge, die Wendeltreppe hinab, und klopfte mehrfach hintereinander an die Tür. Sie schwang auf.

Er stand in Spiralenmeisters Laboratorium. Die Fläschchen und Krüge und Töpfe waren ihm so vertraut wie sein eigener Name. Wo hatte Spiralenmeister das Elixier wohl versteckt? So wie er den versponnenen Alten kannte, hatte er wahrscheinlich mehrere Fläschchen an verschiedenen Stellen versteckt und mit einem Code versehen, der nur für jene erkennbar war, die Spiralenmeisters Gedankengänge nachzuvollziehen verstanden.

»Suchst du hiernach?« Ileana trat aus dem Dunkel. Niko war blind für ihre Schönheit. Er sah nichts als das Fläschchen.

»Gib es mir, Ileana.«

Sie schloss es in ihre Hand. »Weshalb, Niko? Du versuchst, das Leben eines Mannes zu verlängern, der mich hasst, der mich nicht geschwängert hat. Ich werde meine Macht, jeden Respekt und die Bewunderung Aztlans verlieren, wenn kein Kind in meinem Bauch wächst.«

»Deine Sorgen sind mir gleich, Ileana. Gib mir das Fläschchen.«

»Bist du sicher, dass es wirkt, Niko? Bist du sicher, dass du damit seinen schon verkrüppelten Körper nicht weiter vergiftest?« Sie lachte, und Nikos Blut begann zu brodeln wie Lava.

»Was willst du, Ileana? *Athanati* werden? Das kann ich zur Wirklichkeit werden lassen. Ich kann dir ewige Jugend und Schönheit schenken.«

»Das bedeutet mir nichts, wenn du mich nicht zugleich schwängern kannst«, spie sie ihm entgegen.

»Das kann ich.« Für Phoebus würde er alles tun. Sogar diese Spinne von einer Frau berühren.

Sie lächelte und liebkoste ihn von Kopf bis Fuß mit Blicken. »Du bist durchaus ansehnlich, doch du machst dir nichts aus Frauen, nicht wahr, Niko?«

Tatsächlich hatte er sich nie Gedanken darüber gemacht, doch das würde er nicht zugeben.

»Wann sollen wir zusammenkommen?«

»Mein Angebot lautet so: Ich werde dir ein Kind machen, hier und jetzt; du gibst mir das Elixier, sobald ich meinen Samen vergossen habe.«

Sie atmete schneller, ihre Brüste schwollen vor seinen Augen an; bei den Göttern, war das abstoßend! »Ich werde dir etwas von dem Elixier geben, Niko. Genug für die Dienste, die du mir erweisen wirst. Du weißt, was es dich kosten wird, wenn du mehr davon haben willst.«

»Ich brauche nur genug für Phoebus, doch das brauche ich sofort!«

»Schwöre es, und Phoebus wird leben!«

»Ich schwöre es bei der Spirale und der Muschel.«

Er sah zu, wie sie etwas von dem Elixier in ein noch kleineres Fläschchen schüttete. »Ich will einen Blutschwur.«

Fluchend, zitternd und voller Angst, sich im nächsten Moment über sie erbrechen zu müssen, schnitt Niko seine Handfläche mit einer abgebrochenen Klinge auf, schwor erneut und schmierte das Blut über seine Lippen. Ileanas heißer Mund attackierte ihn voller Begierde. Sie küsste ihn, bis ihm schwindelig wurde, und leckte dabei das Blut von seinen Lippen. »Erregt es dich zu wissen, dass Phoebus genauso küsst wie ich?«

Das erregte ihn. Wahnsinnig.

Sie drehte ihm den Rücken und löste ihre Röcke. »Jetzt, Niko.«

Gefangen zwischen Ekel und pulsierender Lust, drang Niko in sie, so wie er es über viele Sommer hinweg bei einem Dutzend Freunde beobachtet hatte. Ihre Hand führte ihn sicher, und neunzehn Jahre der Abstinenz ließen es eine recht kurze Erfahrung werden.

Ileanas Blick war abfällig, doch sie kletterte auf den Tisch, verschränkte die Beine und hob sie an. Mit einer Hand begann sie, sich zu berühren. Mit der anderen reichte sie Niko das Fläschchen, doch die größere Flasche behielt sie an ihrer Seite.

»Wo hast du gesteckt?«, zischte Irmentis. »Der Spiralenmeister und die Kela-Ata haben beschlossen, dass Phoebus im Sterben liegt!«

Würde es wirken? Woher sollte er das wissen? Die Steine. »Sprich mit ihnen, heule, jammere ihnen etwas vor, lenke sie einen Augenblick ab. Los!«, befahl er ihr.

»Niko –«

»Mach schon!«

Niko trat in Phoebus' Bade-Alkoven und zog die Steine aus seinen beiden Taschen. Nachdem er die Flasche abgestellt hatte, beugte er sich über die Steine wie über einen alten Verwandten. »Wird Phoebus mit dem Elixier überleben?«

Er warf die Steine und sah ihnen beim Drehen zu. Ja!

Niko schnappte sich das Fläschchen und lief zurück in das Gemach des Goldenen.

Doch die Steine drehten sich weiter. »I-N-D-U-N-K-E-L-H-E-I-T-U-N-D-L-U-S-T.«

Niko trat ein und sah auf jene, die Phoebus sterben ließen. Die Kela-Tenata und der Ägypter waren ganz und gar mit Irmentis' hysterischem Anfall beschäftigt. Sie hatten ihm den Rücken zugewandt. Phoebus lag vollkommen reglos da, doch Niko hörte seinen schwachen Atem, daher wusste er, dass *Hreesos* immer noch, gerade noch, am Leben war. Er war noch nicht von ihnen gegangen, doch man hatte ihn bereits gebadet und seine Arme in die Sterbestellung gebracht.

Irmentis stürzte mit einem Schrei zu Boden und verfiel in Zuckungen. Die Kela-Tenata schwärmten um sie herum, und Niko eilte an die Liege. Er sah, dass Phoebus' Haut kalkweiß geworden war. Haare und Körper waren blutverklebt. Wie sollte er ihm das Elixier verabreichen?

Niko zerrte die blutdurchtränkten Verbände zur Seite, ließ die Flüssigkeit kurz kreisen und goss sie dann in die offene Bauchwunde. Phoebus krümmte sich mit einem Aufschrei zusammen, und die Kela-Tenata fuhren wie auf Kommando herum. Irmentis warf sich auf Phoebus und presste die Lippen auf den aufgerissenen Bauch.

Ihre Schreie gellten in Nikos Ohren. Entsetzt und mit mühsam verhohlener Eifersucht beobachtete er, wie sie an Phoebus' Wunde leckte, wie ihre salzigen Tränen in die Öffnung fielen, wie Blut ihre Lippen und Wangen überzog. Immer tiefer tauchte sie in den Geschmack und Geruch von Phoebus' Blut. Die Zauberer zogen sie fort.

Niko musste seine Angstschreie unterdrücken. Phoebus war still, so ungewöhnlich still. Das Elixier hatte ihn umgebracht? Die Steine hatten etwas anderes versprochen. Sie hatten behauptet, Phoebus würde überleben. Da gerade alle Augen auf Irmentis gerichtet waren, setzte Niko das Fläschchen an seine Lippen, doch es war leer. Niko taumelte rückwärts in den Alkoven, sammelte seine Steine ein und verschwand durch den Ausgang für die Leibeigenen. Aus weiter Ferne hörte er Brüllen und Bellen, wo Irmentis durch die Gänge hindurch abgeführt wurde.

Die Kela-Tenata glaubte, dass Irmentis Phoebus getötet hatte. Letzten Endes würde Irmentis zur Strafe das Labyrinth durchwandern.

Niko kannte die Wahrheit: Er hatte seine Gaben missbraucht und seinen Freund ermordet. Dass er fortan ohne Phoebus leben musste, war dafür die gerechte Strafe.

Vierter Teil

16. Kapitel

Aztlan

Phoebus erwachte mit einem durch Mark und Bein gehenden Ruck.

Er spürte, wie Wohlbefinden seinen Körper überschwemmte; noch nie war sein Geruchssinn, sein Gehör, sein Blick so scharf gewesen. Er spürte, dass etwas Schweres über seinem Gesicht lag, doch er hatte noch nicht die Kraft, sich zu bewegen. Er roch Angst und Tod und noch etwas, ein so verführerisches Aroma, dass ihm der Mund wässrig wurde. Doch nicht vom Speichel. Es war ätzende Säure, die seine Zunge und Kehle verbrannte und an seinen Zähnen fraß.

Langsam schlug er die Augen auf. Seine Wimpern schabten über Metall, und vorsichtig nahm er die Maske über seinem Gesicht ab. Eine Totenmaske? Er sah sich um, ohne feststellen zu können, wo er war. Er wusste, dass es kalt war, doch er spürte die Kälte nicht. Die Wände waren ungeschmückt; tatsächlich sah es hier eher nach einer Höhle als einem Zimmer aus. Wieso war er in einer Höhle? Sein Gehirn begann fieberhaft zu arbeiten und nach einer Erklärung für diesen Wahnsinn zu suchen.

Unsicher setzte er sich auf, wobei er sich mit beiden Händen an der Lederriemen-Pritsche einhielt, auf die man ihn gelegt hatte. Auf dem Boden lag kalter, pulvriger Staub – wie in einer Höhle. Er stand auf, woraufhin Kraft und Stärke durch die befremdliche Stille in seinem Körper strömten.

Er erblickte einen Krug, ging hinüber, hob ihn mit Leichtigkeit an und goss Wasser in eine flache Schale. Nachdem er sein Gesicht benetzt hatte, fragte er sich, was er nun tun sollte. War dies noch eine unbekannte Prüfung für den Thron?

Er senkte die Lider und lehnte sich gegen die Wand. Benommenheit und Orientierungslosigkeit schlugen über ihm zusammen. Phoebus schloss die Augen und kämpfte gegen das an, was wahrscheinlich blanke Erschöpfung war. Als er sie wieder aufschlug, blickte er in die Tiefe des Wassers. Wasser, in dem sich zeit seines Lebens unausweichlich sein blauäugiges, goldenhaariges Gesicht gespiegelt hatte.

Nichts.

Die Decke der Höhle spiegelte sich durchaus darin. Er stellte einen Krug neben dem Wasser ab. Der Rand des Kruges war zu sehen. Er ließ einen Kamm ins Wasser fallen und sah dessen Spiegelbild, bevor die Wellen es zerrissen. Doch *er* war nicht zu sehen.

Schwer schluckend und das Gesicht unter dem Geschmack der Säure verziehend, wandte Phoebus sich ab.

Eumelos lag zusammengerollt und schlafend auf dem kalkigen Boden. Phoebus trat zu seinem Sohn, wie geblendet von dem Hunger, der ihn plötzlich durchzuckte. Ein Geruch stieg ihm in die Nase, und er bemerkte ein verführerisches Pochen in seinem Kopf. Er ging in die Hocke. »Eumelos? Sohn?« Er schüttelte die knochige Knabenschulter und zuckte zurück, als Eumelos unvermittelt aufschrie.

Dann lag sein Sohn in seinen Armen, weinend wie das Kind, das er war, und Phoebus' Arme schlossen sich um ihn, spürten die Knochen unter seinen Händen, das Klopfen des Herzens unter den Schluchzern. »Du lebst! Sie haben gesagt, du bist tot! Ich hab' ihnen nicht geglaubt, aber sie haben es trotzdem gesagt, wirklich!«

»Sohn.« Phoebus gab sich alle Mühe, seine Stimme ruhig klingen zu lassen. »Wer hat gesagt, ich sei tot?«

In Eumelos' blauen Augen glänzten Tränen. »Der neue Spiralenmeister und Dion. Sie haben dich vom Berg runtergebracht, du warst ganz blutig und schmutzig.«

Eine blasse Ahnung von Feuer und Schmerz zog durch seinen Kopf. »Aber ich habe noch gelebt?«

»Sie haben dein Blut mit dem von *Theea* Irmentis getauscht, und dann hat irgendwas nicht geklappt. Alle haben gebrüllt –« Eumelos wurde von seiner Aufregung übermannt, sein Atem begann zu rasseln, bis Phoebus seinen Sohn in die Arme schloss, um ihn zu beruhigen. Wieso verbreiteten Dion und Cheftu derartige Lügen? Wieso jagten sie seinem Sohn Angst ein?

»Wo war Nestor?«

»Er hat zu viel geweint, da haben sie ihn weggeschickt. Sie wollten mich auch wegschicken, aber ich bin nicht gegangen, nicht mal, als Nekros gekommen ist. Er hat eine Maske gemacht und sie dir aufgesetzt.« Das Schluchzen flachte ab, und Phoebus änderte seine Sitzhaltung, denn ihm taten schon die Beine weh.

»Wie du siehst, Eumelos, geht es mir gut.« Dann sah er an seinen Beinen hinab. Starke Beine, die ihn trugen. Waren sie nicht verletzt gewesen? Doch beide Gelenke funktionierten; Phoebus atmete tief ein und nahm dann seine Hand von Eumelos' Rücken, um sie sich auf den Bauch zu legen. Wo ihn das Holz gepfählt hatte, war nur eine blasse Narbe geblieben.

»Wie... wie viele Sonnenaufgänge ist das her?« Er setzte Eumelos auf sein abgewinkeltes Knie.

»Ich weiß nicht.« Eumelos wischte sich die Nase und verschmierte dabei den Schleim über sein Gesicht. Phoebus musste lächeln. Bei den Göttern, wie liebte er dieses Kind! »Fünf vielleicht?«

Phoebus spürte, wie seine Arme zu zittern begannen, und er drückte Eumelos an sich, diesmal, um sich selbst zu trösten. Fetzenweise fiel ihm alles wieder ein. Noch mehr Bilder, Irmentis – ihre endgültige Zurückweisung. Sein ganzes Leben lang hatte er gehofft, sie würde sich ihm zuwenden, doch in jenem schattigen Hain ihres Geistes hatte ihre *Psyche* sich von ihm gelöst. Phoebus drängte an seinem Zorn vorbei, an der Liebe, die bereits zu Hass mutierte, der nächsten Erinnerung entgegen. Blut und ein Feuer, das sich durch Phoebus' Adern gebrannt hatte, als Niko etwas auf ihn gegossen hatte.

Das Elixier?

Der Junge hustete, und Phoebus legte die Hand auf seine Stirn. Er war heiß, allerdings fühlte sich für Phoebus alles heiß an. »Du musst etwas für mich erledigen, Eumelos. Ich glaube, jemand will mir den Thron rauben, verstehst du?«

»Und selbst Goldener sein?«

»Genau.« Allein der Gedanke, dass Eumelos niemals seinen Thron erben würde, brach Phoebus beinahe das Herz. Er hätte jedes Opfer auf sich genommen, nur um dieses kluge Kind über Aztlan herrschen zu sehen. Das jedem von Ileana geworfenen Balg haushoch überlegen war. Er schauderte. »Geh zur Pyramide und suche den Minos. Geh erst wieder weg, wenn du ihn zu mir gebracht hast.« Er sah sich um. »Wo bin ich hier?«

»In den Höhlen unter Kelas Tempel.«

»Sag keinem außer Minos, dass ich aufgestanden bin, Eumelos. Niemandem. Schwörst du mir das?«

»Er ist gestorben, *Pateeras*.«

Er ist gestorben, und ich habe überlebt, dachte Phoebus. »Gleichwohl, bringe mir den, der jetzt die Minosmaske trägt.« Bestimmt hatte man doch innerhalb von fünf Tagen einen Nachfolger gefunden? »Schwöre es.«

Sie verhakten ihre kleinen Finger und schworen; für einen so kleinen Jungen war Blut zu viel verlangt. Doch die Bedeutung von Ehre und Ehrenwort konnte man gar nicht früh genug einüben. Phoebus küsste seinen Sohn auf den Kopf, versicherte ihm, dass es ihm gut gehe, und legte sich wieder auf die Bahre, wo er die fahlen Narben über jenen Wunden betastete, die eigentlich noch hätten bluten müssen.

Was war in diesem Elixier?

Zu Hunderten saßen die schmausenden Bürger über die Hügel von Aztlan und Kallistae verstreut. Die Sonne brachte die Pyramide der Tage zum Gleißen, und das tiefe Blau der Therossee war von weißen Wellen gekrönt. Chloe lag entspannt auf ihrem Balkon in der Sonne und spürte, wie die Hitze sich über ihren nackten Leib stahl. Den ganzen Morgen hatte sie auf irgendwelchen Ratsversammlungen verbracht, eine ebenso anstrengende wie frustrierende Beschäftigung angesichts des unverständlichen Fachchinesischs, mit dem dort um Tiere gefeilscht wurde, und der bohrenden Lust, die sie empfand, wenn sie Cheftu nur ansah.

Hreesos' Hinscheiden war ein peinlich gehütetes Geheimnis, darum wurde ihrem Gemahl die Thronfolge bis auf weiteres vorenthalten. Das einfache Volk wusste offiziell nicht Bescheid, auch wenn Chloe überzeugt war, dass es in der Gerüchteküche dampfte und brodelte. Der Ausbruch des Berges Krion war bis Aztlan zu sehen gewesen, deshalb waren die Konsequenzen kaum zu verheimlichen.

Der Tod des Minos war in aller Munde.

In der Schönheit der Sonne war eine allumfassende Zerstörung kaum vorstellbar. Eine Brise brachte ihrer Haut Erleichterung von der Hitze, und Chloe stellte sich vor, wie schön es wäre, Cheftu neben sich zu haben. Dösend lächelte sie vor sich hin.

Mit einem Schlag flogen überall auf der Insel laut kreischend die Vögel auf und kämpften um einen Platz am Himmel. Dann hörte sie es, ein tiefes Grollen, das ihr Brustbein zum Vibrieren brachte wie eine Bassgitarre. Sie lief an die Balkonbrüstung, von wo aus sie auf die Landbrücke und die dahinter liegende Insel schauen konnte.

»Der Stier brüllt!«, hörte sie jemanden schreien. Sie sah, wie die Menschen zum Meer hinrannten, Hunderte Ellen tief ins Wasser sprangen, den Zickzackpfad hinunterrasten oder sich in Boote quetschten, die so voll waren, dass sie auf der Stelle kenterten.

Als der Balkon unter ihr zu beben begann, ging sie in die Hocke und kämpfte die aufsteigende Übelkeit nieder. Die Schreie ballten sich in die Luft, während Chloe sich auf den Boden kauerte, die Hände flach auf den bemalten Stein gepresst. Das Grollen schwoll zu ohrenbetäubender Lautstärke an, sodass sie schließlich den Kopf hob.

Jenseits des aufgewühlten Wassers, auf der Insel Kallistae,

schien die Klippenkante zu erzittern, bis ein Abschnitt, auf dem sich die Menschen drängten, ins Meer hinunterkrachte. Eine menschliche Lawine.

Dann war alles still.

»Bürger!« Eine Stimme erhob sich über den Wind.

Chloe drehte sich um und sah mit abgeschirmten Augen zur Pyramide hin. Eine Gestalt im weißen Umhang stand mit weit ausgebreiteten Armen auf dem Ausrufplatz. »Fürchtet euch nicht!«, rief sie. »Der Stier hat uns zum letzten Mal gegrollt!«

Um sie herum hörte sie höhnische Kommentare: »Wer will uns das garantieren?« »Halt den Mund, alter Tor!« »Das kannst du den Toten erzählen.« Chloe sah die Gestalt im Umhang eine Geste ausführen, ob Segen oder Fluch, konnte sie nicht sehen, dann drehte sie sich langsam im Kreise, damit jeder sie erkennen konnte. *Hreesos!*

»Ich bin *Hreesos*!«, flüsterte er ... eine leise Verkündung, die anschwoll und sich verstärkte wie eine Flutwelle.

»Er ist tot!«, rief eine tapfere Seele.

Die weiß gekleidete Gestalt deutete zurück. »Ich bin *athanati* geworden, aber dennoch werde ich herrschen. Ich habe Apis ins Auge geblickt und gesiegt. Tut es mir gleich, Bürger! Esst von Apis' Fleisch und ergötzt euch an seiner Kraft. An meiner Kraft!«

Priester führten Dutzende Stiere aus der Pyramidenbasis heraus. Zum Teil waren es Apis-Stiere, zum Teil gewöhnliche Rinder. Ein Altar wurde aufgebaut, auf dem, noch während Chloe zusah, der erste Stier geopfert wurde. Sie blickte aufs Meer hinaus, das genauso aussah wie zuvor – als hätte das Wasser nicht eben zahllose Menschen verschlungen. Begriff denn niemand, dass Stierfleisch allein sie nicht retten konnte?

Hreesos sprach immer noch, nun von seinem Triumph über Apis, den Erdrüttler.

Wie war das möglich? Wie war es möglich, dass er in diesem Moment die Treppe hinablief und Fetzen blutigen Stierfleisches an die wenigen Misstrauischen verteilte, die sich unter der Pyramide versammelt hatten? Fünf Tage war er tot gewesen! Wenigstens den Gerüchten zufolge.

War das hier eine Seifenoper – wo man nie sicher sein konnte, dass die Toten wirklich tot waren, es sei denn, man hatte sie persönlich im offenen Sarg gekniffen? Kopfschüttelnd beobachtete Chloe, wie erst *Pithoi* mit Wein, dann Körbe voller Brot herausgebracht wurden. Was tat *Hreesos* da?

»Herrin?«

Sie wandte sich dem unbekannten Leibeigenen zu. *»Iii?«*

»Die Kela-Ileana wünscht, dass du, wie erbeten, in ihrem *Megaron* erscheinst. Leibeigene werden deine Sachen nachbringen.«

»Die Kela-Ileana schickt dich?«

»Sehr wohl.«

»In der Lagune sterben die Menschen, sollte sie nicht lieber helfen?«

»Die Himmelskönigin wünscht dich zu sehen«, wiederholte er, diesmal entschiedener.

»Habt ihr überhaupt kein Herz? Dort unten sterben Hunderte«, widersprach Chloe, während sie ihre Sandalen schnürte.

»Du bist ihre Erbin; *Hreesos*' Verlobte wünscht dich zu sehen.«

»Bis vor wenigen Augenblicken gab es gar keinen *Hreesos* mehr und nichts zu erben!«

Der Leibeigene lächelte gepresst. »Komm mit mir, Herrin.«

»Nein.« Chloe war schon in der Tür. »Diese Menschen brauchen Hilfe.«

»Meine Herrin erbittet freundlichst deine Anwesenheit.«

»Es gibt Wichtigeres als ihre Wünsche«, erwiderte sie und trat über die Schwelle.

»Nein«, verkündete er ernst, um ihr dann zu folgen.

Chloe drehte sich um und klopfte ungeduldig mit dem Fuß. »Sie mag die Himmelskönigin sein, aber sie kann warten. *Die* können es nicht.«

Er packte sie um die Taille, doch Chloe wehrte sich, strampelte sich frei und fuhr herum, um ihn zurechtzuweisen.

Sie sah nichts außer seiner Faust.

Cheftu lag bibbernd auf seinem Bett. Ihm war nicht wirklich kalt, er war nur... unruhig. Im Umdrehen zog er ein Bein an, um den

Druck auf die Schwäre zu lindern, die mit jedem Tag größer wurde. An seiner Seite entwickelte sich bereits eine zweite, die meist unter seinem Korsett verborgen blieb.

»Spiralenmeister!«, rief Nestor. »Cheftu, wo bist du?«

Cheftu kämpfte sich aus dem Morast nach oben, in dem er zu stecken schien, und versuchte zu antworten, um den jungen Mann an sein Bett zu holen, doch stattdessen hörte er, wie die Türen zu gingen und Nestors Schritte auf dem Steinboden sich nach oben entfernten.

Was war mit ihm los?

Du hast die Krankheit, sagte sein Verstand. *Du hast das ein Dutzend Mal beobachtet. Kannst du noch stehen*?

Entschlossen, sich nicht unterkriegen zu lassen, zwang Cheftu seinen Körper in die Lotrechte und machte einen Schritt von der Liege weg. Dann noch einen. Seine Beine schienen nicht im Takt zu arbeiten, und sein Schurz war von der Anstrengung schweißdurchtränkt. Auf einen Tisch gestützt, versuchte er nachzudenken, zu überlegen.

Später, er würde es später noch einmal versuchen.

Er fiel auf die Liege zurück.

Als Chloe zu sich kam, stand die Welt Kopf. Das Pochen in ihrem Kopf bildete den Gegenrhythmus zu dem Wackeln ihres Kopfes.

Sie *hing* kopfüber.

Mir wird gleich todübel, dachte sie. Sie wand sich, als ihr Träger ein paar Stufen hinabeilte. Chloe versuchte, sich zur Seite zu drehen; seine Schulter drückte in ihren Magen.

»Halt dich ruhig!«

Na toll, der Möchtegern-Tyson.

»Schlecht«, gurgelte Chloe.

Er ließ sie in seine Arme fallen, mit unpersönlichem Griff wie ein Masseur. Und keine Sekunde zu früh, dachte Chloe. Ihr Kopf war am Platzen, ihr Kiefer schmerzte, und ihre eigentlich angebrachte Empörung wurde von dem dringenden Wunsch nach Aspirin überdeckt. Hatte sie jemals zuvor derartige Prügel kassiert? Sie konnte sich jedenfalls nicht entsinnen.

Eine Doppeltür schwang vor ihnen auf, und Chloe wurde in einen Raum von exquisiter Schönheit abgesetzt.

Delfine schwammen graziös über alle Wände und bildeten mit ihren höckrigen Rücken einen abgesetzten Sockel. Darunter zog sich eine Bank aus grauem Stein entlang, deren gewellte Rückenlehne dem Delfinmuster folgte. Vierzackige Sterne bedeckten die Decke, und zwischen den offenen Türen blühten Lilien. Ein durchdringender Schrei ließ Chloe zusammenzucken, dann sah sie einen Pfau mit offenem, stolz erhobenem Rad hereinschreiten. Sie hörte ein Schnippen, und ihr Träger schleifte sie nach nebenan.

»Sei gegrüßt, Sibylla. Meine Dankbarkeit, dass du die Einladung, deinen rechtmäßigen Platz einzunehmen, angenommen hast.«

»Verzeih mir, wenn ich mich täusche, Ileana, aber bin ich nicht ein Sippenoberhaupt? Wäre mein rechtmäßiger Platz also nicht eher die Insel Hydroussa? Oder wenigstens mein eigenes Gemach?« Chloe gab sich keine Mühe, ihren Sarkasmus zu überspielen.

»Deine Position als Nachfolgerin der Himmelskönigin hat Vorrang«, sagte Ileana.

»Trägst du immer noch kein Kind in dir?« Seit ihrem einmonatigen Liebesfest mit Phoebus waren bestimmt schon Wochen vergangen. Natürlich war Phoebus angeblich schon kurz nach dessen Beginn umgekommen. Würde man Ileana deshalb einen weiteren Monat gewähren? Wann wäre das hier vorbei?

Ileanas Blick war warm wie ein Eiswürfel. Ihre Finger krallten sich in den nach wie vor flachen Bauch. »Leider hat Phoebus einen schwachen Samen.«

»Oder du bist unfruchtbar«, entgegnete Chloe.

Ileanas türkisblaue Augen verengten sich wie die einer Perserkatze. Offenbar war es der Himmelskönigin noch gar nicht in den Sinn gekommen, dass mit ihr etwas nicht stimmen könnte. Chloe trat einen Schritt zurück.

»Da die Göttin mich noch nicht gesegnet hat, muss ich dafür sorgen, dass sich Phoebus keine anderen Möglichkeiten bieten.«

Chloe wurde allmählich ein wenig nervös.

Ileana lächelte wie der Wolf im Bett von Rotkäppchens Großmutter. »Du wirst absegeln …«

»Nein, werde ich nicht.« Wenigstens noch nicht.

»Nein, natürlich nicht«, bestätigte Ileana, was Chloe noch weiter verwirrte. *Was denn nun, soll ich hier bleiben oder weggehen?* Die Frage beantwortete sich von selbst, als Chloes Arme nach hinten gerissen und straff aneinander gefesselt wurden. Sie riss den Mund auf, um loszuschreien, aber dadurch machte sie es nur einfacher, einen Wollschal hineinzustopfen. »Dein Schiff hat bereits abgelegt, die Hörner deiner Sippe waren *Henti* weit zu sehen. Du wirst auf See verschollen gehen, doch da niemand mit deiner Ankunft rechnet, wird man erst davon erfahren, wenn es zu spät für eine Suche ist.«

Nein! Das kann ich Cheftu *nicht antun*! Aber sie brachte kein Wort heraus – sie hatte ein Schaf im Mund stecken, mit Haut und Haar.

»Viel Vergnügen im Labyrinth, Sibylla.«

Man brachte sie fort, teils geschleift, teils getragen, durch schmale Gänge und wirre Treppensysteme, bis es sehr, sehr finster wurde.

Gegen das unerwartet helle Licht zweier Fackeln anblinzelnd, las sie den Namen über der Tür, und zwar gleich zweimal. Auf Atzlan war der Name so bedrohlich und mächtig, dass er nie laut ausgesprochen wurde.

Hades.

Iii! Davon hatte Edith Hamilton nichts gesagt!

Der Leibeigene verband ihr die Augen, obwohl Chloe sich nach besten Kräften wehrte; es war absehbar, dass der Leibeigene gewinnen würde, doch sie wehrte sich instinktiv gegen die Vorstellung, nichts mehr zu sehen. Er versetzte ihr eine Ohrfeige, und in der einsetzenden Benommenheit, die auch ihre Kopfschmerzen zu neuem Leben erweckte, wurden ihre Augen mit einem Leinenschal verhüllt.

Das Letzte, was sie sah, war Feuer.

Der Leibeigene schubste sie, und sie stolperte. Unfähig, sich auf den Beinen zu halten, stürzte sie vornüber in die Tiefe. Luft zischte an ihr vorbei, doch außer ihrem erstickten Schrei drang kein Laut an ihre Ohren.

»Ich habe versucht, dich aufzuwecken, Meister, aber ich konnte dich nicht finden«, erklärte Nestor.

Cheftu ballte die Fäuste und biss die Zähne zusammen. Mon Dieu, *kaum hatten sie den Auslöser für die Krankheit entdeckt, fütterten sie die gesamte Bevölkerung damit*! Es war zu spät! Er hatte nicht vollbracht, was in diesem Zeitalter seine Aufgabe gewesen wäre, und weil er nicht mehr von seiner Liege aufstehen konnte, war eine ganze Kultur zum Untergang verurteilt.

Er war doch bestimmt nicht allein verantwortlich für ihren Fall? Doch letzten Endes würden alle sterben, die sich infiziert hatten. All dieses unermessliche Wissen, die Weisheit, die Erfahrung wären verloren. *Mon Dieu*, was sollte er tun? »Ist Kommandant Y'carus im Hafen?«

Nestor wusste es nicht, also schickte Cheftu einen Leibeigenen los, es in Erfahrung zu bringen. Er bedeutete dem Jüngeren, sich zu setzen, und fragte sich, wie er wohl erklären sollte, was er jetzt brauchte. »Euer Spiralenmeister hat mich für diese Position ausersehen, weil ich die Zukunft kenne.« Nestor blinzelte, verängstigt und argwöhnisch zugleich. »In dieser Zukunft wird Aztlan untergehen.« Cheftu wandte den Blick ab und strich dabei das lange Haar über seine Schulter. »Euer Vermächtnis wird überleben, und wir müssen dafür sorgen, dass auch einige Menschen überleben. Wer hat noch nicht von dem Stier gegessen?«

»Alle, die nicht auf der Insel sind.«

»Nein. Hier. Wer auf Aztlan wurde möglicherweise übersehen?«

Nestor lehnte sich zurück. »Die Leibeigenen, die Gebrechlichen, die Armen.«

»Ich habe keine Armen gesehen.«

»Sie leben nicht unter den Bürgern. Oftmals werden sie wegen persönlicher Vergehen aus ihren Sippen ausgestoßen, sodass sie betteln oder Aztlan verlassen müssen, wenn sie überleben wollen.«

Cheftu erhob sich, wobei er sich an der Rückenlehne des Steinsessels einhielt. »Wir müssen sie finden und in Sicherheit bringen.«

»Ich werde ein paar Seesoldaten rufen.«

»Nein! Ich fürchte, das müssen wir im Geheimen tun. Niemand darf von unserem Vorhaben erfahren, und niemand, der von dem Stier gegessen hat, darf auf dieses Schiff.«

Nestor erbleichte. »Habe ich mich angesteckt?«

»Ich weiß es nicht. Ich habe es jedenfalls.«

Chloe verzehrte sich nach einem Atemzug ohne Schafsaroma. Sie brauchte Luft. Widerlich! Was war das für ein Gestank? Sie würgte die mühsam eingeatmete Luft wieder aus und schwor sich, nur noch durch den Mund zu atmen. Schwefel!

Sie war »wirklich« in der Hölle.

Ihre Finger tasteten und fummelten an dem Knoten herum, mit dem ihre Handgelenke zusammengebunden waren. Fluchend, weil das Seil so brannte, schob sie es halb an den Händen hinauf. Sie konnte nicht sehen, ob praktischerweise etwas Scharfes wie zum Beispiel eine Rasierklinge oder eine Schere in der Wand steckte, darum würde sie ihre inzwischen blutigen Handgelenke an den Mund heben und das Seil durchnagen müssen, fast wie eine überdimensionale Ratte.

Als hätte sie damit das Stichwort gegeben, hörte Chloe ein leises Trippeln und zuckte zusammen. Vielleicht war ihre Blindheit ein Segen.

Die Arme so weit wie möglich nach unten streckend, legte sie sich nach hinten und rollte sich zusammen, um ihren Rücken durch die Schlaufe ihrer beiden Arme zu drücken, ohne sich dabei die Schulter auszurenken. Es tat weh, sie spürte Schweiß auf ihrer Stirn, doch dann waren ihre Arme unter den Beinen – und den vierzehn Rüschenschichten. Sie trug nicht eben Gymnastiksachen. Die Knie an die Ohren ziehend, schob sie ihre Hände unter den Füßen hindurch und begann, an den Knoten zu kauen.

Tatsächlich schaffte sie es, die Knoten mit den Zähnen aufzuziehen, obwohl sie die Schnur bei ihren Turnübungen straff gezogen hatte. Der Leibeigene war nicht gerade ein Pfadfinder, und die

Schnur war recht rau. Als Nächstes kam die Augenbinde. Ein paar Sekunden noch, dann war sie befreit! Endlich konnte sie etwas sehen.

Chloe blinzelte ein paar Mal, rieb sich die Augen und sah sich um.

Es gab viele Bezeichnungen und Abstufungen von Schwarz: Marsschwarz, schwarz wie die Nacht, schwarz wie eine schwarze Katze, Mitternachtsschwarz, dunkel wie ein Schwarzer im Tunnel, stygnische Dunkelheit. Schwarz wie die Hölle.

O Gott, o Gott.

Sie spürte Panik in ihrer Kehle aufsteigen wie in einem plötzlich versiegelten Rohr. *Flipp nicht aus! O Gott. Du kannst es schaffen. Eins nach dem andern.*

Eins. Du kannst verflucht noch mal nichts sehen. Das ist schon okay – dir bleiben immer noch vier Sinne und deine Intuition. Sie tastete den Boden ab. Fest getretener Dreck.

Der Schwefelgestank. Es war heiß wie in einer windlosen texanischen Augustnacht, und die Geräusche waren gespenstisch. Ein trauriges, geflüstertes Rufen und klagendes Stöhnen, das nicht eben ermutigend klang.

Hoffnungslose Schreie. Dantes Warnung blitzte in ihrem Geist auf: »Lasst alle Hoffnung fahren, die ihr hier eintretet.«

Sie schüttelte den Kopf und redete sich wieder Mut zu. *Was weiß ich bereits?* Sibyllas Erinnerung blieb stumm, darum sammelte Chloe alle verfügbaren Fakten selbst zusammen.

Das Labyrinth, Hades, war per definitionem ein Irrgarten. Es gab keine Lichtquellen. Sie war gefallen, tief gefallen. Wenigstens war es ihr so vorgekommen. Aber nicht so tief, dass sie sich irgendwas gebrochen hätte.

Man wollte sie hier sterben lassen.

Kein guter Gedanke, Chloe.

Sie stützte den Kopf auf die Knie. *Denk nach! Der Irrgarten, durch den du einen Weg gefunden hast, war ein Kunstwerk – ein Mustermotiv. Vielleicht ist es hier ja auch so? Woher soll ich das wissen, wenn es zu dunkel zum Sehen ist?*

Sie würde sich vorstellen, sie sei blind.

Sie richtete sich auf, machte einen Schritt nach vorn, rutschte aus und stürzte einen senkrechten Schacht hinab, bis ihre wild schlagenden Hände schließlich einen Sims zu fassen bekamen. Mit nackten Zehen und Fingern kämpfte sie sich die glatten Kalkwände wieder hoch. Oben kauerte sich Chloe zusammen, laut atmend und mit klopfendem Herzen.

Ein Teil ihrer Selbst hätte sich am liebsten eine Klippe hinuntergestürzt und allem ein Ende gemacht. Sie hatte grauenvolle Angst, sie steckte an einem Ort, der darauf ausgelegt war zu töten – oder einen mindestens in den Wahnsinn zu treiben.

Dann dachte sie an Cheftu. Sie hatten so vieles durchstehen müssen, doch sie waren hier. Und zwar gemeinsam. Sie hatte immer noch nicht seine Hände gezeichnet oder ihm von ihrer Familie erzählt. Oder ein Kind von ihm bekommen. Nein, sie würde Cheftu auf gar keinen Fall verlassen.

Ihr Magen knurrte, und Chloe merkte, dass ihre Denkfähigkeit reichlich eingeschränkt bleiben würde. Sie konnte es ohne Nahrung aushalten. Nicht fröhlich, nicht gut gelaunt, aber immerhin aushalten. Wasser – mit dem Wasser war das nicht so einfach, vor allem, da sie schwitzte wie ein Muli. *Was gäbe ich nicht für eine Flasche Mineralwasser!*

Auf Händen und Knien krabbelte sie vorwärts, von dem Sims weg. Dann erhob sie sich vorsichtig, fasste nach oben und berührte eine Decke. Sie würde so weit gehen wie möglich, um festzustellen, ob sie die Anlage des Labyrinths durchschaute. Es musste eine innere Ordnung geben. Man baute nichts ohne eine innere Ordnung, ohne eine Vorlage; irgendjemand musste sich doch etwas dabei gedacht haben! Sie musste nur den richtigen Jemand erraten. Nach einem trockenen Schlucken tastete sich Chloe vorwärts.

Die Götter schienen auf Phoebus zu hören. In den Tagen nach seinem Aufstieg auf die Pyramide senkte sich absolute Stille über Aztlan. Kein einziger Schauer erschütterte die Erde, nicht eine hohe Welle zuckte draußen auf dem Meer auf. Die im Boden des Imperiums klaffenden Wunden grünten unter frischem Wachstum, und das Feuer, das den Bürgern warnend unter den Füßen gebrannt hatte, kühlte wieder ab.

Apis' Zorn schien verraucht; kein Schwefelgestank, keine Dampfwolken. Der Himmel war blau, Schwalben flatterten im Wind, Schmetterlinge landeten auf den Häusern, ein Segenszeichen der Göttin Kela. Die Toten hatten in den Höhlen von Paros ihren letzten Frieden gefunden. Ein paar wenige Sippenangehörige waren nach Delos zurückgekehrt, um dort eine neue, schönere Stadt für die Sippe der Muse zu erbauen.

Aus dem gesamten Imperium kamen Menschen, um die verbrannten Felder von Naxos zu säubern. Seesoldaten und Bauleute von Siros brachten das Bewässerungssystem durch bessere Aquädukte auf den neuesten Stand. Frauen aus Tinos brachten Samen, die sie liebevoll in die von Asche bedeckte Erde legten, wobei sie die Toten ehrten und Kela um Fruchtbarkeit anflehten.

Aus Folegandros angereiste Priester machten sich dran, neue *Ari-kat*-Steine für Gebäude, Wachtürme und Mauern zu gießen. Der Berg Krion schlief, nicht einmal ein Qualmwölkchen stieg aus dem spitzen Kegel auf. Die Priester hielten die Berge Stronghyle und Gaia unter Beobachtung, doch Apis ruhte. Phoebus hatte die Götter beschwichtigt. Er hatte sich in ihre Zahl eingereiht.

Hreesos war überall zu sehen. Immer im weißen Umhang, sodass nur seine blauen Augen und ein Blitzen von Gold unter seiner Kapuze zu sehen war. Niko, sein Zauberer, war stets an seiner Seite, genau wie Eumelos, sein Erstgeborener, der zu zittern begann, sobald sein Vater aus seinem Blickfeld verschwand. Von der Spitze Hydraussas bis zu den Pylonen auf den Wellenbrecherinseln inspizierte der Goldene Stier die Arbeiten, überall ermutigte und unterstützte er sein Volk.

Zum Beweis seiner Königswürde, seiner Berechtigung zu herrschen und als gutes Vorzeichen für den Überfluss, den Aztlan ernten würde, trug angeblich auch die Himmelskönigin ein Kind. Jede Nacht vermählten sich die beiden, und jeden Tag wurde sie vom Palast zu dem weitläufigen Tempel der Schlangengöttin getragen, damit die Kela-Tenata sie untersuchen konnten. Auch wenn ihre Taille immer noch schlank war, wurde unter den Bürgern spekuliert, dass ihre Brüste inzwischen schwerer geworden seien und sie kein Korsett mehr trüge.

Hatte je zuvor ein derart mächtiger, strahlender Regent über Aztlan geherrscht? Er war genau so, wie ein Herrscher sein sollte – fruchtbar, klug, gut aussehend, stark, unnahbar.

Sein Volk hätte alles für ihn getan; Phoebus war ein Gott.

Niko schlug die Tür zu, und Neotne sah auf. Er schickte sie mit einem Fingerschnippen fort und trat an seine Truhe, wo er die Steine versteckt hatte. Phoebus machte Schwierigkeiten, er weigerte sich zu glauben, dass der Friede bald enden würde.

Die Steine hatten gesprochen, allerdings zögerte Niko noch, ihre Prophezeiung weiterzugeben. Die Steine waren sein Geheimnis.

Neue Gefahr drohte. Niko war geübt darin, die Anzeichen eines drohenden Vulkanausbruchs zu erkennen. Die Priester hatten ihn vertraulich von dem wieder giftig gewordenen Wasser, von den rastlosen Schlangen in Kenntnis gesetzt.

Mit zittrigen Händen holte Niko den schwarzen und den weißen Stein heraus und warf sie, damit sie ihm schlichte Fragen beantworteten, während er Mut sammelte für die schwierigen. Anhand der von ihm erstellten Tabelle überprüfte er, wie viel er von ihrer Sprache verstand. Die Buchstaben waren verwirrend, und ein einziges falsch gelesenes Zeichen konnte die Bedeutung eines ganzen Wortes, eines ganzen Satzes verändern.

Phoebus hatte Irmentis nicht mehr erwähnt und auch nicht mehr nach ihr gefragt. Er musste wissen, dass man sie ins Labyrinth geworfen hatte. Er kümmerte sich nur noch um Eumelos.

Ein Kind.

Er überließ es Niko, die Fragen der Bürger zu beantworten, während er selbst nur lächelnd und winkend durch den Tag schritt. Die Angehörigen seiner Sippe ließen sich blenden, allein Niko wusste, dass der Goldene Stier seine Energie und seinen Willen verloren hatte. Phoebus sprach nie mit seinem alten Freund, er lächelte nur. Es war, als wäre Phoebus gestorben; nur das Zusammensein mit Eumelos schien ihn davon abzuhalten, sich niederzulegen und auf die Insel der Gesegneten überzusetzen.

Es war deutlich, dass Niko ihm gleichgültig geworden war. Diese Erkenntnis traf Niko bis ins Mark: Erst hatte ihn Spiralenmeister betrogen, nun ließ auch Phoebus ihn allein. Wenn Niko nur seine Liebe, seine Freundschaft, seine alte fröhliche Kameradschaft zurückgewinnen könnte, dann würde er die Götter nie wieder um etwas bitten. Er befragte die Steine.

»Wird die Skolomantie überleben?«

»I-H-R-W-E-S-E-N.«

»Wann wird der Berg ausbrechen?«

»I-N-D-E-R-Z-E-I-T-D-E-S-L-Ö-W-E-N.«

»An welchem Tag?«

Niko hatte das Gefühl, beobachtet zu werden, und drehte sich blitzschnell um. Niemand stand hinter ihm; seine Angst, seine Einbildung hatte ihm wohl einen Streich gespielt. Er schlug die Steine in Stoff ein und schnippte nach einem Tragsessel. Er musste mit dem Rat sprechen.

Aztlan würde sterben.

Das Mädchen wartete, bis ihr Beschützer in seinem Sessel weggebracht worden war. Dann schlich sie in seine Kammer und suchte nach seinem Versteck. Diese Steine sprachen zu ihm; sie konnte die Antworten an seinen blassen, brennenden Augen und seinem geröteten Gesicht ablesen.

Neotne wollte ebenfalls Antworten.

Die Zähne wie immer gegen den Schmerz ihrer fehlenden Hand zusammengebissen, setzte Neotne den verstümmelten Arm als Stütze ein, während sie mit der anderen Hand die Besitztümer ihres Wohltäters durchwühlte. An den gegenüberliegenden Enden seiner Truhe lagen zwei Seidenflicken aus Kos. Sie zog einen davon heraus und erkannte den schwarzen Stein wieder, den sie über Nikos Schulter hinweg gesehen hatte. Dann rollte sie den zweiten Stein aus dem Stoff und legte ihn daneben.

Die Steine bewegten sich!

Neotne musste einen Aufschrei unterdrücken, als sie beobachtete, wie die Steine zu kreisen und zu kippeln begannen. Sie waren von schwachen Zeichen eines rätselhaften Textes überzogen und Neotne spürte Tränen unter ihren Lidern. Es war eine ihr unbekannte Sprache.

Die Steine drehten sich und rotierten wie in einem Wirbelwind. Wie sollte sie sie wieder verstauen? Ihre Verzweiflung drohte sie fast zu ersticken, doch dann entdeckte sie das klobige Lehmtäfelchen. Neben jeder Markierung des Steines war die aztlantische Übersetzung verzeichnet.

Vor Angst und Anspannung bebend, nahm Neotne die widerspenstigen Steine in ihre Hand und warf sie, so wie sie es bei Niko gesehen hatte. In tiefer, nach wochenlangem Schweigen rauer Stimme – wozu sollte sie sprechen, wenn die Götter ihr kein Gehör schenkten? – stellte Neotne ihre Frage.

»Lebt Y'carus noch?«

Die Steine drehten sich dreimal, schnell verglich sie die Markierungen, dann wiederholte sie das Ganze. Ein Hochgefühl durchschoss sie so schnell, dass ihr schwindlig wurde. Ja! Y'carus war am Leben! Ihr lag schon die Frage auf den Lippen, wo sie ihn finden konnte, als ihr Blick auf ihre fehlende Hand fiel.

Von ihrer Hand aus wanderte er über ihren Arm aufwärts bis zu ihren verkohlten Brüsten. Sie konnte nur noch auf einem Auge sehen; nur noch mit einer Faust greifen. Y'carus war am Leben, und er hatte sie geliebt. Doch die Frau, die sie damals gewesen war, gab es nicht mehr. An ihrer Stelle existierte ein neues Wesen. Ein Wesen, das die meisten Menschen abstoßend fanden; und jenen mitleidigen, ängstlichen Blick in Y'carus' Augen zu sehen, hätte sie nicht ertragen.

Sie würde ihn nicht suchen. Sie würde Aztlan verlassen, in die Ferne ziehen. Vielleicht würde sie in kommenden Sommern den Mut finden, ein neues Leben zu beginnen. »Was erwartet mich?«, flüsterte sie unter weggeblinzelten Tränen. Sie musste stark sein; sie war jetzt auf sich gestellt. Niko hatte sie gut behandelt, er hatte sie vor dem sicheren, schmerzhaften Tod bewahrt, doch er brauchte sie nicht. Er erduldete sie, doch in seiner *Psycho* war keine Wärme, keine Liebe.

Die Steine glitten aus ihren Fingern auf den Tisch. Diesmal brauchte sie wesentlich mehr Zeit für die Antwort, denn sie kontrollierte jeden Buchstaben dreimal nach. »S-E-I-B-E-R-E-I-T-W-E-I-T-F-O-R-T-Z-U-S-E-G-E-L-N.«

»Wer bist du?«

»D-I-E-S-T-I-M-M-E-V-O-N-I-C-H-B-I-N.«

Die Steine schienen sich in ihre Handfläche zu brennen, als sie beide in ihre seidenen Taschen zurückstopfte, weit voneinander getrennt, damit sie ruhig blieben, um sie dann in die Kiste zurückzulegen. Sie musste ihre Abreise vorbereiten. Sie würde tapfer sein müssen.

17. Kapitel

Die Ruhe vor dem Sturm neigte sich allmählich dem Ende zu. Kleine Beben, tief unter der Erdoberfläche, machten den Anfang. Dadurch verschob sich das Felsgestein, und glühende Lava wurde hoch gedrückt, die aus dem Herzen der Erde nach oben schoss, sprudelnd wie Blut nach dem Abnehmen einer Aderpresse. Je weiter sich die Gesteinsverschiebungen nach oben fortsetzten, desto höher kletterte der Lavapegel. Auf dem Meeresboden stiegen lautlose Rauchfahnen voller Gestein, Gas und Dampf auf, in denen die Fische gegrillt und die Meeresflora geröstet wurde.

Die Beben nahmen kein Ende, sie pflanzten sich im Höhersteigen in Wellen bis über den Meeresspiegel fort und drängten in die noch verbliebenen Kanäle der ägäischen Meeresspalte hinein. Während oben Schiffe mit indigofarbenen Segeln dahinzogen, brach der sandige Meeresgrund auf, von Nord nach Süd und von Ost nach West, wobei erst dutzende, dann hunderte weitere Risse auftraten.

Das in den aufragenden Kegeln schlummernde flüssige Gestein drängte nach oben, ehe es zurücksackte und sich dabei verdichtete und verstärkte. Hunderte von teils spürbaren, teils nicht spürbaren Erdbeben verschoben und erschütterten die köchelnde, geschmeidige Masse.

Die Schüler wandelten wie *Skia* durch die Nebengassen der Stadt. Y'carus war tatsächlich im Hafen. Cheftu spürte ein Brennen in seinem Leib, eine Warnung, dass ihm die Zeit wie Meerwasser zwischen den Fingern zerrann. Heute fühlte er sich gut, wofür er Gott dankte, denn es gab so viel zu tun.

Die Schüler suchten nach jenen, die überleben würden. Vorgeblich sollten jene, die sie fragten, zur Pyramide gebracht werden, um dort ihr Stieropfer zu erhalten. Cheftu wählte nur jene aus, die dagegen protestierten, die aus eigenem Entschluss kein Stierfleisch gegessen hatten, weil sie die Vorstellung widerwärtig fanden.

Bei denen stand zu hoffen, dass sie es noch widerwärtiger finden würden, sich gegenseitig zu verspeisen.

Cheftu war erstaunt über die Verwahrlosung hinter den Palästen und Villen der Reichen. In offenen Gräben sammelten sich Abwässer, und das verdorbene Essen, von dem sich die halb verhungerten, aufgegebenen Kinder und Erwachsenen von Aztlan ernährten, war schwarz von Fliegen.

Diese Menschen durften die Straßen nicht betreten, und auf den Feldern und Pfaden durften sie sich erst nach Einbruch der Dunkelheit zeigen. Alle religiösen Rituale blieben ihnen verwehrt; sie waren absolut und vollkommen ausgestoßen. Nestor sammelte ein paar von ihnen ein, die ihm versprachen, nach Einbruch der Nacht an den Türen der Pyramide auf ihn zu warten.

Cheftu überließ es Nestor, alles Weitere zu regeln, und ging noch mehr Menschen suchen. Schau weiter, sagte ihm seine Intuition. Suche, und du wirst finden.

Er befand sich in einem wohlhabenden Bezirk der Stadt, wo üppige Pflanzen über die strahlend bunt bemalten Häuser wucherten. Er eilte von einer Dienstboten-Unterkunft zur nächsten und erkundigte sich überall, wer von dem Stier gegessen hatte.

Seine Gefolgschaft war erbärmlich klein, als er an die Tür des größten Hauses klopfte. Eine junge Frau mit brandnarbigem Gesicht öffnete ihm, einen Arm gegen die Brust gedrückt.

»Ihr seid gekommen, weil ihr … absegeln wollt?«, flüsterte sie.

Cheftu war so verblüfft über ihre Vorahnung, dass er schweigend und zustimmend den Kopf schüttelte.

Sie fasste hinter sich und zog ungelenk eine gewebte Tasche auf ihren Rücken. »Nehmt mich mit.«

Als der Mond aufging, hatte sich die bunt zusammengewürfelte Truppe versammelt. Cheftu und Nestor führten die Reisenden über die Zickzack-Treppe zu den Kais hinab. Wasser klatschte gegen die Schiffsrümpfe, und aus den Türen und Fenstern der hell erleuchteten Tavernen drang lautes Lachen. Dies waren die wenigen, die nicht von dem Stier gekostet hatten, die nicht die Krankheit in sich trugen, von der man Löcher im Gehirn bekam.

Y'carus' Blick war tränenklar, als er die Überbleibsel von Aztlan auf sein Schiff steigen sah. Weder er noch seine Männer hatten von dem Stier gegessen; trotzdem wollten einige lieber zu ihren Frauen und Kindern zurückkehren. Wer an Bord blieb, wusste um die Bedeutung dieser Reise, und so waren die Mienen der Männer ohne jede Freude. Cheftu überreichte Y'carus eine große Kiste mit Schriftrollen und Tafeln aus der Bibliothek: die Pläne für Tauchglocken und Rohrleitungen, Meereskarten, ein aztlantisches Wörterbuch, die kostbare Formel für die Alchimie. Diese Geheimnisse sollten der ganzen Welt gehören.

»Aztlan wird es bald nur noch in der Erinnerung geben. Du hast das Imperium auf dein Schiff geladen.«

Y'carus' Blick ging über die Gebrochenen, die Ausgestoßenen. »Es ist ein kümmerlicher Grundstock.«

»Betrachte sie nicht als Sippenangehörige; befreie jeden aus seiner Kaste, seiner Sippe, und schau sie dir dann nochmals an.«

Der Kommandant sah ihn an. »Meine Augen werden dich nicht mehr erblicken, mein Freund.«

»Nicht in diesem Leben.« Er und Y'carus umarmten sich, während die letzte Mitreisende an Bord kam – die junge Leibeigene, die schon auf ihn gewartet hatte.

Dann eilte Cheftu die Laufplanke hinab. Unten drehte er sich um und sah, wie die Leibeigene und der Kommandant sich langsam näher kamen, bis sie schließlich einander in die Arme fielen.

Cheftu lächelte; offenbar wollte sich der Kommandant unverzüglich daran machen, seinen Grundstock aufzubessern.

Unter dem abnehmenden Mond verließ das riesige aztlantische Schiff den Hafen, bis der Klang des Trommlers zu einem schwachen Pulsieren in Cheftus Schläfe und Kehle verhallt war.

So segelten der Seesoldat und die Färberin hinaus auf die offene See, durch die Kanäle Aztlans hindurch, über die weindunkle Ägäis hinweg und tief ins Große Grün hinein. An den Ufern des Mittelmeeres gründeten sie unter hohen Zedern kleine Städte.

Die Dreihundert vermehrten sich, die Zahl der Boote vervielfachte sich, und das Volk wurde berühmt für seine Fertigkeiten: das Segeln und das Färben. Auch wenn es stets in der Nähe des Meeres blieb, so hielt es sich doch nur in der Ebene auf und mied den Zorn und den Irrsinn, den die Erde in ihren Gebirgen an den Tag legte.

So kam es, dass die Phönizier, die einen zornigen, Blut und Feuer fordernden Gott verehrten, den ganzen Erdkreis befuhren. Sie brachten König Salomon Zedern, transportierten ägyptische Fayencen ins Kaspische Meer und hinterließen Münzen auf den Azoren, wobei sie dieselben Karten konsultierten, die später auch Alexander der Große verwenden sollte. Karten, von denen in uralten Texten der Bibliothek von Alexandria berichtet wird, in einem Alphabet niedergeschrieben, das die Welt seither verwendet und das seinen Ursprung in einem Land namens Atlantis hat …

Cheftu traute seinen Ohren nicht. »Ganz sicher?«

»Die Leibeigene behauptet, ihre Herrin sei nach Hydroussa abgesegelt. Das hier ist für dich.«

Cheftu öffnete den winzigen Papyrusfetzen und runzelte die Stirn. Chloe schrieb ihm in Keilschrift? Das war neu und ungewohnt. »Liebster Cheftu, eine wichtige Angelegenheit in meiner Sippe zwingt mich zur Abreise. Ich kann es nicht erwarten, in deine Arme zurückzukehren und darin zu schmachten. Sibylla.«

Er schickte die Leibeigene fort und starrte auf die Nachricht. »Schmachten« hatte Chloe geschrieben? Und vor allem, sie hatte als Sibylla unterschrieben. Pedantisch untersuchte er die Keilabdrücke. Wurde er allmählich paranoid? Sie würde nicht ohne ihn von Aztlan fliehen; das widerspräche ihrem Wesen, es sei denn, man hatte sie dazu gezwungen.

Doch wer konnte ein Sippenoberhaupt zwingen? Es musste eine andere Erklärung geben. Wenn sie weggefahren wäre, hätte sie ihm eine Botschaft geschickt. Vielleicht hatte man sie beobachtet, oder sie hatte gewusst, dass ein Dritter ihre Nachricht lesen würde. Wenn er in ein paar Tagen noch nichts von ihr gehört hatte, würde er etwas unternehmen. Im Moment jedoch waren ihm die Hände gebunden.

Er verschwand zu seinem nächsten Krankenbesuch. Der Letzte aus Zelos' *Hekatai* lag im Sterben.

Als Cheftu über die aus *Ari-kat*-Steinen zusammengefügte Brücke eilte, die sich über die flache Lagune der Insel Aztlan spannte, lief tief, tief unter der Erde die Zeit ab.

Die Haarrisse und winzigen Spalten hatten sich auf Handspannenbreite geweitet. Der Korb, der die Bucht hielt, begann sich aufzulösen. Die Erde erbebte, zersplitterte und hob sich, woraufhin sich das Geflecht immer mehr lockerte.

Unter der Lagune füllten sich die Haarrisse mit Wasser, wodurch sie zusätzlich gedehnt wurden. Salz und Flüssigkeit drängten mit ihrem Druck und ihrem Gewicht in die Spalten, bis der Abschnitt ganz zerbrach, der Erste von vielen, die noch abbröckeln würden.

Cheftu hatte den steilen Anstieg zu der Villa des Sterbenden zur Hälfte zurückgelegt, als die Schreckensschreie zu ihm heraufwehten. Im Laufschritt kehrte er an die Klippe zurück. Sprachlos verfolgte er, wie die Lagune trocken fiel.

Riesige, vom Sog hervorgerufene Wogen wirbelten am anderen Ende der Bucht auf und krachten gegen die Kais. Die wenigen tapferen Seeleute flohen in Panik den Zickzackpfad hinauf.

Schiffe wurden gegen die Felsen geschmettert, so schnell fiel der Wasserspiegel. Schreie und Rufe gellten in Cheftus Ohren. Die Bucht fiel! In wenigen Atemzügen wäre die gesamte aztlantische Flotte nur noch Strandgut.

»Die Sibylla hat uns gewarnt!«, war der erste deutliche Ruf, den er hörte. Was sollte das heißen? Wie sollten sie fliehen, wenn keine Schiffe mehr da waren?

Die Wellen hatten noch an Kraft gewonnen und schlugen nun hoch gegen die Feldwände Aztlans.

»Flieht in die Berge!«

»Lauft um euer Leben!«

Die Therossee, jenes schöne, fischreiche Meer des Sommers, hatte sich in die Therio-See verwandelt – ein Untier.

Er hoffte nur, dass Y'carus nichts passierte. Das wäre eine weitere grausige Katastrophe.

Chloe! *Mon Dieu,* sie war auf See!

Die Zeit hatte jede Bedeutung verloren. Die Dunkelheit war unerbittlich. Das Grauen packte Chloe stoßweise, wie in Anfällen, bei denen sie darum kämpfen musste, Ruhe zu bewahren. Inzwischen wusste sie, dass das Labyrinth dreidimensional angelegt war. Es gab nicht nur vertikale Durchgänge, die Seitensimse führten zusätzlich in weitere, horizontale Labyrinthe. Wie tief, war eine Frage, der sie lieber nicht nachgehen wollte.

Ihre Kleider waren triefnass, darum hatte sie, nachdem sie ergebnislos an den Säumen ihres Rockes gezerrt hatte, beschlossen, ihn ganz auszuziehen und nur die Schürze anzubehalten. Sie bedeckte sie vorn und hinten, da sie sich in einem Bogen von den Hüften zu den Knien und wieder aufwärts schwang. Wie geschaffen zum Turnen und tausendmal kühler.

Sie hatte ihr Haar zusammengedreht und hoch genommen, wie sie es unzählige Male bei Cammy gesehen hatte, doch sie hatte nichts, um es festzustecken. Mit dröhnendem Schädel ließ sie sich an der Wand herabgleiten, während sich ihre Tränen mit dem Schweiß auf ihren Wangen mischten.

Das letzte Labyrinth war als Viereck mit Hakenkreuz angelegt gewesen, das Erste als fünfzackiger Stern mit einem Muster in Form eines griechischen Schlüssels darunter. Muster, Muster, diese Leute hatten es einfach mit mutierenden Mustern.

Wie lange war sie schon hier? Die Ewigkeit dauert nur eine einzige lange Nacht, dachte Chloe. Eine einzige, nach Schwefel stinkende Nacht. Muster wirbelten hinter ihren geschlossenen Lidern herum, verwandelten sich von einem ins nächste.

Griechischer Schlüssel, Wirbel, Hakenkreuz, Stern, Rose, Schlüssel, Wirbel.

Unglaublicherweise saugte Cheftu ausgerechnet jetzt an ihren Fingern… autsch! Das war gebissen! Chloe riss die Hand zurück und klatschte dabei mit einem Aufschrei auf Fleisch. Dunkelheit, Schwefel, Cheftu steckte nicht mit ihr in der Hölle. Chloe trat instinktiv um sich, doch dann wurde ihr Fußgelenk fest gehalten.

»Wenn ich gewusst hätte, dass du noch lebst, Sibylla, hätte ich es nicht probiert«, sagte eine Frauenstimme. Chloe bemühte sich, sie einzuordnen – tief, rauchig, fast männlich. Sie hörte ein Winseln, das nichts Menschliches an sich hatte. Heißer Atem, lange, schlabbrige Zungen…

»Ir- Irmentis?«

»Wer hat dich hier reingeschmissen?«

»Ileana.«

Die Frau lachte verbittert. »Es wäre nur gerecht, wenn all die *Skia,* die sie geschaffen hat, sie gleichzeitig verfolgen würden.« Die Hunde hechelten. Auch Irmentis' Hunde hatte man in das Labyrinth geworfen.

»Wieso bist du hier?«

»Die Kela-Tenata glaubt, ich hätte meinen Bruder getötet.«

»Wen? Phoebus?«

»Genau. Meinen Bruder.«

»Er lebt. Es geht ihm gut.« Was für eine verdrehte Konversation, noch dazu im Dunkeln und mit Hundeatem im Gesicht!

»Dann hat er mich hier zurückgelassen, um mich dafür zu bestrafen, dass ich sein *Pothos* nicht erwidert habe.«

Chloe war nicht sicher, ob sie noch mehr über unwiderstehliches Verlangen hören wollte, deshalb stand sie auf, die Hände nach den heißen, pelzigen Leibern ausgestreckt.

»Möchtest du etwas Wasser?«, fragte die Jägerin. Gierig kippte Chloe es hinunter.

»Wie kannst du hier unten nur leben?«, fragte Chloe.

Sie spürte Irmentis' Achselzucken. »Ich habe immer im Dunkeln gelebt. Hier ist es eigentlich nicht anders als in meinem Wald. Ich habe meine Hunde«, erklärte sie liebevoll.

Chloe hörte Stimmen in ihrer Nähe, gleich darauf Irmentis' Schnüffeln, dann das Schnüffeln der Hunde. »Da stirbt jemand«, sagte sie. »Komm schnell.«

Sind wir etwa das Friedhofs-Einsatzkommando? Chloe fragte lieber nicht, sie folgte Irmentis einfach, auch wenn sie keine Ahnung hatte, wie sie wohl helfen sollten. »Übrigens, woher hast du das Wasser?«

»Die unterste Ebene. Dort gibt es einen Brunnen.«

Chloe dachte, dass ein Brunnen auf der untersten Ebene eines Kerkers ziemlich unpassend angelegt war, während sie zugleich bemüht war, Irmentis und ihrer vierfüßigen Entourage durch die Dunkelheit zu folgen. Die Jägerin war ausgesprochen trittsicher, wohingegen Chloe über den wechselnden Untergrund taumelte und fortwährend versuchte, sich ihren Pfad vor Augen zu führen. Diese ständige Linksabbiegerei; das kannte sie irgendwoher. Was war das für ein Muster?

Sie blieben stehen.

»Hast du eine Klinge?«, fragte Irmentis durch die unabänderliche Dunkelheit. Chloe wurde allmählich nervös. Etwas stank, es war ein ekelhaft süßlicher Duft. Die Hunde drehten fast durch! »Meine haben sie mir weggenommen, bevor sie mich hinuntergestürzt haben«, erklärte die Frau.

»Nein.«

»Nun gut, du nimmst die andere Seite. Er ist bestimmt zäh, aber noch ziemlich frisch. Wir kommen den Hunden besser zuvor.«

Bevor Chloes Verstand diese Äußerung zu deuten vermochte, hörte sie ein Geräusch, das sie nie wieder vergessen würde, das Geräusch von menschlichen Zähnen, die in menschliches Fleisch schlugen. Seufzend und geräuschvoll kaute Irmentis drauflos, und Chloe gab Fersengeld. Hinunter in die Dunkelheit, bis sie spürte, wie der Boden unter ihren Füßen nachgab und sie in absolute Finsternis hinabglitt.

Zwei Tage zuvor hatte Cheftu die Nachricht erhalten, dass Chloes Schiff in Hydroussa angelegt hatte. Die Nachricht stammte nicht von Chloe, eine Leibeigene hatte ihm erklärt, sie sei angekommen.

Jetzt, heute, erreichte ihn eine Botschaft, sie sei auf See schiffbrüchig geworden.

Das glaubte er keine Sekunde lang. Sie war am Leben; mehr noch, sie war ganz in seiner Nähe. Nachts meinte er beinahe zu spüren, wie sie nach ihm rief.

Aztlan versank im Chaos. An jenem Tag, als der Hafen versunken war, hatte es Cheftu noch zurück auf die Hauptinsel geschafft, doch erst nachdem die Stadt Daphne sich praktisch vollkommen auf die Hänge des Berges Apollon entleert hatte. Wie Küken unter die Flügel der Henne, so hatten sich die Bürger vor dem Zorn des Meeres auf die Berge geflüchtet.

Irgendwann in jener Nacht war die Schüssel unter der Bucht vollends zerborsten. Kein einziges Schiff war ihnen geblieben. Kallistae war nun eine wesentlich größere Insel inmitten eines sehr tiefen Meeres. Selbst wenn der Hafen unversehrt geblieben wäre, hätte man ihn nicht benutzen können, weil man unmöglich darin ankern konnte. Wie so etwas hatte passieren können, vermochte Cheftu nicht zu erklären, ihm blieb nur das Staunen.

Der Mond stand in dieser Nacht am Himmel und warf sein Licht auf die fernen Wasser. Der Palast war zum Bersten voll, denn wer nicht auf den Berg geflohen war, hatte sich hier versteckt. Cheftu hatte einen jungen Matrosen versorgt, der wie so viele bei der Massenpanik niedergetrampelt worden war. Wo war Chloe?

»Ergötzt du dich im Mondenschein?«

Seufzend drehte Cheftu sich um. Niko. Genügte es diesem Menschen denn nicht, dass er durch seinen Schutzherrn über Aztlan herrschte? »Woran sollte ich mich ergötzen? Aztlan zerstört sich selbst, doch der Rat weigert sich, zusammenzutreten.«

»Ich glaube, du sorgst dich mehr darum, wo sich ein gewisses Sippenoberhaupt aufhalten mag.«

Cheftu fuhr sich mit der Zunge über die Lippen. »Wieso sollte ich mich darum sorgen?«

»Möglicherweise, weil Ileana sie ins Labyrinth geworfen hat?«

Cheftu lachte, und zwar von Herzen. »Wieso sollte mich das beschäftigen? Deine Märchen kannst du jemandem erzählen, der sie glaubt.«

»Du lachst über mich? Ich habe gesehen, wie du sie anschaust. Wage nicht, meiner zu spotten, denn ich besitze das Wissen! Spiralenmeister magst du getäuscht haben, doch ich habe die Steine! Ich habe das Elixier! Ich habe die Insel besucht!«

Cheftu fuhr mit den Händen über sein Gesicht und zuckte mit den Achseln. »Erzähl mir keine Unwahrheiten über Sibylla, und ich werde nicht lachen.«

»Die Steine sagen, dass sie sterben muss.«

»Was für Steine?«

»Die sprechenden Steine.«

Cheftu wurde still. Von Steinen war auch in der Kammer die Rede gewesen, in der er sich den verschiedenen Prüfungen unterzogen hatte. Von mystischen Steinen, die es den Aztlantu ermöglichten, an ihren einstigen Gott Fragen über ihr Volk zu stellen. »Trinkst du einen Becher Wein mit mir?«

»Glaubst du, ich bin so töricht, dein Gift zu trinken?«

»Nein. Ich glaube, du weißt, dass ich nicht so töricht wäre, dich in meinen eigenen Gemächern vergiften zu wollen«, entgegnete Cheftu mit ätzender Bosheit. Er trat vom Fenster weg und schenkte einen Becher Wein ein. »Erzähl mir von dieser Insel.«

»Du kannst sie nicht finden.« Niko spazierte im Zimmer herum, betastete alle möglichen Gegenstände, fuhr mit dem Finger über die Möbel. Er meint, diese Kammer, diese Dinge stehen eigentlich ihm zu, erkannte Cheftu. Das hier ist schmerzlich für ihn.

»Ich kann mir nicht vorstellen, dass ich es würde.«

»Ich wurde dorthin gebracht, bis vor den Altar mit dem Bogen und den bemalten Pflastersteinen.«

Hustend wiederholte Cheftu: »Dem Bogen?«

»Genau. So elegant, wie ihn die Skolomantie nur errichten kann. Roter Stein, der in den Himmel aufragt und den Ort beschützt, an dem die sprechenden Steine lagen. Ihr Gott schenkte mir eine Vision und lud mich ein, zu ihm zu kommen.«

Irgendwie bezweifelte Cheftu, dass die Einladung tatsächlich so gemeint gewesen war, doch Niko sollte keinesfalls aufhören zu erzählen. Ein roter Steinbogen, war das vielleicht der Ausweg? Aus dieser Zeit? War dies das Gegenstück zu jenem Tor in Ägypten, das ihn schließlich und endlich auf diese von Mythen vernebelte Insel verschlagen hatte? Cheftu hoffte, dass dies ein Zeichen war, Aztlan zu verlassen.

Jemand klopfte an seine Tür, und Niko öffnete. »Mein Meister!«, sagte ein Leibeigener. »Eumelos ist krank geworden! *Hreesos* verlangt nach dir.« Mit einem überheblichen Lächeln verabschiedete sich Niko kühl und zuversichtlich von Cheftu, ehe er dem Leibeigenen hinausfolgte. Cheftu schloss die Tür hinter den beiden und lehnte sich gegen das Holz.

Es gab also ein Tor; jetzt musste er nur noch seine Frau finden.

Nikos Hände bebten, als er Eumelos abtastete. Der Junge war nicht fiebrig, er musste sich nicht übergeben, und doch war er krank. Phoebus' Miene war angespannt, sein Blick flehend. Er wusste Bescheid. Eumelos hatte die Krankheit, die Seuche, die den *Hekatai* niedergestreckt hatte und nun das einfache Volk dahinraffte.

»Wo hat er sich in den letzten Tagen aufgehalten?«, fragte Niko.

»Er ist ein paar Tage bei den Priestern geblieben, danach war er wieder bei mir. Bis er letzte Nacht krank geworden ist, ging es ihm wunderbar.« Phoebus schluckte hörbar, und Niko zog die Leinendecke zurück. Die Ataxie hatte bereits eingesetzt, schon zuckte Eumelos' spindeldünner Leib, schon waren Schulter und Arm bizarr abgewinkelt.

So schnell hatte sie zugeschlagen!

»Unternimm etwas, Niko«, flehte Phoebus ihn an. »Du bist der Beste, der Klügste. Bitte hilf meinem Sohn.« Noch nie hatte Phoebus so schwach, so Not leidend geklungen. Etwas in Niko wünschte, Phoebus würde auch um ihn so kämpfen, doch zugleich wünschte er sich, Eumelos heilen zu können und dadurch Phoebus' Herz zu gewinnen. Aber er konnte nichts unternehmen. Das hatten sie gesehen. Sobald der Tod eingesetzt hatte –

Das Elixier!

Niko deckte den Jungen wieder zu, damit er nicht mehr so bibberte. »Er wird überleben, Phoebus«, sagte er. Zwar war es ihm zutiefst zuwider, Ileana anzurühren, doch das Elixier hatte Phoebus vor dem sicheren Tod errettet. Würde es bei Eumelos ebenso wirken? Wenn Niko Eumelos rettete, dann würde Phoebus ihn, Niko, doch bestimmt wieder ins Herz schließen.

»Schwörst du das?«

Niko blickte in das verweinte Gesicht seines liebsten Freundes. Er strich mit der Hand über Phoebus' bleiche Haut, die immer noch dunkler war als seine. »Bei der Spirale und der Muschel, ich schwöre es. Ich werde zurückkommen. Bleib an seiner Seite.«

Sowie Niko aus dem Raum gelaufen war, hielt er einen Leibeigenen an und übergab ihm eine Nachricht, dann eilte er die Treppe zum Laboratorium hinab. Er würde nach dem Elixier suchen, er würde alles versuchen, um Spiralenmeisters Versteck ausfindig zu machen. Falls ihm das nicht gelang, würde er sich mit Ileana vereinigen und es von ihr bekommen.

Eumelos musste überleben, damit Phoebus wieder Niko gehörte.

Sie erschien schneller, als er gedacht hatte. Niko wirbelte herum.

»Suchst du das hier?« Sie hielt ihm das Fläschchen entgegen, und Nikos Hände verkrampften sich.

»Ich brauche mehr. Dein Enkel liegt im Sterben.«

»Kinder müssen oft sterben. Darum gibt es ständig neue«, beschied sie ihm. »Außerdem ist er nicht blutsverwandt mit mir. Bist du bereit, der Vereinbarung nachzukommen?«

»Das habe ich doch in meiner Nachricht geschrieben.«

»Du kannst dich glücklich schätzen, dass ich einer so unhöflichen, forschen Bitte nachgekommen bin«, erklärte sie kühl.

Niko biss die Zähne zusammen. »Verzeih mir, Herrin.« Langsam breitete sich ein Lächeln über ihr Gesicht. Einen Fuß vor den anderen zwingend, ging Niko auf sie zu. »Was muss ich tun, um die ganze Flasche zu bekommen, Ileana?«

Sie lachte. »Glaubst du, ich würde dir alles geben? Du bist ein idealistischer Narr, nicht wahr?«

Er legte seine Hände auf ihre Brüste und drückte zu, bis sie schwerer zu atmen begann. »Ich brauche alles, Ileana. Gib es mir.«

Ihr Gesicht wurde immer heißer, ihre Augen verloren etwas von ihrem Glitzern. »Ich werde dir sagen, was du tun sollst, und wenn du mir Vergnügen bereitest, dann werde ich dir alles geben. Falls nicht, werde ich dir eine großzügige Menge überlassen. Zum Üben braucht man Zeit.« Ihr Lächeln ekelte ihn ebenso an wie die Hände, die an den Schnüren ihres Rockes nestelten.

Er tat das für Phoebus. Für Phoebus würde er alles tun, würde er jede Erniedrigung auf sich nehmen, alle Qualen erdulden. »Was willst du von mir?« Seine Stimme klang fremd in seinen Ohren, und er spürte, wie sein Körper sich immer weiter versteifte, je mehr sie von ihrer weißen Haut entblößte. Er hasste sie dafür, dass sie dieses Gefühl in ihm auslöste, diese Hitze, diese Benommenheit.

»Verehre mich, Niko.«

Phoebus kniete an Eumelos' Bett. Mit zittrigen Fingern kämmte er das Haar aus dem Knabengesicht. Wo blieb Niko nur? Was war mit seinem Versprechen? Seinem Eid? »Es wird alles gut, mein Sohn«, sagte er. »Du wirst wieder gesund. Niko hat es geschworen. Niko hat noch nie sein Wort gebrochen, du wirst wieder gesund.«

Eumelos' blaue Augen waren starr vor Angst, und sein Atem ging rasselnd und keuchend. Wie viele Dekane waren vergangen? Was für eine Krankheit konnte so unvermittelt ausbrechen? Bestimmt war es nicht die Seuche. Der Junge gehörte nicht zu Zelos' Kabinett, woher sollte er sie also haben? »Wenn alles vorbei ist, fliegen wir mit dem Flugsegel«, versprach er. »Erinnerst du dich an Dions Flugsegel?« Er wartete Eumelos' ruckartiges Kopfschütteln ab. »Wir werden über die Insel segeln, sodass du ganz Aztlan und Kallistae sehen kannst, und die Pyramide wird so klein sein, dass sie wie ein Spielzeug aussieht! Wird das nicht schön, Eumelos? Würde dir das gefallen?« Wieder ruckte der Junge mit dem Kopf, doch diesmal ergriffen die Zuckungen seinen ganzen Körper, bis Phoebus sich halb über ihn legte, nur um ihn zur Ruhe zu zwingen. Er löste sich wieder, wobei er sich alle Mühe gab, nicht zu weinen. Sein Sohn wurde immer kranker. Die Anfälle kamen heftiger und in kürzeren Abständen. Wo steckte Niko nur? »Aber erst musst du gesund werden, Eumelos. Du musst gesund sein, wenn wir das tun. Kannst du gesund werden?«

Tränen flossen über die braunen Wangen des Jungen, der den Mund aufklappte, um einen Ton herauszupressen. Das Klicken seiner Kehle und seiner Zunge jagte Phoebus schreckliche Furcht ein, sodass er ihn hoch hob und ihn auf sein Bein setzte, um ihm das Atmen zu erleichtern. Eumelos blieb schlaff, sein Leib sackte zuckend zusammen, sein Mund klappte auf und zu, ohne dass ein Laut herausdrang.

»Niko bringt gleich Medizin, mein Sohn«, versicherte ihm Phoebus. Er war überzeugt, dass Niko mit dem Elixier zurückkehren würde, das auch ihn gerettet hatte. »Niko kommt gleich zurück, wir müssen nur auf ihn warten. Nur warten.«Er drückte den zerbrechlichen Körper des Jungen an seine Brust und wiegte ihn hin und her. »Kannst du dich noch an das Mittel erinnern, das er mir gegeben hat? Du wirst es auch gleich bekommen. Dann wird es dir wieder besser gehen, Eumelos. Dann wirst du nie wieder krank. Du wirst *athanati.*« Er lächelte unter Tränen. Selbst wenn er dafür Aztlans Fundamente umstürzen musste, Eumelos würde nach ihm regieren.

Für seinen Sohn konnte er sein Leben geben.

Eumelos begann zu würgen, er kratzte mit zu Klauen verkrümmten Händen an Phoebus, sein Blick huschte in Todesangst hin und her. Als sein Gesicht blau anlief, rief Phoebus um Hilfe, er rief nach dem Spiralenmeister, während er Eumelos' Kopf hoch zu halten versuchte, um ihm Luft zu verschaffen. Der Junge schlug pfeifend um sich, rang mit zuckendem Körper um Atem, die Augen auf Phoebus geheftet. *Du hast es versprochen,* schienen sie zu sagen. *Du hast es versprochen, und jetzt brichst du deinen Schwur.*

Leibeigene halfen Phoebus, Eumelos ruhig zu halten, doch immer noch bekam der Junge keine Luft, seine Augen wurden schon glasig. »Nein! Nein!«, brüllte Phoebus, riss Eumelos' Mund auf, bog seinen Hals durch. Kein Laut, keine Luft.

Sein Sohn erschlaffte, sein flatterndes Herz blieb still, seine Augen blickten auf einen neuen Horizont.

Er hatte seine Reise angetreten.

Cheftu begegnete Nestor im Gang, und gemeinsam liefen sie zu den Gemächern des Goldenen. Das Weinen schlug ihnen entgegen, noch ehe sie um die letzte Kurve waren, und dann sah Cheftu die offenen Türen und die zahllosen blau gekleideten Nymphen im Gang.

Die Farbe der Trauer.

Sobald er den Raum betrat, erfuhr er, dass Phoebus an einen unbekannten Ort verschwunden war. *Hreesos'* Gesicht sei bis zur Unkenntlichkeit von Gram entstellt, ein grauenvoller Anblick. Nestor trat an das Bett und tauschte einen Blick mit Cheftu. Das Kind war tot.

»*Kalo taxidi*«, sagte Nestor und schloss dem Knaben die blinden Augen. »Hat man ihn gebadet?«

»Nein, Meister. *Hreesos* hat uns das verwehrt«, antwortete der Priester. »Er hat behauptet, Eumelos würde nicht sterben.«

Cheftu blickte auf den reglosen, verdrehten Körper. Der nächste; die Sonne stand noch nicht einmal im Zenit, und schon waren fünf weitere gestorben. Er spürte, wie der Schmerz seinen gesamten Körper durchdrang bis in seinen Geist. Sie konnten unmöglich gewinnen, sie konnten die Menschen nicht retten. Er lebte unter Leichen; er war selbst ein Leichnam, der nur darauf wartete, sich irgendwann niederzulegen.

»Ruf Nekros«, befahl er einem Leibeigenen.

»Nekros hat in der Morgendämmerung seine Reise angetreten«, erwiderte der Leibeigene. Wieder traf Cheftus Blick auf Nestors. Dann sahen beide weg und begannen, den Leichnam zurechtzulegen.

Niko konnte sich nicht entsinnen, wann die Pein zum Pläsier geworden war, er konnte überhaupt keinen klaren Gedanken mehr fassen. Doch irgendwann war, verloren unter Ileanas Geruch und Geschmack, etwas aus seinem tiefsten Inneren ans Licht gekrochen. Rücksichtslos rammte er in sie hinein; sie bettelte um mehr. Seine Vernunft hatte ihn verlassen, die Welt war auf die Parameter seines Geschlechts reduziert. Schweiß tropfte von seiner Stirn auf ihre Brüste, ihre Knie waren eng zusammengepresst, er spürte die Muskeln in ihren Waden auf seinem Hals.

Der Schrei rüttelte ihn auf; er klang nicht nach Ileana, darum unterbrach er sein Ringen. Schmerzen rasten durch seinen Rücken, bis er ihn so weit wie möglich durchdrückte und Ileana zum Höhepunkt kam, sodass sich ihre Verzückungsschreie mit seinen Schmerzensschreien vermischten. Weißes Feuer brannte durch seinen Leib, als er herumgerissen wurde und dabei erst in einen Tisch rumpelte und dann gegen eine Wand krachte.

Glasfläschchen und widerwärtige Flüssigkeiten zerknirschten unter Niko, als er sich erhob und mit den Augen wahrnahm, was sein Herz nicht begreifen konnte. Phoebus, das Gesicht von Hass entstellt, die Hand fest um eben jenes Messer geklammert, auf das er noch vor wenigen Wochen geschworen hatte.

Blut tropfte von der Klinge, dasselbe Blut, das bereits Nikos schweißigen Leib überzog.

»Betrüger!«, zischte Phoebus.

Plötzlich ging Niko auf, dass Phoebus nichts begriffen hatte. »Nein«, fiepte er. »Ich hab es nur für das Eli –« Phoebus' Hände schlossen sich um seine Kehle, und die Worte flogen wie Speichel an Nikos Gesicht.

»Er ist gestorben, einfach so. Hustend, keuchend, pfeifend. Ich habe ihm versprochen, er würde *athanati,* und er ist gestorben.« Niko kämpfte gegen die steinharten Finger seines Freundes, gegen die sehnigen Handgelenke an. Allmählich färbte sich sein Blickfeld lila. »Ich habe dir das Leben meines Sohnes anvertraut, doch du hast mich betrogen. Mit einer Hure!« Der Griff wurde fester; Niko bekam keine Luft mehr, er konnte nichts mehr sehen, er meinte etwas knacken zu könen – seine Knochen etwa? »Du hast meinen Sohn umgebracht, du Abtrünniger! Du hast ihn umgebracht!«

Die letzten Worte bekam Niko ebenso wenig mit wie Phoebus' letzten Schlag. Niko spürte nichts mehr, trotz der prophetischen Steine in seiner Tasche und des Elixiers in seinem Beutel.

»Er hat es für dich getan«, sagte Ileana. *Hreesos* drehte sich zu ihr um, und sie krabbelte rückwärts davon. So hatte sie Phoebus noch nie gesehen. Wie dumm von ihr, ihn daran zu erinnern, dass sie auch noch da war.

»Du *Skeela!*«, brüllte er und rannte auf sie zu. Ileana schwang sich vom Tisch und ging dahinter in Deckung, genau als Phoebus dagegen krachte. Waffe, sie brauchte eine Waffe. Er schleuderte den Tisch zur Seite, während sie auf Händen und Füßen zum nächsten krabbelte, wo sie eine zerbrochene Phiole auflas. Er setzte ihr nach, mit bloßen Füßen über Glasscherben trampelnd. Sie zog sich hoch, während er unerbittlich näher kam. Seine Hände fassten nach ihr, da hieb sie mit der zackigen Glaskante nach ihm.

Phoebus taumelte rückwärts, stolperte über Nikos regloses Bein und fiel nach hinten auf die Ellbogen. Ileana sprang ihm nach und versenkte das Glas mit aller Kraft in seinem Bauch. Seine Hände krümmten sich in Todesqualen, während er sich erhob, in der verzerrten Imitation der Umarmung eines Liebenden.

Dann wälzte er sich auf die Seite und krabbelte ihr nach. Ileana lief los, stürzte und lief weiter. Seine Hand schloss sich um ihr Fußgelenk, doch sie versuchte, sie mit aller Macht loszutreten. Alles war mit Blut verschmiert und so glitschig, dass sie sich kaum auf den Beinen halten konnte. Als sie nach einer neuen Waffe grabschte, landete sie auf dem Boden.

Phoebus regte sich nicht mehr. Sie versuchte, von ihm wegzurutschen, doch daraufhin zog er sie über seinen Leib. Mit angespannten Läufermuskeln wartete sie, bis ihr Knie auf einer Höhe mit seinem Kinn war, dann rammte sie es hoch.

Sein Heulen brandete um sie herum auf, doch sein Griff lockerte sich weit genug, dass sie sich befreien konnte. Ileana lief zur Tür und schloss sie keuchend, um dann dahinter zu lauschen. Das Splittern von weiterem Glas – er hatte den nächsten Tisch umgeworfen – das Rumpeln von Holz auf Holz … dann wurde es still.

Sie sah an sich herab. Nackt, in Blut und Samen gebadet. Ein Blick auf die Tür verriet ihr, dass sie überall ihre Handabdrücke hinterlassen hatte. Auf der anderen Seite lagen die Leichen von *Hreesos* und Niko. *Och* Kela, was hatte sie getan? Sie hatte den Goldenen getötet? Ich hatte keine andere Wahl, rechtfertigte sie sich. Andernfalls hätte er mich umgebracht.

Das würde den Rat nicht beeindrucken; man würde sie nicht anhören. Ihr Leben wäre verwirkt: der Tod oder das Labyrinth. Der

Hades, wo Irementis, Sibylla und zahllose andere sie erwarteten. Sie würden sie zerreißen, sie zerfetzen. Ileana schluckte und versuchte, Ruhe zu bewahren.

Solange man keine Leichen fand, würde niemand erfahren, was aus *Hreesos* und Niko geworden war. Weg mit den Leichen. Sie musste die Leichen loswerden. Vorsichtig öffnete sie die Tür und spähte in den von Fackeln erhellten Raum. Es war schlimmer, als sie geglaubt hatte.

Absolute Stille, alles voller Blut und überall im Raum Scherben und umgekippte Tische. Würde sie je Ordnung schaffen können? Vielleicht sollte sie einfach verschwinden und darauf hoffen, dass, wer auch immer die beiden schließlich fand, annahm, Phoebus habe Niko angegriffen und getötet? Es war die Wahrheit; niemand würde jemals erfahren, dass sie überhaupt hier gewesen war. Ihr Blick fiel auf die blutverschmierte Tür, wo ihre zierlichen, blutroten Handabdrücke ein grelles Muster auf dem Holz bildeten.

Sie stieg über *Hreesos'* Leichnam. Eine Lache hatte sich unter ihm gebildet und sie entdeckte, dass eine zweite Scherbe seine Kehle durchtrennt hatte. Ohne sich auch nur einen Gedanken zu erlauben, zerfetzte Ileana seinen Schurz, tränkte ihn mit Blut und übermalte ihre Handabdrücke auf dem Boden, dem Tisch und der Tür.

Unschlüssig kehrte sie zu Niko zurück.

Sein Leichnam war verschwunden.

Ileana holte Luft, um loszuschreien, doch eine metallisch schmeckende Hand ließ sie verstummen. »Du hast Phoebus getötet, Hure.«

Sie wurde taub, schlaff; dann wurde sie von Angst gepackt und sie begann zu kämpfen. Niko hielt sich an ihr fest, fluchend ihre Tritte und Schläge erduldend. Als sie schließlich müde wurde, schlug sie die Augen auf. »Ich habe dich verteidigt!«

»Du hast dich selbst schützen wollen«, widersprach er mit hasserfüllter Stimme. »Du wirst dafür sterben, dass du ihn umgebracht hast.«

»Er wollte dich umbringen!«, sagte sie. Sein Arm lag um ihre Taille, und so führte er sie rückwärts.

»Es war sein Recht. Er hat nicht begriffen. Jeder Stoß meines Leibes war ein Betrug. Ich hatte den Tod verdient.« Niko wandte den Kopf, um auf Phoebus zu sehen und dabei lockerte sich sein Griff. Ileana streckte den Arm aus und schnappte sich eine krumme Glasscherbe. Sie schwang sie zurück, zwischen ihre Taille und ihren Arm, um sie dann in seinen Bauch zu versenken.

Er fiel auf die Knie, beide Hände auf die Wunde gepresst. Ileana löste sich von ihm und packte eine Fackel, die in einem Metallständer an der Wand lehnte. Von der Seite her, außer Reichweite seiner ausgestreckten Hände, zog sie die Fackel über seinen Kopf.

Er fiel in sich zusammen wie ein Betrunkener und blieb ein für alle Mal still liegen.

Sie sah nur noch Rot, in den verschiedensten Schattierungen. Es gab inzwischen zu viel Blut, sie musste ihn unbedingt loswerden. Er hatte sich nicht einmal die Mühe gemacht, sich auszuziehen, sondern sie einfach bestiegen wie eine Tempeltänzerin! Vorhin hatte sie das erregt, doch jetzt ärgerte sie das maßlos.

Ein leichter Gestank nach Abwasser zog durch diesen tief liegenden Bereich des Palastes, stark genug, dass Ileanas Magen sich zusammenzog. Niko war nicht tot; sein Blut war immer noch warm. Er war ein mächtiger Magier und perfekter Liebhaber gewesen. Sie brauchte ihn nicht umzubringen, sie musste ihn nur loswerden. Darum wanderte sie den Gang hinunter. Der Gestank wurde immer schlimmer; hier befanden sich ein paar ältere Latrinen.

Nachdem sie zu ihrem Opfer zurückgelaufen war, näherte sich Ileana Niko ganz vorsichtig, aus Angst, er könnte sie noch einmal angreifen. Sie probierte, ihn über den Boden zu schleifen, doch dafür war er zu schwer und zu glitschig, sodass sie ihn nicht festhalten konnte. Sie durchquerte Spiralenmeisters Laboratorium, wobei sie alles hektisch absuchte. Da! Unter einem Stapel getrockneter Felle stand eine Holzkarre. Nachdem sie das Gefährt herausgezerrt hatte, rollte Ileana es zur Tür, wo Niko immer noch vollkommen reglos lag.

Den Leib unter den Armen packend, zog sie ihn hoch und rückwärts auf die Holzkarre. Zur Hälfte schleifte sein Leib am Boden, doch sie schaffte es trotzdem, die Karre zu schieben. Eine Blutschliere zog sich wie ein Wegweiser in Richtung Latrine, und sie erkannte mit angeekelter Miene, dass sie diese Spur wohl würde wegputzen müssen.

Unter dem beißenden Gestank würgend, zog sie den hölzernen Sitz herunter, woraufhin eine Brise nach oben fegte, die ihre Haare durchwühlte und sie fast zum Erbrechen brachte. Die Öffnung war groß genug für ihn, aber auch weit oben. Wie sollte sie ihn so hoch hinaufschaffen? Vorsichtig löste sie die Schärpe, dann nahm Ileana seine Beine und ließ sie in das Loch baumeln, das bis in den Kanal unterhalb der Insel hinabreichte.

Sie zog und wuchtete seinen schweren Leib nach oben auf den Latrinensitz. Er rutschte nicht durch! Nachdem Ileana die Schärpe um seine Brust und unter seinen Armen hindurchgezogen hatte, kletterte sie auf den steinernen Absatz und baute sich mit gespreizten Beinen über dem Loch auf. Dort oben auf dem Sims musste sie den Kopf einziehen, weil über ihr eine Fackel brannte. Seine Beine waren schon in der Öffnung, nur sein Oberkörper blieb noch nach hinten weggekippt – sie brauchte ihn nur nach vorne zu ziehen, dann würde ihn die Schwerkraft ganz allein nach unten reißen.

An der Schärpe ziehend, wuchtete sie seinen Körper nach vorne, doch nicht weit genug. Ileana ging in die Hocke, packte ihn um die Taille und zerrte mit aller Kraft.

Nikos Hände krallten sich in ihr Haar, dann lachte er, ein rasselndes, bösartiges Krächzen. »Du kommst mit mir, Ileana. Endlich kann ich meine Treue zu Phoebus beweisen.«

In dem winzigen Augenblick, der ihr noch blieb, trat Ileana ihn in den Rücken, genau in die flache Messerwunde, die Phoebus ihm beigebracht hatte. Nikos Schrei gellte in ihren Ohren, als sie zurücktrat und von dem Steinsims wieder auf den Boden sprang. Er kippte einen Moment, dann rutschte er mit einem Grunzen abwärts.

Zitternd blickte Ileana in die Latrine hinab. Finger umklammerten den oberen Rand, elegante, blutverklebte Finger. Dann erschien eine ganze Hand und sie hörte, wie er sich ächzend nach oben zog. Dieselbe Hand, die ihre Brüste gehalten und ihr Geschlecht umfasst hatte, wollte jetzt ihren Tod.

Sie packte die oben angebrachte Fackel und senkte sie auf die Hände nieder. Sein Schrei hallte durch den Schacht, doch er ließ nicht los. Schwarzer Hass stand in seinen veilchenblauen Augen, während er sich immer höher zog, mit über die Schultern wallendem blonden Haar. »Du *Skeela*«, zischte er.

Ileana senkte die Fackel nach unten auf die Locken seines mondscheinfarbenen Haares, um den jungen Körper in Brand zu stecken, der ihr zuvor gedient hatte. »Meine Leidenschaft hat dich entflammt«, flüsterte sie, als die Flammen übergriffen. Niko schlug nach seinen auflodernden Brauen und verlor dadurch den Halt.

Noch lange nachdem sein brennender Leib verschwunden war, stand sein qualvoller Schrei in der Luft.

Doch nicht so lange wie der Gestank nach verbranntem Fleisch.

Verputz regnete auf Chloes Kopf herab und unter ihren laufenden Füßen stieg Kalk auf. Hustend und keuchend rannte sie durch einen scheinbar lebendig gewordenen Gang. Offenbar gab es gerade wieder ein Erdbeben auf Aztlan! Sie passte nicht auf und stolperte, dass ihr Schrei um sie herum widerhallte, während sie eine Schräge hinabschlitterte, von einer Wand an die andere prallend, bis sie schließlich mit einem Purzelbaum auf dem Boden landete. Dem ruhigen Boden.

Gott sei Dank.

Im Aufstehen, wobei sie alle beweglichen Körperteile überprüfte, sah Chloe nach oben. Zum ersten Mal konnte sie etwas erkennen. Dies musste die unterste Ebene sein, dachte sie. Hoffentlich war sie weit genug von Irmentis weg. Chloe vermochte nicht einmal auszusprechen, was sie von der Jägerin hielt. Der Boden bebte erneut, doch diesmal blieb es bei einem leichten Zittern, das Chloe ignorierte. Sie musste sich am äußersten Rand des Labyrinths befinden. Alle anderen Irrgärten hatte sie immer von innen nach außen durchwandert. Von außen nach innen verlor sie stets die Orientierung.

Sie konnte durch die weiß gekalkten Röhren nach oben sehen, die sich unvermittelt öffneten und die Unglücklichen hier unten landen ließen. Sie sah sich um und fragte sich, womit sie wohl

Feuer machen könnte, sollte sie etwas zum Anzünden finden. Cammy hatte ihr immer erklärt, dass »Twinkie«-Törtchen großartige Fackeln abgaben. Chloe hatte das einem Typen in ihrer Einheit erzählt, doch nachdem sie erst aufgehört hatten zu lachen und ein paar Twinkies angezündet hatten, machten sie keine Späße mehr darüber.

Chloes Magen knurrte und ihr war klar, dass sie, hätte sie ein paar Twinkies bei sich gehabt, schwer überlegt hätte, ob sie die Dinger nun anzünden oder essen sollte.

Doch wie sollte sie sich Licht beschaffen, nachdem es in Aztlan wohl kaum Twinkies zu kaufen gab? Wie sollte sie erkennen, welchen Weg sie genommen hatte?

Plötzlich fiel ihr schlagartig ein, wie sie in Osttexas auf die Jagd gegangen war. Mimis zweiter Mann (den ersten hatte sie in sehr jungen Jahren verloren) war ein schneidiger Ölarbeiter namens Jack gewesen. Er hatte Mimi vergöttert und ihre Kinder verwöhnt, als wären es seine eigenen. Abgesehen von Mimi war seine einzige Leidenschaft die Jagd. Als Chloe älter geworden war, hatte sie nicht mehr begreifen können, wie ein so sanfter Mann so blutdurstig sein konnte. Jack hatte überall auf der Welt gejagt und geangelt: auf Safaris in Afrika, auf Expeditionen durch Kanada und Australien, sogar in China. Eines Tages hatte er seine kleine Enkelin mit auf seine Ranch genommen, um sie in die Feinheiten des Kampfes Mann gegen Tier einzuführen.

Wahrscheinlich hätte er sich wunderbar mit Irmentis verstanden.

Chloe hatte es gefallen, dass sie so viele Tiere zu sehen bekam. Aus der Nähe, nicht wie im Zoo. Doch Bleistift und Papier waren für das empfindsame Ohr des Hirsches zu laut gewesen, darum hatte sie still und reglos dasitzen müssen. Mit ihren sieben Jahren hatte sie das als Quälerei empfunden, bis sie begriff, dass sie später aus dem Gedächtnis zeichnen konnte, wenn sie nur gut genug aufpasste.

Und so zeigte ihr Jack, nachdem er ihr beigebracht hatte, wie man die Tiere an ihren Wasserlöchern aufspürt, wie man Fährten liest. Anhand der Losung.

Es war eine widerwärtige Vorstellung, fand Chloe. Doch damit würde sie gleich zwei Probleme lösen: Erstens würde sie wissen, wo sie schon gewesen war, und zweitens hätte sie später Brennmaterial – falls sie etwas fand, womit sie es anzünden konnte.

Mimi rotiert bestimmt in ihrem Grab, dachte Chloe, und errötete trotz allem.

Auch Irmentis würde sie auf diese Weise aufspüren können, doch andererseits hatte sie Chloe auch zuvor gefunden, deshalb machte es wohl kaum einen Unterschied, wenn sie eine noch deutlichere Spur hinterließ. Hat sie an meinem Finger gekaut, weil... Chloe schauderte und marschierte los an die erste Stelle, die sie markieren musste.

Zum ersten Mal in ihren Leben wünschte sich Chloe, sie wäre ein Mann. Dann hätte sie besser zielen können. Wenn man etwas in der Hand hielt, war das kein Problem. Kein Wunder, dass kein weibliches Tier sein Territorium markierte!

So durchmaß sie den Tunnel von einem Ende zum anderen, wobei sie jede Ecke markierte. *Ich komme mir vor wie ein rolliger Kater!* Dafür erwies sich der Nutzen unverzüglich, denn zweimal landete sie an einer bereits markierten Stelle. Verblüffend, wie leicht sie den beißenden Gestank wiedererkannte, vor allem in dieser Dunkelheit. *Oh, wie tief bin ich gesunken!*

Die natürliche Auslese war ein freudloser, ekliger Vorgang.

Die nächste Frage war, wie sollte sie in die anderen Schichten des Labyrinths hinaufgelangen?

Das Erdbeben schleuderte sie durch den Raum, ließ dabei Kalk und Stein auf ihren Leib herabregnen und brachte ihre Fragen zum Verstummen.

Die Landbrücke von Aztlan hatte seit jeher Fragen aufgeworfen: Wie war sie entstanden? Wie konnte sie sich so lange halten? Die Antworten lagen tief in der Erdgeschichte begraben. Die zwei Inseln waren einst eine Einzige gewesen, und erst als die Lagune sich gebildet hatte, war das verbindende Land so weit erodiert, dass sich eine Art freischwebende Brücke gebildet hatte.

Heute rutschte, tief unter dem Erdboden, die ägäische Mikroplatte in schrägem Winkel unter die afrikanische Platte. Für einen Moment drehte sich die gesamte ägäische Platte in ihrer Schräglage, wobei sie die Erde zerdehnte und nervöse Haarrisse durch die Landmasse jagte, auf der sich die beiden Inseln erhoben.

Auf Aztlan wie auch auf Kallistae verschoben sich die bis dahin festen Pfeiler der Landbrücke und ein breiter Spalt begann sich diagonal von Nordwesten nach Südosten zu ziehen. Die zwei von Menschen erbauten Fußgängerbrücken stürzten als Erstes ein, wobei die wenigen verwegenen Seelen, die sie zu überqueren versuchten, in den Abgrund zwischen den Inseln geschleudert wurden.

Ein paar Bürger eilten noch über die Landbrücke in Richtung der Insel Aztlan, in der Hoffnung, die Katastrophe in der Pyramide überstehen zu können, wo Apis sie, davon waren sie überzeugt, vor seinem Zorn beschützen würde.

Eine Mutter, die winzige Hand ihres Sohnes in der ihren, hatte zu rennen begonnen, sobald sie das Beben unter der Landbrücke spürte. Nun forderte die jahrhundertelange Erosion ihren Tribut, die Brücke begann zu bröckeln. Die Menschen prallten aufeinander – jene, die den Spalt breiter werden sahen und davor flohen, stießen mit den anderen zusammen, die nur die Pyramide sahen und sich dort in Sicherheit wähnten.

Ihr Schreien, Jammern und Heulen wurde von Apis' machtvollem Grollen übertönt, dann begann die Erde zu zittern, als versuche sie, die Menschen auf ihrem Rücken abzuschütteln. Die Mutter hatte immer noch die Hand ihres Sohnes umklammert, als sich der Boden einen Schritt vor ihr absenkte. Mit einer Eleganz und Kühnheit, die sie sich nie zugetraut hätte, sprang sie auf die andere Seite.

Die Brücke zerfiel, riesige Fels- und Erdbrocken stürzten auf die tosenden Wasser darunter, während sich die Menschen ameisengleich abmühten, obenauf zu bleiben, selbst nachdem sie in die schillernden Meereswogen eingetaucht waren.

Jene auf dem Berg verfolgten das Schauspiel voll Entsetzen, sie wähnten sich in Sicherheit, auch wenn die Brücke, die beide Inseln verbunden hatte, in die plötzlich unergründlichen Tiefen der Theriosee versank. Ein Gefühl gnadenloser Verlorenheit machte sich breit, je länger sie zusahen, wie die Hand von Apis, dem Erdrüttler, ihre Landsleute ins Verderben stieß.

Die Mutter hatte Glück gehabt; mit einer Hand konnte sie sich an ein paar Wurzeln festklammern, obwohl ihre Beine noch über dem Abgrund baumelten. Ihr Kind quietschte vor Angst, denn es hing zwischen Himmel und Erde, gehalten nur durch die glitschigen Hände seiner Mutter. Mit einer Kraft und Entschlossenheit, wie sie nur eine Mutter aufbringen kann, zog sie die rechte Hand nach oben und schrie ihr Kind an, sich mit der anderen Hand fest zu halten und über sie hinwegzuklettern. Das Kind war ein Dreijähriger mit Babyspeck, meist ungeschickt, pausbäckig und mit wehmütigen braunen Augen. Sobald seine Füße festen Boden fanden, ermutigte sie ihn, bergauf zu wandern, immer weiter, sie würde später nachkommen. »Bleib bloß nicht stehen!«

Der Schmutz trocknete ihre Tränen, erstickte ihre Schreie, dann spürte sie, wie sie weiter abrutschte und seine kleine Hand ihre losließ. Er rief nach ihr, doch sie schluckte ihren Schrei hinunter, als die Wurzel sich ein Stück weiter aus dem Boden löste. Nun versuchte sie sich mit beiden Händen hoch zu ziehen, doch sie war zu schwach, zu schwer.

»Geh schon, Akilez«, befahl sie ihrem Sohn. »Geh schon! *Manoula* hat dich lieb.« Schmerz schoss durch ihre Arme, deshalb versuchte sie, sich mit den Füßen abzustützen, um sich hoch zu ziehen, doch ihr Korsett saß zu straff und ihre Röcke engten sie zu sehr ein.

Weinend beobachtete ihr Sohn, wie die Wurzel sich weiter aus dem Erdreich löste. Die Wogen kamen näher, wie ein gnadenloses Maul, das sie zermahlen und verschlingen würde. Nicht mein Kind!, dachte sie. Es war ihr Blutskind und noch nicht der Sippe der Woge anvertraut worden, die ihn eines Tages einfordern würde. Das Gesicht aus der Erde hebend, begann sie zu singen, zu ihm hinaufzurufen und ihn zu ermutigen, ebenfalls singend in Richtung des großen goldenen Gebäudes zu wandern.

Die Schmerzen ließen nach, während ihre Stimme immer lauter schallte. »Lauf schon!«, rief sie. Jetzt setzte das Beben wieder ein, das spürte sie in der Pflanze, die sie umklammert hielt, genau in jenem Teil Aztlans, der ihr *Tholos* werden würde. »Lauf los, sing den Priestern!«, gellte sie. »Lauf!«

Seine Stimme ging im letzten Todestanz unter, unter dem Dröhnen der Wellen, dem Donnern der Felsen und ihren eigenen Schreien, mit denen sie ins Wasser stürzte.

18. Kapitel

Jemand klopfte an Chloes Kopf. Als sie endlich zu sich kam, blieb ihr nur eine Sekunde, um sich abzuschirmen und unter den fallenden Felsbrocken wegzurollen. Höher, sie musste höher hinauf. Instinktiv kroch sie vorwärts und wagte sich in den nach oben führenden Kanal, näher zum Eingang, wie sie hoffte. Arme und Beine spreizend, sodass sie wie ein Kaminbesen festsaß, begann sich Chloe Stückchen für Stückchen nach oben zu schieben.

Kleinere Nachbeben ließen sie mehrmals wieder abgleiten, doch sie dachte nicht nach, sondern machte sich einfach erneut ans Werk. Etwa auf halbem Wege, so weit sie das erkennen konnte, stieß sie auf einen Durchgang. Das Erdbeben hatte aufgehört, darum markierte sie die Stelle und kroch in den Gang hinein. Eine Reihe von Linkswendungen, also befand sie sich in einem griechischen Schlüssel. Die Abstände wurden immer kürzer! Jeden Augenblick musste sie in der Mit –

Der Schacht verschluckte ihren Schreckensschrei und die Worte dröhnten ihr noch in den Ohren, während sie durch die Luft purzelte. »O Scheiße«, flüsterte Chloe noch, bevor es ihr den Atem verschlug.

Bei der schmerzhaften Landung prellte sie sich sämtliche Schürfwunden und schürfte sich sämtliche Prellungen auf. Dafür steht mir eigentlich eine Risikozulage zu, dachte sie und stemmte sich mühsam auf die zerkratzten Hände und Knie. Zwei Dinge fielen ihr sofort auf.

Erstens die frische, wenn auch stinkende Luft.

Zweitens das Rauschen von Wellen.

Wie betäubt vom Adrenalin lief Chloe auf das Wellenrauschen zu, durch den sich gewundenen, kurvenreichen Gang, der aber nicht an ein Labyrinth, sondern eher an einen Bergpass erinnerte. Als sie um eine Ecke bog, wehte ihr Luft entgegen, die ihr das Haar in die Augen peitschte und den Schweiß auf ihrem Leib empfindlich abkühlte. Die Helligkeit ließ sie zurücktaumeln, obwohl es höchstens schummrig war. Chloe schluckte ein Schluchzen hinunter, als ihr aufging, dass sie aus dem Labyrinth heraus war.

Sie befand sich in einer dunklen Höhle, deren Decke in dunklem Schatten lag und in der das Plätschern des Wassers auf Holz wie eine Symphonie in ihren Ohren klang. Wasser! Holz! Vielleicht sogar ein Boot! Und dort, in der Ferne, sah sie einen Fetzen Himmel. Als sich ihre Augen an das Dämmerlicht gewöhnt hatten, erkannte sie, dass die Boote fast unter Wasser lagen. Es waren keine Schiffe, sondern kleine Ruderboote. Chloe begriff, dass sie sich unterhalb der Insel Aztlan befand.

Sie eilte an das am wenigsten beschädigte Boot und suchte nach einer Flasche, um vor Erleichterung loszukichern, als sie einen Krug mit Wein entdeckte. Sie schlug den Hals ab, nahm einen Schluck, ließ den Krug dann fallen und fing an zu heulen.

Cheftu rieb sich die Augen und besah sich sein Behelfshospital. Die Menschen lagen, teils tot, teils verwundet, so dicht gedrängt im Festsaal, dass nicht einmal eine Handspanne zwischen sie passte. Alle hier waren unter größten Opfern nach Aztlan geflohen. Die Landbrücke gab es nicht mehr, das Wasser hatte die Leichen weggespült, und mit jedem Dekan weiteten sich die Erdspalten auf beiden Inseln.

In einem anderen Raum lagen jene, die an der Seuche starben oder gestorben waren. Dieselbe Krankheit, die Jahrzehnte brauchte, um auszubrechen, tötete die Menschen nun innerhalb weniger Tage.

Die Zeit zerrann ihm unter den Händen, doch Cheftu hatte keine andere Wahl, als diesen Menschen zu helfen und, *mon Dieu,* Chloe zu finden! Er hörte, wie jemand in den Raum trat und drehte sich um, die Augen in der Dunkelheit zusammengekniffen. Sie setzten hier nur Fackeln ein, Öllampen stellten während eines Erdbebens eine zu große Feuergefahr dar.

»Der Rat hat eine Sitzung einberufen, Cheftu«, sagte Dion.

»Ich habe keine Zeit, Dion.«

»Phoebus fehlt, Niko ebenso. Ileana hat die Sitzung einberufen.«

Cheftu, der eben die heiße Stirn eines Fieberopfers mit einem Schwamm abgetupft hatte, sah auf. »Sie ist doch gar nicht im Rat, wie kann sie ihn einberufen?«

Dion seufzte. »Seit Phoebus verschwunden ist, regiert sie an seiner Stelle. Nestor muss erst noch als Aufsteigender Goldener vereidigt werden.«

Cheftu stand auf. »Wann begreift ihr endlich, dass wir keinen weiteren Aufsteigenden Goldenen brauchen? Das Einzige, was hier aufsteigt, ist der Wasserspiegel! Dieses Land wird untergehen, Dion. Der Rat muss den Überlebenden bei der Flucht helfen! Kein Ritual kann uns noch retten!«

»Mehr können wir nicht unternehmen. Die Pyramide ist versiegelt, alle Nachrichten an Minos bleiben unbeantwortet.«

»Wir können uns keine Nahrung beschaffen?«

»Ein wenig, aber nicht viel. Die Vorratskammern im Palast reichen noch für eine Weile.«

Seufzend trat Cheftu an den nächsten Patienten, einen Mann mit gebrochenem Arm und Bein. Der kleine Junge, den er an der Brücke aufgelesen hatte, hatte endlich aufgehört zu singen, und Cheftu tastete beide ab. Kein Fieber, Gott sei Dank. »Soll ich überhaupt fragen, wie lange ›eine Weile‹ ist?«

Dion strich an seinem Rücken vorbei. »Lieber nicht, Meister. Sag, wie kann ich helfen?«

Unaussprechlich dankbar überließ Cheftu dem dunkelhäutigen

Sippenoberhaupt seinen Platz und kehrte in den Raum mit den Toten und Sterbenden zurück.

Das also bedeutet es, sich in Geduld zu üben, dachte Chloe. Es hatte tausend Jahre gedauert, sich erst auszuheulen, dann nach einem Brett oder einer Planke zu graben, die sie als Ruder benutzen konnte, sich auf die Ruderbank fallen zu lassen und bis zum Höhleneingang zu paddeln. Dort war ihr aufgegangen, dass sie auf der falschen Seite der Insel war, also war sie wieder in die Höhle hineingerudert, in der Hoffnung, noch einen zweiten Ausgang zu finden. Jetzt endlich näherte sie sich den Stufen, die nach Aztlan hinaufführten.

Oder?

Neue Erde lag farbenprächtig über alter und Chloe spürte, wie ihr das Herz im Hals zu schlagen begann. Die Erdbeben, o Gott. Sie ruderte um einen Vorsprung herum und sah die zerstörte Landbrücke, von der nur noch zwei Rampen an den gegenüberliegenden Ufern geblieben waren. Tränen rannen über ihre Wangen, ohne dass sie es gemerkt hätte. Sie erkannte, dass auch der Zickzackpfad zerstört war. Wie sollte sie also hinaufkommen?

An ihren Händen bluteten Blasen über den vielen Schnittwunden und sie musste sich zusammenreißen, um sich nicht zu übergeben, so wurde sie vom Wasser herumgeschleudert. Sie drehte sich noch einmal zur Höhle um. Nur durch einen Zufall entdeckte sie den schmalen Einschnitt im Fels und steuerte darauf zu.

Wie durch ein Wunder fand sie eine kleine Anlegestelle, von der aus Stufen nach oben führten. Sie hatte keine Ahnung wohin, doch auf jeden Fall war sie oben näher am Palast und genau dort musste sie hin. *Cheftu, wir müssen hier weg. Wir wollten ihnen helfen, wir wollten sie warnen, jetzt können wir sie nur noch wegbringen.*

»Du bist erschöpft«, stellte Dion fest. Über Dekane hinweg hatten sie Seite an Seite gearbeitet und Cheftu spürte, dass er sich kaum mehr auf den Beinen halten konnte. »Meine Gemächer sind nur einen Gang weiter. Du musst dich ausruhen. Dann und nur dann kannst du diesen Menschen helfen, Cheftu.« Dions Arm führte ihn, und Cheftu taumelte ihm hinterher. Er war weiß Gott müde und noch dazu so krank vor Sorge, dass er nicht mehr klar denken konnte. Nur ein bisschen Schlaf und ein wenig zu essen; mehr brauchte er nicht. Dion sagte ihm das schon seit Dekanen und als Arzt wusste er, dass sein Freund Recht hatte. Ausgeruht würde er mehr erreichen können.

Nachdem er Atenis eingewiesen hatte, folgte er Dion in den dunklen Gang und weiter in die großzügigen Gemächer des Sippenoberhauptes. Wie ein Kind aß und trank er folgsam und unter gutem Zureden. Dion plauderte ununterbrochen, ohne dass Cheftu ein einziges Wort mitbekommen hätte. Dions Stimme erreichte ihn wie aus weiter Ferne.

Er sank auf die Liege. Es kostete ihn Mühe, sein schmerzendes Bein anzuheben. Die Augen fielen ihm zu, noch während er dem Schlaf entgegentrieb.

»Du weißt gar nicht, wie lange ich dich schon hier haben wollte.«

Etwas in Cheftus Gehirn registrierte, dass Dion neben ihm lag. Cheftu wollte von ihm wegrutschen, doch die Anstrengung war zu groß.

»Ein Mann mit Intelligenz, Witz und Stil! *Iii,* Cheftu, lass uns von dieser Insel verschwinden. Wir können ganz neu anfangen! Komm mit mir!«

»Keine … Boote.«

»Das Flugsegel, Cheftu. Wir können nach Prostatevo fliegen und dort eines der Schiffe aus dem neuen Hafen nehmen.« Er strich über die grauen Strähnen in Cheftus Schläfe. »Wir können dieses Land verlassen. Wir können zusammenbleiben. Mir ist nicht entgangen, dass du die Frauen meidest; wir sind für einander geschaffen! Wir können das Elixier einnehmen und ewig jung bleiben. Ewig gesund.« Cheftu lag reglos da und spürte, wie Dions Finger über die Fältchen in seinen Augenwinkeln und die Kummerfalten beiderseits seines Mundes wanderten. Es war eine ausgesprochen intime Berührung.

Dions Stimme wurde eindringlicher. »Stell dir vor, niemals älter zu werden, Cheftu. Stell dir vor, du hättest ein Dutzend – nein, tausend Leben zum Lernen und Studieren, zum Forschen …« Cheftu schlug die Augen auf. Dion lag neben ihm, dicht neben seinem Gesicht, mit großen, dunklen Augen. Das Gefühl, das aus ihnen sprach, war ihm auf gespenstische Weise vertraut. »Stell dir vor, du hättest tausend Leben zum Lieben.«

Und damit senkte er seinen Mund auf Cheftus.

Chloe öffnete die Tür und trat in das riesige Gemach. Offenkundig war sie auf irgendeinen Geheimgang gestoßen. Allmählich gewöhnten sich ihre Augen an die Dunkelheit. Einer Theaterbühne gleich erhob sich in der Mitte des Raumes ein Himmelbett, von Fackeln umleuchtet, sodass die beiden Gestalten darauf gut zu erkennen waren.

Zwei Köpfe mit dunklem, wallendem Haar.

Zwei Leiber, dicht umschlungen. Eine Hand hing vom Bett herab, an der wie ein feixendes Dämonenauge ein Ring blinkte. Thoth, der Gott des Heilens. Die Finger, an denen der Ring steckte, waren lang, kräftig und sinnlich, und zwei von ihnen waren für alle Zeiten von Narben gezeichnet.

Der Boden tat sich unter Chloe auf.

Mein Herz verzehrt sich nach dem, was es nicht haben kann, und liebt, was es nicht lieben kann. Cheftus Worte hallten durch ihren Kopf und Chloe sackte an der Wand nieder.

Cheftu und Dion?

Cheftu war schwul?

Chloe konnte den Blick nicht abwenden. Sie sah den Schatten der Ritze in Dions Hintern und fragte sich, ob Cheftu wohl ebenfalls nackt war. Dions Haar schirmte Cheftus Gesicht vor ihrem Blick ab, wofür sie unaussprechlich dankbar war. Die Leidenschaft für einen anderen Menschen – einen Mann! – in seinen Augen zu sehen, hätte sie nicht ertragen.

Sie strauchelte rückwärts und lief los zur Wendeltreppe. Das erklärte, warum er nicht nach ihr gesucht hatte. Die Hände über den Mund geschlagen, floh Chloe abwärts, auf der Suche nach einem Ausweg, nach Dunkelheit – und Einsamkeit. Schluchzend und blind an der Wand festgekrallt sank sie in die Knie.

Cheftu war schwul? Denk doch mal nach, schalt sie sich selbst, um Ruhe ringend. Das war doch nicht möglich! In ihrem Beruf hatte sie es ständig mit Schwulen zu tun gehabt. Sie hätte das doch bestimmt geahnt, erkannt? *Aber du hast mit eigenen Augen diesen Kuss gesehen; sie waren miteinander im Bett. Und es war nicht so, dass Cheftu ans Bett gefesselt gewesen wäre.*

Sie rollte sich zu einem Ball zusammen, während sich der Anblick zweier schöner Männer in liebender Umarmung in ihr Gehirn brannte. Oben wurde zu unten, schwarz zu weiß. Das konnte doch nicht wahr sein. Auf keinen Fall!

Hatte Cheftu sie einfach satt? Wieso hat er nichts davon gesagt, dass er durcheinander ist?, überlegte Chloe. Wieso hat er mir nicht erzählt, was er empfindet? Hatte er die Gelegenheit, etwas Neues, möglicherweise noch Erotischeres auszuprobieren, einfach nicht ausschlagen können?

Er war wütend auf sie gewesen, sie hatte ihn nicht mehr erregt, er hatte sie nicht mehr angerührt, er war schweigsam geworden, hatte sich von ihr zurückgezogen. O Gott!

Schwindel übermannte sie und die minimalistischen Akkorde eines längst vergessenen Violinkonzertes zogen durch ihren Kopf. Ihr Leben mit Cheftu zog an ihr vorbei. Systematisch analysierte sie jedes Wort, jede Geste. *Er hatte sie nie wirklich begehrt.* Von Anfang an hatte er sie gehasst. In Ägypten hatte er sie ursprünglich für eine Hure gehalten, und als sie mit ihm zusammen gewesen war, hatte sie sich mehrmals entsprechend verhalten. Um ihn zu ärgern.

Die Geigen wurden lauter.

Er hatte sich für sie verantwortlich gefühlt, weil sie wie er durch die Zeit gereist war. Sie hatten viel gemeinsam; keiner von beiden gehörte wirklich ins alte Ägypten.

Die sich in minimalen Variationen wiederholende Geigenmusik dröhnte ihr im Kopf.

Er hatte sie nur geheiratet, um ihr das Leben zu retten.

Die Cellos stimmten ein.

Er war ein Ehrenmann. Er hatte gelobt, sie zu lieben und sie zu beschützen, und das hatte er auch getan. Aber ohne dass er es *gewollt* hatte!

Das tiefe, widerhallende Klagen der Saiten in ihrem Kopf zwang ihren Kopf zwischen ihre Hände. Sie musste verrückt sein! Es ging hier um *Cheftu!* Sie dachte an den Ring, den er ihr gegeben hatte, den Ring mit den Topasen in seiner Augenfarbe, dem verwobenen Band aus Gold und Silber. »Ich liebe und ich hoffe«, hatte er auf Französisch gerufen, als sie aus Hatschepsuts Zeit geschleudert worden war.

Doch zwischen Mann und Frau gab es auch eine asexuelle Art von Liebe. Eine unpersönliche Art. Man konnte jemanden lieben, ohne *verliebt* zu sein; was war Freundschaft denn anderes?

Er hatte sie angelogen. Er hatte in ihrem gemeinsamen Bett gelogen, und er hatte in ihrem Leib gelogen!

Schlotternd stand Chloe auf. Sie musste hier weg. Sie ertrug es nicht, ihm so nahe zu sein. War es denn überhaupt möglich, dass sie sich irrte? Lag Cheftu dort oben nach wie vor mit Dion im Bett? War er zornig hinausmarschiert? Oder in Dions Begleitung? Ihre Einbildungskraft versagte ihr den Dienst. Mindestens eine Stunde war inzwischen vergangen.

Sie kroch die Treppe wieder hinauf; die Geräusche ließen keinen Zweifel zu.

Die Geigen kreischten schmerzvoll auf.

»Spiralenmeister! Wach auf, wach auf!«

Augenblicklich hellwach und auf der Hut rollte sich Cheftu herum. »Wer ist da?«, rief er.

Verblüfftes Schweigen. »Nestor, warum?«

Cheftu humpelte in Richtung Tür, band sich unterwegs einen Schurz um und rieb sich über das Gesicht. Die letzte Nacht war doch bestimmt nur ein Fiebertraum gewesen. Er betastete seinen Mund und schluckte schwer. Seine Fingerknöchel waren aufgeplatzt; also kein Traum. *Och!* Er riss die Tür auf.

»Der Berg hustet schon den ganzen Morgen Rauch«, begrüßte ihn Nestor.

»Wieso hast du mich nicht früher geweckt?«

Nestor zog hilflos die Achseln hoch. »Kannst du irgendwas dagegen unternehmen?«

Die beiden Männer liefen die Treppe hinauf zum Großen Saal im zweiten Stock und dann durch den langen Säulengang. Cheftu blieb abrupt stehen, als er Dion sah. Sein Kiefer war lila angelaufen, sein Blick vorwurfsvoll. Nach einer steifen Verbeugung zu Dion hin blickte Cheftu auf den Berg. Wo war Chloe? Sie hatte immer noch keine Verbindung mit ihm aufgenommen.

Ihm fiel auf, dass auch Niko und Phoebus verschwunden blieben. Vielleicht tröstete Niko Phoebus über den Tod seines Sohnes hinweg? Er schauderte angesichts der neuen Bedeutung, die das Wort »trösten« für ihn angenommen hatte. Bilder aus den vergangenen zwölf Dekanen sickerten durch seinen Geist.

Die Hänge des Berges Apollo waren mit Asche bestäubt. Die zwei Brücken von Menschenhand waren ebenso eingestürzt wie die eine von Göttern erbaute. Die Schiffe waren zu Brennholz zerschmettert und die Wasser waren zu aufgewühlt und zu tief, um sie zu durchschwimmen.

Etesienwinde begannen aus Nordwesten heranzuwehen. Schwache Beben liefen durch die Erde, so häufig inzwischen, dass sie kaum mehr wahrgenommen wurden. Die Anwesenden verfolgten, wie mehrere schwarze Rauchwolken in die Luft pufften. Cheftu bekam Panik. Wo steckte Chloe? Er hatte nach seinen Patienten gesehen – zwölf weitere Todesfälle – und sich dann wieder zu der Gruppe unter dem Säulengang gesellt. Inzwischen waren noch mehr Menschen eingetroffen: Leibeigene, Bürger, Eltern und Kinder, Priester und Priesterinnen, die Überlebenden von Aztlan.

Sie sahen den Berg zerbersten, noch bevor sie sein Brüllen hörten. Der Gipfel flog nicht in die Luft; stattdessen rutschte er seitlich ab. Cheftu beobachtete, wie ein riesiges Bergstück links den Abhang hinunterglitt und im Hinabschlittern in unzählige Felsen und Bruchstücke zerschmettert wurde. Der Knall, der Sekunden gebraucht hatte, um in die Atmosphäre aufzusteigen, sackte zum Boden zurück und schleuderte sie allesamt zu Boden.

Als Cheftu den Kopf hob, sah er eine rot-schwarze Wolke aufsteigen, die explosionsartig anschwoll. Sie verwehte in westlicher Richtung, wodurch Rinnsale feurigen Blutes sichtbar wurden, die innen aus dem Berg herauströpfelten oder in Flüssen von geschmolzenem Gestein über die Insel strömten. Cheftu wischte sich über den Mund, denn sein Blut hatte sich mit der heißen Asche bereits zu einer ganz eigenen Art von Beton vermischt.

Bevor jemand auch nur ein Wort sagen konnte, war die gesamte in Daphne lebende Sippe ausgelöscht. Der Berg, dem sie ihr Leben anvertraut hatte, hatte sie vernichtet. Ihr Gott hatte sein eigenes Volk verschlungen. Wogen schlugen an den Inselküsten hoch und rollten über den Hafen, während sich die Erde erhob und auseinander brach wie in einer schmerzhaften, blutigen Geburt. Eine Wolke stechender, beißender Asche regnete auf sie herab und deckte die ganze Insel mit einer Staubschicht zu. Vielfarbige Blitze zuckten durch die zunehmende Dunkelheit, bis Cheftu spürte, wie sein Haar unter der atmosphärischen Spannung zu knistern begann.

Immer mehr grünes Leben verwandelte sich in roten Tod, je länger sich der Berg erbrach. Tief unter der Erde stürzten die plötzlich entleerten Kammern in sich zusammen. Das Magma, das aus dem Berg Stronghyle gleich daneben abgezogen worden war, schwächte beide Inseln gleichermaßen. Die wichtigsten Orte des Imperiums begannen zu versinken.

Überall in der Ägäis schauten Männer und Frauen aus den verschiedenen Sippen zu, die Blicke auf die graue, zum Himmel reichende Rauchsäule gerichtet. Von den Gestaden des fernen Hydroussa schickten sie Vögel, um sich nach dem Schicksal der Menschen auf Aztlan zu erkundigen. Auf Delos weinten sie, denn dort wusste man nur zu gut, was bleiben würde.

Nichts.

Auf Folegandros und Nios beteten und weinten die Priester, weil ihnen klar war, dass sich die Erde in ihrem Zorn nicht beschwichtigen ließ. Als der Berg Gaia zu rauchen begann, zögerten die Priesterinnen keinen Augenblick. Sie stürzten sich in die Boote und segelten fort in Richtung Norden, eine Schar starker, eigenständiger Frauen. An einem fernen Strand im Nordosten würden sie anlegen, wo sich ihr kunstvoller Umgang mit dem Netz in einen kunstvollen Umgang mit dem Speer verwandeln und wo ihre Erdgöttin von einer Ernährerin zu einer Kriegsgöttin mutieren würde.

Im weit abgelegenen Ägypten begann Imhotep zu weinen, während Ipiankhu auf den Horizont starrte. Sie hatten lediglich versucht, Ägypten zu beschützen; die Auslöschung ihrer Verwandten hatten sie nicht gewollt. War der Raum, an dem sie so lange gebaut hatten, damit überflüssig geworden? Ipiankhu sah ihn an, als könne er seine Gedanken lesen. »Wir müssen fest im Glauben sein und vertrauen.«

Imhotep nickte und murmelte durch seine verfaulenden Zähne: »Mögen wir ewig leben.«

In Knossos sah Daedalus mit tränenüberströmtem Gesicht zu. Die Paläste waren verwüstet, von Ölfeuern gebrandschatzt. Daedalus wies sein Volk an, die Boote zu vertäuen und ins Landesinnere, in die Berge zu fliehen. Sie konnten sich glücklich schätzen, keine Nüstern des Stieres auf ihrer Insel zu haben.

Würde die Sippe der Olimpier von Aztlan entkommen?, fragte er sich.

Bei der überstürzten Flucht aus Dörfern und Städten in Richtung Berge wurde ein junges kaphtorisches Mädchen namens Psychro von seiner Mutter getrennt. Die Kleine fand sich in einer tiefen Grotte voller zurückgelassener Votivfiguren wieder. Unter ihren Tränen hörte sie eine liebliche Stimme, die sie tröstete, beruhigte und auf sie einredete, sich zu öffnen.

Als Psychro erwachte, trug sie in ihrem Inneren die Weisheit und Erfahrung eines Sippenoberhauptes. Sie mochte noch ein Kind sein, doch in ihren Leib war ein wandernder Geist eingetreten. Sie sollte ihr ganzes Leben in dieser Höhle verbringen. Ihre Fähigkeit, Omen zu lesen und die Zukunft weiszusagen, machte sie weit berühmt. Die Legende von Psychros Höhle verbreitete sich. Kurz vor ihrem Tod ging der Geist in eine jüngere Frau über, die dadurch ihrerseits zu Psychro wurde.

Letzten Endes würde nichts außer einem sichelförmigen Eiland übrig bleiben. Die Insel im Zentrum versank und erhob sich dann erneut, als neues Magma in die unterirdischen Gänge strömte. Groß und fruchtbar stieg sie aus dem Meer auf und lockte dadurch die Nachkommen der einstmals Geflohenen an. Wie Schafe zum Schlachter kehrten sie auf die Anhöhen zurück, besiedelten das

Land, um nach nicht einmal vierhundert Jahren ein letztes Mal zu fliehen.

Nur ihre Legende und ihre Kunst würden überleben. Ihre Vernichtung würde eine wichtige Rolle in der Weltgeschichte einnehmen. Tage der Dunkelheit, eine Feuerwolke und Ströme von Blut, die diese zweite Eruption mit sich brachte, sollten einen Führer an einem weit abgelegenen Gestade schließlich überzeugen, »mein Volk ziehen zu lassen«.

Aus der Asche der ersten großen Zivilisation würde eine unvergängliche Rasse hervorgehen.

Für die Menschheit war es ein strahlender Tag gewesen, über den sich irgendwann die Nacht gesenkt hatte. Eine lange, alles überdeckende Nacht, die in Legenden und Sagen weiterleben sollte. Als Lektion für jene, die sich anmaßten, Götter sein zu wollen.

19. Kapitel

Chloe erwachte halb zerschmettert am Boden. Mit vorsichtigen Schritten, so als könnte jede unbedachte Bewegung sie zerspringen lassen, suchte sie sich ihren Weg durch die verschwiegene Bucht. Dions Bucht, allem Anschein nach. Die bebende Erde ließ kleinere Treppenstücke auf sie herabregnen, doch das war ohne Bedeutung. Wie alles.

War sie anmaßend?

Sie musste es wissen; sie musste es aus seinem eigenen Mund hören. Als Cheftu sie mit Dion zusammen gesehen hatte, hatte er das Schlimmste angenommen. Vielleicht hatte sie es ihm gleich getan? Nichts außer Sex klang so nach Sex, dachte Chloe unter mühsam zurückgehaltenen Tränen. Sie trat auf den felsigen Anleger. Ihr Boot schaukelte wie wild, darum zog sie es höher aufs Trockene. Als sie nach draußen sah, bemerkte sie, dass es Nacht war. Immer noch?

Eigenartige Laute und der Geruch nach Feuer lagen in der Luft. Sie war zwei Stufen aufwärts gestiegen, als sie bemerkte, wie sich am Ufer etwas regte. Gleich darauf zog sie einen Mann ans Ufer, wälzte ihn auf den Bauch und klopfte ihm auf den Rücken. Als ihre Hände sich wieder lösten, waren sie rosa vor Blut, doch der Mann hustete, übergab sich und holte dann tief Luft. Geschwächt versuchte er, sich weiter vom Wasser weg zu ziehen. Chloe packte ihn an den Händen, um ihm zu helfen, und hätte beinahe aufgeschrien, als sie erkannte, wen sie da gerettet hatte.

Im Fackelschein war sein Gesicht kaum auszumachen, doch sie kannte nur einen einzigen Albino auf der gesamten Insel. »Niko?«

Er schüttelte den Kopf, und sie klopfte ihm erneut auf den Rücken, mit verzogenem Gesicht, da sie die Verbrennungen auf seinem Oberkörper sah. Er brauchte medizinische Betreuung. Er musste zu Cheftu. Chloe presste die Lippen zusammen – würde sie es überhaupt ertragen, ihrem Ehemann gegenüberzutreten?

Hatte sie wirklich vor, ihm *nicht* gegenüberzutreten?

Wieder diese eigenartigen Geräusche... die in ihrem Geist die Nationalhymne und »Bomben in der Luft« heraufbeschworen. Wer besaß Feuerwerkskracher oder Feuerwaffen auf Aztlan? Plötzlich begriff sie, packte Niko am Arm und schleifte ihn in das Boot. Er hatte schwere Verbrennungen, doch er konnte sich immer noch bewegen. Sie reichte ihm ein Ruder. »Es wird uns beide tragen«, versprach sie, und dann ruderten sie aus der winzigen Bucht hinaus in die Wasser der Therossee.

Wenige Atemzüge später husteten sie alle beide, weswegen Chloe, ohne auf Nikos Proteste zu achten, seine Schärpe zerriss und je eine Hälfte vor ihre Gesichter band. Es war nach wie vor dunkel; lediglich der Widerschein der von der Klippe tropfenden Lava spendete düsteres Licht. Aztlan selbst schien noch nichts abbekommen zu haben. Die Wasser waren befremdlich ruhig, friedlich, die Ufer schienen breiter als zuvor und mit dunklen Flecken getüpfelt, wo, wie Chloe vermutete, Meeresgetier gestrandet war.

Unter dem Rudern rief sie sich ihr Katastrophentraining ins Gedächtnis. Sie hatte Vorträge über Vulkanausbrüche gehört, allerdings ohne große Anteilnahme. Aktive Vulkane gab es in den USA nur an der Pazifikküste, oben im Nordwesten, so weit von Texas entfernt wie überhaupt möglich. Trotzdem fielen ihr ein paar Dinge wieder ein: Oft hörten die Menschen direkt am Vulkan den Ausbruch gar nicht; Giftgas tötete in aller Stille; das Wasser war gewöhnlich verseucht; es gab keine festen Gesetzmäßigkeiten. Am erschreckendsten war die Tatsache, dass ein Vulkanausbruch eine ganze Reihe von Katastrophen auslösen konnte.

Oft zog sich das Meer zurück, um in einer riesigen, »Tsunami« genannten Flutwelle zurückzukehren.

Der Lava nach zu urteilen, die auf die Küste zufloss, war der Berg Apollo ausgebrochen. »Wir müssen zurück!«, brüllte sie und ruderte mit aller Kraft drauflos. Niko hörte sie nicht, darum versetzte ihm Chloe einen Tritt, schrie gegen den aufkommenden Wind an und ruderte um ihr Leben. Das Wasser war so ruhig, weil der Tsunami noch Kraft sammelte.

Die große Höhle, wären sie dort in Sicherheit? Ihre Arme waren taub, sie spürte keine Schmerzen mehr, alles wurde von dem Gefühl überlagert, zu spät begriffen zu haben. Dann, als sie bereits das Donnern des heranrollenden Wassers hörten, sah sie etwa drei Meter voraus den Höhleneingang. »Spring!«, brüllte sie Niko zu, setzte in einem waghalsigen Sprung über ihn hinweg und tauchte tief ab, um sich unter Wasser vorwärts zu kämpfen. Sie spürte eine Gestalt an ihrer Seite und tauchte wieder auf. Sie waren drinnen!

Genau in diesem Moment zerrte ein Strudel an ihren Füßen, während sie gleichzeitig kräftige Finger um ihr Handgelenk spürte, die sie auf das Kai zogen. Auf die Überreste des Kais. Zitternd, schlotternd krabbelten sie aus dem Wasser und klammerten sich an dem zersplitterten Holz fest, um von dort aus die weißschäumenden Wogen zu beobachten, die draußen aufstiegen und ans Ufer krachten. Genau hier war sie aus dem Labyrinth gekommen.

»Meine Dankbarkeit«, hauchte Chloe, nachdem sie erst wieder zu Atem gekommen war.

Niko hob eine verbrannte Hand, die gleich darauf leblos zu Boden fiel. Chloe kroch an seine Seite; er war bewusstlos. Nachdem sie ihn bis an die höchste Stelle des Ufers hinaufgeschleift hatte, ließ sie ihn allein zurück. Mit einer Fackel ausgerüstet, die sie aus einem Halter genommen hatte, ging sie den ganzen Höhlenrand entlang, auf der Suche nach einem Weg nach oben. Die einzige Öffnung, die sie entdeckte, führte zurück ins Labyrinth. Als sie die Fackel hoch hob, entdeckte sie eine Leiter, die am Rand des Schachtes in die Wand gehauen war.

Iii, Scheiße. Die Fackel zwischen die Zähne geklemmt, packte Chloe die unterste Sprosse und machte sich an den Aufstieg. Schwitzend, fluchend und über die Fackel in ihrem Mund sabbernd, kletterte sie schließlich oben über den Rand des Schachtes. Der durchdringende Gestank ihrer eigenen Hinterlassenschaften empfing sie und Chloe erkannte sarkastisch, dass die Lebensqualität sehr zu wünschen übrig ließ, wenn man sich schon auf den Geruch der eigenen Ausscheidungen freute. Lieber Gott, war das widerwärtig.

Doch wenn sie die Fackel daran hielt, brannte es tatsächlich! Im Triumph, ungeachtet der Unappetitlichkeit der ganzen Sache, versuchte sie, ihren Weg zurückzuverfolgen. Auf dieser Ebene hatte sie es mit einem griechischen Schlüssel zu tun und der Schacht befand sich in der Mitte. Schließlich fand sie sich am Außenrand wieder, wo eine weitere unüberriechbare Markierung auf sie wartete, die Chloe anzündete. Dann konnte sie, dank ihrer Fackel, die Leiter sehen und ließ sich durch den äußeren Schacht wieder hinab. Nachdem sie in der untersten Ebene angekommen war, setzte sie ihren Weg fort, bis sie am anderen Ende auf den nächsten Schacht stieß. Die Fackel hoch erhoben, meinte sie eine Biegung zu erkennen. Noch ein griechischer Schlüssel?

Trotz der schmerzenden Blasen an ihren Händen kletterte sie aufwärts. Sie kam an zwei Absätzen auf ihrer rechten Seite vorbei. Am ersten brauchte sie nur zu schnuppern, um zu erkennen, dass sie dort bereits gewesen war, dass sie dieses Labyrinth schon durchlaufen hatte. Das zweite war genauso angelegt. Nachdem sie wieder in den Mittelschacht hinabgespäht hatte, fand sie den Weg hinaus und durch den äußeren Schacht nach oben. Die Fackel war fast niedergebrannt, die Flammen loderten gefährlich nah an ihren Haaren und ihrem Gesicht, darum steckte Chloe das andere Ende in den Mund und kletterte schneller.

Dieser Schacht schien kein Ende nehmen zu wollen, Millionen von Sprossen folgten aufeinander, doch sie hatte alle anderen Ebenen hinter sich gelassen. Die Leiter endete, und sie sah einen Sims über sich. Zitternd schob sie erst eine, dann die andere verschwitzte Hand über den Sims. Stöhnend und hektisch nach einem

Halt für ihre Füße strampelnd, schob sie sich über die Kante, eine Sekunde, ehe die Fackel in die Dunkelheit hinabfiel.

Den Kopf auf den kühlen Stein gelegt, rang Chloe erst einmal um Atem, dann versuchte sie, das Zittern in ihren Muskeln zu unterdrücken und zur Ruhe zu kommen. Als ihr schließlich nicht mehr übermäßig nach Schreien und Weinen zu Mute war, hob sie den Kopf. Rechts von ihr war eine Tür. Verschwitzt und fröstelnd trat sie hindurch und drehte sich um.

Sie war dem Hades entkommen.

Sie war im Palast!

Chloe lief los, die Treppe in zwei, drei Stufen zugleich nehmend. Niko brauchte Hilfe, sie brauchte Antworten, und sie alle mussten schleunigst von hier verschwinden!

Alles stand in Flammen, Cheftu spürte nichts mehr außer Hitze, er roch nichts mehr außer dem beißenden Gestank des Brennstoffs. Menschliche Leiber ... Ebenso wie der Berg Apollo jene Tausende, die sich auf seine Abhänge zurückgezogen hatten, in Flammen gesetzt hatte, kümmerte sich Cheftu persönlich um das Verbrennen der Leichen. Es waren so viele, und alle waren von der Seuche dahingerafft worden.

Sie zu baden, wie es der aztlantische Brauch erforderte, war Akkordarbeit, der jede Eleganz fehlte. Leibeigene packten die sabbernden, zuckenden, aber immer noch lebendigen Kranken an Schultern und Fußgelenken, tunkten sie ins Läuterungsbad und legten sie danach in endlos langen Reihen aus. Dann, nach ihrem Tod, wurden sie hinausgebracht und wie makabres Heizmaterial draußen auf dem Boden abgelegt.

Bald werde ich auch dort liegen, dachte er angestrengt. Sein Gehirn ließ ihn immer öfter im Stich. Dass er so lange überlebt hatte, konnte er sich nur dadurch erklären, dass er nicht von dem Stier gegessen hatte ... oder von dem Menschen. Gedankenverloren betastete er die rosafarbene Narbe auf seiner Schulter. Der Stier musste ihn gebissen und durch seinen Speichel die Krankheit übertragen haben.

Er starrte hinaus aufs Meer. Flammenflecken tanzten neben

ganzen Feuerflüssen. Es war ein höllisches Bild, aber nicht ohne Schönheit. Cheftu wandte den Blick ab und legte den nächsten Leichnam in Totenhaltung. Wer würde ihn wohl zurechtlegen? Nestor? Dion? Chloe?

Mittlerweile stürzten die wahrlich Verzweifelten die abrutschenden, abgleitenden Abhänge Aztlans hinunter, um zu fliehen, um durch das Wasser zu schwimmen. Mit aller Kraft versuchten sie nach Prostatevo zu gelangen, das nun, weit von dem Feuer speienden Berg und der grausamen See entfernt, Zuflucht zu bieten schien. Cheftu wandte sich der nächsten Patientin zu, prüfte ihre Atmung und legte dann, als er keine fühlte, ohne auch nur innezuhalten, ihre Arme über Kreuz.

Dion kam hereingelaufen. »Niko! Man hat ihn gefunden! Komm schnell!«

Cheftu drehte sich nicht einmal um. »Wer? Wo?«

»Sibylla«, sagte Dion.

Cheftu drehte sich um und taumelte zurück, da er seine Frau in der Tür stehen sah. Immer noch nahm ihr Anblick ihm den Atem; immer noch wollte er nichts lieber, als ihn ihr zu spenden. Sie war zerschunden und starrte vor Dreck, und doch fühlte sie sich unbeschreiblich gut in seinen Armen an. Er hielt sie fest umklammert, bis er zu zittern begann.

Dion verschwand, um Niko aufzusammeln. Cheftu bekam mit, wie er den Raum verließ, dann hob er Chloes Gesicht an, deckte seinen Mund auf ihren und begann unter ihren Lippen zu stöhnen, weil er spürte, wie sein Blut von Neuem zu fließen und sein Herz endlich wieder zu singen begann.

Ihre Reaktion war nicht weniger sehnsüchtig, nicht weniger fiebrig, und Cheftu spürte Tränen über seine Wangen laufen. Sie war bei ihm! Sie war sein! Er löste sich von ihrem Mund, presste sie an seinen Leib und ließ seine Wange auf ihren Kopf sinken. Ihre Hand umfasste ihn, und Cheftu erstarrte.

»Ich schätze, das bedeutet, dass du bi bist?«, fragte sie auf Englisch.

»Bi?«

»Nicht schwul?«

»Wenn ich dich sehe, *chérie,* und dich berühre, wird mir jedes Mal schwül vor Freude.«

Sie lachte verdutzt. »Ich sehe schon, wir stoßen hier auf ein epochales Missverständnis«, sagte sie, bevor sie seinen Mund suchte.

Cheftu küsste sie erneut und gab sich ganz dem erlösenden Gefühl hin, ihren Körper wieder an seinem zu spüren. Für wenige Augenblicke vergaß er, dass er ebenfalls krank war, dass der Berg in Flammen stand, dass die Insel versank. Für einen kurzen Augenblick vergaß er seine Hoffnungslosigkeit, denn wenn Chloe bei ihm war, konnte er nicht anders als hoffen. Hoffen, dass sie für alle Zeiten zusammenbleiben würden; hoffen, dass sie miteinander alt werden würden; hoffen, dass sich ihr Fleisch eines Tages in dem eines Kindes vereinen würde. In Kindern.

Er spürte das nächste Beben.

»*Iii,* Cheftu, da bebt sogar die Erde«, flüsterte sie ihm ins Ohr und fuhr dabei mit der Zunge die Ohrmuschel nach. Seine Hände lagen auf ihren Brüsten, seine Hüfte drängte gegen ihre. Er brauchte sie, hier und jetzt. Doch bevor er einen Ton sagen konnte, wurden sie beide zu Boden geschleudert.

Stille.

»Ein Überschall-Knall?«, fragte Chloe in die Dunkelheit hinein. Ihre Stimme bebte. Cheftu nahm sie an der Hand und gemeinsam liefen sie aus der Tür, die Stufen zum Säulengang hinauf. Wo einst ein Berggipfel gewesen war, hing nur noch schwarzer Qualm. Chloe blieb wie angewurzelt stehen. »Das ist unglaublich«, hauchte sie. »Rot und Schwarz: Sieh dir die Muster an und die Wirbel.«

Noch während Chloe und Cheftu zusahen, rollte die pyroklastische Wolke wie ein Ball den Berg hinunter, springend, schwankend und alles in ihrer Nähe niederbrennend, während zugleich andere Gebiete bis auf einen heißen Windstoß völlig unberührt blieben. Temperaturen von vierhundert Grad Celsius verwandelten alles Lebende in rollende Wölkchen, die verdampft waren, noch ehe die Bürger den Ausbruch überhaupt gehört hatten. Die Bewohner Kallistaes sahen nichts außer Hitzeblitzen. Sie spürten nichts außer dem Luftdruck. Weingärten und Blumen wurden zu

Boden gedrückt und waren zu Asche verbrannt, noch ehe sie auf dem Boden aufkamen, so als wollten sie sich gehorsam vor der zürnenden Erde verneigen. Rote, schwarze und weiße Steinbauten wurden unter Apis' Hufen zermalmt.

Chloe und Cheftu sahen mit an, wie fünf Millionen Kubikmeter Fels aus dem Berg geschleudert wurden. Höher und höher waberte die ungeheure rot-schwarze Wolke und vergrößerte sich dabei mit jedem Atemzug. Wie Wasser schoss sie den Abhang hinab. Die Wolke verzweigte sich wie eine Tanne mit breiter Krone, bis der glühende Tod mit seinen Verästelungen den gesamten Horizont umfasst hielt.

Und damit auch sie.

Cheftu zerrte Chloe fort, die Stufen hinab, durch die drängelnden, schubsenden Menschen hindurch, ohne ihre Hand auch nur ein einziges Mal lockerer zu fassen. Sie schafften es bis tief unter den Boden, wo Cheftu mit dem Fuß eine Tür aufstieß. Zu einem Lagerraum.

Ausnahmsweise störte es ihn keineswegs, im Hinterzimmer warten zu müssen.

Ein donnernder Schlag, ein alles durchdringender Lärm, unter dem er seine Blutgefäße weiter werden spürte, presste Cheftu auf den Boden. Als er wieder etwas erkennen konnte, sah er Blut von Chloes Kinn tropfen.

Cheftu riss sich den Schurz vom Leib und zerfetzte ihn in zwei Hälften. Er urinierte auf beide Stücke und klatschte dann ein nasses Stück auf Chloes Gesicht. Sie versuchte, es wegzuziehen, doch Cheftu drückte es erneut auf ihr Gesicht und hatte danach gerade noch Zeit, seinen Mund zu bedecken, bevor sie ein zweites Mal zu Boden geschleudert wurden.

Schreie erstarben und plötzlich war nur noch das Brüllen der Zerstörung zu hören. Er lag über ihr, flach durch den Stoff atmend. Sein Leib schirmte ihren ab, während er einen Arm über ihre beiden Köpfe hielt und mit dem anderen sein Geschlecht umfasste. Sein nackter Rücken wurde von herabfallendem Gestein bombardiert. Ein Krug explodierte und er schrie auf, als siedendes Olivenöl auf seinen Kopf und Rücken herabregnete.

Fünfter Teil

20. Kapitel

Es war totenstill, doch Chloe wusste, dass sie noch nicht gestorben war. Nicht solange ihr alles wehtat. Der Stoff über ihrem Mund war getrocknet. Sie zog ihn ab, warf ihn beiseite und sah entsetzt, wie er noch im Flug in Flammen aufging. Sie versuchte zu schlucken. In panischer Angst betastete sie ihr Gesicht, nur um zu entdecken, dass ihre Hände blasig und verkohlt waren.

Cheftu!

Er lag mit dem Gesicht nach unten neben ihr, sodass sein Leib ihren zur Hälfte bedeckte. Sein Rücken war von aufquellenden Blasen bedeckt, und eine Hälfte seines Schädels war kahl. Chloe berührte ihn. Er regte sich nicht.

Sie erhob sich auf die Knie, die wie ihre gesamte Vorderseite unverletzt schienen, und versuchte, ihn umzudrehen. Er lag da wie tot. *Nein! Nein!*, schrie sie, auch wenn kein Wort über ihre Lippen kam. Sie griff an seinem Hals nach einem Puls – nichts.

Ganz ruhig, ermahnte sie sich. Prüf noch mal! Die unter seinem Leib steckenden Hände hervorzuziehen, war ihr nicht möglich. Sie fasste um ihn herum und tastete auf der anderen Seite des Halses nach dem Puls. Unter der Haut schien sich etwas zu bewegen, und Chloe hielt den Atem an. Da, schon wieder. Er lebte!

Aber wahrscheinlich nicht mehr lange. Sie erhob sich mühsam und untersuchte ihren Körper. Sie hatte sich nichts gebrochen, ihr Rücken hatte Verbrennungen abbekommen, doch ihr Gesicht und ihre Lungen waren geschützt gewesen. Sie sah auf Cheftu hinab – er hatte sie beschützt. Ihr Hals war versengt und sie spürte ihre nackte, verbrannte Kopfhaut. Was von ihrem üppigen Haar noch übrig war, stand ihr wie Besenborsten vom Kopf ab.

Es war heller im Raum und Chloe erkannte, dass die beiden Stockwerke über ihnen nicht mehr da waren. Wie abrasiert. Wohin waren sie verschwunden? Sie ging an die Tür, wobei sie um ein Haar in eine Pfütze von immer noch brodelndem Olivenöl getreten wäre. Humpelnd trat sie hinaus auf den Gang.

Die Wolke hatte die zwei oberen Stockwerke ihres Palastflügels abgehoben und die Überreste einige Meter weiter abgeladen.

Warmer Schnee fiel jetzt vom Himmel und deckte das zermalmte Gebäude zu. Alles war grau. Ohne lange nachzudenken, löste Chloe ihre Schürze, ihr letztes verbliebenes Kleidungsstück, und band sich den Stoff als Atemmaske vors Gesicht.

Gegen den Ascheregen anblinzelnd, bahnte sie sich einen Weg durch die Überreste der Skolomantie. Nirgendwo regte sich etwas. Sie sah nichts als Zerstörung. Ein leises Stöhnen drang an ihr Ohr und sie sah hilflos zu, wie ein Mann über die Ruinen taumelte, einen Flammenschweif hinter sich herziehend wie höllisches Kielwasser. Er stürzte, und Chloe roch verschmorendes Fleisch.

Sie arbeitete sich zu den Stufen vor und fand sich auf einer Art abgebrochenem Balkon wieder. Die Leichen lagen hier wie ausgerichtet – Kompassnadeln gleich, als wollten sie anzeigen, aus welcher Richtung die Wolke gekommen war. Ein Körper bewegte sich, deshalb trat Chloe näher an ihn heran. Vor ihren Augen blähte sich der Brustkorb auf, als würde er mit Luft aufgepumpt. Dann platzte die Bauchdecke und Chloe sah die verschlungenen Eingeweide ans Tageslicht quellen, ehe sie würgend davonlief.

Magensäure brannte in ihrer Kehle und verätzte ihren wunden Schlund. Herr im Himmel, war sie die einzige Überlebende?

Das Gebäude war von hier bis zum Meer platt gewalzt worden. Die Skolomantie war zum Mausoleum geworden, die botanischen

Gärten sahen aus wie gekochter Spinat. Chloe drehte sich mutlos um und quietschte auf.

Vor ihr erhob sich festgemauert, jungfräulich rein und hell unter der fallenden Asche leuchtend der Wohnflügel des Palastes! In strahlender Postkartenschönheit stand er da, von der Skolomantie abgetrennt, als hätte ihn jemand mit dem Messer abgeschnitten. Sie lief los, ständig strauchelnd, doch ohne hinzufallen. Die Schürze löste sich von ihrem Gesicht und die Asche blendete sie, doch die Hoffnung verlieh ihr neue Kraft. Sie spürte samtenes Gras unter ihren Füßen und sank zu Boden.

Um sie herum schrien Stimmen durcheinander. In ihrem Kopf drehte sich alles, bis sie schließlich eine davon erkannte. »Wo ist Cheftu?«

Sie schlug die Augen auf. Dion kniete, vollkommen unversehrt bis auf das Grau in seinem Haar, an ihrer Seite, während hinter ihm Atenis wartete. Chloe schluckte mühsam. Atenis gab ihr einen Schluck Wasser, worüber Chloe beinahe in Tränen ausbrach. Es schmeckte unglaublich gut, auch wenn es brannte. »Verletzt«, brachte sie heraus. »Schwer.«

Dion hob sie auf und trug sie in den Palast. »Wo ist er, Sibylla?«

Sie hätte beinahe aufgeschrien, als sie seine Hand auf ihren Verbrennungen spürte, deshalb drückte sich Chloe von ihm ab, bis er sie aus seinen Armen ließ und sie sich an der Wand abstützte. »Komm mit«, flüsterte sie hustend.

»Nein, ich gehe allein«, widersprach Dion.

»Du brauchst einen Führer«, rasselte sie.

»Da draußen herrscht das Chaos«, mischte sich Atenis ein. »Sie kann dir zeigen, wo er ist.«

»Hol ihr einen Tragsessel.«

»Sie kann nicht sitzen, Dion.« Zaghaft nahm Atenis Chloes Hand. Der dunkelhäutige Aztlantu ging einmal um sie herum und Chloe hörte ihn leise durch die Zähne pfeifen, als er an ihrem Rücken angekommen war. »Bei den Göttern – geh voran«, kapitulierte Dion, wobei er zärtlich über Chloes Wange strich.

So stapften sie erneut durch die herabschneiende Asche, die inzwischen alles wie mit zweitausend Jahre altem Staub überzogen hatte. Irgendwie gelang es Chloe, sie zu dem Raum zu führen, in dem Cheftu lag. Dion drängte an ihr vorbei, lief los und kniete neben Cheftu nieder. Er erteilte eine Reihe knapper Befehle, und wenig später wurde Cheftu hoch gehoben und immer noch mit dem Gesicht nach unten auf eine Bahre gelegt. Dion ging neben der Bahre her und Chloe fragte sich, ob er wohl weinte. Sie erreichten den unversehrten Abschnitt des Palastes, wo sich, wie Chloe feststellte, immer mehr Menschen einfanden.

Menschen. Auch wenn sie kaum wie Menschen aussahen. Mit verbrannten Gesichtern und Leibern, von herabfallenden Trümmern getroffen, Blut hustend. Wer noch laufen konnte, holte oder suchte Wasser, Öl und die wenigen Kräuter, die ihnen geblieben waren.

Von den 55 000 Bewohnern Kallistaes hatten nur wenige Hundert überlebt. Verdampft, dachte Chloe. In so extremer Hitze, dass sich Fleisch und Knochen von Mensch und Tier augenblicklich in Gas, Luft, Nebel aufgelöst hatten. In Dampf. Die im Norden abfließende Lava hatte die Städte Hiacynth und Daphne unter sich begraben, im Süden war sie über Echo hinweggerollt.

Tatsächlich war kaum nachzuvollziehen, wie die pyroklastische Wolke von der Küste Kallistaes abgeprallt und auf der aztlantischen Küste gelandet war. Sie hatten geglaubt, ihnen könne nichts passieren, da sie sich auf einer anderen Insel befanden; die Lava hatte sie nicht erreicht. Sie hatten nicht mit der dämonischen Fähigkeit der Wolke gerechnet, über das Wasser hinwegzuspringen. Chloes Blick wanderte über die unfassbare Zerstörung um sie herum.

Momentan war der Vulkan zur Ruhe gekommen, aber für wie lange? Für Stunden, für Äonen? Sie mussten fort. Sie konnten möglicherweise nach Kaphtor entkommen, auch wenn keine Schwalben von dort zurückgekehrt waren, um ihnen davon zu künden, wie es den Kaphtori ergangen oder was aus den übrigen Inseln geworden war.

Chloe tränkte Stoffstreifen mit Wein und Mohn, um das Gemisch in die Münder der Opfer zu träufeln. Jenen, deren Lippen weggebrannt waren, legte sie den Stoff auf die Zähne, sodass sie die Flüssigkeit tropfenweise heraussaugen konnten.

Sie bewegte sich nur noch mechanisch, den schreienden Schmerzen in ihrem Körper zum Trotz, doch die Beschäftigung hinderte sie daran, über Cheftu nachzudenken und darüber, was passiert war. Sie versuchte, einen Handel mit Gott abzuschließen. Im Feilschen war sie immer miserabel gewesen, aber nie war es um etwas derartig Kostbares gegangen. Lass ihn am Leben, bitte. Nur um zu atmen und lachen und lächeln?

Wenn das hier ein Film wäre, dachte Chloe, würde ich Gott jetzt schwören, dass ich Cheftu an Dion abtrete, solange Gott ihn nur am Leben lässt. Um sein Leben zu retten, würde ich seine Liebe und mein Glück opfern.

Doch es war kein Film, und dafür kannte Gott sie zu gut, erkannte Chloe.

Keine noch so große Lüge würde den Allmächtigen überzeugen. Cheftu gehörte ihr. Bitte lass ihn überleben, dann werde ich ihm eine treue, verständnisvolle, wunderbare Gemahlin sein.

Und sollte sich Dion ihr in den Weg stellen, würde sie ihn in den Boden stampfen.

»Findet ihn«, fauchte Dion.

Nestor seufzte. »Wir haben die ganze Höhle durchkämmt, in der er Sibylla zufolge sein sollte. Was können wir noch tun? Es ist nur ein einziger Mann, Dion. Und Tausende brauchen unsere Hilfe.«

Dion blickte auf den Rücken des Mannes, der so reglos vor ihm lag. Imhotep war von ihnen gegangen – und mit ihm alle geistigen Schätze Aztlans. Der Tempel der Schlangengöttin und mit ihm alle Kela-Tenata lagen unter Trümmern begraben seit dem letzten Erdbeben, als Säulenbruchstücke und Freskenteile ins Meer gekracht waren und die Insel mit jedem Dekan weiter abzukippen schien. Dion kannte sich notdürftig im Heilen aus, doch Cheftu brauchte mehr, wesentlich mehr. »Es muss doch irgendwen, irgendwas geben.«

Nestor legte eine Hand auf Dions Schulter. »Es ist uns nicht bestimmt, Bruder. Der Mann tritt schon seine Reise an. Lass es gut sein, Dion. Bade ihn, wenn du möchtest, doch die anderen brauchen dich dringender.«

Dion knirschte mit den Zähnen. Vielleicht brauchten ihn andere dringender, doch er brauchte Cheftu. Er würde ihn auf keinen Fall sterben lassen, selbst wenn er dafür an Cheftus Stelle dem Tod ins Auge blicken müsste. Er schüttelte Nestors Hand ab. »Bring mir Niko oder stirb im Feuer!«

Die Nacht hatte sich herabgesenkt, auch wenn Dion nicht hätte sagen können, woran sie Tag und Nacht unterscheiden sollten. In dem Versuch, die zornigroten Schwielen abzukühlen, ließ er Wasser über Cheftus Rücken laufen. Eine dünne Schicht feiner Glassplitter war auf Cheftu herabgeregnet, sodass er jetzt aussah wie von tausend Nadeln gestochen. Nachdem Dion zwei Leibeigene angewiesen hatte, ihm mit Lampen zu leuchten, deren Licht sich in den meist bernsteingelben Partikeln brach, hatte er sie Stück für Stück herausgezupft.

Als die Tür aufging, drehte er sich um. Nestor, schweißfleckig und grau vor Asche, trat ein. »Wir haben Niko gefunden, Dion. Aber ich bezweifle, dass er dir eine Hilfe sein wird.«

Dion hatte kaum Zeit, sich wegzudrehen, ehe er sich übergeben musste. Nestor reichte ihm ein Tuch für den Mund. »Es kommt immer ganz plötzlich«, sagte er.

In Apis' Namen, was war geschehen? Dion sah noch einmal hin. Niko, den er nur an seinen veilchenblauen Augen erkannte, schien eine Art Umhang zu tragen. Nein, keinen Umhang; seine Haut war so verbrannt, dass er aus einer einzigen riesigen, nässenden Wunde zu bestehen schien. Seine Hände waren zu Klauen gebogen. Verglichen mit ihm strotzte Cheftu geradezu vor Gesundheit.

Dion fing Nikos Blick auf. »Was ist geschehen?«, fragte Dion.

Niko versuchte zu blinzeln, doch seine Lider waren verbrannt.

Nestor flüsterte Dion ins Ohr: »Seine Kehle ist verbrannt. Er kann kaum sprechen.«

Dion verkniff sich ein frustriertes Heulen. Wenn Niko ihm nicht helfen konnte, wozu hatte Nestor ihn dann hergebracht? Damit er ihm beim Sterben zuschauen konnte?

»Du wolltest ihn bei dir haben. Niemand sollte allein sterben, Dion. Niemand«, sagte Nestor leise. Er begann Nikos Gesicht und

Schultern zu waschen, um ihn für die Inseln der Gesegneten vorzubereiten.

Kopfschüttelnd sah Dion wieder auf Cheftu. Er würde nicht allein sterben. Sibylla war zusammengebrochen, darum hatte man sie nach draußen zu den Leichen gelegt. Es war ihm eine winzige Genugtuung, Cheftu ganz für sich allein zu haben, wenn auch nur für kurze Zeit.

»Aeeeh … Aeeeaaah …«

»Er versucht zu sprechen«, sagte Nestor.

»Bringt ihm Wasser!«, brüllte Dion.

»Und ein Rohr!«

»Ein Rohr?«, fragte Dion, dann sah er zu, wie Nestor die aufgeregten Laute entschlüsselte, die sich diesem Etwas namens Niko entrangen. Ganz langsam schwebten Nestors Hände über Nikos gesamten Leib abwärts. Über Nikos Geschlecht, das erstaunlicherweise die wenigsten Schäden davongetragen hatte, hielt er inne.

Der Leibeigene kehrte zurück, woraufhin Nestor ihm das Wasser und das Röhrchen abnahm, durch das Röhrchen Wasser aufsog und dann das andere Ende in die Höhle schob, die Niko statt eines Mundes geblieben war. Tröpfchenweise ließ Nestor die Flüssigkeit in Nikos Hals rinnen. Das Bild ließ Tränen in Dions Augen treten.

»Der Beutel.«

Nestor suchte erneut, Nikos gekrächztem Wunsch entsprechend. Dann schob Nestor die Hände in die Tasche und holte einen flachen schwarzen Stein heraus, der dank seiner länglichen Form genau in seine Handfläche passte.

»Uuurrrrmm.«

»Was?«

»Uurrmm.«

»Versuch es mit der anderen Tasche, Dion.«

Mit plötzlich zittrigen Händen tastete Dion in der zweiten Tasche in Nikos Schurz herum. Seine Finger schlossen sich um einen Stein, den er herauszog. Genau wie der andere war er länglich geformt und passte in seine Handfläche. Doch dieser hier war von schaumigem Weiß und glänzte beinahe wie Perlmutt. Er hielt ihn hoch.

»Thhhhhmn«, keuchte Niko. Seine veilchenblauen Augen waren weit und aufgeregt aufgerissen. »Urrmm thhhmm urmm thmmnn«, wiederholte er, bis er würgen musste. Sie wälzten ihn auf die Seite, um seine Kehle frei zu bekommen. Nun ging sein Atem noch schwerer. Dion hörte, wie Niko um Atem rang und sein qualvolles Keuchen dabei zuzunehmen schien. Aus seinen Augen rannen blicklose Tränen, doch sie flehten nicht, sie bettelten nicht um sein Leben. Hektisch badete Nestor seine Beine und seine Brust, ehe er ihm *Kalo taxidi* wünschte.

Ein langes Zischen kennzeichnete seinen Tod. Nestor schob erneut die Hand in Nikos Beutel und holte ein Fläschchen heraus. »Das Elixier.« Behutsam breitete Nestor ein Leintuch über das Gesicht des Magiers, dann befahl er mit einer Geste, den Leichnam hinauszubringen.

Die rhytonförmige Glasphiole war das Ziel des gesamten Unterfangens. Die einzige Möglichkeit, ewig zu leben. Dion riss sie Nestor aus der Hand und lief, den Korken ziehend, zu Cheftu. Dann goss er die Flüssigkeit über die Wunden des Mannes.

»Nein, Dion!« Nestor packte seine Hand. »Denk nach, Bruder. Hast du das Recht, in sein Leben einzugreifen?«

»Wenn ich nichts unternehme, wird er sterben!«

»Wenn du ihm dieses Elixier gibst, wird er möglicherweise blind und verkrüppelt überleben! Hast du das Recht, sein Schicksal zu entscheiden? Aztlan liegt in Trümmern, weil wir uns für Götter hielten. Wir haben geglaubt, wir könnten über das Leben der Menschen bestimmen. Spiralenmeister hat sich geirrt, wir sind keine Götter. Mach diesen Mann nicht *athanati,* Dion. Bereite ihn auf die Ewigkeit vor und lass ihm seinen Frieden.«

Dion merkte, wie sich in seiner Kehle Tränen sammelten. Seine Brust zog sich unter Schmerzen zusammen, die Hände sanken ihm herab. »Ich liebe ihn«, krächzte Dion. Nestor zog ihn an seine Brust, wobei er zwischen Dion und Cheftu zu stehen kam.

Tränen und Schleim verschmierten die Brust des Goldenen, so schluchzte Dion, in unregelmäßigen, schmerzlichen Atemzügen, bis Nestor ihn noch fester an seinen Leib drückte. Hinter Nestors Rücken hielt Dion das entkorkte Fläschchen in der Hand. Vorsichtig schob er den Finger von der Öffnung und goss den Inhalt in Cheftus reglosen, offenen Mund.

Das Fläschchen über Cheftus Leib haltend, drückte Dion Nestor noch fester, um über seine Schulter blicken zu können. Cheftus Lippen glänzten feucht und Dion spürte ein unbeschreibliches Entzücken.

Er hatte das Recht dazu, weil er Cheftu liebte. Jetzt blieb ihm genug Zeit zu warten, bis seine Liebe erwidert wurde. Dion würde das Mittel ebenfalls nehmen.

Wir *sind* Götter, dachte er. Nestor wusste es nur noch nicht.

21. Kapitel

Chloe erwachte im Ascheregen. Die Asche verstopfte ihr Nase und Mund. Hustend richtete sie sich auf und lief dann in den noch unversehrten Palastflügel. Sie würde sich nicht wie Müll draußen abladen lassen! Sie musste zu Cheftu.

Er hatte so still, so reglos dagelegen. Ihre Verbrennungen schmerzten, doch das war nichts verglichen mit den Qualen, die er bestimmt erleiden musste. Kümmerte sich Dion um ihn? Der Gedanke ließ sie abrupt stehen bleiben, doch gleich darauf drückte Chloe die Schultern durch und ging weiter. Wenn Cheftu sie satt hatte, musste er sie wegschicken. Seine Küsse waren nicht die eines Mannes gewesen, der den Geschmack an Frauen verloren hatte. In manchen Dingen war sie vielleicht Novizin, doch auf ihren Instinkt konnte sie sich verlassen, und sie kannte Cheftus Körper wie auch seine Begierden besser als ihre eigenen.

Wenn er schwul war – sie sollte lieber von Homosexualität sprechen, wenn sie eine erneute Unterhaltung über Temperaturen vermeiden wollte –, würde er sich ein Herz fassen und ihr das ins Gesicht sagen müssen. Andernfalls gehörte er nach wie vor ihr! Verzupf dich, Dion, dachte sie, während sie durch die Gänge marschierte. Mimi hatte einst ihrer verrückten Tante Rina, nicht zu verwechseln mit deren verrückter Zwillingsschwester, Tante Lina, erklärt, dass eine Frau, die ihren Mann nicht halten konnte, nicht die Stärke in ihren Unterröcken wert sei.

Die Unterröcke hatte Chloe längst abgelegt, aber in ihren Adern floss schließlich das Blut der Kingsleys.

Falls Cheftu noch lebte, würde er nirgendwohin gehen.

Bitte, lieber Gott, lass ihn am Leben.

Überall regierte der Tod. Überall lagen Menschen mit allen nur vorstellbaren Wunden. Cheftu blinzelte und schlug die Augen auf – ein Auge. Das Öl hatte ihn auf dem anderen Auge blind gemacht, begriff er. Doch er war am Leben. Er atmete tief ein – die Luft schmeckte nach Feuer und verbranntem Fleisch. Er lag auf dem Bauch, einer Wand zugekehrt. Die Hände lagen wie taub unter seinem Leib, trotzdem drehte er den Kopf und drückte sich hoch.

In einem Schwall kehrten Erkenntnis und Erinnerung zurück: der Vulkanausbruch, wie er Chloe beschützt hatte, wie er geschrien hatte, als das heiße Öl auf seinen Rücken, seinen Kopf, seine Hand herabgeregnet war.

Neben ihm auf dem Boden lagen schwarze, unförmige Gestalten.

Verbrennungsopfer.

Ich bin ein Verbrennungsopfer, dachte er mit Blick auf seine Hand. Blasig und gebrochen mit zwei nicht zu gebrauchenden Fingern, und die andere Hand? Cheftu saß auf dem Bettrand und betrachtete seine Hände. Er hatte grässliche Verbrennungen, riesige Blasen zogen sich über seine Haut. Würde er je wieder als Arzt arbeiten können? Würde er es wagen, Chloe mit diesen Klauen zu berühren?

Würde sie ihn überhaupt sehen wollen? Halb blind und verstümmelt? Mit bebenden Fingern betastete er seine Braue und spürte die Hautfetzen, die seinen Kopf zur Hälfte überzogen.

Langsam stand er auf und trat von der Liege weg. Ihm tat alles weh, da sich die Blasen bei jeder Bewegung dehnten und spannten. Na gut, er war verletzt, aber er konnte gehen. Wo war Chloe?

Auf einen Aufschrei hin drehte er sich um und sah einen Leibeigenen in Ohnmacht sinken. Nestor trat, verdreckt und abgerissen, das blonde Haar von Asche ergraut, auf Cheftu zu. »Beim Heiligen Stier Apis'«, hauchte er. »Du lebst?« Hinter Nestor stand mit großen grauen Augen Atenis.

»Wieso denn nicht?«

»Ich bin hier, um dich zu baden. Du warst nur noch eine einzige große Wunde, wir hatten kaum mehr Hoffnung.«

»Eine große Wunde bin ich immer noch, mein Freund«, antwortete Cheftu. Seine Kehle tat ihm entsetzlich weh, doch sein Geist war klarer als seit vielen Monden.

Nestor umrundete ihn schweigend. Er hob ein Fläschchen vom Bett auf; nur noch ein paar Tropfen waren auf dem Grund verblieben. »Er hat es trotzdem getan«, flüsterte Nestor.

»Was getan? Wer? Worüber seid ihr so entsetzt?«, erkundigte sich Atenis.

»Erkennst du das Fläschchen wieder, Cheftu?«, fragte Nestor.

Cheftu betrachtete das Fläschchen. Natürlich erkannte er es nicht wieder. Abrupt drehte er sich zu Nestor um. »Warte! Das –?«

»Sprich es aus, Cheftu.«

»Er hat mir das Elixier gegeben?«

Nestor drehte das Fläschchen um und beobachtete, wie die Tropfen am Glasrand herabrannen und sich sammelten. »Es sieht so aus.«

»Das Unsterblichkeitselixier?« *Mon Dieu!* Es war unbekannt, noch nicht erprobt! Cheftu gab sich alle Mühe, seine Angst im Zaum zu halten. »Das kann doch nicht sein. Wo steckt Sibylla?«

Atenis legte eine Hand auf seine Schulter. »Mein Leid ist mit dir, Ägypter.«

Cheftu blinzelte. Atenis hatte Mitleid mit ihm? Langsam dämmerte ihm die Erkenntnis, aber Chloe konnte unmöglich tot sein. »Wo ist sie?«

»Sie hat ihre Reise angetreten.« Nestor nickte bedauernd. »Eigentlich schien es ihr einigermaßen gut zu gehen, doch dann ist sie zusammengebrochen, sodass Dion sie nach draußen zu den anderen legen ließ.«

»Es war zu spät für das Reinigungsbad«, flüsterte Atenis.

Schwarzer Zorn verdüsterte das, was von Cheftus Blickfeld noch übrig war.

»Du lebst!« Dion kam in den Raum gelaufen und schloss Cheftu in die Arme.

In glühendem Zorn versetzte Cheftu Dion erst einen Hieb aufs Kinn, dann einen in die Magengrube. Seine Fäuste trafen mit einem Klatschen auf, das Musik in Cheftus Ohren war und seinen ganzen Arm betäubte. Er konnte gar nicht glauben, wie gut es ihm tat, diesem Mann weh zu tun. »Du hast mir das Elixier verabreicht?«, zischte er.

»Ich wollte, dass du lebst. An meiner Seite«, flüsterte Dion keuchend. Atenis half ihm auf, und Cheftu feixte grimmig, als er sah, wie sich der Aztlantu zusammenkrümmte.

»Du hast mir keine Wahl gelassen, Dion!«

»Ich konnte dich nicht sterben lassen.«

Immer noch durchbohrte Cheftu, die Hände zu Fäusten geballt, Dion mit Blicken. »Wo – ist – meine – Frau?« Er betonte jedes Wort einzeln.

Stirnrunzelnd rieb sich Dion den Kiefer. »Ich habe nicht gewusst, dass du eine Frau hast, Cheftu. Du trägst keine Tätowierung.«

Die Blasen auf seinem Handrücken drohten zu platzen, so spannte Cheftu sich an. »Wo ist Sibylla?«

»Sibylla war deine Frau? Sie war deiner nicht würdig.«

»Bei den Göttern! Bist du von Sinnen, Mann?« Nestor trat zwischen die beiden und brüllte Dion an.

»Erweise Respekt«, sagte auch Atenis und zog Dion am Arm.

»Sie hat ihre Reise angetreten, Cheftu. Ich selbst habe sie in die Asche gelegt.«

Cheftu trat nicht vor und brach dem Mann nicht den Hals. Chloe war am Leben, und jede Sekunde, die er damit vergeudete, Dion umzubringen, fehlte ihm für die Suche nach ihr. »Meine Frau ist eine Kriegerin. Eine Künstlerin. Sie führt ihr Leben mit einer solchen Eleganz und Kraft, dass ich verglichen mit ihr ein Schwächling bin.« Er trat einen Schritt zurück, hob einen Schurz auf, der verloren auf dem Boden lag, und legte ihn an, um dann die Tonscheibe, die er seit Monaten um seinen Leib trug, auf den Boden zu schleudern. Sie zerplatzte in unzählige Stücke. »Du, Dion, bist nicht einmal würdig, ihren Namen in den Mund zu nehmen.«

»Ich habe dir das Leben gegeben!«, zeterte Dion.

»Was war das?«, fragte Nestor Atenis, die über den Steinscherben kniete.

In der Tür drehte sich Cheftu ein letztes Mal um. »Ich bin sicher, dass meine Frau dir dafür dankbar ist, denn an ihrer Seite werde ich es verbringen.« Er sah Nestor an. »Hol deinen Umhang und komm mit. Sofort.«

»Er ist ein Mann aus meiner Sippe und mein Bruder, Cheftu.«

Atenis sammelte die Tonscherben zusammen, die mit Cheftus Blut befleckt waren. »Was war das, Spiralenmeister?«

Cheftu blickte von einem Gesicht ins andere. »Das Rezept für das Elixier. Spiralenmeister hat es mir hinterlassen. Wir werden nicht länger danach streben, Götter zu sein.«

Totenstille senkte sich über den Raum.

Cheftu stolperte durch den Palast in den Garten. Es war unmöglich zu bestimmen, ob es Tag oder Nacht war. Alles war grau. Im Südosten sah er nichts als Zerstörung; doch wenn er auf den Palastabschnitt zurückschaute, aus dem er eben gekommen war, konnte er kaum glauben, dass die Welt sich erhoben und erbrochen hatte.

»Hier hat man sie hingelegt.« Nestor deutete auf die unter Asche begrabenen Klumpen. Er wich Cheftus Blick aus, doch die Tatsache, dass Nestor ihn begleitet hatte, sprach für sich. Cheftu kniete nieder und tastete unter der warmen Aschedecke herum, auf der Suche nach irgendeinem Gliedmaß, das ihm vertraut vorkam.

Die Körper lagen dicht an dicht, doch es gab ein paar Lücken. Nestor suchte auf der anderen Seite. »Cheftu«, sagte er irgendwann in die Stille, »sieh dir das an.«

Unter einer dünnen Ascheschicht verborgen, führten Fußabdrücke fort. Abdrücke von riesigen Füßen.

Grâce à Dieu!

Gerade als Chloe den Refrain von »Stand by Your Man« anstimmen wollte, hörte sie eine Stimme in der Dunkelheit. Auch wenn sich der Akzent, sogar die Sprache verändert hatte, war die Stimme gleich geblieben. Es war eine flehende, entsetzte Stimme, weil für ihren Besitzer die Welt zerstört war, sie war in sich zusammengebrochen, über seinem Kopf eingestürzt. Es war dieselbe Stimme, die ihr im Alten Ägypten nichts als Schwierigkeiten eingebracht hatte.

Eine Stimme, die um Hilfe flehte.

Die, um genau zu sein, Sibylla um Hilfe anflehte.

Bevor Chloe auch nur die Möglichkeit blieb, sich im wahrsten Sinn des Wortes tot zu stellen, fielen immer mehr Stimmen ein.

»Herrin Sibylla! Kela sei gelobt!«

»Ich habe gewusst, dass du Recht hast, Herrin, immer wieder habe ich es meinem Mann gesagt, aber er wollte einfach nicht auf mich hören –«

»Hilf uns, Herrin! Bitte!«

Es waren Dutzende, und alle flehten um Hilfe. Immerhin hatte sie diese Katastrophe prophezeit. Feuer und Wasser o ja, ganz recht, das waren ihre Worte gewesen. Sie wollten fliehen; doch es gab keinen Ausweg mehr.

Nun, außer einem einzigen.

Chloe blinzelte in die nachtschwarze Dunkelheit. Inzwischen kannte sie den Weg, wo lag also das Problem? Das Labyrinth war leicht zu lösen – sie hätte schon früher darauf kommen können. Daedalus hatte es konstruiert, und dieser Mann kannte nur ein einziges Symbol. Den griechischen Schlüssel. Sie hatte den Schlüssel in Knossos auf seinen Kleidern gesehen; außer einem Schlüssel trug er keinerlei Schmuck. Ganz offenkundig hatte sie nicht nachgedacht. Ein griechischer Schlüssel in der Senkrechten, drei in der Waagrechten. Fertig war das Labyrinth. Würde das Boot darunter diese zusammengewürfelte Schar aufnehmen können?

Die Stimmen wurden lauter, dröhnten ihr in den Ohren, bettelten sie an. »Ich bringe euch fort«, versprach sie. »Doch es ist keine leichte Reise. Wir müssen dazu den Hades durchqueren.«

Schweigen.

Eine tapfere Stimme meldete sich zu Wort. »Mit deiner Hilfe werden wir es schaffen. Wenn wir hier bleiben, werden wir sterben.«

»Fliehen die Goldenen ebenfalls, Herrin?«

Keine Ahnung, dachte Chloe. Aber Cheftu wird auf gar keinen Fall zusammen mit Dion verschwinden, das kann ich euch versichern. »Wenn wir loswollen, müssen wir das jetzt«, sagte sie.

Wie Erstklässler auf einem Schulausflug stellte Chloe die Überlebenden paarweise auf und verteilte während ihres Marsches durch den verlassenen Palast die an der Wand hängenden Fackeln. Unter der Anweisung, sich zu beeilen und leise zu sein, führte sie die Fliehenden die Treppen hinunter. *Hoffentlich ist das Boot da. Hoffenlich passen alle rein!* Sie hatte keine Lust, Rangunterschiede zu schaffen, indem sie entschied, wer hier bleiben musste und wer fliehen durfte.

Die ersten Klagen kamen, als sie tatsächlich vor dem Türsturz mit der Aufschrift »Hades« standen. Chloe wischte sich über die Stirn und marschierte weiter voran. Das Schlimmste kam gleich zu Anfang, jedenfalls für sie. Die Arme auf den Sims gestützt, mit den Füßen nach den dünnen Sprossen der Felsleiter tastend, hörte sie erst zu schwitzen auf, als ihre Zehen die Sprossen berührten und schließlich umklammerten.

Nachdem sie ein paar Stufen hinabgestiegen war, lockte sie die Ersten in den Tunnel hinunter und ließ sich dann weiter hinab, wo sie hörte, wie sich die anderen oben miteinander unterhielten. Sehr gut, sie arbeiteten zusammen! Sie passierten die erste und dann die zweite Ebene. Chloe streckte den Kopf in den waagrechten Gang und schnüffelte: Hier waren sie falsch. Noch weiter runter. Jetzt war ihre Spur nur zu gut erkennbar.

Sie würde ihnen nichts von dem Schacht sagen. Sie würde sich einfach hineinfallen lassen, dann würden sie ihr schon nachfolgen.

Doch unter dem Gestank ihrer Ausscheidungen, ihrer Fackeln und der alles überlagernden schwefligen Fäulnis fiel ihr noch ein weiterer Geruch auf. Ein salzigfeuchter Geruch. Sie näherten sich dem Schacht, wo Chloe sich umdrehte und den anderen befahl, ihr zu folgen, sie wisse schon, was sie tue. Wie gute kleine Rekruten schüttelten alle zustimmend den Kopf. Chloe sprang in den Schacht und zog die Knie an die Brust, in dem Versuch, ihr Rutschtempo zu kontrollieren.

Auf halbem Wege klatschte Wasser über ihrem Kopf zusammen, das ihre Fackel auslöschte und ihr den Atem nahm. Oje.

Atenis stieß auf Cheftu und Nestor, die immer noch den großen Fußstapfen durch die Asche zu folgen versuchten. Sie hatten die Spur nach kurzer Zeit wieder verloren und suchten nun in größer werdenden Kreisen danach. Atenis erklärte ihnen, dass Dion sie beide sehen müsse, es sei äußerst dringend. Cheftu versuchte sich zu weigern, doch sie widersprach, sie bräuchten einen Arzt. Ihre grauen Augen flehten ihn an, bis Cheftu sich widerstrebend fügte.

Sie folgten ihr durch die Gemächer des Spiralenmeisters bis ins Laboratorium. Noch bevor sie die Tür erreicht hatten, warnte ein ekelerregender Geruch sie vor der Verwesung, die sie dahinter erwartete. Atenis öffnete die Tür, trat beiseite und ließ ihnen den Vortritt.

Die Hand vor die Nase gepresst, besah sich Cheftu den Raum. Es stank widerlich; alles war mit braunen Flecken bedeckt. Phoebus' Überreste lagen in der Mitte des Raumes, und winzige weiße Insekten krabbelten darauf herum. Cheftu wandte den Blick ab und sah zu Dion hin.

Sowie Nestor den toten Goldenen erblickte, verschwand auch das letzte bisschen Jungenhaftigkeit aus seinem Antlitz. Mit versteinerten Augen betrachtete er seinen gemeuchelten Sippenbruder… und die weiblichen Fußabdrücke, die nicht gänzlich verwischt worden waren.

Ileana hatte *Hreesos* umgebracht. Hatte sie auch Niko verbrannt? Wie war er im Meer gelandet? Die beiden Männer waren zur selben Zeit verschwunden.

»Nehmt die Muttergöttin gefangen«, befahl Dion den wenigen noch lebenden Seesoldaten. »Bringt sie auf der Stelle zu mir.«

»Danach entlasst ihr Irmentis aus dem Labyrinth«, ergänzte Atenis, »und bringt sie ins *Megaron.*«

Cheftu schluckte seinen Ekel vor dieser Verwesung hinunter

und beugte sich über den Leichnam des Königis. Er lag in einem Kranz von Glasscherben und aus seinem Bauch ragte der Hals eines Kruges heraus. Seine Kehle war von einem langen Glassplitter durchstochen. Offenbar konnte bei so schwer wiegenden Verletzungen nicht einmal das Unsterblichkeitselixier den Tod verhindern. Nur selten hatte Cheftu so viel Blut gesehen.

Was für eine Frau würde ihrem Stiefsohn so etwas antun? Ihrem Gemahl?

»Niko hat hier gelegen, würde ich meinen«, sagte Dion auf der anderen Seite des Raumes.

»Wie kommst du darauf?«

Mit der Fingerspitze berührte Dion einen am Boden klebenden Bausch weißblonder Haare. Cheftu war schlecht und schwindlig, als er Ileana im Gang hörte. Nestors Blick wurde hart und Cheftu wie auch Dion richteten sich auf. Atenis trat zurück ins Dunkel.

Ileana betrat am Arm des Seesoldaten den Raum. Er konnte es kaum glauben: Trotz der Zerstörungen im Palast war die Himmelskönigin perfekt frisiert. Cheftu musste an seine Frau denken, auf deren Haut Schweiß, Blut oder Vulkanasche verklebten; trotzdem leuchtete ihr Geist, die Schönheit ihres Herzens aus ihr.

Er spuckte Ileana vor die Füße.

Als sie ihre pfauengrünen Augen auf ihn richtete, wurde es totenstill im Raum. »Ausländer, nimm diese Beleidigung zurück oder mach dich auf das Labyrinth gefasst.«

»Wie töricht von dir, Drohungen in eben jenem Raum auszustoßen, in dem dein Opfer liegt«, sagte Nestor. Er trat von Phoebus weg und erst jetzt fiel ihr Blick auf den verrottenden Leichnam. Im Gegensatz zu den Übrigen lief sie nicht grün an, ihr wurde weder übel noch fiel sie in Ohnmacht. Sie starrte voller Abscheu auf die Leiche und sah dann wieder weg. »Leugnest du etwa, dass du ihn ermordet hast?«

»Er war *athanati,* das hat er selbst verkündet. Wie hätte ich oder irgendwer sonst einen Gott töten können?«

»Vielleicht mit dem Hals eines zerbrochenen Kruges, Ileana?«, fragte Cheftu. »Das Elixier verlieh Phoebus Unsterblichkeit, so lange er noch Blut im Leib hatte. Als er zum ersten Mal verwundet wurde, lieh Irmentis ihm ihres. Als du ihn angegriffen hast, ist er verblutet.«

»Diese Sache geht dich nichts an, Ausländer.«

Dion trat vor. Zum ersten Mal zeigte Ileana Angst, wenn auch nur durch leichte Anspannung um Augen und Mund. »Hast du es nicht geschafft, schwanger zu werden, Ileana?«

»Ich bin es bereits, du Narr«, beschied sie ihm hoheitsvoll. »Der Thron war mir von Anfang an gewiss. Und wird es immer sein.«

»Aber nicht von Phoebus, *Iii?* Du hast Niko vergewaltigt – ihm die *Psyche* und den Samen gestohlen.«

Sie lachte. »Im Gegensatz zu dir, Dion, muss ich die Männer nicht in mein Bett *locken.*«

Er versetzte ihr eine Ohrfeige und Cheftu spürte, wie seine Wangen rot anliefen. Sie hatte eine Strafe verdient, aber würde er tatenlos zuschauen können, wie sie dafür büßen musste?

Mit einer gleichermaßen verführerischen und abstoßenden Geste leckte sie das Blut aus ihrem Mundwinkel. »Fühlst du dich jetzt wie ein richtiger Mann, Dion, und nicht mehr wie eine Frau im falschen Körper?«

Nestor fing Dions Hand ab, ehe er ein zweites Mal zuschlagen konnte. Mit finsterem Blick trat er vor Ileana. »Zerbrich mir einen Krug, Dion«, sagte er. »Du auch, Spiralenmeister.«

»Wie süß, du möchtest Phoebus rächen. Begreifst du nicht, dass du immer noch ein unbedeutender Laufbursche wärst, wenn er nicht tot wäre?«

Nestors blaue Augen vereisten. »Viele haben geschworen, dich zu vernichten, Ileana. Es war Phoebus' innigster Wunsch. Auf ganz eigene Weise wird er ihm nun erfüllt. Als erste offizielle Pflicht werde ich jetzt den Tod von Phoebus Apollo, dem verstorbenen *Hreesos,* rächen. Lasst sie los«, befahl er den Seesoldaten. »Dann verlasst diesen Boden und kehrt nicht mehr zurück. Nie mehr. Ihr seid von eurer Sippe und eurer Aufgabe entbunden.«

»Wieso, Meister?«

»Aztlan geht unter. Flieht um euer Leben«, antwortete Dion.

Die Männer salutierten, und die fünf Zurückbleibenden hörten ihre Schritte die Treppe hinaufhasten. Ileana sah von einem zum anderen. Cheftu konnte spüren, wie sie seinen Geist auf der Suche nach einer schwachen Stelle auszuloten versuchte. »Sollen wir jetzt Frieden schließen?«, sagte sie zu Nestor, wobei sie mit einem Finger über seine Brust strich. »Ich kann dir dienen, während dein Spiralenmeister mir dient und Dion endlich alle *Windungen* in der Muschel des Spiralenmeisters erforschen kann«, ergänzte sie mit einem Lachen, das wie das einer Dirne klang.

Nestor gebot ihrem Finger Einhalt, indem er ihn brach.

Ileana schrie auf und barg den abgeknickten Finger an ihrer nackten, wogenden Brust. »Wie kannst du es wagen?«

Atenis trat aus dem Schatten. Ausnahmsweise stand sie mit stolz erhobenem Kopf vor ihnen, und aus ihrem Profil und ihrer Haltung sprach eine bislang unbekannte Eleganz. »Du hast Nestors Mutter, Phoebus' Mutter, Dions Mutter, deine eigene Mutter und zwei Generationen von Kela-Atas ermordet, *iii,* Ileana? Du hast Irmentis und Sibylla ins Labyrinth geworfen. Dann hast du meinen Sippenbruder und deinen Gemahl Phoebus umgebracht.«

»Du kannst nichts davon beweisen«, zischte Ileana.

»Wieso hast du Niko das angetan?«, mischte sich Dion ein.

»Du hast ihn nicht einmal gebadet, oder?«, hakte Atenis nach.

»Atenis, liebes Kind«, spottete Ileana, die Hand schützend an der Brust geborgen.

»Das ist die größte Ironie dabei, nicht wahr?«, antwortete Atenis mit einem traurigen Lächeln. »Ich bin genauso wenig dein liebes Kind wie Irmentis. Du hast kein Mutterherz, Ileana.«

»Überhaupt kein Herz«, knurrte Dion.

»Ich habe dich nicht dazu erzogen, so mit mir zu sprechen!«, herrschte Ileana sie an.

»Du hast mich überhaupt nicht erzogen, Ileana. Du hast all deine Kinder gemieden, stattdessen hast du dich und deine Gunst lieber deinen Liebhabern geschenkt, während du gleichzeitig Zelos dafür gehasst hast, dass er dieselbe Abwechslung suchte.«

Cheftu sah die Ältere erbleichen. Sein Blick fiel wieder auf Atenis und auch er wurde blass, als er das Werkzeug in ihrer Hand bemerkte. *Mon Dieu!* Sie ging langsam auf Ileana zu. »Erkennst du das hier, Ileana?«

Die Frau hatte sich immer noch im Griff, doch in ihren Augen stand inzwischen nackte Angst. »Nein, das habe ich noch nie gesehen.«

»Dann willst du behaupten, du wüsstest nicht, wie es schneidet? Was es schneidet?«

Cheftu und Nestor tauschten einen Blick aus. Worauf spielte Atenis an? Dion sah wie gebannt zu. Irgendwo über ihnen heulte ein Hund. Ileana begann sichtbar zu zittern.

»Du weißt, was dein größtes Verbrechen war, Ileana. Es sind nicht die Morde. Es ist dir gelungen, Liebe, Träume, Hoffnungen, Ziele auszulöschen, doch nicht dafür wirst du sterben«, prophezeite Atenis.

Alle beobachteten schweigend die Himmelskönigin. »Wofür dann?« Nach wie vor lag eine schwache Ahnung von Erhabenheit in ihrer Stimme.

»Jeden, den du getötet hast, hast du für alle Ewigkeit getötet. Du hast sie gemeuchelt, ohne sie zu baden, und damit ihre *Psyche* in die Vergessenheit verbannt. Für dieses schrecklichste aller Verbrechen wirst du sterben.«

»Langsam«, mischte sich Dion ein. »Qualvoll.« Er legte den Kopf schief. »Ich höre Irmentis.«

Jetzt ließ Ileana alle Masken fallen. »Nicht Irmentis, Atenis. Bei aller Liebe, die du je für mich empfunden hast –«

»Ich hasse dich«, sagte Atenis ganz ruhig. »Was du mir genommen hast, hätte ich vielleicht nie gebraucht. Ich habe kein Interesse am Heiraten und Kinderkriegen; das wäre auch so, wenn ich nicht verstümmelt wäre. Doch Irmentis hast du das Herz gebrochen, du hast sie in ein wildes Wesen verwandelt. Damit hast du auch Phoebus zutiefst verletzt, mit einer *Pothos*-Liebe, die an ihm, seinen Zielen, seinen Träumen fraß. Und schließlich hast du ihn ohne Hoffnung auf ein Nachleben sterben lassen.«

Cheftu beobachtete, wie Atenis von der Wand weg trat. Inmitten des Blutbades stand ein mit Wasser gefülltes marmornes Läuterungsbecken. Nestor und Dion gingen auf Ileana zu.

»Dion, lass sie nicht –«

Ileanas Worte verstummten, als sie in das Bad getunkt wurde.

Cheftu stand reglos dabei, bis sie keuchend und triefnass wieder hoch gezogen wurde.

»Ich habe dir versprochen, dass du deinen Tod auskosten würdest.«

Cheftu lauschte dem Schweigen, das auf Dions Worte hin eintrat. Ileanas Schminke zerrann, das Haar klebte ihr am Kopf. Sie schlotterte und hatte ihren gebrochenen Finger allem Anschein nach vergessen. Sie halfen ihr aufzustehen und lösten sich dann von ihr.

»Sollen wir jetzt gehen, Ileana? Der Tod erwartet dich«, sagte Atenis.

Die Himmelskönigin machte zaghaft einen Schritt nach vorn, dann rannte sie los, aus der Tür hinaus in den Gang. Weder Atenis noch Dion rührten sich vom Fleck, beide lauschten wie erstarrt ihren Schritten. »Sie entkommt!«, brüllte Nestor.

Mit leerem Blick drehte sich Atenis um. »Ihr wird Gerechtigkeit widerfahren. Irmentis und ihre Hunde sind wieder frei.« Ein Rumpeln war von oben zu hören und ein Regen von feinen Verputzstücken rieselte auf sie herab. »Ileana wird ihre Schuld begleichen.«

»Ich kann das nicht mit ansehen«, sagte Cheftu und ging auf die Tür zu. Dion und Nestor packten ihn an beiden Armen. In der eingetretenen Stille sah Cheftu auf. Irmentis stand in der Tür, blutverschmiert und verklebt, mit dicken Fingernägeln und knotigem Haar; sie sah aus wie die Verkörperung der Hölle. Atenis umarmte ihre Schwester. Cheftu sah, wie die Klinge, die bösartig gekrümmte Klinge, von einer Hand in die andere wechselte. Irmentis zuckte zusammen und fragte leise: »Ist sie das?«

»Ja, meine Kleine«, antwortete Atenis. »Genau die. Ich habe sie für dich aufbewahrt. Diese Schlacht sollst du gewinnen.«

In einem fernen Abschnitt des Palastes begannen Hunde zu bellen, und ein tiefer, menschlicher Schrei stieg darüber auf. Cheftu wand sich im Griff seiner Fänger. Was hatten sie vor? Irmentis steckte die Klinge in den Bund ihrer Tunika und verschwand.

»Was für eine Art von Gerechtigkeit ist das?«, fragte Cheftu leise. »Wie kann ein Mord das Geringste ihrer Verbrechen sein? Wieso bekommt sie die Möglichkeit, in die Ewigkeit einzugehen?«

»Ileana hat viele Leben zerstört, Ausländer«, sagte Dion. »Sie hat ihren Vertrauten die gesunden, schlagenden Herzen aus dem Leib gerissen. Ihre Opfer waren dazu verdammt, von da an mit einer klaffenden, qualvollen und nie verheilenden Wunde durchs Leben zu gehen.« Er ließ Cheftu den ganzen Zorn in seinem düsteren Blick erkennen. »Sag, Spiralenmeister, ist es schlimmer, ein ganzes Leben zu verletzen und zu vergiften, oder es einfach auszulöschen?«

Cheftu senkte den Kopf. Er hatte kein Recht, ein Urteil zu fällen.

»Ileana wird eine Kostprobe von den physischen Schmerzen bekommen, die sie Irmentis erleiden ließ«, fuhr Dion fort. »Es wird ein rein physischer Schmerz sein, doch ich glaube, mehr kann Ileana ohnehin nicht empfinden. Nach dem Tod wird sie das Urteil für ihre Taten aus der Hand der Götter erhalten. Unsere Geliebten sind *Skia,* doch Ileana wird ihre Schuld bis in alle Ewigkeit begleichen.«

»Die Gerechtigkeit hat gesiegt«, schloss Atenis.

Chloe kam wieder an die Oberfläche, nach Luft schnappend und im rauen Wasser strampelnd. Sie brauchte einen Moment, um sich wieder zu orientieren, dann merkte sie, was sich verändert hatte. Das Wasser stand fast bis zur Höhlendecke! Die Insel versank! Oder stieg das Wasser an?

Mein Gott, sie hatte diese Menschen in den sicheren Tod geführt. Nachdem sie tief Luft geholt hatte, tauchte sie hinab und tastete nach jedem Einzelnen. Einen nach dem anderen brachte sie an die Wasseroberfläche, um gleich wieder abzutauchen. Als sie alle beisammen hatte, blieb sie oben. »Hat jeder«, hechelte sie, »seinen Begleiter?«

»Wo sind die Boote?«, fragte jemand.

Verflucht gute Frage. »Sie sind unter uns angebunden. Das Wasser steigt immer höher. Ihr habt nicht genug Zeit, darauf zu warten. Schwimmt nach draußen.«

Sie erstickte alle Fragen und Proteste, indem sie mit der Faust gegen die Höhlendecke schlug. Das Wasser war noch während des

Wortwechsels weiter gestiegen! »Haltet euch an irgendwelchem Treibholz fest und schwimmt ins Freie. Es gibt keine andere Möglichkeit. Ihr habt keine Zeit mehr. Schwimmt aus dem Kanal hinaus bis zur Außenküste von Kallistae. In Prostatevo gibt es einen geschützten Hafen. Los!«

Sie wartete gar nicht ab, ob ihre Befehle befolgt wurden; sie hatte gesehen, dass manche sich die herumtreibenden Bretter geschnappt hatten. Cheftu befand sich nach wie vor auf der versinkenden Insel. Sie wusste nicht genau, wer hier eigentlich wen rettete, oder wie oder wohin, aber sie wusste, dass Gott bestimmt nicht von ihnen verlangte, Selbstmord zu begehen. Mit einem tiefen Atemzug tauchte sie wieder unter und tastete nach dem Eingang zum Schacht. Sobald sie die Seitenwände zu fassen bekommen hatte, ließ sie sich nach oben treiben, bis sie an der Luft war. Der Wasserspiegel war weiter gestiegen.

Mittlerweile fanden ihre Füße ohne jede Führung durch das Labyrinth, und so lief sie los, kletterte dann die Leiter hoch, wuchtete sich über den Absatz und rannte zur nächsten Treppe weiter.

Und ich habe früher gedacht, schlimmer als die Grundausbildung kann es nicht kommen.

Die Zurückbleibenden sahen einander an.

Dion. Nestor. Atenis. Cheftu. Vena und der kleine Junge, den sie gerettet hatte.

Es gab zwei Fluchtmöglichkeiten von der Insel. Das Flugsegel, mit dem noch nie zwei Menschen zugleich geflogen waren, und eine Tauchermaske. Eine.

Kein Leibeigener, kein Seesoldat, kein Skolomantiker war aufzutreiben. Haufenweise lagen die Leichen herum, deren Verbrennungs- und Verwesungsgeruch sich zu einem beißenden Gestank vermengten, den Cheftu, so fürchtete er, nie wieder aus der Nase bekommen würde. Eine Schale mit kühlem Wasser wurde von Hand zu Hand gereicht, durch die sich die Olimpier auf den möglichen Tod vorbereiteten. Schnell und still badeten sie und segneten einander mit *Kalo taxidi*.

Die Wasser der Therio-See stiegen immer höher. Chloe war … er hoffte bei Gott, dass sie in Sicherheit und weit weg war, und er dankte *le bon Dieu* für die Gelegenheit, sie ein letztes Mal geküsst zu haben. Er wagte nicht, sich mehr zu erhoffen; jetzt war die Zeit gekommen, wie ein Ehrenmann zu handeln.

»Cheftu und ich sollten das Flugsegel bekommen.« Dion wischte sich das Wasser aus dem Gesicht. »Wir sind Männer der Wissenschaft, wir sind tapfer. Wir können jene anführen, die sich in Prostatevo versammeln werden.«

»Du willst nur mit deinem Liebhaber zusammen sein«, schrie Vena ihn an.

»Ich bin nicht sein Liebhaber«, bestritt Cheftu mit zusammengebissenen Zähnen. »Die Frauen und das Kind sollten es bekommen.«

»Werft ein Los«, sagte Atenis, während sie Cheftu die Wasserschüssel reichte. Er tupfte ein Kreuz zum Schutz auf seine Stirn und stellte die Schale dann ab. Seine Habseligkeiten brauchte er nicht mehr durchzusehen. Er trug einen Schurz und einen Gürtel, sonst nichts. Atenis hatte die blutverschmierten Bruchstücke der Schriftscheibe eingesammelt und in eine Tasche gesteckt, die sie über ihre Schulter gehängt hatte.

Nestor sah, wie Vena den kleinen Jungen namens Akilez an sich drückte, bis dessen nasser Kopf zwischen ihren Brüsten lag. Cheftu erwog insgeheim die Möglichkeit, Nestor als Goldenem Stier das Segel zu überlassen, doch da es kein Aztlantisches Imperium mehr gab, schien es dafür keine rechte Begründung zu geben.

»Nehmt diese Steine«, sagte Dion, während er sie aus seinem Beutel nahm.

Zwei längliche Steine fielen in das düstere Licht, einer schwarz, einer weiß. Sie waren über und über mit hebräischen Schriftzeichen graviert, und das Innere der Buchstaben war mit Gold ausgelegt. Das war nicht möglich und doch war es so sinnig, so logisch! *Wirf sie,* hörte er ein Flüstern in seinem Kopf. Cheftu fuhr sich mit der Zunge über die plötzlich trockenen Lippen. »Was für eine Sprache ist das?« Er wusste es, doch er musste sichergehen.

»Altes Aztlantisch. Aus der Zeit vor den Olimpiern.«

Cheftu nahm die Steine und warf sie, wobei die Worte in einem

Schwall von Französisch aus seinem Mund sprudelten. »Ist Chloe wohlauf?«

Die Buchstaben für das hebräische »Ja« flackerten im Licht auf, noch während sich die Steine in der Luft drehten.

»Was soll das?«, fragte Nestor.

»Gib sie zurück!«, rief Dion.

»Werden wir zusammenbleiben?« Cheftu warf sie erneut.

»E-U-R-E-E-N-T-S-C-H-E-I-D-U-N-G.«

Cheftu versuchte, das Blut in seinen Adern zur Ruhe zu zwingen. Es lag an ihm, es war seine Entscheidung. Er konnte mit Chloe zusammenbleiben, wenn er sich dazu entschloss. Das Wichtigste war, dass sie wohlauf war.

»Nestor, Vena und das Kind sollten das Flugsegel nehmen. Sie ist leichter und die beiden könnten, naja, ein neues Volk gründen, falls es nötig werden sollte«, entschied Cheftu. »Atenis, du kennst dich mit der Taucherglocke aus, du gehst allein. Dion kann schwimmen.«

»Und was ist mit dir?«, fragte Dion.

»Wir können dich nicht zurücklassen«, sagte Atenis.

»Er wird nicht allein sein«, sagte eine Stimme hinter ihnen.

Cheftu hätte am liebsten vor Freude aufgelacht, als Chloe in den Raum trat. Vena hielt sich die Nase zu, Dion schnaubte, während Atenis und Nestor lächelten. Cheftu zog sie in seine Arme, küsste sie und schmeckte dabei das Salzwasser, den Schweiß, das Blut. »Die Insel versinkt«, sagte sie. »Wir müssen los.«

Sie drehten sich um; Nestor und Vena schnallten sich bereits die Flügel des Segels an. »Bis meine Augen euch wieder erblicken«, rief Nestor. »In Prostatevo!« Sie rannten los zum Rand des Säulengangs und sprangen in die Tiefe. Dion, Atenis, Chloe und Cheftu liefen an den Abgrund und spähten hinab. Nestor und Vena schwebten tief über dem Wasser, aber sie schwebten. Das weiße Rechteck drehte in Richtung Süden ab. Solange kein weiterer Vulkanausbruch kam, standen ihre Chancen nicht schlecht.

Atenis küsste Chloe auf die Wangen. »Meine Augen werden dich nicht wieder erblicken; ich gehe fort aufs Festland. Leb wohl, Orakel.«

»Ich bin nicht –«

»Du bist nicht Sibylla, aber ein Orakel bist du, mehr als dir bewusst ist«, schnitt sie ihr das Wort ab. Den Beutel mit den zerbrochenen *Ari-kat*-Steinen in der Hand, verließ sie den Raum.

Chloe wandte sich an Dion. »Wir wollen dich nicht aufhalten.«

Dion suchte über ihren Kopf hinweg Cheftus Blick. Cheftu straffte sich, denn plötzlich blitzten Bilder aus jener Nacht in seinem Kopf auf. Sein Erschrecken, als Dion ihn geküsst hatte. Dann das Entsetzen, als der dunkle Aztlantu ihm seine Liebe gestand, die, wie Dion behauptet hatte, jede Liebe zwischen einem Mann und einer Frau weit überstieg. Eine Liebe, in der sich packende Leidenschaft, eine seelische Verbindung und geistige Kameradschaft vereinten. Cheftus Abscheu war langsam einem widerwilligen Mitgefühl gewichen. Dion hatte Emotionen und Begierden preisgegeben, bei denen sich Cheftu der Magen umdrehte, doch er verstand das Bedürfnis des Mannes, sie offen zu legen.

Cheftu war aus Dions Kammer in seine eigene geflohen, wo er sich abgeschrubbt hatte, bis seine Haut rot war. Dennoch hatte er sich beschmutzt gefühlt. Ein Mund ist nur ein Mund, behauptete Dion, trotzdem hatte sich Cheftu übergeben. Vielleicht war es so, wenn es nur um das rein körperliche Vergnügen ging. Seeleute griffen mangels anderer Möglichkeit aufeinander zurück, doch die meisten von ihnen würden einer Frau den Vorzug geben. Dion hingegen behauptete, keine Frau könne so vollkommen lieben wie ein Mann.

Dion hatte ihm das Elixier aus Liebe verabreicht, und aus dem Wunsch heraus, mit ihm zusammen zu sein.

Er war am Leben. War das die Wirkung des Elixiers oder war er von selbst gesundet? Cheftu wusste es nicht. »Ich habe meine Meinung nicht geändert«, erklärte er.

Dions Hand klatschte auf Cheftus Schulter, doch ansonsten stand er fest wie ein Fels. Die Stimme des Mannes klang tief und leise; Chloe gab sich alle Mühe, seine Worte mitzubekommen. Cheftu empfand Mitleid, Abscheu und tiefe Trauer. »Ich gehöre nur dir, Cheftu. Ich würde mein Leben für dich geben. Ich habe *dir* das Leben gegeben. Du begreifst erst spät, dass Frauen nur für die

Fortpflanzung taugen. Wahre Liebe, Leidenschaft und Freundschaft findet man nur unter Kriegern und Gelehrten und Männern gleichen Standes. Ich werde dich wieder heilen, wenn du die Treulosigkeit der Weiber erst begriffen hast. Ich werde auf dich warten, denn auch ich habe das Elixier genommen. Wir sind füreinander bestimmt.«

»Schwirr ab, Cowboy«, knurrte Chloe. »Der Kerl gehört mir.«

Cheftu starrte die Steine an. Das war es! Deshalb waren sie hier! Diese Steine stellten eine direkte Verbindung zu Gott dar, für David und für Salomon. Diese Steine durften nicht hier versinken, in den Händen dieser sterbenden Rasse wären sie verloren.

»Gib mir die Steine, Dion«, sagte Cheftu.

»Wieso? Du hast dich entschieden, mit ihr zusammenzubleiben.«

»Wozu brauchst du sie, Cheftu?«, fragte Chloe.

»Ich brauche sie, Dion«, sagte Cheftu, ohne Chloe zu antworten. »Sie bedeuten mir die Welt.«

Dions Blick verdüsterte sich und er begann zu lächeln. »Die Welt, *iii?*«

Cheftus Hände schwebten über den Steinen, die auf dem niedrigen Tisch lagen.

»Wenn du diese Steine nimmst, wirst du mich nie wieder sehen«, sagte Dion.

»Das wird er sowieso nicht«, prophezeite Chloe.

Ein tiefes Rumpeln erschütterte den Raum und warf sie allesamt auf die Knie. Cheftus Hand fuhr über den Tisch und strich die Steine ein.

Dion setzte sich auf, stellte fest, dass die Steine weg waren, und warf sich auf Cheftu. Er bekam den Ägypter um die Taille zu fassen und drückte ihn auf den Rücken. »Lass ihn los!«, brüllte Chloe, während Cheftu und Dion sich über den Boden wälzten, wobei Cheftu Dions Schläge einstecken musste und sein Gesicht nur mit dem Arm abschirmte, während die Steine in seinem Griff zu zappeln schienen.

»Gib mir die Steine«, keuchte Dion. »Wenn ich schon nicht dich haben kann, will ich wenigstens sie haben.«

Cheftu holte aus und traf Dion mit der geschlossenen Faust auf Kinn und Wange. Der Aztlantu war einen Moment wie betäubt, sodass Cheftu sich wegrollen konnte. »Wozu willst du sie haben?«, fragte Cheftu. Schwer atmend starrten sich die beiden Männer an.

Mit einem eisigen Schauer bemerkte Cheftu, dass der Kampf Dion erregt hatte. »Gib sie mir zurück, Cheftu.«

Das nächste Beben. Chloe half Cheftu auf die Füße und beide wichen zurück. »Cheftu!«, brüllte Dion. Er ging in die Hocke, zum Angriff bereit. Cheftu ließ die Steine in seine Schärpe gleiten, wo er die beschrifteten Steine an seiner Haut spürte.

Das Schreien zerreißenden Gesteins ließ sie einen Moment taub werden. Dion rannte auf sie zu, doch Chloe sprang vor Cheftu hin und versetzte Dion einen Tritt in die Weichteile. Stöhnend sank er in die Knie. Cheftu blickte ihn an, seinen Freund, einen Mann, den er respektiert hatte. »Die Steine sind der Grund dafür, dass ich hier bin«, sagte er. Du willst sie nur haben, weil du glaubst, du könntest mich dadurch zurückgewinnen, weil du meinst, ich würde mich dann zum Tausch anbieten, dachte er.

»Wir sind noch nicht miteinander fertig, Ägypter«, stieß Dion pfeifend und zusammengekrümmt hervor. Der Boden erzitterte, als Cheftu die Steine aus seiner Schärpe nahm und sie fest in die Hand drückte. Er durfte sie auf keinen Fall verlieren; dafür war der Preis zu hoch gewesen.

»Komm schon!« Chloe zerrte ihn durch die Räume und Gänge nach unten. Sie schleifte ihn immer weiter, von einem Durchgang zum nächsten, immer tiefer unter den Palast. Vor einem eingelassenen Altar hielt sie an, um die Axt umzudrehen. »Wir können ein bisschen Glück gebrauchen«, meinte sie und zog ihn gleich darauf in einen weiteren Gang. Sie blieben kurz stehen, um aus einem Fenster zu sehen, und Cheftu stellte fest, dass die Klippen gegenüber höher geworden waren. »Du kannst doch schwimmen, *iii?*«, fragte sie.

»Natürlich.«

Sie traten vor ein Tor. Erschrocken stellte er fest, dass es die Aufschrift »Hades« trug. »Drei Regeln: Lass mich nicht los, hol keine

Luft, schwimm, so schnell du kannst!« Chloe gab ihm einen festen Kuss, schlang seine Arme um ihren Leib und zog ihn vorwärts.

Sie purzelten durch die Luft und dann ins Wasser, wo Cheftu alle Kraft aufbringen musste, um sie fest zu halten. In jeder Faust einen Stein haltend, folgte er seiner sirenenhaften Frau. Sie schwamm ohne Zögern, um Kurven und Kanten, bis Cheftu der Kopf zu pochen begann. Kreuz und quer schwammen sie, dann tiefer, immer tiefer. Die Arme um ihren Leib geschlungen, begannen Punkte vor seinen Augen zu tanzen, doch sie schwammen immer weiter. Er würde gleich sterben, er brauchte Luft!

Als sie die Oberfläche durchbrachen, schlugen um sie herum Wellen hoch. Cheftu sog die Luft in seine Lungen und ließ seinen Blick schweifen, um festzustellen, wo sie sich befanden. »Vor der Insel Aztlan«, sagte Chloe außer Atem. »Weiter weiß ich auch nicht mehr.«

Cheftu winkte ihr, und sie begannen, den Kanal zu durchschwimmen, durch den das tiefe Wasser hinausströmte. Er spürte jeden Muskel in seinem Leib, die zuckenden Steine schienen ihn nach unten zu ziehen. Am gegenüberliegenden Ufer kletterten Cheftu und Chloe an Land. Alles hier war mit Asche bedeckt und auf den Felsen lagen kleine, rot und schwarz köchelnde Lavapfützen. Es war eine kurze Rast; sie waren noch nicht weit genug entfernt.

Der Bogen. Diese Insel. Cheftu zog sie an seine Brust, wo er die festen Rundungen ihres Leibes ebenso spürte wie das Zittern in Beinen und Armen nach den Anstrengungen des Schwimmens. Als sie sich fester an ihn schmiegte, fühlte er Brandnarben auf ihrem Rücken.

»*Iii,* ich will dich auch«, flüsterte sie gegen seine Haut, küsste dann seine Brust und ließ dadurch das Blut heißer durch seine Adern schießen.

»Habe ich es laut gesagt?«

Sie lächelte zu ihm auf, mit grünen Augen hinter Seetanglocken aus schwarzem Haar. »Nicht mit Worten.« Ihre Hand schloss sich um ihn und Cheftu stieß erst die Luft aus, um dann loszulachen.

»Wir brauchen ein Boot«, sagte er. *Denk nicht daran, wie warm ihr Körper, wie weich ihre Haut ist.* Sie murmelte zustimmend und küsste dabei seine Hände. Dann erstarrte sie, setzte sich auf und sah ihn mit großen Augen an.

»Dein Gesicht!«

Seine Hände zuckten an sein verletztes Auge; nein, es musste das andere sein. Er berührte beide Brauen. Nanu, war es doch das Erste gewesen? Und nur eine Narbe war zurückgeblieben?

Chloe zog sich von ihm zurück und sah ihn mit großen Augen an. »Deine Verletzungen heilen. Und zwar verdammt schnell.« Ganz langsam kamen die Worte aus ihrem Mund. »Selbst deine Haare sind nachgewachsen.« Er betastete die Kopfseite, die ein Flickenteppich aus blasiger Haut bedeckt hatte. Oder etwa nicht?

Cheftu schubste Chloe beiseite und hob seinen Schurz an.

»Was zum –?«, fuhr sie ihn auf Englisch an.

Sein Glied beiseite schiebend, fuhr er mit den Fingern durch das nasse Schamhaar. Der *Bubo* war weg! Er tastete auf der anderen Seite nach. Da war auch keiner mehr! Er schaute erneut nach.

»Was *zum Teufel* tust du da?«, fragte Chloe.

»Ich schaue«, murmelte er. Keine empfindlichen oder angeschwollenen Stellen mehr, keinerlei Auffälligkeiten!

»Das kann ich sehen. Und was hoffst du zu finden?«

Er sah auf. Sie hockte auf ihren Fersen, hatte die Arme vor der Brust verschränkt und sah ihn halb empört und halb belustigt an.

Cheftu zog seinen nassen Schurz wieder nach unten. »Nichts.«

Der Strand begann zu wackeln. Ausnahmsweise war Cheftu einmal dankbar für ein Erdbeben. »Such alles Holz zusammen, das du finden kannst. Und Seile«, rief er ihr zu, an das eine Ende des Strandes deutend, während er ans andere lief.

Asche begann zu fallen; sie waren wohl zu nahe gewesen, um den Ausbruch zu hören. Den Nächsten. Sie konnten im wahrsten Sinne des Wortes zusehen, wie Aztlan versank. Cheftu spähte suchend den Strand entlang. Holz, *mon Dieu,* wo war Holz?

Es gab hier kein Holz, das stand für Chloe fest. Und bald würde es auch kein Wasser mehr geben. Riesige Schollen aus Bimsstein begannen sich zu bilden, gegeneinander zu stoßen, die Wasserwege zu verstopfen. Erschöpft und halb verhungert sank Chloe nieder.

Das saphirgrüne Wasser war nun grau. Das Bild der riesigen Schollen, die sich in der Lagune ansammelten, glich einem bizarren Verkehrsstau. Wenn wir nur von Scholle zu Scholle springen könnten, dachte sie, könnten wir es bis nach Prostatevo schaffen.

»Cheftu!«, brüllte sie.

Humpelnd, laufend kam er über den Strand auf sie zu… noch gesünder als vorhin. »Was ist denn?«

»Tom Sawyer. Ein Floß. Spring drauf.«

Er schaute erst auf sie, dann auf das Wasser, dann wieder auf sie, und dann sah Chloe, wie er ihre Idee, wenn auch nicht die Andeutung, verstand. Sie würde ihm nicht verraten, wie lange sie gebraucht hatte, um darauf zu kommen. Der Vulkanausbruch hat meine Gehirnzellen abgeschmolzen, dachte sie.

Sie fassten sich an den Händen und machten sich daran, die verstopfte Wasserstraße zu überqueren.

22. Kapitel

Es war Schwerstarbeit, das Bimssteinfloß ohne jedes Ruder durch ungestümes Wasser zu steuern. Chloes Knie bluteten, und ihre Hände glichen schmerzenden Blasenformationen. Alles in allem fühlte sie sich, als stünde sie inmitten einer grauen Welt in Flammen.

Immer mehr Asche regnete auf sie herab, je länger sie ihr behelfsmäßiges Gefährt vorwärts paddelten und schoben. Das diesige Dämmerlicht verwirrte ihren Orientierungssinn. Der Wind ließ sie ununterbrochen frösteln. Prostatevo schien weiter entfernt als in Chloes Erinnerung.

Sie kämpfte mit den Tränen, als Cheftu eine Pause befahl. Sie hatten sich von den anderen Bimssteinschollen gelöst, sagte er. Vielleicht sollten sie, von den Gezeiten getragen, sich eine Weile treiben lassen. Sie nickte, schüttelte gleich darauf den Kopf und krächzte hervor: »Auch gut.«

Als seine Hände ihre Schultern berührten – seine blasigen Hände ihre verbrannten Schultern –, mussten sie beide einen Aufschrei unterdrücken, darum bettete sie ihren Kopf auf sein Bein und starrte in die Luft. Nicht dass es irgendetwas zu sehen gab. Chloe bibberte, doch sie war zu müde, als dass ihr das noch etwas ausgemacht hätte.

»Weißt du, was das Aztlantische Imperium war?«, fragte er. Seine Stimme klang fast wieder normal, was recht befremdlich war.

»Santorin.«

Er schwieg verdutzt. »Das sagt mir nichts.«

»In der Ägäis. Meine Mutter hat die Insel studiert. Allerdings glaubt sie, die Minoer hätten hier gelebt, doch die Minoer hatten keine Pyramiden. Ich habe keine Ahnung, wer dieses Volk war.« Sie lachte, schon halb im Schlaf. »Dafür hat meine Mutter das Gemälde untersucht, das ich gemacht habe.«

Cheftu stützte sich auf die Ellbogen. »Das von den Knaben? Bist du sicher?«

Chloe kicherte. »Es ist ein bedeutendes Werk, weil es die erste antike Darstellung ist, auf der jemand Boxhandschuhe trägt.«

Er verstummte. »Ich kann mich nicht entsinnen, dass irgendwer zum Boxen Handschuhe tragen würde.«

»Nein. Eben.«

»*Och*«, sagte er lachend.

Chloe blickte auf ihre Hände. Sie musste sie unbedingt waschen, doch das Salzwasser würde wehtun. »Wenn du also nicht gewusst hast, dass dies Santorin war, wo war – ist – war…« Sie fuhr sich mit den Händen über das Gesicht. »Wo waren wir dann?«

»Hast du Platon gelesen?«

»Platon?«

»Genau, den griechischen Philosophen?«

Chloe fuhr sich mit der Zunge über die Lippen. Sie gab höchst ungern zu, dass sie etwas nicht wusste. »Nicht wirklich. Ich konnte mich nie für die Antike begeistern. Ironischerweise.«

»Ich dachte, in eurer Zeit besuchen auch Frauen die Universität?«

»Tun wir auch. Wir studieren bloß jede Menge anderer Sachen, nicht nur alte Griechen.«

»*Iii*, zum Beispiel?«

»Alte…« Chloe hielt kurz inne. »Alte Europäer.«

Cheftu lachte leise. »Bei Platon findet man eine Legende, die Geschichte einer untergegangenen Insel.«

Adrenalin schoss durch Chloes Körper. Eine untergegangene Insel… Sie hatte sich immer vorgestellt, dieses Unterwasser-Königreich sähe aus wie der Palast in »Arielle«. War das möglich? »Ich dachte, die läge im Atlantik?«

Er setzte sich auf. »Platon hat die Geschichte von einem Ägypter namens Solon erzählt bekommen. Hinter den Säulen des Herkules, sagte Solon. Für die Griechen bedeutete das jenseits von Gibraltar, denn diese Berge bezeichneten sie als Säulen des Herkules –«

»Und für die Ägypter?«

»Für die bedeutete das hinter den Inseln, bei denen die Welt der Griechen begann. Die Ägypter bezeichneten Kreta und die Inseln dahinter als ›Keftiu‹. Die Wurzel dieses Wortes bedeutet ›Pfeiler‹. Wir haben die roten Pfeiler in ihren Bauten gesehen. Die hebräische Bezeichnung dafür lautet übrigens ›Kaphtor‹.«

»Ja, genau wie bei den Aztlantu.«

»Ganz recht.« Einen Moment wirkte Cheftu verwirrt. »Für die Ägypter war Kreta eine Insel weit im Westen, einer der vier Pfeiler, die das Himmelsgewölbe stützten.«

»Und woher kommt dann der Name Atlantis?«, fragte Chloe.

»Die Griechen glaubten, dass Atlas den Himmel stützte, demnach würde eine Tochter von Atlas…«

»Atlantis heißen?«

»Ganz recht.«

»Die Ägypter erzählten sich also die Geschichte eines Königreiches unter einem Himmelspfeiler? Und die Griechen meinten, dieser Pfeiler befände sich im Atlantik, und darum müsse das Königreich ebenfalls irgendwo im Atlantik liegen.« Es kam einfach stets auf den richtigen Blickwinkel an, dachte sie bei sich. »Doch die Bewohner von Atlantis bezeichneten sich als Aztlan, was für mich eindeutig mexikanisch klingt. Ihre Kleidung und Architektur waren minoisch. Na ja, größtenteils minoisch.« Wenn man über die Pyramiden hinwegsah, dachte sie. »Was an ihnen kommt dir noch bekannt vor?«

»Ich könnte es dir an den Fingern abzählen. Platon ergießt sich seitenlang über die roten, schwarzen und gelben Steine in ihren

Bauten, über die heißen und kalten Quellen, die Wasser- und Landringe. Außerdem beschreibt er den Aufbau ihrer Gesellschaft. Jeder König herrscht über seine Insel und kommt mit den anderen in einem Rat zusammen; jede Insel liefert ein bestimmtes Produkt für die gesamte Bevölkerung. Die Bürger werden in Distrikte unterteilt. Die Handwerker, die Krieger.«

»Die Sippe der Muse, die Sippe der Woge.«

»Genau. Und sie sind wohlhabend genug für Müßiggang und Wettkämpfe.«

»Sie jagten einen Stier mit Schlingen und Stäben durch den Palast.« Das hatte Chloe von ihrer Mutter gehört. »Geschichte wandelt sich zu Mythologie. Wow.«

Seine Finger spielten in ihrem Haar. »Welcher ›alte Europäer‹ hat dir denn von Atlantis erzählt?«

»Moment mal, Mythologie.« Chloe schwieg kurz. »Hast du die griechische Klassik studiert?«

»Die Sprache?«

»Die Kultur.«

Cheftu zuckte mit den Achseln. »Ich habe mich nicht besonders dafür interessiert, aber ich habe die Klassiker gelesen.«

Zitternd vor Eifer drehte sie sich zu ihm um. »Geschichte wandelt sich zu Mythologie. Zelos war Zeus.«

»Vom Olymp?«, platzte Cheftu auf Französisch heraus.

»Phoebus Apollo. Phoebus war Apollo. Seine Schwester Irmentis, die Jägerin. Sie könnte Artemis sein.«

»Du behauptest, wir waren auf dem Olymp?«, fragte Cheftu fassungslos. »Lass mich deinen Kopf untersuchen, du hast was abbekommen.«

Chloe stieß seine tastenden Finger weg. »Moment. Ich behaupte nicht, dass diese Menschen Götter waren. Ich behaupte, sie haben die Vorlage für die griechischen Götter abgegeben. Sie wurden entliehen und umgeformt, wobei sie manchmal sogar ihren Namen behielten.«

»Dion war?«

»Dionysos«, sagten sie im Chor.

Nach kurzem Nachdenken flüsterte Chloe: »Athena hat mir

beigebracht, wie man läuft. Das ist unglaublich, aber findest du nicht auch, dass es passt?«

»Der Olymp mitsamt den griechischen Göttern befand sich ursprünglich auf Atlantis?«

»So gesagt, klingt das reichlich abwegig, aber im Wesentlichen ja.«

Schweigend saßen sie nebeneinander, bis Cheftu die Hand ausstreckte und ihr Gesicht liebkoste.

Chloe drehte den Kopf zur Seite und küsste ihn in die Hand – um ihn gleich darauf wegzustoßen. Erschrocken zog sie sich ans gegenüberliegende Ende des Floßes zurück. Cheftu rang um sein Gleichgewicht, doch schließlich rutschte er ins Wasser. Prustend und mit zornsprühendem Blick kam er wieder hoch.

»Was hat dich denn geritten?«

»Deine Hand ist … verheilt«, stammelte Chloe. Die schrundigen Hände auf den Bimsstein gestützt, spürte sie, wie ihr Herz pochte. Sie hielt sich fest, während Cheftu sich tropfend und bibbernd auf das Floß zog. Dann blinzelte sie durch das Zwielicht und sah ihn an. »Was bist du?«

»Mach dich nicht lächerlich, Chloe! Ich bin Cheftu, dein Mann, *non?*«

»Dein Gesicht. Es ist verheilt. Vollkommen.«

Er betastete seine Braue, schloss erst ein Auge, dann das andere und berührte schließlich seine Kopfhaut.

»Was ist passiert, Cheftu?«

Langsam kehrte er die Hände nach oben. Die Haut war glatt wie die eines Babys. Sie sah, dass die Schnitte verheilt, dass die Risse und sich bildenden Blasen verschwunden waren. Bedächtig fuhr er sich mit der Zunge über die Lippen. »Ich lag im Sterben, Chloe. Ich hatte die Krankheit.«

»Die Zitter-und-Taumel-und-Sabber-Krankheit?«

»Genau die. Ich hatte *Bubos.*«

»Bubos?«

»Beulen in meinem Hoden. Sie waren dabei, schwarz anzulaufen.«

»Mein Gott.« Deshalb hatte er sich also die Kleider vom Leib gerissen und sein Schamhaar durchwühlt – er hatte nach den Schwären gesucht. »Sind sie noch da?«

Sie stellte sich dem Blick aus seinen vollkommen gesunden Augen. »Nein.« Er wandte den Blick ab. »Deshalb habe ich aufgehört, ähm, mit dir zusammen zu sein. Mich mit dir zu vereinigen. Ich hatte Angst, du könntest dich anstecken.«

»Das erklärt, warum du in der Farbe so zurückhaltend warst.«

Cheftu lächelte. »Genau. Wenn ich nicht gefürchtet hätte, dich dadurch umzubringen, hätte ich dich geliebt. *Mon Dieu,* du hast keine Ahnung, wie stark die Versuchung in diesem Moment war!« Wieder betastete er staunend seine Braue. »Wenn es nach mir geht, solltest du nur noch Türkis tragen.«

Sie wusste nicht genau, was sie davon halten sollte. Atlantis und Prototypen griechischer Götter waren das eine, aber das hier? Sie hatte gesehen, wie seine Augen innerhalb von zwei Tagen geheilt waren. Wie war das möglich? Wasser schlug über den Floßrand und zwang sie, weiter in die Mitte zu rücken. Näher an Cheftu heran, was ihr ein wenig unheimlich war. »Wieso hast du mir nichts davon gesagt?«

Sein Blick war offen. »Ich weiß es nicht. Aus Angst, dass du genau so reagieren würdest, dass du dich von mir entfernen würdest. Dass du aufhören würdest, mich zu lieben. Dass du mich verlassen würdest.«

Zaghaft streckte sie die Hand aus und legte sie auf sein Knie.

»Bitte verlass mich nicht, Chloe. Ich habe schon einmal deinen Tod erleiden müssen, ein zweites Mal würde ich das nicht durchstehen. Versprich es mir.« Seine Hand lag auf ihrer und zog sie heran.

»Als ich dachte, du seist verwundet und würdest vielleicht Dion lieben –«

»Dion lieben?«

»Na ja, ich habe mitbekommen, wie ihr euch geküsst habt.«

»Hast du auch mitbekommen, wie ich ihm ein blaues Auge gehauen habe, *ma chérie?*«, knurrte er gehässig.

»Ich bin weggelaufen und als ich zurückkam, habe ich, tja, unmissverständliche Geräusche gehört.«

»Das war nicht ich.«

In ihrem Geist blitzte jenes Bild wieder auf und diesmal fielen ihr Details auf, die sie zwar im Herzen, in ihrem intuitiven Verständnis für Cheftu registriert hatte, die aber von ihrem müden, verängstigten Bewusstsein vollkommen ausgeblendet worden waren. Er hatte keinerlei Reaktion gezeigt, er hatte möglicherweise sogar geschlafen. Glaubte sie wirklich, dass Cheftu sie betrügen könnte?

Ja, er hatte mit Sibylla geschlafen, doch das war ihr Körper unter Sibyllas Haut, ihrem Gesicht, ihren Augen gewesen. Er hatte sie instinktiv wiedererkannt, wenn auch nicht verstandesmäßig. »Ich weiß, dass du es nicht warst, Cheftu. Ich weiß es.« Sie lächelte.

Er wirkte immer noch gedemütigt.

Langsam näher rückend, strich sie mit den Fingern über sein Gesicht, wo nur noch winzige Erhebungen von Narbengewebe zu spüren waren. Sie bekam eine Gänsehaut. Seine Augen suchten ihre, wanderten langsam über ihr Gesicht. *Als du gedacht hast, er ist verletzt, da hast du ihn gewollt.* Das tat nichts zur Sache, widersprach sie sich. *Und jetzt, wo er gesund ist, willst du ihn nicht mehr?*

Hallo?

»Das ist merkwürdig, Cheftu.«

Immer noch sah er sie flehend an.

»Mich verwirrt noch etwas anderes«, setzte sie an.

»Nämlich?«

»Wieso tausche ich immerzu meinen Körper? Du warst jetzt schon zweimal derselbe Mensch im selben Körper. Was ist aus RaEms Körper geworden?«

»Er wurde zerstört. Zertrampelt.« Cheftus Blick wich ihr aus. »Wenn du darin gesteckt hättest, wärst du mit Sicherheit gestorben.«

Chloe spürte ein leises Kribbeln unter der Haut. Wenn der Körper, den sie zuvor besessen hatte, nicht mehr da war, wo war dann die echte RaEm? Trug sie immer noch Chloes rotes Haar und blasse Haut durch das Jahr neunzehnhundert … sechsundneunzig?

»Und wenn du nicht Sibylla gewesen wärst, wie hätte ich dich dann finden sollen?«

»Du hättest dich nicht herabgelassen, mich unter den Wäscherinnen zu suchen?«, fragte Chloe trocken.

»Ich habe deinen Leichnam in Händen gehalten, Chloe. Ich habe nicht nach dir gesucht.« Sein bohrender Blick brachte Chloe immer stärker aus dem Gleichgewicht.

»Wie konntest du dich so schnell erholen, Cheftu? Was ist in dem Elixier?«

»Was in dem Elixier ist? Kräuter und Flüssigkeiten und Krabbenessenz.«

»Verzeihung?«

»Die Formel. Spiralenmeister hat sie mir hinterlassen.«

»Und dein fotografisches Gedächtnis hat den Rest erledigt«, schloss sie.

»Ich vergesse nie etwas, das ich gelesen habe.«

»Ganz genau. Wie also hat es gewirkt?«

Cheftu schaute zu Boden. Die Asche fiel nur leicht, nicht so stickig und dicht, dass sie Masken gebraucht hätten. Chloe wartete und betrachtete dabei Cheftus gesunden Körper. Sie hatte noch an Ekel grenzende Angst, doch sie bemühte sich, darüber hinwegzukommen. *Er ist gesund, du solltest dankbar sein.*

»In der *al-khem*«, erläuterte Cheftu, »wird eine Reaktion oftmals nur dadurch erreicht, dass man zwei Komponenten in einer bestimmten Ordnung zusammenbringt. Alle Ingredienzien zusammenzurühren, würde zu nichts führen. Doch wenn man sie miteinander reagieren lässt, bevor man sie kombiniert, verhält sich die Sache ganz anders.«

»Gut«, sagte Chloe.

Cheftu fuhr sich mit der Zunge über die Lippen. »Die aztlantischen Goldenen, jene Menschen, die du als griechische Götter bezeichnest, waren Kannibalen.«

»Wie bitte?«

»Es handelte sich um eine religiöse Zeremonie. Statt die Weisheit und das angesammelte Wissen eines Anführers zu begraben, haben sie es sich einverleibt.«

»Im eigentlichen Wortsinne?«

»Genau.«

»Sie haben sein Gehirn gegessen?« Chloe kämpfte gegen ihre aufkommende Übelkeit an. Andere Kulturen, andere Sitten, ermahnte sie sich. »Weißt du, dass die Azteken das Herz ihrer Feinde gegessen haben, weil sie hofften, damit deren Tapferkeit zu verzehren? Ich frage mich, ob die aztlantische und die aztekische Zivilisation miteinander verwandt sind.« Die Pyramiden deuteten jedenfalls auf eine Verbindung hin, begriff sie unvermittelt, und das würde auch erklären, warum ihr das Aztlantische Imperium anfangs wie eine mexikanische Ferienkolonie vorgekommen war.

»Also«, fuhr Cheftu fort, »war die Krankheit eine Folge des Kannibalismus. Ich weiß nicht wie, aber die Stiere waren ebenfalls infiziert. Sie hatten die gleichen Löcher im Gehirn.«

»Alle hätten sterben müssen? Über kurz oder lang hätten sie alle sterben müssen? Selbst du?«

»Genau. Dann bekamen einige von uns, vor allem Phoebus und ich, das Elixier.«

»Phoebus ist tot.«

»Ja, das Elixier braucht offenbar Blut, in dem es wirken kann.«

»Du wurdest geheilt«, flüsterte sie. Sie wischte etwas Asche vom Floß.

»Das Elixier selbst war nicht das Entscheidende. Es war das Zusammenwirken des Elixiers mit der Krankheit, das Phoebus wieder zum Leben erweckt hat. Irgendwie vermischten sich die Krankheit und das Elixier im Blut in einer *Al-khem*-Reaktion, die dazu führte ...«

»Also ...« Sie schluckte, denn ihr war komisch zu Mute. Er war Cheftu, doch er war zugleich jemand ... etwas Neues. »Bist du jetzt ... unsterblich?«

Cheftu lachte. »Phoebus ist gestorben und er hatte beides. Langlebigkeit, glaube ich, ist das höchste, was ich mir erhoffen kann. Ohne viel Blut wirkt es nicht. Aber es hilft beim Heilen.«

»Hast du jemanden gegessen?«, fragte sie misstrauisch.

Cheftu starrte sie sprachlos an, bis Chloe rot wurde. Sie musste mit sich ringen, um nicht wieder wegzurutschen. Das war Cheftu!

Ihr Mann! Ihr Geliebter! Doch er kam ihr geradezu gespenstisch lebendig vor, vor allem in dieser surrealistischen Umgebung. Sie hatte ihn blutüberströmt gesehen. Und jetzt war alles wieder heil? »Was nun?«, fragte sie heiser.

Cheftu streckte die Hand nach ihr aus und kehrte ihre Handfläche nach oben. »Ich habe die Steine.«

»Was für Steine? Was redest du da? Hast du mir überhaupt *irgendwas* verraten? Hast du mir auch nur einen einzigen Gedanken anvertraut?« Chloe verschränkte die Arme vor der Brust.

»*Chérie,* gräm dich nicht –«

»Du hast mir nicht vertraut, Cheftu. Du hast mir einfach alles verheimlicht!«

»Das mit dem Kannibalismus habe ich erst ganz zum Schluss begriffen.«

»Wann hast du erfahren, dass du unheilbar krank bist? Wolltest du mir das irgendwann mitteilen, oder hättest du mich einfach neben deiner kalten Leiche aufwachen lassen?«

Cheftu besaß immerhin den Anstand, den Kopf einzuziehen. »Ich wollte dir nicht –«

»Die Wahl lassen? Du wolltest mich nicht selbst entscheiden lassen?«

»Chloe –«

»Ich bin keine verhuschte Adlige aus dem neunzehnten Jahrhundert, Cheftu! Ich bin die Frau an deiner Seite, deine Partnerin, ich dachte, ich sei deine Freundin –«

»*Chérie,* Chloe, verzeih mir.« Immer noch hatte er die Hand nach ihr ausgestreckt. »Du hast meine Frage nicht beantwortet. Wirst du bei mir bleiben?«

Sie wandte den Kopf ab. Ihre Seele schmerzte genauso wie ihr Körper. Er hatte ihr so vieles verschwiegen, er hatte ihr nicht genug vertraut, um sich ihr zu öffnen. Was verband sie denn, wenn er ihr nicht erzählen konnte, was ihn bedrückte? Das Floß hörte auf zu treiben, die reglose Luft lud sich mit Spannung auf. In Chloes Nacken stellten sich die Härchen auf. Cheftu sah sie ernst im Halbdunkel an.

Mit einem Schlag wurde es schwarz um sie herum. Ein unvermittelter, knochenerschütternder Donner explodierte in ihrem Schädel. Chloe schrie auf, so plötzlich änderte sich der Luftdruck. Der gehirnerschütternde Schlag fegte sie nieder wie eine Lumpenpuppe.

23. Kapitel

Der ausbrechende Vulkan bombardierte sie mit Feuer und Lava. Chloe und Cheftu lagen auf dem Floß, wie wild unter den fliegenden Felsbrocken wegpaddelnd. Dass sie so nahe an dem Vulkan waren, hatten sie nicht gewusst.

Nur wenige Wimpernschläge später wechselten sie sich dabei ab, zu paddeln oder die heiße Asche vom Floß zu treten. Das Zeug verklebte alles, es reizte die Haut, verstopfte Augen, Ohren, Nase, Mund. Cheftu opferte seinen Schurz, den sie zu Atemmasken zerrissen, sodass er nur noch die Schärpe mit den Steinen trug. Er ließ sich ins Wasser fallen und schob sie hinaus aufs Meer, schwimmend und strampelnd, während Chloe ihn durch den dunstigen Tag des Feuers lenkte. Oder durch die Nacht. Wer wollte das schon sagen.

Chloe spürte ihre Arme nicht mehr und war nicht in der Lage zu sagen, ob sie die Augen offen hatte, denn das Bild änderte sich nie. Sie bewegte sich wie ein Roboter – eintauchen, ziehen, eintauchen, ziehen – gegen den Sog des Wassers und der Strömung und in der Hoffnung, dass sie das Floß wenigstens stückchenweise durch das graue Meer vorantrieb. Gelegentlich wechselte sie von einer Seite des Floßes auf die andere, ohne innezuhalten. Vermutlich fuhren sie nicht mehr in Richtung Prostatevo – Akrotiri. Wohin fuhren sie dann? Es kostete zu viel Kraft, das zu fragen. Ihr Magen krampfte sich vor Hunger zusammen und in ihren Handflächen brannten Salz und Luft.

Sie schuftete in einem zeitlosen, grauen Nebel. Als sie über das Floß kroch, um auf der anderen Seite weiterzupaddeln, nahm sie Cheftus Gesicht nur noch als hellen Fleck wahr. Er küsste sie auf die Stirn und strich die Strähnen zurück, die immer noch ihr Gesicht umrahmten. Ihr Scheitel hingegen war kahl und blasig, Wimpern und Brauen hatte die Hitze abgesengt. Er legte einen Finger auf ihre Lippen und ihre Nase.

Böen heißer Luft huschten an ihnen vorbei. »Ist der Ausbruch immer noch nicht vorüber?«, fragte Chloe.

»Nein. Wir müssen hier raus, raus aus dieser Zeit.« Er wandte sich ab und fing wieder an zu paddeln. »Wenn ich nur wüsste, wo Nikos Insel liegt«, murmelte er.

»Nikos Insel?«, fragte Chloe in den Wind.

»Die Insel der Steine«, war das Letzte, was sie hörte, ehe ihre Schmerzen und die Erschöpfung sie in die Dunkelheit zogen.

Cheftu sah zu ihr hinüber und merkte, dass sie in Ohnmacht gefallen war. Sie blutete aus Dutzenden von Wunden, trotzdem hatte sie mit übermenschlicher Kraft geschuftet, um sie von hier wegzubringen. Seine Kriegerin, dachte er lächelnd. Sein eigener Körper war nicht nur unversehrt, er schien auch gegen jede Erschöpfung immun zu sein. Das Elixier hatte gewirkt.

Dion behauptete, er hätte das Elixier ebenfalls genommen, doch die Seuche hatte ihn nicht befallen, oder? Verlieh das Elixier nun Unsterblichkeit? Oder lediglich Langlebigkeit? Nicht, dass das im Moment einen Unterschied gemacht hätte. Sie mussten die Insel finden. Cheftu prüfte kurz, ob die Steine noch sicher in der Schärpe lagen. Was für eine Ironie! Die Urim und Thummim der Hebräer waren von den Griechen verwendet worden, auf deren Lebensweise sie stets herabsehen würden. Wieso hatte er die Steine jetzt? Wohin sollte er sie bringen? Wohin würden sie reisen?

Hatten er und Chloe wirklich ein ganzes Jahr in dieser Zeit verbracht?

Die Sorgen erdrückten ihn. Er zog Chloe zu sich her und drückte sie an seine Brust. Sie wimmerte, als der kantige Bimsstein über ihre Haut schürfte, doch sie wachte nicht auf. Iii, *meine Geliebte, was wird aus uns?* Er strich mit den Lippen über ihre Brauen und umarmte sie, den Blick in die graue Zukunft gerichtet.

Ich brauche ein Laken mit höherer Fadenzahl, dachte Chloe. Das hier fühlt sich an wie Sandpapier.

Dann wurde sie von Wasser durchtränkt und sie schoss hoch, nur um erneut übergossen zu werden. Das schüttere Haar über die Schulter schüttelnd, versuchte Chloe, sich zu orientieren. Cheftu paddelte wie wild gegen das aufgepeitschte Wasser an.

Vorsichtig kroch sie über das Floß, hielt sich dabei an den scharfkantigen Steinen ein, um den Wellen zu widerstehen. Wo waren sie? Aus dem Grau schienen Schatten in tieferem, festerem Grau aufzusteigen.

Die nächste Welle hätte Chloe um ein Haar über Bord gespült. Cheftu hielt sie am Handgelenk fest, trotzdem quietschte sie auf, als ihr Bauch und ihre Brüste über den Bimsstein geschleift wurden.

Sie half ihm, gegen das raue Wasser anzukämpfen. Wenn ich nur Wellenreiten könnte, dachte sie, als die nächste Welle über ihr zusammenschlug.

Nach wie vor fiel erstickend dichte Asche. *Wir brauchen hier keine Schurken, dafür haben wir Mutter Natur.* Cheftu drückte ihre Hand und deutete dann zur Seite. Auf einen der dunkleren grauen Flecke. Land? Sie paddelten noch fester und versuchten dabei, auf den Wellen zu reiten. Die mächtigen, hohen Brecher schlugen das winzige Floß dauernd auf die tosende Wasseroberfläche. Gerade als sie überlegte, ob das Schwimmen nicht vielleicht seine Vorzüge hätte, kenterte das Floß.

Sie kam um Luft ringend hoch. Die Strömung zerrte an ihr, zog sie vorwärts und riss sie wieder zurück. Sie erblickte eine Insel und schwamm gegen die Strömung darauf zu.

Dann dämmerte es ihr … Strömung … Wellen … Küste … Puh!

Sie brauchte gar nicht zu schwimmen, die Strömung würde sie hinbringen.

Chloe versuchte, sich treiben zu lassen, doch dafür waren die Wellen zu kräftig. Sie ließ sich hin und her werfen, bis sie schließlich gegen felsigen Untergrund geschleudert wurde. Die scharfkantigen Kiesel am Strand waren kaum angenehmer als der Bimsstein. Einen Moment lang gab sie sich der Erleichterung hin, festen Boden unter ihren Füßen zu spüren, dann wurde sie von der nächsten Welle ins Meer zurückgerissen. Mühsam kam sie wieder auf die Beine und suchte sich einen Weg über den eigenartigen Strand bis in den fast ans Wasser reichenden Wald. Auf wackligen Füßen stehend, schaute sie sich um. Pflanzen, heranrollendes Wasser, ein über den Kiesstrand stolpernder, näher kommender Cheftu.

Sie kämpfte sich durch den Wald bis zur Mitte der kleinen Insel vor.

»*Mon Dieu!*«, rief Cheftu. »Von all den Inseln rings um Aztlan haben wir die Richtige gefunden!« Er lief auf sie zu, packte sie an den Händen. »Chloe, *mon amour,* welches Glück wir haben!«

Chloe blickte nach oben. Hoch über ihnen spannte sich über fünfzehn Ellen hinweg ein roter Sandsteinbogen ohne Mittelstütze. Unter dem Bogen befand sich ein Mosaik aus Steinen und Muscheln. Auf ihrer Haut bildeten sich Gänsehautpickel groß wie Volkswagen.

Sie hatten den Durchgang gefunden. »Was hatte es zu bedeuten, dass wir in diese Zeit verschlagen wurden?«, flüsterte sie.

Cheftus Blick glitt über den Mosaikboden, am Brunnen vorbei, aufs Meer hinaus. »Das Meer ist so nahe.« Er schluckte hörbar. »Die Insel versinkt. Siehst du die Bäume?« Sie standen ellentief im Wasser. Die Wellen schlugen an den Rand des Mosaiks, nicht weit von ihrem Standort entfernt. Eben verschwand eine Hügelspitze unter den Wellen. »Wie viel Zeit bleibt uns noch, ehe wir ganz eintauchen?«, fragte sie.

Er sah zum Himmel auf, als versuche er, etwas durch den Aschedunst zu erkennen, der die Sonne verschleierte und sie in Dämmerlicht hüllte. Als Chloe auf den mit Steinen bedeckten Boden blickte, vergaß sie alles andere. Ein Mosaik.

Es war keine minoische Arbeit – dazu war es zu simpel. Der Entwurf war weniger ausgefeilt. Es schien sich um eine Art Karte zu handeln. Chloe schaute genauer hin. Zwei Fische dicht nebeneinander. Ein Widder, ein Stier, menschliche Zwillinge. Sie kramte in ihren kunsthistorischen Erinnerungen. Das Bild war ihr vertraut, doch es war keine Abbildung, die man ihr im Unterricht gezeigt hatte. Sie hatte diese Darstellung mit eigenen Augen gesehen, nicht auf einem Dia.

Sie hielt inne und zählte die Symbole. Zwölf. »Heilige Scheiße«, zischte sie. Sie hatte schon lange keine Zeitung mehr gelesen, doch diese Dinger hier sahen aus wie Sternzeichen.

»Was ist denn, Geliebte?«, fragte Cheftu.

»Ich habe dieses Mosaik schon mal gesehen.« Vor Aufregung begann sie, lauter zu krächzen. »In *Israel.* Doch dieses hier muss ein paar tausend Jahre älter sein als die israelische Version. Wieso sollte sich auf dieser Insel ein hebräisches Kunstwerk befinden?«

Die Stimme, die sie schon mehrmals gehört hatte, flüsterte in ihrem Herzen: *Hab Vertrauen.* Im diesigen Licht fiel der Schatten des Querbalkens über Cheftu.

Der Alkoven in Ägypten, die Höhle in Kaphtor und nun diese versinkende Insel. Chloe fragte sich, ob um Mitternacht der Mondschatten zur Ziege weiterwandern würde – dem Steinbock –, dem Zeichen ihrer Geburt am dreiundzwanzigsten Dezember. Sie schauderte. Wenn sie hier waren, nachdem Aztlan untergegangen war, würde Gott sie dann retten? War ein ganzes Jahr vergangen? Würde sich die Tür heute Nacht öffnen?

Würden sie durch das Tor in der Zeit treten?

Chloe und Cheftu saßen dicht beieinander, den Blick fest auf den Bogen geheftet, so als fürchteten sie, er könnte verschwinden, wenn sie ihm den Rücken zudrehten. Wenn sie nur den Himmel sehen könnten, würden sie erkennen, wie sich die Himmelskörper entsprechend anordneten, davon war Chloe überzeugt.

Zum Abendessen hatte es Trauben und Oregano gegeben. Nicht gerade Feinschmeckerkost, aber immer noch besser als Sand, die einzige Alternative. Cheftu hatte sie zu der Quelle geschleift, wo sich beide gewaschen und mit Wasser voll gefüllt hatten, bis Chloe überzeugt war, dass sie nie wieder Probleme haben würde, irgendetwas zu »markieren«.

Blieb nur die Frage: Warum?

Hier zu sitzen war schlimmer als jeder Flughafen. Chloe presste Cheftus Hand. Sie hatten so viel gesehen, so viel erlebt, aber warum? Sie sah ihn an. »Was sollte das alles?«

»Atlantis?«

»Dass wir hier sind«, sagte sie. »Was hatten Menschen aus der Neuzeit in dieser vorgeschichtlichen Welt zu suchen?«

Er zog die Achseln hoch.

»Sollten wir ihnen bei der Krankheit helfen?«

»Das kann ich mir kaum vorstellen, schließlich sind fast alle gestorben.«

»Und was ist mit dem Elixier?«, fragte sie.

»Nur drei von uns haben es eingenommen. Da ich die Scheibe zerstört habe, auf der die Formel stand, kann das Rezept nicht weitergegeben werden. Die Krankheit wie auch die Kur sind ein für alle Mal verschwunden.«

Und wenn wir die Scheibe hätten behalten sollen?, dachte sie insgeheim. »Wir haben niemanden gerettet.«

»Ein paar schon, Chloe. Wir haben getan, was wir konnten. Mehr kann man nicht verlangen.«

Schweigend zupfte sie am Boden herum. »Und was ist mit den Steinen? Wozu sind sie da? Ging es vielleicht um sie?«

Über ihnen schmolz der graue Dunst unter dem Licht der Sterne und des Halbmondes dahin. Cheftu seufzte und antwortete dann langsam: »Diese Steine sind hebräische Orakelsteine. Der hebräische Hohepriester verwendete sie, um mit Gott zu sprechen.«

»Bequemer, als nur zu beten«, bemerkte Chloe. »Aber was tun sie hier?«

»Diese Menschen lebten vor den Israeliten, aber auch sie verehrten den Einen Gott.«

»Bis sie mit den Stieren angefangen haben«, wandte sie ein.

»Genau. Doch jede Nation ist irgendwann vom Glauben abgefallen, Chloe. Sogar die Israeliten selbst. Gott verzieh ihnen immer wieder –« Seine Worte erstarben, denn der Schatten des Querbalkens begann sich deutlicher abzuzeichnen.

Um sie herum schien es heller zu werden und rosa zu glühen. Glühte der Querbalken selbst? Sie krochen langsam darauf zu, auf das Mosaik hinauf, unter den Bogen selbst. Chloe packte Cheftus Hand. »Es muss der dreiundzwanzigste Dezember sein.«

»Ja.«

Der vom Mond gelegte Schatten wanderte langsam voran, über einen Stein nach dem anderen, bis hin zum Zeichen der Ziege. Wie hypnotisiert verfolgten sie den Vorgang. Schließlich stand Cheftu auf und zog sie hinter sich her. Chloe spürte ein hysterisches Kichern in ihrer Kehle. Ihr Mann trug nichts außer einem Gürtel um den Bauch, in dem auf beiden Seiten je ein Stein steckte. Mit seinem über Schultern und Rücken wehenden Haar sah er aus wie vom Umschlag einer Liebesschmonzette abgekupfert. Sie andererseits sah aus wie eine Hexe, die man im letzten Moment vom Scheiterhaufen geklaubt hatte. Cheftu lächelte, als könnte er ihre Gedanken lesen.

Er gab ihr einen zärtlichen Kuss. Sie spürte, wie er seine Finger mit ihren verband und öffnete die Augen. Das Wasser schlug ihnen schon gegen die Waden. Es war allerhöchste Zeit.

Ihr Mann zog sie fester an seinen Leib und wich langsam zurück, bis sie auf dem Ziegenmosaik mit den goldgetönten Hörnern standen. Dort hielten sie sich in den Armen und sie spürte, wie ihm das Herz im Halse schlug.

Das Wasser klatschte gegen die Insel. Entweder würden sie im Meer oder in eine andere Zeit verschwinden. Die Fundamente des Bogens standen schon längst im Wasser und das Glühen vom Querbalken spiegelte sich auf den von Wellen überspülten Felsen. Jetzt waren sie ganz und gar von Wasser umgeben und sie wusste nicht mehr, ob sie ihr Zittern oder seines spürte.

Cheftu trat zurück und hielt sie auf Armeslänge von sich weg. Dann bückte er sich, holte eine zerbrochene Muschel aus dem Wasser und ritzte damit über seine Handfläche. Blut perlte schwarz aus seiner Haut auf. Er schmierte es erst über seine, dann über ihre Lippen.

Der aztlantische Schwur. Der Bluteid.

Ganz langsam, in gebrochenem, kehligem Englisch sprach er zu ihr. Chloe merkte, wie ihr Tränen in die Augen stiegen. Sein durchdringender Blick ging durch ihr Äußeres, durch die Trümmer von Fleisch und Knochen hindurch bis in ihre alles überdauernde Seele. »Uns beiden ist das Leben und Wohlergehen des anderen anvertraut. Mein Blut ist dein, dein Blut ist mein. Ich werde alles tun, um dich mein Lebtag lang zu lieben und zu verehren, in welcher Welt wir auch leben mögen.«

Er küsste sie und Chloe schmeckte die heiße Seide seiner Zunge, die kupferne Flüssigkeit, die sein Leben war. »Ich liebe dich«, flüsterte sie. »Ich werde stets bei dir sein.«

Er drückte sie fest an sich und flüsterte in ihr Ohr: »Mein Gott, wie hatte ich gefürchtet, du würdest das nie mehr sagen.« Seine zitternden Hände betasteten ihren verletzten Leib. »Halt dich an mir fest. Lass mich nicht los.«

Sie strich mit der Hand über seine Wange und sah in seine Augen. »Ich werde dich nicht verlassen. Das gelobe ich.«

Er schloss die Augen und Tränen zogen eine Spur durch die Asche auf seinem Gesicht. Die einzige Bitte, die er gehabt hatte: dass sie bei ihm bleiben möge. So lange hatte sie gebraucht, um ihm zu antworten. »Wir bleiben zusammen.« Cheftu schlug die Augen auf und sah sie eindringlich an. »Das gelobe ich. Ich werde überall hin reisen, um dich zu finden, in jede Zeit.«

O Gott, vielleicht würden sie gar nicht zusammen reisen. Auch ihm ging das plötzlich auf. Chloe flüsterte: »Das verspreche ich ebenfalls.«

Inzwischen reichte ihnen das Wasser schon bis zum Bauch. In wenigen Stunden wäre die Insel vollkommen überspült. Sie hielten sich fest an der Hand und brannten das Gesicht des anderen in ihr Gedächtnis ein.

Es geschah völlig unerwartet. Plötzlich kam ein heftiger Wind auf und Chloe merkte, wie sie gestoßen wurde, wie ihre geschundenen Finger in Cheftus unversehrter Hand zerschmolzen. Statt des Wassers spürte sie nur noch leeren Raum und dann ein übersinnliches Dröhnen, mit dem sie von Fleisch in reine Energie verwandelt wurde, verloren in einer Kakophonie von Sinneseindrücken.

Ohne Cheftu.

Hilf mir, mein Gelübde zu erfüllen, betete sie.

Epilog

Cheftu erwachte davon, dass Wellen über seine Beine leckten. Das Wasser war frisch, deshalb setzte er sich auf, um den Kopf frei zu bekommen. Auf die Ellbogen gestützt, blickte er sich um. Der Fleck, auf dem er hockte, war nicht so groß, als dass er den Namen Insel verdient hätte, und nirgendwo sonst war auch nur ein Zipfelchen Land zu sehen.

»Chloe?«, rief er.

Das Wasser teilte sich. Stöhnend und mit verzogenem Gesicht schleppte sich eine Frau auf das Inselchen. »Seth soll mich dreimal verdammen und lieben«, fluchte sie.

Cheftus Blut vereiste. Die Frau in Sibyllas Körper sah zu ihm auf. Ihre braunen Augen hefteten sich auf sein Gesicht und wurden schmal. Mit breitem Lächeln und verführerisch süßer Stimme sagte sie: »*Haii,* Cheftu, so sehen wir uns also wieder.«

Mon Dieu! RaEmhetepet! Cheftu zuckte zurück und bedeckte sich. Wenn sie hier war, wo war dann Chloe geblieben? Ihm fiel auf, dass das Wasser klar war, der Himmel blau und die Asche verschwunden. Er war durch die Zeit gereist. Das Inselchen, auf dem sie hockten, war zwar winzig, doch es ragte aus dem Wasser. Der Torbogen war verschwunden. Wo kam RaEm plötzlich her?

»Wie –«, er verschluckte sich fast an den Worten, »wie bist du hierher gekommen?«

Entsetzt begutachtete RaEm ihren neuen Leib, jenen Leib, der den Vulkanausbruch auf Atzlan überstanden hatte. »Ich war eben mit Phaemon zusammen –«

»Phaemon? Phaemon war bei dir?«

»Ja, der Soldat war mein Geliebter.« Sie leckte sich die aufgesprungenen Lippen und wandte den Blick ab. »In jener Nacht, als ich aus unserem Ägypten in diese Hölle von Zukunft verschlagen wurde, hatte ich beschlossen, Phaemon endlich los zu werden. Ich trug sein Kind im Bauch und der Narr glaubte, ich würde Ägypten verlassen, um fortan als Frau und Mutter zu leben.« Sie lachte und Cheftu musste sich zwingen, nicht zurückzuzucken. Wie hatte er Chloe jemals mit RaEm verwechseln können und sei es nur für einen Herzschlag? »Während wir uns miteinander verbanden, streckte ich ihn nieder.«

»Du hast dich ihm hingegeben und ihn dabei erschlagen?«

»Nein. Ich habe eine Klinge in seinem Rücken versenkt.«

»Bei den Göttern, RaEm!«

Sie zuckte mit den Achseln. »Wir haben miteinander gekämpft und rollten dabei unter den Bogen Hathors.« Ihr Blick traf auf seinen. »Damit begann unser Abstieg in die Hölle. Wir kämpften weiter, als wir in der Kammer erwachten, in demselben Raum, doch viele Jahre später, als wir je ermessen hätten. Ich floh und versteckte mich in den Katakomben unter dem Tempel von Karnak. Phaemon erholte sich schließlich.« Wieder zuckte sie mit den Achseln. »Irgendwann schlossen wir Frieden.«

»Wie bist du hierher gekommen?«

»Ich ging in der Nähe unseres Lagers durch die Wüste. Dann trat ich in eine Aushöhlung an dem Monolithen und wurde plötzlich von einem mächtigen Wind weggezogen, um hier wieder zu erwachen.«

Der kalte Wind erinnerte Cheftu daran, dass es Winter war, dass sie mitten in einer unbeschiffbaren See gefangen waren. Kein Schiff würde das Wagnis eingehen, vor dem Frühjahr die Ägäis oder das östliche Mittelmeer zu durchkreuzen. *Mon Dieu!* Er betastete die Steine in seiner Schärpe. Wenigstens waren sie noch da. Gewiss war es ihm nicht bestimmt, hier zu sterben.

»Als Chloe sah ich aus wie ein *Kheft«*, sagte RaEm. Sie betastete eine brüchige Haarsträhne, die noch an ihrer verbrannten Kopfhaut klebte. »Wenigstens bin ich hier schwarzhaarig, so wie es jede Frau sein sollte.«

Cheftu stand auf. Schlagartig begann er zu zittern und ihm wurde übel vor Angst. RaEm war in Sibyllas Körper getreten, den zuvor Chloe bewohnt hatte. Sibyllas Geist war damals, als Chloe auf Kaphtor »angekommen« war, in der Höhle zurückgeblieben. Wenn Chloe nicht hier war und statt ihrer RaEm... war dann Chloe wieder in ihrer eigenen Zeit? In ihrem eigenen Körper?

Schaum und Gischt hüllten ihn ein, und zitternd drehte er RaEm den Rücken zu, um über das Wasser zu blicken. Das Imperium, das sich einst von Horizont zu Horizont erstreckt hatte, war verschwunden, die Inseln waren unter den Wogen des Meeres begraben. »Wo sind wir hier, Cheftu?«, fragte RaEm. »Wieso bin ich hier? Was ist mit dem Körper passiert, den mein *Ka* jetzt bewohnt?«

Er zitierte Plato: »*›Es entstanden gewaltige Erdbeben und Überflutungen, und da versank während eines einzigen schlimmen Tages und einer schlimmen Nacht die Insel Atlantis in den Tiefen des Meeres.‹*«

RaEms Proteste überhörte er, auch wenn er unwillkürlich über ihre Sprache lächeln musste. Sie redete in einer bizarren Mischung von Altägyptisch und amerikanischem Englisch.

»Wo bist du nur, Geliebte?«, flüsterte er den Wellen zu. »In welchem Körper haust du nun? In welcher Zeit bist du diesmal zu Hause? Wann werde ich dich wiedersehen?« Der Wind trug seine Worte über das Meer davon. »Vergiss nicht, was du mir geschworen hast, Chloe. Wir werden wieder zusammen sein.«

Nachwort der Autorin

Alle Quellen aufzuzählen, die in *Die Seherin von Knossos* Verwendung gefunden haben, würde ein eigenes Buch füllen. Im Wesentlichen sind die Aztlantu eine Kreuzung zwischen den Bewohnern von Platons Atlantis und jenem, was uns von den untergegangenen Minoern bekannt ist.

Platon beschreibt Atlantis als bergige, von Wasser und Erde umringte Insel. Vulkanologen sind der Auffassung, dass die Insel Santorin vor dem Jahr 1500 v. Chr. tatsächlich von Wasser und Land umringt war. Was heute eine sichelförmige Bucht darstellt, war damals eine flache Lagune. Bei Ausgrabungen in Akrotiri (Prostatevo) kamen mehrstöckige Gebäude aus schwarzem, rotem und safrangelbem Gestein, wie man es auf der Insel findet, zum Vorschein. Platon spricht von fließendem heißen und kalten Wasser, was aus geologischer Sicht in vulkanischem Gebiet durchaus möglich ist. Bei Ausgrabungen in minoischen Siedlungen stieß man auf Röhren- und Abflusssysteme.

Woher kamen diese Minoer? Wie in meiner Geschichte nahe gelegt, könnten sie von Noahs Enkeln abstammen. Zu meiner Verblüffung bin ich tatsächlich auf eine Theorie gestoßen, die mit der fiktiven Prämisse meines Romanes übereinstimmt. Ein byzantinischer Kartograph namens Cosmos Indicopleustes deutete an, dass Noah der Urvater von Atlantis gewesen sein könnte. Die damals bekannte Welt wurde in verschiedene Stämme unterteilt, die von diesen biblischen Gestalten abstammten. Jawan, der Sohn von Noahs Sohn Japhet, bevölkerte der Bibel zufolge mit seinen Nachkommen die Inseln des östlichen Mittelmeeres zwischen Kreta und Griechenland. Cosmos war der Ansicht, dass Platons Atlantis-Erzählung auf eine mosaische Überlieferung zurückging. Seiner Meinung nach lag Atlantis im Osten und war das Land der zehn Generationen Noahs. Anhänger seiner Theorie deuteten von 1570 an Atlantis irrtümlich als einen Teil des Pentateuch und damit als Teil der biblischen Geschichte.

Über die Urim und Thummim gibt es abgesehen von einigen Legenden und dem Buch Mormon praktisch keine Quellen. Da es sich bei meinem Roman um eine vormosaische Geschichte handelt, hilft beides nicht viel weiter. Dennoch wollte ich Aztlan in einen historischen Kontext setzen, darum habe ich mich an Ägypten orientiert. Jüngste ägyptologische Studien weisen darauf hin, dass Joseph möglicherweise während jener Epoche lebte, in die ich Atlantis gelegt habe. Dieselben Studien belegen auch, dass während der Herrschaft Senwosrets III. eine lange Hungersnot eintrat, die von ungewöhnlich hohen Überschwemmungen ausgelöst wurde. In einem Land wie Ägypten, wo das ökologische Gleichgewicht extrem anfällig ist, können ein paar Zentimeter Unterschied im Flutpegel eine Katastrophe bedeuten.

Die Herrschaft Senwosrets/Josephs fiel mit einer Epoche auf Kreta/Santorin zusammen, in der die Paläste zerstört wurden – einer Zeit, als der Vulkan erste Vorzeichen für einen Ausbruch erkennen ließ und über die wir kaum etwas wissen. Der ideale Schauplatz für Atlantis, beinahe neunhundert Jahre vor Beginn der griechischen Klassik.

Die Phaistosscheibe ist im Kretischen Museum von Heraklion ausgestellt. Die Aufschriften sind nicht zu entschlüsseln. Allerdings zeigen sie verblüffende Ähnlichkeit mit einer astrologischen Karte des Himmels über Kreta zwischen Spätsommer und Vorfrühling.

Krankheiten durch Prionen – wie Kuru, BSE, die Creutzfeld-Jakob-Krankheit und andere spongiforme Enzephalopathien – gibt es tatsächlich, und zwar in beängstigenden Ausformungen. Alle in diesem Roman aufgeführten Symptome werden in medizinischen Fachzeitschriften oder Büchern angeführt und treten tatsächlich auf. Im Herbst 1997 wurde Stanley Prusiner, der den Prionen ihren Namen gegeben hat, der Nobelpreis verliehen.

Die Sippe der Olimpier entspricht mit leichten Abwandlungen dem olympischen Pantheon. Die klassische Mythologie hat dunkle, blutige Wurzeln, und viele Figuren, Namen und Eigenheiten weisen auf diese düstere Herkunft hin.

In vielen Gegenden wurde in der vorklassischen Zeit eine oberste Göttin verehrt. Die früheste auf Kreta bekannte Göttin war eine pentadische Gottheit namens Hera. Sie erschuf und zerstörte und wurde letztendlich mit dem Leben ihres Gefährten belohnt, der zugleich ihr Sohn war. Da der Name »Hera« mit der griechischen Klassik assoziiert wird, brauchte die Muttergöttin in meinem Roman einen anderen Namen. Ich entschied mich für »Kela«, eine Abwandlung des griechischen *»kalos«* für »schön« oder »Anmut«. Phoebus war Apollos Namenszusatz. Dion ist eine Abkürzung von Dionysos. Arus ist Ares. Nestor ist ein griechischer Name und bedeutet »Reisender«, was gut zu Hermes passt. Selena ist die antike Verkörperung des Sichelmondes. Atenis entspricht der Athene, die in vorklassischer Zeit in manchen Gegenden als Schutzgöttin der Handwerker galt.

Irmentis ist Artemis, eine Göttin, deren Wurzeln in der vorklassischen Mythologie mit Blut getränkt sind. Die Pflanze *Artemisia absinthium* (Absinthwurzel) ist nach ihr benannt, darum habe ich Irmentis in meinem Roman zur Absinthtrinkerin gemacht. Absinthabhängigkeit bringt Wahnideen und Visionen hervor, zudem erstickt sie jede sexuelle Begierde, Eigenschaften, für die die keusche Artemis bekannt war. Weil Absinth so bitter ist, wird er mit etwas Süßem eingenommen. Anfang des zwanzigsten Jahrhunderts goss man ihn über Zucker. Irmentis trank ihn mit Honigwaben.

Artemis war ursprünglich eine Vampirgestalt. Ich habe diesem

Mythos entsprochen, indem ich sie mit Porphyrie infizierte, jener Krankheit, aus der sich die Legenden um Vampire und Werwölfe entwickelt haben. In der griechischen Überlieferung wimmelt es von Vampirgeschichten: von Wesen, die Blut trinken, kein Sonnenlicht ertragen, deren Zahnfleisch zurückweicht und die tatsächlich Blut schwitzen. All das sind Anzeichen einer akuten Prophyrie.

Mitte des neunzehnten Jahrhunderts galt Santorin als der Ort mit der weltweit größten Vampirverseuchung. Womöglich war das auf die konservierenden Eigenschaften des Bodens zurückzuführen. Damals war es (wie noch heute) auf Santorin Brauch, die Dahingeschiedenen in die Erde zu legen und kurze Zeit später die Leichen für eine förmliche Beisetzung wieder auszugraben. In vormoderner Zeit wurde, falls der Leichnam nicht ausreichend zersetzt war, behauptet, er habe sich in einen Vampir erwandelt.

Der Fabel nach war die Skolomantie eine Schule, in der alle Geheimnisse der Natur, Magie und Macht vom Teufel persönlich gelehrt wurden. Nur zehn Schüler waren jeweils zugelassen. Neun durften wieder heimkehren, den zehnten behielt der Teufel als Bezahlung. Den Überlieferungen der Freimaurer zufolge lehrte Dionysos als Erster diese Künste, und zwar neben Architektur und Maurerei.

Aztlan ist der Name der mythologischen Geburtsstätte der Azteken. Mehr als jede andere Kultur werden die Azteken mit Atlantis in Verbindung gebracht. Um dieser gedanklichen Verbindung und der Theorie, die Azteken seien Abkömmlinge der Atlanten, zu entsprechen, habe ich ein paar ausgewählte aztekische Eigenschaften in mein Aztlan importiert. Die Pyramide der Tage mit ihren dreihundertfünfundsechzig Stufen habe ich ebenso den Azteken entlehnt wie den von Federn gesäumten zeremoniellen Umhang, den Kalender und den rituellen Eid mit der Obsidianklinge. Die Begründung für den aztlantischen Kannibalismus entspricht jener der Azteken und fügt sich in das moderne Verständnis der Psychologie des Kannibalismus. Im Wesentlichen besitzen die Verstorbenen Macht, die ihre Hinterbliebenen in sich aufnehmen wollen. Der Vorgang ist eine große Ehre und ein religiöser Ritus.

Sinn und Form des minoischen Stiertanzes wurde von Dutzenden von Autoren erforscht. Das Schöne am Romanschreiben ist, dass man seine eigenen Mutmaßungen und Theorien spinnen kann. Aus astrologischer Sicht war die Welt eben aus dem Zeitalter des Stieres herausgetreten. Während jener Epoche wurden überall auf der Welt Stiere verehrt.

Wenn Atlantis und Ägypten so eng miteinander verbunden gewesen wären wie von mir dargestellt, dann hätten sie durchaus denselben Glauben teilen können, vor allem, was die Verehrung Apis' betrifft. Das Serapeum in Ägypten wurde für die Mumien von Apis-Stieren erbaut. In den kretischen Legenden und Mythen wimmelt es von Stieren, angefangen vom Labyrinth bis zu Zeus' Verführung der Europa. Plato versichert uns, dass die vormaligen Bewohner von Atlantis den heiligen Stier mit Stäben und Schlingen durch den Palast gejagt hätten.

Das Ritual der Taufe in Stierblut wird so, wie von mir beschrieben, immer noch auf der ägäischen Insel Lesbos praktiziert. Bis zum heutigen Tag haben die Kirchen in der Ägäis Glockentürme in Form von Stierhörnern.

Für die ägyptischen Szenen war Normandi Ellis' wunderbare Interpretation des Totenbuches, *Awakening Osiris,* besonders wichtig und inspirierend.

Von sechs Büchern habe ich mich auf dieser Reise führen lassen: von Charles Pellegrinos *Unearthing Atlantis;* Edith Hamiltons *Mythology;* außerdem *The Pyramids, an Enigma Solved* von Davidovits und Margie Morris; David Rohls *Pharaohs and Kings a Biblical Quest;* Fodors *Griechenland;* sowie dem provokativsten Blick in die Gedankenwelt der Minoer, der mir je untergekommen ist – *The Thread of Ariadne* von Charles Herberger.

War Atlantis tatsächlich eine vorzeitliche Hochkultur? Ich bin der Meinung, Archäologie und Geschichte belegen das. Ihre Überlegenheit zeigte sich nicht nur in ihrem Verständnis von Wissenschaft, Handel und Gesellschaft, gemessen an jenem auf dem griechischen Festland, wo man noch in Hütten hauste. Haben sie den Erdkreis umsegelt, besaßen sie Kenntnisse in der Baukunst, Medizin, sogar Aerodynamik und Zeitmessung? Der Sage nach wurden in der Bibliothek von Alexandria Schriftrollen aufbewahrt, die all das belegten. Ob die Ägypter, die Chinesen oder eine Kultur wie die aztlantische sie zuerst entdeckten, werden wir möglicherweise nie erfahren. Was zählt, ist die Erkenntnis, dass die Menschen in der Antike mehr wussten, weiter reisten und viel gebildeter waren, als wir glauben.

Haben sie sich selbst ausgelöscht? Letzten Endes kannibalisiert sich jede Kultur irgendwann selbst. Die Ägypter, Griechen, Römer, Byzantiner … aber möglicherweise haben die Bewohner von Atlantis, verlockt durch den fruchtbaren Vulkanboden, auch nur eine folgenschwere Fehlentscheidung beim Grundstückkauf getroffen. Wie alle Menschen führten sie ihr Leben, brachten Kinder zur Welt, heirateten und starben, ohne sich bewusst zu sein, dass sie in einer entstehenden Mythologie lebten.

Und so segeln wir weiter durchs Mittelmeer.

Suzanne Frank
19. Oktober 1997
Dallas, Texas

Danksagung

Unzählige Menschen haben großzügig ihre Ideen, ihr Wissen und ihre Weisheit mit mir geteilt, während ich an diesem Buch geschrieben habe. Mein Dank gilt jenen, die für mich gelesen haben, auszugsweise oder ganz: Melanie, Barbara, Eric, Erick, Dan, Dana, David, Dwayne, Diane, Hanne, Joe, Rob, Rene, River, meiner Mutter und meiner Klasse. Ihre Einwände und Gedanken waren unbezahlbar. Ich danke ihnen allen für die aufgebrachte Zeit und Geduld.

Ich sehe mich außer Stande, alle Online-Bekannten aufzuzählen, die mich gefragt haben: »Hast du auch daran gedacht, Suz?«, die ein Konzept oder einen neuen Blickwinkel eingebracht haben. Ganz besonders möchte ich Matt für den Zebrafisch danken, der mich zu der Krabbe geführt hat; Jason über die Auskünfte zu den Urim und Thummim; Gary für die tolle Karte; Dan dafür, dass er den unbezahlten Job eines Publizisten/Cheerleaders/außergewöhnlichen Linguisten übernommen hat; John für seine Erläuterungen über das richtige Laufen; Eric für die Erklärungen zu Propheten und Piraten; River für die Belehrungen übers Jagen und Fischen; und Ira für die vielen langen Gespräche, die Lachorgien und den literarischen Blickwinkel.

Mein tiefer Dank gilt Diane Frank, meiner persönlichen Forscherin, die es exzellent versteht, komplexe Gedankengänge in verständlichen Häppchen zu vermitteln; die mit Geschick Quellen und Artikel über Prionen aufgespürt hat; die tagelang mit mir in der Bücherei der University of Washington ausgeharrt hat, während ich eine Zeitschrift nach der anderen wälzte. Diane, du bist eine Göttin! Danken will ich auch Dr. Farrell R. Robinson, der mir das menschliche Gehirn enthüllt hat. Im wahrsten Sinn des Wortes. Er hat mir demonstriert, wie man einen Schädel öffnet, wie man ein Gehirn herauslöst, wie es sich anfühlt, wie es riecht, wie es aussieht und wie es klingt. (Nein, gekostet habe ich nicht davon.)

Und wie stets danke ich meinen Eltern. Sie haben den Mount St. Helens in Washington erforscht, weil ich mir noch einen weiteren Vulkan anschauen musste; sie haben alle Verweise auf das vorklassische Griechenland gesammelt und mich angerufen, wann immer es eine Sendung im Fernsehen gab, die ich mir ansehen sollte; sie haben mir geduldig zugehört, während ich bis zum Erbrechen über Krankheiten, Mythologie, Alchimie schwadroniert habe. Sie haben mir Fragen gestellt, die mich zum Nachdenken gezwungen haben. Und vor allem haben sie nie daran gezweifelt, dass ich es schaffen würde.

Von Herzen danke ich Susan Sandler und Jessica Papin, meinen Lektorinnen bei Warner. Vor allem Susan möchte ich mit Dank überhäufen, die mir erklärte: »Antioxidantien sind ein alter Hut. Suchen Sie sich eine andere Krankheit.« Auf diese Weise hat sie meine Recherchen über Prionen vorangetrieben. Sie zwingt mich auch, stets in korrektem Englisch zu schreiben, und zwar mit Erfolg. Riesig dankbar bin ich auch Jessica, die dafür gesorgt hat, dass die *Psychen* meiner Figuren in sich schlüssig blieben, die dauernd nach Erläuterungen für die »historisch Minderbemittelten« fragt und die sich kopfüber in meine Welt gestürzt hat. Diese Frauen haben meine Vision geteilt, sie haben mich ermutigt, sie zu vertiefen, und vor allem haben sie das ganze Fett weggeschnitten und mich angespornt, konzentrierter zu arbeiten und mehr erreichen zu wollen. Jayckie danke ich für die aufgewendete Zeit und die verständigen Kommentare, und Theresa Pantazopoulos für die Öffentlichkeitsarbeit für *»Die Prophetin vom Nil«* sowie für die Unterstützung der Vertreter von Warner.

Ein besonderer Dank geht an Evan Fogelman. Ohne ihn gäbe es keine Trilogie.

Auch Beth und der Mannschaft des Hotels Kavalari auf Santorin möchte ich danken. Der Ausblick auf die Caldera, so nahe dem Ortskern, ist wirklich unglaublich. Beth hat ihre Zeit ebenso mit mir geteilt wie ihr Wissen über die Insel und ihre *schattigen Seiten*. Auch Kathy Stamm danke ich, die uns tatsächlich nach Griechenland *gebracht* hat, allen Winden, den Streiks und dem Athener Flughafen zum Trotz.

Gott möge euch alle segnen!

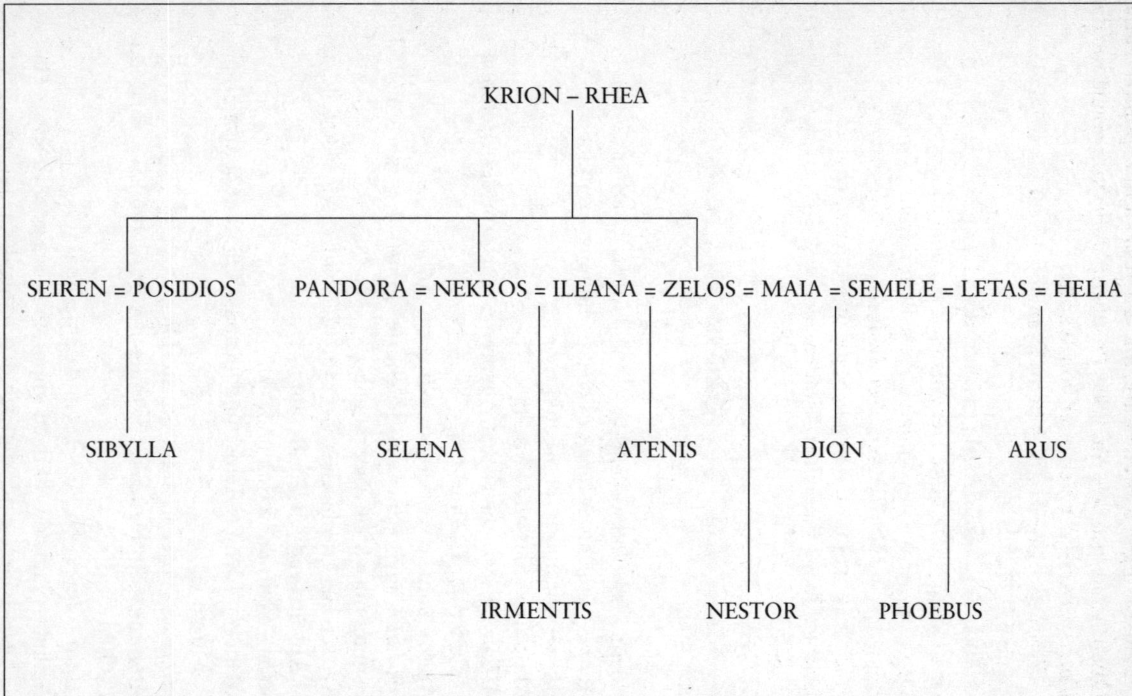
KRION – RHEA
SEIREN = POSIDIOS
PANDORA = NEKROS = ILEANA = ZELOS = MAIA = SEMELE = LETAS = HELIA
SIBYLLA
SELENA
ATENIS
DION
ARUS
IRMENTIS
NESTOR
PHOEBUS

Glossar

Adept – Schüler/Student
Agape – griechisch für göttliche, bedingungslose Liebe
Akra – griechisch für »Trinkgeld«
Alayshiya – das alte Zypern
Al-khem – wörtlich »aus Ägypten«; Vorform der Alchimie und später der Chemie
Apis – Name des Stiergottes in der Region
ari-kat – ägyptischer Ausdruck für »künstlich«, meist in Verbindung mit »Stein« gebraucht
Artemisia – griechisches Wort für »Wermut«; zur Herstellung von Absinth verwendetes Kraut
Arus – Sohn des Zelos
Atenis – Tochter Zelos' und Ileanas; Oberhaupt der Sippe der Musen
athanati – griechisch für »unsterblich«
Athanor – ein bienenkorbförmiger, von Alchimisten verwendeter Ofen
Atmu – ägyptisch für »Abenddämmerung«
Aztlan – Name des fiktiven Imperiums, das gegen 1800 v. Chr. die Ägäis beherrschte; zugleich der Name der Hauptinsel

Elle – Längenmaß, ca. 45 bis 55 cm
Daedaledion – das astrologische/astronomische Observatorium in Knossos
Daedalus – Erfinder des Labyrinths und des Flugsegels
Dekan – Zeiteinheit, entspricht etwa einer Stunde
Dion – Sohn des Zelos; Oberhaupt der Sippe des Rebstocks
Ellenismos – Bezeichnung für die Aufklärung in der griechischen Kultur
Eros – griechische Bezeichnung für die fleischliche Liebe und Erotik
Etesienwinde – griechische Winde von Mai bis Oktober
Gau – ägyptischer Regierungsbezirk
Goldene – Bezeichnung für die herrschende Sippe in Aztlan
Hemu neter – ägyptische Bezeichnung für den obersten Arzt
Henti – ägyptisches Längenmaß
Hekatai – griechischer Begriff für politischen Beirat oder Kabinett
Hreesos – »Goldener«; Titel des Herrschers über Aztlan
iii – griechischer Ausruf
Ileana – Himmelskönigin; Zelos' Gemahlin, Kela-Ileana
Irmentis – jüngste Tochter Zelos' und Ileanas
Jassu – griechischer Ausruf aufzubrechen, zu folgen, zu kommen
Ka – ägyptisch für »Seele«
Kalo taxidi – griechischer Sterbesegen, wörtlich »gute Reise«
Kefi – griechisch für »Freudenzeit«
Kela – Ableitung von *Kalos,* dem griechischen Begriff für Schönheit; vorzeitliche Muttergöttin
Khaibit – ägyptisches Wort für Vampir
Kheft – ägyptisches Wort für Dämon
Kollyva – Griechisches Totenmahl; dabei werden die Leibgerichte des Toten zubereitet und verteilt
Kreenos – aus Lilien hergestellte Droge
Kur – ägyptische Maßeinheit für Trockengewicht
Ma'at – ägyptische Verkörperung der Gerechtigkeit und des universellen Gleichgewichts
Maeemu – griechisch für »Affe«
Mafkat – ägyptisches Wort für pulverisierten Türkis

Manoula – griechisch für »Mami«
Mastix – Harz des Mastixbaumes
Megaloshana'a – das Große Jahr
Megaron – Audienzsaal
Mnasone – aztlanische Priester, die sich auf Baukunst und Architektur spezialisiert haben
Natron – ägyptisches Salz, zum Einbalsamieren und für chemische Prozesse verwendet
Neotne – eine Überlebende des Kalliope-Ausbruchs
Nestor – Sohn Zelos'; Gesandter/Botschaft Aztlans
Neter – Arzt
Niko – Phoebus' Freund; aus der Sippe der Spirale
Och – Ausruf
Pateeras – griechisch für »Vater« oder »Papa«
Phoebus – Zelos' Sohn, Thronerbe
Pithoi – griechischer Begriff für große Tonkrüge
Pothos – griechischer Begriff für ehrgeizige Begierde, die schließlich zum Ziel führt
Prion – spezifische Art von Protein
Psyche – griechisch für »Seele«
Ptah – ägyptischer Handwerkergott
Rekkit – ägyptisch für »gewöhnliches Volk«
Rhyton – bei Opferritualen oder Staatsakten verwendete Vase oder Amphore
Sa'a – Herzenssohn
Sem-Priester – höchster Rang der ägyptischen Priesterschaft
Senet – ägyptisches Brettspiel
Sibylle, Sibylla – griechisch für »Prophetin« oder »Seherin«
Skeela – griechisches Wort für Schlampe
Skia – griechisches Wort für Geist oder Phantom
Sobek – ägyptischer krokodilsköpfiger Gott
Spiralenmeister – Titel des Sippenoberhaupts der Skolomantie
Tenemos – geheiligter Bezirk
Theros – griechisches Wort für Sommer, Name der Lagune um Aztlan
Therio – griechisches Wort für wildes Tier

Theea – griechisch für »Tante«
Tholos; Tholoi **(Pl)** – Erdgrab
Tsnunami – in der Geologie verwandter japanischer Begriff für Flutwelle
Udjet – Horusaugen-Symbol
Ukhedu – ägyptische Vorstellung des physischen/spirituellen Ursprungs einer Krankheit oder von Unzufriedenheit; durch die Eingeweide in den Körper übertragbar
Ushebti – ägyptische Grabstatue, die dem Toten in der Nachwelt als Double dienen sollte
***W'eb*-Priester** – niedrigster Rang in der ägyptischen Priesterschaft
***W'rer*-Priester** – zweiter Rang der ägyptischen Priesterschaft Zelos – der König, der Goldene Stier von Aztlan

Die Sippen Aztlans

Sippe des Horns – Hydroussa und Tinos; Hauptstadt Kouvari; Oberhaupt Sibylla
Sippe des Rebstocks – Naxos; Hauptstadt Demeter; Oberhäupter Bacchi, Dion
Sippe der Woge – Siros und Myknossos; Hauptstadt Ariadne; Oberhäupter Posidios, Iason
Sippe des Steins – Paros; Hauptstadt Pluto; Oberhaupt Nekros
Sippe der Flamme – Milos; Hauptstadt Prometheus; Oberhaupt Talos
Sippe der Spirale – Aztlan; Spiralenmeister Imhotep, Cheftu
Kult der Schlange – Nios; Hauptstadt Basilea; Kela-Ata Embla, Selena
Kult des Stieres – Folegandros; Hauptstadt Atlas; Minos
Sippe der Muse – Delos; Hauptstadt Arachne; Oberhaupt Atenis
Sippe der Olimpier – Aztlan; Oberhäupter Zelos, Phoebus